Werner Kofler Triptychon

Werner Kofler

Triptychon

AM SCHREIBTISCH

HOTEL MORDSCHEIN

DER HIRT AUF DEM FELSEN

Deuticke

Am Schreibtisch erschien erstmals 1988,
Hotel Mordschein 1989 und *Der Hirt auf dem Felsen* 1991
im Rowohlt Verlag, Reinbek bei Hamburg.

1 2 3 4 5 09 08 07 06 05

ISBN 3-552-06019-7

Satz: Eva Kaltenbrunner-Dorfinger, Wien
Umschlaggestaltung: Thomas Kussin / buero 8
Druck und Bindung: Ebner & Spiegel, Ulm
Printed in Germany

Am Schreibtisch

ALPENSAGEN / REISEBILDER / RACHEAKTE

Vor mir geht der Bergführer. Er kennt den Weg; verliere ich den Halt oder das Gleichgewicht, rettet er mich, stürze ich ins Seil, birgt er mich, und damit es dazu nicht kommt, steigt er vor mir her. Wenn *er* abstürzt oder mir übelwill, wäre ich verloren; doch ich habe ihn zu meinem Schutz gemietet, ich bezahle ihn gut, an meiner Sicherheit ist mir gelegen und ich will hoch hinaus; ich habe ihn bezahlt, also hat er meinen Anordnungen zu folgen, und ich folge ihm. Im Augenblick aber befällt mich eine unerklärliche Schwäche, wie es mir auf dem Großelend schon einmal widerfahren ist – damals bin ich allein gewesen und habe mich vom Großelend zurück ins Tal schleppen können –, meine Kräfte lassen plötzlich nach und ich kann nicht mehr weiter. Gewiß, in der Nacht noch sind wir aufgebrochen, lange schon sind wir unterwegs, im Gehen im Eis und über tückischen Fels bin ich nicht sehr geübt, rechterhand stürzen die Eisrinnen der Klammerköpfe furchterregend ab, und doch ist mir meine Erschöpfung rätselhaft, ja störend, ich will sie nicht wahrhaben und muß ihr dennoch Rechnung tragen. Lassen Sie uns den Anstieg abbrechen, sage ich daher zum Bergführer, wir wollen auf der Stelle umkehren! – Ob umgekehrt wird, und wann, habe ICH zu entscheiden, so war es ausgemacht, gibt der Bergführer mit einer Schroffheit, die ich im Tal an ihm nicht wahrgenommen habe, zur Antwort, ich kann sehr gut eine scheinbare Erschöpfung von einer tatsächlichen unterscheiden, Sie sind nicht der erste, der an dieser Stelle erschöpft zu sein glaubt, die sogenannte Klammerkopferschöpfung ist das; also weiter jetzt!, ich muß meiner Verpflichtung nachkommen und die Verantwortung tragen, ich benötige schließlich das Geld. – Ich habe eine kleine Landwirtschaft im Tal, fährt der Bergführer fort, während ich hinter ihm her wanke, und in der letzten Zeit ist so viel geschehen, so viel geschehen … Mein Vater ist in diesem Jahr verstorben, Frau mach Licht, ich werd hin, hat er eines Nachts zur Mutter gesagt, und Augenblicke später ist er tot gewesen … Ein Sohn, so der Bergführer, hat für sein gutes Zeugnis ein Fahrrad von mir geschenkt bekommen, in seinem Glück ist er sogleich zur Großtante auf die Alm geradelt; auf der Rückfahrt zum Hof ist er vom Forstweg abgekommen, einen Steilhang hinuntergerast und mit unvorstellbarer Wucht gegen eine Mühle geschleudert worden, im Rettungshubschrauber noch ist er seinen Kopfverletzungen erlegen … Ein Cousin von mir hat sich bald darauf erhängt … Und unlängst ist mein Bruder, der Steinesammler, auf dem Hocharn aufgefunden worden, erfroren und im Tod noch einen Rauchtopas umklammernd, so groß wie ein Nachttisch. Ein jäher Wettersturz, der Pucher hat ihn noch gewarnt und zurückhalten wollen, – zu spät; nach drei Tagen erst ist mein Bruder gefunden worden, zugeschneit, schneebedeckt … Ah, so viele Begräbnisse in so kurzer Zeit, ich scheine Unheil anzuziehen, nicht wahr … Aber natürlich, – ohne sich um mich zu kümmern, spricht der Bergführer im entschlossenen Vorangehen, einmal höre ich ihn wie von ferne, einmal verstärken die Steilwände ringsum die Wirkung seiner Worte, längst habe ich die hochgesteckten und hochgelegenen Ziele aufgegeben, und doch steigen wir immer höher –, natürlich, wir sind ja dumpf, uns wird ein anderes Verhältnis zum Tod nachgesagt, das Werden und Vergehen ist für den Landwirt ganz und gar natürlich, heißt es, ihm macht nichts etwas aus … Uns Bergbauern entsetzt es ja nicht weiter, wenn ein Angehöriger stirbt, ein Kind verunglückt, für uns ist das so, wie wenn ein Schaf vom Blitz erschlagen wird oder eine Kuh Schaden nimmt, wird gesagt! Wir spüren ja nichts, wir gehen schließlich in die Kirche, von weit her oft den Kirchsteig ins Tal, nicht wahr, wir sind gottergeben und zünden die Wetterkerze an bei einem Gewitter …! Und sind wir nicht auch naturreligiös, fürchten wir nicht seit je die mächtigen Berge, die Berggeister? Doch doch, wir sind auch naturreligiös, ein Ethnologe ist einst ins Dorf gekommen und hat das herausgefunden, in unserer Muttergottes- und Himmelvaterverehrung soll sich heidnisches, ja keltisches Brauchtum erhalten haben … Ah, eine Beschwichtigung – der Bergführer schleudert die Sätze nur so von sich – eine Beschwichtigung für unser Los gibt es immer, wir sind ja so ergeben, so ergeben …

Aber das wird sich einmal aufgehört haben, das war einmal! Wir brauchen keine Fremden mehr, keine Sommergäste, die hier herumschnüffeln, um Lärchen und Zirben, Ackeley und Türkenbund herumstreichen wie um ein Weltwunder! Landwirtschaft, Almwirtschaft – Schluß damit! stößt der Bergführer hervor. Die seltenen Zirben, die stürzenden Wasser, der berühmte Tauern-Eisenhut – uninteressant, wir wollen Arbeitsplätze! Wir brauchen Industrieansiedlung, Infrastruktur, Gletscherschigebiete, sage ich, Umlaufseilbahnen, Speicherkraftwerke! Ich sage: Speicherkraftwerke und nochmals Speicherkraftwerke, das brauchen wir, und das werden wir bekommen, ruft der Bergführer. Ah, diese gewaltigen Wassermassen, die völlig ungenutzt ins Schwarze Meer fließen, im Ostblock versikkern … Von den Gletschern und aus den Quellen ringsum zu Tal, aus den Tälern in die Drau, die Drau mündet in die Donau und die Donau ins Schwarze Meer, es ist unglaublich. Arbeitsplätze brauchen wir! 1938 ist das Speicherkraftwerk, von dem ich spreche, schon geplant worden, und noch immer ist es nicht gebaut, und man muß sich herumstreiten; wenn davon die Planer erführen! Aber jetzt ist es soweit, Arbeitsplätze, sage ich, Arbeitsplätze! Der Bergführer lacht auf. Habe ich mich eigentlich vorgestellt? Welchen Namen habe ich denn benutzt – Tobias Reiser? Ha ha, das war gut, ich kann nicht umhin, mich selbst zu loben, ich, Tobias Reiser, nicht schlecht. Also hören Sie zu, verehrter Bergfreund, vernehmen Sie das Urteil: Ich bin Florian Köll, der Mann, der aus einem Nest namens Windisch-Matrei die *Europagemeinde Matrei* gemacht hat, ein Europabürgermeister! Und was ich Ihnen erzählt habe von der kleinen Landwirtschaft, vom Tod meines Vaters – erstunken und erlogen! Die Felswände werfen das Lachen des Bergführers zurück. Mein Vater erfreut sich bester Gesundheit, er ist rüstig und hat es als Beamter der Landesregierung in Innsbruck zu etwas gebracht, der Landeshauptmann Wallnöfer – ein Monument, sage ich Ihnen! – ist mit ihm befreundet. Mein Sohn wäre mit dem Fahrrad verunglückt? Angeführt, lieber Herr, angeführt! Mein Sohn ist viel zu dick, um Fahrrad zu fahren, so gut geht es ihm. Und wie Sie sich vorstellen können, hat sich auch mein Vetter nicht erhängt, noch ist mein Bruder wegen eines Rauchtopas in den Tod gegangen, blöd wäre er gewesen. Nein, beide haben gutdotierte

Posten in der Elektrizitätswirtschaft inne, um genau zu sein, in den Betreibergesellschaften des geplanten Speicherkraftwerks, und strotzen vor Optimismus. Verstehen Sie jetzt endlich, da es zu spät ist, zu spät, zu spät!, ruft der Bergführer, daß es mir wie Peitschenhiebe in den Ohren klingt. Es wird eine einzigartige Staumauer werden, ein Kunstwerk, wenigstens vierzig Almen werden im Stausee für immer verschwinden, alle Gletscherbäche der umliegenden Täler werden wir ihrer sinnlosen Schönheit berauben und einer sinnvollen Nutzung zuführen. Das friedliche Nebeneinander von Ökonomie und Ökologie, *die Kompromißvariante*! Der Eisvogel wird kommen, *der Eisvogel – heimisch an unseren Stauseen*, der Eisvogel – nur von Ihrer Elektrizitätsgesellschaft … Kein Eisvogel ohne Staumauer, das ist gut, nicht? Und Arbeitsplätze werden wir schaffen, Sie wissen nicht, wie!, ruft der Bergführer und bricht in ein so infernalisches Gelächter aus, daß ich befürchte, es werde Eislawinen über uns auslösen und uns beide ins Verderben stürzen; Arbeitsblödsinn, Arbeitsblödsinn, will ich ihm mit schwacher Stimme zurufen und bringe kein Wort mehr hervor.

Vor mir im Eis bergan geht der Bergführer. Obwohl er von meinem Zustand weiß, oder gerade deshalb, zerrt er, bleibe ich stehen, mit unnachgiebigem Ruck am Seil und schleift mich weiter, in die schlagartig hereinbrechende Dunkelheit hinein, oder wird es nur finster um mich? Weiter jetzt, weiter, zum Fortschritt, zum Licht, höre ich den Bergführer wie aus großer Entfernung rufen; lacht er, singt er gar? Ein leuchtender Punkt erscheint in der Ferne, die Prager Hütte, fährt es mir durch den Kopf, die Rettung!, da verlischt das Licht, und zur Finsternis bricht die Stille herein.

Hinter mir geht der Fremde. Ich werde ihn im Auge behalten, in jeder Hinsicht. Zwar hat er mich als Führer gemietet, aber so manches veranlaßt mich zu Vorsicht und Schweigsamkeit. Je mehr er sich als Freund der Bergbauern ausgibt und aufspielt, desto größer wird mein Argwohn. Dieser Fremde ist, das habe ich inzwischen herausbekommen, einer jener unangenehmen Großstädter, die bäuerlicher sein wollen als die Bauern selbst, die alles besser wissen und uns am liebsten ins Mittelalter zurückwünschten, nur damit wir mit den Entwürfen, die sie sich ungebeten von uns und unseren Höfen machen, übereinstimmen! Und kein Fortschritt, keine Erleichterung, woran solche Herrschaften nicht etwas auszusetzen hätten ... Nur ja keine ertragreichen Monokulturen, keinen Kunstdünger! Nur keine Schweinezucht, nur keine Legebatterien, nur kein Geld! Eine Forststraße, um die Holzbringung zu erleichtern? Bloß nicht! Eine Melkmaschine? Das Melken mit der Hand ist der Kuh zuträglicher. Seit dreißig Jahren gibt es elektrisches Licht im Tal? Wie schade. Ein Kredit der örtlichen Raiffeisenkasse? Sehr bedenklich! Kommen aus der Stadt und wollen uns Vorschriften machen, oder stellen unnütze Fragen. Warum ist das Dach nicht mit Schindeln gedeckt? Warum ist der Backofen nicht mehr in Betrieb? Wo sind der gestampfte Lehmboden und das offene Feuer, wo ist der große Kessel über der Feuerstelle? Berggeher wie dieser Fremde hinter mir kommen in unsere Gegend nur, weil sie das Nutzlose suchen, den Luxus, den Luxus einer ungenutzten Natur; nichtsdestoweniger erfreuen sie sich auch am Elend, an der Autarkie des Bergbauern, wie sie uns einreden wollen, nur um diesen Zustand, dieses Mittelalter zu erhalten.

Ich muß vorsichtig sein. Diesmal werde ich mich nicht Köll nennen, oder Reiser. Auch der Fremde hat sich als Bernhard, Thomas, vorgestellt, was wohl kaum sein tatsächlicher Name sein dürfte. Er will mich aushorchen, das steht fest. Etwas zu unauffällig hat er das Gespräch auf den Toten im Zirbensee zu lenken versucht. Vom alten Landarzt will er von jenem seltsamen Leichenfund im See, der jetzt zu einem Stausee ausgebaut wird, erfahren haben – ein Jäger mit kompletter Ausrüstung, wie aufgebahrt auf einer Steinplatte am Grunde des Sees liegend... Der Landarzt ist alt und nicht mehr ganz richtig im Kopf, habe ich dem Fremden erklärt. Von mir erfährt er nichts, schon gar nichts über den Umstand, daß jener eben auf einem Pirschgang ins Wasser gestürzte und ertrunkene (man wird doch noch ertrinken dürfen!) Querkopf seine Almen nicht an die Elektrizitätsgesellschaft hat verkaufen wollen, zur Errichtung einer Zufahrtsstraße zur Baustelle. Gewiß, hier sind alle Querköpfe, aber querköpfig zu den anderen Querköpfen, querköpfig der Mehrheit und dem Gemeinwohl gegenüber, das geht nicht. Alle anderen der Almgemeinschaft sind bereit gewesen, zu verkaufen, nur jener nicht; soll sich die Mehrheit denn von einer Minderheit terrorisieren lassen? Der Fremde braucht das alles nicht zu wissen. Auch an der längst zugewachsenen Brandstatt unten im Tal, an jener *Brandnacht*, die mehr als ein halbes

Jahrhundert zurückliegt, offenbart er verdächtiges Interesse. Was kümmern ihn die Geschehnisse jener Nacht, als der Plattnerhof – die feine Pension, die feine! – dem roten Hahn zum Opfer fiel und bis auf die Grundmauern eingeäschert wurde, ein einzigartiges Schadensfeuer, finstere Ereignisse, die die Nacht weithin erhellten? Ich kenne selbst die Hintergründe nur aus Andeutungen meines Vaters, er hat mich zum Schweigen verpflichtet, das Herz muß schweigen, so mein Vater. Daß es mit der Künstlerkolonie, mit den halbnackten Weibern einmal ein Ende hat haben müssen, den Fremden hinter mir geht es nichts an. Einen überheizten Zimmerofen habe ich ihm als Brandursache genannt. Ja, in den Fünfzigerjahren sind Filmleute gekommen und haben in der Brandstatt den berühmten Heimatfilm »Das Erbe von Björndal« gedreht, sie haben den Hof als Kulisse noch einmal aufgebaut und ein zweites Mal abbrennen lassen. Nein, einen Herrn Regisseur Ucicky kenne ich nicht, habe ich dem Fremden versichert, und auch nicht den Vater jenes Herrn, einen Kunstmaler Klimt. Das Herz muß schweigen.

Der Fremde geht jetzt neben mir. Ich beobachte ihn aus den Augenwinkeln. Auch diese sogenannte Nationalparkidee, höre ich ihn sagen, ist, streng genommen, abzulehnen, bedeutet sie doch nur, daß außerhalb dieses geplanten Alpenzoos mit echten Bauern alles an Wildnis umso rücksichtsloser kaputtgemacht und ausgebeutet werden kann … Die Berge hier – die größte *Massenerhebung* an Dreitausendern in Europa, haben Sie das gewußt? – die Berge wissen nichts von solchen Grenzziehungen, die Wildnis bedarf keines Zaunes … Die Natur kennt keine Absicht, höre ich ihn plötzlich auflachen. Nehmen Sie nur das Gletscherschigebiet, das dort drüben, außerhalb des geplanten

Zaunes, errichtet wird – jedermann weiß, daß es sich um beabsichtigte Verlustgeschäfte dubioser Abschreibungsgesellschaften handelt. Aber kaum war der neue Verkehrsminister im Amt, waren auch schon alle Genehmigungen erteilt – es geht ja um Arbeitsplätze, es geht ja um Arbeitsplätze! Eine einzige Ackeley oder Turbanlilie bedeutet mir mehr als hundert Arbeitsplätze, die durch die billigende Inkaufnahme der Ausrottung solcher Pflanzen geschaffen würden, stößt der Fremde hervor. Ja, ginge es noch um Bedürfnisbefriedigung und Güterverteilung! Aber es geht ja nur noch um Profite und Arbeitsplätze, Profite und Arbeitsplätze um jeden Preis, Kapital und Proletariat sind die eigentlichen Zerstörer, die Zerstörer von Natur und Mensch, die wahren Selbstzerstörer, die tatsächlichen Alleszerstörer! Das Streben nach Profit war immer schon ein verbrecherisches Motiv, und die Arbeitsplätze sind die Landsknechtheere der Profite, falls Sie verstehen, was ich meine … Es gibt doch gar keine Arbeit mehr, kein Handwerk, kein Machen, kein Herstellen, sondern nur noch Arbeitsplätze …!

Der Fremde hat sich in eine große Erregung hineingeredet, ein abstoßender Anblick. Von Beginn dieser Bergfahrt an habe ich ihm mißtraut. Ich kann seinen Darlegungen nicht immer folgen, aber der Bergführer bin ich, und er soll bloß aufpassen, daß ich ihn nicht – –

Und doch, fährt der Fremde nach einer Pause fort, und doch, würde dieser Nationalpark nur endlich errichtet! Und doch auch wieder nicht! Kaum wäre diese Wildnis eingezäunt, kaum wäre sie durch Straßen *erschlossen*, käme es in dieser Region zu einer noch höheren und beleidigenderen Konzentration von sogenannten sanften, tatsächlich nur seichten Touristen, als sie jetzt schon vorzufinden ist.

Ah, diese Flachlandidioten, denen alles zum *Panorama*, zum einzigartigen, herrlichen, unvergleichlichen *Panorama* verschwimmt, die sich am sichersten auf einer *Panoramastraße* oder einem *Panoramaweg* bewegen! Wie ich sie hasse, diese Wanderkleidungsträger, die alles verpesten und das Wild und die Vögel aufstören mit ihren ekelhaften Familiengeschichten, ihren Onkel Erich- und Tante Poldi-Erzählungen, die sie ausgerechnet im Wald einander lautstark zur Kenntnis bringen … Aber den Auerhahn kümmern die Wernickes oder Würstleins aus Bamberg nicht, nicht die Wernicke-Prosa, nicht die Würstlein-Saga, der Luchs will die neuesten Anekdoten vom schönen Hintze oder Kunze nicht hören, den Marder interessieren nicht Nachrichten aus der Harnröhre oder aus dem Dickdarm; und wären es Nachrichten aus dem Dickdarm von Frank Sinatra oder aus der Harnröhre des amerikanischen Präsidenten, der Marder hoffte nicht einmal auf schlechte.
– Sie müssen wissen, so der Fremde, er redet und redet, er wird mir unheimlich, Sie müssen wissen, ich betrachte Amerika als den Hauptfeind der Menschheit … Aber zurück in die Wildnis – meine Vorfahren, Sie werden es nicht glauben, waren übrigens Bergbauern, Jäger, Beerensammler, vielleicht auch Wilderer … Von ihnen habe ich wohl die Fähigkeit, lautlos durch den Wald zu gehen, und auch die Schärfe meines Auges, was aber nicht immer nur von Vorteil ist … Unlängst mußte ich in einer Jausenstation – es stieß mir zu wie ein Unfall – ein fränkisches Ehepaar, aus Coburg, müssen Sie sich vorstellen, erleben, mit einem schwäbischen und einem steirischen Ehepaar an einem Tisch sitzend und in einem Wettbewerb im Witzereißen begriffen; ein unauslöschlicher Eindruck! Was da an vermeintlichen Witzigkeiten und an blöden, ja irrsinni-

gen Lachern aus den Mündern auf den Tisch geschissen und gefurzt wurde, auf die Speckbrote und in die Buttermilch hinein, war derart, daß ich das Gastzimmer verließ. Und solche Wanderkleidungsträger unterstehen sich, über mich zu lachen, wenn ich in meiner kurzen, dunkelgrünen Cordhose – ein gutes Stück! –, meinen selbstgeschnittenen Bergstock in der Hand und, läßt die Witterung es zu, mit entblößtem Oberkörper oberhalb der Baumgrenze dahingehe, da lachen diese Idioten, lachen unter ihren Filzhüten hervor und gehen weiter, in ihren schwarzen Kniehosen und rot- oder blaugewürfelten Hemden …

Ich weiß natürlich nie, was scheußlicher ist, und wer gefährlicher, schädlicher, höre ich den Fremden sagen, der gemeine Flachlandräuber auf der Suche nach dem Rustikalen oder der Kanzler auf dem Großvenediger … Ja, dieser Kanzler ist auf den Großvenediger hinaufgestiegen, eine Instinktlosigkeit, ein Ärgernis, vergleichbar nur mit der amerikanischen Botschafterin auf dem Großglockner …! (So ein unverschämter Mensch, dieser Fremde, denke ich und will ihn zurechtweisen, da habe ich mich schon wieder beruhigt; daß ich damals in der Begleitmannschaft der Frau van Damm – eine reizende Person, jetzt heißt sie ja Gürtler – gewesen bin, braucht er nicht wissen.) Eine scheußliche Person, die neue Wirtin vom Hotel Sacher, schimpft er und lacht plötzlich auf, Frau Wirtin hat auch einen – ach, mir will kein passender Witz einfallen. Aber während die frühere Botschafterin auf dem Großglockner nur ein lachhafter Anblick gewesen ist, so ist der frühere Bankier und jetzige Kanzler auf dem Großvenediger ausgesprochen gefährlich! Sie müssen sich einmal vorstellen, sagt der Fremde und macht keine Anstalten, aufzuhören, Sie müssen sich vorstellen, dieser Sozialdemokrat, der aussieht wie eine Piz-Buin-Reklame, steigt auf den Großvenediger hinauf, geht, wie wir gerade, in Eis und Schnee, im größten Gletscherareal der Ostalpen, er hat die Kristallwand vor Augen im Morgendunst, die Schwarze Wand, er sieht die stürzenden Wasser, die Tauerntäler und fruchtbaren Almen, die Lärchen- und Zirbenwälder, er sieht das alles, und woran denkt er? Er denkt an Staumauern, Talsperren, Druckrohrleitungen, an Sprengladungen, Motorsägen, Bulldozer, Hubschrauber und Betonmischmaschinen, an Staub, Dreck, Lärm, er sieht *alles* und doch *nichts*, er sieht nur Beton. Dieser Kanzler sieht das Vollkommene und denkt an Zerstörung, er geht in die Wildnis und sieht sich nach Arbeitsplätzen um, absurd! Er und sein Slogan: *Nichts versprochen, alles gehalten*, mit dem er die Wahlen gewonnen hat! Dieser Macher, für den der Simmelkitsch und der Friedensfried Wahlempfehlungen abgegeben haben, hat kein Brett, sondern eine Staumauer vor dem Kopf, dieser Mann verwechselt den Nationalpark mit der Nationalbank … Kaum ist dieser Kanzler vom Großvenediger wieder heruntergestiegen, hat er schon das Podium einer Gewerkschaftsversammlung erklommen und, unter dem Gejohle der Proleten, die rücksichtslose Nutzung der Wasserkraft verkündet, *erledigen*, durchziehen, Mehrheit, die von einer Minderheit gejagt wird, aus, Schluß, nix mehr, ist zu hören gewesen und von den Betongewerkschaftern mit frenetischem Beifall bedacht worden. Dabei haben die Hitleridioten als erste diese Speicherkraftwerke geplant, und dieser Kanzler schickt sich an, sie vollends Wirklichkeit werden zu lassen. *Heimisch an unseren Stauseen – der Eisvogel!* ruft der Fremde. Dieser sogenannte Regierungschef steht, wie wir alle, am Abgrund, und anstatt zurückzuwei

Abgrund ist mein Stichwort. Auf die Seilsicherung wollte der Fremde verzichten, ein Ich-Mensch, wie mir noch keiner unter die Augen kam. Ich werde ins Tal steigen und die Bergung veranlassen. Ich werde Köll Bericht erstatten.

Vor mir geht der Bergführer! Im Abgrund liegt der Fremde! Wo soll das hinführen? Mit solchen Sätzen und Kunstgriffen, ach was, Kunstgriffe, mit solchen Winkelzügen wird der Autor diesem Landstrich, an dem der Fortschritt bis auf eine Sesselfabrik, in der die berühmten Glocknersessel erzeugt werden, ohnehin vorübergegangen ist, keinen großen Dienst erweisen, aber offenbar hat er das auch nicht vor, im Gegenteil. Der Bergführer als Kunstfigur, ein Bergführer, der einen ihm zum Schutze Anbefohlenen ins Verderben führt, ihn wie einen Hund hinter sich her zerrt, der sich verstellt und sein Opfer noch auslacht, das ist mir die rechte Fremdenverkehrswerbung! Alles nicht wahr. Die Prager Hütten in der Venedigergruppe sind von den Klammerköpfen in der Schobergruppe Gebirgszüge entfernt, wie also will dieser Fremdendarsteller die Lichter der Prager Hütten erblickt haben, bevor er –, Sie haben jene Stelle hoffentlich nicht übergangen. Allein an dieser Unsinnsgeografie läßt sich die Haltlosigkeit solch zweifelhafter Prosakunststücke erkennen. Der Eisvogel, heimisch an unseren Stauseen, hätte ich gerufen und mich ausgeschüttet vor Lachen? Lachhaft, böswillige Verdrehung. Übermäßige Sorgfalt hat der Autor meiner Figur nicht angedeihen lassen. Aber wie ausgerechnet kommt er auf den Namen Köll, das wäre interessant zu erfahren … Aus der Sommerfrische hat er eine kleine Notiz mitgebracht: *Baumeister Rogner, Florian Köll –*

erledigen! Mag er kommen, ich bin bereit, ich pflanze ihm die Faust ins Gesicht, er weiß nicht wie; auf der neuen Glock-Pistole habe ich mich prächtig eingeschossen, als Kommandant des Schützenvereins weiß ich auch mit dem Vorderlader umzugehen, die hiesige Exekutive ist für ihre Tüchtigkeit bekannt, und mit meinen jungen Matreiern, meinen Matreier Burschen ist nicht zu spaßen, wenn es um Arbeitsplätze geht; die Aussicht auf Arbeitsplätze kann sie in ein kriegerisches Bergvolk zurückverwandeln. Aber Verzeihung, jetzt habe ich Sie mit einer Interpretation des Wortes *erledigen* unterhalten – gelangweilt, sagen Sie? Auch gut, gelangweilt –, die offenbar nicht zutrifft, ich habe Sie in die Irre geführt. Ich habe etwas übersehen, neben der mit Tinte geschriebenen Notiz ist mit Bleistift noch hinzugefügt – was für eine Schrift, was für ein Durcheinander! –: *Versuche, die abbrechen*, sowie, neben den Namen Rogner und Köll, *dieser –, dieses –, dieses –, die –* undsofort. Die Auslassungen will er wohl später mit Verbalinjurien auffüllen, vielleicht plant er eine Litanei. Ja, wenn sein Kunst-Ich von den Klammerköpfen die Tagesmärsche entfernten Prager Hütten sieht, wie sollte ich nicht auf seinen Schreibtisch sehen, auf diese schreckliche Unordnung, und seine Schrift entziffern können …! Also Erledigung nur auf dem Papier, gut zu wissen, Papier ist geduldig. Als Mitglied der Österreichischen Volkspartei sehe ich diesen Erledigungsversuchen, abgebrochen oder nicht, mit größter Gelassenheit entgegen, und auch mein Freund Rogner wird um Konsequenzen nicht verlegen sein. Ein Mann wie Rogner ist äußerst empfindlich, gerade jetzt, da die Verhandlungen über Standort und Subventionierung seines *History-Land*-Projektes – der zahlende Besucher zu Gast in der Phylogenese, genial! Das Erwachsenwerden des Abenteuerspielplatzes! – durch bürokratischen Kleinmut und lächerliche Bedenken sich hinziehen. Rogner hat es allerdings nicht nötig, die Zivilisationsgeschichte unbedingt im Villacher Becken anzusiedeln, die Pfahlbauten in den durch einen Kraftwerksbau abgetrennten Flußbiegungen der Drau zu errichten oder den Marktplatz des Hochmittelalters auf dem durch die Flußregulierung entstandenen Ödland; ein falsches Wort, und Rogner gibt Anbietern aus Florida oder Frankreich den Vorzug, und die Herren der heimischen Fremdenverkehrsindustrie können dem Autor ihren hoffentlich gebührenden Dank abstatten. Aus, Schluß, nichts mehr, würde Rogner sagen, ich packe mein Projekt, das ich habe patentieren lassen, ein und gehe, bedanken Sie sich bei jenem Herrn. Ich lasse mich nicht in aller Öffentlichkeit einen Verbrecher schimpfen, einen Kulissenarchitekten, eine Arschgeige und, was mich am schlimmsten getroffen hat, einen *Heini*. Als Kind schon wurde ich meiner aufwendigen und teuren Spielsachen wegen als Heini verspottet, obwohl ich Robert heiße, und wenn es mir zuviel wurde, nahm ich meine fernbedienten Autorennbahnen oder beleuchtbaren Ritterburgen an mich und ging, verließ den Spielplatz, so wie ich jetzt gehe, auf Nichtmehrwiedersehen, meine Herren … So würde Rogner die Erledigungen parieren! Aber der Autor wird ohnehin nichts verhindern können, Literatur hat noch nie etwas bewirkt, nicht das Freizeitparadies wird er verhindern können und nicht das Speicherkraftwerk, dessen zweihundert Meter hohe Staumauer eine große Attraktion sein wird. Hab ich's Ihnen schon erzählt, das mit meinem Schwager? Ah, mein Schwager ist in die Elektrizitätswirtschaft gegangen, aber nicht nur das, er ist auch vor dem Kanzler und seinen engsten Mitarbeitern auf den

Großvenediger gegangen, als Bergführer, wie ich vor dem Fremden etliche Seiten zuvor. Eine private Bergfahrt des Kanzleramtes, ein Betriebsausflug gewissermaßen, der Kanzler ist ja ein Bergfex, wie bekannt ist, obwohl er ein ausgesprochener Kalkbergsteiger ist, seine bergsteigerische Heimat ist das Salzkammergut. Nun, mein Schwager war sehr zufrieden mit dem Kanzler, mit ihm als Bergfreund und mit ihm als Regierungschef, der vor Entscheidungen nicht zurückschreckt, sehr zufrieden. Und das, obwohl beide aus verschiedenen politischen Lagern kommen, aber im Kampf gegen Natur und Umwelt sind Konsens und Entschlossenheit höchste Gebote. Mein Bruder wird sich in ähnlicher Weise des neuen Verkehrsministers annehmen. Mein Vater schließlich ist in der Landesregierung Leiter der Wasserrechtsbehörde, ein wirklicher Hofrat, der Landeshauptmann ist sein Freund; wie will dieser Autor da etwas verhindern? Ohnmächtig eilt er allen Entwicklungen am Schreibtisch hinterher und bewirft anständige Leute mit Schmutz. Aber ich weiß über diesen Herrn Bescheid, ich weiß alles, wer, wenn nicht ich! Sehen Sie doch selbst, wie er sich dahinschleppt im öffentlichen Verkehr, ein verzweifelter Fußgänger im hauptstädtischen Verkehrsfluß, wie er sich durch den Alltag schleppt mit seinem bösen Blick, die Bitternis ins Gesicht geschrieben, sehen Sie? Er, der nicht wenige seiner Mitmenschen verachtet, muß sich einer durchaus repräsentativen Auswahl jener tagtäglich ausliefern, das gefällt mir; er muß in Gesichter hineinsehen und ihre Häßlichkeit ertragen, er muß Geschäfte betreten und den Kaufakt erledigen, er, der alle von oben betrachtet, wie Lebewesen in einem Terrarium, muß selbst in diesem Terrarium herumkrabbeln mit nicht immer koordinierten Bewegungen, er, der sich selbst erhöht, muß sich gerade deshalb ständig erniedrigen, das erheitert mich ungemein. Und sich selbst im alltäglichen Verkehr fortwährend von oben zu beobachten, wie lange kann einer das durchhalten, ohne verrückt zu werden oder zusammenzubrechen, noch dazu, wo überall Gefahren drohen? Sehen Sie doch, wie er um eine Ecke biegt, wie er versucht, seinen Kopf, seine Blicke vorauszuschicken, um möglichen Gefahren noch ausweichen zu können und ohne Aufsehen zu erregen, nach Möglichkeit. Wie er seinen Kopf aus der Türe streckt und sich umsieht beim Verlassen des Hauses, bereit, zurückzuspringen und die Türe vor sich wieder zuzuwerfen, als müsse er, wie um etwas Vergessenes zu holen, noch einmal zurück, sehen Sie? Hier, er kommt heraus, keine Gefahr in Sicht, er geht. Ah, es ist ihm eine Qual, das Haus verlassen zu müssen, sich der *Realitätsprüfung* zu unterziehen, *Realitätsertüchtigung* zu betreiben, eine Qual, die ihn nichtsdestotrotz am Leben erhält. Wie er sich dahinschleppt auf dem Weg zum Zahnarzt etwa an einem Vormittag Ende September – da!, in seiner Konfusion ist er im Autobus eine Haltestelle zu weit gefahren und muß jetzt den Weg zurückgehen, ha ha. Wahrscheinlich hat er gerade an seinen Verleger gedacht, mit ihm gestritten in Gedanken, denn er hat sich natürlich auch mit seinem Verleger überworfen, der ihn seinerseits aus dem Verlag werfen will, weil er nichts mehr taugt, der Autor, meine ich. Ich weiß nicht, ist es der Alkohol, hat ihm der Verleger ins Gesicht gesagt, ist es die Faulheit, die Schuld hat, aber dieses Kochen im eigenen Saft, diese Wiederholungen – langweilig, keine Erfindung, nichts. Seither sinnt er auf Rache, der Herr Autor. Ja, von meinen hohen Bergen aus kann ich sogar bis nach Berlin sehen, in Verlagsräume hinein, der Verleger hat sein Arbeitszimmer zum Garten hin; nach der Unterredung haben beide sich über den Großvenediger unterhalten und über die Lungenentzündung, die sich der Verleger dort vor Jahrzehnten zugezogen haben will, was der Autor gar nicht glauben kann – wohl die Lungenentzündung, nicht aber den Großvenediger. Nun. Der Verleger ist natürlich nicht der einzige, mit dem dieser Autor – wie er sich dahinschleppt, ha!, sehen Sie? – zerstritten ist, es gibt auch nur wenige Kollegen, mit denen er sich nicht überworfen hätte oder die er nicht verachtete, einen Grund findet er stets. – Wie er sich dahinschleppt, in Gedanken versunken dem Anschein nach, in sich gekehrt, abwesend und doch hellwach – ja, sehen Sie sich vor, er beobachtet genau, horcht überall herum und in alles hinein. Man begegnet ihm, man sitzt irgendwo, erzählt etwas, unterhält sich blendend – in einem Lokal, im Schloßwirtshaus, im Autobus – und steht irgendwann in seinem Buch, eine zweifelhafte Ehre. Dabei ist dieser Herr nicht wenigen Drogen verfallen; *Alkohol, Nikotin, Cannabis, Geschlechtsverkehr*, so eine Notiz, die er inzwischen verschwinden hat lassen – ah, ich weiß alles! So viele Süchte, ein so komplizierter Suchtaufbau – fällt nur ein Teilchen aus, gerät alles ins Wanken; so viele Süchte, und doch so mit der Welt zerfallen! Ob ihn das Trinken depressiv mache, hat ihn der praktische Arzt gefragt; wieso denn das Trinken, hat er geantwortet. Wie er sich dahinschleppt, ohne es zu zeigen, die beiden Geharnischten aus der Zauberflöte im Kopf und zystische Aufhellungen in der Lunge, ausgedehnte Aufhellungen in beiden Spitzenregionen, von denen er noch nichts weiß und später nichts wird wissen wollen. Ihm, welcher wandert diese Straße voll Beschwerden, rufe ich zu: Weiter so, nur weiter so!, und reibe mir die Hände.

Mit der Welt zerfallen! Wie er sich dahinschleppt! Wie kommt der Bergführer zu solchen Sätzen? Manchen Drogen wäre ich verfallen, er wisse alles, oder was er da behauptet hat? Gerüchte, sage ich, nichts als Gerüchte! *Um Gerüchten vorzubeugen, geben wir bekannt*, daß wir weder in Treibach, noch in Friesach, noch in Michelsdorf unseren Betrieb schließen. Vielmehr wird die *Fleischhauerei Obernosterer* in gleicher Art und Weise und Tradition weitergeführt – Familie Obernosterer. So! *So* wird Gerüchten entgegengetreten … Eine vernichtete Notiz mit dem Wort Cannabis? Er möge bloß schweigen, der Bergführer, oder ich gehe zu Gericht und klage ihn auf Unterlassung. Mein Name ist Turrini, Sie kennen mich vielleicht auch als Ferrari-Brunnenfeld, ich bin loyaler Staatsbürger, mit Obszönitäten oder Suchtgiften habe ich nichts zu tun; schießlich bin ich der Jugend und den Senioren, den Arbeitern wie den Arbeitslosen Anwalt und Vorbild, meine einzige Verzweiflung ist die über den Zustand der Sozialdemokratie. Als Vorkämpfer einer Politik der Wärme und Zärtlichkeit, als Autor, der in die Arena der Massenunterhaltung zu steigen bereit ist, bedarf ich keiner Drogen. Aber ich bin nicht Turrini! Wäre ich Turrini, ich wäre längst in den Längsee gegangen. Ich danke dem Herrn, daß er mich nicht hat werden lassen wie jenen. Einmal wollte mir träumen, ich wäre Turrini, aber noch bevor ich mich in dieser Körpermasse zurechtfinden konnte, gerade rechtzeitig also, erwachte ich mit einem Schrei.

Gewiß bin ich zum Zahnarzt gegangen in einem entlegenen Vorort, andere sind zum Analytiker gegangen, ich bin zum Zahnarzt gegangen. Eine Praxis ist so gut wie die andere, zur Überwindung der Schwellenangst. Der Zahnarzt fragt nicht nach dem Liebesleben, er pfeift vor sich hin, während er den Zement mischt oder eine Zahnhülse zurechtfeilt, ein fingerfertiger Handwerker, und die medizinischtechnische Assistentin äußert sich anerkennend über die nachgerade indianische Haltung des reglos Ausharrenden. Gibt es größere Erleichterung, als von einem Zahnarztbesuch zurückzukommen? Mehr als einmal verließ ich wild bewegten Gemüts, geheilt entlassen, die Ordination, warf mich gegen die Herbst- oder Frühlingsstürme, um triumphierend zurückzukehren. Ich schwöre auf den Zahnarzt, und daß man nach einer Sitzung beim Zahnarzt ein besserer Liebhaber ist, gar keine Frage. – By the way, wie der Engländer sagt, war da nicht etwas mit zystischen Aufhellungen in den Lungenspitzen, mit einem bullösen Emphysem vielleicht gar? Wie kommt der Bergführer an solche Informationen, das ist besorgniserregend. Das kann ihm nur, seine ärztliche Schweigepflicht nicht beachtend, Adnan El Shammah, Facharzt für Radiologie, verraten haben, anders ist es nicht zu erklären. – Beim Verlassen des Hauses sähe ich mich um? Ja und? Erst einmal zum Haustor gelangen durch das Treppenhaus, hat sich nicht der große Fritz Wunderlich, treppab steigend, das Genick gebrochen? Aber nehmen wir an, ich erreiche unversehrt den Hauseingang. Ich öffne also die quietschende Haustüre, stelle fest, die erbärmliche, einem den Atem benehmende Luft ist im übertragenen Sinne rein, und mache mich auf den Weg, den Jägerchor aus dem Freischütz im Kopf.

Und? Was gleicht tatsächlich auf Erden dem Jägervergnügen! Und aus dem Haus zu gehen und wieder dorthin zurückzukehren, erfolgreich oder auch erfolglos, aber zurückkehren, das ist ja etwas, das ist gar nicht so einfach, gar nicht so selbstverständlich; als Gestalter der Verhältnisse und nicht als deren Opfer das Haus zu verlassen und früher oder später wieder zu betreten, dazu gehört viel! Es gehört ja schon einiges dazu, sein Haus als tatsächliches *Opfer der Verhältnisse*, also in der Vorgeschichte der Menschheit, dem Anschein oder der Vorstellung nach aber als *Beherrscher der Verhältnisse*, als Mensch also, zu verlassen, seiner Wege zu gehen, das Trinklied aus Othello auf den Lippen, seinem Tagwerk nachzugehen und nach Erledigung aller Aufgaben, Besorgung seiner Geschäfte mit der Sorgfalt eines ordentlichen Kaufmanns oder auch in Ermangelung dieser, nach Erfüllung seiner Pflichten oder dieser ledig, sein Haus wieder zu betreten; zurückgekehrt in den Mutterschoß, in Haus und Wohnung, zu Frau und Kindern, Tisch und Bett, zurückgekehrt zu Buch und Lampe, Hund und Musiktruhe, Katze und Fernsehapparat; zurück zu Papier und Bleistift, Wasser und Brot. – Woher die Menschen nur die Kraft nehmen, denke ich manchmal, am Fenster stehend oder wie ein Fisch im Wasser mich fortbewegend, fassungslos denke ich: Woher die Menschen nur die Kraft nehmen, weiterzuleben, wie sie es nur bewerkstelligen, jeden Morgen zur Arbeit zu gehen; woher diese Sicherheit, einen Schritt nach dem anderen zu tun, woher die Selbstgewißheit, einen Fuß vor den anderen zu setzen? Oder bedarf es dazu gar keiner eigenen Kraft, ist es nicht Stärke, sondern Schwäche am Ende? Ist es gar eine allgemeine, übergeordnete, rätselhafte Kraft, die die Menschen, ohne daß sie ein attraktives Motiv zu nennen wüßten, jeden Morgen aus ihren Behausungen lockt, nein zieht, besser noch saugt, eine Art Sog? Das könnte sein. Andrerseits, für viele sind es nur wenige Schritte, und im eigenen Automobil zur fremden Arbeit zu fahren entschädigt doch sehr; mir ist all das fremd und unverständlich. – Muß ich aus dem Haus gehen, und muß ich die auf vertraute Art verhaßten oder auf verhaßte Art vertrauten Wege verlassen, um andere einzuschlagen, gehe ich in Gedanken vorher alles durch. So viele Gefahren! Fallende Dachziegel, einstürzende Neubauten, stürmische Winde aus Nord bis Nordwest, böig auffrischend, Böen mit Spitzengeschwindigkeiten bis zu 140 Stundenkilometern; außer Kontrolle geratene Fahrzeuge, aus der Fassung geratene Bürger, gerichtsnotorische Gewalttäter, jugendliche Ersttäter, die sich an beweglichen Zielen versuchen, spektakuläre Selbstmörder, die sich an meiner Unversehrtheitsvermutung, von der ich beim Verlassen der Wohnung trotz allem ausgehe, nicht kehren; defekte Gasleitungen, Sprengsätze, der Kampf gegen den Imperialismus, der Versuch einer Destabilisierung an der falschen Stelle, nämlich dort, wo ich gerade vorbeikomme, die vielen Schließfächer im nahen Bahnhof, den ich täglich durchquere; das gefährliche Glatteis auf Straßen und Gehwegen, die Dachlawinen nach einem jähen Wettersturz, der tückische Föhn, die rücksichtslosen Autofahrer – nein, falsch, ein Pleonasmus, der rücksichts*volle* Autofahrer wäre ja der Nicht-Autofahrer, der Fußgänger, der Radfahrer allenfalls, denn das Autofahren ist ja die Rücksichtslosigkeit schlechthin. Mir kommt diese Beweisführung so bekannt vor, habe ich ähnliches nicht schon gelesen? Ich schreibe hoffentlich nicht ab, ohne es zu wissen, die Großstadt mit ihren Gefahren bringt einen ganz durcheinander. Man ist ja nicht mehr sicher heutzutage, nirgendwo mehr sicher, der Bergführer macht sich keine Vorstellung davon. Im Krieg war es einfach, da hatte man nur auf den Feind zu achten und seine verderblichen Aktivitäten, aber heute, im Frieden? Ach, diese Arroganz der Spätgeborenen, nur schwer ist sie manchen erträglich. *Wo aber Gefahr ist, wächst das Rettende auch*. Und doch, gib acht, denn auch im Inn'ren schläft nicht der lauernde Feind. War da nicht ein Stechen in der Brust, genauer im linken Lungenflügel? Den restlichen Tag werde ich mit diesem Signal, mehr wird es doch nicht sein, verbringen müssen. (Einmal, es ist Jahre her, es war im Sommer, suchte ich wegen stechender Schmerzen im rechten Lungenflügel, die mir das Atmen schwermachten – eine verschleppte Lungenentzündung, dachte ich, ein Lungeninfarkt, eine Rippenfellentzündung zumindest – meinen Arztfreund im Kinderspital auf, um mich durchleuchten zu lassen – ich lasse mich nur im Kinderspital untersuchen und nur von meinem Arztfreund, dem Kinderarzt, wenn es sein muß, in der Nacht oder unter falschem Namen; ich trete im Kinderspital als Elternteil auf und bin doch der Patient, verblüffend, nicht? Die Durchleuchtung jedenfalls erbrachte keinen Befund, nichts organisch Hervorgerufenes; gut zu wissen, dachte ich damals, das will ich mir merken.) So schweige also, Schmerz in der Brust, kein zweites Mal wirst du mich täuschen! Aber dieses Ziehen im linken Hoden? Ein Ziehen, ja, ein ziehender Schmerz, oder ein unwillkürliches Klingen eher, ein feines Anklingen, da, jetzt wieder …? Damit kein Irrtum entsteht: Eine psychosexuelle Genese ist meinem Dafürhalten nach auszuschließen. Andrerseits ist es

Monate her, daß ich meinte, mich, was den linken Hoden betrifft – aber es kann morgen schon der rechte sein –, im Schwimmbad verkühlt zu haben. Was tun? Mein Glied, mein *Genitale*, zeige ich nicht einmal meinem Freund, dem Kinderarzt. Ein Besuch beim Urologen scheidet erst recht aus, und die Fachärztin für Männerheilkunde ist noch nicht etabliert. Still jetzt, du dummer Hoden, es gibt noch andere Organe, die sich bemerkbar machen, die Gallenblase zum Beispiel, eine alte Bekannte, ein Stammgast gewissermaßen in diesem etwas heruntergekommenen Etablissement, sie und ihre Kleinkinder, die Gallensteine. Ich sehe schon, ich werde sie wieder einer heilsamen Bestrafung unterziehen müssen; ich werde Teufelskralle-Tee trinken, die treffliche Eingeborenenmedizin aus Deutsch-südwestafrika, zur allgemeinen Entgiftung – im Augenblick schreibe ich ja nicht – und Unterstützung der Leber, die ihre weißgott nicht leichte Aufgabe mit Geschick, Erfahrung und Sicherheit meistert. – Aber dieses plötzliche Gehen wie auf Watte, die mangelnde Sauerstoffzufuhr im Gehirn damals, auch zuvor schon und später wiederholt, die *Irritationen*? Ein Herzinfarkt, war damals meine erste Diagnose, eine Herzgeschichte, ich hatte ja in der Vorwoche eine Grippe ignoriert, übertaucht, wie es heißt, kein eigentlicher Herzinfarkt, dachte ich, während ich mir in fieberhafter Eile etwas zu essen zurechtmachte, ich hätte ja auch zuwenig gefrühstückt haben können, ein stummer Herzinfarkt vielleicht, das soll vorkommen, oder ein undeutlich artikulierender, murmelnder gewissermaßen. Nein, ein Kreislaufkollaps, war meine nächste Vermutung, und auch daran noch einmal vorbeigekommen, *vorbeigeschrammt*, wie ich mich auszudrücken beliebte – ich weiß nicht, war es der Alkohol –, eine Kreislaufschwäche jedenfalls, hervorgerufen, so argwöhnte ich später, durch frische Lackierungen und die Formaldehydmöbel meines sogenannten Gastappartements in diesem scheußlichen sogenannten Literaturhaus, in dessen Café der Dichter nichts gilt und schlecht behandelt wird; gerade, daß man einen wie mich dort überhaupt bedient. In diesem Literaturhaus Berlin e.V. muß ein Dichter ja krank werden. Und meinen Sie, auch nur eine der Frauen in diesem Literaturhauscafé hätte sich dem Dichter angeboten? Nichts da! Ich hätte immer noch ablehnen können, ich hätte wohlwollend und streng geprüft, aber Angebote hätte ich doch erwartet in einem Literaturhaus. Statt dessen mußte ich mitansehen und mitanhören, wie Frauen sich von irgendwelchen vom Kurfürstendamm dahergelaufenen Dandys und Idioten, die mit Literatur nichts zu tun hatten und denen der Zutritt zu einem Literaturhaus eigentlich verwehrt sein sollte, in Gespräche verwickeln und in einem Fall sogar vor meinen Augen zu einer Platznahme an einem Idiotentisch bewegen ließen. Da muß ein Dichter ja krank werden, Herr Regierender Bürgermeister! – Nun, erst einmal zurückgekehrt, hoffte ich, würden auch diese Irritationen aufhören, diese Erschöpfungszustände, Schwäche- oder Schwindelanfälle, diese Angst, im nächsten Augenblick umzufallen, zusammenzubrechen, allein, meine Erwartungen wurden nicht erfüllt. Sagte ich mir an einem Tag: Ich bin zurückgekehrt, aber noch nicht gelandet, sagte ich mir am nächsten Tag: Ich bin gelandet, aber noch nicht zurückgekehrt; Abhilfe schafften solche Spitzfindigkeiten nicht. Ich weiß nicht, ist es der Alkohol, fragte ich mich besorgt, ist es ein Vitamin-B-Mangel? Ah, wie mir die Schritte manchmal hallten im Kopf, die eigenen und die der anderen. Diese Mühsal des Wartens, des beidbeinigen

Stehens, freihändig, vor Bankschaltern, Supermarktkassen oder an Straßenkreuzungen. Vielleicht ist der Asphalt immer noch verstrahlt, und nur ich bemerke es, selbst diese Überlegung stellte ich an, oder es bemerken ohnehin alle, aber keiner zeigt es, wie auch ich stets bemüht war, mir meine Irritationen nicht anmerken zu lassen. Eine *Agoraphobie*, war die Ferndiagnose einer Neurologin, eine zielgerichtete Furcht, eine Form der Platzangst, oder, wäre es mit Kopfschmerzen verbunden, ein Defekt in der Wirbelsäule. Ich habe selten Kopfschmerzen, sehr selten … Agora, der Marktplatz, die Volksversammlung. Sollte das nun die Strafe für meine Abkehr von den Volksmassen, von der Arbeiterklasse sein, ohne daß ich einer anderen Klasse mich zugewandt hätte? Das wäre denkbar. Aber was geht mich die Arbeiterklasse an? Ich beziehe nichts von ihr, nicht Kraft, nicht Zustimmung, und ich gebe ihr nichts, keine Kraft, keine Zustimmung. Die Arbeiterklasse ist die Arbeiterklasse und ich bin ich, Jolyon Brettingham Smith, Smith, ja, wie Schmidt, mein Name ist Schmidt, ich komme wegen der Miete, dieser Schmidt, Sie werden noch von mir hören. – Meine Agoraphobie hatte natürlich ganz andere Ursachen, ich weiß auch genau, welche, allerdings möchte ich sie hier unbehandelt lassen, so mitteilsam muß man nicht sein. Außerdem, der Wilde Jäger erledigt alle. Und ist nicht das Leben, wie Lampersberg schreibt, eine einzige Todesursache, eine Auslöschung, ein Zerfall? Wenn nicht organisch, dann psychosomatisch, wenn nicht die Wirbelsäule, dann der Kopf, wenn nicht die Lunge, dann die Leber, wenn nicht am Krebs, dann an der Therapie, wenn nicht an der Ursache, dann an der Behandlung oder an einer plötzlichen Lungenentzündung, wenn nicht Skylla, dann Charybdis, es ist zum Scheißen, *zum Scheißen ist das*, um mit einer jüngeren Männerstimme zu sprechen, die manchmal aus dem Lichthof durch das Küchenfenster an mein Ohr dringt. Und ist man bisher allem erfolgreich ausgewichen, wird man vom Blitz erschlagen oder vom Fremdenführer in den Abgrund gestoßen, so ist es doch.

Wie komme ich jetzt auf den Bergführer? Ja richtig, die Notiz, wo habe ich sie nur, ich hatte aus der Sommerfrische eine kleine, aber sehr wichtige Notiz mitgebracht, einen Zettel, ah, diese vielen Papiere, hier, das muß es sein, hier steht: Köll, Baumeister Rogner, erledigen. Seltsam. Wenn ich nun gar keinen Köll oder Baumeister Rogner kenne? Einen Brotfabrikanten Schiesser kenne ich, einen Baustadtrat Antes, einen Bordellwirt mit Namen – nein, falsch geraten, nicht Otto Waldemar Schwanz, Traub diesmal, *Lackschuh-Traub*, aber einen Baumeister Rogner? Ein kleiner Scherz, keine Angst. Selbstverständlich werde ich Rogner erledigen, *Literatur ist Verbrechensbekämpfung*. Ich werde ihn erledigen, wie einer nur erledigt werden kann, und keiner wird mich aufhalten. Ich bin wohl mit der Welt zerfallen, aber in manchen Dingen schwer aufzuhalten. Doch halt!, hat nicht vor kurzem ein anderer gesagt, *Keiner kann mich aufhalten*, einer aus einer südlichen Provinz des Reiches bei seinem Marsch in die Hauptstadt, ein Vollblutpolitiker, wie gesagt wird, ein *Wahlgrenzlanddeutscher* und Nutznießer einer gewaltigen *Abschenkung* eines *Wahlonkels*? Ein geborener Wahlsieger, wie staunend gesagt wird, und doch nur ein Aufsatzwettbewerbsgewinner bei einem Bundesturnfest, der in seiner damaligen Sieger- und Rednerpultpose erstarrt und in seiner Entwicklung, sogar in der Ausbildung seiner Gesichtszüge, seither stehengeblieben ist und wie besessen versucht, den Augenblick jenes Jahrzehnte zurückliegenden Triumphes mit anderen Mitteln, bei anderen Anlässen, zu wiederholen; ein Rotzbub, der Pfeife raucht über seinem Trachtenanzug, und dem ein paar Backpfeifen wohl zu Gesicht stünden? Sei's drum, weiter, kein Haider, welchen Vornamens immer, wird mich abhalten. Literatur ist Verbrechensbekämpfung, an dieser Aufgabe könnte ich mich berauschen. Weiter, weiter; wer seine Lage erkannt hat, wie ist der aufzuhalten? Wenn ich aufgehalten werde, bin ich nicht auszuhalten. Wer handelt, hat auch begriffen. Wer seine Lage erkannt hat, ist unausstehlich. Wer begriffen hat, zögert. Weiter, weiter dahin diese Straße voll Beschwerden. Was für ein wunderbares Solo! Das Ziel ist nichts, der Weg ist nichts. Das Ziel ist ferne, der Weg ist mühsam. Dennoch, weiter, in den Nebel, zu den schemenhaften Umrissen. Wer wandert, hat auch begriffen. Schreiben ist Bergwandern im Kopf. Wer begriffen hat und nicht

Was ich beim Schloßwirt erlauschte
(Oral History)

Es ist *so* gewesen: Ich bin von einer Kellnerin der Sohn gewesen, und meine Mutter hat, wie die Glocknerstraße gebaut worden ist, in der Baracke gearbeitet, in der Kantine, nicht wahr. Und eines Tages ist in der Baracke Feuer ausgebrochen, und im Nu hat alles lichterloh gebrannt, auch die Wohnbaracke, die gleich daneben gewesen ist. Und in dieser Baracke hat ein Ingenieur einen wichtigen Koffer stehen gehabt, einen Koffer mit unersetzlichen Sachen, so hat er gesagt; und jetzt er heraußen und sein Koffer drinnen und dazwischen Flammen und Rauch. So bin ich –, dazu muß ich freilich noch sagen, daß ich als Bub ein ausgezeichneter Schwimmer und Taucher vor allem gewesen bin, also hab ich mir blitzschnell überlegt: Wenn ich fünfundzwanzig Meter unter Wasser schwimmen kann, ohne Luft zu holen, so hab ich mir gedacht, dann kann ich auch zehn Meter in den Rauch und wieder zurück rennen … Jetzt hab ich den Ingenieur gefragt, wo genau der Koffer sein soll, und tief Luft geholt und nichts wie hinein, und im nächsten Augenblick schon wieder draußen gewesen ich, mitsamt dem Koffer! Und dieser Herr Ingenieur hat eine solche Freude gehabt, daß er seinen Koffer wieder hat, daß er mich gefragt hat, was ich denn werden will, und ich hab gesagt, Schneider hätt ich wollen … Und wirklich hat mich der Ingenieur, ich weiß nicht mehr, wie er sich geschrieben hat, aus Dankbarkeit nach Salzburg vermittelt zu einem Schneidermeister, so bin ich zu einem Scheider in die Lehre gekommen. Und diese Salzburger Zeit, daß ich ein Handwerk hab lernen können, das ist die erste schöne und große Zeit in meinem Leben gewesen. Der Meister war auch sehr zufrieden mit mir und hat mich zum Deutschen Turnverein in Salzburg gebracht, und das ist eine Kameradschaft gewesen zwischen Burschen und Mädels, das war einzigartig, einmalig ... Kameradschaft, wohlgemerkt, nichts Sexuelles, so wie heute ... Jedenfalls, damals war die Systemzeit, und mein Lehrherr ist halt bei der illegalen SA gewesen und hat auch Schußwaffen im Haus gehabt, später hat's dann geheißen: ein geheimes Waffenlager ausgehoben, aber das war natürlich übertrieben. Eines Tages also kommt die Polizei – Hausdurchsuchung, Haftbefehl, und nimmt meinen Meister mit, so! Jetzt hat aber der Meister vorher noch Wind gekriegt von der Sache und hat mir gerade noch eine Tasche geben können, eine schwere Tasche, und die Adresse von einem Kameraden in Klagenfurt, in einem gewissen Tanzcafé Lerch, und dem Chef dort soll ich die Tasche überbringen. Und so bin ich mit der Tasche – Ihr könnt Euch schon vorstellen, was drinnen gewesen ist – bin ich mit der Tasche nach Klagenfurt, zu diesem Lerch. Und dieser Lerch ist damals schon, das hab ich natürlich nicht wissen können als Bursch, damals schon der Chef vom illegalen SD, vom Sicherheitsdienst, gewesen, und war dann später ein ganz hohes Tier, die rechte Hand vom Globus, vom Globocnik, und der Kaltenbrunner ist sogar sein Trauzeuge gewesen in Berlin. Dieser Kaltenbrunner – nein, jetzt bin ich schon rauschig, aber wenn drei Veteranen sich treffen – dieser *Cafetier Lerch also* hat mich aus Dankbarkeit an Kameraden in Wien weiterverwiesen, und so bin ich auf die Bekleidungsakademie gekommen. – *Auf die Bekleidungsakademie!*, hörte ich nun zwei andere Stimmen hinter mir, die sich bisher auf ehrfürchtiges Schweigen beschränkt hatten, ausrufen, auf die Bekleidungsakademie gar! Daß einer aus G. es soweit gebracht hat! – Die Bekleidungsakademie ist nur der Anfang gewesen, denn ich bin dann Mitglied geworden, wo, möcht ich gar nicht laut sagen – so die Stimme zu meinem Rücken, aber mein Rücken ist breit –, und anno '38 ist es dann losgegangen ... Später im Krieg gewesen, wie jeder, der halt seine Pflicht getan hat und sich fast schon einen Kriegsverbrecher schimpfen lassen muß, nicht wahr, ich hab in Lublin gedient und später in der Ukraine ... Nicht in Schweden jedenfalls wie der Kreisky, das Saumandel, ha ha ... – Mit dem Bart, mit dem Bart!, fielen die anderen Stimmen im Chor ein. – Ja ja, der Schwein mit seinen sechs Millionen Juden! Und was ist mit den dreieinhalb Millionen deutschen Soldaten, die ausgezogen sind für eine bessere Zukunft und ihr Leben gelassen haben, was ist mit denen? – Das Saumandel, das Saumandel, assistierten die beiden Stimmen. – Jedenfalls, nach dem Zusammenbruch bin ich eben nach Südafrika gekommen und hab dort mein Glück gemacht. Mein ältester Sohn ist immer noch dort, über ihn ist sogar ein Portrait erschienen in der Zeitschrift »Das neue Reich«, Das neue Reich, das müßt Ihr Euch merken ... Ich hab diese Schrift abonniert, da sind sehr lesenswerte Beiträge drinnen, was in Zukunft sein soll zum Beispiel, die einen wollen wieder eine Monarchie, andere sind für einen neuen Anschluß, sehr interessant jedenfalls. Und mein anderer Sohn ist ja jetzt lange schon in Indonesien, der hat es noch weiter gebracht, der hat es eigentlich am weitesten gebracht, der wird's noch einmal weiter bringen als ich, sag ich immer. Trotzdem, daß einer aus G. es zu so etwas gebracht hat, das ist schon allerhand, hörte ich wieder die beiden Stimmen, nach Südafrika, und dann nach München, allerhand! – In München hab ich mich dann zur Ruhe gesetzt, aber halt keine Ruhe gegeben, sonst wär ich jetzt auch nicht hier zur Erholung, aber im nächsten Monat kann ich das Herz schon wieder voll belasten, hat der Professor gesagt. Und die Ärzte in München, Hut ab, die hätten damals auch nicht besser sein können ... – Die Ärzte, die Ärzte, riefen die beiden anderen. – Ja, so hat mich also das Schicksal wieder ins Tal meiner Kindheit geführt, so ist es gewesen, so und nicht anders. Und darum, um mit des Dichters Worten zu sprechen, laßt uns jetzt das Glas erheben, zum Wohl, zum Wohle, zum Wohlsein!

Im Schloßhof
(Nach alten Fotografien)

Im Hintergrund ist der Schloßbrunnen zu erkennen. Im Vordergrund haben sich acht Angehörige des Schloßpersonals für diese Ablichtung um den Adjutanten der holländischen Königin, die damals im Schloß eine private Sommerfrische verbracht hat, gruppiert. Neben dem Adjutanten, einem hageren Gentleman im sportiven Knickerbockeranzug, sitzt, mit einer vom Hals bis zum Boden reichenden Schürze, die Hände in den Schoß gelegt und schon von einer beginnenden Wassersucht gezeichnet, meine Großtante, die *Schloßverwalterin*, eine geborene Benedikter. Hinter ihr steht der Chauffeur, in einem weißen Arbeitsmantel und mit einer Schirmkappe über gewaltigen abstehenden Ohren. Neben ihm ist eine weitere Großtante und geborene Benedikter zu sehen, nämlich meine Großtante, die *Schloßköchin*, meine nachmalige Tante Unterwelz, Frau des Gendarmeriepostenkommandanten i. R. Johann Unterwetz. – Dieser Großonkel ist ein passionierter Jäger und Eisstockschütze wie auch ein Meister des althergebrachten Obst- und Gemüsebaus gewesen, er ist im Revolutionsjahr 1968 vierundneunzigjährig verschieden. In seinem Garten, einem Ort meiner Kindheit, ist kein Fleckchen unausgenützt geblieben, aus seinem Küchengarten kenne ich Liebstöckl, Kerbel, Buchsbaum und Majoran. Auf den Verkauf seiner *1a Ananas Erdbeeren* hat er auf einer in Currentschrift beschriebenen Hinweistafel neben der Gartentüre aufmerksam gemacht, und in einer Gegend, die seit Jahrhunderten keine Weingegend mehr ist, hat dieser Onkel an den Südseiten des Hauses und des zweigeschossigen Holzschuppens, der sogenannten Holzlage, seinen eigenen Wein gezogen, auf einer kleinen Anlage im Keller gepreßt, in dunkle, meist ungleichmäßige Flaschen abgefüllt und über dem Korken mit Siegellack verschlossen. Dieser außerordentlich starke Weißwein, einer Medizin eher verwandt als einem Tischwein, wurde nur an Sonntagnachmittagen oder an langen Winterabenden getrunken, zu den einzigen Vergnügungen der kinderlosen Eheleute Unterwelz, dem Dominospiel oder dem »Durchschau'n«, dem Betrachten von Farbbildfolgen in einem *view master*, einem stereoskopischen Apparat und damals raren Geschenk eines nach Übersee ausgewanderten Verwandten, genauer meines mir unbekannten Großonkels in Amerika, des einzigen männlichen Benedikter, der in den Staaten nach der Jahrhundertwende sein Glück gemacht hat und ebenfalls kinderlos geblieben ist; ich, Karl Roßmann, wäre der rechte Großneffe gewesen! – Inzwischen sind das Unterwelzhaus, der Schuppen und der Ziehbrunnen (mein Haus!, meine Holzlage!, mein Ziehbrunnen!) weggerissen und der Garten verwüstet, alles ist zerstört, der Erbe, ein Kriminalpolizist und Segelflieger, hat mit der für einen Kriminalpolizisten und Segelflieger nur typischen äußersten Rücksichtslosigkeit alle haushaltlichen und landwirtschaftlichen Geräte wie auch das gesamte Interieur als Gerümpel auf eine Mülldeponie gekippt, die Gemüsebeete und Obstbäume entfernt (in meinen Träumen bewege ich mich immer noch in ihrem Schatten), einen *Rasen* angelegt und einen modernen Bungalow mit Betonterrasse hingebaut, *hingeschissen.* – Als mein Großonkel starb, befand ich mich gerade auf dem Balkan, um zu heiraten; aus dem mit Kostbarkeiten vollen Unterwelz'schen Haushalt hatte ich zuvor nur ein Kräuterbuch von 1572, einen *Lonicerus*, und eine Mokkatasse mit Untersatz in Sicherheit bringen können. Seine immer wieder gestellte Frage, *warum es Musik gebe* und *wozu sie gut sein solle*, konnte ich meinem Onkel auch bei meinem Besuch, von dem ich nicht wissen konnte, daß es der letzte sein würde, nicht beantworten; meinem Großonkel ist Musik jeder Art, selbst die Marschmusik, was bei einem Gendarmen erstaunt, unerträglich gewesen, so sehr, daß er seine Gebrechlichkeit verwünscht hat, wenn er nach den Fünf-Uhr-Nachrichten, deren Lautstärke im Sommer, bei offenen Fenstern, weithin zu vernehmen gewesen ist, nicht schnell genug an den gewaltigen Radioapparat gelangt ist, um eine plötzlich hereingebrochene Musiksendung abzustellen.

Aber zurück in den Schloßhof. Da das Schloß weder von Berg, dem Heimatdorf der Benedikter, noch von Lienz, wohin die meisten meiner Großtanten geheiratet haben, weit entfernt ist, haben die Benedikter und andere Verwandte immer wieder im Schloß Beschäftigung gefunden. Auf der Fotografie nicht anwesend zum Beispiel ist mein schon vor meiner Geburt verstorbener Großonkel, der *Schloßgärtner*, der eine Benedikter geheiratet hat und von Beruf Kondukteur bei der Eisenbahn gewesen ist, von der Neigung her aber Fischer, Botaniker und Astronom. (Eine andere Fotografie, eine Postkarte, zeigt ihn mit einem mächtigen Huchen; auf der Rückseite ist er, wie eine besondere Persönlichkeit – und warum eigentlich *wie*? –, gedruckt als *Wilhelm Kohler, Kondukteur, Lienz*, ausgewiesen. Dieser Onkel ist von der Verwandtschaft nur *der Bota-*

niker oder *der Sterngucker* genannt worden, sein ganzes Geld habe er in die Sternguckerei, in teure Anschaffungen für seine Sternwarte hineingesteckt. In der Lienzer Albin-Egger-Straße hat er ein Haus gebaut und über dem Eingang das Sternbild des Orion angebracht; heute, da das Haus, die *Villa Orion*, durch Sanierung entstellt und das Sternbild ebenso verschwunden ist wie das Spalierobst an den Fassaden, ist immer noch in die schwere Haustüre eingebrannt: W. K. 1908) – Der Schloßherr selbst, ein Baron May, ein Nachfahr der Barone May de Madiis, der letzten Gewerken, allererster Fachleute und Chronisten des Goldbergbaus in den Hohen Tauern, ist auf keiner der Schloßhofaufnahmen zu sehen; als es mit der Schloßherrlichkeit und den Dienstbotenverhältnissen meiner Tanten jäh und doch vorhersehbar ein Ende gehabt hat, ist der schon betagte Schloßherr nach Holland geflohen und hat sich dort, am Abend vor der rettenden Schiffsreise nach Übersee, erschossen. Auch die Schloßverwalterin, meine Großtante, ist nur ihres Alters und ihrer Gebrechlichkeit wegen vom Terror des Drautaler SA-Pöbels verschont geblieben; *aus dem Weg, Sie haben nichts gesehen*, haben diese SA-Proleten meine Großtante anzuherrschen sich unterstanden, als sie mit Lastwagen vorgefahren sind, um das Schloß auszuplündern, *Sie haben nichts gesehen!* Das hat meine nichts als gütige Tante sich von diesen dumpfen Kerlen sagen lassen müssen! Aber wie sich zeigt, hat sie doch etwas gesehen, oder etwa nicht? Sie hat sogar alles gesehen, alles hat sie gesehen, damit ich es jetzt aufschreiben kann, denn meine Großtante, die Schloßverwalterin, und ihr Großneffe, wir sind, jeder auf seine Art, immer schon schlau gewesen. Vom Porzellan, das ihr, lange vor dem Anschluß noch, vom Schloßherrn selbst überlassen worden war und das sie, nachdem sie ihren Großneffen als Kleinkind zum ersten Mal gesehen hatte, für mich bestimmte, esse ich heute, und auf der mir vermachten Bettwäsche aus dem Schloß, auf kühlem, kostbarem Leinen, schlafe ich und vergnüge mich geschlechtlich.

In Treuchtlingen

Wäre ich nur in Burgau, in Parschallen! Rastlos und ratlos gehe ich durch Treuchtlingen, verloren bin ich, die Fränkische Alb drückt auf meinen Kopf, durch einen fränkischen Albtraum gehe ich. Meine Mütze habe ich verloren, und an Bratwurstständen vorbei führen alle Wege in die Steinbrüche. Was hat mich hierher gespült?, jetzt, da es zu spät ist, will ich mich erinnern, jetzt, da ich mich entsinne, ist es zu spät. In den Wirtshausstuben und in den Häusern sitzen, zu allem bereit, die Treuchtlinger, auf der Straße lauern sie mir auf, weil ich ein Auswärtiger bin, aus den Wohnungen höre ich sie brüllen. Wie haben Menschen hier die Finsternis der Alb erblicken und sie für das Licht der Welt halten können? Längst ist es Nacht geworden, die Nürnberger Großstadtfinsternis ist hell zu nennen gegen die Nacht in Treuchtlingen. Ach, wäre ich in Burgau, in Parschallen! Ich bin verloren, Treuchtlingen Fels Verdammnis, denke ich, und: Treuchtlingen Kalk Auslöschung Bruch; Treuchtlingen, mein Ausreib'fetzen, so singe ich laut in der Finsternis. Mein Kopf, mein Kopf!, ich bin verloren, die Bratwurst muß vergiftet gewesen

Nein, nicht, nicht so. Also nicht vergiftet die Bratwurst? Nein, keinesfalls. Aber das schöne alte Lied, Treuchtlingen, mein Ausreib'fetzen? Kein großer Einfall. Kalk Auslöschung Bruch? Wiederholung Dumpfheit Langeweile. Aber Verdammnis Fels Treuchtlingen? Müde Anspielung,

Nürnberg Wien Villa Massimo, Mit-Leiden Aufschrei. Und Finsternis Steinbruch Verdüsterung, ist das so schlecht für eine Abendphantasie? Diese Worte gehören dem Kasper aus Ohlsdorf, kein anderer kann sie einsetzen, ohne daß sie jenem als Eigentum wieder zuwüchsen, nichts zu machen. Und die verlorene Mütze, darf ich sie wenigstens behalten? Der Bernhardicherzähler hat in der Nacht zwischen Burgau und Parschallen eine Mütze *gefunden*! Und wenn ich eben diese Mütze verloren hätte? Quatsch. Also nur ein Fragment, ein Fragmentbeginn, – rastlos und ratlos gehe ich durch Treuchtlingen, verloren bin ich, die Fränkische Alb – Schluß jetzt, nicht einmal die Überschrift wird bleiben, und überhaupt, warum Treuchtlingen? Die Treuchtlinger sind die tüchtigsten Zimmermaler in Deutschland …

Ich reiste nach Deutschland, um etwas zu erleben. Mit diesem Satz werde ich, wieder an den Schreibtisch zurückgekehrt, das Kapitel beginnen lassen. Zuvor allerdings muß ich erst einmal wegkommen. In zwei Wochen werde ich reisen; nach manchen Verschiebungen – Vollmer ist ein vielbeschäftigter Mann – steht der Termin nun fest. Das Ticket wird mir am Flughafen bereitgelegt werden. Vollmer wird da sein, wurde mir gesagt, Vollmer wird Zeit haben, Vollmer muß ja da sein, auch wegen der Sache in Dänemark, ohne ihn kommt nichts zustande. Sie wissen ja, so mein Kontaktmann, im Augenblick hat Vollmer zu tun, noch steckt er in einer schwierigen Geschichte, die nicht und nicht vorangeht – ich war gestern kurz oben, trat leise ein, Vollmer saß mit Jacobi im Halbdunkel und redete beschwörend auf ihn ein, von mir nahm er keinerlei Notiz. Und nächste Woche, Sie wissen ja, nächste Woche wird Vollmer heiraten, da hat er – Wie, Sie wissen das gar nicht? Ich dachte, Vollmer hätte Ihnen das erzählt, hat er nicht? Ach, das hätte ich jetzt vielleicht gar nicht sagen dürfen, Sie wissen ja – nein, das können Sie natürlich nicht wissen –, Vollmer möchte seine private Veränderung in der Anstalt möglichst geheimhalten, ich dachte, er hätte Ihnen davon erzählt. Aber Sie werden von dieser Information gewiß keinen Gebrauch machen, nein, Sie wissen ja, Vollmer ist ein schwieriger, schnell beleidigter Mensch.

Aber übernächste Woche wird Vollmer Zeit haben, er hat es – Sie wissen ja, wir mußten Ihre Reise ja schon einmal – oder zweimal? Zweimal, ja, mußten wir verschieben –, er hat es sich vorgenommen, er hat es zugesichert. Vollmer wird da sein. –

Doch da!, zehn Tage später, ein Anruf. Warten Sie noch, unternehmen Sie nichts, so mein Kontaktmann, es ist unverhofft eine schwierige Situation entstanden, Vollmer hat mich erst gestern davon in Kenntnis gesetzt, leider erst gestern, wir sind zwar befreundet, aber sein Bureau ist doch drei Türen von meinem entfernt, jedenfalls hat sich in den nächsten Tagen ein hochrangiger, wichtiger Mann aus Israel angesagt, also angesagt kann man nicht sagen, wir haben ihn, wie Sie, lange schon eingeladen, er möchte sich die Anstalt genau ansehen, um Vergleiche zu ziehen, und Vollmer, das wissen Sie ja, nein, das werden Sie nicht wissen, hat er Ihnen nicht erzählt?, nein, Vollmer war ja in Israel, als Gast, zur Ausbildung, und mit Israel ist das natürlich eine besonders delikate Geschichte, und Vollmer muß sich diesem israelischen Freund jetzt voll und ganz widmen, ja, natürlich hätte er das früher sagen sollen, aber Sie wissen ja, wie Vollmer ist. Also warten Sie noch, warten Sie bis –, ja, sagen wir, Mitte Januar, würde Ihnen das passen, Mitte Januar, uns paßte das ausgezeichnet, Vollmer wird dann vom Urlaub zurück sein, aus Zell, Sie wissen ja, Vollmer ist passionierter Langläufer, einige Tage muß man ihm dann noch lassen zur Vorbereitung, aber Mitte Januar wird er Zeit haben.

Ich reiste nach Deutschland um etwas zu erleben, werde ich also, wieder an den Schreibtisch zurückgekehrt, als ersten Satz des Textes niederschreiben. Diesmal wird alles klappen. Vollmer wird da sein, er muß ja da sein, schon wegen Dänemark, ich habe ihn selbst unter seiner Geheimnummer angerufen und mir den Termin bestätigen lassen; er wird mich vom Flughafen abholen, wir werden zunächst miteinander essen, so Vollmer. – Nebensächlicher Verpflichtungen wegen reise ich zunächst nach K., in K. werde ich die Abendmaschine nehmen. Aber kaum in K. angekommen, geschieht das Unfaßbare: Ich werde verständigt, ich möge dringend F. anrufen. Ich rufe in F. an und höre am anderen Ende der Leitung meinen Kontaktmann: Jetzt ist etwas sehr Unangenehmes passiert, ich muß es Ihnen leider sagen, Sie wissen ja, wie unberechenbar Vollmer sein kann, jedenfalls hat er, ich verstehe es ja auch nicht, aber er hat mich heute morgen von seinem Bureau aus angerufen und lapidar mitgeteilt, daß er das Projekt fallengelassen hat, sogar die Sache mit Dänemark, ja, unglaublich, nicht, er muß sich schon länger mit dem Gedanken getragen haben und hat nie etwas gesagt, aber Sie wissen ja, wie Vollmer ist, ein ausgezeichneter Mann zwar, aber vielleicht haben Sie ihn mit irgendeiner Äußerung beleidigt, er war sehr schroff heute morgen und hat seine Entscheidung auch gar nicht weiter begründet, das überläßt er immer mir, mir ist das auch sehr unangenehm, aber was soll man machen, vielleicht ist eine Mitarbeiterin im Spiel, nein? Ihren Aufenthalt in F. jedenfalls müssen wir nun auf unbestimmte Zeit verschieben und wieder von vorne beginnen, und Ihre Reise nach B. – Sie wollten doch nach B. weiterreisen? –, ja, die müssen Sie jetzt natürlich in eigener Regie und auf eigene Kosten absolvieren … Selbstverständlich benachrichtigen wir Sie, sobald wir einen Ersatzmann für Vollmer gefunden haben, aber das muß natürlich auch ein Spitzenmann sein, und davon gibt es nicht allzu viele. Es ist ja nicht das erste Mal, daß Vollmer sich solche Willkür leistet, aber die Organisation will auf ihn nicht verzichten – einmal war ein eingeladener Gast, ein hochrangiger Mann aus Israel, schon hier und Vollmer plötzlich verschwunden, eine ausgesprochene Brüskierung, und das auch noch einem Israeli gegenüber. Sie konnten wir ja noch rechtzeitig abfangen … Jedenfalls, halten Sie sich bereit, Sie hören wieder von uns.

Nicht schlecht. Bisher habe ich mir größte Zurückhaltung auferlegt, aber nun! Zwar wird Vollmer mich fallen lassen wie schon der Bergführer, mag er! Ich reiste also nach Deutschland, um etwas zu erleben. Andere reisen geschäftlich nach Deutschland, ich hingegen bereise Deutschland aus purer Abenteuerlust. Andere reisen nach Deutschland, um etwas zu erledigen, ich reise, etwas zu erleben, nach Deutschland. Reisen andere, um etwas zu erleben, nach Peking, Anatolien oder Singapore, nach Asunción oder Eritrea, reise ich zu diesem Zweck nach Pirmasens, Unna, Calw. Erlangen, Bergen-Enkheim, Ulm – überall gewesen; Bruchsal, Eschwege, Hof, alles gesehen. Überall gewesen, alles überlebt. Ah, ich war in Dachau, in Bayreuth, mehrmals passierte ich in Passau die Grenze – nie wurde ich niedergeschossen oder in mein Loch zurückgejagt. Immer zurückgekehrt von meinen Deutschlandabenteuern! Nennen Sie mir einen Ort in Deutschland – ich bin da gewesen. Buchschlag? Davon wird noch die Rede sein. Hamburg? In Hamburger Hotels gewohnt – hört man nicht immer wieder von Brandkatastrophen in Beherbergungsbetrieben? – und stets wohlbehalten zurückgekommen, so wahr ich hier vor Ihnen am Schreibtisch sitze oder, vor Ihren Blicken verborgen, im Speisewagen nach B. In München, in Frankfurt die Straßenbahn benutzt, und immer gut angekommen, in Autos als Beifahrer auf dem sogenannten Todessitz gefahren, und nie im Krankenhaus gelandet. Bremen? Kleinigkeit. In Marburg an der Lahn, in einem Notarztwagen? Nicht ich! Ich habe die Nacht von Krefeld erlebt und den Morgen danach – *über*lebt, wie ich nicht extra zu betonen brauche. In Stuttgart das Vesperbrot eingenommen ungezählte Male – keine Vergiftung, keinerlei Spätfolgen. In Augsburg gibt es ein Lokal, das Waikiki – ich habe es unversehrt wieder verlassen. Alles überlebt, alles gesehen – das Festspielhaus in Bayreuth und den Bahnhof in Nürnberg, die Häuserzeilen dort, die Reklameaufschrift auf einer Brandmauer: *Wäscherei Schmidt*. In Neumünster die Mühlenstraße überquert – kein Schuß aus dem Hinterhalt, nichts. Es kommt noch besser: Ich war zweimal in Bielefeld. Das erste Mal waren die gesellschaftlichen Witterungsbedingungen allerdings derart, daß ich auf der Stelle umkehren mußte. Jahre später versuchte ich es wieder, erfolgreich. Ich brachte es sogar auf zwei Übernachtungen im Bielefelder Hof, dem ersten Haus am Platze, wie eine Visitenkarte verhieß, einem seit langem leerstehenden, stillgelegten Hotel gegenüber dem Bahnhof. Aber wie denn stillgelegt, wenn ich darin wohnte? Ich ging doch durch die Drehtür, aus der halbdunklen Halle tauchte plötzlich ein Portier in schwarzer Livree auf, das Hoheitszeichen der gekreuzten goldenen Schlüssel an den Rockaufschlägen, selbst der Aufzug war in Betrieb, und ein Frühstück wurde mir serviert? Andrerseits, die stillen, menschenleeren Flure, die dunklen Speisesäle und Bridgezimmer, die kalte Zentralheizung im Januar? Und doch mußten außer mir noch andere Gäste im Hause sein, denn als ich einmal verspätet ins Hotel zurückkehrte, kam der Portier gelaufen und sagte mit einem vorwurfsvollen Unterton: Schnell, schnell! Wo sind

Sie nur so lange gewesen? Herr Arbeitsdienstführer Hierl und Herr Wehrwirtschaftsführer Oetker erwarten Sie schon! – Nein, das mußte mir geträumt haben; in bestimmten deutschen Hotelzimmern muß ich immer, eine Art Zwangsvorstellung, an durchreisende SA- oder SS-Chargen denken, wie sie sorgfältig die Uniform in den Schrank hängen oder über den Stuhl legen, wie sie sich, mit hinabhängenden Hosenträgern, rasieren am Morgen und die Haare naß kämmen, bereit zu neuen Taten, oder wie sie – genug jetzt! – vor dem Verlassen des Zimmers noch einen Blick aus dem Fenster werfen etwa auf den *Platz der Volkserhebung*, so wie ich manchmal vom Hotelzimmerfenster auf den *Platz des Widerstandes* hinuntersah. – In Oberhausen, ich war auf der Suche nach einer Apotheke, kamen zwei Deutsche in Uniform auf mich zu: als erfahrener Deutschlandreisender wich ich ihnen aus. In einer Winternacht ging ich mit zwei Frauen durch Regensburg – niemand fiel uns an, kein Messer zwischen die Rippen, keinen Bierkrug auf den Kopf. Während der Schreckensherrschaft des Intendanten Mai war ich in Saarbrücken, am Halberg – und reiste ungehindert nach Frankreich aus. Ob Lübeck-Buntekuh oder Hildesheim-Himmelstür, mir blieb das Tor zum Himmel verschlossen, gar keine Schwierigkeit. Aschaffenburg, Fulda, Bebra – alles überstanden. Nennen Sie mir einen Ort, ich bin da gewesen. Koblenz? Darf ich den Schwierigkeitsgrad erhöhen? Koblenz-Lützel! Kleine Bahnstation, nicht einmal eine Bank, auf der ich hätte die Nacht verbringen können, damals, mit letzter Kraft und ohne vom Posten angerufen zu werden, schleppte ich mich an einer Kaserne vorbei … nicht einmal die Pfandleihe ist mir fremd in Koblenz, selbst dort erreichte ich nichts, außer daß mir eine Beamtin ihr Jausenbrot schenkte, wie muß ich ausgesehen haben! Und gar das Nachtleben in Koblenz – der Fahrer eines Kleinlastwagens, der mich von Koblenz nach Ulm mitnahm, erzählte davon –, eine große Sache! Hauptsache bei die Weiber in Koblenz, so der Fahrer, ist doch, daß sie ihn drin haben, das ist die Hauptsache bei die. – Und Sierksdorf, Ostseebad Sierksdorf? Ausgezeichnete Frage, aber passen Sie auf: Es war im Juni, ein Montagnachmittag im Juni, als ich nach Sierksdorf kam. *Paul hat die Kittfalze gestrichen*, war die letzte, schon länger zurückliegende Eintragung im Tagebuch; eigentlich war es kein Tagebuch, sondern eher ein Haushaltsbuch, nur ohne Ausgabenverzeichnis; eine Art Hausbuch also. Nun, mit Ulrich, dem Hausherrn, saß ich einige Zeit im Wohnzimmer am Fenster, der Gastgeber rauchte zur Feier des Anlasses eine Zigarette und nippte an einem geistigen Getränk, wir sahen auf das Meer hinaus, nun ja, Meer, ein Wasser jedenfalls, ein großes Wasser. Am späteren Abend, es war immer noch hell, gingen wir zum Strand hinunter. Ein Gewitter zog auf. In einem Strandkorb saßen, in ein ernstes Gespräch vertieft, zwei Frauen – unsere Frauen. Als wir näher kamen, brachen sie die Unterhaltung ab; ihre Mienen verhießen nichts Gutes. Ganz ohne Zweifel hatten sie sogenannte Beziehungsprobleme erörtert, nur, ich war fein heraus: die eine Frau konnte, die andere wollte mir nichts tun. Umgekehrt mit Ulrich, dem Calvinisten und militanten Nichtraucher. Vor dem plötzlich hereinbrechenden Unwetter flüchteten wir in die Kneipe »Zum Eisbären«. Als der Regen nachließ, gingen wir zurück ins Haus. In der Nacht – Nicht weiter, es genügt. Es genügt? Nicht weiter? Wer hat hier das Sagen! In der Nacht also kam es zu einem Zwischenfall. Ich übernachtete mit B. auf einem Lotterbett im Wohnzimmer, in dem Zimmer, in dem ich tags darauf auf jenes Tage- oder Hausbuch mit der letzten Eintragung *Paul hat die Kittfalze gestrichen* stoßen sollte. Wir rauchten, während im Nebenzimmer eine gedämpfte Auseinandersetzung zu hören war, sogenannte Thai-Sticks; an der Ostsee Rauschgift aus Thailand zu nehmen, ist ja ein unvergeßlicher, schon von Hans Albers unnachahmlich beschriebener Eindruck. Wir rauchten und warfen uns –, falsch, erst die Kleider, wir entledigten uns der Kleidung und legten uns aufs Bett: wir genossen es wie schon Tage nicht. Im Nebenzimmer wurde der Streit zwischen Ulrich und Eva heftiger, und plötzlich, jetzt folgt der Zwischenfall, plötzlich, fast wären wir ermattet eingeschlafen, plötzlich fiel die Haustüre ins Schloß, energische Schritte über den Kiesweg, das Greinen der Gartentüre – Ulrich hatte sein Haus und sein' Eva verlassen, um in der Bahnstation zu übernachten, in einer Bahnstation, kleiner noch als jene in Koblenz-Lützel, gerade etwas größer als ein Strandkorb. Die Verlassene war keineswegs aufgelöst oder unglücklich über den Abgang, im Gegenteil. Ah, eine Frau kann einen Mann ruinieren, mühelos. Etwa eine Stunde später ging wieder die Gartentüre, das heißt, nicht die Gartentüre selbst ging, naturgemäß kann eine Gartentüre nicht gehen, aber jemand ging durch die Gartentür, wie die nachfolgenden Schritte über den Kiesweg bewiesen, und wieder fiel die Haustüre ins Schloß; dann Geräusche im Vorhaus – Ulrich klappte die Schiebeleiter zum Boden herab und schickte sich an, unter dem Dach zwischen Gerümpel sein Nachtlager aufzuschlagen, sein Nachtlager von Granada … Nicht auszudenken, wir hätten – nur einmal angenommen, im Zuge meiner Feldforschungen in Deutschland stieß ich immer wieder auf Menschen, die wie wild danach waren – wir hätten es inzwischen zu dritt gemacht und wären vom zurückkommenden Hausherrn überrascht worden! Was hätte ich dann erst erlebt und zu berichten gehabt, falls ich es noch hätte erzählen können – der Hölle von Sierksdorf gerade noch entronnen … Vielleicht hätte ich dann nie jene schöne Hausbuchstelle entdeckt: *Paul hat die Kittfalze gestrichen* … – Aber Sie sehen: Einen Ort nennen Sie mir, und ich bin da gewesen. Und nun nach Buchschlag – ja, sogar in Buchschlag bin ich gewesen. Ah, Buchschlag, was für eine Geschichte damals, mit Ruth, oder Edith … Nein, doch nicht Ruth, oder Edith, Renate, sie hieß Renate. Ruth, oder Edith, das war eine andere, spätere Geschichte … Oder eine frühere, vorangegangene? Im Augenblick vermag ich nicht einmal anzugeben, ob überhaupt ich diese Geschichte erlebte. Wer denn ich? Ich, Jolyon Brettingham Smith? Ist nicht ein Ich so gut wie das andere? Ich, Chinesen-Fritz, oder ich, Mister Joe? Ich, Wilfrid Schulz und Renate (nicht meine Renate, eine andere, von der ein anderer sagt: meine Renate, die Wilfrid-Schulz-Renate, Farewell, Mister Joe, Dein Freund Wilfrid Schulz und Renate, *diese* Renate) … Wo war ich? – Ja, Buchschlag, da bin ich sicher. Meinst Du, daß unsere Gefühle, sagte sie, Renate (wohlgemerkt: nicht die Wilfrid-Schulz-Renate, diese Nutte), meinst Du, daß unsere Gefühle füreinander noch vorhanden sein werden, wenn wir uns in einem halben Jahr wiedersehen? Ein kleines Hotel am Meer, das wäre es gewesen, gab ich zur Antwort. (Gefühle immer diese Gefühle in Deutschland!) Jedenfalls, wir trieben es – genug, genug! Warum genug? Jetzt beginne ich erst. Wir trieben es im Wohnzimmer, auf dem Fußboden … Sie hatte ein Hauskleid angezogen, das raffiniert zu nennen ich nicht anstehe, ich behielt nichtsdestotrotz meine Stiefeletten an. Der Hausherr war Tausende Flugkilometer entfernt. Wir trieben es, *und wie*! Ich weiß nicht, was mich dazu drängt, das preiszugeben – ist es Exhibitionismus? –, aber wir legten die Kleidungstücke nicht ab, zogen auch nichts hinauf oder hinunter, hastig und voller Begierde, öffneten nichts, jawohl: Wir taten nur so, wie wenn wir es miteinander trieben auf dem Teppichboden … Es ist der vierzehnte Tag, hatte sie erklärt, ich habe die Pille abgesetzt, und Willem würde das ganz beschissen finden; also trieben wir es, während eine Suite von Albinoni erklang, bloß scheinbar – die Stellung, der Bewegungsablauf, die Steigerung, filmreif!, und doch rieben wir uns nur aneinander, wobei schließlich meine Unterhose zu Schaden kam. Wie es bei ihr – Renate – war, entzieht sich meiner Kenntnis, denn sie schlief bald darauf ein. – Einige Wochen später rief sie mich an; sie sprach nur englisch, weil ein neugieriger Bub, ein kleiner Freund der Familie, in ihrer unmittelbaren Nähe – so sie, Renate – die Ohren spitzte. Sie werde im Winter, so she told me in English – ah, welche Vorsicht sie walten ließ! –, einige Zeit in Florenz sich aufhalten, und würde sich freuen, mich ebenfalls dort begrüßen zu können. Selbstverständlich reiste ich nicht nach Florenz, denn um etwas zu erleben, reise ich prinzipiell nur nach Deutschland.

Es ist Mitternacht. Mit diesem Satz werde ich, an den Schreibtisch zurückgekehrt, das nächste Kapitel eröffnen; jetzt aber reise ich nach Deutschland, um etwas zu erleben. Ja, ich weiß auch nicht – ist es der Alkohol, ist es das Kochen im eigenen Saft, daß ich immer wieder nach Deutschland reise? Statt zu fabulieren, statt zu *erfinden*, reise ich; anstatt daß ich schreibe, *erlebe* ich, das ist kein pragmatischer Umgang mit meinem Talent. *Kehricht, in mich gekehrt* – Gedichte, *Durstlöschung* – Ein Delirium, *Hölderlin in Tibet*, Prosa – so vielversprechende, ausbaufähige Ideen, und ich reise ständig nach Deutschland, um etwas zu erleben!

Als Verkehrsmittel hatte ich diesmal die Eisenbahn gewählt. Ich reiste im Speisewagen, über eine Elf-Stunden-Distanz raste ich einem sicheren Start-Ziel-Sieg entgegen. Ich reiste durch einen Vorfrühlingstag im Winter, Vormärz im Januar, abwechselnd, manchmal gleichzeitig Schnee und Regen, aufgeweichte Landschaft, kleine Überschwemmungen, ich sah Wiesen unter Wasser, niedrig dahinziehende, stürmisch aufgerissene Wolken, Ausschnitte blauen Himmels, die sich im Wasser überfluteter Weiden spiegelten, vereinzelte Dörfer und Gehöfte; dann wieder dichtbesiedelte Gebiete, militärische Einrichtungen, Kasernen, Lager, in Reih' und Glied abgestellte Lastwagen, Nebengeleise, auf Waggons verladene Panzer oder Granatwerfer oder was eben zur Erhaltung des bißchen Friedens vonnöten ist. Ansprechende Schilderung.

Im Speisewagen – Speisewagen, Innen, Tag – gab es ein Problem. Eine Reise nach Deutschland ist ja auch eine Reise durch die deutsche Küche, und hier konnte einer wie ich tatsächlich etwas erleben. Das einzige Sinnesorgan, das mir auf dieser Speisewagenreise entbehrlich schien, war meine Nase. Pfälzer mit Sauerkraut, Bockwurst mit Kartoffelsalat, Kohl mit Pinkel, Quatsch mit Soße, wie es herausdampfte aus dem Küchenverschlag! Ich hatte mich also auf Nahrung der flüssigen Art, auf J & B Rare Whiskey und auf Pilsener zu verlegen, was mir, Teufel auch, nicht schwerfiel. – Bequem, vollkommen Herr der Situation, streckte ich die Beine unter dem Arbeitstisch aus und fing an, im Stimmengewirr um mich herum zu stöbern, stocherte in den Gesprächsfetzen, um zu sondieren, ob etwas für mich Passendes darunter wäre. – Jedenfalls heißen die beiden nur noch die Daltons, keiner weiß, warum, aber sowie die beiden auftauchen, heißt es nur noch: Die Daltons sind da! Scharf, nicht –? Na ja, ich weiß nicht, die Daltons, nein. – Ich bin Arzt, ich wohne gegenüber, ich habe die Schüsse gehört, sag ich zu denen, ich hab sie gehört, die Schüsse – eine andere Männerstimme, zu einem weiblichen Gegenüber –, aber meinst du, die hätten –? Nichts, nichts dergleichen, die Welt ist ein Abgrund, ein Abgrund … Nein, nicht gut. Und wie sah der Mann aus? Was denn, wie der Mann aussah, das fragte ja gar niemand, ich war doch Ohrenzeuge – ach, ich bin als Erzähler gefragt, wie der Arzterzähler aussah? Fragen Sie nicht, oder fragen Sie ruhig, ich werde ihn nicht beschreiben. Fest steht nur: Er trug keinen weinroten ärmellosen Pullover, und nun stören Sie mich nicht länger, ich werde das Beste noch versäumen. (Wenn Ihnen die Verwirrung zu groß ist, niemand hindert Sie, das Buch zuzuklappen oder damit zu verfahren, wie immer es Ihnen beliebt. Ja, jetzt runzeln Sie die Stirn, aber vielleicht ist auch das Schreiben ein anarchistischer Akt, und nicht nur das Lesen? Nicht daß ich die Zeitenfolge nicht beherrschte, aber wenn ich, als ich durch Deutschland reiste, ohne Vorwarnung auch in der Gegenwart mich äußere, wird es, falls Sie in der Lektüre fortfahren, als Gedankenstimme zu verstehen sein.) Zurück jetzt: Ich stocherte in den Gesprächsfetzen, ohne bisher etwas Passendes gefunden zu haben. – Ich mache mir keine Illusionen: Wenn dieser Verleger – und, wie sich jetzt herausstellt, ist er im Doppelsinn ein Verleger, aber nicht alles Verlegte findet sich wieder –, wenn dieser Verleger meine Bücher nicht wieder auflegt, bin ich erledigt, ich hätte sie umsonst geschrieben, hörte ich eine Stimme hinter mir, eine Stimme mit großer Bitternis hinter meinem Kopf; der Mann mußte sich, wie ich, im Sessel weit zurückgelehnt haben. – Stellen Sie sich vor: Ein lebender Autor, dessen Bücher als vermißt gelten, vermißt ist der richtige Ausdruck, eine unerträgliche, groteske Vorstellung! Ja, wäre der Autor begraben, würden die Bücher vielleicht wieder zum Leben erweckt werden, aber auch das ist mehr als unsicher. – Das klang interessant und vielversprechend, das sollte mir eigentlich passen. Bis zum Auftritt des Schaffners werde ich hier einmal zuhören, die Stimme hinter meinem Kopf weiter verfolgen; oder soll ich sagen: mich von ihr verfolgen lassen? – Schriebe ich Italienisch, wäre ich Italiener, dann wäre mir geholfen, denn für die Italiener, deren Übersetzungen er verlegt, tut dieser Verleger alles, da ist ihm kein Außenhandelsdefizit zu groß. Aber was soll man machen, er liebt eben die italienische Literatur, sie ist so – verrückt, und witzig, er liebt die italienische Literatur, wie der Engländer die Kunst liebt – wenn Sie je einen Engländer sagen gehört haben *Oh, I love arts*, dann verstehen Sie, was ich meine. Er liebt die italienische Literatur so sehr, daß die Verlagsangestellten schon *scusi* sagen, wenn sie einander im Wege sind. Ist das nicht lachhaft? Und wissen Sie, was dieser Verleger sich erlaubt hat? Er hat mir einen Brief geschrieben, des Inhalts, daß ich ihn hinters Licht geführt, also schlichtweg: betrogen hätte! Hier – er schien ein Papier aus der Tasche zu ziehen, und die Schnelligkeit, mit der das geschehen mußte, legte den Schluß nahe, daß er schon oft zuvor nach diesem Papier gegriffen hatte, um damit andere Leute zu belästigen, und doch, ihm zuzuhören, faszinierte mich immer mehr – hier: Ich hätte ihm nach dem ersten, großartigen Text, wie er gnädigerweise zugibt, für das neueste Buch nur noch Schund geliefert, wesentlich ungleichere Texte, wie dieser Herr sich ausdrückt, hier steht es. Und das schreibt er mir *nach* dem Erscheinen des Buches, grotesk, nicht? Aber so geht man mit mir nicht um! Mir werden schon geeignete Maßnahmen einfallen, noch überlege ich. Ein Verleger ist zwar mächtig, ein Verleger kann einen Autor ruinieren, aber gegen die Rache eines Autors hinwieder ist er machtlos. – Oder die Geschichte mit dem Plakat. Wenn wir ein *neues Buch* machen, machen wir ein *neues Plakat*, hat er mir vor Jahren versprochen, ohnehin nur, um das alte Plakat mit einer sehr charakteristischen Portraitfotografie nicht nachdrucken zu müssen; und nicht wenige Frauen haben sich jenes Plakat in ihr Zimmer gehängt, ein Dichter soll ja nicht nur gut schreiben, er soll auch gut aussehen, oder etwa nicht? Aber weiter: Kaum war das neue Buch erschienen, kaum mahnte ich das neue Plakat an, da sagt mir dieser Verleger frech ins Gesicht, er werde sein Versprechen nicht einhalten, ein Plakat koste einen Haufen Geld und die Buchhändler würfen es ohnedies nur weg.

Aber von den italienischen Neuerscheinungen hat er natürlich Plakate gemacht! Und denselben Buchhändlern, die in meinem Fall die Plakate bloß weggeworfen hätten, dient er die anderen Plakate in beliebiger Menge an – Anruf oder Postkarte genügt! Unglaublich, was sich dieser Mensch mir gegenüber schon herausgenommen hat, ganz und gar unglaublich! Und weiß der Teufel, aber die Hölle, das sind die Plakate der anderen …

Genug gehört, jetzt werde ich den Schaffner auftreten lassen. Mir schräg gegenüber hatten drei junge Frauen – zwei mit dem Rücken zu mir – Platz genommen und Wein bestellt. Gerade in dem Augenblick, als ich beschloß, den Schaffner auftauchen zu lassen, kam er auch schon durch den schmalen Gang neben dem Küchenverschlag und ließ sich die Fahrkarten der drei Frauen vorweisen; dann ging er langsam durch den Wagen und – hörte ich recht? – sagte zu jedem einzelnen Tisch hin, bald nach links, bald nach rechts, Mahlzeit, guten Appetit …! Unglaublich, Mahlzeit, guten Appetit, mindestens zehnmal wiederholt aus dem Mund eines Schaffners auf dem Weg durch den Speisewagen. Der Speisewagenkellner fragte ja auch nicht bereichsübergreifend nach den Fahrausweisen oder dem Reiseziel! Oder wollte dieser Schaffner sich lustig machen? Dann wäre es allerdings von mir erfunden, endlich eine Erfindung! Die Speisen, Pfälzer mit Sauerkraut oder Kohl mit Pinkel, ich wiederhole mich, zu deren Einnahme er guten Appetit wünschte, legten diesen Schluß eigentlich nahe; andrerseits war es nicht anzunehmen, denn beim

Schaffner handelte es sich ja um einen sogenannten Bundesbürger, und vielleicht beschwor er mit seiner übertriebenen Höflichkeit nur den Augenblick, da er selbst sich über Pfälzer mit Sauerkraut oder Kohl mit Pinkel würde hermachen können, oder er zielte darauf ab, zum freundlichsten Bahnbeamten des Monats oder des Jahres gewählt zu werden, was weiß denn ich. (Diese Schnellzugschaffner wünschen einem guten Appetit, und tatsächlich ist ihnen vollkommen egal, ob es einem schmeckt, ob einem die Mahlzeit bekommt, es ist nur so hingesagt, gedankenlos, er kommt nicht aus dem Herzen, der Wunsch, *eine Floskel*, jetzt habe ich das Wort, es sind nur Floskeln, zähe Floskeln, wie im Rindfleisch, das in diesem Speisewagen auch angeboten wird, ein bundesdeutscher Schaffner kann mir nichts vormachen.) Womit geklärt ist: Es konnte sich nur um eines jener merkwürdigen Erlebnisse handeln, derentwegen ich Deutschland ja so leidenschaftlich bereiste.

Erinnern Sie mich bitte, daß ich, wenn der Speisewagenkellner wieder vorbeikommt, Whiskey nachbestelle, Haig's Scotch Whiskey; ja, ich weiß, ich trank nicht, wie irgendwo zuvor hingeschrieben, J & B – J & B Rare Whiskey trank ich auf anderen Strecken, in anderen Zügen –, sondern Haig's. (Was sollte ich denn machen, mit dem Flachmann läßt sich im Speisewagen schwer arbeiten, bei meinem Bedarf hätte der Flachmann die Dimension einer Thermosflasche; Sie müssen nämlich wissen, ich bin naturgemäß nicht Whiskey-, sondern Wodkatrinker, nur vom feinsten, wie sich versteht, und daher bin ich gezwungen, in Speisewägen auf Wodka, aber was schreibe ich, ist es der Alkohol? – im Speisewagen *auf Whiskey*, so muß es heißen, umzusteigen.) Ich änderte meine Sitzhaltung und beschloß, wieder im Stimmengewirr zu stöbern, vor allem in den Gesprächsfetzen der drei Frauen mir gegenüber. (In Amsterdam, auf dem sogenannten Flohmarkt – ja, meine Reisen nach Deutschland führen mich oft weit über Deutschland hinaus –, in Amsterdam hatte ich einmal, an einem Novembertag, einen Mann beobachtet, einen hageren Mann in einem langen, schäbigen Mantel, der gebückt in einem Kleiderhaufen auf dem Asphalt wühlte, versunken und unbeirrt in diesem Kleider- und Unterwäscheabfallhaufen nach gebrauchten und weggeworfenen Damenslips suchte und die jeweiligen Stücke prüfend an seinen Riechkolben hielt, um sie entweder an sich zu nehmen oder widerwillig fallen zu lassen; seine Nase war vom Hineinstecken in die Botschaften, die diese Unterhosen ihm erzählen mochten, vom Beriechen dieser toten Briefkästen rot und entzunden; wie heißt denn die Perversion eines so bedauernswerten Menschen, nein Fetischismus ist es nicht, irgendein Syndrom, das Süskind-Syndrom, kann das sein? Wie immer.) – Aber nicht in Kreiensen, meine Liebe, und nicht als Schwangerschaftsaushilfe, hörte ich eine der drei Frauen sagen. – Und was sagt das Miststück zu mir? Ich kann mir das erlauben, ich geh in Rente bald …! Na ich nichts wie zum Juniorchef, zum Alten zu gehen hat ja keinen Sinn, der will dir ja doch nur an die Möpse fassen, der alte Schmidt, dem hängt ja der Sabber raus, ich also zum Jungen und klargestellt: Nicht mit mir, und nicht in Kreiensen. (Nun? Ich weiß nicht … Nein, nicht *nun, ich weiß nicht*, ich werde das wieder streichen, so.) Wo war ich? Ja: – nicht mit mir, und nicht in Kreiensen. – Ach, ich war so erleichtert, sagte die, die mir das Gesicht, und nicht nur das Gesicht, zukehrte, *ich war so erleichtert, als die Schwangerschaft endlich eintrat und ich das Studium abbrechen konnte* … Ah, was für ein Satz, was für ein Fund, der mich in eine unbeschreibliche Erregung versetzte! An diesem Satz merkte ich, daß ich immer tiefer in Deutschland eindrang. Ja, wie sie beschreiben, die Frau, wenn ich angesichts einer Frau immer auf unschamhafte Gedanken komme? Still jetzt!, die dritte sprach mit halblauter Stimme und über den Tisch gebeugt. – Laß uns das ausdiskutieren, sag ich zu ihm, was bedeutet es dir eigentlich, mit mir zu schlafen? Und wißt ihr, was das Schwein antwortet? Ficken, das ist eine Pause zwischen zwei Zigaretten. Hat man so etwas schon gehört?! Ich hab ihm natürlich gesagt, wenn das so ist, dann gehst du jetzt besser, geh, auf der Stelle, was bist du nur für ein kaputter Mensch … Ach, ich war so erleichtert, als dieses Stadium endlich eintrat und ich die Schwangerschaft abbrechen konnte … Die drei Frauen hatten die Köpfe zusammengesteckt. – Bei mir genauso, hörte ich wieder die erste, die nicht-mit-mir-und-nicht-in-Kreiensen-Stimme, er hätte mir ja auch mal einen Orgasmus schenken können, etwa nicht? Sex machen unter der Dusche, das fand er blöd … Und überhaupt, wenn er voll war, grauenhaft … Wenn er zur Tür hereinsegelte mit seinem weißen Seidenschal, und seiner ewig gleichen Nummer: Ist denn kein Stuhl da, Stuhl da, für meine Hulda, Hulda … Einmal, in einer schrecklichen Nacht, in der schrecklichsten Nacht meines Lebens, hab ich ihn angeschrien, Paulus, selbst wenn du jetzt wolltest, du könntest gar nicht … Und er, nach einem Schluck aus der Flasche? Das stimmt schon, aber ich will ja auch gar nicht … Ach, ich war so erleichtert, als die Schwangerschaft endlich eintrat und ich diesen Kerl verladen konnte …! (*Verladen*, interessante Wortwahl. Ich hatte bisher, von der Bedeutung des Wortes Verladen in der jüngeren deutschen Geschichte einmal abgesehen, – ja, mögen sie heraustreten, die Deutschen, aus dem Schatten des Dritten Reiches, ganz meine Rede, aber *mit erhobenen Händen, beide* Hände erhoben, wohlgemerkt, oder hinter dem Kopf verschränkt besser noch –, ich hatte bisher nur gehört, daß etwa im Eishockey ein Torwart oder Torsteher von einem gegnerischen Angreifer *verladen* wird, indem dieser die Scheibe ins Netz jagt, also einen Treffer erzielt. Aber reise ich nach Deutschland, um etwas zu erleben, lerne ich immer auch Neues hinzu.)

Durch diese Gedanken habe ich jetzt den plötzlichen Abgang der drei Frauen versäumt, oder war ich gar kurz eingenickt? Am Tisch drüben standen nur noch die Weingläser und -flaschen. Ja übrigens, habe ich jetzt den Whiskey nachbestellt, und das Pilsener? Ah, hier steht ja alles. (Diese Ausfälle, Anfälle von Amnesie, ich weiß nicht, war es – war es – welcher Grund wird mir immer eingeredet? Jetzt hab ich's vergessen.) Ich sah zum Fenster hinaus; eine Station mit Namen Eschwege war kurz im Bild und blieb zurück. Unter dem Tisch verschaffte ich den Beinen etwas Bewegung – elf Stunden Speisewagen, eine große sportliche Herausforderung, die ein hohes Maß an Körperbeherrschung verlangt. Ich streckte die Beine wieder aus und lehnte mich zurück, wieder in den Sendebereich der Stimmen hinter meinem Kopf. – Haben Sie am 28. Jänner 1986 die Fernsehnachrichten verfolgt, die Berichterstattung über die Explosion der Raumfähre, nein? Ah, was für ein vergnüglicher Abend, was für Farben! Wie von Antonioni, besser noch! Fröhlicher gestimmt hat mich Jahre zuvor nur die Nachricht vom Attentat auf diesen Schweinepriester, auf diese leibhaftige Präsidentenpest – umso größer war dann allerdings meine Enttäuschung. Aber der Abend des 28. Januar – ein Vergnügen, und doch so gefährlich! Stellen Sie sich vor, das wäre im All passiert … So gefährlich! Denn die Grundfrage ist ja, ob die Menschheit die Amerikaner überleben wird, oder die Amerikaner die Menschen … Kann diese Verbrechernation sich nicht samt und sonders auf einen anderen Planeten verfügen und uns hier in Ruhe lassen? Wie Sie sehen, unterscheide ich sehr genau zwischen Menschen und US-Amerikanern, obwohl man auch den Amerikanern die Möglichkeit der Menschwerdung einräumen sollte, mehr noch, man müßte sie dazu zwingen … Aber welche Macht der Erde wäre dazu in der Lage? Elend, Elend, wohin man schaut … Elend der Wirklichkeit, Elend der Literatur, Elend der Wiederholung … Elend der Literatur, jawohl! Oder warum schreiben einzelne so viel, können Sie mir das beantworten? Manche: Kein Jahr ohne ein neues Theaterstück, ohne ein neues Buch, und doch nur Wiederholungen … Kein Jahr ohne einen mit allen Mitteln entfachten und rücksichtslos in den *Medien präsent gehaltenen Skandal*, wie gesagt wird … Wie bei B.! … Tod, Verstörung … Finsternis, Niedertracht … Die Stimme stieß plötzlich halblaut Bruchstücke hervor, die wie Verwünschungen klangen und mich aufhorchen ließen. Niedertracht, Finsternis, Eigentum … Alles niederträchtig … Sicher sitzt er jetzt in seiner Schreibtischfinsternis, in seiner Vierkanthoffinsternis, die für ihn die Weltfinsternis ist, und schreibt … Schreibt sich weiter in die Weltliteratur hinein, wie behauptet wird, der größte private oberösterreichische Obsessionseigentümer … Während ich reise, sitzt er in seiner Klinik, in seinem privaten Narrenhaus, und schreibt … Erschreibt sich einen Vorteil, schreibt seinen Vorsprung noch weiter aus … Ich reise, er schreibt, unglaublich … Gewiß, je tiefer einer ausgeschrieben ist, umso mehr schreibt er … Die Niedertracht ist es, die Niedertracht … Aber mag er dort sitzen, in seiner ländlichen Klinikfinsternis, mag er schreiben in seinem Vierkanter, in seiner Schwarzwaldklinik … In seiner Schwarzwaldklinikfinsternis, samt seinem Morbus Böck, mag er! Es wird sich schon noch herausstellen, wer der *wahre Landarzt* ist! – Oder dieser andere nervenleidende Idiot, mit seiner Wassersucht, seiner Wasserfallfinsternis von Bad Gastein, seiner Finsternis beim Wasserlassen … Auch ein B., der Schmelzkäse … Ein Schweizer, müssen Sie wissen … Schmelzkäse, bitte kommen … Ein grauenhafter Idiot und Bildungsphilister, das könnte er schriftlich haben, mag er mich verklagen … Aber mich verklagt ja niemand, nicht einmal diese Aufmerksamkeit wird mir erwiesen. Seit Jahrzehnten arbeite ich immer dreister darauf hin, und nichts geschieht … Das Verbrechen hat Namen und Anschrift, nach dieser Maxime bin ich immer vorgegangen, nichts ist passiert; niemand hat die Justiz beansprucht gegen mich, mit voller Absicht natürlich … Nicht daß ich erpicht darauf wäre, vor Gericht zu erscheinen – ich denke gar nicht daran, vor einen Richter zu treten –, aber die unbezahlte Werbung, die Resonanz, man gönnt sie mir nicht, nicht mir! Eine Verschwörung, mehr noch: Eine Art weißer Bücherverbrennung, wie ich das nenne … Da ist oft die Rede von der Sprengkraft der Literatur – nichts da! Ich kann schreiben, was und wie ich will, belangen, schriftlich belangen, wen ich will, es wird übersehen, übersehen, ja, ein guter Ausdruck. Was kann einer *Veröffentlichung* Schrecklicheres passieren, als *übersehen* zu werden? Ohne Zweifel, man will mich fertigmachen, mich an meiner eigenen Ohnmacht ersticken lassen. Seit Jahrzehnten ist eine Verschwörung gegen mich im Gange, das ist objektiv gesichert, eine Verschwörung der sogenannten Literaturöffentlichkeit, mehr noch, eine Weltverschwörung, eine Weltliteraturverschwörung! Meine Bücher werden nicht übersetzt. Seit Jahren erreichen mich kaum Briefe. Läutet das Telephon, ist es ein Mißverständnis, eine Belanglosigkeit, oder es wird aufgelegt. Benachrichtigungen über Literaturpreise werden mir nicht mehr zugestellt; ist das nicht merkwürdig? Es ist aber gar nicht merkwürdig, es belegt nur die Stichhaltigkeit meiner Verschwörungstheorie. Oft leiste ich mir über Stunden große stumme Auftritte, gehe zwischen Eßtisch und Telephontisch hin und her, führe in Gedanken Telephongespräche, die von meiner Seite an Deutlichkeit und Heftigkeit nichts vermissen lassen, unterhalte mich – *im Kopf*, wohlgemerkt, und ohne die Lippen zu bewegen, denn ich bin ja nicht verrückt – mit unsichtbaren Anderen. Eine objektiv gesicherte Verschwörung, wie ich Ihnen schon sagte. Aber damit nicht genug: Die Weltliteraturverschwörung hört auch nicht auf, Spott mit mir zu treiben! Hören Sie nur: Ich sitze im Parkhotel, es ist später Vormittag, ich trinke Kaffee und erwarte einen Anruf. Tatsächlich wird irgendwann mein Name aufgerufen, ich erhebe mich, um durch den Saal zur Telephonzelle zu gehen, da steht vor mir, und näher zum Telephon, ein adrett gekleideter junger Mensch auf, den ich zuvor gar nicht beachtete, und begibt sich mit einer Selbstverständlichkeit, als hörte er auf denselben Namen wie ich und hätte gleichfalls einen Anruf erwartet, zum Telephon. Ich gehe ihm nach und höre, wie er sich mit meinem Namen meldet; will er die Unverfrorenheit auf die Spitze treiben? frage ich mich, abwartend in seiner Nähe verharrend … Aber dann führt er ein Telephongespräch mit Einzelheiten, die wirklich nicht mir gelten können, mein Argwohn verfliegt, ich ziehe mich zurück, auch jener Herr mit meinem Namen – muß ich hinzufügen, daß er einen weinroten ärmellosen Pullover trägt? – nimmt nach seinem Telephongespräch wieder Platz. Für mich gibt es nur mich mit meinem Namen, und doch heißen andere auch so, denke ich verwirrt. Am Tisch dieses Herrn, das bemerke ich erst jetzt, sitzen noch zwei Mädchen, Mittelschülerinnen, wie ich dem Gesprächsverlauf – ich höre ja alles – entnehme, und der Mann scheint ein Mittelschullehrer, ein sogenannter Mittelschulprofessor zu sein. Aus einer Tasche zieht er plötzlich Bücher heraus, die er zuvor gekauft habe, wie er stolz versichert. Von mir ist keines darunter, stelle ich mit einem Blick – ich bemerke ja alles – fest, dieser Mann übersieht Bücher, die ja auch unter seinem Familiennamen erschienen sind, denke ich mir noch; da nimmt dieser Idiot eine aus einem deutschen Nachrichtenmagazin (*Nachrichten*magazin, aha!, denke ich) herausgerissene sogenannte Bestsellerliste und einen Kugelschreiber zur Hand und beginnt, laut vor sich hinplappernd, die Titel abzuhaken und zu preisen, die er bereits zu Hause stehen habe – nur zwei müsse er sich noch besorgen, andere habe er dafür schon zweimal gelesen. Vor meinen Augen und unter meinem Namen beginnt dieser Mensch die Einrichtung der sogenannten Bestsellerliste zu feiern, sie halte einen so wunderbar auf dem laufenden, das kann kein Zufall, das muß Absicht sein, dieser Mensch macht sich über mein Unglück und über die Literatur lustig, er ist also doch ein Mitarbeiter der Weltverschwörung! Was glauben Sie, was ich mache? Ich springe auf, gehe zum Tisch dieses unwürdigen Namensvettern und sage: Schwachkopf! Affe! Aber er grinst mir frech ins Gesicht, hält das Buch »Das Parfum« von Süskind in die Höhe und sagt genüßlich:

Literatur, große Literatur … Also doch!, und vielleicht war es doch mein Telephongespräch, fährt es mir durch den Kopf, ich zerre den Kerl an seinem weinroten ärmellosen Pullover aus dem Sessel, werde aber von den herbeieilenden Kellnern gehindert, ihn umzubringen. Natürlich werde ich sofort aus dem Lokal gewiesen. – Elend, Elend … Elend der Wirklichkeit, Elend der Literatur …

Die Stimme schwieg. Sie muß ja schweigen, oder wie sonst soll die nun folgende Stimme des interdisziplinären Schaffners zu hören sein, der sich sogar, wie Sie gleich lesen werden, in der Reimkunst versuchen wird. Sehr geehrte Fahrgäste, meldete sich der Schaffner über den Zuglautsprecher, *Kaffeezeit*, *Kuchenzeit*, in unserem Speisewagen ist alles für *Sie bereit*! Wir empfehlen heute besonders unseren Käsekuchen … Deutschland Kuchenzeit, Deutschland Eisbein, dachte ich und bewegte die Beine unter dem Tisch, Deutschland Kohl, Deutschland Käsekuchen … Wie war ich plötzlich müde, gelangweilt, ja zerschlagen! Selbst meinen geliebten Beckett hatte ich nicht bei mir; hätte ich meinen Beckett mitgeführt, hätte ich ihn hervorziehen und darin lesen können, in meinem geliebten Bekkett; so aber hatte ich das Buch zuhause gelassen. *Zuhause* ist gut, dachte ich, zuhause, wo wäre das? Unter dem Dach über dem Kopf, unter dem Dachboden und über den Autoschiebern in der Wohnung unter mir, das wäre zuhause? Zuhause in abschüssigem Gelände, auf durchhängenden Fußböden, durch die tagein, tagaus der Lärm heftigster Streithandlungen an mein Ohr dringt, ohne daß – endlich, wann? Oh süße Ruhe! – einer den anderen erledigte?! Dort wo mein Schreibtisch steht, dort bin ich zuhause? Zuhause zwischen geschenkten Bücherkästen, übertragenen Möbelstücken, zuhause auf Sesseln aus Wartezimmern aufgelassener Zahnarztordinationen; in einer Sitzbadewanne in der Küche oder an einer Kochstelle im Badezimmer, das wäre zuhause? Dort wo mein Schreibtisch steht, dort wäre ich zuhause? Die verstopften Abflußrohre, das vormalige Sterbezimmer eines Herrn Potocny, die verstaubte Elastisana-Schachtel (Elastisana, feinste Unterwäsche aus Vorarlberg), deren Inhalt ich längst vergessen habe, auf einem Schrank – zuhause?; die gefälschten Schröder-Sonnensterns und die vergilbten Siebdrucke des Linzer Künstlers Ruprechter an der dunklen Wand – vor zehn Jahren erst ist ausgemalt worden! –, die Bücherkästen, in denen vor meinen Büchern die Marmeladen und Kompotte der Vorgänger gelagert waren, die herausgerissenen und ebenfalls von den Vorgängern in einem strengen Winter verheizten, nichtsdestotrotz fehlenden Parkettböden, – zuhause? Zuhause in einem Haus, das einen fortwährenden Angriff auf meine psychische Integrität darstellt, in abgewohnter Bausubstanz zuhause, unter Abwohnern und Abgewohnten, unter abgewohnten Abwohnern, die wahrnehmen zu müssen bei mir eine *Traumatisierung des Gemüts* bewirkt; pralle ich mit den Augen gegen ihre Erscheinungen, falle ich mit den Ohren in ihre Äußerungen, ich prelle mir die Seele. Ich wäre zuhause, wo mein Schreibtisch steht? Fest wie eine Burg, mit Aufbauten wie auf einem Kriegsschiff, ein mächtiges Stück aus einem Ministerium der Monarchie? Dort wo mein Schreibtisch steht, dort wo der Weltgeist weht, dort war ich einmal zu-hause? Zuhause im Halblicht, untertage, ohne hochzukommen, im Halblicht zuhause? Nein. Wo mein Schreibtisch steht, *dort bin ich wohnhaft*, wohnhaft und behördlich gemeldet, dort lebe – lebe? – ich in Wohnhaft, in verschärfter Wohnhaft mit Vergünstigungen, in wahnhaftem Dunkel und dennoch hell und rege. Deshalb reiste ich ja, um etwas zu erleben und sooft meine Möglichkeiten es zuließen, nach Deutschland; und deshalb hatte ich, um der Wahrheit die Ehre zu lassen, meinen Beckett mit voller Absicht auf dem Überseekoffer, der mir als Nachttisch dient, liegengelassen.

Ah, man kann gar nicht genug Brücken hinter sich abbrechen und Türen hinter sich zuschlagen, hörte ich wieder die vertraute Stimme hinter mir; aber wissen Sie was? Ich sch… auf das Bücherschreiben, ich sch… darauf! Ich werde mich fortan der *Bühne*, dem *Sprechstück* zuwenden, ich verfüge auch schon über Entwürfe, Entwürfe und Notizen! Ich habe ja schon zwei Sprechstücke, zwei Theatervernichtungsstücke geschrieben, allerdings bin ich daran und damit gescheitert. Das erste Sprech- und Theatervernichtungsstück, ein *Leerstück*, habe ich zwar zu Papier, nicht aber auf die Bühne gebracht, ich habe es schon bald mit dem *Ausdruck des Erschreckens* zurückgezogen. Wissen Sie, dieses Stück hätte die Frage *wozu und zu welchem Ende McDonald's* aufwerfen und abhandeln sollen, ist diesem Anspruch aber nicht gerecht geworden, wie ich leider habe einsehen müssen. Eine Antwort auf die Frage ›Wozu und zu welchem Ende McDonald's?‹ kann ja tatsächlich nur durch Parallel- und Gegenfragen gegeben werden, *wozu und zu welchem Ende Union Carbide oder Dow Chemical oder Coca-Cola*, wozu und zu welchem Ende Mafia und Cosa Nostra, die Frage nach dem ›Wozu und zu welchem Ende McDonald's?‹ ist ja die Frage nach dem *organisierten Verbrechen*, und das Wirtschaftsleben in den Vereinigten Staaten ist nichts anderes als organisiertes Verbrechen. Wozu und zu welchem Ende dieser amerikanische Präsident, der keine Krebsgeschwüre *hat*, sondern ein Krebsgeschwür *ist*, das ist die Frage! Aber wie gesagt, dieses Leerstück ist mir auf dem Papier schon mißlungen, bis auf den Satz: Komm her zu mir, Weinberger, in deinem herrlichen weinroten ärmellosen Pullover – ein großer Satz, oder nicht? – ist das Stück als mißlungen zu bezeichnen. Aber das zweite Stück, werden Sie fragen. Auch mein zweiter Versuch, das Theater auf der Bühne zunichte zu machen, ist vereitelt worden, diesmal allerdings durch die Aufführung selbst, eine Aufführung in einem Kellertheater übrigens ... Statt daß das Theater, das *Theatralische*, auf der Bühne zertrümmert worden wäre, ist durch eine allen meinen Angaben und Vorschreibungen zuwiderhandelnde Inszenierung das Theater wieder zusammengefügt, das Theatralische statt zerstört gerettet worden – ich sage Ihnen: Die reine Bosheit, die pure Blödheit! Statt daß eine Vernichtung aufgeführt worden wäre, haben diese Kellertheaterschlächter die Aufführung vernichtet, eine Festwochenaufführung, stellen Sie sich vor! Aber diesmal – wie hat man früher gesagt? *Aus Fehlern lernen!* –, diesmal werde ich schlauer sein, diesmal schreibe ich kein Leerstück, keinen Exzeß, sondern ein *Sprechstück mit Musik*, das *Stadttheater* heißen wird, Stadttheater, ein Sprechstück mit Musik, gut, nicht? Denn Sie müssen wissen: Obwohl ich seit Jahrzehnten das Theater meide, komme ich ja eigentlich vom Theater her, ich bin ja am Klagenfurter Stadttheater unter der Intendanz von Otto Hans Böhm *Komparse* gewesen, meine Klagenfurter Stadttheater-Erfahrungen reichen fürs Leben! Seit der Spielzeit 1964/65, seit meiner Othello- und Zauberflötenzeit, meinen Rosenkavalier- und Freischützerfahrungen habe ich mich von jedem Theater, von jedem Sprechstück vor allem, ferngehalten. Dabei habe ich 1964 einen Wachoffizier hingestellt im Othello und – eine Doppelrolle! – einen Mohrensklaven und einen Fanfarenbläser in meiner geliebten Zauberflöte, ich bin ein Dudelsackpfeifer im Freischütz gewesen und ein Trunkenbold im Rosenkavalier, und nicht nur ein Trunkenbold, sondern – wieder eine Doppelrolle – auch eine *verdächtige Gestalt*, eine gespenstische Erscheinung in einer Kiste, ich habe im Licht eines nur auf mein Gesicht gerichteten Scheinwerfers auf der ansonsten dunklen Bühne sogar zu *grimassieren* gehabt, langsam habe ich den Kistendeckel angehoben und mein von der Schminkmeisterin persönlich wüst geschminktes Gesicht erscheinen lassen. Obwohl meine Begeisterung für das Theater damals groß gewesen ist und ich stets einen untadeligen Mohrensklaven oder Dudelsackpfeifer hingestellt und hingehüpft, die Fanfare oder den Kistendeckel stets so gehoben habe, daß zu Klagen nie Anlaß bestanden hat, obwohl ich im Nu zum ersten Komparsen avanciert bin, bin ich seither in kein Theater mehr gegangen. Jahrzehnte ohne Theater, ohne Sprechstück, ohne Musiktheater, eine ungeheure Leistung für einen Autor! Gewiß, den Rosenkavalier habe ich nie vermißt, den Rosenkavalier auf und hinter der Bühne und selbst gegen Gage hören zu müssen, ist mir damals schon unerträglich gewesen; überhaupt ist kein Strauß, mit welchem S am Ende des Nachnamens und welchem Vornamen auch immer – ich bin ja auch in der Klagenfurter Sylvesterfledermaus aufgetreten – je ein notabler Komponist gewesen, aber der Strauss mit dem Doppel-S, mit dem SS am Ende des Namens – ein gelungener Witz, oder nicht? – ist der widerwärtigste von allen. Obwohl in der Zauberflöte und im Othello zuhause, habe ich die Zauberflöte oder den Othello nie in einem anderen Haus mir angesehen, auch nicht, um zu vergleichen, wie andere Komparsen den

Mohrensklaven anlegen oder die Posaune heben; wie andere Wachkommandanten auf den Zinnen postiert sind oder andere Musikanten im Freischütz um den Tisch hüpfen, ich habe es nie verglichen. Aber für mein Stadttheaterstück, für mein Sprechstück mit Musik werde ich auf meine Erfahrungen, auf meine Klagenfurter Theaterpraxis zurückgreifen; meine *Klagenfurter Theaterarbeit* wird meinem Vorhaben sehr zugute kommen. Ich werde mich über das Theater hermachen, *du weißt nicht wie!*, sage ich manchmal zu mir. Der Theaterbrand als Weltenbrand, habe ich schon notiert, der Weltenbrand als Theaterbrand. Die Inszenierung als Theater, die Regiearbeit als Stück, die Probenarbeit als Sprechstück, mit Musik aus der Zauberflöte! Was wie eine Sprechstückszene wirkt, wird sich als Probe entpuppen, was wie Probenchaos und Probenirrsinn aussieht, wird das Sprechstück sein, eine große Sache, die ich da vorhabe! Dabei habe ich gar nichts gegen das Stadttheater, im Gegenteil, ich liebe das Stadttheater, auch die Zauberflöte der Spielzeit 1964/65 ist eine große Sache gewesen, eine in höchstem Maße bemerkenswerte Aufführung und wie aus einem Guß! Sie müssen sich vorstellen: Der Papageno hat von Klagenfurt aus eine Weltkarriere angetreten, der einstige Klagenfurter Stadttheaterpapageno singt heute an der Wiener Staatsoper und in Salzburg, auf der Digitaleinspielung unter Karajan ist er ebenfalls in dieser Rolle zu hören, die Pamina ist von einer griechischen Musikakademie gekommen und später ans Münchner Gärtnerplatztheater gegangen, die Papagena, eine verläßliche Klagenfurter Theaterkraft, ist nach Innsbruck gegangen, die Königin der Nacht ist aus Graz gekommen und wieder an die Grazer Oper zurückgekehrt, den Sarastro hat ein Hauptschuldirektor aus St. Veit an der

Glan gegeben, der aus Rumänien engagierte Erste Priester ist inzwischen allererster Sängeragent der Wiener Oper, der Tamino schließlich ist ein junger Schwede gewesen und nach Beendigung der Aufführungen aus meinem Blickfeld verschwunden; die beiden Geharnischten – der welcher wandert diese Straße voll Beschwerden, Sie kennen diesen rätselhaften fugierten Choral, nein? – die beiden Geharnischten jedenfalls, aus Serbien der eine, aus Bayern der andere, sind am Klagenfurter Stadttheater geblieben und keine fünfzehn Jahre später verstorben, auch der böhmische Monostatos, auf der Bühne mein Mohrensklaven-Vorgesetzter, ist in Klagenfurt geblieben und gestorben, nur ich, so scherze ich manchmal, bin weder in Klagenfurt geblieben und abgetreten, noch habe ich es anderswo zu etwas gebracht – die Verschwörung, Sie wissen ja. – Aber auch die Gastspiele damals, große Eindrücke! Ich bin ja noch mit Kammersänger Christ, Rudolf Christ, und mit dem Texaner William Blankenship auf der Bühne gestanden, mit dem greisen Helge Rosvaenge und dem großen Anton Dermota, sie alle haben in Klagenfurt als Gast den Tamino gesungen, der fast siebzigjährige Rosvaenge hat als Gast den Tamino gegeben, und Anton Dermota hat als Gast den Tamino gesungen, jener Dermota, der neun Jahre zuvor in Wien den Wiedereröffnungsflorestan im Wiedereröffnungsfidelio in der wiederaufgebauten und wiedereröffneten Staatsoper so hinreißend gestaltet hatte, daß selbst der Musikkorrespondent der Londoner »Times«, der gefürchtete Reger, ihm Lob hatte zollen müssen. Sie sehen, lieber Atzbacher: Alle in Klagenfurt unter der Intendanz von Otto Hans Böhm, *alles Klagenfurt*! Manchmal frage ich mich ja, ob dieser Peymann jetzt in Wien wirklich so anders sein sollte als ein Gustav Bartelmus, ein

Otto Hans Böhm damals in Klagenfurt? Gibt ein Faust – ein ganz und gar dürftiges Stück übrigens – in einem Provinztheater in einer auf ehrliche Art falschen Inszenierung nicht *mehr* zu denken auf als anderswo?, ist das Falsche nicht die bessere und vielschichtigere Wahrheit? In der Provinz, behaupte ich, werden Stücke durch Unvermögen noch entlarvt, in den Theatermetropolen hingegen wird nur mehr durch Aufklärung eingelullt! – Deshalb werde ich in meinem Sprechstück mit Musik auch einen Regiediktator auf die Bühne bringen, einen Regie- und Interpretationsdiktator auftreten lassen, der die Zauberflöte inszeniert, einen Schreckensherrscher … Einen verletzlichen Hysteriker, einen Schreckensherrscher wie den Sarastro in der Zauberflöte, denn der Sarastro ist, wenngleich immer das Gegenteil behauptet wird, letztlich ein Schrekkensherrscher, in seiner maßlosen Güte und angemaßten Autorität, in seinen heiligen Hallen, mit seinen Feuer- und Wasserproben, in seiner Körperfülle als Baß und seiner Machtfülle als Figur! Und Herrschaft ist immer schrecklich, außer der Herrschaft über ein Ding, ein Fahrzeug, und ausgenommen auch, daß *Freiheit* herrscht, wenngleich manche spitzfindig und letztlich um der bloßen Pointe willen behaupten, Freiheit *herrsche* nicht, aber wenn die Freiheit nicht herrscht und ihre Herrschaft befestigt, dann nimmt die Unfreiheit ihren Platz ein, und die Unfreiheit herrscht dann vollkommen, falls Sie verstehen, was ich …

Ich reiste nach Deutschland, um etwas zu erleben, und kam nur bis Linz an der Donau. In Linz, und wo sonst, frage ich, passierte mir ein kleines Mißgeschick, was heißt ein Mißgeschick, *ein Unglück*, widerfuhr mir ein Unglück, ein Unfall. Ich kam zu Sturz, ich stürzte, ich weiß nicht, war es der Alkohol, ich stürzte hin, ich stürzte nicht ab, ich fiel hin, vor dem Posthof, vor der alten Poststation, an einem kalten stillen Jännervormittag geschah es, kein Geräusch ringsum außer dem meiner Schritte auf der verschneiten, eisglatten Straße, kein Bergführer ging vor mir, und plötzlich, es war übrigens nicht der Alkohol, es war der Nicht-Alkohol, die Nüchternheit, die Gastwirtschaft im Posthof, an dessen Friedhofsmauer – ja, dem Begriff nach war es eine Gartenmauer, der Erscheinung nach, der Ruhe ringsum nach war es eine Friedhofsmauer, an der ich entlangging, die Gastwirtschaft im Posthof hatte noch geschlossen, und plötzlich also, ja, wie es beschreiben, plötzlich rutschte ich – nein, feiner: glitt ich aus oder: verlor ich das Gleichgewicht, aber wie denn das Gleichgewicht, wodurch?, plötzlich wurden mir (seitlich, nach rechts) die Beine weggezogen, *weggerissen* eigentlich, nein nicht weggerissen natürlich, ich war ja am Stadtrand von Linz und nicht am Stadtrand von Basra, in Sekundenbruchteilen, Sekunden*bruch*teile, wie treffend, weggezogen, wenn ich jene unberechenbare Kraft, die das bewirkte, einmal erwische, kann sie was erleben! Und zack!, da – nein, wie es rekonstruieren? Und plötzlich –? Nein. Krach, da lag ich? Auch nicht; langsam, langsam. Ich flog ja zunächst, flog durch die Luft, die unteren Extremitäten hatten schon abgehoben und die oberen noch nicht aufgesetzt, ich lag in der Luft und dachte, in slow motion nachvollzogen, jetzt hat es dich doch noch erwischt, jetzt ist doch noch geschehen, wovor ich mich in Eis und Schnee der Hohen Tauern bisher bewahrt, wogegen ich mir eigens neue Winterschuhe gekauft habe, die allerdings, wie sich zeigt, nichts taugen. Das alles dachte ich natürlich nicht während des Fluges, ich flog ja nicht ewig; es kam mir auch nicht wie eine Ewigkeit vor, bis ich, ja, mit welcher Fallgeschwindigkeit, auf der harten, bein- oder steinharten Schnee- und Eisunterlage aufprallte, bis ich, es fror Stein und Bein, auf dem linken Beckenknochen und dem plötzlich in die Höhe gerissenen linken Arm, genauer auf der Innenseite des Ellenbogens landete, mit solcher Wucht, daß meine Reisetasche weit davonschlitterte. Benommen, *traumatisiert*, erhob ich mich wieder, ich dachte nur: Mein Gesicht, es wird kreidebleich sein vor Schreck, weiß wie Schnee oder wie Gips, wenn mich jemand so sieht; aber es war weiterhin still rundum und menschenleer, im stillgelegten Industrieviertel, nahe den zugefrorenen Hafenbecken, vor dem sinnlos restaurierten Posthof, Zeitkultur am Hafen. Ich holte meine Tasche und humpelte weiter. Nein, der Alkohol war es nicht, der mich so stürzen ließ, auch nicht ein Fluch des Bergführers, nicht Kölls oder Reisers Rache, oder wie er sich gerade nennen mochte, auf meinen Kopf, in dem Köll oder Reiser entstanden waren, war ich ja nicht gefallen, und die Rechte, meine Führungshand, meine gefürchtete Rechte, die stets der Linken dient, war verschont geblieben. Nein, die *Erleichterung* war es, die mich auf den Weg nicht achten ließ, die Erleichterung, den Posthof und überhaupt Linz wieder verlassen zu können, ließ mich im Gehen den Kopf wenden, zurückblicken und dieser kalten Herberge auf Nimmerwiedersehen sagen. – Und jetzt werde ich doch noch einmal hinmüssen, um Feuer zu legen im Posthof, denn im Zug bereits, auf der Rückreise an meinen Schreibtisch, konnte ich den linken Arm nicht mehr ausstrecken, nicht anwinkeln oder drehen; unter Zuhilfenahme der rechten Hand mußte ich ständig eine Haltung der linken herstellen, eine Halfterung, die den Schmerz in Grenzen hielt. Ah, wie war mir ein solcher Ablauf schrecklich bekannt – damals, es ist lange her, war es der rechte Ellenbogen, genauer das caput radii, der Speichenkopf gewesen, damals hatte nicht irgendeine Erleichterung, sondern eine gewisse Anspannung – meine ständige Begleiterin machte Anstalten, mir davonzulaufen – Schuld gehabt und zu einer zweimonatigen Behinderung durch einen Gipsverband geführt. Diesmal schienen es der linke Speichenkopf oder die Speiche, der radius selbst zu sein, die Schaden genommen hatten. Am Abend noch, als sogar jede Bewegung der unversehrten Rechten, etwa eine meiner Grundbewegungen, nämlich ein Glas an den Mund zu führen, in der Linken einen unkontrollierbaren Reflex, eine Art Zuckung auslöste, die mit einem jähen Schmerz einherging – nein nicht einherging, die Zuckung geht nicht, der Schmerz ja auch nicht, auch nicht einher; schwierig, schwierig, den Schmerz zu beschreiben, nachgerade aussichtslos, wie auch dessen Zwillingsschwester, die Lust, wie sie beschreiben, die Lust, *ich geriet in eine Erregung, die jeder Beschreibung spottet*, so, ja? Wie ihn beschreiben, den Schmerz, zurück also –: – einen unkontrollierbaren Reflex auslöste, der mit einem jähen Schmerz verbunden war, derart, daß ich zusammenfuhr und in die Knie ging, schon wieder gehen, sei's drum, scheiß drauf. Am Abend suchte ich die chirurgische Ambulanz eines nahegelegenen Krankenhauses auf, der Arm wurde untersucht und einem Röntgen unterzogen, und siehe da, es wurde nur eine schwere Prellung konstatiert, contusio antebrachii, aber kein Bruch; mir wurde ein Verband angelegt und ein schmerzstillendes Mittel verschrieben, dann wurde ich in häusliche Pflege entlassen. Ach, ich war so erleichtert, als ich aus der Klinik trat und die Arbeit an meiner Prosa nur für einige Tage unterbrechen mußte … Wir haben seinen, haben seinen/Wir haben seinen, haben seinen – seinen was? Seinen Arm verbunden? Ja, sie haben meinen, haben meinen/Sie haben meinen, haben meinen/ Arm verbunden, jauchzte es in mir. Jauchzet, frohlocket, auf, preiset die Tage… Und eine Stimme drang von fern an mein Ohr: Testosteron *Hormonfreund*! Bei Impotenz, Kastrationsfolgen, Testosteron Hormonfreund schafft Erleichterung… auch im Speisewagen für Sie bereit. Wir empfehlen heute besonders unseren Käsekuchen. Danke.

Was

Danke? Käsekuchen? Hormonfreund? Arm verbunden? Sturz, Posthof, Linz, Kontusion, Konfusion? Ich schreckte hoch. Oh, wie unangenehm, ich mußte kurz eingeschlafen sein, oder einem Tagtraum erlegen… Kein Wunder bei jener Stimme hinter mir mit ihren immergleichen gehässigen Tiraden; so sehr sie mich anfangs fasziniert hatte, im Augenblick stieß sie mich ab. Und da, es ging schon wieder los, immer noch die Zauberflöte, eine Obsession offenbar! Zu allem Unglück hatte ich auch meinen geliebten Beckett nicht bei mir; hätte ich meinen Beckett mitgeführt, hätte ich ihn hervorziehen und darin lesen können, in meinem geliebten Beckett; so aber hatte ich das Buch zuhause gelassen. *Zuhause* ist gut, dachte ich plötzlich, zuhause, wo wäre das? – Wie? Ach, das hatten wir schon? Ach, und ich dachte, das hatten wir noch nicht, das käme jetzt. Ach, das hatten wir schon. Und mit Vollmer, hatten wir auch schon? Auch schon. Ja, ich weiß nicht, ist es der Alkohol, der fehlt? Ich werde noch einen Whiskey ordern, das wird mich stärken auf meiner Erlebnisreise. Da!, hören Sie, es hört nicht auf, sie hört nicht auf, die Stimme. – In meinem Sprechstück mit Musik – hören Sie? – werde ich nämlich nicht auf die Stadttheaterzauberflöte der Spielzeit ’64/65 zurückgreifen, sondern – hören Sie nur, hören Sie – auf die sogenannte Grenzlandtheaterzauberflöte. Mein Stück wird die nationalsozialistische Zauberflöte, die *Steinzeitzauberflöte* behandeln, die Deutsche Wehrmachts- und Reichsmusikkammerzauberflöte! An dieser Volkswohlfahrt- und Gaupropagandazauberflöte werde ich das Verhältnis von Kunst und Wirklichkeit abhandeln, am Beispiel der Zauberflöte im Kriegswinter 1942/43, an der Winterhilfswerk- und Nazisuppenzauberflöte, an der *Steinzeitzauberflöte*! Die Anwesenheit des Gauleiters in einer Aufführung der Zauberflöte – unfaßbar, nicht? Und doch geschehen … Was hat ein Nationalsozialist in der Zauberflöte verloren, werde ich fragen, wie diese Durchdringung? Drinnen: die Zauberflöte, draußen: der Nationalsozialismus! Drinnen die Koloraturen der Königin der Nacht, die Kunst, die Schlußapotheose, *das ganze Theater verwandelt sich in eine Sonne*, und draußen die Wirklichkeit, die Wirklichkeit verwandelt sich in eine durchorganisierte Steinzeit, in einen Feuersturm! Theatersonne und Weltenbrand, das werde ich abhandeln, Vorschein, wie der Philosoph B. schreibt, und Steinzeit, wie ich es nenne, den Vorschein in der Steinzeit, den Vorschein immer auch als Feuerschein … Alles Wirkliche verläuft mit *Noch-nicht* in ihm, schreibt jener Philosoph im Zusammenhang mit der Zauberflöte (er hält übrigens große Stücke auf den Sarastro, ich nicht, Sarastro, das klingt schon so finster), und ich werde hinzufügen: jedes Noch-nicht kann in einem *Doch-nicht* verlaufen. Aber muß man sich darum alles sogenannt Wirkliche, alles dahergelaufene Wirkliche einfach bieten lassen? Das wird zu untersuchen sein in meinem Sprechstück mit Musik, in meinem Stadttheaterstück. Eine Abhandlung über die Charakterlosigkeit des Theaterbetriebs und die Unzerstörbarkeit der Zauberflöte schwebt mir vor – oder wird es eine Abhandlung über die Charakterlosigkeit der Zauberflöte und die Unzerstörbarkeit des Theaterbetriebs? Die Zauberflöte geschändet durch die damalige Aufführung, das ist die Frage; hat sich die Kunst durch die Aufführung der Wirklichkeit widersetzt, oder ist die Wirklichkeit gerade durch die Aufführung über die Kunst hinweggetrampelt? Es ist ja unvorstellbar: Auf der Bühne des Grenzlandtheaters Prunk, Elysium, *Triumphton*, *Triumphland*, so der Philosoph B., Paminas Bild als erotisches Versprechen – und rundherum die nationalsozialistische Steinzeitwirklichkeit! Kunst, von der Wirklichkeit eingekreist, ja gefangengehalten. Hat die Kunst der Wirklichkeit standgehalten oder die Wirklichkeit der Kunst, das ist die Frage. – Von der Kunst, die der Wirklichkeit dient, ist ja nichts zu halten, genausowenig wie von der sogenannten kunstfreundlichen Wirklichkeit, *Kunst muß die Wirklichkeit zerstören*, so ist es, die Wirklichkeit zerstören statt sich ihr unterwerfen, auch was das Schreiben anlangt ... Aber das Entsetzliche, müssen Sie wissen, das Entsetzliche ist: Die Wirklichkeit macht ungeniert weiter, die Wirklichkeit schert sich keinen Deut um die Zerstörung, die ihr in der Kunst zugefügt wird, die Wirklichkeit ist schamlos, schamlos und unverbesserlich ... Sie ist der besserungsunwillige Machthaber auf dem jeweiligen Weg, auf dem kapitalistischen oder nationalsozialistischen oder revisionistischen Weg ... Kein Wirklichkeitszerstörer weiß das besser als ich ... Immer wieder sage ich: Komm her, du Wirklichkeit, jetzt wird abgerechnet, ich traktiere sie auch, Sie wissen nicht wie und doch: Sie macht um so unverfrorener weiter ... Freilich ist es besser, gegen die Massen recht zu behalten, als mit ihnen zu irren, aber ein Wirklichkeitszerstörer wie ich bleibt ohnmächtig am Schreibtisch sitzen, angeschlagen den Nachrichten ausgeliefert, abgeschlagen den Ereignissen hinterherhumpelnd … Die Wirklichkeit schlägt furchtbar zurück. Gerade deshalb werde ich wenigstens das Theater, die Theaterwirklichkeit über die Rampe stürzen, in den Orchestergraben werfen lassen, wo er am tiefsten ist … Stadttheater, ein Sprechstück mit Musik … Die Grenzlandtheaterzauberflöte … Ha! … Woher, werden Sie fragen, habe ich denn so genaue Kenntnis der Steinzeitzauberflöte der Spielzeit '42/43 …? Nun, ich besitze so manche Jahrgänge der NS-Frauenwarte, der Ostmark-Woche und, erwähnte ich es schon?, des *Getreuen Eckart*, im *Kärntner Kulturbericht* des Getreuen Eckart, herausgegeben übrigens von Bruno Brehm, erfahre ich alles über die Zauberflöte der Spielzeit '42/43, und noch viel mehr … Ich brauche nur meinen Getreuen Eckart aufzuschlagen und erfahre alles über die *glanzvolle Premiere* Anfang Dezember, über den *genußreichen Theaterabend* in entbehrungsreicher Zeit; auch über die bald darauf erfolgte Aufführung von Hans Gobschs *Drama der Leidenschaft* »Maria von Schottland« – wärmster Beifall – oder über die Uraufführung von Sittenbergers *Szenen aus dem Kärntner Heldenringen* »Sturm überm Land« – begeisterte Aufnahme – berichtet mir der Getreue Eckart. – Ich schlage meinen Getreuen Eckart auf und komme aus dem Staunen und grimmigen Auflachen nicht mehr heraus, ich schlage den Getreuen Eckart auf und treffe auf Namen alter Bekannter, Namen mir aus meiner Lehrerausbildung persönlich und leidvoll bekannter Schulmänner und Dichter, Kärnten ist ja das klassische Land der Lehrerdichter, der Schulmänner, die zur Feder greifen … Es ist ganz und gar unglaublich, welche Kreaturen zur Zeit der Grenzlandtheater-

und Kriegszauberflöte und auch noch zur Zeit der Stadttheaterzauberflöte junge Menschen zu Lehrern ausgebildet haben, ich schlage den Getreuen Eckart auf und lese aus der Feder meiner früheren Professoren, aus der Feder dieser Ostmark- und Südmarkdichter über die *Reichs- und Führersehnsucht* der Kärntner ... Und von solchen Ehemaligen hat einer wie ich sich später anflegeln lassen müssen, stellen Sie sich das vor ... Aber, wie gesagt, auch für mein Theatervorhaben ist der Getreue Eckart unbezahlbar, das ist wirklich ein getreuer Eckart, ein Eckart, der einen nicht im Stich läßt, mein mir im Grunde zutiefst verhaßter Getreuer Eckart ist für mich viel mehr wert als jeder noch so geliebte Pascal, jeder geliebte Montaigne oder jeder geliebte Beckett ... Es müssen wundervolle Abende gewesen sein, male ich mir manchmal aus, Abende im Advent, die Führersehnsucht der Klagenfurter ist gestillt, der Kriegswinter wieder ins Land gezogen, der Gaupropagandaleiter hat begeistert Beifall gespendet; nach der Vorstellung, male ich mir aus, ist man ins Tanzcafé Lerch gegangen, in ein zu jeder Zeit hoch angesehenes, florierendes Etablissement, der Cafétier Lerch, male ich mir aus, hat vielleicht gerade Heimaturlaub gehabt und von seinen Aufgaben in Lublin erzählt und von seinem unmittelbaren Vorgesetzten Globotschnigg, seinem lieben Freund Globus ... Seltsam, nicht, was mit der Zauberflöte alles zusammenhängen kann ... Nun, mein Sprechstück mit Musik wird selbstredend kein sogenanntes realistisches Stück, es soll ja ein Kunststück werden. Ich werde so vorgehen: Ich werde Teile der Musik vom Libretto abzweigen, *von der Handlung befreien* ... Stellen Sie sich vor: Die dunkle, leere Bühne, und eine Arie der Königin der Nacht ist zu hören, ein großer Einfall ... Oder meine Schlußapotheose – in strahlenden Glanz getaucht die leere und menschenleere Bühne, aus dem *off, off stage*, wie wir Fachleute sagen, ist das Finale zu hören, Heil sei Euch Geweihten ... und plötzlich ein – natürlich inszenierter, aber wer wird das wissen? – totaler Strom- und Licht- und Tonausfall, *Finsternis und Stille*, also Schrecken, ein Ende mit Schrecken, ist das nicht eine großartige Theaterzerstörungsidee? Gewiß wird es auch Spuren von Handlung geben, Fragmente, ein Regiediktator, eine Spiegelung des Sarastro, wird, ich sagte es schon, auftreten und die Zauberflöte inszenieren. Im Lauf der Proben werden die Darsteller in den Streik treten, dem Regiediktator den Gehorsam aufkündigen ... Irgendwann wird das Bühnenbild, werden die Kulissen des Sonnentempels mit Parolen beschmiert sein, die Mauern und Säulen des Sonnenheiligtums besprüht und entweiht ... Sarastro Assassin, SA SS Sarastro, wird da zu lesen sein, Sarastro und seine apollinische Herrenpartie, Sarastro, Licht der Arier, oder auch: Stammtisch und Sonnentempel – nein! Der Regiediktator wird natürlich einen Anfall zu spielen haben, wenn er das liest, und in Raserei verfallen. Sarastro, das klingt schon so kerkermeisterlich ... Ich habe ja, im Unterschied zum Philosophen B., dieser Figur nie etwas abgewinnen können, ich habe mich stets zur Königin der Nacht hingezogen gefühlt, die kalte Schönheit dieser Koloraturen, erste Marke ... Dieser Sarastro ist im Grunde nichts als ein strenger Dominus, für mich ist dieser Sarastro auch im Glanz seines Sonnenheiligtums stets der Finsterling geblieben, der er ist ... der er ist ... der er ist ...

Die Stimme hinter meinem Kopf entfernte sich immer weiter und war plötzlich entschwunden; gerade war sie noch dagewesen, plötzlich war sie weg. Welche Erleichterung in meinem Kopf, welche Ruhe! Jetzt werde ich nach Herzenslust wieder in den Gesprächsfetzen herumstochern. –

Ich war so erleichtert, hörte ich eine Frau zu zwei anderen sagen, so erleichtert, als der Orgasmus endlich eintrat und ich die Korrespondenz mit Professor Bornemann abbrechen konnte ... – Wir konnten ja nie miteinander schlafen, erzählte die zweite, ohne Vorsorge zu treffen, im Urlaub, in Hotels, und diese Menge, Gott war mir das oft peinlich ... Jahrelang fragte ich mich, ob dieses Spritzen normal sein kann und welche Flüssigkeit da herausgeschleudert wird ... Und dann, ach ich war so erleichtert, als ich vom G-Punkt, von der Gräfenberg-Zone erfuhr und daß das damit zusammenhing, richtig stolz war ich ... Doktor Stifter hat jetzt sogar eine Laborprobe bei mir bestellt für sein Forschungsprojekt ...! Ich wiederum, so halblaut die dritte, ich war so erleichtert, als er endlich in mich eindrang und ich meine Zurückhaltung aufgeben konnte, ich schrie und biß und kratzte ... Ach, ich war so erleichtert, als Michael die Tür hinter sich schloß und mich in seine Arme nahm ... Ach, wie war ich erleichtert, als Blake endlich zurückkehrte und ich mich ihm anvertrauen konnte ... Ach, ich war so erleichtert, als Adam in mein Leben trat und ich beim Masturbieren an ihn denken konnte.

Ach, ich war so erleichtert, als der Zug endlich anhielt und ich die Reise unterbrechen konnte; ach, wie war ich erleichtert, als ich vom Schreibtisch aufstehen, den Sessel zurückschieben und die Lampe löschen konnte.

Es ist Mitternacht. Der Regen peitscht gegen die Scheiben. Ich sitze am Schreibtisch. Vor mir liegt das Treatment. Ich schreibe. Ich schreibe: Ich befinde mich am Tatort. Ich schreibe: An den Autor Schmidt trat eines Tages ein Fernsehredakteur mit der Einladung heran, für die Serie *Tatort* ein Kriminalspiel zu entwerfen, unter Berücksichtigung der Schauspieler Jaggberg, Janisch und Herz-Kestranek als Detektive Hirth, Fichtl und Schulz. Schmidt nahm die Einladung an, setzte sich unverzüglich an den Schreibtisch und begann ein Treatment zu entwerfen. Ich schreibe: Schmidt also schrieb: Tatort. *Mein Name ist Schmidt.* Inhalt: Der Autor S. wird eingeladen, einen Kriminalfilm für die Serie *Tatort* zu schreiben. Auf seiten der Exekutive haben die Kriminalisten Hirth, Fichtl und Schulz mitzuspielen, die übrigen Figuren und die Handlung könne S. ohne Auflagen erfinden. S. läßt sich scheinbar auf das Geschäft ein, in Wirklichkeit jedoch ersinnt er einen teuflischen Plan. Ich schreibe: Statt zu schreiben, läßt sich S. von seinem Freund, dem Waffenhändler Proksch, in der Handhabung der neuen Glock-Pistole, einer Wunderwaffe, unterweisen; schließlich legt sich der Autor auf die Lauer und erschießt, zum Entsetzen und zur Empörung von Millionen Fernsehzuschauern, die Inspektoren Hirth, Fichtl und Schulz, die gerade das Gebäude der sogenannten Sicherheitsdirektion verlassen, aus dem Hinterhalt.

Nein, schreibe ich, das werde ich wieder durchstreichen; große Idee, aber nicht aus dem Leben gegriffen. Etwas für die Massen, etwas Alltägliches, hat der Redakteur zu mir, Schmidt, gesagt; in England nenne ich mich übrigens Smith, Jolyon Brettingham Smith, etwas für die Massen, arbeite ich allerdings im Libanon, ist Schmidt der andere und ich heiße Kordes, oder Korbes. Der Inhalt ist wichtiger als die Form, so der Redakteur, lassen Sie sich etwas einfallen.

Mitternacht ist vorüber. Der Regen peitscht gegen die Scheiben. Ich schreibe: Mitternacht ist vorüber. Der Regen hat aufgehört. Ich befinde mich am Tatort, über Spuren in den Alltag gebeugt. Vor mir liegen Entwürfe. Mord und Selbstmord/nach Streit/in Jenbach. In dieser Küche geschah das Unfaßbare. Diese Blutlache erinnert an die Tragödie. Mit dieser Pistole erschoß der Gendarm seine frühere Braut. Die gelöste Verlobung. Bilder aus dem gemeinsamen Urlaub. *Der letzte Dia-Abend.* – Blut wäre vorhanden, aber die Spannung, und der Täter ein Gendarm? Ich weiß nicht. Andrerseits, was mochte im Inneren des Gendarmen vorgegangen sein, das herauszufinden wäre doch interessant, oder nicht? *Kopf des Gendarmen, Innen, Finsternis;* Kopf des Gendarmen, Innen, Finsternis Verstörung Tod. Innenansichten eines Täters, vorher und nachher, etwa:

23 Uhr 10, Kopf des Gendarmen, Innen. Bilder des letzten gemeinsamen Urlaubs, Strandszenen aus Tunesien.

23 Uhr 17, Kopf, Innen. Zorn, Trauer, Empörung.

23 Uhr 21, Kopf des Gendarmen, Innen. Schmerz, Betroffenheit, Wut.

Nieder, mit dir, auf den Boden (Othello).

23 Uhr 26, Kopf, Innen. Das Auftauchen des Satzes *Ich*

kann nicht mehr in gedruckter Version, aus einem in einer Zeitung veröffentlichten Abschiedsbrief in einem anderen Mordfall.

23 Uhr 27, Kopf des Gendarmen, Innen. Entschluß, sekundenschnelle Planung, Vorbereitung der Durchführung.

23 Uhr 31, Kopf, Innen. Impuls, Befehl an Auge, Hand und Finger.

23 Uhr 32, Kopf des Gendarmen, Innen. Finsternis, Tod. Durch den Schußkanal dringt Licht ein, *Licht am Anfang des Tunnels,* Licht am Anfang des Tunnels, wäre das nichts? Nein, schreibe ich, nein, das nicht. Aber dann? Erlebnisse in der Mundhöhle? Der eiskalte Pole? (Mit dieser Golduhr lockte der Verbrecher das Kind …) Der nackte Clown? (Das Gesicht hinter dieser Clownmaske verborgen, verging sich der Unhold an den beiden Buben –? Mit dieser Videokamera filmte der Gangster die Perversitäten –? Während er die beiden Brüder zu den schlimmsten Abscheulichkeiten zwang, verzehrte der Eindringling seelenruhig die Geburtstagstorte des Jüngeren [Pfeil] –? Auch der Münzen- und Briefmarkensammlung konnte der Strolch nicht widerstehen –? Mit den Worten: Mein Name ist Schmidt, ich komme wegen der Miete, hatte sich der Verbrecher Zutritt zu der Wohnung der Buben verschafft –? Das Notizbuch: Dutzende Opfer waren bereits vorgemerkt –? Mit ihrer Tüchtigkeit hatte der Täter nicht gerechnet: Die Inspektoren Hirth, Fichtl und Schmutz –?) Nein, so nicht. Das ist nichts für die unaufgeklärten Massen. Ich schreibe: Auch wenn der Regen gegen die Scheiben peitscht, das werde ich nicht schreiben.

Wäre ich ein anderer, längst schriebe ich. Ein anderer? Das bringt mich auf eine Idee, da hast du eine gute Idee, sagt Rolf Torring in »Erlebnisse in der Mundhöhle«. – Ich werde einen echten *Leo Frank* schreiben, packend und aus dem Leben gegriffen, ohne daß deshalb der Humor zu kurz käme, realistisch und menschlich berührend, mit allem, was einen echten Leo Frank eben ausmacht. Ich bin zwar kein pensionierter Polizeioberst, aber den Satz *Literatur ist Verbrechensbekämpfung*, habe nicht ich ihn geschrieben? Schon schreibe ich. Solo, schreibe ich, von Leo Frank. Inhalt: Der Zuhälterkönig Jelinek will auch ins Waffengeschäft einsteigen. Sein Leibwächter, *das Vieh*, möchte mitmischen und die Sache auf eigene Rechnung laufen lassen. Dabei kommt es zu drei Morden, Absatz. Die Polizisten Hinterberger, Fichtl und Schulze werden mit dem Fall betraut, kommen aber nicht weiter. Auch dem Zuhälterkönig ergeht es so. Im Alleingang gelingt es –, ist es –, kommt –, entdeckt –, schafft es –, gelingt es Fichtl schließlich, eine Spur zu finden und alles wird gut, alles wird gut. Schöne Sache. Das wird ein echter Leo Frank. Ich schreibe: Im Schein meiner Schreibtischlampe reibe ich mir die Hände. Einige Details nun. Hinterberger, Fichtl und Schulze nehmen die Ermittlungen auf. *Viel Milieu.* Ein Konfident hat ihnen den Code des Waffengeschäfts verraten, den Satz: Mein Name ist Schmidt, ich komme wegen der Miete. Ich schreibe:

Venediger Au, Außen, Nacht. Die Rote Zora (anpreisend): Ohne vierhundert, Natursekt siebenhundert. Hinterberger: Mein Name ist Schmidt. Ich komme wegen der Miete. (leise:) Die Blas-Rosa, was gehört?

Zora: Die Stinkmorchel? (flüsternd:) Die is hinüber, kaltgemacht, hat den ganzen Küchenboden versaut, das schöne Linoleum … Sonst weiß ich nichts. Schnitt. Waffenhändler: Die neue Glock-Pistole in der Vorteilspackung die Herren? Elf Stücker zum Preis von zehn und ein Reservemagazin gratis ... Die neue Glock –

Fichtl: Schmidt mein Name. Ich komme wegen der Miete ... (halblaut hinzufügend:) Wegen der Lieferung, was gehört?

Waffenhändler (leise): Vorsicht, wir werden beobachtet. Hotel Lucona, Zimmer zwölf ... Die Lieferung aus Israel ist verschwunden, die Endverbraucher werden schon rebellisch. Ich würd mal einen Teppich kaufen, Zollfreizone ... Schnitt.

Teppichlager Zollfreizone. Übergabe findet statt, Dealer kann entkommen, angeschossen vielleicht, vielleicht auch nicht. Dealer angeschossen, Fahnder angeschissen: Waffen Spielzeug-Maschinenpistolen. – Nun, ist das ein echter Leo Frank oder nicht? Ah, das wird ein ganz wunderbarer Leo Frank. Wie lange ist Mitternacht schon vorüber? Ich schreibe: Wie lange mochte Mitternacht schon vorüber sein, fragte ich mich, um mich sogleich wieder in meine Unterlagen zu vertiefen, beschriebene Papiere, sofern man von beschrieben sprechen kann und nicht von beschmiert. Weiter, weiter: Begräbnis der ermordeten Blas-Rosa, Außen, Tag. Das Vieh erscheint mit einem riesigen Kranz. Fichtl gelobt am offenen Grab in großer Bewegung, daß er dem Mörder zur Strecke und aus dem Verkehr ziehen wird. Kein echter Leo Frank ohne einen solchen Satz: – in großer Bewegung, daß er dem Mörder zur Strecke und aus dem Verkehr. Das ist immer das Geheimnisvolle an Leo Frank: Was meint er damit? Daß Fichtl dem Mörder zur gerechten Strecke verhelfen –? Daß jener diesem zur Strecke auch noch den Durst –? Nein. Dem Mörder zur Strecke auch noch den Spott –? Auch nicht. *Den* Mörder zur Strecke *bringen* und aus dem Verkehr ziehen, das ginge; aber wieso erst zur Strecke bringen und dann aus dem Verkehr ziehen, ist das nicht an den Haaren herbeigezogen? Ach, lassen Sie sich überraschen, schließlich handelt es sich um einen waschechten Leo Frank. Und der Inhalt, klatsch, ist wohl wichtiger als die Form. – Weiter jetzt, Mitternacht ist lange schon vorüber, meine Schläfen schmerzen mich, die Stunde des Wolfs naht, weiter. – Kopf des Inspektors Fichtl, Innen, Finsternis. Wichtl denkt sich eine Falle aus, *Fichtl*, pardon. Als angeblicher Waffenhändler lockt er das Vieh in eine Wohnung. Auf das vereinbarte Kennwort hin, Herr es will Abend werden, Herr es will –? Ah, was schreibe ich, mein Name ist Schmidt, ich komme wegen der Miete, lautet das Kennwort. Auf das Kennwort hin springt Fichtl hinter einem Wandverbau hervor und nietet das Vieh um. Sterbend gesteht das Vieh: Der Zuhälterkönig Jelinek wollte ins Waffengeschäft einsteigen. Ich – jetzt kann ich mein Geheimnis ja preisgeben, ich heiße in Wirklichkeit Schmidt, und nicht Vieh – ich wollte nicht ewig der Gorilla sein und die Sache selbst an Land ziehen. Daß es dabei zu den drei Morden kam – Zufall … Fichtl gibt dem Sterbenden eine Ohrfeige und ruft lachend: Auf Wiedersehen, Herr Schmidt … Nun, wie ist das? Ja, so wird es gemacht hinter den Bergen, das wird ein unnachahmlicher Leo Frank!

Ich schreibe: Der Regen peitscht gegen die Scheiben; ich aber, in einem Zustand, der sich mehr und mehr mit rauschhaft umschreiben läßt, sitze bereits über meinem nächsten, über einem noch besseren Leo Frank. Meine Feder fliegt nur so über das Papier. Ein Inhalt ist so gut wie der andere. Ich schreibe: Passion. Von Leo Frank. Der Kurienkardinal König will unter strengster Geheimhaltung ins Glücksspiel- und Pornographiegeschäft einsteigen. Sein Gegenspieler, der Erzbischofcoadjutor Schmidt, möchte aber hinter dem Rücken des Oberhirten die Schäfchen selbst ins trockene bringen. Dabei kommt es zu schweren Verstößen gegen das fünfte und sechste Gebot. Inquisitor Hirth, Pfarrer Fichtl und Katechet Schulz sollen die Angelegenheit untersuchen. Aber erst nach vielen Schwierigkeiten gelingt es Pfarrer Fichtl in einem wahren Kreuzweg, die Mächte der Finsternis zu bannen. Kolossal, nicht ... Ja, ein echter Leo Frank ist wandlungsfähig, mit allen Wassern gewaschen, mit allen Salben gesalbt ... Und der nun folgende Leo Frank, das wird der beste Leo Frank, den es je gegeben haben wird. – An einem Tag, so wunderschön wie Sonntag. Inhalt: Der Pennerkönig Jelinek und sein Komplize, Arschbacken-Ede, haben einige Sonntagszeitungs-Behälter ausgekundschaftet, die nicht überwacht werden. Eines Sonntags greifen sie zu ... Die Kassenkontrollore Hinterberger, Fichtl und Schulze stellen zu ihrem Entsetzen einen Schaden von mehreren zehn Schilling fest, tappen aber zunächst im Dunkel. Erst als sie sich am nächsten Sonntag auf die Lauer legen, gelingt es ihnen nach einer wilden Verfolgungsjagd, die Zeitungsdiebe zu stellen und dingfest zu machen ...

Der Morgen naht. Wie meine Feder über das Papier eilt! Der Einbrecherkönig Jelinek will in ein Waffengeschäft einsteigen und wird dabei hinterrücks erschossen. Sein Kumpan, der Tierische ... Der Textilkönig Jelinek versucht aus unerfindlichen Gründen, in ein Schokoladengeschäft einzusteigen. Dabei stürzt er so unglücklich in eine Oberlichte, daß er sich die Halsschlagader durchtrennt und verblutet. Sein Prokurist, Herr Viehbacher, ... Ah, wie ich schreibe! Der Erlkönig Jelinek möchte ins Balladengeschäft einsteigen ... Der Zaunkönig Jelinek möchte ins Musikgeschäft einsteigen. Sein Promotor... Der Dichterfürst Jelinek... ins Massenunterhaltungsgeschäft... Sein Konkurrent, Peter Turrini alias Rolf Torring... Den Drehbuchauftrag... an Land zu ziehen... kommt es zu... Hirth, Fichtl und Schulz... Rätsel... tot... Tat... Ort... Tod... Zusammenhang.

Ich schreibe: Es ist Morgen. Der Regen hat aufgehört. Mein Geschäft ist geschlossen. Der Regen hat aufgehört. Ich lösche die Lampe. Da klopft jemand an die Tür. Mein Name ist Schmidt, ruft es von draußen, ich komme wegen der Miete.

Mitternacht war vorüber. Der Regen war nicht zu hören. Auf der Bahntrasse unter den Fenstern, auf einem Nebengleis, stand längere Zeit schon eine Diesellokomotive mit vibrierenden Motoren und abgeblendeten Scheinwerfern, und ohne Anstalten zu treffen, sich von diesem Standort wegzuverfügen. Im trostlos erleuchteten Führerhaus sah ich einen Mann mit Papieren in der linken Hand, Anweisungen vielleicht, in denen er immer wieder las, bevor er sich zu irgendwelchen Apparaturen hinabbeugte und mit der Rechten daran hantierte. Später hatte er im Sitzen Kopf und Oberkörper über ein Pult oder eine vergleichbare ebene Fläche gebeugt, es sah aus, als ob er im Schein einer kleinen Lampe sich Notizen machte oder Daten in ein Formular eintrug; vielleicht las er auch nur Kommissar Wiltons Abenteuer. Dann wurde es in der Kabine plötzlich finster, ohne daß die Motoren abgestellt worden wären.

In der leeren Straße jenseits des Bahndammes gingen zwei Streifenpolizisten, suchten mit dem Lichtstrahl ihrer Taschenlampen den Bürgersteig ab und verschwanden um eine Ecke. Ein Mann mit einer Laterne kam die Geleise entlanggeschritten; er trug einen Regenmantel mit hochgeschlagenem Kragen und einen mit Gummi bezogenen Hut.

Ohne im Gehen innezuhalten, leuchtete er, sich vornüberbeugend, unter die Lokomotive, stieg schließlich die Leiter zum Führerhaus hinauf und klopfte an die Scheibe der Tür. Sogleich wurde ihm geöffnet und die Beleuchtung in der Kabine wieder eingeschaltet. Der im Regenmantel schien, mit beiden Händen gestikulierend, auf den Lokomotivführer einzureden; dieser hatte mit einer weitausholenden Bewegung der linken Hand seine Armbanduhr unterhalb des Ärmels erscheinen lassen und blickte abwechselnd auf die Uhr und zum Besucher hin, wobei er nickte wie einer, der Anweisungen erhält und sie auch verstanden hat. Dann kletterte der späte Gast, nein, der frühe Besucher, denn es war schon lange nach Mitternacht, wieder die Leiter hinab, der Lokomotivführer ließ den Arm sinken und löschte das Licht. Der andere – war es der Unheimliche? – ging im Regen den Weg, den er gekommen war, wieder zurück. Plötzlich zerriß ein Schrei die –

Es ist Nacht. Gegen das Zellenfenster prasselt der Regen. Auf den Gängen vor den Zellen herrscht große Unruhe; ständig werden Türen aufgeschlossen und wieder versperrt, Festgenommene zu Verhören geholt und wieder zurückgebracht, an Schlaf ist nicht zu denken. Wie bin ich nur in diese Situation geraten, was ist passiert? Ich versuche, mich zu erinnern, ich erinnere mich. Es war sehr früh am Morgen, ich überquerte eine menschenleere Straße und ging auf ein Verkehrszeichen zu, an dem zur Selbstbedienung ein Behälter mit Sonntagszeitungen montiert war. Während ich mich dem Zeitungsbehälter näherte, betrat ich mich dabei, daß ich mit den Augen unwillkürlich und unauffällig, wie ich hoffte, geparkte Autos nach bemüht unauffälligen Insassen und einige Wohnungsfenster dahinter nach vorsichtig beiseite geschobenen Vorhängen absuchte. Ich mußte mir plötzlich eingestehen, daß auch ich nicht mehr sicher war, ob die Zeitungsbehälter – wie in den Zeitungen selbst in ungeheuren Kampagnen seit Monaten angedroht – nicht doch bewacht würden, von einer geheimdienstähnlichen Organisation, deren angebliche Machtbefugnisse und Handlungsspielräume im Strafgesetzbuch allerdings nicht ausgewiesen waren, und wenn doch, dann als schwere Delikte. Wütend über mich selbst unterließ ich es, so zu tun, als würfe ich Geld in die Kassa, riß mit großer Heftigkeit eine Zeitung aus dem Plastikbehältnis und ging meiner Wege, wollte meiner Wege gehen, aber es kam anders. Irgendwo hinter mir, in nicht allzu großer Entfernung, wurde ein Wagen gestartet, fuhr an und hielt schon mit quietschenden Reifen neben mir, es ging alles sehr schnell. Zwei Männer sprangen aus dem Wagen, schrien etwas von Zeitungskontrolle und ergriffen mich mit geübten Fäusten. Ich konnte mich dennoch losreißen und rannte davon, die beiden hinter mir her, der dritte Mann, der Fahrer, war im Auto geblieben. Meine Chancen zu entkommen waren gar nicht so schlecht, da rief aus einer Nebenstraße, wo ich gar keinen Verfolger ausgemacht hatte, eine Stimme: Stehenbleiben, ich habe eine Waffe, bleiben Sie stehen! Ich lief langsamer und sah mich um: Tatsächlich, dort drüben stand breitbeinig ein vierter Mann mit einer Pistole, die er mit beiden Händen in meine Richtung hielt. (Später erfuhr ich, daß es ein zufällig des Weges gekommener Zivilfahnder gewesen war, der mich um meinen Vorsprung gebracht hatte.) Inzwischen hatten mich die beiden anderen eingeholt, Männer mit Hüten und Mänteln, zwangen mir die Arme hinter dem Rücken hoch, führten mich ab und stießen mich auf den Rücksitz ihres Wagens. Zum Hauptquartier?, fragte der Fahrer, während er startete. Ja, zur Sammelstelle, antwortete der Bewacher links von mir, das wird heute ein ertragreicher Tag; ob wir für so viele Gäste überhaupt ausgelegt sind? Der andere erzeugte ein Geräusch, das kaum zu beschreiben ist, der Intention nach aber ein zustimmendes Lachen oder Kichern sein sollte. – Im Hauptquartier, das ich mit meinen Schergen über einen Hinterhof betrat – Sicherheitshauptamt für Printmedien, war auf einer kleinen Tafel neben dem Eingang zu lesen –, wurde ich zunächst ins Büro eines

Gruppenkontrollors zum Verhör gebracht. Dieser Beamte – wie alle abstoßenden Menschen trug er einen weinroten ärmellosen Pullover – umkreiste, während er mit mir sprach, wohl mit voller Absicht ständig seinen Schreibtisch, so daß er bald vor mir, bald hinter mir erschien. Name, fragte er. Mein Name ist Schmidt, mit dt, antwortete ich. Ach, und Sie kommen wahrscheinlich wegen der Miete, rief er mit bösem Lachen und gab mir eine Ohrfeige. Aber meinetwegen, nennen wir Sie Schmidt, wir haben Sie gewarnt, Herr Schmidt, Sie und alle anderen, die sich heute noch dieses Deliktes schuldig machen werden, eines Deliktes, das lange genug, ich weiß nicht wieso – Diebstahl ist Diebstahl, Verbrechen Verbrechen – als Kavaliersdelikt gegolten hat. Dieser Irrtum wird sich nur durch exemplarische Bestrafung ausräumen lassen, wir werden Ihnen das austreiben, Sie wissen nicht wie! Wieder gab er mir eine Ohrfeige. Einen stummen, wehrlosen Zeitungsbehälter auszurauben, das ist schlimmer, als einer alten Frau die Börse zu ziehen, weitaus schlimmer! Aber unsere Organisation ist vorbereitet, Leute wie Sie zu einem angemessenen Umgang mit ihrer Sonntagszeitung zu erziehen! Denn ob's stürmt oder schneit, bei Sonne, bei Nebel – hören Sie mir auch zu, Herr Schmidt?, fragte der Ober-, nein Gruppenkontrollor, beugte sich blitzschnell zu mir herab und gab mir eine Ohrfeige – bei jedem Wetter, an jedem Ort, im Dickicht der Städte und im Unterholz des freien Landes – gut, nicht?, Herr Schmidt – ungemein heiter, entfuhr es mir, und schon schlug er mich wieder – *überall und jederzeit* kann es passieren. Keiner weiß die Stunde, keiner weiß wie. Sicher ist nur: Einmal erwischt es jeden, jeden Zeitungsdieb erwischt es, wie es auch Sie erwischt hat, Herr Schmidt, Schmidt mit dt; pfui, und nochmals pfui! Zum Ausdruck seines Abscheus spuckte er vor mir auf den Boden, gab mir wie zum Abschied eine besonders kräftige Ohrfeige und rief aus der Tür: Abführen! Am Nachmittag kommt er in den Keller, zur Informatikbehandlung …! Zwei Männer, andere als die, die mich hierherverschleppt hatten, nahmen mich in die Mitte und führten mich über mehrere Korridore, an Kanzleien und Zellentüren vorbei zu einer leeren Zelle, in die sie mich einschlossen. Ich verfiel in einen halbschlafähnlichen Dämmerzustand; ich weiß nicht, wie lange ich so auf der Pritsche gelegen haben mochte, als die Tür wieder aufgeschlossen wurde und die beiden Wärter mich fortbrachten. Sie führten mich in den Keller, in einen Raum, von dessen Bestimmung ich mir zunächst keine Vorstellung machen konnte: In der Mitte stand ein Stuhl, in allen vier oberen Ecken waren Lautsprecher angebracht, ansonsten war der Raum leer. Die Wärter setzten mich auf den Stuhl, verbanden mir die Augen, fesselten meine Hände hinter der Stuhllehne mit Handschellen und verließen den Raum. Kaum hatte sich die Türe geschlossen, begann die Tortur und machte mir schlagartig den Zweck dieser seltsamen Anordnung klar: Der an den Stuhl gefesselte Delinquent wurde aus den Lautsprechern mit schnell und marktschreierisch verlesenen Zeitungsschlagzeilen traktiert, manchmal aus allen vier Lautsprechern gleichzeitig, manchmal in einer willkürlichen, unberechenbaren Abfolge. Zuerst wollte mir das alles lachhaft vorkommen, aber nach und nach tat diese Informationsfolter ihre Wirkung und ich meinte, die bald wie Mauerwerk, bald wie Keulenhiebe aus allen Richtungen auf mich niederprasselnden Sprachbrocken und Schlagzeilen nicht mehr ertragen zu können. *Kampf gegen Zeitungsdiebe: erfolgreich*,

Seuche Suchtgift, schrie es aus den Lautsprechern, *Reizüberflutung*, Der Kurier bringt die Nachrichten, Massenerschießungen in –, Folter: Scheinexekutionen, Terror: Angst, Haftpflicht: Sturm auf –, schrie es, Bulle zertrampelt Kleinkind. Schipiste: Beinamputierter zertrümmert Schülergruppe, Oberschenkelbruch im Unterinntal, Das Ende naht, Das haben sie aus ihm gemacht, Die Hölle von Oedt, schrie und tobte es um mich herum. Wie lebt Konsalik? Wann kommt Sacharow? Wo ist Simmel? Was koche ich morgen? Zeitungsdiebe: Wem die Stunde schlägt. Mann ersticht Frau! Frau ersticht Mann! Warum Schleyer? Hackethal: Verrückt geworden? Kohl, wohin? Ende: Wann ist Schluß? Grass: Todkrank? Mord! Tor! Terror! Wie liebt Rambo? Rentner totspritzen? Becker: Seit wann?, schrie es, tobte es. Falco im Bett: Wie oft? Aids aus? Heller: Hilfe! Untergang der Lucona! Iran Irak: Die Schlachten toben! Bilder des Grauens … Blackout! Und so weiter, und so fort …

Später fand ich mich wieder in dieser Zelle, und hier befinde ich mich jetzt noch. Wie ich aus dem Keller hierherkam, weiß ich nicht. Gegen das Zellenfenster peitscht der Regen. Doch da! Ein Geräusch vor der Zelle, die Türe wird aufgeschlossen, und ein Leidensgenosse wird hereingestoßen. – Es ist ganz und gar unglaublich, stammelt der Mann, ganz und gar unglaublich, ich hätte das nie für möglich gehalten … Ist es Ihnen auch so ergangen, wie mir? Ja, sage ich, wahrscheinlich. – Mich hat man aus meiner eigenen Wohnung verschleppt, aus meinen eigenen vier Wänden, stellen Sie sich das vor! Ich kann es noch gar nicht fassen … Stellen Sie sich vor, ich sitze gemütlich in meinem Wohnzimmer, es ist Nachmittag, ich trinke Tee und lese die Zeitung, die ich mir zuvor geholt habe, ja, ich lese sogar gerade mit größter Belustigung eine ganzseitige Anzeige über die Gefährlichkeit der Zeitungskontrollore, Männern aus allen Bevölkerungsschichten, mit denen nicht zu spaßen ist. Ein Herr Ingenieur A., Dietmar A., lese ich, liest voller Behagen die nicht bezahlte Sonntagszeitung, da stehen plötzlich drei Zeitungskontrollore vor der Tür, ich lese gerade den Satz *Blitzschnell überlegt er, was er tun kann*, und breche in Gelächter aus, da ist mir, als hätte es geläutet, ich denk, es läutet, da läutet es schon wieder, ungestüm. Nun, ich öffne, die Zeitung in der Hand, vor mir stehen zwei heruntergekommene, aber kräftige Erscheinungen, fuchteln mit irgendwelchen Ausweisen, die aussehen wie selbst gemacht, herum und rufen: Kassenkontrolle, Kassenkontrolle! – Ich verstehe nicht, sage ich gut gelaunt, bin ich denn mit einer Kassa oder einem Kassier zu verwechseln? Und auf die Ausweise – Ausweise! – bezogen füge ich genießerisch hinzu: Als Bub war ich Ministrant, und zum Zeichen, daß ich den Altardienst erlernt hätte, stellte mir ein anderer Bub, der Oberministrant, ein *Ministrantenzeugnis* aus, mit Stempel, Siegel und Unterschrift, ein Dokument, Ihren Ausweisen, meine Herren, nicht unähnlich, falls Sie verstehen, was ich meine … Schon will mir ein noch besseres Beispiel einfallen, die Kennmelodie einer früheren Rundfunksendung, und ich will singen: Achtung, Achtung, Sprachpolizei, da knurrt der eine: Schnauze!, sie drängen mich plötzlich in die Wohnung, schließen die Tür hinter sich und behaupten: Sie haben einen Knopf in die Zeitungskassa geworfen, Sie sind überführt, wir wissen alles. – Nun, Sie müssen wissen, erzählt mein Zellengenosse, seit Jahren werfe ich jeden Sonntag einen Knopf als Tauschäquivalent in die Kassa, meine verstorbene Mutter, eine leidenschaftliche Schneiderin, hat mir so viele Knöpfe hinterlassen, daß es noch auf Jahre reichen wird. – Ja und, sage ich zu den Männern, ein solcher Knopf fällt genauso unter den Begriff der Nichtigkeit wie der Betrag, der für die Zeitung gefordert wird, falls Sie mir folgen können … Klugscheißer, Eierkopf, brüllt der eine und stößt mich in die Seite; Fünfhundert auf die Hand, und der Fall ist erledigt, sagt der andere, Fünfhundert, oder wir nehmen Sie mit! Was, rufe ich, sind Sie verrückt geworden? Nichtigkeit, Nötigung, Erpressung, Hausfriedensbruch, und nun auch noch Freiheitsberaubung? Allerdings, lautet die Antwort, Diebstahl ist Diebstahl. Dann werden wir uns also die Prämie abholen, sagt der eine zum anderen, ein guter Tag heute! Und schon haben sie mich mit ihren ekelhaften Zeitungskontrollorsfingern, mit ihren Abortgriffeln gepackt und durchs Treppenhaus zu einem Auto gezerrt und hierhergebracht, ins Hauptquartier, wie ich gehört habe, und was einem hier widerfährt, wissen Sie ja … Ah, diese Zeitungsverbrecher, stieß der Mann hervor, mit ihren Selbstbedienungsständen … Fallen aufstellen und anständige Leute belästigen! Ist Ihnen schon aufgefallen, wie die Menschen an Sonntagen mittlerweile herumgehen, wie sie sich umsehen und einander ansehen …? Aber was soll ich tun? Nähme ich keine Zeitung, hätte ich nichts zum Lachen, würfe ich den vollen Betrag – den vollen Betrag, was soll das überhaupt heißen? – ein, ich könnte mir nicht mehr in die Augen sehen, und werfe ich meinen Knopf ein, werde ich verschleppt und traktiert … Unglaublich, unfaßbar – Dennoch, haben Sie schon an Flucht gedacht? Nein, mußte ich eingestehen. Dann lassen Sie uns fliehen …

… lassen Sie uns fliehen, mein Vorname ist übrigens Rolf, sagte mein Kamerad und streckte mir seine Hand hin, die ich herzhaft ergriff; Hans, sagte ich erfreut. Wir werden die Wärter rufen und sie dann überwältigen, schlug Herr Rolf vor, Sie, Herr Hans, übernehmen den rechten, ich den linken. Gesagt – getan. Wir nahmen den Wärtern die Schlüssel ab und sperrten sie in der Zelle ein. Dann huschten wir vorsichtig über die Gänge, Nischen und Mauervorsprünge geschickt als Deckung benutzend. Im Erdgeschoß stiegen wir aus einem offenstehenden Fenster und befanden uns in einem Hinterhof. Gierig sogen wir die frische Luft in unsere Lungen. Der Regen hatte inzwischen aufgehört.

Es ist
Vor mir
Ich,
ja, was wollte ich eigentlich? Jetzt habe ich es vergessen. Da, jetzt fällt es mir wieder ein, *ich erinnere mich nicht*, diesen Satz wollte ich zu Papier bringen. Wollte ich nicht einen Roman beginnen, Arbeitstitel *Der Held des erstes Satzes?* – Ich, Waldhammer Christian, erwachte eines Morgens mit blutverschmierten Händen; neben mir lag reglos eine nackte Frau, und in ihrem Rücken steckte ein Küchenmesser; ich konnte mich an nichts erinnern. *Nein.* – Eines Abends brach ich, Anne Sophie Mutter, während des ersten Satzes des Brahms-Violinkonzertes auf dem Podium zusammen. *Nein.* – Ich bin der Erlöser; lasset die gewöhnlichen Menschen zu mir kommen, daß ich sie mit Feuerzauber und Luftballons erquicke. *Nein*, nicht auf meiner Schreibmaschine! – Ich, Lorenz Vischer, war mit anderen nach Soest geschickt worden, um die münsterische Lehre zu verkünden und Hilfe zu holen. Wir ließen zunächst in den Straßen unseren Bußruf erschallen, dann drangen wir ohne alle Furcht in die Ratsstube ein, wo der Rat mit Stadtsachen beschäftigt war. Der Rat aber ließ uns ergreifen und befahl unsere Hinrichtung. Am 23. Oktober wurde ich enthauptet und aufs Rad gelegt. *Nein.* – Ich, Tibor Foco, früherer Motorrad-Berg-Europameister, künf-

tiger Unterweltkönig, hab der Elfi mit der Getriebewelle eins über den Kopf gegeben und mit der Luger nachgebessert. Anschließend hab ich der Regine den besten Schwanz von Linz in den Mund gesteckt und mich entspannt. An diese Vorkommnisse habe ich allerdings keine Erinnerung, außer an den Mundverkehr, was ja wohl kein Verbrechen ist. *Nein.* – Ich, Herr Korbes, fuhr vor langer, langer Zeit hinaus zu meinem Haus und erlebte die böseste Überraschung meines Lebens. *Nein.* – Mein, Franz Josef Murnaus Unglück begann damit, daß ich ein Buch von Thomas Bernhard kaufte. *Nein.* – Ich, Georg Hauptfeld, ein jüngerer Junggeselle, suche Prosa jeder Art, in der ich die Hauptrolle übernehmen kann. Ich, Georg Hauptfeld, ein jüngerer Junggeselle, verliebte mich dermaßen in Europas bestangezogene Dichterin, daß ich für nichts und niemanden sonst Aug oder Ohr hatte. *Nein nein nein*, Schluß jetzt, du Narr!; seid zerbrochen, Bleistift, zerrissen, Papier, verflucht, Tag! Was ist nur los, woher diese Ausfallerscheinungen, wozu diese Erfindungen, die nur eine schlechte Tagesverfassung umschreiben, wenn nicht Schlimmeres … Ist es der Alkohol, war es ein Zeckenbiß, die Bekanntschaft mit einer Zeckenart, gegen deren Biß noch kein Kräutlein gewachsen ist, deren Biß plötzliche Sprachstörungen, Lähmungen, Amnesie zur Folge haben kann, oft Monate oder Jahre später? Nein, das darf nicht sein, nein, gewiß ist es der Alkohol, der mich auf der Stelle treten, mich im eigenen Saft kochen läßt, garen, dünsten, braten, anstatt pragmatischen Umgang zu pflegen mit meinem Talent. Es wird der Alkohol sein, der diesen Filmriß bewirkt, oder habe ich am Ende nicht zuviel, sondern zuwenig getrunken? Das wird es sein, das ist die Erklärung! Entzugserscheinungen, Gedächtnislücken! Nun, das wird schnell behoben sein. Oder liegt etwas in der Luft, etwas Ungutes, etwas, wovon man erst Tage, Monate, Jahre später erfährt, falls überhaupt? Ich weiß nicht. Wohin denn ich? – Ich war so erleichtert, als diese Zustände endlich aufhörten und ich die Reise fortsetzen konnte. Da!, wie Schuppen fällt es mir von den Augen, ich reiste im Speisewagen nach Deutschland, um etwas zu erleben, nein, um etwas zu erledigen, so war es, fast hätte ich meinen Auftrag vergessen. – Ich war so beglückt, als Michael endlich eintrat und ich mich ihm hingeben konnte; ach, Michael ist ein so wundervoller Liebhaber … – Wie war ich entsetzt, als Adam der kleinen Krystina sein gewaltiges Glied in den Mund steckte und ich Blake zu Hilfe rufen mußte … Ach, es ist so entspannend, diese drei Frauen zu beobachten und ihnen zuzuhören; doch ehe ich mich versah, war der Tisch leer, vielleicht waren sie diesmal auch gar nicht dagewesen, vom Schreibtisch aus ist das schwer festzustellen. Ich streckte die Beine aus und lehnte mich zurück. Hinter mir, dicht hinter meinem Kopf, hörte ich drei Männerstimmen, die einander bei der Erörterung einer merkwürdigen Angelegenheit überbieten wollten. – Ein Held darf nie passiv sein, sagte einer soeben, ein Held muß Konturen haben, einige Gewohnheiten, Gewohnheitsversatzstücke, Gewohnheitskulissen genügen schon; ein weinroter ärmelloser Pullover aber ist in jedem Fall zuwenig. Haben Sie mich in Alte Meister gelesen? Gewiß haben Sie mich in Alte Meister gelesen, eine Paraderolle, wie gesagt wird … Den Stock zwischen die Knie geklemmt auf der Sitzbank des Bordone-Saals im Kunsthistorischen Museum, schon kann es losgehen mit der Vernichtungsrhetorik, mit der Poesie der Urteilstafeln, mit der Schimpfkanonade, auf los! geht's los! Ich brauche nur zu sagen: Dieses Land ist eine Senkgrube der Lächerlichkeit oder An jedem Morgen steigt uns die Schamröte ins Gesicht vor soviel Lächerlichkeit, und für die deutsche Literaturkritik, für den Zeitmichaelis oder diesen anderen Blödian von der Frankfurter Allgemeinen, ich habe seinen Namen vergessen, handelt es sich schon um eine Offenbarung, um eine literarische Weltverblüffung. Ich brauche nur aufzutreten und zu sagen: Sie leben in einer durch und durch lächerlichen und in Wirklichkeit verkommenen Welt – *welche Vernichtungswut!* Die ganze Welt ist heute eine lächerliche, das ist die Wahrheit – *welche Denunziationslust!* Ein so schönes Land und ein so abgrundtiefer moralischer Morast – *die Kunst der Fuge! Hier schreibt sich ein Autor unbeirrt in die Weltliteratur hinein!* In einem so hoch bewerteten Buch der Held zu sein, ist natürlich ein Vergnügen, und die vollkommene Inkompetenz der Lobhudler, was schert sie mich? Jeder Satz, jeder mir auf dem Papier in den Mund gelegte, alles denunzierende und alles sagende und daher nichts denunzierende und nichts sagende Satz wird dankbar aufgenommen, heftig akklamiert, kann sich eine Figur mehr wünschen? *Zeichen und Bedeutung*, mein lieber Atzbacher, ich weiß schon, verehrter Kollege, Sie heißen nicht Atzbacher, aber ich darf Sie doch so nennen, Zeichen und Bedeutung! Das unlösbare Problem der Kunst ist ja, Zeichen und Bedeutung zugleich sein zu müssen, und doch ist das Zeichen nicht die Bedeutung! Zeichen und Bedeutung, die *Poetik der Urteilstafeln!*, lieber Atzbacher, oder soll ich Sie Frank nennen? – Und nicht das Gewöhnliche außergewöhnlich beschreiben, fiel nun eine andere Stimme ein, sondern das Außergewöhnliche gewöhnlich beschreiben, auch das ist wichtig, ein außergewöhnlicher Held, verständlich beschrieben, gewöhnlich zu Papier gebracht. *Es stank, es stank!* Sie werden mich wahrscheinlich nicht wiedererkennen – im Buch war ich auch ganz anders dargestellt –, aber Sie haben mich sicher als Grenouille im Parfum gelesen, ein außergewöhnlicher und außergewöhnlich erfolgreicher Held, und doch mit einfachsten und gewöhnlichsten Mitteln. *Es stank, es stank*, haha! Es stanken die Flüsse, es stanken die Plätze, es stanken die Kirchen und Paläste – so wird ein Umfeld, eine Handlungsebene für einen erfolgreichen Helden geschaffen! Es stanken die Straßen nach Mist, die Hinterhöfe nach Urin, es stanken die Treppenhäuser nach Rattendreck und die Küchen nach verdorbenem Kohl – so einfach … Die Stuben stanken – so, verstehen Sie? Aus den Kaminen stank der Schwefel, aus den Gerbereien die Laugen, aus den Schlachthöfen stank das Blut, aus den Mündern stanken die verrotteten Zähne – herrlich, wunderbar! Eine großartige Szenerie für einen Helden, ich brauche nur meine Nase aufzuhalten, eine dankbare Rolle. Der Bauer stank, der Priester stank, es stank der gesamte Adel, so wird's gemacht, will ein Buch Erfolg haben! Oder auch: Die Luft war schwer vom süßen Schweißgeruch der Lust – infernalisch, tierisch geil! Das Außergewöhnliche gewöhnlich beschreiben – irre Blicke, geiles aufgespreiztes Fleisch! Es kopulierten – die Stimme hatte sich in immer größeren Eifer und immer größere Lautstärke hineingesteigert, der Speisewagenkellner ging plötzlich entschlossen an mir vorbei – es kopulierten ächzend Greis mit Jungfrau, Lehrbub mit Nonne, Jesuit und Taglöhner, ah! – Meine Herren, bitte mäßigen Sie sich, hörte ich die Stimme des Kellners, es sind noch andere Gäste hier! Mäßigung worin, fragte die Stimme, die sich als Grenouille aus dem Parfum ausgegeben hatte, wovon sprechen Sie?

Ich habe alles gehört, antwortete der Kellner. Sie haben nichts gehört, mischte sich die ältere Stimme ein, nichts haben Sie gehört! Zeichen und Bedeutung, lieber Herr Branko, ich darf Sie doch Branko nennen?, Zeichen und Bedeutung; was immer Sie gehört haben, Sie haben nichts gehört. Und jetzt gehen Sie, gehen Sie, wir sind ohnehin bald fertig, eine Seite vielleicht noch, gehen Sie zurück in Ihre Küchenwirklichkeit und lassen Sie sich von Ihrem Autor nicht für derartige Manöver mißbrauchen. – Stichwort kopulieren, setzte eine dritte Stimme fort, der moderne Held muß natürlich auch im Bett etwas zeigen ...! Mit einem Loser ins Bett – niemals!, dieser Ausspruch einer Linzer Geschäftsfrau kann nicht wichtig genug genommen werden. Der Held, der sich gut verkauft, der gutgehende Held streicht wie ein Wolf durch die Städte, Harry's Bar in New York ist ihm so wenig fremd wie Raffles Hotel in Singapore, und im Bett, wie gesagt, ist er ein cooler Winner. Ich nahm sie mir vor, ich nahm sie von hinten. Ich griff in die Bluse und holte ihre Titten heraus, haha. Ich rieb prüfend die Brustwarzen zwischen Daumen und Zeigefinger ... Haben Sie mich als Nagel – Nagel!, haha – gelesen damals in Winterreise? Ein erfolgreiches Buch! Seither war ich in keiner ähnlich dankbaren Rolle mehr zu lesen. Doch wie gesagt: Realismo, Fantasy, das ist wichtig! –

Schon wollte ich mich umdrehen, um diesen Literaturdarstellern etwas zu erzählen – wenn ich mich im Speisewagen umdrehe, dann nie, ohne mich vorher einer griffbereiten Flasche zu versichern –, da rief mich der Satz aus dem Mund einer Frau in die Wirklichkeit zurück: Ach, ich war so erleichtert, als die Schwangerschaft endlich eintrat und ich ... Dem Wortlaut zufolge mußte sich der Zug zwischen Hannover und Bielefeld befinden, und ich mußte mich zum Aussteigen bereitmachen. In B. hatte ich etwas Schwieriges zu erledigen, doch Zweifel, daß ich es nicht schaffen würde, plagten mich nicht, nicht mich. Ja, wie sollte ich mich diesmal nennen, keinesfalls Schmidt, Mayer am besten, das ist so unverdächtig. Alles war genau berechnet, minuziös geplant. Der Tagesablauf jenes herausragenden Vertreters des militärisch-industriellen Komplexes war mir genauestens bekannt, sodaß –

Es ist Mitternacht. Falsch, es ist gar nicht Mitternacht, es ist Nachmittag, ein heißer Aprilnachmittag, *Schreibtisch*, *innen*, *Tag*, die Fenster sind geöffnet. – Es war also an einem kalten Abend im Februar. Ich verspürte Hunger. Nein, das ist kein guter Anfang. Kein Zugang zu den eigenen Texten. Diese Hitze! Im Radio wird ein Hörbild über Neapel ausgestrahlt, aus einer akustischen Ansichtskartensammlung, die ein Redakteur namens Schrott ausbreitet mit sonorer Stimme, *italienische Reisen*, Goethe Schrott unbrauchbar, denke ich; starker Verkehr, großer Lärm, viel Geschrei, wie Neapel nun einmal ist. Viel Geschrei, großer Lärm zum Fenster herein und aus dem Radio heraus; freilich, ich könnte das Radio abdrehen, aber soll ich denn das Radio ausschalten, nur weil das Programm so blödsinnig ist? Auch könnte ich das Fenster schließen, aber warum soll ich das Fenster schließen, wenn genausogut, nein besser noch, ja am allerbesten die Idioten auf ihre Autos verzichten könnten? – Wo also beginnen, und wie? Ich bin wieder dortgewesen; nur wo? In Niedereschbach, Bonames, am Konrad-Duden-Weg? Als Kammermusikvirtuose komme ich zwar viel herum, aber in Bonames, am Konrad-Duden-Weg ist es nicht gewesen, diesmal nicht; nicht, wie damals, die Aussicht von einem Hochhausappartement an einem Nachmittag im Frühherbst, Aufsicht auf Niedereschbach, Aufsicht auf betrübliche Aussichten. – Nein, es könnte ein Motel gewesen sein an den Küsten des Nordatlantik, oder war es, da bin ich nie sicher, eine amerikanische Kolonie an den Ufern des Mains? Ich muß schon öfter in diesem Motel gewesen sein, aber die Erinnerung daran ist schal. In der Tankstelle, die gleichzeitig die Reception war, besorgte ich mir Bier; der Tankwart, zugleich der Portier, verfolgte in einem kleinen Fernsehapparat am Tresen ein Fußballspiel und war ungehalten über die Störung. Ich ging über den Hof, der zugleich der Parkplatz war, zu meinem Zimmer. Neben meiner Zimmertüre war eine Plastikmülltonne auf Rädern abgestellt; auf dem Mülleimer bemerkte ich ein Abziehbild, einen sprechenden Igel mit irgendeiner Flagge, ich weiß nicht mit welcher, der deutschen vielleicht, eine Flagge ist so gut wie die andere. Und was sagte der Igel? Irrtum, sprach der Igel, und stieg von der Klobürste? *Ich bin für Verteidigung*, sprach der Igel auf dem Mülleimer. Ich bin für die Vorbereitung des Verteidigungskrieges, spricht die deutsche Plastikmülltonne; Nürnberg, Nürnberg, du bist ein ausgeleerter Kübel, dies alte Lied kam mir wieder in den Sinn, als ich mich der Trostlosigkeit meiner mit Zimmer unzulänglich bezeichneten Zelle wieder auslieferte. Ich setzte mich auf das Bett, trank das Bier aus einem Zahnputzglas und Schnaps aus der Flasche und überlegte, wie ich den einbrechenden, den über mich hereinbrechenden Abend zubringen könnte. Es würde mir nicht erspart bleiben, das Zimmer noch einmal zu verlassen, um irgendwo etwas zu essen, genauer: etwas zu mir zu nehmen, Nahrung aufzunehmen. Nun tat ich einerseits nichts lieber, als dieses Zimmer mit seinen beschädigten, mit Hansaplast geflickten Plastiktapeten wieder zu verlassen, andrerseits war mir nichts schrecklicher, als noch einmal hinauszumüssen in diese durch und durch feind-selige Außenwelt. Nichts entsetzlicher, als in der Fremde allein in irgendeinem Lokal zu sitzen und zu essen – essen, daß ich nicht lache! Ach, Eva Ingeborg, Kristin, Lisi, warum habt ihr mich verlassen an diesem Abend?! Ich ging zum Fenster und sah hinaus: Ich sah auf einen kleinen Park und eine Gaststätte, ein *Pizza-Land*, wie eine grelle Leuchtschrift verhieß. Land, endlich Land!, hätte ein anderer gerufen, Bilderland, Teppichland, Grabsteinland, Pizzaland! Aber ich, würde ich mich zu einer kleinen Landnahme überwinden können? Ich zögerte, noch war mein Hungergefühl zu bändigen; ob das Lokal voll besetzt, das Pizzaland dicht besiedelt war, war nicht auszumachen; aus den hin und her hastenden Kellnern oder Speisenträgern aber war zu schließen, daß das Geschäft florierte. Ich setzte mich wieder aufs Bett und versuchte, mir einen Plan zurechtzulegen. Im Nebenzimmer waren Gäste eingetroffen, den Stimmen nach schien es sich um ein deutsches Paar, Mann und Frau, zu handeln. Welche Wohltat, hätte ein anderer angemerkt, wieder einmal deutsche Worte zu hören, in der Fremde, in diesem Militärstützpunkt, in dieser Besatzerabsteige! Nun, ich werde mir eine Zeitschrift mitnehmen, ich werde einen kleinen Tisch suchen, die erstbeste Pizza und ein Glas Valpolicella bestellen, die Zeitschrift so am Tisch placieren, daß ich während der Nahrungsaufnahme würde lesen können, oder zumindest den Anschein dieser Beschäftigung erwecken (in einer solchen Situation vermag ich nichts weniger als zu lesen, außer zu essen), abschließend werde ich einen Kaffee nehmen und mit dem Gefühl größter Erleichterung, mit dem Gefühl, etwas hinter mich gebracht zu haben – noch stand es mir allerdings bevor –, ins Zimmer zurückkehren, den

Schnaps austrinken und warten, bis es Mitternacht wird, bis ein neuer Tag anbricht, warten bis, warten auf, ich weiß nicht. Ich sah nochmals aus dem Fenster, nahm –

Wohlan! Es gilt! – einen Vorratsschluck aus der Flasche, die Jacke vom Haken, die Zeitschrift vom Tisch und machte mich auf, zum Äußersten entschlossen, auf alles gefaßt, auf, du Abortdeckel! Im halbdunklen Flur mußte ich wieder am streitbaren Mülleimer vorbei: ohne daß ich ihn anzugreifen oder auszuplündern vorgehabt hätte, wiederholte er *Ich bin für Verteidigung*. Daß eine Mülltonne sich für ihren Inhalt so stark machte! Ich ging an der Tankstelle vorbei, einige Schritte die Straße entlang und betrat die Gaststätte, das heißt, ich wollte das Restaurant betreten, fand mich aber als letzter einer Reihe von wartenden Personen wieder, denen eine Schranke den Eintritt verwehrte, in einem Vorraum, der nicht mehr zur Straße und noch nicht zum Pizzaland gehörte, und dem Flur eines Arbeitsamtes mehr entsprach als einem Restauranteingang. Eine Sitzbank für müde gewordene Wartende war aufgestellt und ein Aschenbecher; zwar bin ich noch nie auf einem Arbeitsamt gewesen – ich bin ja nicht blöd –, aber hier wie dort mußte gewartet werden, bis einer an die Reihe kam, aufgerufen, hineingebeten wurde. Ich war entsetzt, und doch auch erleichtert, mit meinem einsamen kleinen Tisch würde es nichts werden. In rascher Abfolge – etwas rascher noch, und alles hätte sich in Stummfilmgeschwindigkeit abgespielt – verließen Gäste, Besatzungssoldaten die meisten, das Lokal, durchquerten die Schranke, während sich hinter mir neue Gäste hinzugesellten. Zwischendurch kamen immer wieder Kellner an die Sperre und riefen fragend in die Menge: Three, drei, oder four, vier, was bedeutete, daß sie einen freigewordenen Tisch mit drei oder vier Plätzen anboten, um dann mit den glücklichen Platzinhabern eilig im Lokal zu verschwinden. Andere trugen Kartons aus dem Lokal, mit einem aufgedruckten Telephonhörer und der Aufschrift *Pizza Phone*. Ich trat an die Barriere und fragte einen Kellner, ob ich eine Pizza auch mitnehmen könne. Er forderte mich auf, ihm zu einer Kassa zu folgen, hielt mir eine Karte hin, ich entschied mich für den erstbesten Namen, Margerita (auch das noch, nie könnte ich eine Frau solchen Namens lieben!), der Kellner fragte mich: Name? Vorname?, und von dieser plötzlichen Frage vollkommen überrumpelt, nannte ich ihm meinen wirklichen Namen, Christoph Willibald Gluck. Ich bezahlte – auf der Rechnung war ich mit meinem Vornamen ausgewiesen –, der Kellner sagte: Zwanzig Minuten!, und beorderte mich wieder zum Eingang. Ich setzte mich auf die Bank und wartete. Wie diese Zeit überbrücken? – Ach, es ist so mühsam, Satz für Satz zusammenzutragen über eine kalte Februarnacht an einem viel zu stickigen Abend Ende April, bei dieser stationären Wetterlage, Winden aus Ost, die ein Mittelmeertief abhalten, Ostwind, noch ist alles ruhig, zur Besorgnis besteht kein Anlaß, ich halte mein Fenster geöffnet. – Ich tat, als läse ich in meiner Zeitschrift, interessiert genug, um notfalls in die Lektüre vertieft zu erscheinen, und gleichzeitig genügend gelangweilt, um jederzeit aufsehen zu können. Gäste gingen, Gäste kamen, die Anzahl der Wartenden blieb gleich. Viele Schwarze waren unter ihnen, komplette Familien, die sich hier um ein Essen anstellten, das dann nicht länger währen sollte als die Wartezeit. Nun gut – gut ist gut! –, es sind Amerikaner, sogenannte US-Bürger, sagte ich mir, sie sind nichts anderes gewöhnt, und doch, nach Kleidung und Make-up der Frauen mußte es sich um ein besonderes Vergnügen handeln, welche Geduld im Warten, welche Vorfreude auf nichts als eine Enttäuschung, dachte ich, Vorfreude nicht einmal auf die Enttäuschung der Erfüllung, sondern auf die bare Erfüllung der Enttäuschung ... Ach, sei's drum, scheiß drauf, was gingen mich Amerikaner an, und noch dazu Soldaten, was scherten mich Soldaten und überdies Amerikaner. – Meine Strafzeit mochte vergangen sein, denn aus der Tiefe des Lokals hörte ich meinen Vornamen rufen, Mister Willibald oder Herr Reinfried, wie immer ich heißen mochte, ich ging schnell dem Rufer entgegen, wies meine Rechnung vor, bekam einen warmen Karton ausgehändigt und konnte endlich das Pizzaland – Luft, endlich Luft! – verlassen. Zum Motel zurückgehend besah ich den Aufdruck auf der Verpackung: *Pizza Land* und *Pizza Phone*, samt Telephonschnur und -hörer. Pizza Phone! Hallo, hier Pizza Land, wer dort? Hier Schmelzkäse, hallo? Hallo, Schmelzkäse, bitte kommen. – Schon war ich wieder im Zimmer, längst hatte ich den Tisch zum Bett gerückt, mich auf das Bett gesetzt, die Schachtel aufgerissen und festgestellt, daß nicht einmal ein Plastikbesteck beigelegt war. Also riß ich mit den Fingern Stücke aus dem Fladen und stopfte sie in den Mund; die sogenannte Pizza sah aus und roch wie aufgewärmtes, leicht angebackenes Erbrochenes; praktisch, dachte ich, dieser Umstand ersparte es mir, mich später zu übergeben. Ich verpackte die Pizzareste wieder in der Schachtel, warf den Karton in den Papierkorb, öffnete das Fenster, um zu lüften, ging ins Bad, wusch die Hände und putzte die Zähne. Den restlichen Abend verbrachte ich mit Bier und Schnaps, und mit Radiohören – auf der in die Wand eingelassenen Anlage standen drei Programme zur Auswahl! Um Mitternacht – Tag, endlich Tag, Sonntag! – wurde im Radio ein Sinfoniekonzert angekündigt; ein sinfonisches Konzert um null Uhr dachte ich, das ist ein geglückter Tagesbeginn, und Brahms wird gegeben! In diesem Augenblick, das Orchester stimmte noch die Instrumente, fiel plötzlich der Ton aus, ich drehte wie wild am Knopf, versuchte die anderen Programme – nichts, kein Ton, der Lautsprecher blieb stumm. Nun erst begriff ich. Der Tankwart, oder der Nachtportier – der Aufseher jedenfalls hatte die Rundfunkanlage von einer zentralen Stelle aus abgeschaltet, – Schlafenszeit, *Nachtruhe!* Unglaublich ... Ich war nach Deutschland gereist und nicht nur in Amerika, sondern auch noch in einem Gefängnis gelandet. Amerikanische Nacht! Ein Wunder, daß nicht auch das Licht abgedreht worden war! Nein, ein Hotel der reisenden Kaufleute war das nicht. Ich schickte mich an, mich auszuziehen und zu Bett zu gehen, die Schnapsflasche war fast geleert, da meinte ich, an der Zimmertüre ein Geräusch, wie ein schwaches Klopfen, gehört zu haben. Ich ging, um nachzusehen. Vor der Tür, im Halbdunkel, stand eine – nein, doch nicht, niemand war draußen; ich mußte mich getäuscht haben.

Vor mir steht ein Reisender. Vor ihm warten zwei Reisende, vor diesen wiederum eine Reisende. Vor ihr stehen drei Passagiere, und vor ihnen, am Schalter, ist ausschnittweise eine größere Familie zu sehen, oder eine kleine Sippe, dicke, kleine Inder, sie haben viel Gepäck aufzugeben, sehr viel Gepäck, und es gibt Schwierigkeiten; Mißverständnisse sind aufzuklären, und das kostet Zeit. Auch hinter mir warten Reisende. Obwohl ich stehe, oder eben weil ich stehe, sitze ich in der Falle. Denn wenn ich stürze, wer hebt mich auf, wenn ich wanke, wer stützt mich, ohne daß eine Peinlichkeit entsteht, ein Auflauf, ein Rettungseinsatz, den ich verschuldet, den ich zu verantworten haben werde; hierher, hier liegt er, der Täter, ein Opfer einer Kreislaufschwäche, einer zielgerichteten Furcht, einer rätselhaften Krankheit, wer will das wissen, die Ermittlungen werden es ergeben, ein Opfer seiner selbst jedenfalls. Ich weiß selbst nicht, ist es der Alkohol, ist es plötzlicher Sauerstoffmangel im Gehirn? Sitzgelegenheiten sind weit entfernt. Wie die Leute sich alle auf den Beinen halten, vor mir, hinter mir, in den benachbarten Reihen, als wäre es das Leichteste und Selbstverständlichste von der Welt, unglaublich. Nicht fallen, nicht stürzen!, sage ich mir, noch halte ich mich aufrecht, meine Schwäche, meine befürchtete Schwäche lasse ich mir nicht anmerken, ich muß ja mein Reiseziel erreichen, meinen

Schreibtisch, mein Radio am Schreibtisch, die Papiere mit den Sätzen *Ich reiste nach Deutschland, um etwas zu erleben, es ist Mitternacht, hinter mir geht der Fremde.* Aber wie kann ich mein Reiseziel erreichen, wenn so viele vor mir unter immer größeren Schwierigkeiten ebenfalls um die Erreichung ihres Reiseziels kämpfen, wenngleich sie zumindest sicher und selbstverständlich auf dem Boden der Realität stehen, die Problemstellung, freihändig auf zwei Beinen zu stehen, wohl gar nicht kennen. Der aufrechte *Gang* ist mir kein Problem, geübter Bergwanderer, schneller Fußgänger, der ich bin, gehe ich solchen Zuständen einfach davon, aber im Stand mich aufrecht halten zu müssen – denn meinen Sie, die Inder hätten ihre Koffer endlich auf dem Förderband untergebracht? Nicht die Spur! –, mich im Stand aufrecht zu halten, fällt mir immer schwerer, zumal von dieser Mühsal niemand etwas bemerken soll. Was sollen die Leute auch denken, ein Mensch, der sich, ohne betrunken zu sein, und wann wäre ich je betrunken (ich und betrunken!), nicht auf seinen Beinen halten kann. Aber da!, nein, keine Angst, ich stehe noch, da kommt Bewegung auf in der Reihe, in den Verhandlungen am Schalter scheint ein entscheidender Durchbruch erzielt worden zu sein, ich werde noch einmal davongekommen sein.

Am Ziel, zurückgekehrt, keine Erleichterung.

Schräg über mir, am Schreibtisch – Augenblick, *Über mir, am Schreibtisch?* Schmelzkäse, bitte kommen, Hermann Burger, aufgemerkt, hier böte sich wieder die Möglichkeit einer *kritischen Anmerkung* in der Frankfurter Allgemeinen Zeitung, etwa: Also wo denn nun, – schräg über ihm oder am Schreibtisch? – schräg über mir also, am Schreibtisch, steht das Radio, ein Apparat der Firma Kapsch, Marke »Choral«. Wenn ich neuerdings das Gerät in Betrieb nehme, ertönt zu jeder vollen Stunde ein dumpfes Pochen, und eine sonore Stimme mahnt: *Denk ans Herz!* (Höre ich recht, denke ich, denn die warnende Grabesstimme könnte genausogut, poch poch poch, empfehlen *Sei bereit* oder *Sei wachsam*, *der Führer spricht* oder *Feind hört mit*, aber die Stimme, klopf klopf klopf, ermahnt: Denk ans Herz. Aha, denke ich, eine Kampagne, Kampagne ist nicht das rechte Wort, ein Werbefeldzug des Ministeriums für Volksaufklärung und Volksgesundheit, ausgestrahlt über den Reichssender Wien, so wird es sein.) Denk ans Herz! Ich denke nicht daran, so mein erster Gedanke, aber die Hand, schon reflexhaft ausgestreckt, um das Radiokunstherz zum Stillstand zu bringen, kehrt unverrichteter Dinge wieder zurück, und ich stelle mich der Herausforderung. Ich habe nichts zu verbergen, sage ich mir, mein Herz ist rein; wollte ich das nicht hören, hätte ich wahrscheinlich gute Gründe, und das wäre schlecht. Indem ich dieser düsteren Warnung mehrmals am Tag lausche, beweise ich mir, daß ich in dieser Angelegenheit nichts zu verdrängen habe; denn daß das Verdrängte, und das Abschalten wäre ja ein Verdrängungsvorgang, sich irgendwann vielleicht in Gestalt einer Herzneurose Bahn bräche, das fehlte mir gerade noch. So lasse ich mich durch die Beunruhigung beruhigen. Wenn aus dem Äther die Aufforderung ertönt, ich bin bereit und denke mit. Zwar lautet der Befehl der Sendereihe nicht: Denk mit, aber ich kann nicht nur an mein Herz denken, ich muß gleichzeitig mitdenken, sonst verstehe ich nichts; eine Doppelbelastung, die wiederum das Infarktrisiko erhöht. Einmal drehte ich ja das Radio ab, als unheilverkündend das Pochen erklang, und sogleich verspürte ich einen in den linken Oberarm, in den Brustkorb und bis in den Hals ausstrahlenden Schmerz, worüber ich so sehr erschrak, daß ich einem Herzanfall nahe zu sein meinte. Seither höre ich gehorsam zu. Ist es nicht wunderbar? Siebzigmal pro Minute schlägt das Herz, habe ich in meinem Radiokolleg schon gelernt; ich habe noch nie mitgezählt, es ist ja immer so ein Lärm um einen, aber es wird schon so sein. Allerdings habe ich auch die Erfahrung gemacht: *Je mehr ich ans Herz denke, desto heftiger schlägt es zurück.* Ja, ich sollte mir mehr Bewegung verschaffen, mehr Sport treiben und das gerade wieder nicht, denn ein sogenannter Sportler neigt, wie ich gerade höre, wegen seiner höheren Schmerzgrenze zum stummen Herzinfarkt. Eben fühle ich mich noch wohl, Monate dieses radiophonen Herzleidens habe ich schon hinter mich gebracht, unbeschadet, und jetzt muß ich erfahren: Gerade dieses Wohlbefinden ist das eigentlich Beunruhigende, ja Gefährliche, weil das Herz seinen Infarkt verschweigt (das Herz schweigt, schweigt sich aus, an keine ärztliche Schweigepflicht gebunden, schweigt es, einfach so, aus Bosheit, oder aus Dummheit), ich fühle mich wohl, ich laufe frohen Herzens die Treppe hinauf bis in den dritten Stock, andere laufen die Treppe hinunter, ich laufe die Treppe hinauf und befinde mich möglicherweise in größter Gefahr! Den stummen Frühling kann man noch sehen, aber wie den stummen Herzinfarkt wahrnehmen? Stummer dummer Herzinfarkt! Und beim nächsten, lauten, wenn das Herz seinen ersten Schrei tut, kann es schon zu spät sein. Was für ein Herbst! Seit September, inzwischen ist Advent, stille Zeit, wird an dieser kollektiven Herzneurose schon gearbeitet, diese Kampagne beeinflußt sogar die Eishockey-Ergebnisse: So konnte sich der Villacher Sportverein über den Klagenfurter Athletic Club und über den Innsbrucker Eislaufverein nur hinwegsetzen, weil Dave Shand (Klagenfurt) und Brian Stankiewic (Innsbruck) wegen Herzrhythmusstörungen ausfielen. Sieh an, auch Eishockeyspieler hören Radio, denke ich. Sonst aber denke ich an nichts anderes mehr als an mein Herz, ich passe, ich gebe mich dem Herzen geschlagen, dem Kunstherzen schräg über mir, ich denke nicht mehr an morgen, nicht ans Schreiben, nicht mehr an meine mißlungenen Fluchtversuche, Bonames, Niedereschbach, Berlin. Ich sitze hier und denke ans Herz, ich werde lange hier ausharren; solange ich daran *denke*, *schlägt* es, solange ich *denke*, *bin* ich, und zu dieser Bedingung, denke ich, sollte ich mir eigentlich gratulieren.

Es ist Mitte März.

Auf dem Schreibtisch liegt Schnee. An den Aufbauten, an der Lampe und am Radioapparat hängen Eiszapfen, das schon zehn Tage lang nach einem Winter, so bitter kalt, wie er seit Menschengedenken nicht mehr gewesen ist. Aussicht auf Besserung besteht nicht. Das nordosteuropäische Hochdruckgebiet steuert nach wie vor kontinentale Kaltluftmassen gegen meinen Schreibtisch, gegen seine Gipfel und inneralpinen Tallagen, und eingelagerte Störungen bewirken lediglich neuerlichen Schneefall. Zwar habe ich meine Schreibmaschine vom Schnee freigemacht, sie wäre sogar betriebsbereit, aber ich bin so entkräftet, daß ich dieser Heimsuchung nichts mehr entgegenzusetzen habe. Wehe dem Zilpzalp, der sich jetzt im Anflug befindet aus dem Süden.

Es stürmt. Ich ersteige meinen Schreibtisch.

Es ist Mitternacht. Vor mir, im Schein meiner Lampe, liegt das Formular; ein Fragebogen zur Erstellung eines *Vermögensverzeichnisses.* Der Wind rüttelt an den Fenstern. Ich lese: Die verpflichtete Partei wird zu beschwören haben, daß alle Angaben richtig sind. Ich, keiner Partei verpflichtet, als verpflichtete Partei, das ist gut! *Was besitzen Sie*, lese ich, *Besitzen Sie Bargeld?* Bargeld, ich? *Wertpapiere*, *Sparbücher*, *Pfandscheine?* Heiße ich Süskind? *Schmuck und sonstige Wertsachen*, *kostbare Möbel*, *Uhren*, *Ketten?* Heiße ich Konsalik oder Uta Danella? Ja, ich besitze eine Kette, sie ist an der Wohnungstür befestigt, eine Sperrkette, die ich nachts vorlege, um dem Gerichtsvollzieher am Morgen das Eindringen zu erschweren. *Elektrische Kochtöpfe*, *Rasierapparate*, *Bestrahlungslampen?* Elektrische Kochtöpfe, Rasierapparate, Bestrahlungslampen, jetzt hören Sie aber auf, ich und solches besitzen! *Kleidungsstücke*, *Hüte*, *Mützen*, *Schuhe*, *Schirme*, *Stöcke?* Kleidungsstücke sind vorhanden, auch Mützen, Schuhe, ein Schirm, sogar ein Stock ist da, Haselnuß, selbstgeschnitten, mit aufgeschraubtem Metallspitz, zum Gehen im Gebirg, ein Wanderstab; auch als Spieß gut zu gebrauchen, sollte daran gedacht sein, ihn mir zu nehmen. *Schiausrüstung*, *Faltboot*, *Sportgeräte?* Völlig irrsinnige Vermutung, lachhaft.

Motorräder, Kraftfahrzeuge, Motorboote? Was noch, sind Sie wahnsinnig geworden? *Fernsehgeräte?* Das mußte ja kommen, nein, ist die erstaunliche wie standhafte Antwort, ich bin ja nicht blöde. *Waffen?* Mehrere Schreibmaschinen verschiedenen Kalibers, ein Springmesser mit feststellbarer Klinge, in Italien erworben und im Auto meines Cousins, des Richters, und mit dessen Wissen und Billigung über die Grenze geschmuggelt, sowie ein MG 42 in tadellosem Zustand und betriebsbereit, am Fenster montiert. *Taschen, Koffer, Körbe?* Zwei sogenannte Helsinki-Körbe, einige Medien-Koffer, darunter ein sogenannter Sexualkoffer, und ein sogenanntes Südtirol-Paket, das als Tasche durchgehen mag. Haha, jetzt habe ich mir einen Scherz erlaubt, nicht schlecht, was. In der Tat befinden sich eine Reisetasche in meinem Besitz und ein ausrangierter Überseekoffer, der mir als Nachttisch dient. Wie?, das hatten wir schon? Ach das hatten wir schon, ist ja interessant, und ich dachte, das hätten wir noch nicht gehabt, also das hatten wir schon, ist ja unglaublich, das hatten wir also schon. Dann wird es wohl auch Vollmer bestätigen können? Ja Vollmer muß das ja bestätigen, ansonsten hätten wir das ja noch nicht gehabt haben können, nur im Augenblick hat Vollmer keine Zeit, denn nächste Woche, Sie wissen ja, nächste Woche wird Vollmer heiraten, da hat er – wie, Sie wissen das gar nicht? Ich dachte, Vollmer hätte Ihnen das erzählt, hat er nicht? Ach, das hätte ich jetzt vielleicht gar nicht sagen dürfen, Sie wissen ja – nein, das können Sie natürlich nicht wissen –, Vollmer möchte seine private Veränderung in der Anstalt möglichst geheimhalten, ich dachte, er hätte Ihnen davon erzählt. – Wie? Das hatten wir auch schon? Ach, das hatten wir also auch schon, so etwas, und ich dachte, das hätten wir erst recht noch nicht gehabt, hatten wir also auch schon. Weiter, weiter. *Vorräte zur Anfertigung von Wäschestücken, Nähmaschinen?* Bin ich ein Kleidermacher, wie mein Großvater? *Vieh, Wagen und Geschirr?* Bin ich ein Landwirt, wie mein Urgroßvater? *Vorräte an Genußmitteln, Wein- und Biervorräte?* Dazu möchte ich mich nicht äußern. *Kisten, Fässer, Flaschen?* Kisten voll mit leeren Flaschen, ja. *Landkarten, Sammlungen aller Art, Bücher?* Eine Sammlung von Niederlagen aller Art, Landkarten der Düsternis und Verzweiflung, haha. Und Bücher? Nicht der Rede wert. Nicht der Rede wert, habe ich mich recht verstanden? Nicht mehr der Rede wert. Die Einführung in das Dschutsche von Kim Il Sung, die gesammelten Jahrgänge von Korean Nature und Korean Philatelist, die schönen Bilder, Supreme Commander Marshal Kim Il Sung taking care of his soldiers with paternal affection, nicht mehr der Rede wert? Die Werke des großen Vorsitzenden in vier Bänden, die Abhandlungen *Über den Krieg, Über den Widerspruch*, nicht länger der Rede wert? Wer fragt hier, der Richter? Wie sollte ein Richter davon Kenntnis haben? Richter sind unberechenbar und hartnäckig. Du erinnerst dich einer Vorladung in einem Vernehmungszimmer des Landesgerichts, der Wegnahme fremder beweglicher Sachen warst du beschuldigt, und eine Rolle spielte dabei, ob du einen bestimmten Dachboden je betreten hättest oder nicht, und obwohl du gleich zu Beginn der Vernehmung erklärt hattest, nie einen Fuß auf jenen Dachboden gesetzt zu haben, wurde der Richter nicht müde zu fragen: Wann waren Sie zuletzt auf dem Dachboden?, als Sie auf dem Dachboden herumgingen, was fiel Ihnen auf?, waren Sie nach der Tat noch einmal auf dem Dachboden? Nur durch dein Geschick wurde das Verfahren eingestellt; dennoch, die fassonierten Rundhölzer vom Dachboden, sie hatten gut gebrannt in deinem, in meinem, in unserem Ofen, das Zimmer manche Winternacht erwärmt, aber das ist – Schon gut, nicht so geschwätzig, Mitternacht ist längst vorüber. Aber ein zum Tagtraum neigender Mensch, der am Tage schläft und die Nacht zum Tag gemacht hat, der wird doch – und außerdem, wo nähme ein Richter eine so umfassende sozialistische Bildung her? Still jetzt! Da, schon wieder vergessen. Was? Ja eben, ich weiß es nicht mehr. Weiter. Die Jahrgänge der Peking-Rundschau, ewiger Ruhm Genossen Tschu Teh, nicht mehr der Rede wert? Doch, bereits wieder. *Mit taktischem Geschick den Tigerberg erobert*, die Bande des Banditenhäuptlings Geier wird von innen und außen her vernichtet und der Banditenhäuptling Geier gefangengenommen? Das schon. Unermüdliche Kritik am besserungsunwilligen Machthaber auf dem kapitalistischen Weg, am Entfacher des Windes von rechts? Das unbedingt. Der Entfacher des Windes von rechts, ist das nicht auch dieser Machthaber, der den Juwelenräuber und Kolonialwarenhändler Heller ins Land gelassen hat, den Kolonialisten und Banditenhäuptling Geier neuen Typs? Oh, wie hat dieser Hund die große proletarische Kulturrevolution mit Schmutz beworfen! – Die Untergrundschrift *Das Konzept Stadtguerilla*, die Rote Armee aufbauen, den bewaffneten Kampf aufnehmen? Stets in Ehren gehalten und gut versteckt, so gut, daß ich sie nicht mehr finden kann. *Wer begriffen hat und nicht handelt, hat nicht begriffen*, Mensch oder Schwein? Wer will das wissen? Ich, Teufel und Langhans, frage mich, Papst Thomas Bernhard den Zweiten; oder soll ich mich Döblin nennen, Alfred, oder Ehrenstein, Albert? Ach, diese müden Witze zu vorgerückter Stunde, diese sprachlichen Faschingsnasen. Maskerade, von und mit Willi Forst. Wo waren wir? Ja, Mensch oder Schwein. Tür oder Klinke? Zwischen uns und dem Feind einen klaren Trennungsstrich ziehen: Die Trennlinie verläuft quer durch mich, oder verläuft sie längs? – Aber die Revolutionierung des Privaten, die Aufhebung der Zweierbeziehung, der gegenseitigen Fixierung? Nicht länger der Rede wert. Ach!, aber damals – Damals war alles anders. Damals – schon gut. *Libido ist ebenso labil wie klebrig?* Ein großer Satz, unbestritten. Ah, wie sehr brachte dieser Satz, als Anleitung zum Handeln verstanden, mich früher in Schwierigkeiten. Einmal, in Paris – genug, nicht weiter! Der lange Marsch durch die Institutionen? Es ist keiner zurückgekommen. Die große Verweigerung? Die große Verweigerung, ja, damals, in Krems, auf der Jahrstagung des katholischen Akademikerverbandes, eine große Sache! Ein großer Auftritt, zusammen mit meinem Komponistenfreund, dem Genossen Zobl, Genosse Zobl komponierte damals gerade sein Memento für Wilhelm Reich, *Orgasmen* … Oder nicht? Doch, es war in jener Zeit, unsere Zeit in Krems war natürlich zu kurz, um von einer Kremser Zeit zu sprechen, aber es war damals. Nun, statt daß ich, wie vereinbart, Gedichte vorlas – *Sprachmusik* wäre erwartet worden –, befragten wir die katholischen Akademiker über ihr Geschlechtsleben, vor erwartungsvoll versammeltem Publikum, nach Beginn meiner angekündigten Dichterlesung, schrieben wir zunächst die Fragebögen fertig, und dann fühlten wir den katholischen Akademikern auf den Zahn, wie gesagt wird, und wie! Wir hörten die katholischen Akademiker über Fellatio und Cunnilingus, über das sechste und achte Gebot, was für ein Hearing, welch ein Colloquium, hochinteressant … Wir gehörten nach Schönbrunn in den Löwenkäfig, sagte eine alte Dame aus Montevideo – immerhin, in den Löwenkäfig! (Mein Äußeres hat seither übrigens kaum gelitten, im Gegenteil. Nicht doch, ein Dichter darf nicht als heiterer Narziß durch die Lande –, er muß, wie Grass, hart arbeiten – Hilfe! Aufhören! Ruhe jetzt.) Wir sind das Lumpenproletariat unter den Kulturproduzenten, die Kulturtupamaros –? Erledigt, ich bin keine Gruppe mehr, seit Jahrzehnten nicht. Der fortschrittliche Autor als Bündnispartner der heimischen Arbeiterklasse, Aufklärung in der Arena der Massenunterhaltung? Bloß nicht. Hoch/die/internationale/Solidarität –? Eine sinnlose Beschwörung. Und mit dem *assoziativen Delirium*, wie war das, damals? Nun, das etwas verwirrte Publikum hat um einen Leitfaden zum Prosatext ersucht und jenen mit dem Hinweis assoziatives Delirium erhalten.

Ah, was für ein Unvermögensverzeichnis! Verständlich formuliertes politisches Engagement, ideologische Klarheit, was ist damit? Nichts ist damit. Pflanzen und Tiere entdecken, das ist es, auf den Spuren des Wachtelkönigs, das ja; das Leben der Murmeltiere studieren, beobachten, wie sie ihr Heu für den Winterschlaf trocknen und wenden vor den Eingängen in die unterirdischen Bauten, das schon. – Was ist das, frage ich meine Gefährtin, die von ihrem Vater zu besonderer Tierliebe und Pflanzenkenntnis angehalten worden ist und mit der ich, ein anderer, Jahr für Jahr durchs Gebirge streife, welche Blume ist das? Das ist der blaue Speik. Und dort? Der rote Steinbrech. Der blaue Speik und der rote Steinbrech!, rufe ich begeistert; um kein Wild aufzustören, rufe ich natürlich nur auf dem Papier. Und hier, das, frage ich. Das sind Wollkopfdisteln und Wermut. Wollkopfdisteln und Wermut, was nicht alles, rufe ich und klatsche in die Hände. Und dort unten? Der Eisenhut! Und hier oben? Der Himmelsherold. Nicht möglich, es gibt also noch Himmelsherold und Eisenhut! Und was es sonst noch zu entdecken gibt! Arnika, die berühmte Heilpflanze, Ackeley und Türkenbund, auch Turbanlilie genannt, Bergahorn und Bergulme! *Gier unter Bergulmen*, auch das, falls verstanden wird, was ich meine – mit den Händen an den Baumstamm gelehnt, im Stehen, von hinten. Ja, das Ferkelkraut, das Ferkelkraut: Was für ein Vogel kreist da hoch über uns, fragte ich, meine Hose wieder zuknöpfend, ist es ein Steinadler oder ein Weißkopfgeier? Ein Weißkopfgeier. Gestern beobachtete ich einen Auerhahn, wie er knatternd aufflog aus dem Dickicht, heute beobachtet uns ein Weißkopfgeier, und wir sehen ihm dabei zu, rief ich, ist es nicht wunderbar? – Oder hier, diese dämmrige, schattichte Stelle, Ebereschen, Schwarzerlen, Sumpffarn, Schachtelhalm, die Losung eines Dachses, der verlassene Schlafplatz eines Rehs, tiefer Frieden; das ist eine schöne Stelle. Ja, das interessiert mich. Ein Marder, der mir über den Weg läuft, um Wasser zu trinken an einer nahen Quelle, das fesselt meine Aufmerksamkeit. Die Heiterkeit der Wälder und Matten und Täler, *Vor seiner Hütte ruhig im Schatten sitzt der Pflüger, dem Genügsamen raucht sein Herd*, diese Stelle ist es, die ich suche, den Wanderstab in der Hand. Die Arbeit des Spechts, der Gesang der Drossel, das ist es, was mich fasziniert, das wirtschaftlich Nutzlose, ökonomisch Wertlose. Bei mir ist mehr Freude über zehn Steinnelken als über hundert Arbeitsplätze in der Fremdenverkehrsindustrie, von anderen Industrien gar nicht zu reden. Die vergessene Geschichte des Goldbergbaues in den Hohen Tauern beschäftigt mich inzwischen mehr als die Geschichte der Sozialdemokratie, die mittelalterlichen Gewerke interessieren mich eher als der heutige Gewerkschaftsbund mit seinen Streikbrecher- und Schlägergewerkschaften. Das Hochgebirge ist mir näher als der Spätkapitalismus; *das Hochgebirge im Spätkapitalismus*, ein Versuch, das wäre noch zu schreiben.

Stärker als zuvor peitscht der Regen gegen die Scheiben. Vor mir, ja, da ist es wieder, liegt das Vermögensverzeichnis. Zweiter Teil, *Forderungen. Haben Sie etwas zu fordern, und von wem?* Forderungen. Die Liste meiner Forderungen wäre schier unüberschaubar, meine Forderungen wechseln ständig, von Tag zu Tag, von Stunde zu Stunde, von Augenblick zu Augenblick, und sind doch immer die gleichen. Ich habe nichts, ich fordere alles! Oder habe ich alles, und fordere nichts? Dem Genügsamen raucht sein Herd? Aber wenn ich mir einige Forderungen aussuchen dürfte, ich fordere wählen zu können unter den Frauen und Literaturpreisen dieser Welt. Ja, ich liebe den männlich-spekulativen Blick auf den Frauenkörper, das Zirkulieren der Frauen auf dem Markt; nichts ist spannender als die Entfremdung. – Als Frührentner fordere ich für die Nutzung dieser Wohnung – in diesem Haus, in dieser Stadt! – eine Ekelabgeltung, eine Lärmentschädigung; eine Belästigungsabfindung, einen Ersatz für einen durch Jahrzehnte an mir entstandenen Schaden fordere ich von der städtischen Wohnhausverwaltung! Natürlich muß ich auch den Rücktritt des Hochglanzbürgermeisters fordern, er ist so laut und schreit herum und hält so große Stücke auf diese Scheißstadt, er lügt also, wie alle Politiker, alle hiesigen Konsens- und Sanierungspolitiker, deren Rücktritt ich ebenso zu fordern habe, wie auch den sofortigen Rücktritt ihrer designierten Nachfolger, sie taugen ja doch nichts und sind alle gleich, alle gleich, lauter Gauner, lauter Gauner! Denken ohnehin nur an das eine, schauen nur aufs Geld und auf die eigene Macht, Hauptsache bei die ist doch, daß sie ihn drin haben. Und dann noch dieser Bundespräsident, ein Jude, der Nase nach! Weg mit ihm! In diesem Midas-Stall muß ausgemistet werden, fordere ich, Carl Pallavicini, Wien I, *Woraus sind diese Forderungen entstanden?* Ja, woraus? Aus tiefer Betroffenheit und wachsender Besorgnis, großer Beunruhigung, Bestürzung und Befremden, aus Wut und Trauer, Ekel und Abscheu, aus Schmerz und aufrichtigem Mitgefühl, starker innerer Bewegung und tief empfundener Anteilnahme, aus gegebenem Anlaß und wachsender Empörung. *Haben Sie noch etwas zu fordern, und von wem?* Ich fordere energische Schritte in der Bekämpfung der Drogenkriminalität, im Kampf gegen den Handel mit und die Herstellung und den Konsum von Suchtgiften aller Pferdestärken, Hubräume und Literklassen, insbesondere die sofortige Einstellung der Automobilproduktion und des individuellen Gebrauchs, die unverzügliche Verschrottung aller bereits ausgelieferten Exemplare und exemplarische Bestrafung aller Importeure und Händler, das fordere ich seit Jahren! Durchschnittlich zweitausend Drogentote jährlich nur in diesem Land sind zweitausend zuviel, von allen anderen Auswirkungen (ausschließlich zerstörerische!) aus Platzgründen nicht zu reden. Daß ich ein Verbot des sogenannten alpinen Schilaufs fordere, bedarf nicht der Erwähnung. Und mein Forderungskatalog ist noch nicht geschlossen. Den bedingungslosen Abzug des Nordatlantik-Packs aus Europa, das fordere ich, die sofortige Zurücknahme des HTLV-III-Virus, eines Geschenks der Vereinigten Staaten an die Welt, eines neuartigen Care-Pakets, from Doctor Frankenstein with love, Fort Detrick, Maryland, das habe ich zu fordern; Reagan, dieses Arschgesichtl vor Gaddafis Volksgericht!, das ist die Forderung meiner einsamen Nächte! Von der Wüste von Nevada fordere ich, den ständigen Provokationen, dem unterirdischen Terror ein Ende zu setzen, ein gütiges Erdbeben fordere ich von einer erbarmungslosen Natur, oder genauer noch, ein erbarmungsloses Erdbeben von einer gütigen Natur, gütig und gerecht. Dementsprechend muß ich von der Firma Pitschek, die hier im Keller dieses Hauses ihre zweifelhaften Geschäfte betreibt, fordern, die US-Flagge aus ihrem Firmenwagen zu entfernen, widrigenfalls ich nachhelfen müßte. Ja, Haß, Haß ist gut. *Woraus sind diese Forderungen entstanden?* Wie? Ach so, sagte ich doch schon, Ohnmacht, Verbitterung. Verbitterung ist vergorener Haß, Ohnmacht sein Gefäß, wenn ich das mal so –

Aus Ohnmacht setze ich mich an den Schreibtisch und schreibe, aus Ohnmacht entferne ich mich wieder von ihm. Stündlich höre ich die Nachrichten, ob dieser oder jener meiner Forderungen vielleicht nachgekommen worden wäre – nichts, im Gegenteil! Muß ich denn alles selbst in die Hand nehmen, denke ich. Doch es ist aussichtslos, da hilft kein Regen gegen die Fensterscheiben, und wäre er noch so stürmisch; und nicht die Tatsache, daß bald der Tag anbricht. Ich vermag nichts. Wenn mich mittags, nach meiner Zeitrechnung also am Morgen, die Kirchenglocken wecken, vermag ich lediglich das Radio anzustellen, um zu hören, ob die Welt noch steht. Einen Tag so beginnen zu müssen!

Wieder dort gewesen. Alles gesehen, alles gehört; die Stimmen nachmittags im Postautobus, die den Fremden schläfrig machen, Dämmerlicht verschiedener Lebensgeschichten, monotone Schilderungen von Autounglücken und Krankenanstalten, Unfällen beim Heueinbringen, *Hier hat jämmerlich sein Leben beendet der wohlgeachtete Rupert Sabernig;* Erzählungen von nächtlichen Benachrichtigungen, ergeben den Sachverhalten, ein jeder hat sein Kreuz zu tragen; alles gehört, wo es passiert ist, daß hereintelephoniert ist vom Gendarmen, in diesen Tälern wird immer *hereintelephoniert;* vom Regen gehört, der bitter not wäre, und von einem Tögele Wein, so bitter gut, alles gehört und gedacht: *An die Kindheit denken wie an ein früheres Leben,* den Satz im eigenen Kopf gehört, alles gehört, die Stimmen im Postautobus und die Vogelstimmen, den Schrei des Bussards, den zornigen Tannenhäher, die Drossel, den Vogel Bülow, alles gehört, alles gesehen; alles gesehen, Bergahorn, Schwarzerle, Eberesche, wilde Kirschbäume im Wald, Brunnenkresse und Nelkenwurz am Bach, Zinnkraut, Schachtelhalm im Feuchten, im Schatticht, alles gesehen ich, Lenz, im Gebirg, auf dem Weg zu meiner Mühle, zu meiner Goldgrube, zum Kohlenmeiler; *Vor seiner Hütte ruhig im Schatten sitzt der Pflüger;* strahlende Tage im Juni, im Juli, Abendlicht, bläulicher Dunst, Rauch aus den Hütten, *Dem Genügsamen raucht sein Herd;* alles gesehen, Lärche und Zirbe, Wacholder, den blauen Speik und den roten Steinbrech, Türkenbund und Eisenhut, die wie Blasmusikanten zusammenstehenden Enziane, den Himmelsherold und die Spuren der Hirschkuh; gesehen das Aufleuchten des Saturn am Abendhimmel, den blaßblauen Vorschein des Mondes hinter dem schwarzen Wald, über dem Bergrücken; alles gesehen, und doch, *Wie verscheucht von törichter Bitte*, und dennoch: unsichtbare Schatten über allem.

Unsichtbare Schatten über allem, ja; über Schloß und Meierei, Mühle und Forsthaus, Weiler und Weiher, Schatten, unsichtbare, über Wiesen und Feldern, Baum und Strauch, über Stein und Steinnelke und rotem Steinbrech, Kuckucksblume und Ferkelkraut, Schatten über Löwenzahn, Breitwegerich und saftigem Klee, unsichtbar, über unzähligen Rosen, unsichtbare Schatten über einem jeden, das blüht in seiner Art.

Nichts gesehen, nichts gehört. Der Tisch voll gedeckt, und dennoch leer. Den Regen gehört, ja, nicht aber den Schrei des Bussards, nicht den zornigen Tannenhäher, nicht die Drossel, den Vogel Bülow, schon gar nicht den Wachtelkönig. Nichts gehört, nichts gesehen im Wald, nicht die wilden Kirschbäume, nicht Eberesche, Schwarzerle, Bergahorn, nicht die Brunnenkresse gesehen am Bach, nicht das Zinnkraut im Moor, nicht die Farne im Schatticht; kein Weg zurück zu meiner Mühle, an meinen Weiher, kein Weg zurück in meinen Weiler; bedrohlich nur tönt dem Wanderer im leeren Dorfe die Glocke. Kein Abendlicht gesehen, keinen bläulichen Dunst, vor seiner Hütte ruhig im Schatten sitzt kein Pflüger, dem Genügsamen raucht kein Herd; nicht den blauen Speik gesehen und nicht den gelben, nicht den blühenden Holunder, nicht Himmelsherold, nicht Türkenbund, nichts gesehen, die Lärchen nicht, die Zirben nicht und nicht den Wacholder, den heiligen Strauch der Kelten.

Nichts gesehen; nicht das Aufleuchten des Saturn am Himmel, nicht den Vorschein des Mondes über dem Bergrücken, hinter dem Wald. Alles gesehen, nichts gesehen. Den Regen gehört. Nie dort gewesen.

Ich reiste in die deutsche Geschichte, um etwas zu erleben, mit diesem Satz würde ich, an den Schreibtisch zurückgekehrt, meinen Bericht für die internationale Gesellschaft für vergleichende Museumsforschung beginnen, dachte ich, während ich dem Führer folgte, nein, keine mäßige Anspielung, ich ging hinter dem Kustos her, dem Museumsführer. *Geschichte als Erlebnisraum*, Geschichte betreten, wie man einen Raum betritt, in einen beliebigen Zeitraum deutscher Geschichte hineingehen wie in ein Haus oder ein Zimmer, das grenzte ja ans Wunderbare, dachte ich; die deutsche Geschichte durchstreifen wie ein Trapper die Prärie, das sollte möglich sein? Ein solches Museum wäre ja so gewaltig wie das Naturtheater von Oklahoma, dachte ich voller Erwartung. Und wirklich: Schon am Eingang zu den ausgedehnten, lagerähnlichen Museumsanlagen ragte, einem gewaltigen Türhüter gleich und hoch wie ein Kirchturm, ein Granitmonument in die Luft, eine Statue. Sie bildete einen beleibten Mann mit einem dicken, birnenförmigen Kopf nach, der als Mensch zwar nicht SO groß, aber doch ein Riese gewesen sein mußte. Auf mich wirkte die Figur allerdings durch und durch abstoßend, ich konnte mich nicht entsinnen, je einem abscheulicheren Anblick ausgesetzt gewesen zu sein. Auf dem Sockel waren die Worte eingraviert: DEM GRÜNDER von den Bürgern draußen im Lande; und tatsächlich schien der Koloß weit hinaus ins Land, ja auf ferne Kontinente zu blicken.

Vor mir also ging der Führer, nicht jener, wie gesagt, auch nicht der Bergführer, der Kustos ging vor mir her. Er kennt die Einzelheiten und die verschlungenen Wege durch dieses Museum, das mir größer und unübersichtlicher zu sein scheint als alle mir bekannten Museen zusammengenommen, dachte ich; ich werde den Darlegungen des Kustos mit Aufmerksamkeit folgen. Er hat sich mir übrigens als Kurnitzky vorgestellt, und ich habe, gewissen Erfahrungen mit Führern zum Trotz, keinen Anlaß, an der Echtheit seines Namens zu zweifeln. – Wir beginnen also in der Steinzeit, sagte er, während wir in eine kühle Marmorhalle eintraten, denn, wenn mir dieser kleine Scherz gestattet ist, wo immer wir in die deutsche Geschichte eintreten, wir landen früher oder später in der Steinzeit. Hier also eine erste *Raum-in-Raum-Installation*, der *Ehrenhain der deutschen Tonkunst*; wir müssen leise sein, fügte der Kustos hinzu und legte einen Finger auf die Lippen. In mehreren Reihen waren schwarze Postamente mit Gipsbrüsten deutscher Tondichter ausgestellt, ich erkannte auf Anhieb den Schöpfer des »Palestrina« , Hans Pfitzner, den Meister der Märchenoper »Schwarzer Peter«, Norbert Schultze, dessen liebenswertes Opus ich einst als Kind im Klagenfurter Stadttheater gesehen hatte, sowie Richard Strauss und Franz Lehar. Vor einem Postament mit der Büste von Anton Bruckner verharrte, wie vor einem Kriegerdenkmal, in regloser, finsterer Andacht *der Führer*, die Hände unter dem Gürtel zusammengelegt und die Tellerkappe am Schirm haltend. – In einem anderen Teil der Halle – es mußte sich um eine sogenannte Mehrzweck-Halle handeln, denn die Szene verwandelte sich plötzlich – standen verschiedene Herren hinter Komponierpulten, summten und sangen, jeder für sich, wie probierend vor sich hin, fuhren sich manchmal zerstreut durch die von diesen wiederholten Bewegungen schon völlig wirren Haare, vollführten mit den Händen schwer zu deutende Bewegungen und trugen mit einem Bleistift Noten in Notenblätter ein; ein jeder schien in seine Arbeit völlig vertieft. – Die Tiefe war immer eine Stärke der Deutschen, sagte halblaut der Kustos. Sie sehen hier – er deutete auf einen der Tondichter – Carl Orff bei der Neuschöpfung der Musik zu Shakespeares »Sommernachtstraum«, und dort – er wies auf ein Pult in der Nähe – sehen Sie Rudolf Wagner-Régeny bei der Lösung derselben Aufgabe. Daneben steht Cesar Bresgen, er komponiert gerade – mein Führer hielt kurz inne und horchte prüfend in die Richtung des bezeichneten Herrn, der uns nicht wahrzunehmen schien – ja, er komponiert gerade seine *Totenfeier*, er kommt gut voran; gleich wird er sich an die Notation seines *Festlichen Rufes* für Blechbläser und Pauken machen, wir werden das allerdings nicht mehr erleben, wir müssen ja weiter, die deutsche Geschichte ist unermeßlich. Dennoch, sollten Sie je ein zweites Mal dieses Museum durchstreifen, sollten Sie es so einrichten, daß Sie zurechtkommen, wenn er eine seiner Bläserfanfaren entwirft – es ist wunderbar, sage ich Ihnen, es reißt einen immer aufs neue mit... Und nun die Egk-Abteilung! – Hier Werner Egk während der Arbeit an seiner »Zaubergeige«, er probiert gerade eine Szene mit dem Juden Guldensack; am Nebenpult ist er mit einer Auftragsarbeit für den Reichssender Leipzig befaßt – sehen Sie nur, welche Tiefe, welche Anstrengung –, mit dem Weihespiel *Die hohen Zeichen*, nach Weinheber, einem Österreicher, es ist komisch, nicht? Er muß sich beeilen, die Ursendung soll ja zum Geburtstag des Führers stattfinden. Dort ringt er sich gerade den *Marsch der deutschen Jugend* ab, und gegenüber sehen Sie – plötzlich war da eine ganze Musikkapelle – das Stabsmusikkorps des SS-Führungshauptamtes unter der Stabführung von Obersturmführer Schmidt, sie intonieren – hören Sie nur, hören Sie! – ein Stück aus Egks Tanzdrama »Joan von Zarissa«. Und nun eines unserer Glanzstücke! Wir kamen an vier Dirigierpulten vorbei, hinter denen vier gleichaussehende Herren mit haubenlerchenähnlichen Frisuren ihre Dirigierstäbe energisch durch die Luft bewegten. – Der Aachener Generalmusikdirektor von Karajan beim Einstudieren der *Feier der neuen Front* von Richard Trunk und Baldur von Schirach, rief der Führer aus, ein vierteiliger Zyklus für Männerchor und Orchester, daher auch die vier Pulte mit den vier Kapellmeistern! Die Sätze lauten übrigens: eins Hitler, zwei Des Führers Wächter, drei O Land, vier Horst Wessel. Eine außerordentlich geglückte Installation, finden Sie nicht?

Wieder verwandelte sich die Szene. – Wir kommen nun in die Schreibtischabteilung, erklärte der Museumsführer und wies mit großer Geste auf eine unübersehbare Ansammlung von Schreibtischen aller Größen und Formen; eine gigantische Raum-Installation, ein gewaltiges Environment, eine unentwegte Performance, wie Sie gleich feststellen werden. Schreibtische haben in der deutschen Geschichte immer eine große Rolle gespielt, wenn nicht die allergrößte; selbst Dr. Höfers Kinderpuder wurde an einem Schreibtisch erfunden, eine große Tat! Die deutschen Beamten haben ob ihrer oft schon furchteinflößenden Tüchtigkeit, ihrer durch nichts zu beirrenden Pflichterfüllung zu jeder Zeit größtes Ansehen genossen, bei Bewunderern wie Neidern. Wir werden einmal durch die mittlere Reihe gehen… Ah, so viele Schreibtische…! Hier sehen Sie zum Beispiel den Schreibtisch von Doktor Kaltenbrunner, er macht gerade Frühstückspause. Hinter jenem Schreibtisch dort Doktor Schleyer, sehen Sie nur, wie er arbeitet, unglaublich, nicht? Ja, zeige mir deinen Schreibtisch, und ich sage dir, wer du bist, heißt es bei uns Deutschen… Jetzt ein Schreibtisch aus dem Bautenministerium, der Architekt, der sich hier so emsig über Pläne und Landkarten beugt – jetzt lehnt er sich kurz im Sessel zurück, sehen Sie? –, dieser Mann ist übrigens mein Vater, er ist leider im Vorjahr verstorben und hat mir nichts hinterlassen als Kisten voll mit Planzeichnungen für den Umbau der Ostgebiete; seither verdinge ich mich hier als Führer. – Hier der Schreibtisch eines Leutnants – der Führer mußte kurz nachdenken –, eines Leutnants oder Oberleutnants Waldheim, er ist gerade nicht da. Dieser Schreibtisch wiederum, ein besonders schönes Stück, gehört einem gewissen Lerch in Lublin, er vertritt allerdings im Augenblick seinen Kommandanten, der sich irgendwo außerhalb über den Baufortschritt eines Verbrennungsofens informiert. Der Schreibtisch des Kommandanten hat sich leider nicht erhalten, der Kommandant schrieb sich übrigens Globotschnigg, auch er ein Österreicher, erstaunlich, nicht wahr? – War das JENER Globotschnigg, mein Lieblings-Massenmörder?, wollte ich wissen… – Das ist möglich, sagte der Kustos; jedenfalls haben Österreicher in der deutschen Geschichte schon immer eine gewisse Rolle gespielt, ohne Österreicher wäre die deutsche Geschichte ganz und gar undenkbar, selbst heute müssen wir immer wieder auf Österreicher zurückgreifen, wie Sie später noch sehen werden. So viele Schreibtische, so viele Schreibtische, ich staune immer aufs neue ... – Und die Schreibtische dort hinten?, fragte ich und deutete auf einen fernen Teil der Halle (möglicherweise war es bereits eine andere Halle), wo ich, wie aufgetaucht aus dem Dunst, weitere Exemplare wahrzunehmen meinte. – Das sind die Schreibtische der Dichter und Denker, gab der Führer zur Antwort, man kann sie aber nicht immer sehen ... Ja, es ist merkwürdig, manchmal sieht man sie sehr genau und nahe, manchmal wie in weiter Ferne, manchmal gar nicht. Daß man sie überhaupt nicht wahrnehmen kann, geschieht zwar äußerst selten, aber doch häufiger als eine Sonnen- oder Mondfinsternis. Im Augenblick ist die Sicht ja ausgezeichnet, wie auf hohe Gipfel an einem wolkenlosen Tag, fuhr der Kustos fort. Tatsächlich – plötzlich sehen die Augen – waren die Schreibtische in aller Deutlichkeit zu erkennen, als wären sie ganz nahe und nicht in erheblicher Entfernung aufgestellt. Manche jener Tische waren mit größter Ordentlichkeit aufgeräumt, wie die, die mir zuvor vorgeführt worden waren, andere wieder beherbergten ein ebenso wüstes wie hochkompliziertes Durcheinander von Schreibsachen, Notizen, Büchern und anderen Dingen, und unter diesen unaufgeräumten, ein Schreck durchfuhr mich, meinte ich plötzlich auch *meinen* Schreibtisch zu erkennen; je länger ich hinsah, umso weniger schien mir ein Zweifel möglich – dort stand mein Schreibtisch! Alles war vorhanden, die Aufbauten, der zurückgeschobene Rollbalken, der schwere Radioapparat links auf dem Oberdeck, die Lampe, und alles in der Anordnung, in der *Unordnung, die meine geheime Ordnung ist*, in der ich meiner Erinnerung nach alles zurückgelassen hatte: Die Bleistifte und die Farbstifte rechts von der alten Schreibmaschine, der Notizblock, die rechts vom Sessel wie eine Anrichte herausgezogene Holzplatte, die mir als eine Art Theke dient, und tatsächlich waren auch mein Pilsglas und die dazugehörige Flasche, der Aschenbecher, die Zigarettenpackung, mein nachgebautes Sturmfeuerzeug und das gefüllte Schnapsglas zu sehen. Mehr noch (ich weiß nicht, war es der Alkohol, der eine Sinnestäuschung hervorrief?): Selbst mein geliebter Hölderlin war rechts auf dem Oberdeck sichtbar, und auch das an die Reling gelehnte Szenenfoto aus der revolutionären Pekingoper *Mit taktischem Geschick den Tigerberg erobert*! Aber wie kam denn mein Schreibtisch dorthin ins Museum der deutschen Geschichte, mein Schreibtisch stand doch woanders, war weit entfernt, an ihn zurückgekehrt, wollte ich doch jene Schriften zu Papier bringen, die mit den Sätzen *Es ist Mitternacht. Der Regen peitscht gegen die Scheiben* oder *Ich reiste in die deutsche Geschichte, um etwas zu erleben* anheben sollten; wie konnte mein Schreibtisch hier sein, wenn er sich doch zuhause befand! Freilich, zuhause ist gut, dachte ich bitter, zuhause, wo wäre das? Unter dem Dach über dem Kopf, unter dem Dachboden und über den Autoschiebern in der Wohnung unter mir, das wäre zuhause? Zuhause in abschüssigem Gelände, auf durchhängenden Fußböden, durch die tagein, tagaus der Lärm heftigster Streithandlungen an mein Ohr dringt, ohne daß – endlich, wann? O süße Ruhe! – einer den anderen erledigte? Zuhause im Halblicht, unter Tage, ohne – hatten wir das nicht schon? Wie? Ach das hatten wir schon, und ich dachte – nein, nicht, nicht jetzt! Jetzt kann ich keine Störung dulden! – Da, schon passiert, ewig diese Verwirrungen. – Was ist denn, ist Ihnen etwas, hörte ich wie von Ferne die Stimme des Kustos, wir schließen nämlich für heute. Bitte?, fragte ich. Wir schließen, wiederholte der

Führer, morgen geht es weiter. – Oh, ja, selbstverständlich, verzeihen Sie, ich war in Gedanken; so etwas, wie seltsam, sagte ich, als wäre ich aus einer kurzen Ohnmacht erwacht, aber bereits wieder wohlauf. Da!, dachte ich verärgert, jetzt werde ich morgen noch einmal herkommen müssen.

Es ist Mitternacht. Der Regen peitscht gegen den Schreibtisch.

Vor mir geht der Museumsführer; er hat sich mir als Stürmer vorgestellt. Seinen knappen und leicht faßlichen Ausführungen, Erläuterungen eines Militärhistorikers ersten Ranges, lausche ich mit Interesse. – Wenn mir eine gleichsam private Anmerkung erlaubt ist, so der Führer, bin ich sehr froh über den Umstand, Ihnen aus Deutschlands schwerer Zeit erzählen zu dürfen, denn heute will von jenen Ereignissen, will von der Geschichte schlechthin kaum einer mehr etwas wissen; alle berufen sich auf die spätere Geburt – Fluch oder Gnade, bleibe dahingestellt –, es muß ein Schlußstrich gezogen werden, ist allerorten zu hören, und die Jungen fragen mit verletzender Deutlichkeit: Was geht uns das an, hört endlich auf mit den alten Geschichten!, und wir Militärhistoriker bleiben vergessen und verlassen in den Museen sitzen. Aber weiter nun in der Geschichte, ruft der Führer, während wir einen neuen Saal betreten, wir erleben jetzt Deutschland im Zweiten Weltkrieg. Unser Unglück begann damit, daß der österreichische Kanzler Schuschnigg nicht davon abzubringen war, die deutsche Frage zu lösen – notfalls mit Gewalt, wie er Hitler, den er im Februar '38 in sein Haus in St. Gilgen am Wolfgangsee eingeladen hatte, androhte. Tatsächlich überschritten im März '38 österreichische

Truppen, ohne auf Gegenwehr zu stoßen, die deutsche Grenze. Hier, sehen Sie – der Führer zeigte auf eine Vitrine –, ein Schnürschuh der österreichischen Infanterie, er hat sich bis heute erhalten. Von deutschen Illegalen, so nannte man die heimlichen Österreichurlauber damals, wurde den österreichischen Invasoren allerdings ein triumphaler Empfang bereitet. Dieser Einmarsch sollte fatale Folgewirkungen haben. Kaum ein Jahr später drangen die für ihre Grausamkeit bekannten Tschechen in Deutschland ein, eine deutschsprachige Minderheit, die Sudeten, vor sich hertreibend – hier, ein tschechischer Krummdolch aus jener Zeit. Unter dem fadenscheinigen Vorwand, Deutsche hätten einen grenznahen polnischen Sender überfallen, überrannten die Polen in einem sogenannten Blitzkrieg unser Land, trotz des heldenmütigen Satzes unseres Kanzlers »Seit fünf Uhr fünfundvierzig wird zurückgeschossen«. Diese polnische Feldhaubitze legt davon Zeugnis ab. Im Norden ließen sich Dänen und Norweger nicht lange bitten und griffen ebenfalls an, nicht zuletzt, um die deutschen Erzvorräte zu plündern – Sie sehen hier einen norwegischen Wehrmachtshelm, daneben eine dänische Armeepistole. Am zehnten Mai 1940 überfielen Belgien, Luxemburg und die Niederlande Deutschland, diese luxemburgische Hauptmannsuniform, der belgische Karabiner und der holländische Tornister sind Originaldokumente jenes Tages. Daß England und Frankreich da nicht zurückstehen wollten, werden Sie erraten oder schon gehört haben. Während den anglikanischen Luftangriffen – hier eine anglikanische Fliegerbombe – keine nachhaltigen Erfolge beschieden waren, waren die Franzosen glücklicher: am vierzehnten Juni flatterte die Tricolore von der Münchner Marienkirche, und französische Truppen marschierten durch das Siegestor zur Feldherrnhalle. Viele Bayern weinten auf den Straßen über die neuerliche Niederlage – diese Fotografien belegen es. Aber es kam noch schlimmer. Hitler hatte aus Furcht vor einem Krieg den Pakt mit Stalin geschlossen. Als ihm Diplomaten berichteten, Stalin plane, in Deutschland einzufallen, schenkte er ihnen keinen Glauben. So kam es, daß die russischen und asiatischen Truppen bei ihrem Einmarsch in Deutschland Ende Juni '41 kaum auf Widerstand stießen. Sehen Sie hier zwei von einem Asiaten erbeutete deutsche Markenuhren, der Rote hatte sie um sein Glied geschnallt. So wurde Deutschland in jener Zeit immer mehr zu einem Vielvölkerstaat. Aber damit nicht genug, riefen die verschwörerischen Juden im eigenen Land, unter denen wir immer schon bitter zu leiden hatten, schließlich auch noch griechische und jugoslawische Partisanen, Zigeuner und anderes Gesindel ins Land, um ihnen einen Anteil an der Beute zu verschaffen. Kommt nur, kommt, es ist für alle genug da!, schienen die Juden zu rufen, selbst Nordafrikaner schickten sich an, am deutschen Kuchen mitzunaschen. Dieses Stück hier ist die zerrissene Unterhose einer von einem Nordafrikaner vergewaltigten deutschen Frau, dort sehen Sie die blutdurchtränkte Uniform eines deutschen Soldaten, der von einem Partisanen aus dem Hinterhalt erschossen wurde. Auf dieser Fotografie eine Zigeunersippe, die in den Prunkräumen der beschlagnahmten Villa des Komponisten Richard Strauss in Garmisch-Partenkirchen über einem Lagerfeuer ein Ferkel brät. – Wir kommen jetzt zum Galgen. Der Galgen erinnert an Deutschlands bitterste Zeit. Tod durch den Strang, dieses Schandurteil wurde von der Terrorjustiz der Okkupanten oft und oft verkündet, viele große Deutsche, hervorragende Wirtschaftskapitäne, begnadete Heerführer, anständige Verwaltungsbeamte oder tüchtige Ärzte fanden keine Gnade. Millionen und Abermillionen Deutscher wurden vertrieben oder in Vernichtungslagern umgebracht, Millionen leben heute noch in der Diaspora. Ja, unserem Volk ist übel mitgespielt worden, und doch haben wir unsere Zuversicht nie verloren. Nun, die Wende im Vernichtungskrieg gegen Deutschland kam mit den Amerikanern. Zunächst befürchtete Deutschland, Amerika würde auch noch einen Teil der Beute beanspruchen, aber der vermeintliche Feind stellte sich rasch als Freund heraus. Durch das zusätzliche Bombardement von Dresden verwirrten die Amerikaner die Russen, und die meisten anderen Eindringlinge wurden von jenen auch sehr bald aus dem Land geworfen. Aus Dankbarkeit haben wir sie bis heute als willkommene und freundliche Herrscher im Land behalten; das ist die Wahrheit. – Deshalb also die vielen amerikanischen Rundfunkprogramme, daher diese Blüte der amerikanischen Kultur in Ihrem Land, sage ich anerkennend, so also hat sich alles abgespielt. – Sie können mir sehr gut folgen, antwortet der Führer, eine Seltenheit heute, wie gesagt. – So war das also, sage ich erneut, ich danke Ihnen sehr für Ihren lebendigen Vortrag.

Es ist Mitternacht. Der Regen peitscht gegen den Kopf, den über den Schreibtisch gebeugten. Vor mir geht der Kustos. Hinter mir geht der Fremde, denkt er, schreibe ich. Ich schreibe:

Es sind eigentümliche Installationen, sagte mein Führer mir zufrieden, während wir durch die Hallen schlenderten, in denen die Vernichtungslager-Installationen untergebracht waren, sehr eigentümliche Installationen … Eine solche Raum-in-Raum-Inszenierung werden Sie wahrscheinlich noch nie erlebt haben … Die Leichen bitte nicht anfassen, die Nachbildungen der Leichen – und der, zum Zeitpunkt ihrer Entdeckung, noch lebenden Opfer – sind nämlich aus Marzipan und verwandten geleeartigen Materialien gefertigt, erklärte der Kustos. Wie Sie sich unschwer vorstellen können, waren Nachbildungen im Maßstab eins zu eins nicht leicht zu bewerkstelligen, aber um die Schrecken der Vergangenheit *erlebbar*, genauer noch – an dieser Stelle steigere ich mich immer –: um die *Faszination des Schreckens begehbar* zu machen, war uns keine Schwierigkeit zu groß, *Geschichte als Erlebnisraum*, wie ich wahrscheinlich gestern schon sagte. Allerdings kam der Zustand der Originale den Abbildungen sehr entgegen, die Arbeit mit Marzipan und verwandten Materialien ist eine sehr filigrane Technik … Natürlich sind konservierende Substanzen beigemengt, aber gewöhnliche Wachsfiguren sind es nicht. – Das grenzt ja ans Unfaßbare, dachte ich, so fein waren die Nachbildungen gearbeitet, jedes Bein, jede Rippe, jedes Knöchelchen war deutlich zu sehen, und der Ausdruck der großen, aufgerissenen Augen, unglaublich, von welcher Genauigkeit!; laut aber sagte ich: Aus Marzipan, *aus Marzipan – das ist nicht wahr!* – Auf einen solchen Einwand habe ich gewartet, antwortete der Kustos mit jäher Verärgerung, aber was *ist*, kann *nie* wahr sein! Mit welchen Materialien hätten wir denn arbeiten sollen, welche Darstellung des Sachverhaltes wäre denn genehm gewesen? Mit Gips, Pappmaché? Oder mit wirklichen Leichen, oder *Leichendarstellern*, Zelluloid, Papier? Oder wäre es etwas abstrakter gefällig, einfach *nichts*, Luft, Leere, Rauch aus dem Schornstein? Oder etwas aus Stein Gemeißeltes, aus Granit vielleicht, eine antifaschistische Plastik, wie sie vor Hochschulen, Polizeidirektionen oder an Autobahnkreuzungen gerne Aufstellung findet, oder Entstellung bis zur Unkenntlichkeit?, brach es bitter aus dem Kustos hervor. – So weit darf die Verzerrung zur Kenntlichkeit nicht gehen, es gibt Grenzen, hörte ich eine Stimme, die Stimme eines Schmidt, aus mir rufen, das ist Frevel, *Geschichtsfrevel!* – Was ist Geschichtsfrevel, die Originale oder die Kopien?, gab der Kustos böse zurück, um dann, wieder ruhig und wie zur Versöhnung einzuräumen: Natürlich, genauer noch, *naturgemäß* hat das Konzentrationslager im Museum nichts verloren, naturgemäß – Natur und Geschichte, *Naturgeschichte*, das beschäftigt uns, wie? – naturgemäß wäre die einzige Möglichkeit, die jüngere deutsche Geschichte nachzuvollziehen, der *Risikourlaub im Konzentrationslager*, aber soll deshalb alles von neuem losgehen, Geschichte als Wiederholung des Gleichen? Sie werden ja auch vor Jahrzehnten gelernt haben, daß die Dialektik solches geradezu verbietet, und gestattet sie es, sind es Wiederholungen mit anderen Mitteln; worüber regen Sie sich also auf? Außerdem handle auch ich nur in höherem Auftrag, ich erfülle gewissermaßen – ich wage das Wort mit Absicht – meine Pflicht, meine Pflicht aufzuklären; und ich möchte nun, unbehelligt von weiteren Einwürfen, mit meiner Führung, in meinem Vortrag fortfahren. Wie Sie bemerkt haben – wir tragen einander nichts nach, nein?, rief lachend der Kustos –, wie Sie also bemerkt haben, ist es kein konventionelles Museum, und deshalb haben wir es uns angelegen sein lassen, nicht nur mit Video-Installationen zu arbeiten, sondern, um Geschichte, wenn ich so sagen darf, möglichst *kulinarisch*, und ohne daß deshalb die *Denkanstöße* zu kurz kämen, zu vermitteln, vor allem mit *Raum-in-Raum-Installationen* ... Wir sind ja seit jeher ein führender Hersteller von Raum-in-Raum-Installationen ... Auf dem Sektor der Raum-in-Raum-Installationen genießen wir Weltruf, erklärte der Führer stolz, um dann lachend hinzuzufügen: Da allerdings die deutsche Geschichte ohne Österreicher nicht denkbar wäre, haben wir für die Gestaltung dieser Schrekkens-Installation die Künstler Heller, Hollein und Proksch aus Wien eingeladen, die ihrer Arbeit den etwas hintergründigen Titel »Arbeit macht frei, Arbeit macht reich« gegeben haben. Alles in allem ein sehr schönes Arbeitsergebnis ... Von ihnen stammt übrigens auch die Idee, die Aufseher als Gartenzwerge darzustellen – hier, sehen Sie, und dort, und dort oben, im Wachturm, und hier auch – *Die Stute* und *Iwan der Schreckliche* ... Sehr gut getroffen, sagte ich, diese Brutalität der Gesichtszüge ... Nicht wahr, antwortete der Kustos und, nach einer Pause: Da Sie gerade von getroffen sprechen – möchten Sie vielleicht in der Nebenabteilung an einer Partisanenerschießung teilnehmen? Jeder Schuß ein Treffer, Geschichte hautnah, lachte der Führer, auch eine ganz und gar unglaubliche Installation, die den Besucher in besonderem Maße miteinbezieht… Etwas später vielleicht, gab ich ausweichend zur Antwort, es ist so heiß hier. Ja, heiß ist es, bestätigte der Führer, aber hier drinnen ist es immer so heiß. Dann lassen Sie uns weitergehen, in die Spielzeug- und Brillenabteilung. – Hier sehen Sie, untertrieben, hier *erleben* Sie also die Lagerhallen von Auschwitz, hier das Puppenmagazin, gegenüber das Brillenlager; auf eine Re-Produktion der Zahngoldabteilung haben wir leider verzichten müssen, die Sicherheitsvorkehrungen wären zu aufwendig gewesen. Dafür haben wir bei den Puppen- und Brilleninstallationen größtenteils auf Originale zurückgreifen können, ich weiß nicht, ob Ihnen der Unterschied auffällt. Diese Haufen, diese Haufen, sagte ich und wischte mir mit dem Taschentuch den Schweiß von der Stirn. Ja, antwortete der Kustos, der Deutsche hat immer schon einen starken Bezug zur Haufenform gehabt, zu Anhäufungen, Erdwällen, Haufen und Häuflein, sodaß man von einer ausgesprochenen *Haufenkultur* sprechen kann. Und muß, ergänzte ich. Und muß, ganz recht, bestätigte der Kustos. Ja, by the way, wie der Engländer sagt, der historisch ja auch ein Deutscher ist, kommen Sie, ich zeige Ihnen jetzt ein Prunkstück unseres Museums, wir werden einen Blick in ein germanisches Anwesen vor der Zeitenwende tun, eine germanische Wohnstube besichtigen… Und schon waren wir in einer anderen Halle – wie überraschend sich die Szenenwechsel vollzogen! –, in der aus strohgedeckten Hütten, deren Dächer bis zur Erde reichten, Rauch aufstieg und auf Bänken Frauen in langen Gewändern saßen und in die Feme blickten. Was sagen Sie nun – »Ein Tag im Alltagsleben der germanischen Frau«, eine *historische* Raum-in-Raum-Installation, wahrscheinlich um 1938/39, da streiten die Archäologen noch. Aber Sie merken, man hat damals schon, in der Steinzeit, der Idee der begehbaren Geschichte gehuldigt, wie heutzutage Rogner oder auch wir. Sehen Sie das Hünengrab in der Ferne? Nun wollen wir es uns in der Vorzeit gemütlich machen, sagte der Kustos und führte mich zu einer Hütte. Lassen Sie uns durch das Fenster einen Blick ins Innere werfen, in eine germanische Wohnstube etwa 1200 vor der Zeitenwende. Sie sehen, es ist alles an seinem Platz, der Kessel über der Feuerstelle, die kunstvoll gedrechselten Stühle um den Tisch, die Töpfe auf dem Wandbrett, das Horn am Balken. Aus der Tür trat eine junge Frau, in eine Kutte gewandet wie ein Franziskanermönch, einen Bastkorb in die Hüfte gestemmt. Jetzt geben Sie acht, flüsterte mein Begleiter, und laut fragte er die Frau, wie sie heiße. Edelberga, gab die Frau zur Antwort. Wie viele seid ihr, lautete die nächste Frage. Sieben Brüder und eine Schwester, sagte Edelberga in einwandfreiem Deutsch. Was tust du gerade? Ich komme aus meinem stillen Reich, falls Sie verstehen, was ich meine, erklärte Frau Edelberga, aus dem Vorratshaus, von meinen zum Trocknen aufgehängten Gewürz- und Arzneikräutern, von Quendel und Wohlverleih, Augentrost und Ehrenpreis, und nun gehe ich zu meinem Herdfeuer. Später muß ich meiner Mutter, der Bäuerin, zur Hand gehen, Wenn sie das Heilszeichen, das Radkreuz in die frischgebackenen Brote drückt. – So ein Unfug, rief ich plötzlich aus, ein *Radkreuz*!, die Zeichen auf dem Brot waren immer *unmißverständliche* Vulvasymbole, Schamdreiecke, wenn Sie so wollen, ich weiß das von meinen Großtanten, die allerdings selbst von dieser Bedeutung keine Kenntnis hatten, aber dennoch die Zeichen ins Brot setzten; und von Wohlverleih und Augentrost möchte ich in diesem Zusammenhang auch nichts gehört haben, diese Kräuter sammle ich ja selbst in den Hohen Tauern. Bevor der Kustos beschwichtigend eingreifen konnte – wie unhöflich mußte Frau Edelberga mein hochfahrendes Betragen erschienen sein –, zerriß Hundegebell und Schlagen von Pferdehufen die Luft. War das nicht Hundegebell und Schlagen von Pferdehufen, das eben die Luft zerriß?, fragte die Frau, besorgt aufhorchend. Das waren Hundegebell und Schlagen von Pferdehufen, die eben die Luft zerrissen, bestätigte der Führer. Singular oder Plural, fragte ich, um auch etwas beizusteuern. Aus der Ferne, aus dem Dunst waren Reiter aufgetaucht, in prächtige Mäntel gehüllt, mit reichem Waffengehänge geschmückt, das Schwert an der Seite, die Lanze in der Hand. Oh, meine Brüder, nun aber hurtig, ich muß den Braten ans Feuer bringen und den Trank mischen, rief die Frau und lief grußlos ins Haus zurück. Erstaunlich, nicht wahr, sagte der Führer, während er wieder vor mir herging, das Tagwerk unserer Ahnen in einer historischen Rauminstallation von 1938/39 ... Sie hausten behaglich und hatten Kinder, deklamierte er plötzlich, die hießen Hölder, Hausmann und Schmied, Bauer, Pflüger, Bonde, Steilbart, Breit, Garbenbart, Bursch, Degen, Mann.

(...)

In diesen Hallen ist die Abteilung für Vermischtes untergebracht, erklärt der Kustos – wie lange mochten wir schon unterwegs sein, Stunden, Tage, Wochen?, aber auch diese verstreuten, scheinbar zusammenhanglosen Rauminstallationen und Performances haben ihren Reiz und bieten eine gute Zusammenschau unserer Kultur und Geschichte. Etwa hier, *Deutsche Meisterschaften im Schachfigurenwerfen* 1935, eine heute vergessene Disziplin, oder jene sehr naturalistische Performance dort drüben – leider darf man nicht näher hingehen, ein Anstands-Abstand muß eingehalten werden, aber man sieht auch so noch gut genug, sehen Sie? –, diese Vorführung stellt *Mütter guten Blutes bei der Besamung* dar, a tergo, wie beim Rind, sehen Sie? Und sehen Sie den Uniformierten mit der Tabelle in der Hand? Er ist der Besamungsleiter … – Hier eine Kneipenszene aus Münster, ein Frühschoppen mit Pils und Korn, gerade wurde das Lied vom Sanitätsgefreiten Neumann intoniert – haben Sie gehört? – und jetzt sagt der Wirt – hören Sie? – jetzt sagt der Wirt: *Nur im Krieg erfährt man, was der Mensch gilt*. Der Wirt heißt übrigens Heinz. – Nun eine ähnliche Szene, wenngleich weiter südlich anzusiedeln, *Gespensterstunde beim Schloßwirt* ist diese Installation betitelt, auch da ist es sehr gemütlich, hier wird im Augenblick von einem gewissen Globotschnigg erzählt, und einem Lerch aus Klagenfurt … Sie sehen müde aus, sagt der Führer plötzlich. Ich bin auch müde, antworte ich. Das ist aber schade, sagt der Führer, ohne auf meine Äußerung weiter einzugehen, denn Sie werden Konzentration jetzt brauchen, wir nähern uns neuerlich einem Glanzlicht unseres Museums, einer multimedialen Installation, die alle Möglichkeiten der Sinnestäuschung genial ausnützt – spüren Sie nicht, wie kalt es plötzlich ist?, hören Sie nicht den Sturm und die Sphärenmusik?, sie ist übrigens von Jolyon Brettingham Smith, der Name wird Ihnen nichts sagen … Sehen Sie die Fahne am Gipfelkreuz? Haben Sie bemerkt, daß kein Weg an dieser Rauminstallation vorbeiführt? Jetzt werden Sie Standfestigkeit und Trittsicherheit brauchen, lacht der Führer, wir besteigen jetzt den höchsten Berg des deutschen Reiches, den Großglockner, ja wir befinden uns längst an der Schlüsselstelle, am schmalen Grat zwischen Kleinglockner und Großglockner ... Sehen Sie die Eisrinnen, die linkerhand und rechterhand fast senkrecht abfallen – Sie sind doch schwindelfrei, oder nicht? Ja, vom Pfad der Tugend mag man abkommen, ohne Schaden zu nehmen, aber von diesem Grat ... Dieses Mal habe ich übrigens auf Ihre Seilsicherung verzichtet, Sie gehen ja nicht gerne im Seil, habe ich recht? Die Bergführer zerren Sie doch nur in Finsternis und Verderben, wenn Sie im Seil gehen, ist es nicht so? Ich meine, ich hätte vor langer Zeit so etwas gelesen. Korrigieren Sie mich, wenn ich irre, aber Vorsicht, immer einen Fuß vor den anderen, nicht das Gleichgewicht verlieren, nicht stürzen, nicht fallen ...! *Weiter jetzt!* Nein, rufe ich, da mich plötzlich eine unerklärliche Schwäche befällt, wie schon einmal auf dem Großelend, und ich fürchten muß, mich nicht mehr auf den Beinen halten zu können, nein, lassen Sie uns die Begehung abbrechen. – Hier habe nur ich zu bestimmen, und ich sage: Weiter!, antwortet der Fremdenführer, sehen Sie nicht, daß ein Schneesturm aufkommt? Weitergehen oder abstürzen, eine andere Möglichkeit gibt es nicht, kein Zurück, kein Ausweichen. Sie reisen doch so leidenschaftlich gerne nach Deutschland, um etwas zu erleben, flötet der Führer, dann also weiter jetzt und guten Mutes, hier wird Ihr Erlebnishunger gestillt, hier wird Ihre Neugier befriedigt werden, weiter, oder Sie werden gleich etwas erleben ...! – Der Großglockner gehört uns, rufe ich mit schwächer werdender Stimme. – Nicht im Museum der deutschen Geschichte, Museum als Erlebnisraum, begehbare, mehr noch: *besteigbare* Geschichte! Der Führer bricht in Gelächter aus, ja er schüttet sich aus vor Lachen. Wie habe ich mich eigentlich vorgestellt, Kadritzke oder Kurnitzky oder gar Schmidt, mein Name ist Schmidt, ich komme wegen der Miete, so –? Haha, das ist gut, Kadritzke, Kurnitzky, Schmidt, und Sie haben mir auch noch geglaubt, ich muß mich loben, ich bin sehr zufrieden mit mir. So hören Sie, mit wem Sie es tatsächlich zu tun haben: Mein Name ist Reiser, Tobias Reiser, aber nicht mit rundem s, wie ich einmal gelesen zu haben mich entsinne – mein Ärger ist heute noch nicht abgeklungen –, sondern mit scharfem s, wie mit*reißend*, zum *Zerreißen gespannt*, ein Schaf *reißen*, verstehen Sie? Anders und endgültig ausgedrückt: Sie *REISEN* in die Tiefe, ich aber *reiße* Sie in die Tiefe …!

Dann wollen wir also!, rief ich mit letzter Kraft und sprang meinen Peiniger an, sodaß wir beide den Halt verloren und stürzten, in die Tiefe stürzten und auf dem Museumsboden landeten; Glas splitterte plötzlich, eine Projektionsleinwand zerriß, vorher nicht sichtbare Apparate fielen um, der Sturm hörte auf, die Sphärenmusik, ich hatte sie inzwischen vergessen, brach jaulend ab. Was machen Sie denn, sind Sie verrückt geworden, schrie der Kustos und raffte sich wieder auf, Sie zerstören ja die Installation! Wirf die Peitsche weg, oder ich fresse dich, keuchte ich und umklammerte seine Beine. Jetzt zitieren Sie gar Kafka, rief der Kustos, sind Sie völlig von Sinnen? Sehen Sie nur, was Sie angestellt haben, die kostbare Rauminstallation …! – Installation?, fragte ich benommen und sah mich um: Wir mußten tatsächlich beide gestürzt sein, denn rundherum lagen Scherben. Sie müssen entschuldigen, sagte ich, ich war in Gedanken, ich hatte einen schrecklichen Tagtraum, vielleicht war es auch nur der Alkohol ... Aber was immer es gewesen sein mag, fügte ich hinzu und stand ebenfalls auf, eines steht fest: Mit der Natur treibt man nicht ungestraft Spott ...! Mit der Geschichte auch nicht, gab der Kustos zurück, als wären wir nun quitt. Da sagte ich: Wer treibt Spott mit der Geschichte? Da antwortete der Kustos: Wer treibt Spott mit der Natur? – Also gut, fuhr ich fort, dann lassen Sie uns weitergehen, Sie haben mir gewiß noch viel zu zeigen, die deutsche Geschichte wird doch mehr sein als das bisher Gesehene, pardon: *Erlebte* ... Mein Anfall, meine Absence vorhin – Sie erinnern sich? – hat mich nämlich auf eine Idee, auf eine grandiose Idee, ja auf den *Geschmack* gebracht, kulinarisch ausgedrückt ... Rauminstallationen zu demolieren, das könnte mir Spaß machen, großen Spaß sogar, *das wäre Kunst*, meinen Sie nicht auch, die *Zerstörung der Zerstörung*, ein philosophisches Vergnügen ... Da müßten Sie die Wirklichkeit zerstören, wandte der Kustos ein, denn, glauben Sie einem promovierten Historiker, Architekten und Religionswissenschaftler, *alles* ist eine Raum-in-Raum-Installation, die Geschichte, die Wirklichkeit, das Universum; die Tassen im Schrank, der Dolch im Gewande, das Schwert in der Scheide, der Schwanz – alles Raum-in-Raum-Installationen ... Die Geschichte im Museum, das Museum in der Geschichte, die deutschen Truppen in Polen, die alliierten Streitkräfte in Deutschland, die Raumstationen im Weltraum – *Welt-Raum*, hören Sie? – Raum-in-Raum-Installationen; mehr noch, ich wage zu behaupten, aber verraten Sie mich nicht – der Kustos brachte seinen Mund nahe an mein Ohr und flüsterte –, ich behaupte: Die Raum-in-Raum-Installation ist das Weltgeheimnis schlechthin.

Es ist Mitternacht. Ich schreibe: Der Regen peitscht gegen den Kopf. Vor mir geht der Bergführer. Hinter mir geht der Fremde. Nein, ich bin der Fremde. Anders, hinter mir geht der Bergführer, vor mir geht der Fremde. Auch nicht, der Bergführer gilt als vermißt. Vor mir also geht der Fremde. Kennt er den Weg?, will ich mich fragen, da befällt mich eine unerklärliche Schwäche, wie es mir auf dem Großelend schon einmal widerfahren ist, meine Kräfte lassen nach und ich kann nicht mehr weiter. Gewiß, in der Nacht noch sind wir aufgebrochen, lange schon sind wir unterwegs, im Gehen im Eis bin ich nicht sehr geübt, und doch ist mir meine Erschöpfung rätselhaft; ich will ihr nicht Rechnung tragen und muß sie dennoch wahrhaben. (Wahrnehmen? Wer spricht hier! Schmidt? Vollmer? Kein Wahrhaben ohne Wahrnehmen, das ist die Wahrheit, Herr Schmidt.) Lassen Sie uns das gefährliche Beginnen abbrechen, sage ich zum Fremden, ich will umkehren, auf der Stelle. – Zur Umkehr ist es zu spät, antwortet, wie wenn es tatsächlich so wäre, der Fremde, – es ist schon nach Mitternacht. Was man anfängt, muß man auch zu einem Ende bringen – also Schluß jetzt, kein Wort mehr, Schluß.

Hotel Mordschein

DREI PROSASTÜCKE

Mutmaßungen über die Königin der Nacht

Die Baracken der beiden Lager befinden sich neben den Stolleneingängen, diesseits und jenseits des Gebirges, an der alten Paßstraße. Das Lager am Nordportal des künftigen Tunnels ist kleiner als das am Südportal gelegene. Im Südlager sind die Büros der Kommandantur untergebracht, der Kommandant des Südlagers ist dem Kommandanten des Nordlagers vorgesetzt; dieser eigentliche Lagerkommandant heißt Winkler, er ist ob seiner Strenge gefürchtet. Post, Lebensmittel, sonstiger Nachschub, auch neue Häftlinge kommen über den Ort Neumarktl, den Endpunkt einer Eisenbahnlinie unten im Tal. Die Wachmannschaften tauschen bei den Bauern Seife und Matratzen gegen Schnaps ein. Manchmal, des Nachts, werden Häftlinge mit Hunden über die Lagergrenze gejagt, um dann hinterrücks auf der Flucht erschossen zu werden.

*

In Prag, in einer Inszenierung der Zauberflöte, sie mochte etwa fünfzig Jahre zurückliegen, verschwand, nach ihrem auf der Bühne erfolglosen Versuch, in das Sonnenheiligtum einzudringen, und, laut Opernführer, von Donner und Blitz *in ewige Finsternis geschleudert*, die Königin der Nacht mitsamt den Ihren in der Versenkung. – In einer Einstudierung derselben Oper in Breslau entschwand die Königin der Nacht, *unter Feuer und Rauch*, wie im Programmheft angegeben, *der Verdammnis überantwortet*, indem sie, gefolgt von Monostatos und den drei Damen, hinter die rechtsseitigen Kulissen taumelte. – In einer Salzburger Zauberflöten-Festaufführung jener Zeit wurde der Abgang der Königin der Nacht so gehandhabt, daß sie, von der Vorsehung, so das Programmheft, an ihrem ruchlosen Vorhaben – nur stille, stille/stille/stille –, in den Isistempel einzudringen, gehindert und *in ewige Finsternis verbannt*, wie vom Blitz erschlagen auf den Bühnenboden niedersank und dort, bis zur Verwandlung, reglos ausharrte. – Auch in Aachen wurde zu jener Zeit die Zauberflöte gespielt; dort war die Darstellung der Vernichtung der Königin der Nacht und ihres Gefolges einfach gestrichen worden. – Die Königin der Nacht in einer Regensburger Zauberflöte versuchte, über eine Treppe in den Sonnentempel zu gelangen; von Sarastro mit Donner und Blitz empfangen und, laut Programmheft, *vom Orkus verschlungen*, stürzte die Königin der Nacht hintenüber ins Nichts, auf hochaufgeschichtete Matten und Pölster. – In einer KdF-Vorstellung der Zauberflöte in Graz letztlich torkelten, wie geblendet, *Sieg des Geistig-Männlichen über das Chtonisch-Weibliche*, hatte es im Einführungsvortrag geheißen, die Königin der Nacht und der Mohr nach rechts, die drei Damen nach links in den Bühnenhintergrund, um, Verwandlung, Platz zu machen dem hohen Paar im strahlenden Glanz des Sonnenheiligtums.

*

Als eines Abends die Königin der Nacht in der Prager Zauberflöte, nachdem sie, von Donner und Blitz in ewige Finsternis geschleudert, in der Versenkung verschwunden und im Bühnenuntergrund dieser wieder entstiegen, für kurze Zeit ihre Garderobe aufsuchen wollte, wurde sie dort von drei Männern in Straßenanzügen und mit Mienen, als hätten sie über diese Räumlichkeit zu verfügen, bereits erwartet. Jemand mußte die Sängerin verleumdet haben, denn ohne daß sie etwas Böses getan hätte, wurde sie von den Männern verhaftet, sodaß sie sich auch nach der Schlußapotheose – das ganze Theater verwandelt sich in eine Sonne – nicht mehr auf der Bühne zeigen durfte. Ein erstes Verhör fand noch in der Garderobe statt; die von den Herren erhobene Anschuldigung lautete auf staatsfeindliche Betätigung: Sie habe sich, als Sopranistin in einer *deutschen Kantate* des Fidelio F. Finke eingesetzt, eines allerersten Tondichters und Parteimitglieds, über dessen Werk vor Zeugen mehrmals in maßlos abfälliger und gehässiger Weise ausgesprochen; so habe sie den Komponistennamen Fidelio F. Finke verballhornt und nur von *Fidelio Schmutz-Finke* gesprochen, sein Chorwerk *O Herzland Böhmen*, einen Hymnus auf Böhmens Befreiung, dadurch in den Schmutz gezogen, daß sie, in bösartiger kulturbolschewistischer Absicht, dem Titel *O Herzland Böhmen* den unsinnigen Zusatz: *Land am Meer* beigegeben habe; ferner habe sie sich durch die Äußerung, der Tag werde kommen, an dem die auf der Prager Burg gehißte Reichsfahne nur noch ein Fetzen im Sturm sein würde, vollends ihrer Rechte und der Zugehörigkeit zur Volksgemeinschaft begeben.

Ohne daß sie auf oder außerhalb der Bühne etwas Böses getan hätte, wurde die Breslauer Königin der Nacht während einer Sonntagnachmittagsvorstellung, als sie, unter Feuer und Rauch der Verdammnis überantwortet, hinter die Kulissen taumelte, von dort wartenden Beamten der Geheimen Staatspolizei in Gewahrsam genommen; die

Zivilen hatten sich schon vor dem letzten Auftritt der Königin der Nacht, während noch Tamino zu den Schrekkenspforten geleitet worden war, um den Gang durch Feuer und Wasser zu wagen, im Theater verteilt. Die Königin der Nacht wurde ins Kulissendepot gebracht, wo ihr eine vom Inspizienten gegen sie vorgebrachte Anschuldigung eröffnet wurde, nämlich daß sie sich wiederholt über den nationalsozialistisch-visionären Gehalt der Zauberflöte, namentlich über die Lichtgestalt des Sarastro, lustig gemacht habe; Sarastro müsse mit Doppel-R und Doppel-S, also Sarrasstro, geschrieben werden, damit die Gedankenverknüpfungen *Arrest*, auch, englisch – englisch! –: *Ass*, oder, französisch – französisch! –: *Assassin* deutlich würden; und daß sie, schlimmer noch, gesagt habe, der Krieg wäre längst verloren, also Wehrkraftzersetzung und Feindbegünstigung betrieben habe.

Als die Königin der Nacht in der Salzburger Festaufführung – der Premiere hatten höchste Gau- und Reichsfunktionäre in einer Ehrenloge beigewohnt – nach der letzten Vorstellung, von der Vorsehung in ewige Finsternis verbannt und wie vom Blitz erschlagen auf den Bühnenboden hingesunken, das Theater verlassen wollte, wurde sie daran lediglich von Opernfreunden, die sie um Autogramme baten, für kurze Zeit gehindert. Am Morgen des darauffolgenden Tages jedoch erhielt sie in ihrem Hotelzimmer ungebetenen und groben Besuch. Polizeibeamte eröffneten ihr Verhör mit der Frage, wo und mit wem sie, die Sängerin, die Nacht nach der Premiere verbracht habe. Da die Antworten: Alleine in ihrem Hotelzimmer, und: Daß das die Herren wohl kaum etwas anginge, die Schergen nicht zufriedenstellten, sie vielmehr zu einer immer bedrohlicheren Haltung veranlaßten, erklärte die Sängerin, sie habe die Nacht in ihrem Hotelzimmer mit einer hochgestellten Persönlichkeit des Reiches zugebracht, die sich an jenem Abend, zum Zeichen der Verehrung, mit Blumen in der Garderobe eingefunden habe, und in deren Schutz sie sich befehlen werde, wenn die Herren nicht augenblicklich das Zimmer verließen. Die Geheimen blieben davon unbeeindruckt und gingen nicht, im Gegenteil, sie versicherten, gerade zum Schutz jener hohen Persönlichkeit diese Amtshandlung zu führen. Ihnen sei nämlich Ungeheures hinterbracht worden: Sie, die Königin der Nacht, habe in der Garderobe, vor einer Vorstellung, ihrer Bühnentochter Pamina, hinter vorgehaltener Hand und unter großem, verächtlichem Gekicher, von ihrer Nacht mit Reichsleiter Bormann erzählt, doch nicht nur das, wenngleich schon schlimm genug, nein, sie habe sich zu einer Behauptung verstiegen, die im gelindesten Fall an ihrem Verstand zweifeln lasse, daß nämlich, man wage gar nicht, es laut zu wiederholen, Reichsleiter Bormann Jude wäre, er wäre nämlich – *beschnitten*, Bormann, beschnitten! brüllte der Wortführer plötzlich mit hochrotem Kopf, das werde die Sängerin teuer zu stehen kommen, eine Königin der Umnachtung wäre sie, wenn sie solches verbreite! Nun, die Maskenbildnerin sei auf der Hut gewesen, sie habe alles belauscht, alles gehört, und unverzüglich die Behörde davon in Kenntnis gesetzt.

In Aachen kam es an einem Winterabend, kurz vor Schluß der Zauberflötenvorstellung, zu folgendem, kaum bemerkten, diskret inszenierten Zwischenfall.

Während die Königin der Nacht auf der Bühne noch ihre Koloraturarie »Der Hölle Rache kocht in meinem Herzen« meisterte, durchsuchten einige Herren in Ledermänteln die im ersten Stock des Theaters gelegene Garderobe der Sängerin, was, nach einem vertraulichen Hinweis des zweiten Kapellmeisters, mit Billigung des Intendanten und des Staatskapellmeisters geschah. Eine Stunde zuvor schon, als auf der Bühne Sarastro die Priesterschaft des Sonnenkreises versammelt hatte, hatten die Beamten die Privatwohnung der Sängerin durchwühlt. Nach den Schlußvorhängen, während der eiserne Vorhang langsam niederging, wurde die Sängerin unter der Beschuldigung, sich mit gefälschten Nachweisen die Zugehörigkeit zur Reichsmusikkammer und zur Deutschen Volksgemeinschaft erschlichen zu haben, verhaftet und fortgebracht.

Ein als Liebhaber abgewiesener, aus gekränktem Stolz auf Vergeltung sinnender Korrepetitor am Regensburger Stadttheater sollte der dortigen Sängerin der Königin der Nacht zum Verhängnis werden. Der Korrepetitor hatte bei seinem Liebeswerben, das sich mehr und mehr in heimliche eifersüchtige Überwachung der alleinstehenden Sängerin wandelte, Wahrnehmungen gemacht, die vermuten ließen, daß es mit der Wohnung der observierten Geliebten eine verdächtige Bewandtnis habe, deretwegen sie ihm die begehrten Früchte der Nacht so beharrlich vorenthalten haben mochte. Tatsächlich hatte er einmal nachts einen Mann beobachtet, der eilig, ohne im Flur das Licht eingeschaltet zu haben, das Haus verlassen hatte und in ein wartendes Lastauto gestiegen war, das sich in rascher Fahrt entfernt hatte; gleichzeitig hatte sich, in der dunklen Wohnung der Sängerin, hinter einem Fenster ein Vorhang, wie beiseitegeschoben, bewegt. Bald darauf ging bei der Geheimen Staatspolizei ein telephonisch vorgebrachter anonymer Hinweis, die Sängerin betreffend, ein. Eines Abends, während die Königin der Nacht auf der

Bühne gerade die Arie »Oh zittre nicht, mein lieber Sohn« sang, befragte die Geheimpolizei Wohnungsnachbarn der Sängerin; während die Königin der Nacht die Treppe zu einer Nebenpforte des Tempels hinaufschlich, um, von Donner und Blitz empfangen und vom Orkus verschlungen, hintenüber ins Nichts, auf hochaufgeschichtete Matten und Pölster zu stürzen, waren die von den Befragungsergebnissen außerordentlich zufriedengestellten Beamten – ein Zahnarzt und SS-Scharführer Coldewey vor allem hatte sie mit wertvollen Hinweisen bedient – schon unterwegs zum Theater. Die Königin der Nacht wurde beim Verlassen des Hauses am Bühneneingang festgenommen, wegen Beihilfe zur Flucht eines gesuchten Staatsfeindes und Volksschädlings. Der Korrepetitor, dessen Warnungen die Sopranistin mit dem Bemerken, er wolle sich als Retter nur ihrer Dankbarkeit versichern, oder sich einfach wichtig machen, in den Wind geschlagen hatte, ließ sich darauf im Theater einschließen und stürzte sich vom höchsten Punkt des Schnürbodens auf die Bühne, wo er während der Nacht seinen Verletzungen erlag.

Die Königin der Nacht und der Mohr Monostatos der Grazer Kraft-durch-Freude-Gemeinschafts-Zauberflöte waren mit einem Sängerehepaar besetzt worden. Als die beiden eines Abends, wie geblendet, Sieg des Geistig-Männlichen über das Chtonisch-Weibliche, in den Bühnenhintergrund torkelten, taumelten sie, zur Überraschung der Frau, zum Entsetzen des Mannes, geradewegs in die Hände steirischer Staats- und Sittenpolizisten von gewaltigen körperlichen Ausmaßen, die jene für verhaftet erklärten, den Monostatos wegen Rassenschande, die Königin der Nacht wegen möglicher Mitwisserschaft. Der

Wortführer der Kolosse zog zum Beweis einen an den Sänger des Monostatos adressierten, von einem Spitzel im Theater, jemand mußte den Mohren verraten haben, abgefangenen Brief hervor: Ob die werte Frau Gemahlin wirklich keine Ahnung habe davon, daß der Herr Mohrenhäuptling seine Neger- und Verräterrolle so genau nehme, daß er Bühne und Wirklichkeit nicht mehr auseinanderzuhalten wisse und es, gleich und gleich geselle sich, mit einer *Zigeunerin* treibe, getrieben habe, um genau zu sein, denn damit habe es jetzt ein Ende, außer, der Herr führe, zu seiner wirklichen *Königin der Nacht*, wie er die Zigeunerhure in einem Brief genannt habe, ins Lager Lackenbach; dort allerdings würde das besagte Organ, die, Gelächter, *Zigeunerfut* für andere, *höhere*, Lachen, *Zwecke* gebraucht …; in der Tat sollte die Frau für Sterilisationsversuche mit der südamerikanischen *Schweigrohrpflanze*, *Caladium Seguinum*, durchzuführen von einem ausgewählten Ärztestab in Zusammenarbeit mit dem Pharmakologischen Institut, und, nach deren Fehlschlagen, für Versuche mit Röntgenstrahlen ausgewählt werden. – Die Sängerin der Königin der Nacht, über den angeblichen Ehebruch weniger bestürzt als über die ekelhaft steirische, gewalttätige Art der Vorhaltungen, durfte schließlich die Garderobe aufsuchen; der Monostatos aber wurde zu einer ersten Einvernahme in den Theaterkeller verbracht, wo er von den Beamten Müller und Aurich auf das schwerste mißhandelt wurde.

*

Die Prager Königin der Nacht, in der Versenkung verschwunden – Donner und Blitz, ewige Finsternis – und kurz darauf von Männern in Straßenanzügen in ihrer Garderobe festgenommen und verhört, wurde anschließend in einer Limousine ins Hauptquartier im Hotel Eden gebracht, dort in eine Zelle geschlossen und, im Lauf der nächsten Tage, von einem Doktor Groß auf eine Geisteskrankheit, ein Nervenleiden hin untersucht.

Zur Überstellung in eine Nervenheilanstalt, in eine *Irrenanstalt Cholm*, wie behauptet wurde, wurde die Sängerin eines Morgens in einen als Rotkreuzwagen nur nachlässig getarnten Vergasungswagen gezerrt; in diesem sogenannten S-Wagen fand sie, auf einer Fahrt ins Blaue, den Tod.

Die Königin der Nacht der Breslauer Zauberflöte, Feuer und Rauch, Verdammnis, während einer Sonntagnachmittagsvorstellung in Haft genommen und im Kulissendepot einem ersten Verhör unterzogen, wurde anschließend wieder auf freien Fuß gesetzt, um einige Stunden später, bei Vorbereitungen zu überstürzter Flucht betreten, in ihrer Wohnung erneut verhaftet, ins frühere Strafgefangenenhaus überstellt und dort wegen Wehrkraftzersetzung und Feindbegünstigung hingerichtet zu werden.

In Salzburg, am Vormittag nach der letzten Vorstellung der Festaufführungs-Zauberflöte, ewige Finsternis, Verbannung, wurde die Königin der Nacht, in ihrem Hotelzimmer von drei Zivilen überfallen, nach einem heftigen Wortwechsel in Gewahrsam genommen und, um Aufsehen zu vermeiden, durch einen Lieferanteneingang abgeführt und ins Hauptquartier der Geheimen Staatspolizei im Kloster Sankt Peter verbracht. In den nun folgenden Verhören wurde das Delikt bald als Unaussprechlichkeit, bald in wütend erörterten Einzelheiten als Verschwörung, deren Hintermänner und Drahtzieher die Sängerin, wenn ihr das Leben lieb sei, bloß preisgeben möge, verhandelt.

Nachfragen besorgter Künstlerkollegen wurden mit unmißverständlichen Drohungen abgewiesen. Was mit der Salzburger Königin der Nacht weiter geschah, kann nur vermutet werden; Tatsache ist, daß entfernte Verwandte der Sängerin etwa ein halbes Jahr später eine amtliche Benachrichtigung erhielten des Inhalts, die Sängerin sei auf der Reise nach Theresienstadt einer Lungenentzündung erlegen.

Die Spur der Königin der Nacht in Aachen, die unter der Anschuldigung, entscheidende Zugehörigkeiten sich erschlichen zu haben, mit Billigung der Theaterleiter, während der eiserne Vorhang niederging, verhaftet und an einen unbekannten Ort verbracht wurde, die Spur jener Sängerin verliert sich am Bühneneingang; einer Mutmaßung zufolge soll die Sängerin im Lager Natzweiler umgekommen sein, nach einer anderen Vermutung soll ihr über Casablanca die Flucht nach Südamerika geglückt sein.

Aufgrund einer Denunziation eines ohne Hoffnung auf Gehör verliebten Korrepetitors wurde die Königin der Nacht der Regensburger Zauberflöte, Treppe ins Nichts, unter dem Verdacht der Beihilfe zur Flucht eines Staatsfeindes festgenommen und ins Gefängnis eingeliefert. Während der über die Nacht sich hinziehenden Einvernahmen, den Aufenthaltsort des Volksschädlings betreffend, machte sich die Sängerin eine kurze Unaufmerksamkeit der ermittelnden Beamten zunutze und sprang, ohne auch nur eine Einzelheit preisgegeben zu haben, aus einem Bürofenster in den Tod.

Die Sängerin der Königin der Nacht, die, zusammen mit ihrem Mann, dem Sänger des Monostatos, in der Grazer Kraft-durch-Freude-Zauberflöte, Sieg des Geistig-Männlichen über das Chtonisch-Weibliche, steirischen

Staats- und Sittenpolizisten in die Hände gefallen war, durfte, während ihr Mann, noch *als Mohr* geschminkt, was zu zusätzlicher böswilliger Belustigung Anlaß gab, im Theaterkeller, unter schwersten Mißhandlungen, von den Beamten Müller und Aurich zur Anschuldigung der sogenannten Rassenschande mit einer Zigeunerin, Lager Lakkenbach, Unfruchtbarmachung, Schweigrohr, einvernommen wurde, unter Bewachung ihre Garderobe aufsuchen, um sich umzuziehen. Sie wurde in weiterer Folge auf freiem Fuß belassen, sollte allerdings ihren Mann, den Monostatos, dessen späterer Abtransport in ein Lager in Grazer Theaterkreisen durchaus gutgeheißen wurde, nie wieder sehen. Die Sängerin geriet daraufhin in eine Nervenkrise, konnte keine Opernbühne mehr betreten und keine Koloraturen mehr singen; sie fristete fortan als Liedsängerin, vornehmlich von Liedern der steirischen Tonschöpfer Hugo Wolf und Joseph Marx, ihr Dasein. – Ihr Mann, der Grazer Monostatos, wurde nach einiger Zeit vom Hauptlager, in das er eingeliefert worden war, in ein heute vergessenes, damals berüchtigtes Außenlager am südlichsten Rand des Reiches zum Stollenbau abkommandiert. Dort wurde er eines Nachts, außerhalb des Lagerzauns, bei einem Fluchtversuch, wie behauptet wurde, erschossen. Beim Ermordeten fand sich ein Stück Papier mit folgenden Notizen:

Die Baracken der beiden Lager befinden sich neben den Stolleneingängen, diesseits und jenseits des Gebirges, an der alten Paßstraße. Das Lager am Nordportal des künftigen Tunnels ist kleiner als das am Südportal gelegene. Im Südlager sind die Büros der Kommandantur untergebracht, der Kommandant des Südlagers ist dem Kommandanten des Nordlagers vorgesetzt; dieser eigentliche Lagerkommandant heißt Winkler, er ist ob seiner Strenge gefürchtet. Post, Lebensmittel, sonstiger Nachschub, auch neue Häftlinge kommen über den Ort Neumarktl, den Endpunkt einer Eisenbahnlinie unten im Tal. Die Wachmannschaften tauschen bei den Bauern Seife und Matratzen gegen Schnaps ein. Manchmal, des Nachts, werden Häftlinge mit Hunden über die Lagergrenze gejagt, um dann hinterrücks auf der Flucht erschossen zu werden. Und doch, es wäre vielleicht durchzustehen, wenn ich eines nur wüßte: Was geschah mit ihr, der Königin der Nacht?

Hotel Mordschein

Ich bin in Sicherheit. Wie das Messer in meine Hand geraten ist, und warum, weiß ich nicht mehr. In den Fünf-Ohr-Nachrichten ist es zum ersten Mal gemeldet worden; ich habe es aufgezeichnet. Niemand wird mich finden, nicht mich. – Aus der Teeküche ruft die Mutter, daß es sich nicht um ein Messer, sondern um ein sogenanntes Maurerfäustel gehandelt haben muß, und daß – wie? – daß sie das Tatwerkzeug hat verschwinden lassen, wie schon so manche Spur meiner Biographie. Sie will mir falsch einsagen. Ihr Tod scheint nichts daran geändert zu haben, daß sie sich, wo sie nur kann, einen Spaß mit mir erlauben möchte; sie war immer schon boshaft. Wie das Maurerfäustel in meine Hand gekommen ist, und zu welchem Behufe, entzieht sich meiner Erinnerung: diese Frage stelle ich nur, um sie, in ihrem Glauben, mich hinters Licht geführt zu haben, in die Irre zu locken. Müttern gegenüber kann man nicht vorsichtig genug sein. Mein Sohn ist krank, waren das nicht ihre Worte? Sie, als Ärztin, als Zahnarztgattin gar, sollte gewußt haben, was sie sagt. Doch wenn auch sonst nichts mehr; daß es *ein Messer* gewesen ist, weiß ich genau.

Keiner wird mich hier finden, nicht mich. Von meinem Lager aus kann ich den offenen Medikamentenschrank sehen; hat man damals schon mit Encephabol, Somnibel und Rohypnol gearbeitet, und nicht nur mit Cyanhydratsalzen und Caladium Seguinum, dem *Schweigrohr*, das nicht gedeiht auf deutschem Boden? Wo bin ich? Bin ich hier richtig, in der Irrenanstalt Cholm? Bin ich endlich im Reich Sarastros? Wo bin ich? Ihr seid am Ziel. Ihr seid in Sicherheit. Ach ja, in Sicherheit. Ja richtig, am Ziel, in geschlossener Gesellschaft, am Ende, in der Ordination der Mutter, der Praxis des Vaters; immer der Dame den Vortritt, als Kind war ich für mein manierliches Betragen berühmt; aus mir hätte ein Tanzschullehrer werden können, und nun ist aus mir ein – wie war das Wort? – ein – geworden, ich komme schon noch dahinter, wer oder was. Soso, ich bin also in – verflucht!, bin also am – am – nun ja, lassen wir das, ich weiß ja, wo, ich will mich nur nicht fortwährend wiederholen, die Wände haben Ohren. Doch sagt, guter Alter, warum bin ich hier, ich habe doch nichts angestellt? Meine Lektion nicht gelernt, die Zeche nicht bezahlt, den Mund nicht gehalten? Etwas, es muß nicht die Nase, in etwas anderes, es müssen nicht fremde Angelegenheiten sein, hineingesteckt? So sagt, warum bin ich hier, und wo? Wo bin ich? Jetzt schweigt Ihr, hat es Euch die Rede verschlagen? Was für ein Spaß, jetzt schweigt er, er schweigt! Meisterhafte Desinformation.

Ich werde mir Zeitungen besorgen lassen. Die periodischen Druckschriften hier im Wartezimmer scheinen nicht auf der Höhe der Zeit zu sein, *Die Kamera berichtet*, *Tierexperimentelle Studien* zur Frage der medikamentösen Sterilisation, *Zahnmedizin und Rassehygiene*. Nun, die Zahnstation ist lange schon geschlossen, Oberscharführer Coldewey behandelt nicht länger, kein Funkeln der Brille mehr über der Hand mit dem Bohrer, kein tausendstimmiges Zahn-Heil. Aber hier, was sehe ich, ein Stück Papier mit einem handschriftlichen Vermerk: *Hotel Eden*, *Hotel*

Abgrund ... Rätselhaft ... Hotel, Hotel ... Kommt mir bekannt vor, dieses Wort ... Hotel ... Das könnte eine Spur sein, ein Hinweis, oder ist es wieder eine Bosheit meiner Mutter? Hotel ... Nein ... Was kann man in einem Hotel tun? Dem Hoteldirektor die Hand geben, guten Tag Herr Hoteldirektor? Nein. Nach dem Zimmerkellner klingeln, eine Flasche Haloperidol? Auch nicht. Das Tanzbein schwingen beim Captain's Dinner, nein, beim Five-O'Clock Tea? Nicht ich. Im Badezimmer ... sich bekleidet in die Badewanne legen und stumm behaupten, umgebracht worden zu sein? Auch nicht, zu nördlich, dieses Beispiel ... Im Hotel absteigen, ins Hotel zurückkehren? Ins Hotel zurückkehren ...! Bei meiner Rückkehr ins Hotel, *nach seiner Rückkehr ins Hotel*, das könnte passen, so etwas entsinne ich mich in den Nachrichten gehört zu haben, hätte ich die Meldung nur aufgezeichnet! Wahrscheinlich hatte ich keine Buntstifte zur Hand, nun, eine Arztpraxis ist kein Kinderzimmer. *Ins Hotel zurückgekehrt*, das ist, wie wir Kriminalisten sagen, ein wertvoller Hinweis.

Wie die Meldung in die Nachrichten gelangt ist und der Entschluß in meinen Kopf, weiß ich nicht mehr. Wie ich in jenes Hotel, ins Hotel –, wie hieß es nur, zurückgekehrt bin, und wann, und wozu, werde ich herausfinden. Ich werde das Gerät anstellen, so. Was für ein Gerät das ist? Oh, ein hochfeines Spezialgerät, mehr sage ich nicht, ein *Zimmermann* »Choral«. Still jetzt, ich bin auf Empfang. So so, das Hotel also hieß *Mondschein*, das ist gut möglich, ein heruntergekommenes Etablissement, wie es scheint, eine Absteige, die nicht einmal den Namen Gasthof verdiente. Eingang Hotel Mondschein, außen, Tag; Abendstimmung; Herr es will Abend werden, die Finsternis wird – Ruhe, Ruhe. Konzentration, sonst höre ich die Stimme nicht, sie scheint Beobachtungen und Wahrnehmungen wiederzugeben, Zusammenhänge herzustellen, die Stimme eines Erzählers aus dem Off, auf sie muß ich achten, der Zuseher im Abseits, der Zuhörer im Off, Botschaften von einem Off ins andere. – Am Abend des 22. Juli, höre ich den Erzähler – Am Abend des 22. Juli? Ein vielversprechender Beginn! –, findet, wie jeden dritten Freitag im Monat, in einem Extrazimmer des Hotels Mondschein der Stammtisch der Absolventenvereinigung des Abendgymnasiums für Berufstätige statt. Kenne ich nicht, diesen Stammtisch. Aber was die Wirklichkeit nicht an Überraschungen bereithält! Und da sind die Absolventen, die Absolventendarsteller auch schon im Bild und – Ah, jetzt lassen sie die Gläser klingen, aus dem Schrank, und hoch, die Tassen: Zum Wohle, Hannes, Prosit, Prostata! – Das Extrazimmer, so der Erzähler, befinde sich im ersten Stock, neben der Rezeption und der Treppe zu den Hotelzimmern. Während die Runde im Extrazimmer also fröhlich beisammen gewesen sei, sei es an der Rezeption zu einem merkwürdigen Zwischenfall, dessen weitreichende Konsequenzen noch nicht abzusehen gewesen seien, gekommen. Ein neueingelangter Hotelgast, der spätere Täter, habe plötzlich an der Rezeption, laut und unter vielen Verwünschungen, die Hotelbesitzerin des Diebstahls bezichtigt. Der unheimliche Gast sei mit einem Taxi vorgefahren, habe an Gepäck nur eine Reisetasche bei sich gehabt, einen heruntergekommenen Eindruck gemacht und sich mit großem Schwung ins Gästebuch eingetragen. Einen heruntergekommenen Eindruck – Wo sich meine Mutter mein gutes Benehmen so hat angelegen sein lassen! Ah, hier ist sie schon, die Reisetasche, in Großaufnahme, abgestellt vor der Rezeption, was heißt Rezeption!, ein Pult, ein Verschlag, ein paar Schlüssel am Haken, ein Schweinekoben; und nicht *meine* Reisetasche, eine dürftige Kopie nur, das Original ist hier, rechts von meinem Lager. Und der dort steht, mit dem Rücken zu mir, und sich einträgt ins Gästebuch, dieser Schatten – da, jetzt nimmt er die Tasche wieder an sich und geht mit dem Zimmerschlüssel die Treppe hinauf – diese Charge soll also ich sein, ich aber bin hier, vor der Bildfläche, Off Screen, in Sicherheit; an einem nicht einmal mir selbst bekannten Ort, so kann ich mich auch nicht verraten; ich habe an alles gedacht. – In das Gästebuch, so der Erzähler, habe der Fremde sich als Gustav von der Ried, geborener

Korbes, Verdienter Künstler des Volkes, eingeschrieben. Auf die Frage der über diese Eintragung verwirrten Hotelbesitzerin, ob von der Ried als Künstlername zu verstehen sei, habe der Fremde geantwortet, daß er eine Einmischung in persönliche Dinge, wie diese Frage, nicht dulden könne, er sich aber ausnahmsweise zur Auskunft herbeilassen wolle, daß er *geschieden* sei. Gustav von der Ried, geborener Korbes, geschieden, auf was für Ideen einer kommen mag, wenn es gilt, sich zu verstellen, nicht schlecht. Dieser von der Ried, Gustav, besitzt er nicht ein kleines Eigentum, frei und unabhängig, an den Ufern der Aar, Felder, Gärten, Wiesen und Weinberge, wird nicht ihm der Satz zugeschrieben: Wie ich gerettet worden, das weiß ich nicht? Und doch, mir sagt der Name nichts, wie ich auf Gustav gekommen bin, weiß ich nicht mehr, das muß, beim Tode meiner Mutter, ein anderer sich ausgedacht haben. Und gerettet, ich? Ich bin verflucht, obschon in Sicherheit, ein Lager, auf dem ich ruhe, ärztliche Betreuung, mütterlicher Zuspruch, die verschiedensten Medizinen, und auch sonst – Jetzt habe ich die Türnummer meines Zimmers im Hotel Mondschein übersehen, nein, überhört, versäumt jedenfalls, aber eine Stimme, und wem, wenn nicht ihr, sollte ich trauen, sagt mir, sagt mir ein: Zimmer 24 ist es gewesen. Da, ich komme wieder die Treppe herunter, ohne mir das Gesicht zuzukehren, wie wenn ich mir nicht in die Augen sehen könnte. – Bevor der unheimliche Fremde das Hotel verlassen habe, schildert die Erzählstimme, habe er an der Rezeption plötzlich den ungeheuren Vorwurf erhoben, daß ihm sein Streichinstrument, eine *Viola*, entwendet worden wäre und der Dieb nur unter dem Hotelpersonal, wahrscheinlicher noch, in der Hoteldirektion zu suchen sein könne, Nachforschungen aber keinen Sinn haben würden, da gewiß alle unter einer Decke steckten; er sei ein anerkannter Kammermusikvirtuose und schon in allerersten Häusern abgestiegen, eine solche Hinterhältigkeit jedoch sei ihm noch nie untergekommen, ob das die neue Mode sei? Die Anschuldigungen habe er, unterstrichen von wütenden Fausthieben auf das Pult, in einer solchen Lautstärke vorgetragen, daß der Lärm bis an den Stammtisch der Absolventenvereinigung des Abendgymnasiums für Berufstätige gedrungen sei; als man aber Nachschau habe halten wollen, sei der offenbar geistig verwirrte Mann mit dem Ausruf: daß man von ihm noch hören werde!, und Zimmer- und Haustorschlüssel mit sich nehmend, aus dem Hotel gestürzt. Ein Augenzeuge habe bekräftigt, den angeblichen Kammermusikvirtuosen mit Sicherheit nur mit einer Reisetasche und ohne Instrumentenkasten ankommen gesehen zu haben.

Ein Kammermusikvirtuose ist also aus mir geworden, war es dieses Wort, das mir nicht einfallen wollte? Jetzt höre ich auch eine Viola im Nebenzimmer, nicht hier im Nebenzimmer, in der Praxis wird nicht musiziert, es muß sich um ein Nebenzimmer zu Zimmer 24 handeln, nein, einen Satz höre ich, keinen Streichquartett – Streichquartett? Was ist das, ein Streichquartett? – satz, sondern den Satz: *Hörst du die Viola im Nebenzimmer?*, *das ist das Zeichen*... höre ich, wie wenn ich ihn schon einmal gehört hätte, plötzlich auftauchend wie ein Stück Mond zwischen Wolkenfetzen... Aber ein Kammermusikvirtuose, ich? Das kann ich gar nicht glauben. Lassen wir es auf einen Versuch ankommen, auf ein kurzes Verhör; das letzte Schubert-Streichquartett, G-Dur, was ist das Rätselhafte, Geheimnisvolle an ihm? Nein, kenne ich nicht. Nein? Nie hineingehört zu später Stunde, am Schreibtisch, keine Notiz: *Meisterhafter Umgang mit der eigenen Verlorenheit…* Keine Notiz: *Zwei Streichquartette in einem…* Nein? Nein. Und am Schreibtisch, ich? Ich bin nie einer sitzenden Beschäftigung nachgegangen. Das muß der andere sein, nicht ich, der andere, der sich in meinem Kopf versteckt hält, der Horcher im Taubenschlag, der mich entwerfen und dadurch vernichten will, *das Kunstwerk ist die Totenmaske des Deliktes*, habe ich ihn murmeln und auflachen gehört, er ist von der Idee besessen, daß durch den zweiten Satz des Schubert-Quartetts einer geht, der Tod möglicherweise, im Andante herumgeht, und pfeift, und – da, wieder eine Stimme, *ist er das*, fragt sie, und auf der Straße sind Schritte zu hören, nicht hier auf der Straße, im Kopf auf der Straße, einer pfeift eine Melodie aus dem Andante, und eine Stimme fragt fortwährend: *Ist er das?* (Ist er das, ist er das! Nein, das ist er nicht! Oder mag er es sein, er sei, wer er sei, der Langerwartete, meinetwegen; wie der andere solche Übergänge, Durchbrüche, Zusammenhänge herstellt, ist mir unverständlich). Kammermusikvirtuose jedenfalls kann das fehlende – das vergessene – was, was? Ich hätte Präsident werden können, mit solchen Aus – Aus –, und was für einer! Kammermusikvirtuose kann das –, der – der abhandengekommene Buchstabenzusammenhang nicht gewesen sein, da!, Sprachbrocken war das abhandengekommene Wort, nein, umgekehrt, daß mir das wieder einfällt, mit einem so gut arbeitenden Gedächtnis hätte ich doch nur Präsident der Absolventenvereinigung des Abendgymnasiums für Berufstätige werden können. Still jetzt, die Ausstrahlung geht weiter. Aufblende, Küche im Hotel Mondschein, innen, Nacht. Nein, eigentlich Tag. Tag hinwiederum auch nicht, noch nicht; jedes Wirkliche verläuft mit Noch-nicht in ihm. Habe ich diesen Satz nicht schon gehört? Wie? Ach, aus mir ist aber auch nichts herauszubekommen. Küche, Halblicht; der Schein des Vollmonds vielleicht, die einsetzende Morgendämmerung möglicherweise, Schatten. Wie es aussieht in dieser Küche, meine Fresse!, wo hinein soll ich da nur geraten sein? Jetzt wieder die Erzählstimme. – In der Morgendämmerung des 23. Juli habe der indische Koch des Hotels Mondschein ein Erlebnis gehabt, an das er noch lange mit Schrecken denken werde. Durch verdächtige Geräusche aus der Küche aufmerksam gemacht, habe der Koch, um Nachschau zu halten, leise die Küchentüre geöffnet. Aha, es war der Koch, und nicht der Gärtner. Ein indischer Koch, der um diese Zeit an der Küchentür horcht, das ist mehr als verdächtig, ich werde die Anstaltsleitung verständigen, so. Und was sieht er, der Koch? Der Koch sieht sich plötzlich einem Mann gegenüber. Dieser – Koch sieht sich plötzlich einem Mann gegenüber. Dieser – Koch sieht sich plötzlich einem – Verdammt, was ist? Verfluchter Apparat! Ob der Bildschirm einen Sprung hat? Tatsächlich. Aber nicht mit mir. Kunstgriff, und behoben. Noch einmal. Der Koch habe sich plötzlich einem Mann gegenüber gesehen, der mit einer Gier, als wäre er am Verhungern, ein bloßes Stück Brot verschlungen, und gleichzeitig Töpfe, Pfannen und Geschirr aus den Regalen geräumt habe, um sie in einer Reisetasche und in Plastiktüten zu verstauen, mit einer Selbstvergessenheit, als suchte er vor einer Abreise oder einer Verschickung den nötigsten Hausrat zusammen. Wie fleißig er arbeitet, mein Schatten, hier noch eine Pfanne, dort noch einen Deckel, eine gelungene Inszenierung. Fremd bin ich eingezogen, fremd geh ich wieder fort. – Diese Szene sei dem indischen Koch zunächst so gespenstisch erschienen, daß er gar nicht daran gedacht habe, einzugreifen; als der Fremde aber die vollgepackten Säcke zusammengerafft und sich angeschickt habe, die Küche zu verlassen, habe der pflichtbewußte Hotelangestellte versucht, dem seltsamen Dieb den Weg zu versperren. Der Unheimliche jedoch habe seine Behältnisse abgestellt und dem Koch blitzschnell einen Fausthieb von solcher Wucht verabfolgt, daß dieser gegen den Herd geschlagen und kurze Zeit benommen liegengeblieben sei. Währenddessen habe der Eindringling samt seinem Diebsgut über den Hinterhof die Flucht ergreifen können. Ah, was für ein Haken, ein kolossaler Treffer! Woher ich nur über solche Boxkünste verfüge! Und meine Pfannen und Töpfe, wo sind sie geblieben? In meinem Schlupfwinkel, im Lager, sind sie nicht. Man wird sie mir abgenommen haben. Den indischen Koch, ich werde ihn doch nicht erschlagen haben? Nein, da, er kommt wieder auf die Beine. Auch der Erzählstimme hat es die Sprache nicht verschlagen, ich höre: Der Koch, ganz im Banne dieses Zwischenfalls – Zwischenfall, treffend – habe daraufhin den Nachtportier aufsuchen wollen, um ihn über das Vorgefallene zu informieren, die Portiersloge seltsamerweise aber leer vorgefunden. Obwohl der Nachtportier für seine Zuverlässigkeit bekannt gewesen sei, habe der Koch sich darüber keine Gedanken gemacht, habe er doch nicht ahnen können, wen er zuvor in der Küche habe entkommen lassen. Die Besitzerin des Hotels, Frau Zimmermann, pflege sich früh am Morgen vom Nachtportier telephonisch wecken zu lassen. Am Morgen des 23. Juli sei sie allerdings erwacht, weil sie *nicht* geweckt worden sei. Weniger beunruhigt als verärgert, habe sie daraufhin in der Rezeption angerufen, aber keine Antwort erhalten. Frau Zimmermann habe sich schließlich selbst in den ersten Stock verfügt und zu ihrer Überraschung die Portiersloge verlassen vorgefunden, die Tür sei offengestanden … – Die Tür steht offen, die Tür bleibt zu, die Tür führt ins Nichts, wenn das weiter so dahingeht; nie im Leben wird das eine Mordgeschichte, bin ich etwa im falschen Kriminalfall? Aber da, Schnitt: Wohnung, innen, früher Morgen; Details einer Wohnzimmerwand, das Bild einer Mühle am Waldesrand, ein Wandteller, der Olperer Turm zu Braunschweig – ja, ich weiß Bescheid! –, Großaufnahme des Telephons, gleich wird es läuten, da, was sage ich, es läutet, was für ein Läuten, bravo, großartig!, ein Frauenschatten nähert sich, und aus dem Off, wie ein Wegelagerer, fällt die Erzählstimme ein. – In der Mondscheingasse 26, nicht weit vom Hotel, wohne die Braut des Nachtportiers. Die beiden hätten drei Wochen später heiraten sollen – Hätten? Hatten also nicht? Es scheint sich doch um den Fall des Nachtportiers zu handeln –, auch das Ziel der Hochzeitsreise, die Tschechoslowakei, sei schon festgelegt gewesen. In der Nacht vom 22. auf den 23. habe die Braut den Nachtportier noch kurz im Hotel besucht; umso größer sei ihre Bestürzung gewesen, als sie bald darauf telephonisch von der Hotelbesitzerin über das Verschwinden des Nachtportiers, das sie sich nicht habe erklären können, in Kenntnis gesetzt worden sei. Sogleich sei sie zurück ins Hotel geeilt, um nach dem Rechten zu sehen. (Große Unruhe. Bitte? Große Unruhe, der Tag wird kommen. – Schon gut.) Auf dem Flur sei sie dem indischen Koch begegnet, der fortwährend auf seinen Kopf gedeutet, mit der Hand Bewegungen nachvollzogen und eine wirre Geschichte von einem Einbrecher zu erzählen versucht habe, der in der Küche Brot und Bratpfannen gestohlen und ihn geschlagen hätte: So – zack, und Salman Radschid kaputt am Boden. Ob er den Nachtportier gesehen, will die Frau vom Inder wissen; den Nachtportier er nicht gefunden hat, lautet die Antwort. Gemeinsam mit Frau Zimmermann macht sich die Braut auf die Suche nach dem Nachtportier, indem sie vorerst alle nicht belegten Zimmer aufschließen und Nachschau halten. (Der Himmel bewölkt sich, eine Gewitterfront zieht auf. Der Erzähler führt jetzt über die Stiegen und durch die Gänge des Hotels; hier *riecht* es ja nach Verbrechen, hier *mußte* ja einmal etwas passieren. Aha, die Tür zu Zimmer Numero 24 steht offen. Sehr verdächtig. Jemand da, ist da jemand? Nein, hier ist keiner mehr, niemand zuhause. Gang, Zimmerflucht, schwankende Handkamera.) Als die beiden Frauen am Zimmer des unheimlichen Fremden, der als angeblicher Kammermusikvirtuose am Vorabend so rabiat seine nicht vorhandene Viola vermißt hat, vorbeikommen, stutzen sie, um schließlich, wie vom Blitz gerührt, zurückzufahren: Die Zimmertür ist halb geöffnet, das Bett nicht benutzt; auf dem Fußboden aber, in einer riesigen Blutlache, liegt regungslos der Nachtportier, ein Küchenmesser im Rükken, das Hemd von den Einstichen völlig zerfetzt. (Panik und Entsetzen, absurde Anordnung.) Der Amtsarzt wird später sieben Messerstiche feststellen, von denen schon der erste, mit ungeheurer Wucht geführte, tödlich gewesen sein muß. Der Mörder, der mit Sicherheit zum ersten Mal in diesem Hotel abgestiegen ist und dem der Nachtportier unbekannt gewesen sein muß, muß seine Wahnsinnstat wie im Blutrausch begangen haben. Tathergang und Tatmotiv liegen im Dunkel. – Im Dunkel, im Dunkel, wahnhaftes Dunkel, höllisches Halblicht. Aber sieben Stiche, und der erste schon final!, ich muß in großer Form gewesen sein. Ein Mörder ist also aus mir geworden, ist das möglich? Eine Kommission unter meinem Vorsitz wird es klären. Aber wie das Messer in meine Hand geraten ist, und warum in den Rücken des Nachtportiers, weiß ich noch immer nicht. Kann es sein, daß der Nachtportier so wenig ein Nachtportier gewesen ist, wie ich ein Kammermusikvirtuose bin, daß der Nachtportier einer von der anderen Seite gewesen ist? Kann sein; kann sein, auch nicht. Ich werde das Gerät abstellen. Nein, halt, was ist jetzt, ein teigiges Gesicht von unbeschreiblicher Häßlichkeit, das Fragen nach dem Verbleib von Gegenständen stellt? – Wer hat nach dem 23. Juli jemanden mit dieser braunroten Plastikreisetasche gesehen, in der sich möglicherweise zwei solche Bratpfannen mit einem solchen gebeizten Holzgriff sowie ein Küchenmesser mit dreißig Zentimeter langer Klinge, das für die Tat allerdings nicht in Frage kommt, befunden haben; von Interesse könnten auch Hinweise auf Verbleib oder Träger einer solchen schwarzen Nickelbrille sein, und außerdem: Wer hat nach dem 23. einen solchen Kochtopf, Marke Austria Email, mit einem solchen Deckel gesehen? – Ich, ich habe gesehen, und ich werde auch sagen, wo, ich habe alles gesehen, alle Gegenstände, nach denen gefragt wurde, die Kuckucksuhr, das Gebiß, die Geige –, alles weiß ich, nur nicht, warum der Nachtportier –

Ein Opfer ohne Motiv, das ist wie eine Leiche ohne Keller. Ich werde ein wenig auf den Busch klopfen müssen, falsche Spuren legen, um die andere Seite aus der Reserve zu locken. Sein oder Nichtsein! Endlich wieder Gestapoluft schnuppern, endlich wieder die Birken sehen, die Buchen, den Wald! So! Am besten wird sein, eine Anzeige aufgeben zu lassen, unter dem Kennwort ... dem Kennwort ... Hotel Mordschein ... *Hotel Mordschein.* In einer Hecke an der Bahnunterführung von Turnbridge Wells werden Sie eine Tasche mit zwei Bratpfannen und einem Küchenmesser finden. Unterschrift Der Kopfjäger. – *Hotel Mordschein.* Drahtzieher des Komplotts ist der berüchtigte Polnareff. Der Befehl wurde an einer Wegkreuzung im Gebirge übermittelt, der Vollstrecker vor der Tat mit Kernenergie geladen. Der Kopfjäger. – Der Kopfjäger, bravo, was für ein Einfall, lustig, Mama, Mama lustig! Und mit Kernenergie geladen, sehr zeitgemäß, das wird mir eine Sonderration Barium einbringen.

Barium, Cer, Somnibel zur Balance, wie ausgeglichen ich mich fühle. Nun, bis die andere Seite antwortet, ein Spielchen. Ich werde mich ein wenig ins Kreuzverhör nehmen; das Verhör-Spielen ist immer schon mein liebster Zeitvertreib gewesen, mehr noch als die Laubsägetechnik. Mensch-ärgere-dich-nicht spielen, Streichquartett, Führerquartett: Ich kann dem nichts abgewinnen, ich veranstalte Einvernahmen mit mir, meinem Scharfsinn entgeht nichts. – Nehmen Sie Platz, mein Herr, werde ich sogleich, ich muß nur noch, damit ich nicht entkommen kann, das Fenster verriegeln, so, schon geschehen, die Einvernahme beginnen; ich werde mit Position *Südost* eröffnen, eine inzwischen klassische Eröffnung. Sie behaupten also, Herr, ein persönlich schuldhaftes Verhalten sei Ihnen nicht nachzuweisen? Das behaupte ich allerdings, mein Herr, werde ich antworten, fragen Sie nur Herrn Professor Kurz! – Mäßigen Sie sich, Herr, werde ich fortfahren, ein schwerhöriger Professor interessiert hier nicht. Wie Sie an den Tatort gelangt sind, es entzieht sich Ihrer Erinnerung? So ist es, antworte ich, auf meine Ausfälle ist Verlaß. Sie geben also zu, sich am Tatort befunden zu haben, stoße ich nach. – Jeder Ort ein Tatort, erwidere ich mit dem Wort eines Dichters, aus einem Hörspiel, und: Zum Zeitpunkt der Tat war ich anderswo, ich war stets woanders, ein Fremder, ein Wanderer … –

Hier wird die Wirklichkeit verhandelt und nicht die Dichtung, so ich; und nun: Haben Sie Torring gekannt? – Torring? Torring, Torring, warten Sie ... so ich zurück (hinauszögern, Zeit gewinnen, den Angreifer aushorchen), Warren habe ich kennengelernt, Albers, beide hießen meiner Erinnerung nach Hans mit Vornamen, aber Torring – nie gehört ... – Im Sudan nannte er sich Löhr, manchmal auch Phleps. – Löhr, Phleps, nein, kenne ich nicht. Was ist mit jenem Torring? – Darauf sage ich (ich war immer schon ein Hund!): Er hat Negerkastrationen befehligt im Sudan, Warren hat alles protokolliert ... Nun? – (Ja, was sage ich jetzt? Daß ich mit einer Vorausabteilung Panwitz im Sumpf gelegen und schon deshalb nichts gesehen und gehört –, daß ich nicht *im Sudan*, sondern im *Land der Skipetaren* –, daß ich nur mit Quartier und Verpflegung befaßt, daß ferner Herr Professor Kurz –?) Ich sage: Ich habe nachweislich nicht den Sudan bereist, sondern nicht nachweislich das Land der Skipetaren beritten, sage ich. – Durch das Land der Skipetaren, so! – Ja. – Durch das Land der Skipetaren, hm ... Wenn ich nun fragte: Wenn ich über Informationen verfügte, daß, im Zuge der Bandenbekämpfung, insbesondere der Jagd nach drei gefährlichen Aufrührern, nämlich den beiden Aladschy und dem Futh –

Schut!

Bitte?

Der Schut, nicht der Futh!

Unterbrechen Sie mich gefälligst nicht, wenn ich meine Anklage aufbaue! Futh, Schut, egal. Wo war ich? Ja, im Zuge der Jagd nach den beiden Aladschy und dem Futh eines Tages, in der Gegend von Menlik, ein großgewachsener Deutscher (Nemdsche) im Hause eines Kohlenhändlers Junak, eines weiteren Verschwörers, abgestiegen wäre in geheimer Mission, daß jener Deutsche, als Horcher in einem Taubenschlag versteckt, eine Zusammenkunft der Geheimbündler belauscht und den Namen eines Schmiedes an der nach Osten führenden Landstraße, Schimin, in Erfahrung gebracht hätte, und eines Nachts zur Schmiede geritten wäre, den Schmied und dessen Frau überfallen, gefesselt und, seine Stiefel gebrauchend, ans Werkstattfeuer gerollt, ferner unter der fortwährenden Drohung, sie zu rösten und mit Urin zu begießen, ein Verhör mit den beiden angestellt hätte, darin aber durch das plötzliche Auftauchen eines der beiden Aladschy unterbrochen worden wäre, wenn ich das nun fragte,

was antwortete ich? Am besten; Mein Herr!

Mein Herr?

Mein Herr, antwortete ich, sind Sie von Sinnen, sind Sie überhaupt satisfaktionsfähig? Nicht mit mir!

Nicht mit wem? Ach so, ich verstehe; nun, mit mir auch nicht. Ich antwortete: Daß allein durch die Tatsache, daß die Aladschys, der Schut und ein gewisser Mübarek zu meiner Zeit nicht im Land der Skipetaren, sondern in den Schluchten des Balkans operiert hätten, die Haltlosigkeit dieser Anschuldigung erwiesen wäre, daß ich nicht in Menlik, sondern im Dorf Dschnibaschlü, und nicht im Haus eines Kohlenhändlers, sondern in dem eines Bäckers und Färbers, namens Boschak, einquartiert gewesen und sehr gastlich aufgenommen worden wäre, wenn ich gar ein Bild hervorzöge zum Beweis, und sagte: Hier, auf dem Teppich sitzend, der Färbermeister, ihm gegenüber, stehend, sein Gehilfe, zwischen beiden, sitzend, in der Landestracht gekleidet, ich, hier, mit dem roten Turban, das bin ich, ist das nicht ein schöner roter Turban? Wenn ich weiter ausführte, daß ich, als Absolvent der Konsularakademie ein famoser Reiter, tatsächlich eines Nachts über eine Landstraße gejagt, beinahe in einen Hinterhalt der Versprengten geraten und wirklich an einer Schmiede in der Einschicht vorübergekommen wäre, wenn ich vorläse: *Das Werkstattfeuer leuchtet auf die nächtliche Straße* und erklärte: Daß ich den Schmied und seine Frau nicht in eine mißliche Lage gebracht, sondern aus einer solchen befreit, ihnen Fesseln und Knebel abgenommen hätte, wofür ich später gar für den Zwonimir-Orden und für eine Erwähnung in der Mappe der Menschlichkeit vorgeschlagen worden wäre, wenn ich noch einmal zitierte: *Auf der Lauer beim Dorfschmied: Das Werkstattfeuer leuchtet auf die nächtliche Straße. Bald muß der Erwartete kommen*, wenn ich so vorginge, wäre das nicht großartig pariert?

Der Erwartete, pah! Wer war denn der Erwartete, der Langerwartete vielleicht?

Der Erwartete war ein deutscher Oberst.

Ach was, ein Generaloberst vielleicht, ein Generaloberst Löhr etwa? (Jetzt habe ich mich in die Enge getrieben.)

Selbst wenn, war nicht ich der Erwartete, sondern der Wartende, der andere, der mit dem Feindlagebericht. (Ich mich in die Enge treiben lassen.)

Also Löhr!

Löhr, und?

Es hätte ja auch ein – Hauptmann Struckel sein können …

Ich verstehe nicht.

Sie verstehen wohl.

Struckel, wieso Struckel? Ausgeschlossen!

Klingt doch gut, Hauptmann Struckel …

Struckel, niemals.

Struckel, warum nicht? Jägerbataillon 27, vierte Kompanie, Villach-Seebach ... (Ha ha, ein feiner Spaß, meine Verständnislosigkeit, köstlich!, ein private joke gewissermaßen, um in der Sprache des Feindes mich auszudrükken ... Sein oder Nichtsein! Endlich wieder Gestapoluft atmen! Wieder im Haus der Poeten, im Haus der Poethens, einem Haus ohne Nachtportier, endlich wieder hier, im Schriftstellerhäusle, im blauen Zimmer, im braunen! Was für ein Spaß, ein Witz aus Stuttgart, müssen Sie wissen, ein Literaturhauswitz ... Überhaupt ein gutes Spiel heute, gelungene Partie, farbig, abwechslungsreich – sehr schön, wirklich.

Mitnichten. Mäßige Begegnung. Die Anschuldigungen, haben sie nicht an rhetorischem Glanz eingebüßt, an literarischer Delikatesse verloren? Oder geht es nicht mehr darum, die Welt nicht nur zu verändern, sondern sie auch zu beschreiben? Wie?)

(Nutzlose Beschreibungen. Alles beschrieben, alles verändert, ohne Erfolg, ohne Aussicht auf Besserung. Alles kunstgemäß, alles lächerlich, Literatur, Gelächter, alles lächerlich im Angesicht des Todes.)

Im Angesicht? *Im Tal des Todes* muß es heißen.

Im Tal des Todes, also doch? Darauf kommen wir bald zu sprechen ...

Verdammt!

Ja, warum auch so vorlaut. Aber zurück zu Hauptmann Struckel, nein, zu Generaloberst Löhr. Ich lese auch vor: Der Schut ist mit seinem Pferd in die Verräterspalte gestürzt. Ein Gottesgericht hat seinen Aufruhr gesühnt. Wußten Sie, daß bei jenem Gericht Löhr den Vorsitz innehatte?

Nein.

Nur Mut, Freund, Wissen ist kein Verbrechen! Aber darüber, daß eines Tages auf dem Marktplatz von Ostromdscha, vor dem Dorfältesten, eine Gerichtsverhandlung gegen Abwesende stattgefunden hat, gegen einen Löhr, einen Phleps, einen Doktor Morgentodt, und andere, weil diese einem gewissen Mübarek, der bald als Bettler, bald als Heiliger aufgetreten ist, alle Knochen gebrochen und seine Hütte im Wald, nahe der Schlucht, in Brand gesteckt, ferner einen Kawassen überfallen und ihn, bei lebendigem Leib, wie ein Spanferkel über einem Lagerfeuer, gebraten hätten, unter Gejohle und ständigem Begießen mit Bier, darüber haben Sie doch Bescheid gewußt? Ein großgewachsener Nemdsche (Deutscher) mit einem gewaltigen Pfrnjak (Nase) soll dabeigestanden sein, einen Feindlagebericht in der Hand, darauf brennend, seinem vor Lachen sich auf die Schenkel klopfenden Chef daraus vortragen zu dürfen?

Eine schwerwiegende Anschuldigung, mein Herr. (Jetzt auf der Hut, vorsichtig.) Es gewußt zu haben, wäre also kein Verbrechen?

Kein Verbrechen.

Dann habe ich (nicht hingesehen, nein), dann habe ich dieses Wissen – für mich behalten, für mich behalten, ja, damit keiner davon erfährt, Ihnen entdecke ich dies als Erstem, so ist es gewesen. (Glänzende Erwiderung.)

Für sich behalten also, für sich ganz allein, aber mein Herr! *Eigentum ist Diebstahl, Gemeinnutz geht vor Eigennutz*, haben Sie das nicht gewußt?

Wissen ist kein Verbrechen.

Aber Unwissenheit schützt vor Strafe nicht! (Nun, habe ich mich nicht fein überlistet?) Sie sind der Wegnahme fremder beweglicher Sachen, nein, des Diebstahls geistigen Eigentums, überführt, Herr! Schach! Penalty! Matchball!

(Aussichtslose Lage.) Wenn ich verteidigte, indem ich antwortete: Daß es umgekehrt gewesen, die Täter ja die eigentlichen Opfer, Opfer ihrer Tat geworden wären? Wenn ich einen Versuch über die Nase wagte, daß es sich bei der Nase wahrscheinlich um eine Fälschung handeln müßte, ein in Nizza lebender Kroate mich auf diese Möglichkeit brieflich hingewiesen hätte? Daß der Oberst schwerhörig, der Gruppenführer homosexuell, oder umgekehrt, Phleps schwerhörig, Löhr abartig, beide tierlieb und um ihre Familien rührend besorgt gewesen, beide auch als Menschen, von ihren Schwächen her zu verstehen gewesen wären, wenn ich es so versuchte –

Das wäre mir recht, nur heraus mit den alten Klamotten, mit dem *Doubling*, wie wir Fachleute sagen, dem Doppel-Ich! Dann entspräche es doch den Tatsachen, mein Herr, würde ich zum entscheidenden Schlag ausholen, daß Löhr sich wiederholt unsittlich an Ihnen verging, Ihre Beziehung zu Elisabeth, der seltsamen Frau, nur vorgetäuscht war? Ich verfüge übrigens über Photographien – soll ich sie hervorziehen? –, einzigartige Zeit- und Bilddokumente eines Kriegsberichterstatters und Enthüllungsphotographen namens Deighs, oder Deix, eines Meisters seines Faches, sollen wir das Belastungsmaterial einmal durchgehen?

Ich gebe mich geschlagen; Satz und Spiel an Sie, Herr Schriftführer ... Aber die Strafe, wie mag sie nur ausfallen, wie streng ...? Ich fürchte mich so, Herr – Scharführer, *Sein oder Nichtsein*, müssen Sie wissen, wenn ich nun gar gesiebte Luft atmen müßte statt meiner geliebten Gestapoluft ... Oh ... Oh ...!

Reißen Sie sich am Riemen, Mann! Als Strafaufgabe schreiben wir … einen Aufsatz, einen Strafaufsatz, zum Thema … zum Thema … *Leichte Zugänglichkeit ist eine der vornehmsten Eigenschaften des Kunstwerks.* Das wird uns lehren, die Schluchten des Balkans nicht fortwährend für das Land der Skipetaren auszugeben.

Man hat mir Zeitungen beschafft. Ich studiere die Anzeigen. *Vereine und Verbände*, der Stammtisch der Absolventenvereinigung des Abendgymnasiums für Berufstätige am Freitag entfällt, sagt mir nichts, *Ordinationen*, Zahnarzt Doktor Coldewey, Buchenwald, Birkenstraße, gibt die Schließung seiner Praxis bekannt, Coldewey, nie gehört, aber hier, *Verschiedenes*, das ist interessant. *Gebäudereinigung Heimlich.* Sind Ihre geistigen oder körperlichen Beschwerden unheilbar? Zögern Sie noch am Rande des Abgrunds? Fehlt Ihnen Mut? Schreiben Sie dem Wohltäter ... Ob die andere Seite mich auf die Probe stellen will, Wohltäter an Kopfjäger? Oder gilt es meiner Mutter, eine Botschaft aus Natzweiler, oder Straßburg, Professor Hirt sucht neue Köpfe für seine große Untersuchung *Pathologie der Schädelform?* Möglich wäre es. Nun, weiter. – *Irrenanstalt Cholm.* Das Schweigrohr gedeiht nicht auf deutschem Boden. Nachtportier an einer Lungenentzündung verschieden ... Wieso denn an Lungenentzündung, ich habe doch mit einem Messer operiert und nicht mit einem Vergasungswagen? Gewiß ein Täuschungsmanöver. Ah, hier, noch einmal die *Gebäudereinigung Heimlich.* Kopf verloren. In Sorge. Instruktionen unter der bekannten Adresse. Nur Mut. Der Wohltäter ... Kopf verloren! Wie kann denn ein Kopf verlorengehen, so etwas ist mir noch nicht untergekommen; nun, nicht mit mir. Gestehen Sie, *Wallace*, Sie selbst sind der Wohltäter.

Aber Gebäudereinigung Heimlich, *Edgar*; das ist nicht von Ihnen, wie kommen Sie, Wallace, ausgerechnet auf Gebäudereinigung Heimlich, das wäre interessant zu erfahren. (Gebäudereinigung Heimlich, woher diese Chiffre, woher diese Erinnerung … Erinnerung an draußen, an einen Firmennamen, aufgeklebt an der Heckscheibe eines schrottreifen Wagens, an Kübel und Bürsten im Fond, an ein pelzverkleidetes Lenkrad, gegen schweißnasse Handflächen … Ein lallender Kretin ersteht vor meinen Augen, wie er Schlag Mitternacht eine Haustüre aufsperrt und mit kläffenden Zwerghunden, die er mit undeutbaren Sprachstummeln kommandiert, die ansonsten stille Straße betritt; wie er, während die Hunde herumlaufen, durch ein ebenerdiges Fenster, hinter dessen Rouleau noch Licht ist, zu spähen versucht, und sich zwischendurch durch Blicke auf die gegenüberliegenden Fassaden versichert, daß ihn auch niemand beim Hineinsehen beobachte, allerdings, einer wacht immer … Ein Kretin, der, jede Nacht von Freitag auf Samstag, in eine Tracht, weiße Kniestrümpfe, Lederhose, grüne Joppe, gewandet, oft gar eine lange Peitsche in der Hand, von einer Tanzerei, einem Volkstanzen der Sudetendeutschen Landsmannschaft betrunken zurückkehrt und lärmend so lange: bis die zahnlose, schielende, innen wie außen durch und durch mißgestaltete Mutter das Fenster aufreißt und Hurr! brüllt, Einlaß begehrt … Frau – Bittner, woher dieser Name, die ihrem Sohn einen goldenen Baitel nachsagt, das Märchen vom goldenen Beutel … Wieder ersteht der Kretin vor meinen Augen, wie er, an einem schwülen Julisonntagabend, es ist noch hell, von einer Landpartie zurückgekommen sein

Wasser abschlägt auf dem Bürgersteig, hinter dem ihm überlassenen Firmenwagen der Gebäudereinigung Heimlich, Herr es will Abend werden … Der Kretin, für sein Kind, so die Kretinmutter, tue man alles, heißt – Johann, ja, Bittner Johann, woher diese Kenntnis?, er wohnt in einer – Hetzgasse, jawohl, Hetzgasse Numero Acht, kein Zweifel …)

Was sagen Sie nun, Wallace, jetzt staunen Sie, Wallace, aber ich scheine tatsächlich einen von der Gebäudereinigung Heimlich, ich weiß, wie gesagt, nicht mehr, woher, gekannt zu haben; damit, Wallace, haben Sie wohl nicht gerechnet, wie?

In meinem Kopf ist Krieg, diese Worte plötzlich in meinem Kopf; wie sie dort hingeraten sind, weiß ich so wenig, wie ich an den Tatort gelangt bin. Aber ich werde jetzt meine Unterlagen befragen, meine Kritiken sichten, ein wenig in meinem Geheimarchiv stöbern. – Wie? Und ob ich über ein Geheimarchiv verfüge, wer, wenn nicht ich! Eine Kostprobe gefällig? *Stimme befahl zu töten.* – Völlig gebrochen: Die Frau des Opfers. *Können das Schreckliche nicht fassen:* Mitglieder des Stammtisches der Absolventenvereinigung des Abendgymnasiums für Berufstätige. Nein, diese häßlichen Menschen. Wie konnte ich mich nur so vergessen! Herr Weidinger, dem der Schrekken noch ins Gesicht geschrieben steht, erzählt: Ich war, wie jeden ersten Dienstag im Monat, beim Stammtisch der Absolventenvereinigung des Abendgymnasiums für Berufstätige. Im Nebenraum fand die Feier der Johann-Friedrich-Perkonig-Gesellschaft unter dem Ehrenschutz des Landeshauptmannes statt. Ich wollte gerade die Toilette aufsuchen, als plötzlich, den rauchenden Revolver in der Hand, der Täter vor mir auftauchte. *Mit dem Revolver zur Festlichkeit:* Der Attentäter. Revolver? Ich habe ein Messer gehabt!, ob mir meine Mutter wieder falsch einsagen will? Außerdem, hier, dieser Täter bin ich nicht, ausgeschlossen, das ist ein anderer, oder sollte ich über Nacht derart gealtert sein, vom Abendrot zum Morgenlicht/ ward mancher schon zum Greise?

Manches lasse ich mir nachsagen, nicht aber, auszusehen wie Gottfried von Einem. Doch da, es klärt sich auf, die Nebel lichten sich, ich muß am falschen Tatort, im falschen Umfeld niedergegangen sein, ein Mißverständnis. Richtig, hier steht es ja, es muß sich um eine Serie handeln: *Helden des Alltags.* Heute: Franz Rieser. Kenne ich nicht, doch scheint es sich um eine Untersuchung der Gewalt der Sprache und der Sprache der Gewalt zu handeln. *Stimme befahl, zu töten*, es muß sich um einen Wahlverwandten handeln, aber welche Stimme, das wäre interessant, zu erfahren, ein Erfahrungsaustausch, ob sich das bewerkstelligen ließe?

Wie ich an den Tatort gelangt bin, weiß ich nicht mehr. Kann es so gewesen sein, daß ich, der irre Mörder, Spuren quer durchs Land gezogen hätte? So wird gesagt, ich habe es schwarz auf weiß, es geht nichts über ein wohlsortiertes Archiv. *Lustig in die Welt hinein*, gegen Wind und Wetter! – Wind und Regen, Blei und Chrom; Cadmium und quekkes Silber, Anilin und Aceton! Von mir selbst verfaßt, dieser Vers gegen die Schwermut, aus mir hätte ein Dichter werden können … Lustig in die Welt hinein: Meine Fahrt nach K. hätte ich mit Einbrüchen und Diebstählen finanziert; überhaupt soll ich immer schon mitgehen lassen haben, was mir unter die Finger gekommen. Im Zug, zwischen Bruck und Wildbad-Einöd, soll ich einen Reisenden bestohlen haben. In einem von mir abgestellten, wohl auch entwendeten Handkoffer, hätten sich neben Frauenunterwäsche gut zwanzig Führerscheine und Clubkarten gefunden; damit nicht genug, hätte ich, es ist lange her, versucht, meine Mutter aus dem Fenster zu stürzen. Als gespaltene Persönlichkeit auf der einen Seite in meiner Hauptstoßrichtung *im Zug* nach K. angereist, auf der anderen über meine Südflanke aus G. in einer Droschke, hätte ich das Hotel, kaum daß ich es betreten und mein Zimmer belegt hatte, und nach einem kurzen und heftigen Zerwürfnis mit irgendwelchen Hotelangestellten, schon wieder verlassen. Nun, wie immer. In Pörtschach muß ich versucht haben, ein versperrtes Auto in Betrieb zu nehmen, in Krumpendorf, zur gleichen Zeit, ein Zimmer zu plündern. Auf dem Marktplatz zu Krumpendorf wäre ich gesessen und hätte zur Gitarre gesungen, gleichzeitig muß ich in Pörtschach am Hauptplatz an der Gitarre gesehen worden sein; aber Verwirrung zu stiften, ist mir noch nie schwergefallen. Dann wollte es Abend werden. Schnell noch das Auto eines Arztes, eines gewissen Doktor Pontasch, aufgebrochen, und dessen Arzttasche an mich genommen, zur späteren Visitation! In eine Schenke hätte ich mich gesetzt und Retzer und Kowalczyk erwartet, meine Zechkumpane? Das mag sein. Wo ich mit Retzer, dem Kahlkopf, und Kowalczyk, dem Affen, bekannt geworden war, ob bei Filmarbeiten, ob im Lager, weiß ich nicht, aber ich erinnere mich gut an sie, mäßig begabte Zuhälter, kein Format, sehr gewöhnlich. Kowalczyk muß mich nach meiner Arzttasche gefragt, und ich ihm bedeutet haben, daß ich später noch einen Krankenbesuch zu machen hätte. Mit Retzer hätte ich das Lied »Nürnberg, Nürnberg, mein ausgeleerter Kübel« intoniert, mit solcher Inbrunst, daß Kowalczyk Tränen der Rührung in den Augen gehabt hätte. Über dieser tiefen Bewegung, so soll Kowalczyk später, nach dem Bekanntwerden der *Wahnsinnstat* erzählt haben, hätte er gänzlich seine ursprüngliche Absicht vergessen, heimlich die Gendarmerie zu benachrichtigen wegen der entwendeten Arzttasche, und um sich nicht der Mitwisserschaft schuldig zu machen. Was muß ich lesen, dieser Hund, der Affe, hätte mich beinahe der Exekutive ans Messer geliefert, und mit einer solchen Begründung? Wissen ist kein Verbrechen! Kowalczyk, der den Abend über nur im Sinn gehabt haben muß, an meine allerdings gut bewachte Tasche und die darin vermuteten Substanzen zu kommen, und mich der Gendarmerie ausliefern wollen, das ist ein Fund, da staunt der Privathistoriker. Dieser Nachfahre polnischer Kohlenträger, und mich verraten! – Aber weiter jetzt, weiter, näher an den Tatort heran über die Stege meiner lückenhaften Unterlagen, durch mein kleines Archiv, weiter durch die Nacht vom 22. auf den 23., weiter bis ans Ende der Nacht, schwüle Nacht, Julinacht, Vollmondnacht, obwohl ich eine Mittäterschaft dieses Herrn weit von mir weisen muß. Zum Zeitpunkt, als ich mit Retzer und Kowalczyk die Schenken in Pörtschach durchkämmt haben soll, muß eine herannahende Gewitterfront etwa über der Schweiz Station gemacht haben. Was das mit mir zu tun haben soll, weiß ich nicht; dramaturgische Erfordernisse, möglicherweise, Spannung – Entladung. Das muß wieder der andere sein, der Spion, der Einbrecher in meinem Kopf. (Wenn es um das *Warum* geht, scheint der Delinquent als Abfallkübel dazustehen, in den jeder Unrat hineingetan wird, jeder Erklärungsunrat!) Also Retzer und Kowalczyk, Pörtschach. Geht es denn nicht von der Stelle? Doch, jetzt, Bewegung: Mit meiner Tasche und einer Prostituierten muß ich das Drop-In in Schloß Seefeld verlassen haben, um mich in einer Taxe zurück nach K. bringen zu lassen. Ob ich in die Metze hineingekommen bin, und wo hinein, entzieht sich meiner Erinnerung. Wenn meine Unterlagen darüber nicht Aufschluß geben, wie soll ich, nach mehr als fünfzig Stunden oder Tagen, das noch wissen?

Andererseits erinnere ich mich gut an sie, sie hieß Pamela, nein, Tamara, und schwärmte mir von einem Udo oder Jürgen vor, dessen Beischläferin sie mehrfach gewesen wäre, und der, bevor er sie genossen, im Zimmer, das Champagnerglas in der Hand, stets so beschwingte Tanzschritte vollführt hätte! Oral history!, es scheint noch echte Idioten zu geben. Mit der Frage, ob jener Udo oder Jürgen vielleicht auch eine rote Pappnase im Gesicht gehabt hätte, bedeutete ich meiner Weggefährtin, zu schweigen oder Lippen und Zunge zu einem anderen Zwecke zu gebrauchen, was sie – Helle der Erinnerung, plötzliche – sogleich, vom Fahrer unbemerkt, im Fond des Wagens auch ausführte, indem sie, den Kopf wie aus Müdigkeit in meinen Schoß gebettet, tatsächlich meine Hose aufknöpfte, um sich mit Umsicht und Routine ans Werk zu machen; doch ach, was dabei herausgekommen ist, weiß ich schon wieder nicht mehr. Nach K. zurückgekommen, scheine ich nicht, um diese fremdsprachige Konversation mit ihr fortzusetzen, das Hotel aufgesucht zu haben – das Zimmer 24 muß einer anderen Bestimmung vorbehalten gewesen sein –, sondern in einer Tabaris-Bar gelandet zu sein, unter weiteren Dirnen. Sekt hätte ich getrunken, dazu Tabletten genommen, so so. Mit Sekt und Frauen hätte ich gefeiert, einen Anlaß, den ich erst schaffen sollte. Stunden vor der Tat: Sekt, mit Unmengen von Pharmaka versetzt, hier steht es. Der Kollege meiner Mutter, jener Doktor Pontasch, der mir freundlicherweise seine Tasche überlassen hatte, muß gut bestückt gewesen sein für seine Hausbesuche. Ich bin immer schon ein Befürworter einer gründlichen und unorthodoxen Medikation gewesen, Blei, Bor, Dolomit – Cer, Tellur, Barium … Fünfundzwanzig Mal in psychiatrischen Anstalten angehalten hätte man mich, hier steht es, meine Güte! Ich habe gar nicht mitgezählt, aber wenn es sich in meinen Unterlagen findet – bitte. Oder sollte es sich um eine Fälschung handeln? Nein, hier ist mein Eingangsvermerk. Fünfundzwanzig Anhaltungen, und noch keinen Mord begangen, weniger noch: es nicht einmal zur konsultativen Mitwirkung an einem solchen gebracht, das sind keine Voraussetzungen für das höchste Amt. Nun was ist, bald wird die Morgendämmerung hereinbrechen, und wo bin ich? Immer noch in der Tabaris-Bar; ich werde doch meinen Lokaltermin nicht versäumen? War noch etwas? So, ich hätte versucht, meine Lederjacke zu verkaufen. Sonst? Sekt und Frauen. Weiter? Sekt und Tabletten. Sekt und Frauen, Sekt und Tabletten, haben die Zeitungen nichts anderes zu schreiben? Nichts wie hinaus aus diesem drittklassigen Etablissement. Ich ging also, nein, ich fuhr – wie jetzt? Hier scheint Archivmaterial verschwunden zu sein, die Unterlagen, die ich befragen wollte, fehlen. Erst geht ein Kopf verloren, dann verschwinden Unterlagen, es ist zum Wahnsinnigwerden, wie soll man so wissenschaftlich arbeiten? Und doch, es soll mir recht sein, bis zur Klärung des Sachverhalts muß ich unterbrechen.

Bis zur Klärung des Sachverhalts muß ich mich vertagen. In der Pause werden wir wieder ein kurzes Spielchen wagen, eine kleine Einvernahme veranstalten, mein Herr, zur Entspannung.

Erst die Strafaufgabe, zur Korrektur.

Strafaufgabe? Etwa den Aufsatz zum Thema, was war es nur, der Mensch ist zur Freiheit verdammt, war es das? Wenn ich ihn vergessen hätte?

Kein Aufsatz, kein Spiel.

Schnauze! Die Seiten sind gewechselt, der Strafaufsatz wird zur Bewährung ausgesetzt, jetzt stelle ich die Fragen! Es geht los. Möge der Bessere gewinnen.

Das bin ich.

Schweigen Sie, oder Sie lernen Die letzte Welt auswendig! Zur Sache jetzt. Sagt Ihnen der Name Bill Newton etwas, *Bill Newton stieß ein häßliches Lachen aus*, dieser Newton?

Bill Newton, häßliches Lachen, ja.

Bill Newton soll sich von der Truppe entfernt haben?

Entfernung von der Truppe, jawohl.

Das Tal, in dem Newton verschwand, eigentlich nur ein durch eine Schlucht zugänglicher, von senkrecht abfallenden schwarzen Felswänden eingefaßter Talkessel, ein Ödplatz, wurde das Tal des Todes genannt?

Todestal, ja, kein Baum, kein Grashalm.

Im Tal des Todes soll sich ein geheimes Quecksilberbergwerk, das nur durch eine in eine Zisterne eingelassene Tür zu erreichen war, befunden haben … Bergwerk, Zisterne, jawohl.

Im Bergwerk arbeiteten ausschließlich Gefangene; vom Zeitpunkt ihrer Einlieferung an verblieben sie Tag und Nacht, über Jahre, manche bis an ihr Lebensende, im Untergrund; der Durst verzehrte ihr Blut, das Quecksilber wütete in ihren Leibern, Verzweiflung fraß in ihren Gehirnen, sie verfaulten lebendig. Nun?

Bis ans Ende, so ist es, Gefangene, Durst, Quecksilber, Verzweiflung, Fäulnis.

Der Kommandant führte über den Betrieb genau Buch; auf seinem Schreibtisch befand sich ein Heft mit der Aufschrift »Arbeiter-Nachweis«, darin waren die Namen der Gefangenen, die tägliche Fördermenge und die Anzahl der Peitschenhiebe, die sie erhielten, wenn sie nicht hinreichend Zinnober geschürft hatten, verzeichnet. War dem so?

Dem war so, Schreibtisch, Schreibheft, Namen, Peitschenhiebe.

Mein Herr, wenn Sie Ihre Einlassungen etwas weniger weitschweifig gestalten wollten!

Weniger, sehr wohl.

Eine alte Wirtschafterin führte dem Kommandanten den Haushalt?

Elisabeth, die seltsame Frau.

Nach meinen Informationen hieß die Haushälterin Sanne, der Kommandant soll sie Alte Sanne, auch Alte Sau gerufen haben …

Alte Sanne, Alte Sau, korrekt.

Haben Sie eigentlich Bill Newton gekannt, *Bill Newtons*

Augen glühten heimtückisch auf, diesen Bill Newton? Heimtückisch, jawohl.

Also gut, zum Verschwinden des Bergmeisters. Der Bergmeister, mit Namen Walker, verschwand eines Tages im Bergwerk …

Walker, ja, verschwunden.

Wenn ich nun eine Unterhaltung belauscht hätte, eine Unterhaltung

Belauscht, jawohl.

– Ruhe, oder ich lasse Ihnen zehn aufzählen! – eine Unterhaltung zwischen einem Winter und einem Adler, oder Adlerhorst. Der eine berichtete dem anderen etwa Folgendes: Er sei, tief unter Tage, an eine Eisenstange gefesselt gewesen und habe die Arbeit verweigert, woraufhin er von Walker die Peitsche erhalten habe. Mit dem ersten Hieb schon habe der Bergmeister, ohne es zu wissen, sein eigenes Todesurteil unterschrieben. Eines Tages habe der Gefangene sich ohnmächtig gestellt, und Walker, der Bergmeister, die Unvorsichtigkeit begangen, ihn zu untersuchen. Obwohl seine Hände in Ketten geschlossen gewesen wären, habe er, mit durch den Grimm ins Ungeheure gesteigerten Kräften, Walkers Kehle zu fassen bekommen und ihm das Genick gebrochen; gleichzeitig habe er seine Zähne in das fette Gesicht des Peinigers geschlagen und ihm, wie ein wildes Tier, Fleisch herausgerissen. Ich zitiere: Wäre er nicht schon tot gewesen, ich hätte ihn gefressen. Was sagen Sie nun?

Gefressen, jawohl, Walker, kaputt.

Jener reißende Wolf soll sich aus eigener Kraft aus dem Bergwerk befreit und sich später den Namen Newton zugelegt haben, *Bill Newton weidete sich am Entsetzen der Gefährten,* dieser Newton, nun?

Newton, Entsetzen, Bergwerk.

Nun aber: Sehr viel später soll er einen Nachtportier um die Ecke gebracht haben, in einem Hotel – einem Hotel Mord-, nein, Mondschein … Also?

Nachtportier, gewiß, Mondschein.

Gewiß, ja, jawohl … sehr wohl, korrekt, ja … Schluß jetzt, nicht mit mir! – Destruktive Spielweise, abgebrochen! Wir sind hier nicht bei der deutschen Wehrmacht! Grauenvolles Spiel …

Erst den Aufsatz.

Aufsatz?

Den Strafaufsatz, jawohl, die Seiten sind wieder gewechselt, in Wahrheit waren sie nie getauscht, den Aufsatz zum Thema: Leichte Zugänglichkeit ist eine der vornehmsten Eigenschaften des Kunstwerks, dann wird wieder gespielt, dann wird weitergespielt. Erst die Erörterung des Kunstwerks, dann die des Bergwerks, sagt schon Newton, *Bill Newton stieß ein häßliches Lachen aus*, dieser Newton. Kein Aufsatz, kein Spiel.

In Ordnung, Arschgeige, mit mir auch nicht. Kein Spiel, kein Aufsatz. Ende.

Ist der Wagen schon da?, nein, ist das Archivmaterial inzwischen aufgetaucht, so muß es heißen, fast hätte ich mich für Mr. Fischer gehalten, Marlborough Fine Art Ltd., dieser Fischer, Wohnungen, Möblierte Zimmer, dieser. Jedoch: Mag der Wagen inzwischen vorgefahren sein, das Archivmaterial über die Rückkehr an den Tatort bleibt verschwunden. Und auch sonst, was muß ich sehen – hier ist ja alles falsch eingeordnet, hat sich etwa jemand an meinem Archiv zu schaffen gemacht? Da, überall Rekonstruktionen, die andere betreffen, ein Bosheitsakt, man will mich verwirren; aber für alle rätselhaften Mordfälle stehe ich nicht zur Verfügung, nicht ich. – Einzelne Stimmen hätten sich erhoben und wollten Wahrnehmungen gemacht haben, der Delinquent wäre wochenlang mit irrem Blick durch die Stadt gestreunt auf der Suche nach etwas Mordbarem, nach Objekten zur Befriedigung seiner Mordlust, auf der Suche nach einer Nachtschwester beim Betreten des Elisabethspitals, nach einem Korporal beim Verlassen der Fliegerkaserne – fehlt noch jemand, ein Bischof beim Betreten des Altars, eine Sprechstundenhilfe beim Verlassen der Zahnarztpraxis? – Eine Dirne der niedersten Sorte, die sich dem Täter unter einer Eisenbahnbrücke angetragen habe, habe er zu einem Sportplatz mitgenommen, in ein offenstehendes Kassenhäuschen, um sich dort ihrer auf abscheulichste Weise zu – bedienen, nein *zu entledigen* muß es heißen, ich habe sie doch, Messer oder Schere, das weiß ich nicht mehr, sie doch –, und anschließend die Brüste –, nein, nein, keinesfalls, nicht ich, ein anderer, ich habe meine Kebse im Fond eines Mietwagens zum Schweigen gebracht, mit einem harten Gegenstand, einem Schweigrohr, auf der Fahrt von Velden nach –, Ruth, oder Edith, nein Panja war der Name, und ich machte sie – machte sie – Nein, jetzt weiß ich es wieder, nichts machte ich, jene Jenny oder Panja war gar nicht zum Schweigen zu bringen, sie schwatzte doch fortwährend von einem Peter, oder Alexander, der immer einen Schlager geträllert habe mit dem Refrain: Komm, ich/ fick dich/ins Ohr; ich habe, ich müßte mich sehr irren, falls doch, überhaupt noch keine Frau umgebracht, und schon gar keine Hedwig auf einem Sportplatz. – Was hier steht, der Delinquent habe nach der Tat das Messer weggeworfen, frische Kleider und Wäsche angezogen, sei am Abend auf eine Tanzunterhaltung gegangen und im übrigen ein Meister des Tarockspiels gewesen, das gehört nicht hierher, nicht in mein Archiv. Man will mich verwirren. Alles falsch eingeordnet, jetzt kann ich alles noch einmal machen! Ein Bosheitsakt, absichtlich falsch eingeordnet alles, ich habe auch schon einen Verdacht. – Hier, schon wieder, der Täter habe als Knabe in Gütersloh, Westfalen, im Kirchenchor gesungen! Angefangen habe alles damit, daß der Delinquent, als Zögling in einem Internat, an ein Buch über den Frauenmörder Moosbrugger geraten sei, einen Roman. Die pure Blödheit! Wenn ich des Lesens nun gar nicht kundig wäre? Die Bosheit ist's, die Bosheit!, die die andere Seite veranlaßt, das Material über meine Rückkehr ins Hotel und die Vorgänge dortselbst zu entwenden, und stattdessen falsche Spuren in meinem Archiv zu legen, wie man einem Blinden wertlose Münzen fremder Währung in den Hut wirft. Gestehen Sie, Wallace, das ist wieder jemand von der Gebäudereinigung Heimlich gewesen, Sie sind entdeckt, Wallace, kommen Sie hervor hinter der Hecke an der Bahnunterführung von Turnbridge Wells, Sie sind der Verschwörung überführt, Wallace, Sie und die anderen, die sich hinter dem Anschein eines gewöhnlichen Zahnarztes verbergen!

Ich kann mich nur noch auf mich selbst verlassen. Die Hölle, das sind die anderen, das ist so sicher, wie auf dem Bahnhofsvorplatz von K., schräg vor dem Musil-Geburtshaus, ein Schutzmann mit einem weißen Tropenhelm steht und den Verkehr regelt.

Mich auf mich selbst verlassen; auf wen in mir, an welcher Türe läuten, wer spricht? – Den Weg zum Hotel werde ich zu Fuß zurückgelegt haben, da mir alles Bargeld abgenommen worden sein mochte. Es wird so gewesen sein: Ich gehe, wankend, nein, nicht wankend, die Mauern vielleicht wanken, *die Straßenwände wanken wie Kulissen, hinter denen etwas auf das Stichwort wartet, um hervorzutreten.* Woher dieser Satz, wie ist er hierhergekommen? Wie lautet das Stichwort, daß der Mordschein mir den Weg weist und leuchtet? Denn ich gehe, eine bestimmte Melodie, von der ich nicht weiß, wie sie in meinen Kopf geraten ist, pfeifend, zurück zum Hotel.

Jetzt sehe ich mich vor der Haustüre stehen, ich werde meinen Schlüssel verloren oder in meinen Taschen nicht rechtzeitig gefunden haben, denn ich betätige die Nachtglocke. Oder hat mein Schlüssel, aus welchen Gründen immer, nicht ins fremde Schloß gepaßt, oder habe ich, den Schlüssel dem Schoß, Verzeihung, dem Schloß näherbringend, dieses gar verfehlt? Inzwischen kommt man, um zu öffnen. In der Tür erscheint … erscheint – der Nachtportier, verschlafen, groß und ob der ihm von mir verursachten Störung eine drohende Geste vollführend – hier, haben Sie gesehen? Doch da, die funkelnden Gläser seiner Brillen: Der Nachtportier ist gar kein Nachtportier, oder er ist nur nach außen ein Nachtportier, im Nachtportier versteckt sich ein anderer, der Nachtportier hat einem anderen, nur wem?, Unterschlupf gewährt, in den Nachtportier hat sich ein anderer geflüchtet, einer, der wartet, wartet und lauert, wartet, lange schon, darauf, daß, in einer Vollmondnacht, im Juli, vor dem Herannahen sowohl des Tages im Osten wie einer Gewitterfront im Westen, ich an seiner Nachtglocke läute, und seine Falle zuschnappt. Aber wer, zur Untermiete, steckt im Nachtportier, wer benutzt ihn, mit seinem Einverständnis, als konspiratives Gehäuse, und was hat aus dem Nachtportier – kopfschüttelnd, murrend, wie wenn er nicht verstanden hätte, wie falsch er tut! schickt er sich an, in seine Loge zurückzukehren, sehen Sie? – was hat aus dem Nachtportier gesprochen, was sagt er, der andere in ihm, zu mir, daß ihm solche Antwort zuteil wird? Fürchterliche Entdekkung ...! Das Wort Zahnstation taucht auf ... Zahnheilkunde und Rassenhygiene ... Sätze ... Sätze aus dem Hinterhalt ... Die Zahnstation, Bürschchen, sieh selbst, die Zahnstation, ist sie wirklich geschlossen? Sie ist es nicht, mehr noch, sie ist wiedereröffnet, und dich werde ich als ersten behandeln ...! Das Wort Schweigrohr taucht auf ... Mit dem Schweigrohr ist es leider nichts geworden damals, aber mit deinem Schweigrohr wohl auch nicht diese Nacht, doch du bist noch nie mein Sohn gewesen ... Die Worte Bestrahlung, *Bestrahlungserfolge*, von Strahlung befallen höre ich ... Ich bin verloren, ich sehe mich, um einen Ausweg zu suchen, in den Lift treten, wie wenn ich den Hinterhalt, die verschwörerische Anordnung nicht erkennte, ich sehe mich hinauffahren und schon wieder unten aus dem Lift schleichen; ich – und verloren ...! Nicht ich! – Ich verspüre Hunger, schrecklichen Hunger ... und Stimmen, andere, andere Stimmen mischen sich ein, mir wohlgesonnen, viele Stimmen, Weggefährten, die sich meiner annehmen, Dinge, Gegenstände … Ich gehe über den Flur zur Küche, ohne zu wissen, wo diese liegt, ich lasse mich führen, es scheint beschlossen zu sein. – Willkommen im Hotel Mordschein, spricht die Küchentüre, spät kommst du, aber du kommst; nur leise jetzt, behutsam und vorsichtig, sonst verdirbst du alles, hören Sie? … Ich weiß, du hast schrecklichen Hunger, raunt das Brot, aber ehe du mich verzehrst, bring es hinter dich, ich werde umso besser schmecken … Da, haben Sie gehört? Hier bin ich, ruft das Fleischermesser, ich habe lange auf dich gewartet, jetzt ist es soweit, wir werden uns trefflich verbinden. Hören Sie? Sieh, wie ich blinke im Schein des Mondes, des Mondes über Soho, Geliebter, … nimm mich fest in deine Hand, wir werden es dem Nachtportier besorgen, und wie … Da, jetzt wieder! Mich gebrauche als Vorwand, flüstert der Zimmerschlüssel, ich werde ihn ins Zimmer locken, ins Zimmer vierundzwanzig, ihn und den *in ihm*, du weißt, wen, ich werde so tun, als könnte ich das Schloß nicht sperren, auch das Licht auf dem Flur ist eingeweiht … Haben Sie das gehört? … Nun komm, wir werden dich zu ihm führen, zu seiner Loge, nur als hinaus zu des Portier seinem Haus, singen Schlüssel und Messer … Versteck mich gut, warnt das Messer, hörst du, er kommt schon, der Nachtportier, er kommt aus seinem Verschlag hervor, er hat sich nur noch die Brille aufgesetzt, um den Bohrer gut zu führen, um dem Tod ins Auge zu sehen … Sieh nur, wie groß er ist, gleich kommt er über dich, sieh, wie seine Brillengläser funkeln … Sie sind Zeuge, Sie hören es! … Das ist die zweite Störung, die du ihm in dieser Nacht bereitest, es wird hoffentlich die letzte sein … Nur weiter jetzt, nur Mut, gleich sind wir da, am Tatort, am

Ziel, wir wollen fest zusammenhalten, Zimmerschlüssel, Küchenmesser, linke und rechte Hand ... Hörst du die Viola im Nebenzimmer, zischt das Ganglicht von oben, das ist das Zeichen ... Und nun aufgepaßt, Bürschchen, funkeln böse die Brillengläser, jetzt passiert es ... Da!, hören Sie nur, hören Sie! ... *Festhalten und ausholen*, ruft das Messer, *den Weg finde ich selbst*

Wie das Messer meine Hand geführt hat, gute Arbeit; ich muß mich für mein anfängliches Mißtrauen entschuldigen. Die Praxis ist endgültig aufgelöst, mit sieben Stichen vernäht, mit sieben Siegeln verschlossen, Coldewey ordiniert nicht mehr. Auch das Schweigrohr schweigt jetzt für immer. Wohin ich mich gerettet habe, weiß ich nicht. Ich bin in Sicherheit.

Verdeckte Selbstbeobachtung

Diesmal wohnte ich auf der anderen Seite der Straße. Um einer bestimmten Sache nachzugehen, hatte ich mich dem Literaturhaus gegenüber, im Hotel Atlanta, eingemietet – so, daß ich von meinem Zimmerfenster aus den Ort des Geschehens gut überblicken, ja förmlich ins Literaturhaus *hineinsehen* konnte. Am Abend meiner Ankunft noch sah ich mich dort bei offenem Fenster – es mußte drüben sehr schwül sein – im Dunkel sitzen, erkennbar nur am zeitweiligen Aufglühen meiner Zigarette – oder war es eine Zigarre? – im schwarzen Rechteck des Fensterrahmens. Freilich war nicht auszuschließen, daß ich mir etwas vorspielen, mich zum Narren haben oder auf die Probe stellen wollte; ich hatte eine Entziehungskur hinter mich gebracht und war noch unsicher in meiner Wahrnehmung – dennoch, kein Lars Thorwald sollte mich täuschen. – Ich trug die Beobachtung in mein Notizheft ein, auf dessen Einband, wie bei einem Schulheft, unter meinem Namen *Verdeckte Selbstbeobachtung* geschrieben stand, und legte mich schlafen.

Am nächsten Tag begann ich mit der Spurensicherung. Von meinem Hotelzimmer aus vermochte ich genau zu studieren, wie ich damals auf der anderen Seite über den Kiesweg vor dem Literaturhaus gegangen war, mehrmals am Tage und in der Nacht, suchtkrank, auf der Flucht vor –, auf der Suche nach –, auf – ich weiß nicht, was noch;

vorbei an der Buchhandlung im Souterrain, am Geschäftsschild *Leonce, Lenz und Lena*, in die darüber gelegene Wirtschaft oder zum Hintereingang, um in mein Zimmer unter dem Dach zu gelangen. Ich sah vor mir, wie einmal mein Verleger neben mir her gegangen war, klein und mit vornüberhängenden Schultern, am Hotel Augusta vorbei zum Literaturhaus, vor dem sich, nicht nur im räumlichen Sinn, unsere Wege getrennt hatten; jeder hatte durch einen anderen Eingang das Literaturhaus betreten. Hinüberblickend vom Hotel Atlanta, beobachtete ich mich, wie ich damals aus meinem Fenster unter dem Dach auf die Straße gesehen hatte an einem Samstagnachmittag, auf die Frauen, die in großer Zahl vorübergingen, so viele Frauen!, eine Vulva gewiß prächtiger als die andere und doch eine so gut wie die andere; keine aber, die von mir am Fenster Notiz genommen, geschweige denn, den Weg zu mir hinauf gefunden hätte, und nichts wäre einfacher gewesen, und nichts hätte ich damals mehr gebraucht. (Hätte ich mich denn bemerkbar machen sollen am Fenster, rufen gar, hier bin ich, ich bin es, der Dichter im Literaturhaus, ich bin zu haben, interessiert sich denn keine für Literatur? Dieses Haus war doch auch früher ein Bordell, warum plötzlich so genant? Vernunftlose Träumerei! Die Frauen auf der Straße hatten sich ohne aufzusehen weiterbewegt, in ihrer mich ausschließenden Fasanenstraßen- und Samstagnachmittagswirklichkeit, und die Wirklichkeit ist immer schon eine üble Sache gewesen.)

An einem Mittwoch – nein, ein Donnerstag war es – konnte ich einen ersten Erfolg verbuchen. Bei ausgezeichneter Sicht vermochte ich mit freiem Auge zu beobachten, wie ich mich drüben an die Niederschrift meiner *Alpensagen und Hausmärchen* begab; Tage mußte ich schon Tabak rauchend im Bett zugebracht haben, in meinem etwas schäbigen Hausmantel, meinem eigens für diese Szene gefertigten Literaturhausmantel, nun aber sah ich mich bald am Tisch über leere Blätter gebeugt, nachdenklich den Kopf in die Hände gestützt, bald düster am Schreibpult stehen, den Federkiel wie abwägend in der Hand, bald auf dem Diwan liegen, bald im Kreis gehen, in ein grimmiges Selbstgespräch vertieft und Verwünschungen ausstoßend, meinen Mundbewegungen nach schien ich zu sagen: Ja, spitzet nur fein die Ohren, ich werde Euch Märchen erzählen, Ihr wißt nicht wie! Und da, schon flog meine Feder über das Papier, hier eine Märchenskizze, da ein Sagenstück, dort ein Schlußsatz, da ein Anfang, ah, wie meine Feder über das Papier eilte, stolperte, zu Sturz kam und benommen liegenblieb – nein, still jetzt, da!, jetzt habe ich die Überschrift versäumt, dachte ich. – Es war einmal, sah ich mich einen Entwurf beginnen, es war einmal ein Müller, der hatte ein Mühlrad, falsch, der hatte *kein* Mühlrad, der wünschte sich nichts sehnlicher als ein Mühlrad – als … ein … Mühlrad …, so. – Nein, besser noch: der wollte gar zu gerne ein Mühlrad sein eigen nennen. Wie er nun – wie er nun

– auch nicht, mit dem Mühlstein anfangen, der Mühlstein, Subjekt und Objekt … Es war einmal ein Mühlstein, der hatte unter seinem Müller viel zu leiden

– nein, doch das Rad zuerst, es war einmal ein Müller, was zum Teufel schreibe ich, es war einmal ein *Mühlrad*, dem war sein Müller gestorben … – Umgekehrt!

Es war einmal ein Müller, dem war sein Mühlrad abhanden gekommen? Fast!, fast ein Poet!

Es war einmal ein Müller, dem war – sein Mühlrad alt und morsch geworden … sein Mühlrad … alt … und morsch … geworden … Ja! Nun schien ich den Einstieg gefunden zu haben, den Zulauf zum Mühlgang, Zugang zur Klapsmühle, ich hatte plötzlich Mühe, meinem Wasserrad, pardon, meiner Feder zu folgen, so hastig klapperte diese über das Papier. Es war einmal ein Müller, dem war sein Mühlrad alt und morsch geworden. Unser Mühlrad ist alt und morsch, sagte der Müller eines Abends bekümmert zu seiner Frau, ich will es morgen den Mühlgraben hinunterrollen, es ist ja doch nur ein unnützer Wasserverbraucher. – Da tust du recht, antwortete die Müllersfrau, nimm nur den Mühlstein auch dazu, bevor er uns noch Reben traget! Wir werden auch so das Auskommen finden, wir können ja Wanderer beherbergen und sie ausrauben. – Gut, versetzte der Mann, die Kraft ist zwar nie meine Stärke gewesen, die Schwäche aber auch nicht … Am nächsten Morgen also, kaum daß der Tag angebrochen war, krachten und polterten Mühlstein und Mühlrad, vom Müller mit vielerlei Verwünschungen auf den Weg gebracht, den Graben hinab, daß es seine Art hatte und die anderen Müller erschrocken aus dem Schlaf fuhren. Doch wie zur Strafe für die unbarmherzige Tat kamen bald darauf schreckliche Plagen, die Jahre hindurch andauern sollten, über das ganze Land – Dürre, Überschwemmungen, die Pest, der Volkssturm, schließlich eine gewaltige Hungersnot, die alle Müller brotlos machte, so daß sie sich mit Beeren und Pilzen schlecht und recht über Wasser halten mußten.

Irgendwann später, als die Heimsuchungen wieder aufgehört hatten, pochte es in einer stürmischen Regennacht an der Tür zur Mühle. Der Vater, der gerade in die Fachzeitschrift *Müllerlust* vertieft war, hieß den Sohn Nachschau halten. Der Sohn ging über den Flur und fragte an der Türe: Wer da? – Globocnik, ließ sich draußen eine Männerstimme vernehmen, aufmachen! Der ungezogene Bub aber kicherte nur und tat nichts dergleichen. Wer draußen sei?, rief schließlich der Müller aus der Stube und sah verärgert von seiner Zeitung auf. Der Onkel Odilo sei draußen, gab der Bub zur Antwort. Nun muß man freilich wissen, daß die Leute dieser Gegend nicht ganz richtig im Kopf – nein, schon sah ich mich diesen Satz wieder durchstreichen. Onkel Odilo!, er werde ihm gleich das Fell gerben, zürnte der Müller, der meinte, der Sohn wolle sich einen Spaß mit ihm erlauben. Onkel Odilo, der Herr stehe ihnen bei, flüsterte, bleich geworden, die Müllerin. Erneut klopfte es an die Tür, diesmal energischer, wieder rief der späte Gast, Globocnik, aufmachen! Nun war der Müller einst, als er noch auf Wanderschaft gewesen war, in einer Spelunke auf einen Räuber namens Globotschnigg, auch Globus geheißen, gestoßen, der sich erboten hatte, bei seinem, des Müllers erstem Sohn den Gevatter zu machen, unter der Bedingung, daß ihn der Sohn später als Gehilfe und Reisekamerad nach Lublin und ins adriatische Küstenland begleiten solle. Zufällig hatte jener Globotschnigg gerade am Vortag einen Juden erschlagen und reiche Beute an Gold und Edelsteinen gemacht, und um darzutun, daß es ihm mit der Gevatterschaft ernst sei, hatte er dem Müller einen Batzen Gold als Patengeschenk vermacht. Nun aber hatte es sich begeben, daß die Müllerin, so schön sie auch war, *keine* Kinder hatte bekommen können, und bis *endlich* eine Leihmutter gefunden war, waren Jahrzehnte vergangen, und jener Gevatter Odilo hatte sich wohl allein oder mit anderen Gehilfen ins ferne Lublin, ins gelobte Land, aufgemacht. – Jetzt freilich fürchtete der Müller, der Fremde sei nur gekommen, sein Gold zurückzufordern oder gar, spät, aber doch, den Sohn zu holen. Dennoch öffnete der Müller tapfer die Türe und tat sehr freundlich. – Odilo, ist's die Möglichkeit? Ihr seid mir der rechte Oheim – spät kommt er, aber er kommt! Der nächtliche Besucher trat grußlos in die Stube und sang, wie aus einem Liedel, mehrmals die Worte: Nothung, Nothung/ Input, Output … Knochenmühle, Pulvermühle/Schornstein, *Industrie*! Dann erzählte der Unheimliche eine ganz und gar unglaubliche Geschichte: daß er aus einem Museum zu Berlin, wo er in einer ihm nicht gerecht werdenden Weise ausgestellt gewesen, entwichen, daß er also aus der Geschichte ausgebrochen sei und nun befürchte, die Geschichte werde ihn wieder einholen. Dem Müller und der Müllerin, die von all dem nur verstanden, daß bei dem finsteren Fremden ein Rädchen locker sein müsse, wurde es allmählich zu bunt, und auf ein Zeichen fielen sie über den seltsamen Gast her und schlugen ihn tot. Kaum daß dieser aber seinen letzten Atemzug getan, war er plötzlich verschwunden, wie wenn er sich in nichts, in Luft aufgelöst hätte; die braven Müllersleute konnten freilich nicht wissen, daß jener Onkel Odilo mit solchen Zauberkunststücken beträchtliche Erfahrung hatte. Da aber rüttelte es schon von neuem an der Tür, und wieder war von draußen zu hören: Globocnik, aufmachen! Der Müller, der sich vor Wut nicht mehr kannte, riß die Türe auf, zerrte den Auferstandenen mit dem Ausruf: Verfluchter Hund! erneut herein, und trennte mit einem Beil, das die Müllerin eilig brachte, durch einen einzigen und einzigartigen Hieb den Kopf des Fremden von dessen Rumpf. Damit nicht genug, schlug der Müller vor, den unheimlichen Onkel samt der Mühle zu verbrennen. – Wir werden den Zimmerofen tüchtig überheizen, damit es nicht nach Brandlegung aussieht, sprach er zur Frau, aber wir müssen geschickter zu Werke gehen als der Plattnerhofbauer. Wie gesagt, so getan. Am nächsten Morgen, die Familie Müller saß vergnügt vor den glosenden und rauchenden Resten ihrer Mühle, am nächsten Morgen aber kam schweren Schrittes ein Mann aus dem Wald, ging bis zum Bach, hielt inne und rief, wie wenn er vor einer Türe stünde: Globocnik, aufmachen! Der Müller traute seinen Augen nicht. – Ich bin nicht aus der Welt zu schaffen, fügte die Erscheinung unglücklich und wie zur Erklärung hinzu, schon gar nicht – plötzlich erhob sich Geschrei auf der Wiese, Männer mit einem riesigen Fangnetz, Historiker und Museumswärter, kamen gelaufen, im Nu hatten sie das Netz über den Fremden gestülpt – schon gar nicht durch die Aufstellung in einem Museum!

Nein, ich war kein guter Privatdetektiv, meine verdeckte Observation schien das Tempo und die Kühnheit meines Märchenerzählens – ich arbeitete offenbar an mehreren Märchen und Sagen gleichzeitig – nicht immer mithalten zu können, wie sonst hatte mir entgehen können, was weiter geschehen war: Ob ich dieses Märchen – in einer Literaturgeschichte meinte ich gelesen zu haben, daß mir *Moderne Märchen* oder *Märchen für Erwachsene* ganz besonders verhaßt wären – ob ich jenes Märchen nun zerrissen und in den Zimmerofen gesteckt oder in meine Mappe gelegt und weggeschlossen hatte. Längst hatte ich andere Mühl-Märchen unter der Feder, eine Sage aus Untermühl im Mühlkreis sah ich mich gerade erfinden, von der *Au-Loisi ihrem Häusel* und dem *Mühl-Hiasel seiner Bürste* …

… Da sagte der Mühl-Hiasel zum Kind: Ist das nicht eine feine Bürste? Wenn du später keine Haare auf den Zähnen bekommen willst wie deine Mutter, dann mußt du die Bürste ganz fest in den Mund nehmen und daran lutschen, bis der süße Haferbrei herfürkömmt. Das Mägdelein tat, worum der alte Mann es gebeten, und ging nach Hause. Am nächsten Morgen erzählte es dem Herrn Schuldirektor, was in der Au-Loisi ihrem Häusel vorgefallen, obwohl der Alte ihm Stillschweigen aufgetragen hatte. – Ach was, du willst mich zum Narren haben, sagte der Herr Schuldirektor, das kann ich gar nicht glauben. – Doch, beharrte das Mädchen. – Dann wirst du mir wohl auch vorführen können, wie es im Hexenhäusel zugegangen ist, frug der listige Schuldirektor, nahm *seine* Bürste heraus und schob sie dem Kind in den Mund.

– Es war einmal ein Mühl, der hieß Otto, und von seiner Bürste wurden wahre Wunderdinge erzählt. Gar manche Frau, der vom Herrn bisher ein Kind verwehrt war, suchte daher nicht mehr den Gnadenort Mariazell auf, sondern –

– Nicht Otto, Unsinn, *Hias*, Mühl Hias … Der Hias … lebte im Wald und war ein Seher, eine Marke! »Wannd

Rodn kumma, muaßt laffa«, kämen die Roten, müsse einer laufen, pflegte er zu sagen. – Schon wieder mußte ich mich in einem neuen Märchen befinden, wohl noch in der böhmischen Masse, auch böhmische Granitplatte genannt, aber bereits weiter nördlich, im bayrischen Wald, bei der niedergehenden Glasbläserkunst. – Eines Tages kamen der Herzog und sein schrecklicher Burgvogt in den Wald geritten und forderten den Alten barsch auf, ihnen die Zukunft zu eröffnen. Der Mühl Hias starrte lange in sein Rubinglas, ehe er zu sprechen anhub. Die Glashütte werde in Flammen aufgehen, prophezeite er. Unter den Hüttenleuten werde der Irrsinn ausbrechen ... Ein Herzog werde kommen und ein Blendwerk herstellen, und alle in Schlaf versetzen ... Ein blonder Hunne werde ein Opernhaus bauen im Urwald ... Ein blonder Hunne werde mit einer grünen Kobra kämpfen ... Und obsiegen ... Blut werde der Hunne trinken, und der Herzog werde seine Freude daran haben ... Einen Kreuzzug werde der Hunne anführen, Feuer und Schwert werden fürchterlich wüten ... Grüne Ameisen, viele grüne Ameisen ... Aber das Ende des Hunnen werde schrecklich sein, so schrecklich, daß er, der Seher, es nicht auszusprechen vermöge. – Siebzigmal die Nacht, und einmal noch dazu, schrie da der blonde Burgvogt und rannte dem Alten seinen Dolch ins Herz, so plötzlich, daß der Herzog es nicht hatte hindern können, und so heftig, daß das Herz zersprang und in tausend Scherben auf den Hüttenboden fiel.

Eines Abends, mein Zimmer im Literaturhaus lag im Dunkel, ohne daß ich wußte, ob ich ausgegangen war oder mich schon zur Ruhe begeben hatte, eines Abends sah ich mich plötzlich – konnte ich meinen Augen auch trauen? – mit Lenz, Schenk und Grabbe die Wirtschaft im Literaturhaus betreten und sogleich mit dem Kellner in Streit geraten; ah, ich konnte alles genau verfolgen: wie der Kellner zum Eingang zeigte und energisch den Kopf schüttelte – er schien uns die Tür weisen zu wollen –, wie wir erbost nach oben zeigten, wie ein plötzlich aufgetauchter Theaterdirektor Klingemann sich für uns verwenden wollte, und wie der Kellner verächtlich, sein Nichtbeeindrucktsein unterstreichend, das Gesicht verzog. Jetzt konnte ich den Kellner sogar hören, wie im Tonfilm: Sie können hier nicht herein, verlassen Sie augenblicklich das Lokal, Sie wissen sich nicht zu benehmen und nicht zu beherrschen! Was glauben Sie eigentlich, wo wir hier sind? – Wo Kleist die Pistole aus dem Sekretär nahm, wo Pfarrer Oberlin seinen Bericht abfaßte, hörte ich uns durcheinanderrufen, – im Lusthaus, im Lusthaus!, wo Göthens Frauen unser harren, des alten Trottels endlich ledig!, ja ich meinte sogar den Ausdruck *Nazisuppenwirtschaft* zu vernehmen. Ich beobachtete uns, wie wir – Aus dem Weg, jetzt wird Literaturgeschichte geschrieben!, wessen Worte das waren, konnte ich im Hotel Atlanta nicht wahrnehmen – plötzlich entschlossen zum Treppenaufgang schritten und die Holztreppen hinaufstiegen zu den Zimmern unter dem Dach. – Auf nach Wetzlar, zu den Lotten, zu der Vulpius saft'ger Vulva; nach Wetzlar, nach Wetzlar! vernahm ich Lenz und Grabbe, und Schenk hörte ich vergnügt hinzufügen: ich werde mir die Vulpius vornehmen, Natascha wird staunen. – Ich sah uns, oben angekommen, über den Gang zu den vier Zimmern gehen, in deren Türen, wie uns wirklich erwartend, vier Frauen in raffinierten Dessous – nein, in durchscheinenden Gewändern standen, die gewisse Blößen – und was für welche, 1 a! – eher, wie würde der Dichter es ausdrücken ... eher ... hervorkehrten, als daß sie sie bedeckten, ja, so; Frauen, die mir seltsam bekannt, wie aus einem längeren intimen Zusammenhang vertraut vorkamen, ich konnte mich indes auch täuschen. – Sind wir hier in Wetzlar?, hörte ich Lenz noch rufen und Charlotte Buff, Lenzen die Hand reichend, antworten: ja, hier seid Ihr in Wetzlar, da sah ich schon alle Paare in den Zimmern verschwinden. Ich fand mich vor einer großgewachsenen, gutgebauten, platinblonden Frau wieder, deren verständnisvollen und gütigen Gesichtsausdruck ich, aus meinem Zaudern zu schließen, gut kennen mußte – doch woher? – Auf einmal schien es mir einzufallen: Sind Sie nicht Krystle Carrington, hörte ich mich fragen, und die Frau – ich sah sie behutsam den Zeigefinger auf meine Lippen legen – nicht ohne einen Anflug von Bitternis antworten: das war einmal, tatsächlich bin ich Charlotte von Stein ... Wir haben lange auf euch gewartet, sehr lange, Charlotte auf Lenz und Christiane auf Schenk, Friederike auf Grabbe und ich auf dich, Geliebter ...!

Ich sah mich im Zimmer stehen und Frau von Stein

mich umarmen, ihren Körper an den meinen schmiegen, ihren Unterleib an meinem hin- und herbewegen, ich sah mich zwischen ihre Schenkel greifen, ich konnte beobachten, wie sie langsam an mir hinabglitt, mit geschickten Fingern meinen Hosenlatz öffnete, mein Genitale herausholte und, behutsam wie eine Krankenschwester, daran herumspielte, um das Glied sodann mit geübter Zunge – in Großaufnahme sah ich es vor mir – zu liebkosen und es schließlich in den Mund zu nehmen, es zwischen den Lippen, deren Schamlosigkeit mich überraschte, verschwinden und wieder auftauchen zu lassen, in einem allmählich sich steigernden Rhythmus, und an meinen eigenen Bewegungen erkannte ich, daß sie mich außerordentlich zufriedenzustellen wußte – wie es wahrscheinlich nicht einmal der Schauspieler Hermann Faltis, bei dem ich im März des Revolutionsjahres 68 untergekrochen war und der mich mit seinen Anträgen, mir einen zu blasen, daß ich die Engel würde singen hören, um die Nachtruhe gebracht hatte, vermocht hätte, hätte ich ihm solches gestattet. Warum fiel mir jene Geschichte gerade in diesem Augenblick ein? Da, jetzt hatte ich die Selbstbeobachtung vernachlässigt, mich nicht beobachtet und das Beste versäumt, denn ich sah nur noch, wie ich gegenüber, unter dem Dach, meinen Schwanz aus dem wahrscheinlich vollen Mund der Krystle Carrington, was schreibe ich, der Frau von Stein zog… Ich sah mich aufhorchen; aus dem Nebenzimmer schienen Geräusche zu dringen, tatsächlich, durch die Wand war Lenzens Stimme zu vernehmen, der auf seiner Charlotte trunken sang: Bald gras' ich in Wetzlar, bald gras' ich am Main… Doch da, doch wie verscheucht von törichter Bitte: Plötzlich verlosch drüben das Licht, der Ton fiel aus und im Literaturhaus war es finster. Schon wollte ich meine Beobachtung – ah, ich hatte genug gesehen an diesem Tage! – einstellen, da bemerkte ich in einem dunklen Fensterrahmen das Aufglühen einer Zigarre oder Zigarette – nur dieses zeitweilige Aufglühen, sonst nichts. Dort mußte jemand in der Dunkelheit sitzen und manchmal an seiner Zigarre oder Zigarette ziehen, und vielleicht nachdenken, sich einen Plan zurechtlegen ... *Nach all diesen heiteren Szenen machte ich eine seltsame, vielleicht traurig oder unheimlich zu nennende Beobachtung*, hielt ich in meinem Heft fest.

Meinem geübten Auge konnte mit Fortdauer der Beobachtung nicht entgehen, daß ich drüben ein anderer geworden war, ein – nun, lassen wir das, später, vielleicht. Ich sah ja, wie ich drüben im Zimmer hin und her ging, ich sah mich – ich sah mich, ich sah mich! Ob die deutsche Sprache denn keine anderen Ausdrücke bereithielt für diese Form der Wahrnehmung, außer diesem fortwährenden *sah*, *ich sah mich*, ich sah mich schon sch... auf diese behelfsmäßige Wendung! Warum zum Beispiel nicht: Ich schaute, ich schaute mich, selig der Dichter, denn er wird sich schauen, ich schaute mich in Größe und Herrlichkeit, nein, ich blickte, ich blickte mich an, aber ich erwiderte meinen Blick nicht, sondern schaute betreten zu Boden – auch nicht; ich blickte mir, drüben durchs Zimmer gehend, nach und pfiff, rief mir etwas Unflätiges nach – nein. Aber vielleicht: ich beobachtete, ich beobachtete mich, nein, ohne mich, ich beobachtete, wie ich – also Selbstbeobachtung, hmmm, *Selbstbesichtigung*, das wäre besser! Ich besichtigte meine Schäden, ich besichtigte mich im Literaturhaus, ich sah mich – da! schon wieder! – ergriffen, nein, bewegt vor mir stehen, *bewegt stehen!*, Literaturhaus, Tollhaus! Ich verfolgte mich – und brachte mich zur Strecke? Ich folgte mir mit den Augen, wie ich – kräftiger: ich stierte, mit vom Alkohol blutunterlaufenen, von der Nachtwache rotumränderten Augen stierte ich zu mir hinüber, oder gar: ich glotzte, ich glotzte mich ungläubig, nein, glotzte mich blöde an? Zu drastisch, kontemplativer. Ich betrachtete mich. Ich betrachtete mich versonnen und verzog den Mund zu einem feinen, spöttischen Lächeln.

Doch da! Setzte ich nun endlich an, meinen später vielgerühmten Briefroman *Die Metamorphosen des Plattnerhofes* zu Papier zu bringen, mit dem ich mir einen Logenplatz in der Literatur erschreiben sollte? (Kritiken könnte ich Ihnen zitieren, Rezensionen, die einem auf der Zunge zergehen ...!) Würde es mir vergönnt sein, mich auf meinem Höhenflug zu begleiten, der mir jenen Logenplatz, wenngleich auf Widerruf, bescheren sollte? (Später sollte ich ja von meinem Logenplatz auf einen Parkettsitz verwiesen werden – ein Versehen des Platzanweisers? Oder sollte ein anderer mir jenen Platz erfolgreich streitig gemacht haben? –, um schließlich auf einen Stehplatz und am Ende überhaupt aus dem Haus gejagt zu werden, aus der Literatur, aus der Akademie für Sprache und Dichtung hinaus, hinaus aus dem Haus des Seins; frierend und lallend, in der Finsternis singend: Die Rache, die Rache gelingt! sollte ich mich nachher an die Vorbereitung jenes Feuerattentats machen, das – oh, fast hätte ich mich verraten.) – Aber kein Zweifel, den Anzeichen nach – wie drehte ich mit Daumen und Zeigefinger meinen Schnurrbart! Wie wenn ich ihn Haar für Haar ausreißen wollte! – war ich bereits in Überlegungen zu Titel, Untertitel und Kapitelüberschriften verstrickt. Sollte ich, schien ich zunächst zu fragen, den historischen Roman *Die Brandstatt* nennen oder *Die Brandnacht* – oder doch Die Brandstatt? – ja, eher die Brand*statt*, die Wucht des Faktischen hätte das für sich, wenngleich die Brand*nacht*, Knistern, Bewegung, Feuerschein – auch gut ... Aber wie ich mich kannte, erwog ich gerade, den Briefroman weder *Die Brandstatt* noch *Die Brandnacht*, sondern – *Das Erbe von Björndal?* Nein ... – *Das Geheimnis der hundert Türen?* Verworfen, vielmehr ihn – ein Blitz in der Umnachtung – die *Metamorphosen des Plattnerhofes* zu nennen, Die Metamorphosen des Plattnerhofes, ja, jawohl. Der erste Teil, die ersten Kapitel sollten überschrieben werden mit *Leben* – oder *Geschichte?* – *Der Anna Mayr, Private, Iselsberg an der Glocknerstraße, Post Dälsach*, oder aber auch *Botschaften*, nein, *Nachrichten*, nein, doch Botschaften, *Botschaften aus dem Egghäusel – Leben des Fräulein Anna Mayr in Briefen und Zeitdokumenten* ... Ich mußte diese Fragestellung als unerledigt, zur späteren Erörterung, beiseiteschieben, um dem zweiten Teil, den nächsten Kapiteln mich zuzuwenden: Durch die Figur eines Bruders der Protagonistin, Fritz, eines verarmten, unter Kuratel gestellten und nach Bozen in die Verbannung geschickten Advocaten und Briefmarkensammlers – Mein armer Fritz! –, durch diese Figur hoffte ich – mein Schmugglertrick! nicht nur einen *Brief-*, sondern auch einen *Briefmarkenroman* zu schreiben; daß der Briefroman ein Markenroman werden würde, verstand sich von selbst, ob es mir aber darüber hinaus gelingen würde, den ersten großen philatelistischen Roman der Literaturgeschichte hinzulegen, blieb abzuwarten. Einige Seiten später wird es sich herausgestellt haben, dachte ich, während ich das Fernglas ansetzte, um mich wieder in meine Arbeit an den ersten Kapiteln – Tage, vielleicht Wochen mußte ich inzwischen am Schreibtisch verbracht haben – einzublenden, in die Geschichte des Plattnerhofes im Höhenluftkurort Iselsberg an der Glocknerstraße, einer ländlich-noblen Sommerfrische, einer in Schwierigkeiten geratenen

Pension im Besitz der Erbengemeinschaft Geschwister Mayr, verwaltet von Anna Mayr, Hotel Pension Bad Plattnerhof, vierzehn Zimmer, achtundzwanzig Betten; Dependancen; Eisenquelle; eigene Landwirtschaft; hundert Türen … (Hundert Türen? Wo steht das! Es wird erzählt, ein Geheimnis …) Im Augenblick sah ich mich Briefe finden, oh, *Er*finden muß es natürlich heißen, ich mußte mich beeilen, meinen Einfällen nachzukommen …

… Wien III, Jaquingasse 15, Achter Mai. Sehr geehrtes Fräulein, schrieb ich in feinster Kurrentschrift, durch Herrn Gruber, an den ich mich wegen unserer diesjährigen Sommerfrische wandte, erfuhr ich, daß nun Sie den Plattnerhof führen. Ich möchte mich erkundigen, ob nicht die beiden größeren vorderen Zimmer, mit Ausblick auf die Unholden, im Monat Juli für uns zu haben wären. Ihrer freundlichen Antwort entgegensehend, Dr. Crüwell. – In der Handschrift der Anna Mayr fügte ich hinzu: Beantwortet 11. Mai, ja, Ankunft wann?

Der nächste Brief lautete wie folgt. P. T. Ich bitte höflichst, mir auf beigefügter Postkarte mitteilen zu wollen, ob Sie im Plattnerhof ab 15. Juli für einen vierwöchigen Aufenthalt ein zweibettiges Zimmer mit Pension zur Verfügung haben, und welcher Preis hierfür zu entrichten ist. Hochachtend Wilhelm Niederhofheim, Inspector der Creditanstalt, Wien, am 4. Juni 1920. – Vermerk der Verwalterin: *Abgeschrieben.* (Ausgezeichnet! Diesen Niederhofheim hätte ich nicht anders beschieden, Niederhofheim!, auf welche Namen die Menschen kommen …)

Pension Ottoburg, Meran, setzte ich in Lateinschrift fort, geschätztes Fräulein Mayr! – Weil mein Zustand keine Verzögerung mehr geduldet hätte, bin ich hierher in den Süden gefahren und werde auch noch einige Zeit bleiben müssen. (Das Hotel Emma, das mir Ihr Bruder Fritz einmal empfohlen hatte, überstieg freilich meine Möglichkeiten als Anstaltssecretär.) Was nun meinen erwogenen Kuraufenthalt in Ihrer Pension anlangt: Mein Kopf hat, glaube ich, den Norden lieber, meine Lunge den Süden, und der Plattnerhof liegt wohl an der Grenze, böte also von beidem etwas, oder von beidem nichts. Auf ärztliche Empfehlung hin muß ich aber meiner Lunge mehr Gehör schenken und meine Zimmerbestellung für die zweite Maihälfte stornieren. – Mit meinen besten Empfehlungen, auch an Ihren Bruder – als ich ihm das letzte Mal begegnete, wollte er in Lilienfeld eine Kanzlei begründen –, Ihr sehr ergebener Dr. Franz Kafka.

Längst schon war ich im nächsten Brief, ihn schrieb ich mit Bleistift, nach Notizen in meiner Geheimschrift, wieviele Handschriften ich beherrschte, ein wahrer Verwandlungskünstler! – Erhole mich hier am Weißensee und gedenke, dies am Plattnerhof fortzusetzen. Wir möchten um den 15. Juli herum gerne hinaufkommen. Mich ruft die Pflicht am 25. zurück nach Wien, Frau und Kind möchte ich aber noch länger in Ihrer Obhut lassen. Ich bitte, liebes Fräulein, mir rasch bekanntzugeben, ob Sie noch ein Zimmer mit schöner Aussicht, wie versprochen, freihaben, und auch, ob wir besser von Lienz oder von Dölsach zu Ihnen hinaufkommen. Wir haben drei Handkoffer; werden wir diese im Autobus befördern können? – Ich hoffe, daß wir bei Ihnen eine gute Unterkunft finden und ersuche nochmals um baldige Antwort. Handkuß, Dr. R., zur Zeit Gasthof Weißensee, Techendorf (Kärnten). (Bitte um geschlossenen Brief, Sie ahnen nicht, in welche Absteige wir hier geraten sind.) – Mit einem anderen, dickeren Bleistift sah ich mich schwungvoll einen Vermerk auf den Brief setzen: Beantwortet 10. 7., ab 15. Zimmer Numero 9, mit Notbett. – Diese Antwort abgeschickt, zur Posthilfsstelle gebracht, entwarf ich einen anderen Brief, ein Schreiben aus Schloß Berg am Irchel, in einer unter Kennern berühmten Handschrift. Mia cara Anna, las ich meinen Entwurf, unser Meran-Erlebnis, ich bewahre es auf in meinem wilden Herzen. Ich hause jetzt in einem festen, Jahrhunderte alten Steinhaus, inmitten eines verlassenen Parks, allein mit einer alten Wirtschafterin, die mich schweigsam versorgt. In einem Schranke hier habe ich alte Aufzeichnungen, Gerichtsakten, Correspondenzen und Hefte mit Handschriftlichem gefunden (das Schloß scheint zeitweise als Pension geführt worden zu sein, es gehörte zuletzt einem Obersten Ziegler), und der Zauber dieser nachgelassenen, vergilbten Papiere schlägt mich derart in seinen Bann, daß ich erwäge, einen Briefroman zu versuchen, *Aus dem Nachlaß des Grafen* soundso oder *Aufzeichnungen* des N. N. zu Schloß Berg am Irchel, so etwa, wobei ich mich vor dem allzu Dokumentarischen werde hüten müssen. Auch Gedichte habe ich gefunden in einem dieser alten Hefte, schwer zu entziffern, eines beginnt so: In Karnak war's. Wir waren hingeritten – Hélène und ich, nach eiligem Diner. – Teure Anna, ich – hier war einiges unleserlich – Ihr Rainer Maria Rilke. (*Verschluß*, Schatulle, hatte ich hinzugefügt, und mich wieder in die Zimmerbestellungen gestürzt.)

… soeben im Besitz Ihres Schreibens. In puncto Zimmer kommen folgende vier in Frage: 1) Das Parterrezimmer mit Veranda (welches Defregger im vorigen Sommer hatten), 2) und 3) Die beiden Balkonzimmer mit Veranda im ersten Stock, und 4) Das Eckzimmer im ersten Stock des alten Hauses, dreifenstrig, mit der vom Gang aus zugänglichen Veranda und Blick auf die Lienzer Dolomiten. – Geehrtes Fräulein Mayr, habe erfahren, daß Sie heuer den *Plattnerhof* haben, so frage ich mich an, was Sie für Zimmer mit Pension, ob Sie überhaupt Pension geben? Ich würde Anfang Juli kommen, meine Freundin kommt dann Ende Juli, bleibt mit mir bis Anfang September, bitte wir wollen dann beide *unbedingt* das Zimmer mit Balkon – Bodenzimmer – mit zwei Betten, das ich schon vergangenes Jahr hatte. Wenn ich dann im Juli alleine komme bitte mir ein Einbettzimmer mit Balkon zu reservieren. Um kein Mißverständnis zu haben, liebes Fräulein Mayr, ich meine das Einbettzimmer mit Balkon ich glaube Nummer 14, und das Zweibettzimmer ganz oben über die kleine Stiege gegenüber der Bodentür, mit langem Balkon. Ich erwarte Ihre Antwort und schreibe ganz genau, von wann an meine Freundin kommt. Es grüßt herzlichst Paula Meller. P. S. Anfragen möchte ich, ob das Sonnenbad besser als im Vorjahr mit Planen gegen die Einheimischen abgeschottet ist, wir möchten die Beine spreizen und mit der Sonne die Nacht verbringen, den Tag zur Nacht machen auf unseren Venushügeln, und Pipi spielen im Zimmer gegenüber der Bodentür – was schreibe ich da, das schrieb ich ja gar nicht, das hatte ich doch wieder durchgestrichen, ich selbst hätte ja gerne hier fortgesetzt, verschwiegene Spiele über der kleinen Stiege, neben der Bodentür, vielleicht sogar, um die Lust durch das Verbot zu steigern, *hinter* der Bodentür … Was hätte ich gegeben, zusehen zu können! Aber die Zimmer vergab die Verwalterin, wie sie sich auch um den baulichen Zustand des Anwesens, um allfällige Reparaturen zu kümmern hatte. Ich schrieb:

Eintragung ins Haus- oder Haushaltsbuch (Spöttisch den Mund vorziehen sah ich mich beim plötzlichen Gedanken: Diesmal wird keine Kittfalze gestrichen), folgende Arbeiten sind durchzuführen: 1) Herstellung des Plafonds der Waschküche, 2) Ausbesserung des Terrassenfußbodens, 3) Ausbesserung der Jalousien im Speisesaal, 4) Neuanschaffung von Planen für die Terrasse, 5) Außenanstrich. – Nun gönnte ich mir eine kurze Pause, während der ich eine Quittung, einen Lohnzettel ausstellte: Hermine Rader/Küchenmädchen/vom 12. Aug. bis 12. Sept. 1927/Lohn 40.– Schilling erhalten; und, in einer anderen Handschrift: Rader Hermine. (Ein nicht lange währendes Dienstverhältnis, überlegte ich, das sah nach Entlassung aus, nach einem Zerwürfnis, vielleicht mit Schimpf und Schande vom Hof gejagt das Küchenmädchen, gezwungen vorher, mit auf den Lohnzettel hinabstürzendem Zeigefinger – hier! –, zu unterfertigen ... Das Küchenmädchen wird eine *arme Haut* oder ein pflichtvergessenes, aufreizendes Stück Fleisch gewesen sein, wiewohl die zweite Möglichkeit eher einem Stubenmädchen zuzuschreiben wäre ... Wie auch immer, für Ersatz schien bereits gesorgt zu sein. Ich wechselte an die Schreibmaschine und tippte: Landesarbeitsnachweis in Klagenfurt. – Unter Bezugnahme auf die uns übersandte Anfrage wegen einer II. Köchin übersenden wir Ihnen heute eine Zeugnisabschrift der Luzia Rassi, welche sich um diesen Posten bewirbt. Die Genannte ist etwa 40 Jahre alt, hatte verschiedene Privatposten als Köchin inne. – Als zweite Reflektantin kommt Anna Riegl, ebenfalls 40, in Betracht, welche voriges Jahr Köchin bei Chrisant Ebner, Badwirt in Leinach, war. Anna Riegl können wir als bescheidene und ruhige Person bestens empfehlen, obwohl Genannte durch eine vernarbte Brandwunde auf der linken Wange etwas entstellt ist. Sie war vorher langjährig als Extramädel und Chefmädel in diversen Gasthöfen und Hotels beschäftigt, doch sind ihre Zeugnisse bei einem Zimmerbrand leider verlorengegangen. Wollen Sie uns bitte mitteilen, ob Ihnen eine von beiden Reflektantinnen angenehm ist. – (Welche der beiden Reflektantinnen mir angenehm sein sollte, darüber schien ich noch nicht befunden zu haben; empfahl sich die eine aus literarischen, dramaturgischen Gründen – das Brandmal auf der Wange als Zeichen an der Wand –, kam die andere aus entgegengesetzten, weniger geistigen Erwägungen in Betracht; Luzia Rassi, das klang doch vielversprechend, ja einladend – eine Italienerin wohl, eine Villacherin zumindest … Gewiß, sie mochte manchen Herren schon zu Diensten gewesen sein, für deren leibliches Wohl gesorgt haben – umso besser, und umso mehr, als sich das Arbeitsamt ja unzweifelhaft auf die Seite der zweiten, pflichtgetreuen Reflektantin geschlagen hatte, während die Rassi, ich sah sie schon vor mir, den Kochlöffel an die Zunge führend, vieldeutig die Augen aufschlagend, während also die Rassi – ich riß mich aus meinen Träumen, rief mich zur Ordnung –, während also die Rassi von der Verwalterin wohl schon bald hinausgeworfen worden wäre, wie zuvor schon die Rader, wäre mit der Einstellung der Riegl doch mehr gewonnen als kurzwährende Fleischeslust, vergänglicher Genuß; *die zweite*, kommentierte ich deshalb mit meinem dicken Bleistift, in meiner inzwischen geübten Verwalterinnenhandschrift, das Angebot.)

Inzwischen sah ich mich in einem anderen Literaturhauszimmer auf einer anderen Schreibmaschine schreiben. Dr. Waldemar Führböck, Rechtsanwalt in Mauthausen, Oberösterreich, begann ich. Sehr geehrtes Fräulein Mayr! Ich sehe mich genötigt, Ihnen einen gestern eingegangenen Brief Ihres Herrn Bruder aus Lilienfeld in nachfolgender Abschrift zur Kenntnis zu bringen; nicht nur, weil die private Annäherung und Bittstellerei, von der ich Sie unterrichte, unter Prozeßgegnern und Juristen ungebräuchlich ist und eine Erbärmlichkeit darstellt, sondern auch, um Ihrem Bruder vielleicht zu helfen, ohne auf mein Geld verzichten zu müssen. Die Verstrickungen Ihres Bruders, hervorgerufen wohl auch durch seine Briefmarkenbesessenheit, sind so besorgniserregend, daß es nur noch eine Frage der Zeit ist, wann die Kanzlei geschlossen und der Bruder das Mündel der älteren Schwester sein wird. Um das vielleicht noch abzuwenden, mache ich Ihnen einen Vorschlag: Wenn Sie für die Bezahlung der aushaftenden Beträge eine Garantie übernähmen und mir dies postwendend mitteilten, sähe ich mich unter Umständen in der Lage, den im Brief geäußerten Vorstellungen Ihres Herrn Bruder zu entsprechen. Er schreibt mir:

Sehr geehrter Herr Kollege! Sie haben, sehr geehrter Herr Kollege, beim Bezirksgericht Lilienfeld wegen Ihrer Kosten drei Exekutionen durch Fahrnispfändung gegen mich führen lassen, und führen nun Exekution auf Rechnungslegung gegen mich, wobei die mir erteilten Ordnungsstrafen mich an den Rand des Ruins treiben, wenn sie meine Praxis nicht überhaupt zerstören. Ich ersuche Sie nun höflich, nein ich bitte Sie, nicht nur als Kollege, auch als Mensch, die letztgenannte Exekution zurückziehen zu wollen und sich in Ihrer Eingabe dafür zu verwenden, daß mir die Ordnungsstrafen, gegen vorbehaltene Wiedereinbringung, nachgesehen werden. Ich erlaube mir, diesen ungewöhnlichen und beschämenden Weg zu gehen, geehrter Herr Kollege, weil eine Strafzahlung in solchem Ausmaß mich auch für unabsehbare Zeit außer Stande setzen würde, Ihre Forderungen gegen mich zu begleichen, zumal ich gegen den betreibenden Beamten der Fahrnisexekutionen eine Excindierungsklage einbringen muß, da viele der gepfändeten Gegenstände Eigentum meines Sohnes aus dem Nachlasse meiner Frau sind. – Falls Sie meinem Ersuchen, das an Sie abzurichten mich große Überwindung kostet, nachkommen, verpflichte ich mich, binnen sechs Wochen die Ihnen schuldige Abrechnung der Diamantidi- und Schrambacher-Konkurse zu liefern. – (Händeringend über die viele Kanzleiarbeit, ohne Kanzleikraft, sah ich mich drüben auf und ab gehen in meinem Mantel, und stehenbleiben, frierend mir die Hände reibend, neben dem Zimmerofen, dem aus Kohlenmangel kalten, verfluchen sah ich mich den Briefroman, von dem ich in jenem November, das ist die Wahrheit, noch nicht wissen konnte, daß er ein Welterfolg werden würde; eine Ahnung dessen ließ mich wohl an den Schreibtisch zurückkehren, um fortzusetzen:) Als Entschuldigung meiner Saumseligkeit, deretwegen ich bereits durch das Disziplinarerkenntnis schwerstens getroffen wurde, erlaube ich mir anzuführen: Meine Kanzlei geht schon lange schlecht. Seit etwa drei Jahren habe ich nur noch eine Kanzleikraft beschäftigen können und selbst diese im Juli 1931 abgebaut. Ein Jahr lang hat mir mein Fritz, der zwei Semester in Wien inskribiert und viel zu Hause war, die wenigen Kanzleiarbeiten besorgt. Seit mein Sohn nach Göttingen gegangen ist, beschäftige ich tageweise eine Anfängerin als Aushilfe in der Kanzlei, zu mehr reicht es nicht. Auch meine Wirtschafterin habe ich entlassen müssen, das Entferntsein von Fritz und der schlechte Geschäftsgang erfordern diese Einschränkung. Ich kann gewiß sagen, daß meine bedrängten Verhältnisse sehr viel schlechter als die Ihrigen – Sie haben mit

Dr. Kaltenbrunner sicher einen guten neuen Compagnon gefunden – sein werden, umso mehr, als ich das Darlehen, das ich seinerzeit zu Ihrer Abfertigung aufnehmen mußte, erst zu einem Drittel zurückzahlen konnte; und mein letzter Rückhalt, von dem Sie vielleicht noch wissen, ein Legat nach meinem Onkel Baurat *Lun* in Meran, dürfte ebenfalls zur Gänze verloren sein, da meine Vettern und Universalerben nach demselben sogar die Zinsenzahlung wegen sonst drohenden Konkurses einstellten. Ich lebe ganz zurückgezogen und habe nichts mehr, woran ich mich erfreuen könnte, während Ihnen Ihr heranwachsendes Kind doch gewiß Freude machen wird. Ich hoffe sehr, daß Sie mir das oberwähnte Entgegenkommen zeigen werden und verbleibe, mit besten Grüßen, Ihr ergebener Kollege. (Handschriftlicher Vermerk der Schwester: Nicht beantwortet; Fritz in Kenntnis gesetzt.)

Inzwischen sah ich – plötzlich sah – sah mich schreiben einen ich, einen ich-wie-ich … einen mich schreiben drüben sah … einen schreiben, einen schreinen, einen Sarg … ich mich auch! … einen Nerven bruch zusammen! – Ruhig, ruhig. – Zum Irrsinnigwerden, ich mich hier und ich mich dort, ein Irrsinnskunststück, Irrsinn, Wahnsinn, das Messer, schnell! – Ruhig, ruhig. Ganz ruhig, befahl ich – da, schon wieder, *ich mir!* Absicht, Verschwörung, aber mit mir nicht. Ehe ich es verhindern konnte, hatte ich mit dem Feldstecher das Fensterglas zertrümmert, mein Beobachtungsheft in Brand gesteckt und meine Detektivsachen, mein Observationszubehör auf die Fasanenstraße geschleudert, im Begriff, selbst hinterher zu springen, da …

Wie lange ich im Tiefschlaf gelegen haben mochte, weiß ich nicht. Jetzt aber war ich frisch, und die Sicht war klar; sogar meine Detektivsachen, selbst mein *View master*, das unersetzliche Tiefen- und Gedankenfernrohr, lagen unversehrt vor mir – ja, die Versicherung macht's wieder gut, nicht wahr … Mit neuen Kräften machte *ich* – Achtung, Schneefeld, Vereisung – *ich mich* – einwandfrei gequert, wie in alten Zeiten – wieder an die Wahrnehmungsarbeit. Wo war ich gerade? Aha, immer noch im Briefroman, in meinen Buddenbrooks, in der Mayrschen Verwandtschaftsmaterie. Aber inzwischen mußte einiges geschehen, dürfte mir manches entgangen sein, denn im Augenblick verfaßte ich, Fritz Mayr Junior aus Göttingen, als Neffe einen Brief an die Tante, den armen Vater, den alten Fritz betreffend.

Liebe Tante, setzte ich ein, gestern habe ich an Vater wieder 60 Schilling abgeschickt und einen Brief, des Inhalts, daß ich voraussichtlich in diesem Jahr nicht mehr nach Bozen kommen kann, auch wegen der Fahrtkosten. Ich muß mir selbst im nächsten Monat einen Anzug kaufen, da ich bald bei Gericht angestellt werde. Ich habe Vater nahegelegt, das für mich gesparte Geld für sich zu verwenden. Im Januar, wenn in Oberammergau wieder die Hochschulmeisterschaften abgehalten werden, werde ich von dort nach Bozen weiterreisen; die Fahrt nach Oberammergau wird mir erstattet, ich würde mir dadurch 30 Mark ersparen. Wie gedenkst Du nun Vaters Aufenthalt in Bozen zu regeln? Es ist gewiß zu begrüßen, daß Vater nach dem Zusammenbruch von Lilienfeld und dem Aufenthalt in der Nervenheilanstalt nach Bozen und Meran zurückkehrt: solltest Du aber selbst vor Ort nach dem Rechten sehen, und sollte Vater Ende des Jahres wieder Zinsen von den Meranern erhalten, so regle es bitte so, daß er den Betrag nicht selbst in die Hand bekommt, Du weißt, warum. In der Hoffnung auf Dein Wohlbefinden grüßt Dich Dein Neffe Fritz. – Während Neffe Fritz noch auf dem Weg zum Briefkasten war, war ich schon nach Bozen gereist. Ich firmierte dort als *G. Drahorad, Rappresentanze, Bolzano*, und schrieb mit feinster grüner Tinte, in einer Handschrift, wie ich sie mir nie zugetraut hätte, einen Brief ins hunderte Kilometer entfernte Egghäusel. – Sehr geehrtes Fräulein! Wir sehen uns heute vor die Notwendigkeit gestellt, mit Ihnen ein offenes Wort zu sprechen, wie Sie sich die weitere Fürsorge für Ihren Herrn Bruder hier denken. Dieser war die letzte Zeit schon sehr verschuldet, da ihn die Firma *Musch und Lun* in Meran monatelang auf einen versprochenen Betrag warten ließ und erst über mein eigenes Einschreiten mit zwei Briefen, in welchen ich den Meraner Herren die Notlage des Herrn Dr. Mayr drastisch genug darstellte, vor einigen Tagen den Betrag von Lire 700 zur Auszahlung brachte, gleichzeitig aber mitteilte, daß weitere Auszahlungen ohne Genehmigung der Reichsbank nicht mehr gemacht werden können, weil man sich nicht der Gefahr aussetzen will, doppelt zu bezahlen. Nun war aber Ihr Herr Bruder uns allein schon fast 700 Lire schuldig, da wir seit November nichts mehr von ihm erhalten hatten. Jetzt konnte er uns nur Lire 400 bezahlen, da er sowohl bei Kerschbaumer als auch beim Brückenwirt Schulden hatte und sich zuletzt gar nicht mehr getraute, dorthin essen zu gehen. Auch heute, Mittwoch, ist er wieder ohne Geld, und da der Monat Feber bald zu Ende geht, wachsen seine Verbindlichkeiten uns gegenüber wieder auf 500 Lire an. Nachdem wir Heizkosten, Licht und Aufenthaltssteuer stets bar erlegen müssen und leider selbst über keine Reichtümer verfügen, können wir auf Dauer uns nicht darauf einlassen, ganz ins Ungewisse hinein zu stunden, da wir unter den obwaltenden Umständen besser daran täten, das Zimmer überhaupt nicht zu vermieten. Indem wir Sie dringend bitten, sich die hier aufgeworfene Frage der ferneren Finanzierung von Unterkunft und Verpflegung Ihres Herrn Bruders angelegen sein zu lassen, sehen wir Ihren baldigen, geschätzten Nachrichten gerne entgegen und grüßen Sie herzlich/Ihre ergebenen/Josef und Vrony Drahorad.

Sah ich mich gerade noch drüben auf und ab gehen, dem am Tisch sitzenden Herrn Drahorad den Brief diktieren und denselben mit der danebenstehendenen Frau Drahorad noch einmal durchgehen – wie waren wir alle drei zufrieden mit dem eleganten und doch um Deutlichkeit nie verlegenen Wortlaut! –, so sah ich mich jetzt schon wieder an einer Schreibmaschine sitzen und einen Brief aus Wien, von einem Dr. Kurt Hanke, Schwarzspanierstraße 15, nach Bozen, an einen Dr. Friedrich Mayr, verfassen. Offensichtlich hatte ich die philatelistische Ebene meines Briefromans, die ursprünglich die entscheidende hätte sein sollen, bislang sehr vernachlässigt; daher schrieb ich: Herzlichen Dank für Ihre philatelistisch frankierte Karte vom 17. November, aus der ich ersehen konnte, daß nunmehr doch eine Tauschverbindung mit Ihnen in Gang kommen soll, die ich umso mehr begrüße, als ich keine philatelistische Verbindung mit Italien besitze. – Sie teilen mit, daß Sie an Marken des Deutschen Reiches auf die Olympiamarken 1936 und die Neuheiten des heurigen Jahres Gewicht legen. Nun, die Olympiamarken kann ich Ihnen nicht senden, da ich sie nicht doppelt besitze, hingegen bin ich gerne bereit, die Neuerscheinungen 1938 Ihnen zu schicken; ich mache gleich heute den Anfang, indem ich diesen Brief mit dem *ganzen Satz* der *Breslauer-Turnfest-Marken* und den beiden neuen *Gautheater-Saarpfalz-Marken* (Nominale 30 Rpf.) frankiere. Sohin bleiben noch die beiden *Zeppelin-Gedenkmarken*, die *Reichsparteitagsmarke mit dem Führerkopf*, die beiden erst vor wenigen Tagen herausgekommenen *Sudetengau-Marken* und schließlich noch die *Winterhilfe-Marken* (Nomiale RM 2), die ich Ihnen gerne schicken will, allerdings nur unter der Bedingung, daß auch Sie meine Wünsche erfüllen, die ich Ihnen nachstehend bekanntgebe. Ich brauche an italienischen Marken in erster Linie: Vom *Augustus-Jubiläum* alle Werte über Lire 1,25 und die Flugpostwerte; aus der Serie »Berühmte Männer« *Stradivari*, *Spontini*, *D'Annunzio* und *Leopardi*, sowie alle Werte – auch Flugpost – der diesjährigen *Jahresfeier-Marken* des *Marsches auf Rom*. – Es versteht sich von selbst, daß ich *meine* nächste Sendung vom Inhalt *Ihrer* nächsten Sendung abhängig mache, Ihnen also die aufgezählten Wertzeichen (insbesondere die Winterhilfe-Marken) nur nach Erfüllung meiner Wünsche zukommen lassen kann. Auch bedarf es keiner weiteren Erörterung, daß ich nur auf tadellose Exemplare Gewicht lege, wie auch ich Ihnen nur vollkommen einwandfreie Marken schicke. So sehe ich also der nächsten Sendung mit Erwartung entgegen und verbleibe mit deutschem Gruße, Dr. Hanke.

Der Landrat in Lienz – Bitte? Ja, der Landrat in Lienz – der Landrat in Lienz an Herrn Dr. F. Mayr, bei Fräulein Anna Mayr, Egghäusel, Iselsberg. (Nanu, der arme Fritz bei seiner Schwester? Ah, hier mußte mir wahrscheinlich ein überraschender, weiter Paßball geglückt sein, fast über das gesamte Spielfeld, eine weite Vorlage von Bolzano an die Glocknerstraße, von Süd- nach Osttirol, unerwartet, ansatzlos und doch vorhersehbar – wie die Feder über das Papier flog, bravo!, und wieder: Bravo!) – Auf Ihren Antrag vom 28. 12. 40 hin, ließ ich den Landrat in Lienz mitteilen, wird Ihnen aufgrund der Verordnung über die Fürsorgepflicht in Verbindung mit den Reichsgrundsätzen über Voraussetzung, Art und Maß der öffentlichen Fürsorge eine laufende monatliche Unterstützung von RM 16 bewilligt. Nach § 25 der Verordnung ist der Unterstützte verpflichtet, dem Fürsorgeverband die aufgewendeten Kosten zu ersetzen. Der Ersatz kann nur verweigert werden, soweit und solange … – So weit und so lange, so long, wie der Kärntner –, oder so long, this size, wie der Engländer sagt, so long he, er, and wide open she, ich sah mich plötzlich wie betrunken, wie irrsinnig geworden auflachen – … soweit und solange der Unterstützte kein hinreichendes Vermögen oder Einkommen hat.

Nun nach Karlsbad, aus Karlsbad melden sich Leo und Emma, dem »lieben Doktor« bringen sie im August 42 auf einer Postkarte zur Kenntnis: Daß sie, wie jedes Jahr, in K. zur Reparatur seien, daß die Tage dahingingen mit Bädern und Trinkkuren; daß sie gerne wissen möchten, wo im Kriege der Sohn Fritz gerade sei; daß ihr Sohn Kurt, »unser Kurt« wieder an die Ostfront kommandiert sei, als Batteriechef. – Eine packende zeitgeschichtliche Einlassung! Aus meinen Handbewegungen in meinem Literaturhauszimmer zu schließen, schien ich die Geschütze und die Kommandos des Batteriechefs, Feuer! Feurio! und wieder: Feuer!, geradezu zu hören, ja nachzubilden.

Doch ach, keinem bleibt seine Gestalt. Ferdinand Wurst, Ihr Auftritt bitte, Ferdinand Wurst aus Deutsch-Altenburg, an die Schreibmaschine! Schreiben Sie, ich diktiere: Sehr geehrter Herr Dr. Mayr! Durch Fürst erfahre ich heute vom Ableben Ihres Sohnes Fritz. Tief erschüttert habe ich die Abschriften der Briefe seines Kommandeurs und seines Nachfolgers gelesen. Aus allen geht hervor, daß Fritz der blieb, der er immer war, begeistert für alles Hohe und Schöne und ein Nationalsozialist durch und durch. Es soll Ihnen Trost geben, daß Fritz in unseren Herzen ewig weiterleben wird; mit den innigsten Beileidsbezeigungen, auch von meiner Frau, die eine Jugendfreundin von Fritz war, Ihr Ferdinand Wurst. Danke, Wurst, abtreten. (Ja, mochte auch Fritz Mayr Junior ewig weiterleben in den Herzen der Familie Ferdinand Wurst, im Diesseits sollte der Vater, Dr. Fritz Mayr, ehemaliger Advocat, der arme Fritz, den Sohn nur um zwei Monate überleben, an gebrochenem Herzen sollte er hinscheiden, und keine philatelistische Neuheit der Welt würde imstande gewesen sein, es zu verhindern.) Was war jetzt? Jetzt sah ich mich gar die Wände hochgehen in meinem Zimmer, denn ich schien nicht in der Lage zu sein, eine Todesanzeige zu entwerfen, eine sogenannte Parte, einen *Paterzettel* zu schreiben; die Schrambacher- und Diamantidi-Konkurse waren mir geglückt, die Gautheater-, Saarpfalz- und Breslauer-Turnfest-Marken hatte ich entworfen und die neuerschienenen Sudetengau-Marken auf den Markt gebracht – glänzende Erfindungen! –, selbst das Lied zur Trommel: Und weil der Sudet ein Sudet ist, war es nicht aus meiner Feder?, und jetzt scheiterte ich am Wortlaut einer Todesnachricht. Stets schien mir die Fotografie von *Innerhofers Leichenzug* dazwischenzukommen, der Berg, das Grandhotel im Hintergrund, die Herren mit Gehrock und Zylinder, das stumme Geräusch des Schreitens, im Vordergrund Anna Mayr in voller Blüte, dem Anlaß gemäß gekleidet, den Blick gesenkt, den Mund leicht geöffnet

Hier sah ich mich mein Unterfangen eines Nachrufes erfolglos abbrechen, ja überhaupt den Briefroman unterbrechen; schlimmer noch, ich sah plötzlich überhaupt nichts mehr; waren die Lichter gelöscht worden im Literaturhaus, waren es meine Augen, die überbeanspruchten, die mir den Dienst versagten, jedenfalls: Vor mir, um mich war es finster.

24. 11. Der Olymp im Nebel.

.

25. 11. Kein Sichtkontakt.

.

26. 11. Besserung. Deutlich umrissen konnte ich wahrnehmen, wie ich an einem Vormittag meine naturwissenschaftliche Studie *Dichter beim Zahnarzt* hervorholte, um daran zu feilen. – *Kein Zahnarzt ist so gut wie der andere*, sah ich mich – Moment, was schreibe ich, so einwandfrei waren die Sichtverhältnisse doch noch nicht, Restbewölkung, ein einzelner Nebelfetzen, ich nahm mein Fernrohr zu Hilfe, und im Nachtglas erkannte ich meinen Irrtum: Es war gar nicht Vormittag, es war tiefe Nacht! Im Rund des Fernglases sah ich mich im Schein der Lampe meine *Skizze* zur Hand nehmen, genauer die ersten, düsteren Andeutungen dieser *Skizze*, meiner *Wandererphantasie*, eines Versuchs, die Klavierphantasie *Der Wanderer* am Schreibtisch einzuholen. Ich beobachtete, wie ich, als bedürfte ich längst schon eines Sehbehelfes, das Papier mir vor die Augen hielt, um die Notizen zu entziffern; dann aber griff ich entschlossen zur Feder, nein, in die Tasten, und begann:

Es war später Vormittag, ich war sehr verärgert. Um mich von einer Wanderung zum Eissee am Vortag, die reich an Strapazen, aber auch sehr lohnend gewesen war, zu erholen, hatte ich den Vormittag im Bett zubringen wollen, wurde aber durch das Klingeln des Postboten aus meiner Träumerei gerissen. Ein Schriftstück des Bezirksgerichtes Purkersdorf wurde mir zugestellt. Zu spät bemerkte ich, daß ich, zum wievielten Male schon, Opfer einer Verwechslung, aber auch der landläufigen Dummheit bei Gericht, geworden war, einer Verwechslung mit einem untergetauchten, betrügerischen Kaufmann gleichen Vor- und Zunamens, der seit Jahren mit Kriden im Autohandel, durch Kauf und Konkurs von Tankstellen und Karosseriespenglereien sein Unwesen trieb, jedoch – wiewohl ich *jeden* Autohändler, betrügerisch oder nicht, als Verbrecher ansehe – nicht bereit schien, auf den gemeinsamen Namen zu verzichten; verfluchter Kretin mit meinem Namen, dachte ich bitter. In dem Gerichtsschreiben wurde mir, also dem anderen, zur Kenntnis gebracht, daß auf Betreiben einer Benzingesellschaft, einer mir nicht näher bekannten *Mob Mobil* Aktiengesellschaft, Liegenschaften eines weiteren betrügerischen Kaufmanns namens Franz Vaverka – eines Freundes, eines Kaufmann- und Betrügerfreundes wahrscheinlich – zur Versteigerung gelangen würden. Quer durch das Land, man schien meine Ortswechsel bei Gericht genau zu beobachten, hatten mich Benachrichtigungen in der Vaverka-Betrugssache schon verfolgt, nun wurde ich auch in der Sommerfrische von diesen Belästigungen ereilt; der Tankstellenpächter Vaverka war keineswegs der erste betrügerische Kaufmann, den ich auf diesem Wege, im Post- und Gerichtsweg, kennenlernen mußte. Jahre zuvor und Jahre hindurch war ich in der Sache Wichtel – Salzburger Sparkasse gegen Karl Wichtel, betrügerischer Kaufmann aus Huttich Numero 32 – verfolgt worden, auch dergestalt, daß ich wiederholt fernmündlich von Frauen, Müttern und Freundinnen jenes Ordentlichkeit und Sorgfalt gröblich vermissen lassenden Kaufmanns beschuldigt worden war, dem Karl Wichtel Unterschlupf zu gewähren; ich einen Kaufmann, einen Karl Wichtel beherbergen! Jedenfalls, von solchen Vermutungen schien man bei Gericht auch in der Vaverka-Sache auszugehen. (Um dem Gericht seine Arbeit nicht unnötig zu erleichtern, mehr noch: In der Hoffnung, die Prozeßführung dadurch überhaupt zunichte zu machen, hatte ich aber bisher nach Purkersdorf keine Mitteilung gemacht, daß ich ein anderer war.) Ich ein anderer, dachte ich, das wäre noch hinzunehmen, das war mein Beruf; doch wenn der andere nun ich wäre, sich aller meiner Vorzüge bediente, das wäre schrecklich. – Ratlos stand ich in der Küche, in meinem kardinalsroten Schlafanzug, das Schriftstück in der Hand, da war mir, wie wenn draußen jemand riefe, erst im Vorhaus, dann im sogenannten Wohnzimmer mit den flaschengrünen Vorhängen und der gemalten Wassermühle an der Wand; und plötzlich, ehe ich mir noch versichern konnte, mich gewiß getäuscht zu haben, stand mein Vater in der Tür: Verlegen und doch schrecklich anzusehen, halb Hausherr, halb Bittsteller, auch er ein gewesener Kaufmann, kein betrügerischer zwar, aber doch ein Kaufmann. Jede Farbe mußte aus meinem Gesicht gewichen sein, so sehr erschrak ich; was für ein Vormittag! Obwohl er es zu verbergen suchte, hatten die Blicke des Vaters sogleich, wie einst, die nicht geleerten Aschenbecher, die Flaschen mit geistigen Getränken, schließlich die am späten Vormittag noch zugezogenen Vorhänge erfaßt, und auf seinem Gesicht zeigte sich ein Anflug von Widerwillen, ja Abscheu; mein Sohn ist der geblieben, der zu sein ihm nicht auszutreiben war, schien er zu denken (man muß den Sohn nicht lehren, den Vater zu durchschauen!), laut aber sagte er: Daß er nicht gekommen sei, um mich zu stören, nein, daß er gekommen sei, um mich *nicht zu stören*, daß er sich nur kurz des Schädlingsbekämpfungswesens werde annehmen müssen, der roten Waldameisen, die über alles herfielen, der Spitzmäuse und Maulwürfe, die alles unterminierten. Und daß er am Vortag ein Schriftstück erhalten habe, sagte er – er versuchte es möglichst nebenher, wie etwas Belangloses, zu erzählen, doch bestand kein Zweifel, daß er mich belauerte –, einen Brief von einem Gericht in Lilienfeld, nein, in Purkersdorf, einem gewissen Vaverka, einem Kaufmann, werde jetzt wohl tüchtig eingeheizt, was ich damit zu tun hätte, wie denn das Purkersdorfer Gericht nun gar auf die Adresse des Vaters komme? Ich kenne keinen Franz Vaverka, antwortete ich, mit Kaufleuten habe ich nie zu schaffen gehabt. – Das ist so sicher nicht, Bürschchen, sagte der Vater, kennst du denn wirklich keinen Kaufmann Vaverka aus Preßbaum, nein? Seltsam, sehr seltsam ... Dann wirst du ja einen Kaufmann Wichtel schon gar nicht kennen, Karl Wichtel, Huttich 32 – oder war es 34 – aus, laß mich nachdenken, Neumarkt bei Salzburg ...? So ist es, gab ich zurück – Ach, ist es so, rief der Vater und geriet in Zorn, es ist aber nicht so! Ja, nun staunst du, aber –

Ich sah mich plötzlich unwillig innehalten, mit finsterer Miene an meinem Bart zupfen, der Auftritt des Vaters schien mich nicht zufriedenzustellen; besorgt verfolgte ich (ich kannte mich gut genug, um zu wissen, wessen ich fähig war), wie ich, mit einer Heftigkeit, daß der Stuhl umfiel, aufgesprungen war, um dann, den Ausruf: Ach was! auf den Lippen – nein, nicht! Ach, ich wußte es ... – mit einer jähen, entschlossenen Handbewegung die *Skizze* vom

Tisch zu reißen und in den Zimmerofen zu stecken, daß das Auflodern des Feuers kurz im Bild war. Schluß jetzt, rief ich, trat ans Fenster und zog, um vor meinen Blicken sicher zu sein, die Vorhänge zu.

Kein Zweifel, ich war ein anderer geworden, ein – Meister der Verwandlung, ein Drecksack. Wieder bot sich mir jenes seltsame Bild: Die Fenster im Literaturhaus festlich erleuchtet, die Räume bevölkert von Dichtern und Dichterinnen, schreibenden, singenden, sinkenden, speisenden, lärmenden, wild gestikulierenden, Streichquartett oder Führerquartett spielenden, wenn nicht überhaupt der Fleischeslust frönenden Dichtern und Dichterinnen; und dazwischen, im einzigen dunkel gebliebenen Zimmer, im geöffneten Fenster nur am Aufglühen einer Zigarette erkennbar, *ich* – was hatte ich vor?, worauf wollte ich mich aufmerksam machen?

Anderntags, nach einer auf meinem Horch- und Beobachtungsposten durchwachten Nacht, sah ich mich, in aller Frühe, drüben ins Geschäft gehen, in den Betrieb, die Tasche in der Hand, in den – Friedrich Frosch von der Zeitschrift Falter, bitte kommen, ein Kalauer –, *in den Literaturbetrieb*, in mein Bureau dort. Vor einem großen Radioapparat sah ich mich Platz nehmen, um meiner Brotarbeit, meinen *Transkriptionen*, deretwegen ich die Arbeit an meinem Briefroman oft unterbrechen mußte, nachzugehen; Transkriptionen vornehmlich der Radioreihe *Erlösergebärerinnen im Gespräch*. Ich sah mich meine Schreibsachen zurechtlegen, das Rundfunkgerät an- und einstellen und mit meinem Tagwerk, mit dem Umschreiben, beginnen. Erlösergebärerinnen im Gespräch – Heute: Frau Elisabeth Heller. – Von einem schlimmen Auftritt mit einer Zofe, die sie, die Herrin, die von ihrem Mann aus Verehrung von Richard Strauss zärtlich *Marschallin* genannte Herrin des Hauses und werdende Mutter, eine alte Drecksau hinter der Maske der großen Dame genannt habe und, kaum daß sie die Worte ausgesprochen, aus der Hietzinger Villa gejagt worden sei, abgesehen, seien Empfängnis und Geburt äußerst harmonisch verlaufen, *ein seltsames Rauschen sei in der Luft gewesen*, erzählt Frau Maria Elisabeth Heller aus Wien über die Niederkunft, eigentlich die Herabkunft ihres Sohnes Franz, der erst später seinen Erlösernamen André annehmen sollte, nach seinem *Tempelerlebnis*, nicht wahr. Den Akt habe sie ebenso heilig wie natürlich, ganz natürlich, empfunden, auch für ihre Mutter sei der Akt schon etwas ganz Natürliches gewesen. Eines eigentlichen Verkündigungserlebnisses vermöge sie sich nicht zu entsinnen – vielleicht habe sie auch nur die Zeichen nicht deuten können –, aber nach dem Willen ihrer Mutter, also der Großmutter, der sogenannten Brunnwinkler Omi, hätte sie selbst schon Eiskunstlaufweltmeisterin oder Gesellschaftstanzeuropameisterin werden sollen, aber wie denn, so frage sie, wo sie sich doch auf Herab- und Niederkunft habe vorbereiten müssen? Und doch sei wahrscheinlich so – darüber stritten die Exegeten noch – ihre nichtausgeschöpfte musikalische Begabung dem Genie des Sohnes zugewachsen; nur er sei berufen und auserwählt worden, den Mendelssohn-Bartholdy in *Frühlingsrauschen* zu geben, nein, zu erschaffen, neu zu erschaffen! Er habe ja bereits im Alter von drei Jahren die Bergpredigt gesungen, man müsse sich vorstellen: gesungen! (Die Massen zu seinen Füßen habe er mit Kieselsteinen aus dem Park dargestellt), oder, im selben Alter, auch schon nach eigenen Texten komponiert, das Robert-Stolz-Lied – der große Robert Stolz sei ein Freund der Familie gewesen – etwa, sie könne es heute noch hersagen: Musik für Groß, Musik für Klein/Frau Musica schließt alle ein … Oder auch: Robert Stolz, du guter Mann/du hörst auf und ich fang an/bist im Himmel voller Geigen/deine Lieder niemals schweigen. Ob das nicht entzückend sei? … Jedenfalls, Geschäftsfreunde des Vaters, ihres Mannes Josef, hätten an das Wochenbett Geschenke gebracht, vor allem an drei könne sie sich gut erinnern: An einen Mr. Longvale aus England, Sir Gregory Longvale, er habe dem Kinde einen aus Sperrholz kunstvoll gearbeiteten kleinen Hochaltar geschenkt, sowie Nachbildungen von Meßgewändern und Kardinalsroben, ein solches Kind, habe der Engländer ausgerufen, würde es zum Papst bringen; ein dunkelhäutiger Fürst aus Afrika oder Kleinasien habe dem Sohn einen Pfauenthron zum Geschenk gemacht (um übrigens an jenen hohen Besuch zu erinnern, seien in der Fabrik des Vaters die Schokoladespezialitäten *Negerbrot* und *Mohrenköpfe* kreiert worden); ein dritter, ein Australier, dessen Name ihr entfallen sei, habe entdeckt, daß der Sohn ein *Gezeichneter* sei: Auf dem oberen Lid des rechten Auges hätten ihm einige Wimpern gefehlt, die ihm auch als erwachsenem Erlöser nicht mehr nachgewachsen seien. Dieser australische Geschäftsmann – sein Vorname sei Hank oder Frank gewesen – habe dem Franz eine hölzerne Beinprothese geschenkt – wohl eine Art Fetisch oder Totem –, auf der der Bub später den Radetzkymarsch getrommelt habe. Im Exil, in Freiburg im Breisgau, habe auch der Philosoph Heidegger, wie Malte Laurids Brigge ein alter Freund der Familie, den *Auserwählten* erkannt: Er habe, angesichts des Knaben, den Namen Heller von Helios, Heiland, dem im Lichte Wesenden, hergeleitet, aber auch von Heil-Land; und dafür, daß er Recht behalten hätte, aus Dank für jene Patenschaft oder *Evangelistenrolle* in den Freiburger Exiltagen, habe André seinem großväterlichen Freund später seine *Klimazonentheorie* zugeeignet, daß nämlich die Kühle des Nordens die Menschen genauer und wahrhafter, die südliche Wärme, die romanische Hitze hingegen die Menschen faul und verlogen mache; Heidegger habe übrigens unmittelbar vor seinem Tod den Sohn Heller ob der Tiefe dieser Erkenntnis sehr gelobt. Aus dem Freiburger Exil nach Wien zurückgekehrt – nein, Augenblick, ach du liebes bißchen, nun hätte sie das Beste, das merkwürdigste Erlebnis beinahe zu berichten vergessen!, eines Abends nämlich, die Familie sei, da es in Freiburg auch nicht mehr sicher gewesen wäre, nach Todtnauberg weitergezogen, eines Abends also habe der Philosoph, er mochte schon etwas betrunken gewesen sein, den schlafenden Jüngling lange, schweigend und tief angesehen, plötzlich die Augen zum Himmel, also zu den Holzbohlen der Zimmerdecke, erhoben und die Worte gesprochen, die sie sich damals aufgeschrieben habe auf diesem Papier hier, ein so großer Augenblick sei es gewesen, sie lese vor: Die Sonne wird sich verfinstern, der Mond nicht mehr scheinen, die Völker der Erde werden jammern und klagen vor Sehnsucht nach Phantasie, und sie werden *ihn* kommen sehen auf den Wolken des Himmels. Die sieben Weltmeere werden erstrahlen von Grund auf, und ein Posaunenschall wird sein von einem Ende des Himmels zum anderen. – Heute noch laufe ihr ein Schauer über den Rücken, wenn sie an die Tragweite dieser Weissagung denke, die sieben Weltmeere würden erstrahlen von Grund auf, das sei nur als Vorwegnahme des jüngsten und größten Wunders des Sohnes zu verstehen, des *globalen Aquariums*, der *Unterwasserbeleuchtung der sieben Weltmeere*, eines Wunders, so groß, daß es die Verwandlung von Wasser in Wein als Banalität in die Schranken weise, oder nicht? Doch, sie glaube schon. Jedenfalls, aus dem Exil nach Wien zurückgekehrt, habe der Bub – er mochte drei oder vier Jahre alt gewesen sein – manchmal *Heidegger* gespielt: Er habe sich einen Spazierstock an das Rückgrat gebunden und, gefragt, was er da mache, geantwortet, er lerne den aufrechten Gang. (Ja, freilich sei die Familie auch mit Bloch befreundet gewesen, auch mit Mart Buber, aber *er* habe oft betont, er habe den Onkel Heidegger viel lieber als den Herrn Bloch, ja, es sei ihm nicht auszureden gewesen, daß Bloch den aufrechten Gang (der ihn umso mehr fasziniert hätte, weil er erst mit zweieinhalb Jahren freihändig zu gehen vermocht hätte) vom Herrn Heidegger gestohlen hätte.)

Mit fünf Jahren sei das Kind bereits von einer solchen, ans Überirdische gemahnenden Schönheit gewesen, daß es, um unbehelligt zu bleiben, nur mit dunkler Brille und aufgeklebtem Bart auf die Straße habe gehen können.

An ebenso schrecklichen wie prägenden Kindheitserlebnissen seien ihr zwei im Gedächtnis geblieben; einmal, während der Sommerfrische im Salzkammergut, habe ihr Mann Josef ihrem kleinen großen Sohn das Erscheinen eines Kometen über dem Wolfgangsee versprochen. Nacht für Nacht habe das Kind sehnsüchtig in den Himmel gestarrt, allein, der Komet sei ausgeblieben. Die Kränkung, daß ein Naturereignis sich gerade *ihm* verweigern, und sein Vater außerstande sein sollte, es herbeizuwünschen, habe den Buben auf ein wochenlanges fiebriges Krankenlager geworfen, schreckliche Nächte seien es gewesen, in denen sie, die Mutter, am Krankenbett gewacht habe; in hellen Augenblicken habe der Kleine vorausgesagt, daß er, groß geworden, Himmelszeichen setzen und Himmelskörper entwerfen würde, tausendmal schöner und größer als ein lächerlicher Salzkammergutkomet. – Auch die Idee zum bislang gewaltigsten seiner Wunder, der Unterwasserbeleuchtung der sieben Weltmeere, sie habe, meine sie, davon schon erzählt, verdanke sich einer ähnlichen Kränkung, einer »verschleppten Kränk«, wie es Mart »Burschi« Buber ausgedrückt hätte … Zur Belohnung für ein gutes Zeugnis habe sie, die Mutter, dem

Franzimandi, wie sie ihn oft zärtlich genannt habe, versprochen, ihm im Meer vor Rimini einen Drachenfisch zu zeigen. Als sie aber hinausgefahren auf das Wasser, sei dieses so dunkel, schattenhaft und uneinsichtig gewesen, daß der Drachenfisch nicht auszumachen gewesen sei; vor Wut, Schmerz und Enttäuschung, vor Trauer und Betroffenheit wäre der Sohn beinahe über Bord gefallen. Der Drachenfisch wäre ins Südchinesische Meer geflohen, habe sie in Erfahrung bringen können, und auch, daß die Chinesen das Geheimnis noch sorgsamer hüteten als das Meer vor Rimini; schonend habe sie es dem Sohn beigebracht. Dieser aber habe den Schwur getan, ein *Schattentaucher* zu werden, den Meeren zu gebieten, ihre Geheimnisse preiszugeben, und sollte er sie von Grund auf erleuchten, sie in ein Aquarium verwandeln müssen!

Er sei immer schon ein Besonderer gewesen. Hätten andere Kinder seines Alters Fröschen die Schenkel ausgerissen, Maikäfer gequält, Fußball gespielt oder Heftchen gelesen, habe *er* sich seine Lieblingsspiele aus der Heiligen Schrift herausgesucht. Wunder habe er nachgespielt, *Wunder geübt* und früh schon welche vollbracht, das sei die Wahrheit. Aber der Reihe nach. Seine Lieblingswunder seien gewesen, sie entsinne sich genau, die Verwandlung von Wasser in Wein, die Heilung von Aussätzigen und Besessenen, die wunderbare Brotvermehrung (das so hergestellte Brot habe er dem Gesinde, dem *Gesindel*, so er, zukommen lassen), das Sehende-blind-Machen und das Entstehenlassen einer großen Stille. Es komme aber noch besser. Der Chauffeur sei einmal Zeuge der folgenden unglaublichen Begebenheit geworden: Der Chauffeur sei mit dem Sohn über Land gefahren, da habe dieser einen Feigenbaum mit köstlichen Feigen entdeckt. Da er gerade

Lust auf Feigen verspürt hätte, habe er halten lassen, sei ausgestiegen und zum Baum gegangen, um von den Früchten zu nehmen. Wie er aber die Hand ausgestreckt habe, seien plötzlich nur noch Blätter auf dem Baum gewesen und keine einzige Frucht. Der kleine Herr, so der Chauffeur weiter, sei darob in großen Zorn geraten und habe einen geheimnisvollen Satz gerufen: Der Erste kam aus dem Feuer, der Dritte geht in das Licht, der Zweite im Zeichen der Schwäne/besitzet das zweite Gesicht; verdorre! Und der Feigenbaum sei auf der Stelle verdorrt. Als der Fahrer, in fassungslosem Staunen, sich die Frage erlaubt habe: Wie habt Ihr das gemacht, Herr?, habe dieser nur geantwortet: Frage nie nach meinem Geheimnis, und sie seien nach Hause gefahren. – Ein anderes Mal, er mochte fünf Jahre gewesen sein, habe er vergessen, vor dem Ausgehen seine dunkle Brille aufzusetzen und den Bart aufzukleben. An der Hand der Gouvernante, die alles bezeugen könne, sei er an einer Horde Fußball spielender Buben vorbeigekommen. Von seiner bloßen Erscheinung aufmerksam geworden, hätten sie im Spiel innegehalten und gerufen: Was willst du von uns, bist du gekommen, uns schon vor der Zeit zu quälen? *Er* aber habe die Buben nur lange angesehen, um sodann die Worte zu sprechen: Schweinebande, Pack! Geht! Und die Horde sei, wie von einer rätselhaften Kraft bewegt, einen Abhang hinabgestürzt und in einem Teich ertrunken.

Wie jeder wahre Erlöser habe ihr Sohn eine starke und schöne Bindung an sie, die Mutter, er trage sie auf Händen, sie könne ja mit Fug und Recht behaupten, die einzige, die einzig wahre Frau im Leben des Sohnes geblieben zu sein. Alle die Frauengeschichten, die Liaisons mit unverzichtbaren Schauspielerinnen – das dürfe sie eigentlich nicht verraten – wären ja nur vorgeschoben, erstunken und erlogen, um es gewöhnlich auszudrücken. Nicht wenige Frauen hätten ihm ihre Körper dargeboten mit dem Bemerken: Das alles soll dir gehören, er aber habe sich stets mit einem aus dem Religionsunterricht bekannten Ausspruch abgewandt. Auch die Erkenntnis, daß es Frauen massenhaft, beliebig und austauschbar, die eigene Mutter aber nur einmal gebe, werde hiefür ausschlaggebend gewesen sein. Ja, Ausschlag, da es ihr gerade einfiele: Unter Trennungen von ihr, auch kurzfristigen, habe der Jüngling immer schwer gelitten, im Internat etwa hätten ihm Furunkel und Abszesse schrecklich zugesetzt, die Gürtelrose habe seine Lenden zerfressen, sein Blut wäre vergiftet von Heimweh und Angst, habe er in einem Brief, unter der Anrede *Meine Mater Admirabilis!* geschrieben, ob das nicht ergreifend sei, nein? Schließlich habe sie ihm von Hauslehrern und Hofmeistern die Bildung beibringen lassen, derer er eigentlich – nicht er! – nie bedurft hätte; die Akne aber sei eine Art Karma, ein existentieller Schlüssel geworden. Noch eine köstliche Begebenheit wisse sie zu berichten: Bei einem Hausball, eine Damenkapelle habe gespielt, habe der Bub, plötzlich aufgetaucht auf der Terrasse, sie tanzend in den Armen eines wohl eingeladenen, nichtsdestoweniger *fremden Kavaliers* betroffen; da habe er aufgeschrien: Mutter, nicht! Er soll dich nicht anfassen, deine Haut ist heilig, sie gehört mir und der Sonne! Rührend sei dieser Zwischenfall gewesen, alle hätten geschmunzelt, sie jedoch habe fortan den Gesellschaftstanz nur noch heimlich gepflogen.

Insgesamt sei er ein Sohn, mit dem eine Mutter nur Freude haben könne. Er sei Vegetarier, wiewohl er sich manchmal von ihr zu Marillenknödeln, seinem Lieblingsgericht, das sie, die Mutter, bereite wie keine sonst, verführen ließe, er rauche nicht, er trinke nicht, von Drogen und Aufrührern habe er sich stets ferngehalten, und könne er auch nicht jeden Sonntag mit ihr zusammensein, so doch jeden Muttertag.

Muttertag. Nein, *Montag*, Verzeihung. – Nun, was schreiben wir denn heute, rief ich gutgelaunt, zog die Vorhänge auf und setzte das Fernglas an. (Wieder hatte ich Tage tabakrauchend im Bett verbracht, hier wie dort, hüben wie drüben, und dieser Parallelführung wegen hatte ich die Beobachtung kurzfristig unterbrochen.) Nun aber war ich frisch rasiert – rasiert, ich! – und meine Augen strahlten vor Sehschärfe. *»Der furchtlose Landvermesser* und andere Arzneyen aus der steirischen Hausapotheke«, konnte ich erstaunt das Deckblatt lesen. Den furchtlosen Landvermesser hatte ich bereits zu Papier gebracht, er lautete: Es war einmal ein leerstehendes Schloß, in dem es nicht geheuer war. Am Fuße des Schloßberges stand ein Wirtshaus. Eines Abends kam ein ausgedienter Landvermesser und bat um Herberge. Für Landvermesser ist hier noch nie Platz gewesen, beschied der Wirt den Herbergssucher barsch, doch wenn es ihm an Mut nicht gebräche, könne er sich im Schloß für die Nacht einrichten. – An Mut mag es mir fehlen, an List gewiß nicht, gab der Landvermesser zurück und machte sich auf zum Schloß, nicht ohne zuvor den Wirt in Gedanken einen Kernstocktrottel geheißen zu haben. Im Schloß legte sich der Landvermesser im erstbesten Zimmer auf ein Lager und versuchte über wehmütigen Gedanken an seine Glanzzeit, da er in ganz anderen Schlössern und Schloßwirtshäusern zu tun gehabt hatte, einzuschlafen. Gerade war er in der Vorstellung bei einer gewissen Pepi angelangt, da begann es zu rumoren, so laut, daß er sich vom Lager wieder erhob und ein Licht ansteckte. Der Lärm kam aus dem Kamin, und plötzlich fiel aus diesem ein Bein herab, dessen Fuß in einem genagelten Schuh steckte und tadellos erhalten war. Zu seiner eigenen Überraschung erschrak der Landvermesser nicht, sondern war so sehr belustigt, daß er in den Kamin hinaufrief: Den Rest auch noch! Prompt folgten das zweite Bein, der Rumpf, mit einer Lederhose angetan, Arme und Hände und schließlich ein etwas zu großer Kopf mit schütterem, weißblondem Haar und einem rötlichen, grinsenden Gesicht, das den Landvermesser auf Anhieb abstieß; dennoch setzte er die Teile im Nu zusammen. Der Mensch, der nun vor ihm stand – wie häßlich er war! –, trug sich auch gleich als Kamerad und Gehilfe an; damit nicht genug, verlangte er Most zu trinken und begann, polternd und geschwätzig, Scherze und Geschichten über einen gewissen Hödlmoser und einen gewissen Prestele zu erzählen, unterbrochen nur von einem gewalttätigen Lachen. Dem Landvermesser mißfiel das immer mehr, bis er, rasch entschlossen, an den Kamin trat und hinaufrief: Fährmann, hol über! Und wirklich: Bevor er den Satz *Der Dachstein ist der höchste Berg der Alpen* zur Gänze aussprechen konnte, war der lästige Scherzbold wieder durch den Kamin verschwunden, und der Landvermesser schlief friedlich bis ans Ende der Nacht.

Jetzt konnte ich mir bei der Niederschrift des *Buckligen Landwirts* zusehen. – Es war einmal, in der Gegend von Judenburg, ein Landwirt, der lebte in Not und Kümmernis und hatte einen großen Buckel. Darob verspotteten ihn die Leute im Dorf, und der Bauer kränkte sich sehr. Eines

Abends, der Vollmond war gerade aufgegangen, ging der Bucklige am Waldrand dahin, in der Hoffnung, daß er vielleicht auf ein verirrtes Kind stieße, an dem er sich gütlich tun könnte. Plötzlich aber sah er auf einer Waldwiese eine Schar Zwerge einen Reigen tanzen und in einem fort singen: Montag Dienstag Mittwoch, Montag Dienstag Mittwoch. Um die Zwerge zu erschrecken, trat der Bauer aus dem Gesträuch und rief: Donnerstag und Freitag noch! Den Zwergen aber gefiel das über alle Maßen, das wäre ein Reim, nach dem sie lange schon gesucht hätten! Und zum Dank dafür rieten sie dem Bauern, nur tiefer in den Wald hinein zu gehen, dort werde er auf einen Wanderer in einem grünen Wams treffen, der ihn zur Begrüßung fragen werde: Seid ihr es, Bruder Eichmann? Wenn er darauf die richtige Antwort, nämlich: Ich bin es, Pater Fleischmann, zu sagen wüßte, habe er einen Wunsch offen, den ihm der Grüne erfüllen werde. Das Bäuerlein dankte artig und griff tüchtig aus, immer tiefer in den Wald hinein. Und wirklich, alles begab sich so, wie die Zwerge es vorhergesagt hatten. Auf die Antwort *Ich bin es, Pater Fleischmann*, schaffte der im grünen Wams dem Bauern, seinen Wunsch zu tun. Der pfiffige Landwirt, nicht faul, erbat sich, anstelle seines Höckers einen Sack mit Gold nach Hause zu tragen; und kaum ausgesprochen, war der Wunsch auch schon in Erfüllung gegangen, der Buckel verschwunden und der Sack mit Gold so schwer, daß der Bauer, von der Last gebeugt, durch den Wald seinem Hof zustrebte, im Mondlicht wie sonst auch anzusehen, daß nicht einmal die Wegelagerer den Unterschied bemerkten.

Nun wohnte im Nachbarhof ein hartherziger Bauer, der schon sechs Juden mit eigenen Händen erschlagen oder erwürgt hatte und es dadurch zu beträchtlichen Gütern im Bärental gebracht hatte. Als dieser grobe Bärentaler, wie er auch geheißen wurde, ansehen mußte, wie sein armer Nachbar, mit dem er sich bisher so manchen Spaß erlaubt hatte, mit einem Mal aufrecht einherkam und die schönsten Mägde der Umgebung in seine Kammer holte, um ihnen beizuwohnen, ruhte er nicht eher, bis er die ganze Begebenheit erhorcht hatte. Als der Mond wieder voll war, schlich der Geizige zur Waldlichtung, und wieder tanzten die Zwerge ihren Reigen, diesmal aber sangen sie: Der erste Jud, der zweite Jud – eigenhändig, eigenhändig! – Nehmt die andern auch dazu, am Sonntag geht die Welt zur Ruh'!, rief der Bauer und trat unter die Zwerge. – Sagt an, wie gefällt euch dieser Reim? Ist das nicht etwas anderes als die kindischen Worte des Buckligen? – Eigenhändig, eigenhändig, sangen die Zwerge und hopsten im Kreis, daß es eine Freude war; am aufdringlichen Fremden aber kehrten sie sich nicht. Da wurde dieser zornig und rief: Glaubt nur nicht, daß ich den Weg nicht wüßte, ihr dummen Wichtel; Pater Fleischmann – Bruder Eichmann, ihr seht, ich weiß alles! Sprach's und ging den Weg, den ihm der Nachbar bezeichnet, weiter in den Wald hinein. Bald versperrte ihm der wilde Jäger den Weg und fragte: Seid Ihr es, Bruder Eichmann? Vor Gier und Aufregung durcheinandergeraten und erschreckt vom lauernden Unterton der Frage, gab der Bärentaler zur Antwort: Ich bin es, Bruder Baum. – Ich wiederhole, sagte der im grünen Rock nun drohend, seid Ihr es, Bruder Eichmann? – Nein, ich bin es, Pater Leppich, antwortete der Bauer und wußte wohl, daß er das Schlüsselwort vergessen hatte. Verzweifelt probierte er allerlei Antworten, keine wollte den Fremden zufriedenstellen, weder *Ich bin es, Vetter Bormann* noch *Ich bin es, Meister Todt, Ich bin es, den sie den Polen nennen* oder *Ich bin es, der Schmelzkäse*, nicht *Ich, Gevatter Dirlewanger*, nicht *Ich, der liebe Wolf*, nicht Löhr, Marcinkus, Waldmeister, nicht Mengele oder Waclawik, kein Name, kein Ich – ob Pater Bodo, Frater Kaser, ob Judenburger, Judenbucher – konnte dem Bedauernswerten helfen. – So seid Ihr also nicht Bruder Eichmann, sondern Bruder Baum ... Bruder Baum, nie gehört ... Gut, Ihr seid, wer Ihr seid, es ist, was es ist, sprach der Grüne, und schon war der unselige Bauer in einen Baum verwandelt, in eine Buche, in die sogleich der Blitz einfuhr, daß nur ein verkrüppelter Rest stehenblieb. Dieser Baum heißt seither nur die Judenbuche, und schon mancher Dichter hat sich erzählend daran versucht.

... oder billig sein Mütchen daran gekühlt, Bube!, dachte ich auf meinem Hochsitz, meinem Beobachterposten, den Waldrand, den Blattrand, die leeren, noch nicht beschriebenen Flächen auf meinen Papieren im Auge, wie Lichtungen, abgehoben vom Waldessaum, prüfend, ob nicht ein kapitaler Hirsch sich zeigte. Auf gefährlichen Pfaden, tückischen, glatten Stellen sah ich mich bewegen, über Abstürzen und Stilbrüchen um mein Gleichgewicht bemüht, längst saß ich über anderen Geschichten, über gefährlichen sprachlichen Manövern, Sätzen wie: *In der Schreibstube brannte ein tüchtiges Feuer* oder *Der Tag ging allmählich zur Neige; die Alte saß im Schaukelstuhl, den Ellbogen auf den Schreibtisch gestützt, das Gesicht dem Feuer zugekehrt* oder *Die Uhr neben der Schreibstubentür holte schnarrend zum Schlage aus*, wie: *Frühling und Sommer gingen hin, und es wurde Herbst*, wie (wenn ich mir nur nicht zuviel zumutete!): *Nie ein Feuer alleinlassen, solange man nicht Herr darüber ist!, mahnte der Vater*, wie: *Eines Tages kam ein Frem-*

der aus dem Tiefland herauf, oder – ah, gefährlich! –: *Der Lichtschein auf dem Flur wuchs dunkelrot und drohend, es roch versengt und brandig, nach Rauch, nach Unheil* … (Brandgefährlich, solche Schilderungen!) und da: *Der Schein an der Wand wurde hell und feurig, und plötzlich schlugen Flammen aus der Kammer, daß es sprühte.*

Schluß jetzt; Schluß jetzt, sagte ich zum Elektroheizkörper und machte ihn kalt. Schluß jetzt, ihr beide, sprach ich zu Teppichboden und Fernsehapparat, führte eine Implosion herbei und war auch des Teppichbodens ledig. Schluß jetzt, mit diesen Worten zerriß ich dieses letzte *Hausmärchen* der klassischen Moderne und betätigte die Wasserspülung. Schluß!, sah ich mich drüben murmeln – es könnte aber auch ein unflätiger einsilbiger Fluch gewesen sein – und erschöpft meine Mappe schließen.

In den fünfziger Jahren sind Filmleute ins Dorf gekommen, ins Dorf an der Glocknerstraße, zum Plattnerhof…

Diesen Satz hingeschrieben, sah ich mich aufstehen, den Schreibtisch und das Erzählwerk verlassen und über den Hinterhof ins Literaturmagazin gehen, um einige passende Stücke, Literaturbauteile und andere Dinge hervorzusuchen – Schriftstücke, Protokolle, ein Drehbuch, eine Filmrolle; aber auch Streichhölzer, Sturmfeuerzeuge, Kanister mit Petroleum oder mit Benzin getränkte Lappen, sogar einen Diwan sah ich mich mit dem Hausmeister über den Hof tragen, alles für die Arbeit an meinen Metamorphosen, meinem *großen Schadenfeuer*, an den Metamorphosen des Plattnerhofes, meinem Versicherungsbetrug. (Versicherungsbetrug, Plattnerhof, Schadenfeuer? Wie wenn ich es geahnt hätte! Hatte ich tatsächlich alles nur erfunden, um es dann zu vernichten? Alles aufgebaut, um es nachfolgend abbrennen zu lassen, die Zimmer mit schöner Aussicht, mit Sicht auf die Unholden, das Zimmer Numero Neun mit Notbett, die kleine Stiege neben der Bodentür, das Parterrezimmer mit Veranda, die drei Handkoffer, das Eckzimmer im ersten Stock des alten Hauses, dreifenstrig, mit vom Gang aus zugänglichem Balkon, die reparierten Jalousien des Speisesaales – alles plötzlich nichts? – Das konnte, das durfte nicht sein, was ist, kann nicht wahr sein! Und doch war es so, nicht wahr, *nicht wahr*; aber es war so.) Tatsächlich beobachtete ich von Fenster zu Fenster, wie ich manche Stücke aus dem Literaturmagazin betrachtend ans Licht hielt. Die gesichteten Materialien schienen mich durchaus zufriedenzustellen, etwa die Äußerungen – so schwer zu übersetzen sie auch sein mochten – eines vormaligen Feuerwehrhauptmannes, Gemeindevorstehers und gewesenen Zimmermalers Defregger, Jahrgang 1900.

… Alles aus Holz, bis auf die Grundmauern alles aus Holz! Der Bruder sei über das Feld gelaufen gekommen und habe gerufen, nein, der Gruber sei zum Putzenbacher gelaufen gekommen und habe in die Stube hineingerufen – *Plattnerhofe – brennt*, der Bruder sei über das Feld gegangen und habe es *zum Fenster hinaus* brennen gesehen, so, ein Sonntagabend im Oktober, der letzte Oktobersonntag sei es gewesen, die Tage zuvor sei Schnee gefallen, an jenem Tag habe die Feuerwehr eine Übung abgehalten, nein, Landkirtag sei gewesen, beides, Feuerwehr*übung* und Feuerwehr*fest*, er sei beim Putzenbacher »melden« gewesen, als der Gruber zur Tür hineingerufen habe: Plattnerhofe brennt… Plötzlich habe es zum Fenster hinausgebrannt, der Bruder habe es als erster gesehen, mit ihren Pumpen, mit dem Spritzenwagen sei nichts auszurichten, das Feuer sei nicht zu *erlöschen* gewesen. Kein Löschteich vorhanden!, bald seien auch die Feuerwehren aus dem Tal die alte Glocknerstraße heraufgekommen, aber nichts zu retten, Opfer an Leib und Leben seien nicht zu beklagen gewesen, aber sonst nichts zu retten von Hab und Gut, alles zerstört, am längsten habe das Blechdach des Futterhauses an der Rückseite des Hofes standgehalten, selbst von den hundert Türen, der Plattnerhof solle hundert Türen gehabt haben, sei keine einzige verschont geblieben ... Eine seltsame Wahrnehmung falle ihm in diesem Zusammenhang wieder ein: Jahre vor dem Großfeuer habe er Anstreicherarbeiten an einer Außenwand durchgeführt und zufällig, von der Leiter, in ein Zimmer hineingesehen, in dem Zimmer sei ein Fremder gewesen aus der Stadt, und unter dem Bett habe der Fremde ein zusammengerolltes *Seil* liegen gehabt, und auf die Frage nach dem Wozu geantwortet: Ja was er denn glaube!, wenn Feuer ausbräche, müsse er, der Fremde, sich doch abseilen können ...! – Ja, das Feuer muß in den Plattnerhof förmlich *hineingebaut* worden, von Anbeginn mit angelegt gewesen sein, jener Sommergast beweist es; *Bad* Plattnerhof, Eisen*quelle* – und solcher Mangel an Löschwasser, der Mühlbach nicht weit, und doch keine Schlauchleitung, keine Feuerlöschkette, und wenn doch, zu spät ... Ah, ich scheine gut gearbeitet, den Hof sprachlich sicher in Schutt und Asche gelegt zu haben ...!

*

In den fünfziger Jahren sind Filmleute ins Dorf gekommen – wieder fand ich mich über den Kapitelanfang gebeugt –, sie haben sich, mehr als zwanzig Jahre später, an der Brandstatt umgesehen, die Ruine und das Gelände vermessen und Berechnungen angestellt. Der Regisseur hat sich von der in hohem Alter stehenden, gleichwohl immer noch rüstigen, einstigen Verwalterin des Plattnerhofes, die –

Ich unterbrach den Satz, eines Versäumnisses wegen, das mir plötzlich bewußt geworden war; fast hätte ich vergessen, Feuer zu machen, den Zimmerofen anzuheizen – war es nicht empfindlich kalt, hatte es nicht schon geschneit? –, tüchtig einzuheizen und den Diwan möglichst nahe an den Ofen zu schieben. Dies getan, schrieb ich erleichtert den Satz zu Ende von der Verwalterin des Plattnerhofes, ihr Name war mir im Augenblick entfallen, die damals ihrem verhaßten Neffen die Schreibstube hatte überlassen und sich in eine Dependance, ins Egghäusel, hatte zurückziehen müssen, Verbannung in der Nachbarschaft; die Sommergäste waren nach und nach ausgeblieben, der Plattnerhof mehr und mehr verlottert und zum Dorfkrug heruntergekommen …

Jetzt oder nie mehr, hatte ich in den Tagen vor jenem letzten Oktobersonntag gedacht; wieder sah ich, im Schein der Petroleumlampe, nach meinem Feuer im Zimmerofen, es entwickelte sich, daß es eine Freude war und nur noch eine Frage der Zeit, daß –, und wie um mir recht zu geben, holte die Uhr neben der Schreibstubentür schnarrend zum Schlage aus.

Die gesamte Fläche des Daches habe mehr als ein Joch betragen, so die Wochenschrift *Lienzer Nachrichten.* Fast vierundzwanzig Stunden, die Nacht und den darauffolgenden Tag über habe das Feuer gewütet, erst am Abend des Montag sei auch der letzte, westliche Trakt in rauchenden Trümmern gelegen. Mit hoher Wahrscheinlichkeit sei das Feuer in einem Fremdenzimmer durch einen überhitzten Zimmerofen entstanden, dem ein Diwan zu nahe gestanden sei (habe! Bitte? – Zu nahe gestanden habe! Sei! Unentschieden, ein nord-südlicher Diwan). Aber – was aber, kein Aber! – aber auch Brandlegung sei nicht gänzlich von der Hand zu weisen (eine Unverfrorenheit meiner guten Arbeit gegenüber, doch ich werde mir etwas einfallen lassen) … Nun, wie weiter? Das Element habe zuerst die Wirtschaftsgebäude ergriffen und dort beste Nahrung gefunden. Gut. Die unheimliche Schnelligkeit des Umsichgreifens und der Mangel an Wasser haben die Brandbekämpfung so gestaltet, daß das Objekt von vornherein verloren war? Gut. Das gesamte Vieh, mit Ausnahme von zwanzig Hühnern, habe man retten können? Besitzer und Dienstpersonal seien an Ort und Stelle von der Gendarmerie einvernommen worden? Sehr gut. – Seien auf Anordnung des Herrn Bezirksrichters *getrennt* einvernommen worden? Auch gut, warum denn nicht. Diwan und Zimmerofen schweigen, der rote Hahn kräht.

Nun eine Zeugin. Ein Stubenmädchen, Elisabeth. Nein, nicht Elisabeth, Elisabeth ist die junge Herrin, die Herrin von Borgland, das Stubenmädchen heißt Vroni, oder, wenn es große Brüste hat, Traudel; ein Griff in die falsche Lade, und schon ist der Irrtum passiert; im gegenständlichen Falle eine Verwechslung mit meiner *Filmnacherzählung*, meinem *Verhängnis von Björndal*, meinen Borgland-Variationen … – Bitte, Traudel.

Es mochte gegen Mitternacht gewesen sein, sie sei schon eingeschlafen – nein, nicht gegen Mitternacht, früher, die Tanzunterhaltung sei voll im Gang gewesen, da habe sie sich wegen – ja, weswegen?, wegen … starker Kopfschmerzen in ihr Zimmer und ins Bett begeben, unpäßlich, unpäßlich ist das Wort, unpäßlich habe sie sich gefühlt, und deshalb habe sie auch der Sporer Franz, der Pfarrerstudent, ins Zimmer gebracht … Sie müsse wohl kurz eingeschlafen sein, und plötzlich aufgewacht von einem fernen Knistern und Prasseln, von Geräuschen, die herumzuwandern schienen, vom alten Haus ins neue Haus herüber, die kleine Stiege zur Bodentür hinauf oder von dort herunter? – und zum Zimmer vierzehn, falsch, vom Zimmer zwölf zum Zimmer dreizehn irgendwann später sei es vor den Fenstern plötzlich hell geworden, gelber

Schein, schwefelgelb, dann rötlich, ein Knall, der das Haus habe erzittern lassen, und dieser Geruch, brandig, nach Unheil, und großer Lärm, plötzlich eingesetzt, Laufen, Rufen, Türenschlagen; schnell, über das Dach, über die Veranda, habe sie zum Sporer gesagt – nein, nicht zum Sporer, das gehört nicht hierher, zu sich selbst habe sie

Ja, schon gut; danke, Vroni, äh – Traudel, aber vorher, vor dem Ausbruch des –

Ja, eben. Aber daran wird doch nichts Merkwürdiges sein, auf dem Weg zu ihrem Zimmer sei ihr der Verwalter begegnet auf der Treppe, er habe nach dem Feuer sehen müssen im Vierzehnerzimmer, habe er gesagt, nein, er habe nachlegen müssen im Ofen von Numero zwölf, so, »nie ein Feuer alleinlassen, solange man nicht Herr darüber ist«, habe er erklärt und wie irrsinnig gelacht, ob das so recht sei –

– Nein, Traudel, war es wirklich der Verwalter?, der Verwalter war doch unten, in den Gasträumen, besser noch: Der Verwalter war an dem Abend gar nicht im Haus …

… Einen Fremden, einen ortsbekannten Fremden habe sie, zu ihrer Überraschung, an jenem Oktoberabend im Obergeschoß gesehen, den … Wen, das wird sich finden, einen jedenfalls, der im Obergeschoß nichts zu suchen gehabt hätte, das sei ihr sogleich merkwürdig erschienen … Immer genauer erinnere sie sich: Einer von der anderen Seite sei es gewesen, ein *Penzelberger*, kein *Iselsberger*, ein Kärntner, kein Osttiroler, ein Verderbter, wie alle, die aus Kärnten kommen, ein Knecht …

… Ein Knecht, der erst im Frühherbst auf den Hof gekommen sei. Er habe seinen freien Tag gehabt und sein Sonntagsgewand angezogen, bevor er aus dem Haus ging, nachher, während des Brandes, sei dem Bauern aufgefallen, daß er auch seinen kleinen Koffer mitgenommen habe … Man wird ja sehen, wo sie ihn erwischen, ob sie ihn überhaupt erwischen … Wissen Sie, hat der Maler gesagt, das ganze Land ist ja, wie man sieht, voller Verbrecher. Voller Mörder und Brandstifter, so der Maler.

– Maler? Welcher Maler? Der Kunstmaler Defregger, der Zimmermaler? Der Maler Strauch? Der Maler Strauch, ja freilich, ich bitte sehr um Verzeihung, aber da mußte ich im Literaturmagazin, im Halbdunkel, *im Frost*, im Zwielicht dieses Magazins in ein fremdes Abteil, ins Kellerabteil eines Kollegen geraten sein und von dort versehentlich etwas mitgenommen haben, *mitgehen lassen* haben, fremdes Eingemachtes, aus der ersten Garnitur, man könnte auch sagen: böhmisch eingekauft.

Zurück an die Brandstatt, in die Brandnacht. Wieder eine Zeitung, eine andere: *Großfeuer am Iselsberg!* – Vom Tal, namentlich von Lienz aus, war das Feuer gut sichtbar. Vor allem zu Beginn des Brandes schlugen hohe Feuersäulen zum Himmel, so daß die dem Iselsberg gegenüberliegenden Dolomitenwände blutrot leuchteten – und die Betrachter dieses einmaligen Naturschauspiels, wie es nur im Farbfilm hätte besser dargeboten werden können, wiederholt zu Beifallsstürmen hingerissen wurden, so daß man von einem grandiosen Branderfolg, von einem der vollkommensten Schadenfeuer der letzten Jahrzehnte sprechen kann. Auch die zeitliche Inszenierung verdient Anerkennung: Den Brandbeginn für neun Uhr fünfzehn abends anzusetzen … – Ah, was ist nun schon wieder, diese Sätze schrieb ich ja gar nicht, die Zeitung blendet nach den blutroten Dolomitenwänden ab; ich war schon ins Träumen geraten, ins vernunftlose, wie gesagt wird. Auf den Feueralarm hin rückte der Motorzug aus. Auch die Feuerwehren von Dölsach und anderen Orten der Nachbarschaft, sowie die Feuerwehr von Iselsberg erschienen am Brandplatze, doch wurde ihr Eingreifen durch Wassermangel sehr beeinträchtigt. Das Löschwasser mußte hauptsächlich einem Tümpel entnommen werden, der durch die Schneefälle der letzten Tage entstanden war. Von der landwirtschaftlichen wie von der gastronomischen Einrichtung konnte so gut wie nichts gerettet werden. Die Besitzer erleiden einen Schaden von 60 000.– Schilling, das Objekt war auf 50 000.– versichert. Als Brandursache wird ein überhitzter Zimmerofen angenommen, es ist aber auch – ja? Funkenflug? Kabelbrand? Selbstentzündung des Heus? –, es ist aber auch Brandlegung nicht ausgeschlossen. (Nein, nicht schon wieder! Wer sagt denn, daß ich, der Verwalter – der Fremde!, jetzt fällt er mir wieder ein, *in den dreißiger Jahren ist ein Fremder ins Dorf gekommen*, der Fremde vom Penzelberg, der Verderbte aus Kärnten, noch besser ein ortsfremder Fremder, da!, er wird sich längst über die Grenze nach Salzburg abgesetzt haben, über den Tauern, und dort die Gendarmerie von Golling-Abtenau beschäftigen, ohne Erfolg, weil der Fremde ... das Tennengebirge überquert und sich in die Steiermark durchgeschlagen haben wird, oder nein, er wird die Salzach durchschwommen haben und sich in Bayern der österreichischen Legion andienen, und 1938 zurückkehren, um – einem Nazi ist alles zuzutrauen – den Plattnerhof ein zweites Mal anzustecken, der allerdings wird nicht wieder aufgebaut worden sein – dumm wäre ich gewesen, zehntausend verloren, aber fünfzigtausend gewonnen! Es war Oktober, und das Freudenfeuer schwelte ...

Anderntags sah ich mich, bei wechselnder Bewölkung, mittlerer Sicht, mein Schreibpult zum Kohlenofen rücken (das Literaturhaus mußte wieder schlecht beheizt sein, der Verwalter wahrscheinlich betrunken im Keller liegen), mit der Feder ins Tintenfaß eintauchen, um in Kurrentschrift einen Brief aus Meran zu schreiben. Meran, 17. Nov. 1935, Liebe Nichte Anna! sah ich mich beginnen. – Bei Empfang Deines Schreibens freute ich mich noch, von Dir Nachricht zu erhalten, aber dann wurde es mir sehr hart, zu entnehmen, welch großes Unglück Euch betroffen hat. Daß es gar kein Ende haben will mit den mißlichen Verhältnissen! Ein Glück, daß Dein Neffe eine Zuflucht im Wallnig-Hof gefunden hat. In Gedanken leide ich mit Dir – diese große Aufregung, die Dir, da Du gesundheitlich ohnehin nicht auf das Beste Dich befindest, gar übel bekommen mußte! Und daß Du nun noch mehr vereinsamt in Egghäusel sein mußt, alleingelassen mit Erinnerungen ... Die Briefschatulle ist doch in Sicherheit? Ach, in all den vergnügt verlebten Jahren dachten wir schon gar nicht mehr daran, wie es so ganz anders kommen könnte. Und doch, unsere Abfindung, unser Trost: *Wir haben gehabt* ...!

*

In den fünfziger Jahren sind Filmleute auf die Paßhöhe gekommen. Sie haben sich in der Brandstatt umgesehen, die Ruine und das Gelände vermessen und Berechnungen angestellt. Daraufhin haben sich Professionisten an die Arbeit gemacht, Maurer und vor allem Zimmerleute, und den Hof wieder aufgebaut, die Vorderfront zumindest, den großen Saal, die Schreibstube, die Feuerstellen, das Herrenhaus von Borgland *wirklichkeitsgetreu* nachgebaut, von den Bauernkindern, das grenze ja ans Wunderbare, scheu beobachtet, für den Film ... den Film – Das Verhängnis von Borgland, nein ... den Film: Und ewig ... – was, ewig, Frau Löffler, bitte kommen – Und ewig ... lockt das Weib? Nein ... Da!, jetzt singen sie wieder, die ... Wälder, ewig – Hören Sie, Löffler? Naturgemäß! – singen die Wälder, *Und ewig singen die Wälder*, das ist der Film; die Gegenwelt hochgezogen, den Prospekt herabgelassen ...! Hören Sie, Sigrid, wie sie singen, die Wälder, hören Sie nur ... Den gemischten Chor der Gesellschaft der Naturfreunde, Löffler, hören Sie überhaupt zu?

Im Schulhaus hat die Filmgesellschaft ein Büro eingerichtet, um Komparsen anzuwerben; zuletzt sind die Schauspieler gekommen, *wirkliche Filmschauspieler*.

Dann, eines Nachts, *Plattnerhof*, *Innen*, *Nacht*, Zimmerofen fertig, Diwan herangeschoben, Petroleumlampen, Benzinkanister bereit, Knistern und Prasseln, Rauch, Laufen und Türenschlagen, Rufen: *Feuer*, *Feurio ...*!

Eines Nachts – *Borgland*, *Innen*, *Nacht* –, letzter Auftritt Elisabeth von Gall; der Spiegel am Schminktisch zersprungen, dreiarmiger Kerzenleuchter fertig, Vorhang bereit, Bewegung, unglückliche, Handbewegung, ungeschickte, Fehlleistung, Stoß, Entsetzen, *Feuer!*

Eines Nachts – *Borgland*, *Außen*, *Nacht* –, der Schauplatz taghell erleuchtet, Pyrotechnik fertig, Brandmeister bereit, Kamera läuft, Ton läuft: *Feuer*, *Feurio!*

Zwischenschnitt Björndal, Innen, Nacht, Laufen, Rufen: Borgland brennt, Borgland brennt! Auftritt Gert Fröbe als Dag, irr vor Schadenfreude über das Schadenfeuer: Diese Hexe – verbrannt? Gelächter, Freudengeheul, Schnitt.

Borgland, Außen, Nacht; Feuer aus allen Fenstern des Herrenhauses, Schnitt.

Borgland, Außen, Nacht; kleiner gewordenes Feuer, Flammenreste, Schnitt.

Borgland, Außen, Tag; Morgen; rauchende Trümmer im Schnee, Schutt, Asche, Brandruine, Winterlandschaft, stehengeblieben nur die Kamine.

Filmbrand am Iselsberg, so die Zeitung. – In der Nacht auf gestern wurde im Zuge von Dreharbeiten zu einem Heimatfilm an der Brandstatt des einstigen Plattnerhofes ein Großfeuer inszeniert, welches »das Herrenhaus von Borgland in Schutt und Asche legte«. Das Feuer war im Tal gut zu sehen und ließ die gegenüberliegenden Dolomitenwände blutrot erscheinen, so daß man an ein echtes Schadenfeuer, an ein Naturschauspiel und nicht an ein Filmschauspiel hätte glauben mögen. – (Daß die Zeitungen immer so übertreiben! Gewiß, ein solider Mittelbrand, aber nichts gegen das erste Großfeuer! Zwar ist der Film immer noch die bekömmlichste Wirklichkeit, aber gegen die wirkliche Wirklichkeit ist er nichts, sah ich mich in der Schreibstube drüben festhalten. Ich beobachtete, wie ich mich im Lehnstuhl zurücklehnte neben der Standuhr – gleich würde sie schnarrend zum Schlage ausholen –, und mich erinnerte ... Freilich, erste Marke, wie Anna Smolik als junge Herrin von Borgland, kurz vor dem Ausbruch des Feuers, am Fenster steht und in den Schnee draußen starrt mit versteinerter Miene, wie Friedrich Joloff als Oberst von Gall zu seiner Tochter Elisabeth sagt: Kind, du erschreckst mich, und die Tochter darauf antwortet, unnachahmlich: *Ich kann den Winter nicht ertragen* ... es ist so kalt ... alles erinnert an Tod, an Verfall ... Oder auch, wie, in weiterer Folge, auf Björndal, die Magd Gunvor, verkörpert von Ellen Schwiers, den Stubenboden schrubbt, nein, ausreibt mit einem Ausreibefetzen, oder wie die geile

Gunvor dem braven jungen Dag, dargestellt von Joachim Hansen, zuflüstert: Wenn es deine Frau erfährt! Aber auch, wie die Magd schließlich, zwar nicht mit Hunden, aber mit den Worten: Die Grenze ist Richtung Osten, geh … geh sofort, verstanden? vom Hof gejagt wird in einer Winternacht, das ist die Wildnis, Löffler, die Wildnis und auch der)

Wirklichkeitsruine, Filmruine; Hotelbrandstatt, Kulissenbrandstatt… Dies hingeschrieben, die Einsicht eines anderen – *keinem bleibt seine Gestalt* – im Kopf, sah ich mich wieder über den Hinterhof gehen, mich am Literaturmagazin vorbei in die Literaturgeschichte begeben, zu den Urnengräbern, Ausgrabungen, in meine Urnenfelder, um passende Inschriften, Grabbeigaben, vielleicht gar eine vergrabene Flaschenpost – was immer der moderne historische Romancier, der Defregger der Literatur, eben benötigt, um später vortragend Säulenhallen oder Stadien zu füllen – zu finden; wie sehr hoffte ich doch, daß mir der große Wurf gelingen möchte! Die Aussicht darauf ließ mich vergnügt, ja laut singend – »Heißer Sand, und ein verlorenes Land… «, hörte ich mich bis ins Hotel Atlanta herüber – von den Ausgrabungen ins Literaturhaus zurückkehren, um weiterzuschreiben.

Hotelbrandstatt, Kulissenbrandstatt, Filmruine, Wirklichkeitsruine; Schutt; Stille, vereinzelt Vogelstimmen; Unrat, ausgesonderter Hausrat, irgendwann später in die offen zutage liegenden Keller gekippt. – *Auf Stühlen lag weißer Sand, zwischen Brotresten rannten Ameisenzüge,* nein, fuhren, nein, doch rannten, erster Zug auf mein Kommando, zweiter Zug auf mein – Ameisenzüge, Brotreste? Stühle mit weißem Sand darauf? Ach du schimmernder

Strauß Mikrophone! – Strauß trat an die Mikrophone und sprach: Bürger von Rom! Münchener! –, bei den Schrekken des Eises und der Finsternis: Jetzt hatte ich schon wieder aus der Literaturgeschichte von einem anderen etwas mitgenommen, versehentlich, wie ich später grinsend behaupten sollte, ein Nachbargrab geplündert, mich in einer Nachbar-Grabung, der Ausgrabung eines Kollegen bedient! (Nicht, daß ich mit diesen Satzteilen etwas anzufangen vermocht hätte, aber peinlich ist solches immer; nun entsann ich mich auch eines verschlossenen jungen Mannes mit einer dünnen, knabenhaften Stimme, der hier jahrelang mit einem Ehrgeiz gegraben hatte, als grübe er nach Gold. Natürlich!, Lenz und ich hatten ihn, in der Hoffnung, er wäre nicht nur ein Kollege, sondern auch ein Kumpan, eingeladen, mit uns zu trinken, was er ebenso unsicher wie vorlaut abgelehnt hatte: Er trinke nur Milch, wir würden es, täten wir so weiter, nie zu etwas bringen, er aber habe Großes vor, wir würden schon sehen; daraufhin hatten wir beschlossen, ihn, einer bestimmten Technik, am Kopfe sich zu kratzen, wegen, nur noch den Doppel-Welser zu nennen …) Aber zurück jetzt, zurück über die Hohen Tauern an deren südöstlichen Rand, in Gedankenschnelle über die Glocknerstraße und, rechts abbiegend, etwa 100 Meter eine Wiese hinauf, zu einem kleinen, rechteckigen Waldstück …

Wirklichkeitsruine, Filmruine, sah ich mich fortsetzen, die Eisenquelle versiegt, die Brandruine, die Reste der *Brandstatt* zugewachsen, uneinsichtig von außen, von Tannen und Birken, Gesträuch und Dickicht abgeschottet, wie um ein düsteres Geheimnis in Frieden ruhen zu lassen … Schattige Grabstätte, vegetatives Grabmal; begrabene Hoffnung, oder auch nicht, keiner will es wissen,

Schweigen; abweisende Gemeindesekretäre, verschwundene Brandprotokolle ... Im Innern des Dickichts, des teilweise früheren Grundrissen folgenden Waldes, im Inneren der Grabkammer zwei stehengebliebene dicke Steinmauern einander gegenüber, gut erhaltene Fensterhöhlen, eine Halterung zum Ausrollen und Einziehen der Terrassenüberdachung noch sichtbar, die hintere Wand sogar bis in den ersten Stock stehen geblieben; Einblick in die Kellergewölbe, die einstige Terrasse von einer einmeterhohen, bis an die Reste der früheren Fenster des Speisesaales reichenden Humusschicht bedeckt, dunkle fette Erde, darunter noch Stufen der früheren, zur Terrasse führenden Freitreppe; ja, damals, Sommer –

– Verlassen auch der Wallnig-Hof, verlassen seit langem das Egghäusel, zuwachsend, ohne abgebrannt zu sein, K+M+B 1964, Kaspar Melchior Balthasar 64, sah ich mich mit Kreide zum letzten Mal auf die Eingangstüre schreiben, ich sah mich diesen Satz schreiben, sah mich beschreiben, wie Anna Mayr im Egghäusel die Kreide hervorsuchte, um an der Haustüre diese Inschrift anzubringen, von der sie nicht wissen, allenfalls ahnen konnte, daß es die letzte dieser Art sein würde; leere Fensterhöhlen auch hier, von allen Fremden für immer verlassen die Zimmer im Abendlicht, seltsame *Alm-Melancholie;* die Böden der Schlafkammer, der früheren Schreibstube vielleicht, übersät mit Correspondenzen und Schriftstücken, Haushaltungsbüchern, Kalendern, Büchern von Pirandello, Zeitungsausschnitten; durchwühlt alles und als unbrauchbar liegengelassen, unsichtbare Schatten eines Jahrzehnte währenden Erbschaftsstreites über allem; ein Haus, weder wert, erhalten, wozu es zu spät wäre, noch angesteckt, heiß abgetragen zu werden ... Diese vielen Papiere,

Skizzen, Entwürfe zu meinem Briefroman hier am Boden! Mein Blick fiel, sah ich mich aufschreiben, auf ein Tagebuch, halb verdeckt von einer Wegtafel *Pension Egghäusel, Jausenstation*, ich zog es hervor und schlug es auf, ich las, schrieb ich: – 23. 7. Das Buch von K. gelesen; ratlos. Festzuhalten, daß ein Hof abbrennt (und wäre es unter ungeklärten Umständen), daß ein Advokat verelendet und zum lästigen Narren wird, ein Nationalsozialist im Krieg sein Leben läßt, daß Briefmarken getauscht, Zimmer bestellt werden, daß auf einem Gruppenbild auf einer Pensionsterrasse der Kunstmaler Klimt zu erkennen ist, ist das bereits Literatur? Einstigen Sommerfrischen, einer Zeit vor der allgemeinen Automobilmachung nachzutrauern, Literatur? Und wenn aber, was bringt sie zustande, die subversive Romantik? Ach, wenn er sich zumindest bewaffnete, der Dichter, und gezielt um sich schösse, wieviele wüßte ich zu nennen, denen zunächst, als Warnschuß, ins Bein geschossen gehörte! Wenn er bei Passau die Grenze überquerte in nordwestlicher Richtung, wieviel und wieviele gäbe es dort zu erledigen! Und dann, nach mancherlei Zwischenaufenthalten weiter, nach Brüssel zum Beispiel, in Brüssel gäbe es auf Jahre hinaus zu tun ... Wenn er den Realismus auf die Spitze triebe, wirklich zum *Geschichtsschreiber* würde, wenn

Wenn? – Hier schien die Eintragung abzubrechen. Ja, wenn! Wenn das Wörtchen Wenn nicht wäre, sah ich mich, plötzlich auflachend, auf einem Notizblock festhalten, wenn das Wörtchen Wenn nicht wäre, wäre die Schreibmaschine ein Maschinengewehr, die Maschinenpistole eine Reiseschreibmaschine, wäre Literatur wirklich Sprengstoff.

Wieder vermutete ich mich, frühmorgens, vergeblich im Literaturhaus; wieder sah ich mich, die Tasche in der Hand, von außen kommend, in den Betrieb gehen, zu meinem Broterwerb, den Transkriptionen. Vor dem Radioapparat mich hingesetzt, alles hergerichtet, die Stimmen eingestellt, sah ich mich mit dem Umschreiben beginnen: Erlösergebärerinnen im Gespräch. – Den *Muehl* heranzuziehen, sei so leicht nicht gewesen, schildert, im Gespräch mit Hermi Löbl, Frau Wilhelmine Mühl, geborene Zumpf, aus dem schlammigen Burgenland. Genaugenommen heiße der Sohn Ottokar, Ottokar Kernstock *Muehl.* Die Geschichte sei so gewesen: Eines Tages, im trockenen, staubigen Sommer anno 26, sei, in ihrem Weinberg bei Gols, plötzlich *der Grüne* neben ihr gestanden, habe sich als Pater Fleischmann vorgestellt und zu ihr gesprochen: Er verkünde ihr eine große Freude, ein Mysterium, sie würde einen Hohepriester und Religionsstifter empfangen, den Richard Wagner seiner Zeit, einen Heiligen, einen gewissen Nitsch, oder Nitsche, den Blutreiniger, den *großen Blutigen;* im Stall würde sie empfangen und im Stall gebären. Und wirklich, an einem Vormittag, sie habe gerade den Stall ausgemistet, sei der Postmeister, mit Namen Nitsch oder Nitsche oder so ähnlich, über sie hergefallen, von hinten, sie habe währenddessen den Schweinestall gemacht. – Unerklärlicherweise jedoch sei, zwar auch im Stall, aber doch ganz gegen den Wortlaut der Verkündigung, die Leibesfrucht vor der Zeit abgegangen, und den tatsächlichen Nitsch, den Schloßherrn von Prinzendorf oder Prunzendorf, habe später eine andere geboren. Nun, sie habe nicht lange zu warten brauchen, da sei ihr, wiederum im Weingarten bei Gols, ein zweites Mal jener Pater Fleischmann erschienen. Ob er Spott treiben wollte mit dem Glauben oder auch nur mit ihrer Pruntztschinelle, habe sie gefragt. Da habe er geantwortet: Es sei eine Verwechslung passiert, diesmal aber könne er ihr die wirklich große Freude verkünden: Sie werde im Stall empfangen und im Stall gebären den mit dem Schwanz, den *Schwanzerlöser*, wie es festgeschrieben sei in ihrem Mädchennamen, den großen Schweinischen, den Erlöser der Frauen, dem sie den Namen Otto geben solle, und der groß sein werde wie Luzifer. So sei es dann auch gekommen, *ein Rauschen sei in der Luft gewesen*, und sie habe getan wie geheißen. Der Grüne, Pater Fleischmann also, habe seinen Blick über die pannonische Tiefebene, über das schmutzige, schlammige, sumpfige Burgenland schweifen lassen, um in seiner Weissagung fortzufahren: Der Sohn würde sich im Schlamm wälzen, um rein zu werden, in Blut und Schweiß, im Schweiße seines Angesichts, in Mehl und Eigelb werde er wühlen, auf dem Marktplatz und vor den Schriftgelehrten werde er sein Wasser lassen und Verfolgung zu leiden haben darob … Die Sümpfe und die Pest werde er zu überstehen haben … Dann aber würden ihm viele folgen, doch wenige würden auserwählt sein … Zwölf Jünger werde er um sich scharen, ihnen würde erlaubt sein, an seinem Tisch das Mahl einzunehmen … Einer von ihnen, ein gewisser – Theo, werde der Judas sein, er würde dereinst den Meister verraten, an einem Hütchen, das er fortwährend ohne Notwendigkeit trage, werde er zu erkennen sein … (Tatsächlich habe sie, Frau Mühl, geborene Zumpf, vor jenem Theo den Otto in Briefen immer schon gewarnt, *einem jeden einen Fußtritt, der dir nahe kommt*, habe sie geschrieben, doch scheine jener Theo – Altenpflug … oder Altenburg mit seinem Verrat zuzuwarten; nun, der Sohn sei ohnehin gewarnt.) Der Muehl, so der Pferdefüßige damals weiter, der mit dem Schwanz, werde die Menschen ins Zwielicht führen … Sein Volk werde er herausführen aus dem Burgenland, über den Ozean, auf ein Eiland mit Namen Gomera … Dort werde er seinem Volk die Hölle bereiten auf Erden, er jedoch werde es gut haben … Dreimal am Tage werde er eine Frau erkennen und die Nacht über, einen Sohn werde er zeugen mit Namen Attila … Kurz vor seinem Ende werde er seine Mutter zu sich rufen und eine Frau – Gludowatz, Gludowatz Martha aus Donnerskirchen, zur Beweinung, wenn der Tempelvorhang zerrisse und die Erde sich auftäte … Das irdische Ende des Otto werde schrecklich sein … Krieg führen werde sein Volk mit einem anderen Stamm, angeführt von einem Eroberer, einem strohblonden Hunnen, der sich Kinsky, aber auch Fitzcarraldo nennen werde … Es werde zum Kampf kommen … Im Streit um den längsten, härtesten Schwanz, in der Rivalität, wer im Erkennen der Größte wäre, werde es zu einem schrecklichen Zweikampf kommen … Der blonde Hunne werde den Muehl mit bloßen Händen in Stücke reißen und sein Blut trinken, über seinen Sieg werde er weinen wie Nero über das brennende Rom … Otto jedoch werde weiterleben in Attila, so jener Pater Fleischmann im Weinberg bei Gols, gerade sei er noch da, plötzlich sei er weg gewesen, und Attila werde dereinst aufstehen, den Otto zu rächen und das Werk zu vollenden. – Daß jener Hunne solche Kräfte würde entwickeln können, fügt Mutter Muehl, geborene Zumpf, hinzu, könne und wolle sie gar nicht glauben, der Grüne habe das gewiß erfunden. Wenn jener Blonde es wirklich wissen wolle, daran hege sie keinen Zweifel, würde ihr Sohn es ihm schon besorgen, so, wie er es noch jeder Frau besorgt habe.

Nicht nur ein anderer schien ich geworden zu sein, ich mußte mich *immer schon als anderer* versucht haben; wie sonst hätte ich mein *Scherzo – Die Fistelstimme*, ein Scherzo – schreiben können, dem ich nun noch ein Zitat voranstellte: »Was ist es, wofür ich –«, und darunter die Initialen A. H. hinschrieb. Von wem mochte diese Frage stammen? Das konnte sowohl der eine (A. H.), als auch der andere (A. H.) gewesen sein. Zur Klärung dieses Sachverhalts mußte ich mich auf den Text selbst verlassen, den ich mir drüben prüfend vorgenommen hatte, er lautete:

Was ist es? Was ist es, hatte ich mich wieder und wieder, in wechselnden Lebens- und Stimmungslagen, gefragt, was ist es, wofür ich träume, erwache, fiebere, genese, lerne, verweigere, verführe, stürze, irre und Halt suche? Was, was? Selbst auf der Straße, unter den vielen gewöhnlichen Menschen, die sich nie fragen würden, was es denn wäre, wofür sie träumten, erwachten, fieberten, genäsen, lernten, verweigerten, verführten, stürzten, irrten und Halt suchten, ließ mich die Frage, schmerzvoll verschwiegen, nicht los, was es war, wofür ich träumte, erwachte, fieberte, genas, lernte, verweigerte, verführte, stürzte, irrte und Halt suchte. Freilich kamen die Menschen, unter denen ich wandelte, schon deshalb nicht auf die Idee, sich jene Frage zu stellen, weil sie weder träumten noch erwachten, weder fieberten noch genasen, nicht lernten und nicht verweigerten, nicht verführten, nicht stürzten, weder irrten noch Halt suchten, sondern einfach ihrer Wege gingen, kurzum, weil sie es verlernt hatten zu träumen. Immer schon war es an mir gewesen, für sie zu träumen, zu erwachen, an ihrer Stelle zu fiebern und zu genesen, an ihrer Statt zu lernen und zu verweigern, sie zu verführen, für sie zu stürzen, irren und Halt zu suchen. Ging ich zu Bett, träumte und erwachte ich nur für sie, warfen mich Akne und Pusteln aufs Krankenlager, fieberte und genas ich für sie, in der hohen Schule des Lebens, im chinesischen Mittelalter und im amerikanischen Mittelwesten lernte ich nur für sie, und nur zu ihrem Besten, für sie verführte ich so manche Frau am Nachmittag, sie, die Massen, die unerlöst und phantasielos in ihren Büros saßen, verführte ich, sich den falschen Propheten zu verweigern, für sie, die es nicht wert waren, stürzte ich einmal im Salzkammergut, für sie konnte ich in der Dunkelheit umherirren und Halt suchen am Rock meines Freundes Peter Altenberg oder am Rockzipfel meiner Großmutter in Brunnwinkl. Oft genug schon wollte ich alles hinschmeißen – Sollten doch alle einmal sehen, wie sie ohne mich zurechtkamen, sollten sie doch selbst träumen, erwachen, fiebern, genesen, lernen, verweigern, verführen, stürzen, irren und Halt suchen, ha! Aber dann ließ mich doch nichts an meiner Mission irre werden, *fast* nichts, um genau zu sein, und *fast* niemand, denn einmal hatte der Wortführer einer verständnislosen, kunstfeindlichen, undankbaren Menge, für die ich besonders sorgsam geträumt hatte, die Frechheit behabt, mir zuzurufen: Was willst du von uns? Bist du gekommen, uns vor der Zeit zu quälen? Und ein anderes Mal, einige Jahre vor meiner Herabkunft, hatte ich zu Weihnachten eine bellende Stimme aus einem Rundfunkgerät rufen gehört: Was ist es, wofür wir träumen, erwachen, fiebern, genesen? Es ist das Werk, unser Werk, das größte aller Zeiten! Ich hatte mich nicht mehr gekannt vor Wut, der Schrecken war derart gewesen, daß es fast zu einer Früh- oder Fehl-Herabkunft gekommen wäre. Wie konnte jener Mann meine Frage vorwegnehmen? Später hatte ich übrigens Gelegenheit, jenen Blender, der sich vor meiner Menschwerdung für mich ausgeben wollte, zur Rede zu stellen; er wußte nichts zu antworten, er saß stumm da wie eine Puppe, während ich es ihm hineinsagte. – Jedenfalls, ich war immer schon zu selbstlos, immer machte ich alles für die anderen, fürs Publikum. Aber was war es, wofür *ich*, *ich* für *mich* träumte, erwachte, fieberte, genas, lernte, verweigerte, verführte, stürzte, irrte und Halt suchte, das fragte ich mich wieder und wieder, nicht *ich* übrigens, sondern der andere, ich als der andere, ich als Papier-Ich, fragte mich, mir über der Schreibmaschine fiele es nicht im Traum ein, für etwas zu träumen, ich wäre ja ein Idiot, ein Idiot wie der andere, *der Peinliche*, der eine peinliche Weltverblüffung oder weltverblüffende Peinlichkeit ist, ein Idiot wäre ich, fragte ich mich – wieder und immer wieder! –, was es denn wäre, wofür ich –. Nein, ich versuche nur, mich in den anderen hineinzuversetzen, mit seiner Stimme zu sprechen, mir vorzustellen, wie es sein mag, sich – immer und immer wieder – zu fragen, was es sei, wofür zu kochen, waschen, bügeln, nähen, schrubben, hämmern, wischen, wichsen, wachsen und Wasser lassen sich – halt!, jetzt habe ich mich verschrieben, mich im Gewöhnlichen verirrt, gestürzt bin ich glücklicherweise nicht, Halt suchend taste ich mich zurück, zurück in mein – nicht *mein* natürlich – Pustelgesicht, in meine, meine als des anderen, Fistelstimme. Jedenfalls: Es war hoffnungslos. Ob ich – nicht ich, der andere, ich als der andere – einen Mann im Ruderleibchen im Fenster gegenüber beobachtete (würde dieser Tropf, so fragte ich mich, sich je fragen, wofür er träumte? Nie im Leben!, wozu auch, es gab ja mich, ich war ja für die Erlösung zuständig, dachte ich bekümmert, diese Menschen! Stehen einfach im Ruderleibchen im Fenster und lassen sich von einem anderen erlösen, anstatt sich nur einmal zu fragen: Was ist es, wofür ein anderer seine Akne auf sich nimmt, seine Pusteln ausdrückt und sein Wasser abschlägt für mich?), ob ich also – also nicht ich, der andere – einen Mann am Fenster beobachtete oder eine Frau mit offenen Schenkeln vor mir lag, beschäftigte mich in meinem Innersten nur die eine Frage, tosend wie die Abwässer der Wiener Kanalisation; was ist es, wofür ich wirke, werke, singe, zupfe, blase, flöte, streiche, austrete, einwecke und Klaviere stimme – da!, wieder gestürzt, verführt vom eigenen Unernst oder einem Fiebertraum erlegen, es muß natürlich heißen: wofür ich träume … und Halt suche. Nun, eines Tages, ich, der andere, ich als er, hatte es aufgegeben, auf eine Antwort zu hoffen, hatte mich schon damit abgefunden, die Frage nur noch im Futurum Exactum zu stellen – was wird es gewesen sein, fragte ich mich, wofür ich geträumt haben werde, erwacht sein … und Halt gesucht haben werde –, wodurch ich täglich nicht mehr so viele Fragen an mich richten konnte, eines Tages also kam die Antwort wie ein Erleuchtung über mich: *Das Werk!* Das Werk, die Erlösung, die Wandlung allen Jammers in Freude, leuchtend und jeden Einwand überstrahlend – mein Werk! Mein Werk – nicht mein Werk, sein Werk, sein Werk als mein Werk, darauf möchte ich Wert gelegt haben, bei dem, was jetzt kommt –, das Werk, durch dessen Nadelöhr meine Menschwerdung, die Wandlung allen Jammers in Freude, führen sollte. Aber welches Werk, welches Werk denn? Das Gesamtwerk, das Gesamtkunstwerk, das Schulwerk? Hatte das Werk keinen Namen? Jetzt hatte ich mich zu früh gefreut. Daß ich nur nicht das falsche Nadelöhr, das falsche Werk erwischte, und die Menschheit wüßte dann nichts von ihrer Erlösung und wäre böse auf mich! Fiebernd, in der Erinnerung herumirrend und Halt suchend, fragte ich mich, welches Werk es war – *Body and Soul* war es nicht –, dessen Preisgabe mein Gedächtnis verweigerte. Es mußte etwas Großes sein, ein großes, ja globales Werk … Und da!, leuchtend, alles überstrahlend, fiel es mir wieder ein, mein Werk, *das Aquarium, das globale Aquarium, die Unterwasserbeleuchtung der sieben Weltmeere*, das war es, das war das Werk, mein globales Aquarium war es, wofür ich –, mein letztes Werk, wofür ich ein letztes Mal träumen würde, erwachen, fiebern, genesen, lernen, verweigern, verführen, stürzen, irren und Halt suchen. Das ist es, gab ich mir – wieder und immer wieder – zur Antwort: jetzt würde ich werden, der König der Lüfte – Mensch geworden! Mensch geworden: Ich – nein, nicht *ich*, gell, wir sagen nicht ich, hehe – nicht ich, sondern *er*, der auch ich sagt, der schlimmste Schundartikel, den die Wirklichkeit je hervorgebracht hat.

Funktion und Geschichte des weinroten ärmellosen Pullovers in der jüngeren Literatur – ich beobachtete mich, wie ich, in meinem Literaturhauszimmer, um Mitternacht und übler Laune, wie ein Hochschullehrer germanistische Haus- und Doktorarbeiten, die mir zugespielt worden sein dürften, prüfend zur Hand nahm; Untersuchungen wie *Der Literaturhauswitz* oder *Irrenanstalt Cholm, Hotel Mordschein, Schweigrohr* – Prosa als Geheimschrift. Aber das beobachtete ich ja gar nicht, wie hätte ich das beobachten können, wenn ich mich, einige Zimmer entfernt, über eine meiner Bagatellen, meine *radikale Prosa*, meine Literaturhausminiatur gebeugt sah, die lautete:

Ich setzte mich hin und begann vorzulesen. Ich las und las. Im Nebensaal, hinter verschlossenen Türen, wurde Beifall geklatscht. Ich las weiter. Im Nebensaal war es still. Ich las weiter vor. Aus dem Nebenraum ließ sich kurz Beifall vernehmen. Ich las unbeirrt weiter. Aus dem Nebensaal war nichts zu hören. Ich las. Nebenan kam Beifall auf. Ich las weiter, allein gegen vier Frauen. Im Nebenraum kein Beifall. Wie ich vorlas! Aus dem Nebensaal Beifall, Brandung, ins Vorgelesene hinein, es überspülend. Ich las weiter, las vor, las, am Vorabend eines neunten, nicht irgendeines neunten, November, las, las meinen Text, las vor. Kein Beifall. Ich las weiter, unbeirrt. Im Nebensaal wurde Gelächter laut, Gelächter und Beifall. Ich hörte zu lesen auf.

Und doch! Und doch sah ich mich gleichzeitig im anderen Literaturhauszimmer die Doktorarbeiten betrachten, im Augenblick eine mit der Überschrift *Lars Thorwald, Fenster zum Hof, Literaturhaus:* Die hohe Schule der Anspielung; kein Zweifel, ich sah mich da, ich sah mich dort, ich sah mich mehrfach über verschiedenen Arbeiten, sah ich schon so schlecht, verwirrten mich Doppelbilder? Hatte mir jemand LSD in den Kaffee getan, war es schon wieder der Alkohol, im Endstadium diesmal? Ich sehe schon, dachte ich, es wird Zeit, aufzuhören, die Selbstbeobachtung abzubrechen, ich bin schon ganz durcheinander.

Mir träumte, mich bei der Abfassung meines Prosastückes *Traum.* Ein Notturno, zu beobachten. Im Traum sah ich mich schreiben:

Wie das Messer in meine Hand gekommen war, wußte ich nicht. Oder war es gar kein Messer gewesen, sondern eine Pistole? Nein, es mußte ein Messer gewesen sein, das ich plötzlich in der Hand gehabt, mehr noch, das meine Hand – und hätte sie sich noch so sehr gesträubt – geführt, bestimmt ans Ziel geführt hatte, ein – Küchenmesser … Ja, jetzt hörte ich wieder die Stimme, die Stimme des Messers, *festhalten und ausholen*, rief das Messer, den Weg finde ich – nein, doch nicht, kein Küchenmesser, das war aus einem anderen Mord. Es war ja auch keine Vollmondnacht, sondern eine stürmische Regennacht gewesen, und ich war im Hotel Atlanta abgestiegen und nicht im Hotel Mondschein. – Nun, in meinem Zustand wußte ich nicht einmal mehr, wie ich durch das verschlossene Haustor ins Haus gelangt war, gut möglich aber, daß das Tor gar nicht versperrt gewesen war (ebenso entzog sich meiner Erinnerung, ob ich mein Vorhaben von langer Hand für jenen bestimmten Zeitpunkt vorbereitet hatte, oder ob ich, vorübergehend, von der Straße aus zufällig Licht in der betreffenden Wohnung gesehen und plötzlich den Entschluß gefaßt hatte.) Ich fand mich plötzlich in einem mir sehr vertrauten Fahrstuhl wieder und sah mich mit den

Lippen gedankenverloren die Worte *Terzo Mondo*, *Fahrstuhl zum Schafott* und *Hotel Mordschein* bilden, was immer sie bedeuten mochten. Ich beobachtete, wie ich den Fahrstuhl verließ, die Türklingel der betreffenden Wohnung – ja, früher wußte man noch zu bauen! – betätigte und horchend das Ohr an die Tür hielt; doch man kam, um zu öffnen. In der Türe sah ich den Verleger stehen, in einen Hausmantel gehüllt, einen Bleistift in der Hand, als habe er darauf vergessen; für die Dauer eines Augenblicks schien er heftig zu erschrecken und die Tür wieder zuwerfen zu wollen, aber ich war schon eingetreten. – Das ist eine gelungene Überraschung, nicht wahr, hörte ich mich rufen, wie wenn ich stark angetrunken wäre, aber Literatur hat immer mit Überraschungen zu tun, sie lebt vom Erstaunlichen, von *Einschiebseln*, darin werdet Ihr mir recht geben. Ich sah mich den Verleger vom Korridor in seine Prunkräume zurückdrängen und die stumme Einladung, meinen fast bis zum Boden reichenden Mantel abzulegen, übersehen. – Ja, eigentlich wollte ich Euch schriftlich auf Euren Brief mit der abschließenden dringlichen Empfehlung einer Entziehungskur – es liegt schon etwas zurück – antworten, etwa in Form einer Erzählung oder eines Prosatextes, nun aber bin ich selbst gekommen, hörte ich meine Stimme, dann die Frage des Verlegers, von welchem Brief, welcher Entziehungskur ich denn spräche? – Wenn ich mein *gutes Gedächtnis* bemühe, ruft der Herr Verleger sein *schlechtes* herbei … Aber ich werde nachhelfen! Eines Tages, hörte ich mich deklamieren, eines Tages erhielt ich, ohne daß ich den Verleger um ärztlichen Rat gefragt hätte, von jenem ein druckreifes Manuskript zurück mit der Aufforderung, mich endlich einer Entziehungskur zu unterziehen, das Wort endlich war unterstrichen, mach' endlich eine Entziehungskur! So komisch ich diese Anmaßung medizinischer und psychologischer Betreuung fand – die Umkehrung, die Vorstellung, das Manuskript nun in der Praxis eines Internisten oder Neurologen zum Druck anzubieten, ließ mich manchmal laut auflachen –, die Empfehlung tat dessen ungeachtet die beabsichtigte Wirkung, umso gründlicher, als die Aufforderung *von einem langjährigen Freund* ergangen war ... Offen und als langjähriger Freund gesprochen: Laß dich endlich in eine Anstalt einweisen! Offen gesagt: Stelle dich! Als langjähriger Freund geraten: Gib's auf! Das ist mir die rechte Herzlichkeit ... Aber habe ich aufgegeben, oder nicht? Ich schreibe zwar nicht mehr, keine Zeile, dafür bin ich selbst gekommen, *ich erledige nichts mehr stellvertretend auf dem Papier*, was ist ein wirklicher Auftritt, wie meiner jetzt, gegen einen beschriebenen? Mein Satz stieß an die Worte: Komödiant, Früchtchen! aus dem Mund des Verlegers, der Anstalten machte, auf mich loszugehen. – Nicht wahr, es ist eine Komödie, hörte ich mich sagen, eine handfeste Schmierenkomödie, aber der Schlagring, den Ihr Euch nach einem ungebetenen Besuch des Rechtsanwalts Croissant besorgt haben wolltet – erstaunlich, mein Gedächtnis, höchst erstaunlich! – er wird Euch, irgendwo vergraben und vergessen in einer Schachtel, jetzt nichts nützen! Wozu auch? Ich will nur von der Beachtung Eures Rates erzählen, von meiner Entziehungskur. Ich unterwarf mich also unverzüglich einer Heroin-, bald darauf auch einer Kokainentziehungskur, an wechselnden Kurorten, Warmbad Villach, Badgastein und im Kurpfälzischen. Schon wollte ich mich aufgeben, da ich eine Veränderung, ganz zu schweigen von Besserung, nicht feststellen konnte, da kam mir in einem lichten Augenblick zu

Bewußtsein, daß ich ja gar nie heroin- oder kokainabhängig gewesen war, ja diese Drogen noch nicht einmal versucht hatte. Jetzt habe ich tatsächlich die falsche Entziehungskur gemacht, sagte ich mir nicht ohne Belustigung, ist es etwa der Alkohol, daß mir solche Fehler unterlaufen? Das wird es sein, ein Blitz der Erkenntnis durchfuhr mich, so war es, der Alkohol war gemeint, den Alkohol sollte ich laut Auftrag entziehen. Mit Begeisterung machte ich mich an meine Entziehungskur, wiederum an wechselnden Kurorten, ich nenne hier Freiburg im Breisgau, Berlin und Kals am Großglockner. Mit unbeugsamem Willen entzog ich das Bier dem Glas, der Flasche den Schnaps, selbst den Wein entzog ich, zu den Mahlzeiten, seinem Behältnis. Keine geringe Anstrengung! Entziehe mich, rief der Wodka aus der Flasche, entziehe mich, das Pils aus dem Glas, entziehe uns, riefen Vogelbeere, Roter Holunder, Apfelschnaps. Wie lange hatte ich mir eine solche Kur schon gewünscht, aber nicht leisten können! Konsequent tat ich einen Entziehungsschluck nach dem anderen, und die Entzugssymptome waren dementsprechend. Das Beste aber: Just an jenem Tag, als ich meinem Hausbrieffach das zurückgewiesene Manuskript mit der Aufforderung zur Entziehungskur entnahm, hatte ich ein großes Blutbild erstellen lassen, und weder die Leber, noch irgendein anderes, vom Thema betroffenes Organ hatten die geringste Beschädigung oder Beeinträchtigung aufgewiesen; was nur bedeuten konnte, daß die Folgen meiner Sucht metastasierend auf das Gehirn übergegriffen, seit langem schon das Gehirn befallen hatten, und das wird der Herr Verleger in seiner medizinischen Rezeption meines allerletzten Textes wohl gemeint haben, und deshalb bin ich auch hier, wenngleich nur auf der Durchreise nach Moskau, wo man mich in einer Frühlingsnacht tot auf der Straße finden wird. Lange genug vermochte ich es zu verbergen, jetzt endlich kann ich es zugeben: Ich bin irrsinnig. Jedwede Entziehungskur wäre zu spät gekommen, und der vorhin geschilderten habe ich mich nur unterzogen, um dem Verleger, *dem Arzt*, *dem Vater* ein letztes Mal Ärger zu bereiten. Wie ich schon erwähnte, erledige ich nichts mehr stellvertretend, nichts mehr auf dem Papier. Was ist eine wirklich begangene Wahnsinnstat gegen eine bloß beschriebene? Ich bin, zugegeben, nicht der erste, der das herausfinden will, aber ich werde es herausfinden, bald schon, jetzt, auf der Stelle. Ich sah mich einige Schritte tun und in meinen Mantel greifen. Hörst du die Viola, die Viola im Nebenzimmer, flüstert das Ganglicht, das ist das Zeichen! hörte ich eine fremde Stimme aus mir rufen, oder hörte ich meine Stimme aus einem anderen rufen, oder hörte ich ein Messer in der Hand eines anderen rufen, festhalten und ausholen, hörte ich rufen, sah ich mich rufen hören, festhalten und ausholen, den Weg finde ich selbst. – Verloren sah ich mich in der Wohnung stehen, dann verließ mich die Erinnerung.

Ich sah mich im Traum gerade den Bleistift aus der Hand legen, da fuhr ich, von einem gewaltigen Schrei aus dem Schlaf gerissen, hoch: Von meinem eigenen Schrei, der im hohen, würfelförmigen Zimmer noch nachklang im Augenblick des Erwachens, und so laut gewesen sein mußte, daß ich befürchtete, die Hotelgäste würden zusammenlaufen.

Wieder sah ich mich drüben in meinem dunklen Literaturhauszimmer sitzen und, bei offenem Fenster, eine Zigarre oder Zigarette rauchen; und plötzlich, blitzlichthafte Erhellung, fiel mir ein, worauf ich mich hatte hinweisen wollen – jetzt, da es vielleicht zu spät war: Meine Zigarette drüben war verglommen, ich sah mich das Zimmer und das Literaturhaus verlassen und auf die andere Seite, ins Hotel Atlanta, herüberkommen, langsam und mit finsterer Entschlossenheit. Jetzt hörte ich mich über den Gang gehen und vor meiner Zimmertüre kurz innehalten, und da: Schon sah ich mich bedrohlich in der Tür stehen, das Küchenmesser in der Hand, und einige Schritte auf mich zu tun, um mich – und kein Blitzlicht sollte mir gegen den Eindringling helfen –, mit dem Satz: Hörst du sie nun, die Viola im Nebenzimmer? für diesen Text zur Rechenschaft zu ziehen und die Herausgabe meiner Aufzeichnungen zu erzwingen.

Der Hirt auf dem Felsen

EIN PROSASTÜCK

Erste Abteilung:
Berg Tod Witz

Ich lese vor: *Verhängnisvoller Witz*. – Ein Witz, den ein Bergsteiger auf einer Gratwanderung im Gebiet der Hohen Tauern seinem Weggefährten zum besten geben wollte, wurde dem Witzbold zum Verhängnis: Als er sich während des Erzählens plötzlich zu seinem Begleiter umwandte, verlor er das Gleichgewicht, stürzte in die Tiefe und war auf der Stelle tot. – Ich lese vor: *Witz war tödlich*. – Ohne seinen letzten Witz zu Ende erzählt zu haben, stürzte am Dienstag ein Privatgelehrter in den Tod: Auf dem Rückweg von der sogenannten Entrischen Kirche, ausgerechnet an der Schlüsselstelle des Detmolder Grates, habe der Dozent, so sein Begleiter, ein Professor, sich, wie um zur Pointe auszuholen, auf einmal mit großem Schwung umgedreht und mitten im Satz den Halt verloren; er sei senkrecht etwa hundert Meter in die Tiefe gestürzt und auf einem Felsvorsprung zerschmettert liegengeblieben. Der Professor setzte den Abstieg fort, um von einer Schutzhütte aus die Bergrettung zu alarmieren. Welcher Witz den Dozenten das Leben gekostet hatte, vermochte der Bergkamerad, noch unter dem Eindruck des schrecklichen Vorfalles, nicht anzugeben … Ich lese weiter vor: *Rätselhafter Bergtod*. – Immer mysteriöser erscheinen die Umstände des angeblich durch einen Witz ausgelösten Todessturzes eines Wissenschaftlers in den Hohen Tauern. Der einzige Zeuge, der Bergkamerad des

Verunglückten, beharrte bei einer Einvernahme auf dem Gendarmeriepostenkommando auf seiner Darstellung, der andere habe den Witz erzählt, einen sehr komplizierten Witz; gebeten, doch eine Rekonstruktion zu versuchen, brachte der Zeuge aber nur wirre Kurzgeschichten zustande; dann wieder sprach er von nicht weiter beschriebenen *Irritationen* als möglicher Ursache – ein Verhalten, das auf eine noch ungeklärte Verstrickung schließen läßt, galt doch der Verunglückte als ausgesprochen sicherer Erzähler und erfahrener Humorist; daß er an der Schlüsselstelle und mitten im Satz sich umgedreht haben soll, stößt auf erhebliche Zweifel ... Die Sätze, die ich zuletzt vorgelesen habe, stehen übrigens nicht in der Zeitung, das habe ich hinzuerfunden, aus vernehmungstechnischen Erwägungen, doch es trifft, denke ich, den Kern der Sache ... Aber fahren wir fort: Sie haben behauptet, Ihr Bergkamerad habe, beim Einstieg in die Schlüsselstelle, die folgende Geschichte erzählt: In Millstatt betrete einer, ein gewisser –, der Name tue nichts zur Sache, das Geschäft Moden Fian und verlange weiße Stutzen – Wie? Kniestrümpfe, sagen Sie? Sehr wohl, ich bleibe dennoch bei Stutzen –; der Verkäufer, ein gewisser –, nun, wie immer er heiße, bedaure, weiße Stutzen nicht mehr zu führen, jedoch könne er blaue Schals auf das wärmste empfehlen; in Großkirchheim hinwieder gehe ein Kunde, ein Herr Bürger, in ein Papiergeschäft, um einen blauen Schal zu kaufen, der Inhaber, ein Herr Kramser, rate ihm aber, da blaue Schals nicht auf Lager wären, zum Kauf von weißen Stutzen; bald darauf, so habe, nach Ihren Angaben, der Gefährte fortgesetzt, sei in den regionalen Tageszeitungen eine Werbeeinschaltung aufgetaucht mit folgendem Wortlaut: Sie verlangen weiße Stutzen und erhalten blaue

Schals? Kommen Sie zu uns! Bei uns bestellen Sie blaue Schals und werden mit 1 a weißen Stutzen bedient... Firma Trattnig, Treffen bei Villach, führender Hersteller von blauen Schals seit 1945. TRATTNIG. SEIT TAUSEND JAHREN ... – Nichtsdestoweniger haben Sie vorher den angeblich erzählten Witz anders wiedergegeben, kürzer, nämlich: Daß einer in einem Klagenfurter Geschäft einen blauen Schal gewünscht und die Verkäuferin sich erkundigt habe, wie das kostbare Stück sein dürfe – englisch? Medium? Al dente? – Aber sagen Sie selbst, das soll ein Witz sein? Daß ich nicht –, eine Farce ist das, nichts weiter, zum Sterben zuviel und zum Lachen zuwenig, wie in der Gegend hier gesagt wird, halt, umgekehrt, zum Sterben zuwenig und zum Lachen – zum Lachen auch zuwenig. Aber sehen Sie sich vor, glauben Sie nur nicht, wir Postenkommandanten verstünden diese Anspielungen nicht, weiße Stutzen, blaue Schals ... An ihren Kniestrümpfen werdet Ihr sie erkennen, hieß es schon in der Offenbarung des Reiches; an meinem Schal sollt Ihr sehen: Ich bin es, spricht ER ... Immer vorsichtig mit solchen Dingen, wer sagt denn, daß Sie solche Ungezogenheiten Ihrem zu Tode gekommenen Gefährten nicht einfach in den Mund legen? Mein Vater ist selbst illegaler Nationalsozialist gewesen, seine weißen Kniestrümpfe, in denen er in der sogenannten Kampfzeit viel in Wolfsberg, Klagenfurt und in den Bergen unterwegs gewesen ist, hat er mir, in einer Kassette, unter Glas, als, so er, kostbarstes Vermächtnis hinterlassen – ich bräuchte nur auf dem Dachboden umzuräumen, um sie hervorzuholen –, und mein Vetter ist ein Freiheitlicher mit Leib und Seele, versuchen Sie doch einmal, seinen blauen Schal zu besudeln, etwa durch einen Witz, da könnten Sie etwas erleben!

Natürlich ist der neue Landesverweser ein Zugewanderter, kein Hiesiger, fraglos ist er gewöhnlicher als das Gewöhnliche, gerade deshalb lassen wir über ihn nichts kommen. Super!, verstehen Sie, super, noch superer, am allersupersten!, wie es bei uns heißt ... Das Falsche, das in der ganzen Kraft des Wahren erstrahlt – das ist die Verführung; das Wahre, das in der ganzen Kraft des Falschen erstrahlt – das ist das Obszöne ... Haben Sie solche Worte schon einmal aus dem Mund eines Gendarmen gehört? Ich auch nicht, ich staune selbst, aber Sie sehen: Dumm sind wir nicht. – Nun, weiter im Protokoll, weiter zum Platz des himmlischen Friedens, wie wir neuerdings im Tal gerne spaßen. In einer anderen Version haben Sie – ich habe Ihren Namen schon wieder vergessen, wie? Ja, mag sein, ich bin oft zerstreut, so schrecklich zerstreut, der Schnee, wissen Sie, der Schnee im Kopf, der Schnee von gestern –, in einer anderen Version also haben Sie geschildert, es sei möglicherweise gar kein Witz gewesen, der Ihren Begleiter in den Abgrund habe stürzen lassen, sondern eine *Irritation*, hervorgerufen durch eine *Sinnestäuschung*: Sie haben angegeben, daß der Dozent, nach dem Ausstieg aus dem sogenannten Kamin und dem Queren jenes kleinen Plateaus, der sogenannten Heidnischen Kirche – *Einer* Heidnischen Kirche eigentlich, denn Heidnische Kirchen gibt es einige hier –, beim Betreten der Schlüsselstelle plötzlich innegehalten, Kopf und Oberkörper wie horchend über den Abgrund hinausgelehnt und auf einmal gerufen habe: Hören Sie nur, hören Sie es auch? Daß er, auf die Gegenfrage: Was denn? geantwortet: Die Blasmusik, tief unten, den gemischten Chor, hören Sie nicht? Eine Wallfahrt, die Wörgl-Bewegung, die Wallfahrt der Wörgl-Bewegung muß das sein, so hören Sie doch, hören

Sie, wie sie singen, *blaue Schals und weiße Stutzen/weiße Stutzen, blaue Schals* – Schon wieder! Sie hören nicht auf damit, nein? –, und wie mitsingend den Mund und wie mitdirigierend die Arme bewegt habe, um dann auszurufen: Die Nationalparkhymne ...! Weiter haben Sie erzählt, daß der Dozent in die vollkommene Stille gerufen habe: Hören Sie, wie aufregend, unten, die Sprechchöre – *Haydn Schumann Mendelssohn*, wunderbar, einzigartig skandiert, die Masse, die Masse, es gibt sie noch, da, jetzt wieder, Haydn Schumann Mendelssohn, Sie hören es doch? Und daß tatsächlich aber nichts, und wäre es das geringste unter den Geräuschen, zu vernehmen gewesen sei, daß aber Ihr Begleiter, in einer jähen Begierde, immer mehr des Unhörbaren, und noch deutlicher, wahrzunehmen, sich, des Gleichgewichtes nicht mehr achtend, letztlich zu weit in den Abgrund hinausgelehnt habe ... So! Das ist nun tatsächlich ein Witz, aber das Witze- und Geschichtenerzählen wird Ihnen schon noch vergehen, warten Sie nur! Sie haben, auf die wiederholten Fragen des Professors, ob Sie denn nichts hörten, nicht etwa geantwortet: Nein, ich kann es nicht hören, Sie müssen sich weiter hinausbeugen, dann vielleicht höre ich es, nein? Nicht etwa gerufen: Ich höre noch immer nichts, etwas weiter hinaus, Professor, ja, gut so, das Wort Haydn meine ich verstanden zu haben, ich kann mich aber auch getäuscht haben, vielleicht ist es auch das Wort Heine gewesen, oder Henisch, noch ein Stück, lieber Professor, da!, das Wort Schu –, oder gar Schumann ist aufgetaucht in Umrissen, ja, Schumann, kein Zweifel, aber das andere, das weitere, Professor, ich kann es nicht hören, noch nicht, eine letzte Anstrengung, Professore – so könnte es sich doch abgespielt haben, nein, tatsächlich nicht? Daß Sie gesagt haben: Ein letzter Ruck noch, Professor, dann kann ich es hören, ja, gut so, etwas weiter nach rechts noch, wunderbar, gleich ist es soweit – nein? Wirklich nicht? Das kann ich gar nicht glauben ... Was, der Professor sind Sie, der andere war nur Dozent? Das ist alles, was Ihnen zu meiner Theorie einfällt? Unglaublich ... Es muß ja nicht vorsätzlich –, es kann auch fahrlässig gewesen sein, fahrlässiges Interesse am Unhörbaren, mitgerissen, hingerissen beide, der eine mehr, der andere weniger – nein? Nun, fahrlässig oder vorsätzlich, ich habe Ihnen nur eine Brücke bauen wollen, über den Abgrund eine schwankende Hängebrücke ... Wenn also nicht fahrlässig, dann, schlimmer, eben vorsätzlich, und falls doch nicht vorsätzlich, so immer noch fahrlässig, oder *irrsinnig*, der dritte Weg, auch eine Möglichkeit, vielleicht die wahrscheinlichste ... Warten Sie nur, bis Sie vor dem Sachverständigen stehen, dem Vertragsgutachter des Irrenhauses Samonig, Hofrat Neubauer, Oskar Neubauer, da wird Ihnen Hören und Sehen vergehen ... Ein gefürchteter Mann, der Sachverständige, und von einer Häßlichkeit und Fettleibigkeit – kein Hals, verstehen Sie? Das feiste Gesicht geht, über Spuren von Schultern, direkt in den Fettleib über, ins Dicke, das keinen Spiegel und keine Szene mehr hat, wie wir Postenkommandanten sagen – von einer Monstrosität also, daß keiner, der vor ihm steht, seinen Anblick zu ertragen vermag, und jeder versucht, an ihm vorbeizusehen, bis dieser Sachverständige den Delinquenten auffordert, ihm ins Gesicht zu sehen – und schon hat der Bedauernswerte verspielt ... Sie werden es erleben. Überleben, verzeihen Sie, *überlegen* Sie also gut, was Sie auf den nächsten Seiten zu Protokoll geben. Ich höre. Ich notiere:

Ich werde nun meinen großen Monolog beginnen, höre ich ihn sagen, vor mir, meinen Iselsbergmonolog, meinen Monolog von der melancholischen Freiheit, vom Zustand resignierter Freiheit, nein, besser *resignativer* Freiheit, so muß es heißen, seit die Kinder, die Zwillinge aus dem Haus sind, lebe ich in einem Zustand resignativer Freiheit, nicht resignierter, sonst hätte ja – oh, passen Sie auf, hier ist der Steig abgebrochen – sonst hätte ja die Freiheit resigniert, die Freiheit … Zur Freiheit, zur Freiheit, hören Sie?, die Arie des Florestan, da!, jetzt wieder, – zur Freiheit, zum himmlischen Glück, ja, das ist noch Freiheit gewesen … Hören Sie? Von unten kommt es, aus dem sogenannten Eiskeller, vom sterbenden Eis, aus dem Eiskerker, zwischen Schwertkopf und Schwerteck, unten, sehen Sie diesen weltverlorenen Platz? Keines Menschen Fuß hat ihn bisher betreten … Oder vielleicht doch? Hören Sie, jetzt wieder, von unten, – zur Freiheit, zur Freiheit! Wo war ich? Ja, Freiheit. Freiheit, Monolog, ich bin im Bilde. Die Freiheit hat ja tatsächlich resigniert, nicht ich bin resignativ, die Freiheit hat resigniert, seit sie in ihre Ekstase getrieben wurde, in ihre motorisierte grenzenlose Form, aber davon wollte ich eigentlich nicht sprechen, nicht hier, nicht an dieser gefährlichen Stelle; später, bald … Sehen Sie diesen talwärts streichenden Grat, diese Schneide? Sie wird, aus guten Gründen, *Das Schwert* genannt, eine Hexe im Stechapfelrausch soll einmal mit gespreizten Beinen auf der Schneide dieses Schwertes in die Tiefe gefahren sein, Hunderte Meter ... Der Berg gegenüber, sehen Sie, jener Dreikant dort, heißt seither Das böse Weibl ... – Jedenfalls Beherrschung jetzt, seit die Kinder, die Zwillinge aus dem Haus sind, lebe ich in einem Zustand herbstlicher Freiheit, *im Herbst der Freiheit*, merkwürdig, nicht, Freiheit hatte doch immer mit Frühling zu tun, mit März, Vormärz, Aufruhr ... Was höre ich, höre ich den Dozenten, vor mir, Sie haben nicht gewußt, daß ich Vater von Zwillingen bin, zweieiigen, zweigeschlechtlichen, Bub und Mädchen, Brendan und Sheela, wie ich immer mit dem mir eigenen keltischen Stolz betont habe? Genauer: Gewesen bin, denn inzwischen, Herbst der Freiheit, sind sie ja aus dem Haus, sind ausgezogen, und ich habe keine Möglichkeit mehr, die Familie wegen einer anderen Frau zu verlassen ... Einerseits ist mir die Freiheit zurückgegeben, andererseits ist sie unwiederbringlich dahin ... Komisch, nicht ...? Hier, diesen Bergkristall habe ich im Kehrichthaufen gefunden, den die Tochter nach ihrem bühnenreifen Auszug hinterlassen hat, achtlos weggeworfen, oder gar absichtlich, demonstrativ im Dreck zurückgelassen, und ich weiß nicht einmal, ist es der Bergkristall, den, im Verlauf unserer vorjährigen gemeinsamen Sandkopfersteigung, unserer *Sandkopfexpedition, ich* gefunden und ihr gegeben habe, oder ist es der Bergkristall, den der Vorjahresschwiegersohn, der Sohn des Bergführers, des bei einem alltäglichen Rettungseinsatz, bei einer Lächerlichkeit – ein sogenannter Bundesbürger hatte sich einen Knöchel verstaucht – tödlich verunglückten Alpingendarmen, ihr geschenkt hat ... Aber wie immer, ob sie nun meinen Bergkristall mitgenommen und den des Vorjahresschwiegersohnes – eine gute, ja allererste Wahl, aus Fusch an der Glocknerstraße, müssen Sie wissen, molto simpatico! – in den Dreck geschmissen hat, oder ob sie diese Erinnerung doch an sich genommen und meinen Bergkristall im Dreck hat liegenlassen – ich hege aber, was mich keineswegs erleichtert, den Verdacht, daß es doch umgekehrt gewesen sein wird –, es ist eine Grobheit sondergleichen … Aber es kommt noch besser! Hören Sie zu, höre ich ihn, jetzt neben mir, sagen, meine Tochter hat mir nämlich eröffnet, daß sie, anstatt, wie vereinbart, die Kunstakademie zu besuchen, eine *Friseurslehre* antreten wird, eine *Friseursleere* ausfüllen, *Meine Tochter – eine Friseuse, dein Friseur macht dich rundherum schön*, wie in der Werbung gesagt, nein, sogar gesungen wird, stellen Sie sich das einmal vor …! Meine Tochter stumm, meine Tochter eine Friseurin, ein fröhlicher Morgen beim Frisör, das ist nun wirklich ein Witz! Montag: Friseurinnentag im Krapfenwaldlbad, wie spöttisch gesagt wird, Gloria Styling Schaum, empfohlen von den Friseursweltmeistern Bundy und Bundy, der Wiener, eine Brust mit zwei Seelen, in der ein Frisör und ein Frisörskunde ein Frisörsgespräch führen, wie Karl Kraus gesagt hat, und nun meine Tochter eine angehende Friseurin! Das ist Ironie, das ist Rache, das ist zum Totlachen, zum Totlachen ist –, höre ich ihn, in grimmiger Erregung, ausrufen, und plötzlich –

Nein, doch nicht, es ist nichts passiert, noch nicht, es muß später geschehen sein, an anderer Stelle; diesmal ist er nur hinter einem Felsen verschwunden, um sein Wasser abzuschlagen … Er muß sich wieder beruhigt haben, denn ich höre ihn seinen Monolog fortsetzen. Es ist noch geheim, höre ich ihn sagen, streng geheim, aber dennoch wahr: *Ich werde zum Präsidenten bestellt werden!* Ja, da staunen Sie, ich, der kommende Präsident! Und das sage ich Ihnen: Ich werde mein Amt ernst nehmen, Sie wissen nicht wie! Ich werde ein aktiver Präsident sein, agil, rüstig, oh, ich werde viel Gutes tun! Wissen Sie, was ich machen werde? Ich werde die Grenzen sperren lassen, die Nordgrenzen vor allem, die Grenzen zu Deutschland vor allem, die Grenzübergänge Salzburg-Walserberg, Reutte-Pfronten, Kufstein-Kiefersfelden und wie sie alle heißen, gesperrt für Personenkraftwagen, Lastkraftwagen und Motorräder, für Reisebusse natürlich auch, fast hätte ich sie vergessen, ich bin noch ungeübt in meinem künftigen Amt. PRIVAT, DURCHFAHRT NICHT GESTATTET! ZURÜCK! DRAUSSENBLEIBEN! UMLEITUNG ÜBER FRANKREICH!, wird überall zu lesen sein … Keine Frage, daß ich notfalls Militär einsetzen werde, wozu haben wir ein Heer? Wenn diese motorisierten nordischen Stämme schon so zum Mittelmeer drängen, dann müssen sie eben die Ostsee zum Mittelmeer umbauen! Warum nicht Schleswig-Holstein in Sizilien umgestalten? Baumeister Rogner, eine Aufgabe, wie geschaffen für Sie! Unsere Gebirge und Wälder werden sie nicht länger ruinieren mit ihren Abgasen und Ausdünstungen, das garantiere ich Ihnen … Sollen sie doch ihre eigenen Gebirge errichten, mit Plastikwäldern meinetwegen, im Großraum Frankfurt etwa, dort ist doch Platz genug, ein Römerberg ist auch schon vorhanden, Römerberggespräche überdies, das wäre ein Anfang, ein Grundstein gewissermaßen … Aber von meinem höchsten Amt aus werde ich noch ganz andere Dinge bewirken, eine Diktatur völlig neuen Stils schwebt mir vor, eine Diktatur, wie sie noch nie dagewesen sein wird … Die Naturreligion werde ich zur Staatsreligion ausrufen … Jeder Staatsbürger wird einen Fußgehernachweis zu erbringen, einen Bahnbenützerpaß beizubringen haben … Die Eisenbahner und die Postautobuschauffeure, die Bergbauern und die Nichtstuer – Sie haben richtig gehört –, sie, und andere noch, werde ich in den Rang des *historischen Subjekts* erheben … Nicht nur von der Idiotie des Kapitals werde ich sprechen, auch von der Idiotie des Proletariats, von der Idiotie der Produktivkräfte, der industriellen Produktion … Das Landleben am Land werde ich wieder einführen, und das Flanieren in der Großstadt … Die Ächtung der Autofahrer, die Endlösung der Abgasfrage, die Liquidierung von Millionen und Abermillionen Automobilen, das alles werde ich veranlassen und energisch betreiben … Ein Verbrechensbekämpfungsmaßnahmenpaket ohnegleichen werde ich verabschieden … Als Übergangslösung werde ich die *Inverse Automobilproduktion* einführen, jedes Kraftfahrzeug kommt bereits zerstört, als Schrott, *in seiner reinen Form* auf den Markt, mit oder ohne Unfallopfer, wie es gewünscht wird, MIT wird es, wie in allen Bereichen, nein, in allen nicht, etwas teurer kommen, höre ich ihn sagen, er hat sich in eine regelrechte Vernichtungswut hineingeredet, ein gemeingefährlicher Mensch … Soll ich Ihnen einen Vorgeschmack bieten von der Kraft meiner Vernichtungswünsche, von ihren Folgen, kleine Beispiele gefällig?, höre ich ihn auflachen. Sehen Sie doch nach Norden, lieber Professor, eine Überraschung, der Fluch des Mölltaler Gletschers, sehen Sie genau hin, wo ist es, das Gletscherschigebiet? Richtig, es ist nicht mehr da, der Gletscher ist nämlich, meinem leidenschaftlichen Vernichtungswunsch gehorchend, binnen Stunden geschmolzen und ist als unvorstellbare Flutwelle, als gigantische Mure ins Mölltal gestürzt, sehen Sie? Wunderbarerweise hat die Mure nur die Anlagen der Betreibergesellschaft vernichtet und nur die Sommerschiläufer mit sich gerissen, und ebenso unerklärlich nur Teile der Ortschaft Flattach, die Glocknersesselfabrik etwa, und alles, was sonst noch den Hubers, dem Huber-Clan, einer ersten Adresse des organisierten Verbrechens in Kärnten, gehört, zerstört; Auflagen, die ich mir beim Aussprechen meines Vernichtungswunsches ausbedungen habe … Erstaunlich, nicht?, höre ich ihn selbstzufrieden dahingehen und dahinreden, aber keine Frage, daß der Gletscher, wie sonst auch, an seinem Platz gewesen ist … Nun in den Westen, welcher Anblick bietet sich Ihnen, in der Ferne, im Dunst … Sehen Sie, nein? Sieht es nicht aus wie Millionen zerstörter Lastkraftwagen, übereinandergetürmt, höher als der Montblanc, es muß demnach irgendwo in Frankreich sein … Was mag nur passiert sein, eine Mega-Karambolage, was ist passiert, OH WAS IST PASSIERT? Der freie Verkehrsfluß scheint über die Ufer getreten zu sein – ich sehe ihn sich die Hände reiben –, mein Kommentar zur Europäischen Gemeinschaft, zum grenzenlosen Warenverkehr, zur Transitproblematik, *vom Autofriedhof zum Lastkraftwagenvernichtungslager* …, höre ich ihn in ein infernalisches Gelächter ausbrechen, um, sogleich wieder gefaßt, fortzufahren: Und dieses Häufchen Elend auf dem Gipfel des Schrottgebirges, einem Steinmann ähnlicher als einem Gipfelkreuz, sehen Sie? Ich sehe mich nichts sehen, er aber fährt unbekümmert darum fort: Das ist der italienische Frächterkönig, der Frächter Baumgartner aus Südtirol, er hat alles, seine gesamte Flotte verloren, aber für sein Lamento habe ich ihn am Leben gelassen, einen Hirten auf verlorenem Posten … Hören Sie nur, seine Klage … Die deutsche Milch wird nicht mehr nach Italien gelangen, die italienische nicht mehr nach Bayern … Die deutsche Kartoffel wird in Deutschland gewaschen werden müssen, und nicht, wie bisher, in Italien … Auch die Königsdisziplin des Gütertransportes, die Leerfracht, für immer dahin … Sic transit gloria mundi … Die Japaner werden ihre deutschen Dosenfruchtsäfte PER BAHN nach Triest angeliefert bekommen … Die Menschen entlang der Transitstrecken werden nicht mehr schlafen können nachts, weil es so still ist … Der Meeresspiegel wird wieder absinken … Kalt wird es wieder werden, Köln wird keine Lagunenstadt sein, und Sibirien keine Kornkammer … Oh, oh … Wie schade, wie schade …

Gut gemacht, Baumgartner, abtreten. Sie können sich nun in Ihrem ersten LKW, um den herum Sie Ihren Fuhrpark auf- und ausgebaut haben, bestatten lassen … Es hängt ein Autoreifen an der Wand … Nun aber in den Süden, sehen Sie nur, auch dorthin habe ich meine Vernichtungswünsche ausgeschickt, sehen Sie? In der Ebene, die Abteilung für Vermischtes, wie ich sie nenne, meinen Gemischtwarenladen … Motorradfahrer, Speedwayidioten … Segelflieger, Paragleiter, Drachenflieger, alles, was künstliche Schatten wirft, alles, was den Himmel verfinstert, alles, was mir nicht in den Kram paßt … Das ist meine Form der Naturreligion, die Quittung für Tausende und Abertausende jährlich überfahrener, zu Tode gebrachter Tiere, Feldhasen, Igel, Rehe, Hirsche, Marder, Luchse, Wildkatzen, Kröten, selbst ein Elch, zwei Bären und drei Adler sind zu Tode gekommen, die Adler bei Luftkämpfen mit Segelfliegern … Da wir gerade dabei sind, höre ich ihn sagen und sehe ihn mit plötzlichem Widerwillen den Himmel betrachten, die Stirn in Falten gelegt, wie ich in diesem Falle vorgehen werde, weiß ich noch nicht, es bedarf noch der Prüfung. Doch keine Frage, das Charterflugunwesen werde ich abzustellen wissen. Dem Linienflugverkehr werde ich vorläufig eine Möglichkeit einräumen, auszuweichen, die Luftstraßen zu verlegen, aber so oder so, eine Überfluggenehmigung der Hohen Tauern, des geologisch einzigartigen sogenannten *Tauernfensters* werde ich nicht mehr erteilen… Sollte dem zuwidergehandelt werden, werde ich meine Vernichtungswünsche aufsteigen lassen und – Sie verstehen schon, nicht wahr… Ja, ein Massenmörder hat die Autobahnen und die Autos bauen lassen, ein anderer schafft sie wieder ab, anders wird es nicht zu machen sein, höre ich ihn murmeln im Weitergehen, so ist es gewesen… – Wie? Wo der Witz bleibt, der Todessturz? Ach ja, der Witz, ja richtig, der Todessturz, das muß sich demnach später abgespielt haben, vor dem Monolog kann es ja nicht gut gewesen sein…

Jetzt fällt es mir wieder ein. Ich sehe es vor mir, ich höre ihn, meinen Gefährten, ich höre genau, wie er, nach dem Passieren der *Stelle*, *Auf der Stell*, einer Scharte, vor mir plötzlich ruft: Was ist das? Passen Sie auf –: Passen SIE lieber auf, höre ich, ich sehe es deutlich, mich antworten, wir durchqueren brüchigen Fels, unsicheres Terrain, aber er: ICH stelle hier die Fragen!, was also ist das, passen Sie auf: Es hängt an der Wand, tickt, und wenn die Uhr zu Boden fällt, springt die Gartentüre auf? Was mag das sein, höre ich mich sagen und, in meinem Gedankengang kurz innehaltend, rufen: Achtung, Dozent, zur Rechten geht es tief hinab… Dann aber: Ich weiß es, die Antwort lautet: Ein Witz, ein Rätsel… Nein, höre ich meinen Vordermann, in jähem Zorn entflammt aufschreien, nein, Sie Idiot, es ist – Wie er sich plötzlich zu mir umdreht, um mir einen Fausthieb zu verpassen, es reißt ihn förmlich herum! – es ist *ein reiner Zufall*, ich sehe die Faust vor meinem Gesicht ins Leere stoßen, *ein reiner Zufall*, lautet die richtige Antwort, und schon sehe ich ihn vor mir weiter hinabsteigen, oder hinauf; es muß sich um eine Art *Vorwitz* gehandelt haben ... Aber jetzt! Ich höre ihn ankündigen, er werde jetzt den unnachahmlichen Ehrengastwitz, den *Stargastwitz* erzählen, Achtung: Ein Blinder betrete mit seinem Blindenhund das Kaufhaus des Westens in Berlin und fahre im Lift hinauf in die Feinschmeckerabteilung. Im Mittelpunkt der weitläufigen Etage, etwa dort, wo Lachs, Hummer und Kaviar zum Verkauf ausliegen, packe der Blinde seinen Hund plötzlich an den Hinterläufen und beginne, wie toll, das Tier um seine eigene Achse zu wirbeln. Schließlich fielen ihm empörte Kunden, deutsche Tierfreunde, in den Arm und stellten ihn zur Rede: Ob er den Verstand verloren hätte, was er denn mache mit dem armen Tier? Worauf der Blinde antworte – mein Bergkamerad vor mir, nein über mir, es ist steil an dieser Stelle, wendet sich plötzlich, vor der Pointe, ruckartig um, Achtung höre ich mich noch rufen, passen Sie doch auf!, allein, zu spät – worauf der Blinde antworte – Achtung! –: *Man werde sich doch noch umsehen dürfen* ...!

So hat es sich zugetragen. Traurig, nicht wahr ...

Sehr traurig, allerdings. Aber, Donnerwetter, das ist nun wirklich ein famoser, ein tödlicher Witz, fast so gut wie –, nein, besser noch als der Witz vom Herztod am Hochstuhl, mein Kompliment. – Kennen Sie übrigens den Witz oder die Geschichte vom schlagenden Beweis, nein? Sie geht so: Reporter der Neuen Brunnenzeitung haben, in gewohnt dummer wie böswilliger Absicht, und um den Beweis zu führen, daß Mord und Prostitution, Mordverdacht und Geheimprostitution zusammengehören, zwei Krankenschwestern einer geriatrischen Abteilung verwechselt, eine Schwester Waltraud und eine Schwester Gertrude; jene hat, als, wie soll man sagen, ungebetene Sterbehilfe die sogenannte *Mundpflege* oder *Mundspülung* erprobt und für den Exitus das heiter-abendliche Bild ZUM PEPI GEHEN geprägt, was – das gehört nun nicht zum Witz, eine Hintergrundinformation gewissermaßen –, was der Neuen Brunnenzeitung und ihrer nicht nur, aber doch auch altersschwachsinnigen Klientel natürlich nicht paßt; obwohl ich ja, außer Dienst, den Verdacht hege, daß die Neue Brunnenzeitung die von ihr sogenannte Mordserie selbst in Auftrag gegeben hat... Wäre ich nicht im Dienst, Sie könnten mich spaßen hören, jener Schwester Waltraud, Waltraud Wagner, wie sie mit vollem Namen heißt, haben Sie das gewußt?, gebührt der Friedensnobelpreis... – Aber weiter, weiter im Witz, weiter zur Klimax. Die Neue Brunnenzeitung hat also jene Krankenschwester Waltraud, *Markenzeichen Mundspülung*, mit einer Krankenschwester Gertrud, die sich als Dirne in einem üblen Vorstadtetablissement ein Zubrot verdient hatte, *Markenzeichen Trude das Schweinchen*, oder auch Trude das Schweinchen, das alles macht, verwechselt… Wobei, das ist wieder eine außerdienstliche Anmerkung, auch mit dem Witz hat sie nichts zu tun, wobei ich frage: Wie sonst soll sich eine Krankenschwester oder gar eine Hilfsschwester in Wien über Wasser halten, wenn sie nicht irgendein Zubrot – Wasser und Brot, Leib und Seele, Sie verstehen schon… Jedenfalls: Die Verwechslung ist passiert, und die Konkurrenzzeitungen haben sie aufgedeckt, *die Neider und Hasser, die Ratten mit ihren vom Aas ihrer Gesinnung vergifteten Zähnen*, wie Herr Dichand, der Eigentümer der Brunnenzeitung, Hans Dichand, der Name wird Ihnen nichts sagen, geschrieben hat. Nun aber der Witz: Wie hat es zu dieser Verwechslung kommen können? Die Neue Brunnenzeitung erklärt es ihren Lesern: Durch eine Verkettung schier unglaublicher Zufälle, die niemand vorauszusehen mochte. – Nein, nun warten Sie doch, das ist noch nicht der ganze Witz, es geht erst los, bitte blättern Sie um! Hier die verblüffenden Parallelen, die zur Verwechslung geführt haben: Waltraud Wagner ist dreißig und mollig. Ihre Doppelgängerin ist siebenundzwanzig und ebenfalls mollig. Gesicht und Gesamtäußeres sind auffallend ähnlich. Beruf der beiden Frauen: Krankenschwester. Dienstort: Krankenhaus Lainz, Pavillon V. Frau Wagner heißt Waltraud, die andere Gertrude. Und – Achtung, jetzt kommt es – *beide haben eine Fut*… Der Witz vom schlagenden Beweis, gut, nicht?

Sie finden das zum Lachen, interessant, ich habe Sie

nur auf die Probe gestellt. Es ist nämlich gar nicht lustig, es ist im Gegenteil sehr traurig, that's very sad, wie der Engländer sagen würde, hier in der Gegend, in den Tauern, stürzen manchmal auch Engländer ab, so kann man sich an Sprachkenntnissen oft manches aneignen als Postenkommandant. Um wieder dienstlich zu werden: Sie behaupten also, *das Opfer*, der im Augenblick der Pointe tödlich verunglückte Dozent, habe jenen vortrefflichen Witz vom Blindenhund erzählt... Nun, ich werde Ihnen jetzt etwas zeigen, hier, lesen Sie, wir nennen diesen Zeitungsausschnitt, die Begebenheit überhaupt die *Urszene*, das haben Sie natürlich nicht wissen können, und das wird Ihr Fehler gewesen sein... Wir haben doch fortwährend mit Witzeerzählern, mit Opfern, mit Objekten tödlicher Witze zu tun... Merken Sie, worauf ich hinauswill, nein? Aber lesen Sie doch, Professor, lesen Sie: *Tödlicher Witz*. – Ausgerechnet an der Schlüsselstelle unter der sogenannten Roten Platte, beim Anstieg auf den Hohen Schreibtisch, erzählte ein Sprachforscher seinem Kollegen einen Witz. Der Zuhörer brach daraufhin derart in Gelächter aus, daß er das Gleichgewicht verlor, dreihundert Meter in die Tiefe stürzte und auf der Stelle tot war. Die beiden Wanderer hatten die Hohen Tauern durchstreift, um die Kärntisch-Slawischen Berg- und Flurnamen auf keltische und illyrische Ursprünge zu untersuchen. – Was sagen Sie nun, nun sind Sie sprachlos, aber, Sie sehen: nicht der Erzähler, das Subjekt, sondern der Zuhörer, das Objekt des Erzählens ist in den Tod gestürzt! Nicht der Sender, wie Sie uns weismachen wollen, sondern der Empfänger war das Opfer, im doppelten Sinn das Opfer, immerhin ein vergnüglicher Tod: Sich ausschüttend vor Lachen in den Abgrund zu stürzen... Aber wenn Sie es schon nicht zugeben: Ich sage es Ihnen auf den Kopf zu: *Sie*, Sie selbst haben den Witz vom Blindenhund erzählt, und nicht der andere! Zu klären wird nur noch sein, ob fahrlässig oder in böser Absicht ... Ich bräuchte übrigens zu Hause nur in meine magische Laterne, in meinen Bergspiegel zu sehen, und ich wüßte ohnehin alles ... Der überlebende Sprachforscher, der Witzattentäter, hat uns ja auch, bei der ersten Einvernahme, weismachen wollen, der andere habe einen Witz erzählt und dessen Aufbau, die Steigung, die Steigerung zur Pointe, nicht mit den Gegebenheiten des Geländes, dem Aufbau des Berges, der Architektur des Aufstiegs in Einklang gebracht. Welche Geschichte denn zum besten gegeben worden sei, begehrten wir zu erfahren, und bekamen zur Antwort: Der Witz vom Papstbesuch in Teheran. Wie der denn ginge, wollten wir, mißtrauisch geworden, wissen. Und wissen Sie, was für eine Geschichte der Kerl uns aufgetischt hat? Der Witz ginge so: Der Papst besuche also den Revolutionsführer in Teheran. – *Jo die Frau Khomeinig, jo griaß Ihnen Got, jo wia gehts Ihnan den, so long niama gsegn die Frau Khomeinig* ... Gott grüße die Frau Chomeini, lange nicht mehr gesehen, wie es denn gehe?, frage der Papst ... *Jo goa nix guat, Frau Woitilek, goa nix guat*, gar nicht gut, Frau Wojtyla, gar nicht gut, antworte der Revolutionsführer. – Aber! Nun sage sie einmal, gebe der Papst zurück, die Frau Chomeini wäre doch immer so gesund gewesen, wo es denn fehle? *Epa!, jo sogns amol Frau Khomeinig, ist doch imma so xund gwesn die Frau Khomeinig, jo wo fahlts denn? Och dos Kreiz, Frau Woitilek, dos Kreiz und die Neafn*, das Kreuz, Frau Wojtyla, das Kreuz und die Nerven, gebe der Imam zur Antwort. *Und da Ruschtnig Zotl tuat mi dauand tratzn ... Hetz bin i schon bein Dokta gwesn, bein Dokta Rafsantschanig, und der hot mi weitagschickt ins Kronknhaus, zum Professa, an gewisn Professa Montaseri …* Auch der Rushdie-Bube reize sie fortwährend, erzähle der Revolutionsführer weiter, sie habe bereits den Doktor Rafsandschani aufgesucht, der habe sie ins Krankenhaus überwiesen, zu einem gewissen Professor Montaseri … *Oba hetz homma*, nun hätten sie, *so long*, so lange, *nua von mia gredt*, nur von ihr gesprochen, wende der Imam ein, wie es denn um ihre, der Frau Wojtyla Gesundheit bestellt wäre, *wia isn bei Ihnan mit da Xundheit? Jo a goa nix guat, Frau Khomeinig, goa nix guat*, auch gar nicht gut, Frau Chomeini, gar nicht gut, antworte der Papst. *Wisns wol, i hob a Frauenleidn, hot da Professa Marcinkus gesogt, a Frauenleidn … Epa, epa! Oba Frau Woitilek!* Sie müsse wissen, er habe ein Frauenleiden, habe Professor Marcinkus festgestellt! Ach was!, so der Imam, aber Frau Wojtyla! *Jo, won ans olt is, Frau Khomeinig, is holt so … Die Prostata tuat neama so recht, und an Miniskus hob i a …*! Ja, wenn eines alt sei, Frau Chomeini, so sei es eben … Die Prostata tue nicht mehr so recht, und einen Meniskus habe sie auch, so der Papst.

Nun sagen Sie selbst: Das soll ein Witz sein? Aber vielleicht erzählen Sprachforscher solche Geschichten einander, wenn sie das Keltische im Kärntischen suchen; vielleicht wollte er sich auch nur lustig machen über uns … Gut, sie sind schon Tage oder Wochen unterwegs gewesen, und immerhin, die Schlüsselstelle unter der Roten Platte –. Dennoch, wenn das ein Witz gewesen sein soll, den Todessturz kann er nicht ausgelöst haben – ein ausgesprochener Flachland-, allenfalls ein Mittelgebirgswitz, unschwierig, aber auch nicht sehr lohnend; kein Hochgebirgswitz, niemals tödlich. Ja, wenn einer das Wort *Fut* in ein ausgesetztes Schneefeld getreten hätte – alles schon dagewesen! –, das wäre schon etwas anderes … Nun, wie schon Ihnen vorhin, haben wir auch dem Sprachforscher, auch er ein Professor, auf den Kopf zugesagt: Daß nicht der andere, sondern er selbst den Witz erzählt haben muß, aber keinesfalls den Witz vom Papstbesuch in Teheran, sondern, wie es an den Folgen abzulesen wäre, den Witz DER HIRT AUF DEM FELSEN …! Wissen Sie, mit diesem Witz vom Hirten auf dem Felsen hat es eine schreckliche Bewandtnis: Keiner, der ihn je gehört hat, hat ihn überlebt, ein jeder muß sich zu Tode gelacht haben, keiner hat ihn jedenfalls weitererzählen können – nicht einmal wir Postenkommandanten wissen, wie dieser Witz lautet –, und noch jeder, der ihn zu erzählen versucht hat, ist, hat er ihn erfolgreich erzählt, früher oder später irrsinnig geworden. Als wir den Delinquenten beiläufig, so ganz beiläufig … wie nebenher, fragten, ob er nicht etwa den Witz vom Hirten auf dem Felsen versucht habe, was geschieht? *Prompt!*, prompt wird er auf der Stelle irrsinnig! Der eine tot, der andere irrsinnig, ein Witz! Uns blieb nichts anderes, als ihn dem Gutachter vorzustellen und dann ins Irrenhaus Samonig einzuliefern, dort ist er heute noch. Sie werden ihn ja kennenlernen. Wir lassen ihn natürlich beobachten, ob er nicht doch jenen Witz wieder zusammenbringt, denn ein bekannter Witz hätte seinen Schrecken eingebüßt … Oft erzählt er auch, über Stunden, Witze, Geschichten, Begebenheiten jener Taurisker-Expedition … Hören Sie nur, dieses irrsinnige Lachen, ruft er, hören Sie, dieser gräßliche Schrei, diese plötzliche Stille, hören Sie? Dann wieder sitzt er hinter einem Vorhang und sieht sich auf irgendeinem dubiosen Bildschirm *Das Endspiel* an, irgendeine Eishockey-Finalbegegnung … Wir glauben nicht, daß er sich verstellt. Sie werden ihn kennenlernen.

Wir werden ihn besuchen, vielleicht auch Sie allein, bald schon. Er wird Ihnen erzählen und erzählen und erzählen. Er ist übrigens nicht der erste und einzige, der aus den Hohen Tauern direkt ins Irrenhaus Samonig eingeliefert wird. Es gibt manche tödliche Witze, aber der Hirt auf dem Felsen ist das Phantom unter ihnen. Immerhin: Sie scheinen sich an diesem Witz nicht versucht zu haben, diesen Eindruck habe ich auf den vorigen Seiten gewinnen können. Sie haben mich zwar zu täuschen versucht, aber möglicherweise doch nicht in Mordabsicht einen Witz zum besten gegeben. Wir werden sehen. Ich muß mich jetzt entschuldigen, ich muß zu einem Alpineinsatz, zur nächsten Amtshandlung auf den Hochschober hinauf, zu einem Lokalaugenschein … Zu einem Fall – Fall ist gut –, dem Ihren, soweit ich informiert bin, nicht unähnlich … Ja, schon wieder ein Sturz in den Abgrund, wieder unter Akademikern, Mann und Frau diesmal, die Frau soll in die Tiefe gestürzt sein, von einem Witz als Auslöser war noch nichts zu hören, aber die Vernehmung, später, wird es schon ans Tageslicht bringen, keine Frage …

Diesmal lese ich nicht vor, noch nicht; vorlesen werde ich später, dann aber mit umso größerem Vergnügen … Ich muß Ihnen ja Zeit geben, sich zu erinnern, sich die Einzelheiten wieder ins Gedächtnis zu rufen, die Ihnen während des Aufstiegs durch den Kopf gegangen sind … Ich bin schon gespannt, welche Lügen Sie mir auftischen werden, Doktor, mit einem Thanatologen habe ich übrigens noch nie zu tun gehabt … Bereiten Sie sich gut vor, wenn Sie bei Ihrer Darstellung bleiben wollen, bis zum Zeitpunkt des Unglücks in Gedanken vertieft gewesen zu sein, ein merkwürdiges Verhalten im Hochgebirge … Aber vielleicht sind Sie doch nicht nur in wissenschaftliche Erörterungen, wie Sie sagen, verstrickt gewesen, könnte es nicht auch eine lautstarke Auseinandersetzung gewesen sein, nein? Wie auch immer – Sie spielen aus, Doktor, Sie eröffnen, höre ich, wie von ferne, die Stimme des Postenkommandanten, ich höre sie nachklingen, halblaut, leicht singend, unangenehm, nicht ungefährlich. Ich aber werde kein Risiko eingehen mit der Eröffnung, ich werde klassisch eröffnen: Ich weiß nicht. Ich weiß nicht, wie es dazu hat kommen können, ich weiß nicht, wie lange wir schon unterwegs gewesen sein mochten, meine Frau und ich, auf der Suche wonach, auf den Spuren wovon? Warten Sie. Ja, auf der Suche nach der vollkommenen Stille, auf den Spuren des himmlischen

Friedens, der totalen Ferien, unterwegs zum Fundort der geheimnisumwitterten Cannes-Rolle ... Ja, warum nicht, das wird noch erlaubt sein. – Die Sühnewallfahrt der Wörgl-Bewegung hatte unseren Weg gekreuzt, jetzt noch höre ich die Litaneien: Die Frankfurter Schule zerstört unseren Boden, die Frankfurter Schule vergiftet unser Wasser, die Frankfurter Schule verpestet unsere Luft, die Frankfurter Schule verführt unsere Kinder, die Frankfurter Schule mißbraucht unsere Frauen; die Litaneien, hören Sie? – Auch zwei Bergsteiger waren uns begegnet, in Gespräche vertieft; einmal sahen wir einen Steinadler, im Kampf mit einem Segelflieger, beide stürzten in die Tiefe, und irgendwann meinten wir hoch oben, auf einem Felsen über einem Abgrund, eine Figur wahrzunehmen, es hätte ein Hirte gewesen sein können, wir mochten uns aber auch getäuscht haben ... Zwischendurch Ruhe, Rast, Dämmerzustand am Ufer eines Bergsees hoch über der Baumgrenze, rhododendronbewachsene Stelle ... Wenn ich die Augen schließe, sehe ich mich mit geschlossenen Augen dort liegen, Gedanken ziehen durch den Kopf, Vorstellungen zu einem bestimmten Thema, dem Thanatosprogramm ... Ich höre sie, die Gedanken in meinem Kopf, sie betreffen das Weiterkommen, das berufliche freilich, auch das private. Die Todesnähe im Hochgebirge, befördert sie nicht Gedanken an die vielbeschworene Tabuierung des Todes in unserer Gesellschaft? Die Verdrängung des Sterbens, wie sie von so vielen beklagt wird, von der Kronenzeitung, von Professor Ringel, Professor Frankl oder Oberingenieur Franzl, nein, kein Leserbriefschreiber, Oberingenieur Franzl alias Helmuth Sassak, Massenmörder, sofern einige hochbetagte Rentnerinnen, Seniorinnen, wie man heute sagen würde, wirklich eine Masse darstellen, und wenngleich das Problem des Sassak zunächst die Verheimlichung des Todes gewesen ist – klopf, klopf, klingeling, guten Morgen, bitte aufmachen, Oberingenieur Franzl von den städtischen Gaswerken, hier mein Assistent, der Herr Ingenieur, wir müssen den Gasdruck überprüfen, danke sehr; nun also, Herr Assistent, wenn Sie sich bitte der Ersparnisse annähmen, wenn Sie mir rasch die Drahtschlinge reichen wollten, Herr Ingenieur, danke, ein Ruck, und der Gasdruck ist reguliert. Doch wer immer vor der Türe steht, ob, um den Todestag festzusetzen, Herr Oberingenieur Franzl samt Mitarbeiter, ob, um zu einem hohen Geburtstag zu gratulieren, der Herr Bürgermeister persönlich, der Tabuierung des Todes tut es keinen Abbruch, die Verdrängung des Todes in unserer Gesellschaft, sie ist ein großes Problem, ein großes Problem. Doch dem abzuhelfen, dazu bin ich da. Der Tod als Stammesfest, die Wiederkehr des Festes als Farce, das ist zu entwickeln, das wird zu entwickeln sein … TOD OHNE TABU, STERBEN OHNE REUE, höre ich mich denken, DAS THANATOS-PROGRAMM, DIE STERBESIMULATION … Der Weg in die totalen Ferien, die Schwelle zum himmlischen Frieden – Sterben wie Gott in Frankreich, oder Sterben auf dem Bauernhof, das werde ich dem Chef vorschlagen … Sterben wie im Oberen Mölltal, Sterben wie bei den Illyrern, Sterben wie – langsam, der Reihe nach. Tod ohne Tabu, höre ich mich denken, nicht daheim und doch zu Hause … Die Einzelheiten: Sterben wie bei Muttern, nein, noch besser: Sterben mit der Trapp-Familie … Das Einführungsangebot des Thanatos-Programms: Die Trapp-Familie singt das letzte Stündlein ein, das Angebot für verwirrte Patienten und Operettenliebhaber … Ich sehe mich es mir vorstellen:

Die Trapp-Familie hat um das Sterbebett Aufstellung genommen, am Bett sitzen Hans Holt als Baron und Ruth Leuwerik als Baronin von Trapp, dargestellt von arbeitslosen Schauspielern … Leih-Verwandte gewissermaßen, Verwandten-Verleih, das wird noch zu prüfen sein … Ich höre Stimmen: – Mutter, erkennst du mich denn nicht mehr, ich bin es, dein Sohn, der Herr Baron, der Baron von Trapp, der Sohn aus Amerika … Ich bin zurückgekehrt, Mutter, aus Amerika, ja weißt du das denn nicht mehr? Nein, Mutter, ich bin nicht Adam Carrington, ich bin der *Sohn* aus Amerika, der Baron von Trapp, mein Lebensweg ist sogar verfilmt worden, hast du deinen großen Sohn denn nie im Kino gesehen, oder erinnerst du dich nur nicht? Ach Mutter, nicht aus Eger, nicht aus dem Egerland, aus Boston, aus Übersee, wie? Ja freilich sind die Tschechen Bestien gewesen, natürlich haben sie uns alles weggenommen. Nur ruhig, Mutter, gleich wird ein Lied erklingen, *unser Lied*, freilich, ein Lied mit auf den Weg … Hör nur, Mutter, höre, Ein alter Mensch/der ist für mich/*als wie ein Gotteshaus*, hörst du, da, jetzt!, – do geht ein Se/gen aus …

Eine vielversprechende Variante, der Chef wird mich loben. Die Leih-Verwandten, die Darsteller der Familienangehörigen werden natürlich in Sterbeworkshops ausgebildet werden, *Tod – Höhepunkt des Lebens*, bei Professor Ringel, oder *Sterben mit Sinn*, bei Professor Frankl. Ja, so wird es sein, ein gangbarer Weg, mäßig schwierig, Übung und Ausdauer nötig, sehr lohnend. – Oder das andere, Sterben auf dem Bauernhof, Sterben über den Tod hinaus, ein abseitiges, exotisches Angebot, muß ich wohl, vergnügt über diesen Geistesblitz, gedacht haben, denn ich sehe mich kurz die Augen öffnen, um sie vor dem Wahrgenommenen sogleich wieder zu schließen, über dem Georgskopf, der auch Schwarzfriedrich genannt wird, waren schwere Gewitterwolken aufgezogen. Sterben auf dem Bauernhof also. Nach den Vorzeichen – zur Auswahl: Der Hahn, zur Unzeit krähend, hat *den Tod angemeldet* und ist selbst tot von der Faltersäule gefallen; in der Nacht hat es gegen das Holz des Bettgestells geklopft, wie von einem knöchernen Finger, der Einlaß begehrt; auf der Wiese ist ein Schnitter gestanden, der nie gemäht und immer nur die Sense gedengelt hat; oder ein Krug ist ohne sichtbare Ursache vom Herdgesims zu Boden gefallen und zerbrochen – nach den Vorzeichen ist der Sterbende also in der Stube nach Gewohnheit und Recht aufgebahrt, zum langen Schlaf gebettet, die Familie, das Gesinde und die Nachbarn haben sich zur Totenwache eingefunden, alles ist bereit; es ist tiefer Winter, mannshoch liegt der Schnee, die Leute vom Unteren Kaplitzer, vom tiefergelegenen Gehöft, haben sich Stunden zum Oberen Kaplitzer durch den Schnee gearbeitet, ebenso der Landarzt, ebenso der Kaplan auf seinem Versehgang, sie sind von weither, von Krass und von Sagritz, aufgestiegen mit Fackeln und Blendlaternen. Der Landarzt wird vielleicht mit dem Gesang: Freut euch, ihr Patienten, der Arzt ist euch ins Bett gelegt, oder: Der Arzt im Bette erspart den Abdecker, empfangen worden sein; der Kaplan wird dem in Agonie liegenden, aber noch nicht Hingegangenen die Sterbesakramente gespendet, und der Arzt ihm die Augen geschlossen haben, dann aber: Die in der Stube Versammelten beten, mit gesenkten Köpfen, halblaut unverständliche Litaneien, es geht gegen Mitternacht, da ist es, wie wenn der Stubenboden erzitterte, wie wenn eine Stimme, es könnte die des Toten aus jüngeren, besseren Jahren sein, mit lauerndem Unterton riefe: Bin ich auch gut zugedeckt?, eine Frage, die mehrmals, in immer drohenderem Tonfall, wiederholt wird; dann erklingt aus einer anderen Stubenecke dieselbe Stimme, klagend, vorwurfsvoll: Lieb aus, Treu aus; schließlich beginnt der Tote, von welcher Kraft immer bewegt, sich drohend aufzurichten, und die Versammelten weichen ängstlich zurück... Da tritt ein unbekannter, großgewachsener Mann mit einer Rute aus Haselnußholz zur Tür herein, klopft sich den Schnee ab und schlägt, zum Erstaunen der Anwesenden, auf den Toten mit der Rute ein so lange, bis dieser keinen Versuch, sich aufzurichten, mehr unternimmt und kraftlos in die Kissen zurückfällt; daß der Tote, erklärt der Fremde, hätte er nicht kundig eingegriffen, wohl die gesamte Trauergemeinde in tausend Stücke gerissen hätte, da die Söhne es unterlassen hätten, den toten Vater auf den Schlitten zu packen und in die Schneenacht hinauszuziehen, bergan, zum nächsthöchsten Punkt oder Gipfel, um ihn dort, in diesem Fall Auf der Stell oder auf dem Mocher oder Sauris, im dichten Schneegestöber aufzubahren; und schon ist der Unheimliche wieder verschwunden... Welche Vorstellung! Ein nachgerade innovatives Angebot, Sterben im Oberen Mölltal, nach alten illyrischen Rezepten, pardon, Riten. Laiendarsteller werden im sogenannten Nationalparkhaus in Döllach leicht anzuwerben sein, Leute, nicht einmal ungeübt in solchen Dingen, stellen sie doch bei jeder Gelegenheit die bald zweihundert Jahre zurückliegende Großglockner-Erstbesteigung in Originaltrachten, mit Leitern und Stöcken, nach; die Oberen Mölltaler, die nicht mit den fidelen Mölltalern zu verwechseln sind, sind überhaupt große Nachsteller und Schausteller, Wochen sind sie oft mit Packpferden unterwegs, um, die Hohen

Tauern, keltisch Tur, Übergang, überwindend, dem Bischof von Salzburg Wein aus dem Friaul oder dem Veneto zu liefern …

Inzwischen mußten wir wieder aufgebrochen sein, denn ich sehe uns bergan steigen, über Schuttbänder und Geröllrinnen, über eine vegetationslose Moräne, am Rande eines in den letzten Zügen liegenden, in der Mitte aber aufgewölbten und immer noch von Spalten durchzogenen Gletschers. Die Gewitterwolken über dem Schwarzfriedrich waren einige Felstürme weiter nach Süden gezogen, und eine Stimme höre ich neben mir, *ihre* Stimme, sie verheißt nichts Gutes, ich höre sie sagen: Und wie weiter jetzt? Siehst du, höre ich mich antworten, siehst du jenen wie einen Finger aufragenden Felsturm unter dem rötlichen Gestein? Wir werden ihn östlich, also links umgehen, um zum Aufschwung und dann zur Schlüsselstelle zu gelangen … Du magst, aus begreiflichen Gründen, einen Finger sehen, ich sehe einen steinernen Phallus, höre ich sie antworten. Das wird mit der phallischen Weltverschwörung zusammenhängen, so ich zurück, auflachend. Hätte ich es nur unterdrückt! Du findest das also lustig, ja?, höre ich die Stimme neben, nein, hinter mir, es ist komisch, ja, sehr zum Lachen? Dann bitte doch SIE hierher, die andere, die Alkoholikerin aus Deutschland, deine anonyme Alkoholikerin aus der Bundesrepublik, ihr würdet euch prächtig verstehen unter dem wie ein Finger aufragenden Felsen, ihr könntet euch, den Flachmann ausgepackt und rastend, wunderbare tödliche Witze erzählen, oder nicht? *Was habe ich eigentlich hier verloren?* – Klappere, Mühle, klappere; längst war ich, im augenblicklich ungefährlichen Bergansteigen, wieder in Gedanken versunken, war ich in Gedanken auf den Spuren der Glockenbecherleute … DER GEWEIHTE HAMMER, eine Sterbe-Simulation nach sardisch-keltischem Ritus … Sterben wie in der Urzeit, Sterben als Megalithkultur, ein Senator-Class-Angebot für Gebildete zwischen siebzig und einundsiebzig … Der Tod als Teil des Lebens, auch das würde ich dem Chef vorschlagen. Beizeiten, im geeigneten Augenblick, ins Jenseits, ins Steingrab, um nicht, über Gebühr hinfällig, als Leichnam weiterzuleben. – Die Stammesgemeinschaft also ist festlich versammelt. Nein, noch nicht, vorher, wie wenn es schon geschehen wäre, Auftritt der Klageweiber. Die Klageweiber – Männer stoßen mich ab, höre ich plötzlich hinter mir rufen, ich sehe mich aufblikken, keine Gefahr, klappere, Klapsmühle, klappere – die Klageweiber treten lautlos ins Sterbezimmer. Stille, dann ein langgezogener Schrei, wilde Verzweiflung, das Drama, das Spiel kann beginnen. Sie raufen sich die Haare? Zerkratzen sich das Gesicht? Reißen die Kleider sich vom Leibe, werfen zu Boden sich? Überlegenswert, warum nicht … Dann aber der große Auftritt, Auftritt der *Accabbadora*, der Priesterin, der *Totschlägerin* … In den Händen hält sie den Hammerstein aus der Vorzeit, das geweihte Beil, den *Er Mel Beniguet*; sie tritt, atemlose Stille rundum, an das Bett des Probanden, des Todgeweihten, ruft: *Du hast gut gelebt* oder: *Befreit von der Last des Lebens und vom Schrecken des Todes*, ein leiser Trommelwirbel erklingt von irgendwo, sie hebt den Stein, nimmt einen Augenblick Maß und spaltet den Schädel des Glücklichen mit einem einzigen Hieb, und alle rufen, während die Priesterin, die Meisterin des Steinbeils, eine königliche Verbeugung andeutet: Bravo, bravo, und wieder: Bravo!, und klatschen in die Hände … Nein, klatschen nicht in die Hände, beginnen Freudentänze aufzuführen und heben die sagenhaften, mit Met gefüllten Glockenbecher, und trinken: Auf Hannes, auf Jutta oder Julian, auf Justus, wem immer der Absprung in ein so gutes Weiterleben geglückt sein wird; doch billig wird das nicht, billig nicht ... – Irgendwann werden dich diese Unternehmungen teuer zu stehen kommen, und das vielleicht schon bald, da ist sie wieder, die Stimme hinter mir, sie scheint sehr erregt zu sein, sonst würde sie nicht schreien, Gratwanderungen, Schlüsselstellen, Steilabbrüche, Scheiße!, schreit sie. Was will diese Frau mit den roten Flecken im Gesicht? Wie? Augenblick, ich höre nichts, wie auch, im plötzlichen Nebel, so, jetzt aber: Daß sie sich nicht umbringen lassen werde – das hat SIE gesagt, wohlgemerkt –, daß sie den Felsturm nicht, wie ich, links, also östlich, umgehen werde, sondern westlich, also rechts, über das Schneefeld, über den kleinen Gletscher, daß wir uns also trennen würden, wenngleich nicht für immer, diesen Gefallen würde sie mir nicht erweisen ... Männer stoßen mich ab, höre ich die Stimme, während sie sich über Schutt und Blockwerk entfernt, rufen, Männer stoßen mich ab, höre ich sie hinter einer Felsbiegung hervor, aber ich bin sexuell auf sie angewiesen ...! – Mich stoßen Männer genauso ab, höre ich mich zurückgeben, ohne sicher zu sein, daß meine Antwort sie noch erreicht, das Beste aber: Ich bin sexuell *nicht* auf sie angewiesen ...! Nun, weiter, im Aufstieg, auf den Spuren von –, auf der Suche nach –, weiter in der Rückeroberung des Todes. EROS UND THANATOS, Sterben wie in Lainz, die Sterbe-Simulation für Thrillerfreunde ... Mit den fidelen Mordschwestern ins neue Jahr, die fidelen Mordschwestern tanzen das letzte Stündlein ein, oder *Sex and Crime im Todespavillon*, nicht schlecht ... Die Anordnung könnte so sein: der Todeskandidat liegt im nächtlichen

Halbdunkel eines Krankensaales im Pavillon V des Krankenhauses Lainz, erste medizinische Abteilung. In Reichweite des Kandidaten befindet sich die Klingel, die im Zimmer der Nachtschwestern ein Signal auslöst, die das *entscheidende Signal* auslösen wird ... Auf Wunsch – ein Extra, im Preis nicht inbegriffen – wird irgendwo im Halbdunkel auch der Reporter Jeanee, oder Jeanescu, Michail Jeanescu, der *Aasfresser*, lauern, um das Geschehen zu protokollieren, zu publizieren. Nun, da alles bereit ist, darf der Patient, auch wenn er seine Körperfunktionen noch unter Kontrolle hat, nach Herzenslust unter sich machen, da von der Annahme ausgegangen wird, daß der Patient während seines gesamten Spitalaufenthaltes von Schwester Waltraud, dem Todesengel, nur als *Brunz-Ferdl* bezeichnet worden sein wird. Um seinen Exitus in Gang zu bringen, am frühen Morgen, zur Stunde des Wolfs, muß der Proband die Klingel betätigen, nach der diensthabenden Schwester läuten, vergeblich beim ersten Versuch: Denn Schwester Waltraud, die Erlöserin, die Meisterin der Mundspülung, ist samt ihren fidelen Mordgesellinnen gerade mit den Stationsärzten zugange, bei Wein und Sekt, hier will ein junger Arzt einen Zungenkuß tauschen, da ein Oberarzt, der mit seinen großen Händen ihre noch größeren Brüste zu umfassen versucht, dort ein dritter, der ihr zwischen die Beine greifen möchte – eine Nachtschwester, leicht hat sie es nicht bei solchem Andrang, viel Opfermut gehört dazu. Der Proband klingelt wieder, diesmal energischer – großartige Dramaturgie! –, doch die Zeit, sie ist noch immer nicht reif, die Stunde noch nicht gekommen. Schwester Waltraud, gerade der Sättigung ihrer Machtgier und der Befriedigung ihres überstarken Geschlechtstriebes nachkommend, bedeutet ihren aufgesprungenen

Spießgesellinnen Mayer, Huber, Leidolf, der Rangordnung nach Feldwebel, Unteroffizier, Korporal: Klingeln lassen, noch nicht!, und befriedigt sich, drei Ärzte verbrauchend, weiter, hemmungslos … Dann aber kräht der Hahn zum drittenmal, und die Schwester, sie sagt: *Jetzt*; Schwester Stefanie und Schwester Irene werden mich auf dem Versehgang begleiten, es scheint sich um den Brunz-Ferdl zu handeln … Aus dem Medikamentenschrank die in Frage kommenden Utensilien und Medikamente – wir werden anbieten Rohypnol, Dominal Forte, die einfache Mundspülung und die mit Rohypnol kombinierte – hervorgesucht, die *Fischaugen* aufgesetzt, eiskalt, ohne Leben, *und schon marschieren die Mordgesellinnen im Gleichschritt über den Gang*, schon stehen sie am Krankenbett, wirklich, es ist der Brunz-Ferdl. Was ist los, was willst du, zischt die Anführerin, und heimtückisch im Halbdunkel funkeln die Fischaugen. Je nach Einstudierung röchelt der Proband: *Mich dürstet* oder: *Mir ist ein Mißgeschick passiert*; aber auch: *Sie können gehen, ich habe Sie nicht gerufen* oder *Ich gratuliere allen zur bestandenen Falknerprüfung* … Vielleicht darf der Patient auch den Satz aussprechen, den er Zeit seines Lebens gerne gesagt hätte und doch stets unterdrückt hat, Sätze wie *Schwester, Blasen* oder *Mutter, Ficken*, wie *Einmal sie von hinten nehmen* oder auch *Lulu in den Mund hinein*, was immer. Er hat Durst, er hat Schmerzen, flüstert Schwester Irene, auch seine Mundpflege hat er sehr vernachlässigt. Wir werden helfen, so Schwester Waltraud, *wir werden ihm schon helfen*, die Spritze, Schwester Stefanie, die Spritze, verlangt die Mordschwester, und mit geübten Fingern verschafft sie dem Brunz-Ferdl Linderung. Siehst du die Figur auf dem Kreuz an der Wand, spricht sie, das ist der Pepi, unser aller Pepi, und in seine Hände werde ich deinen Geist befehlen; und da der Patient antwortet: Sie haben hier gar nichts zu befehlen, *ich* kommandiere, und ich befehle: Feuer, Feurio!, fügt sie noch hinzu: Wasser, das Glas Wasser, Schwester Irene … Nach dieser letzten Spülung segnet der Patient das Zeitliche, die Schwestern sind verschwunden, und aus dem Halbdunkel tritt, sichtlich zufrieden mit der Einstudierung und angezogen vom Geruch, den er so liebt, Herr Hasenörl, Deckname Jeanescu, um sich die Leiche zu sichern und sich an die Besprechung der Vorstellung zu machen; aber die Nacht wird kommen, da auch ihm seine Mundspülung zuteil werden wird. – Hiermit verabschiede ich mich aus dem Kriminalmuseum Wien-Lainz und – nein, anders, die Thanatos-Kliniken bedanken sich bei den Anverwandten für ihr Vertrauen und hoffen, der von uns Gegangene – unvergeßlich, unersetzlich – hatte einen schönen oder spannenden Tod. Welch ein Projekt, was für Gedanken einem doch kommen im Hochgebirge! Da sehe ich mich plötzlich stolpern, fast wäre ich gestürzt, was ist los, wo bin ich, scheine ich zu fragen, denn ich sehe mich, nicht ganz im Bilde, um mich blicken; ja richtig, es scheint mir wieder eingefallen zu sein, bald auf gleicher Höhe mit dem Felsturm, unterhalb der Schlüsselstelle, nicht immer des Weges achtend, in Gedanken … Bald wird ja auch die Frau auftauchen von der anderen Seite; tief durchatmen sehe ich mich und die Berge rundherum betrachten, die Pyramiden, Kathedralen, einfachen Türme, damals wurde noch gebaut, Teufel auch … STERBEN AUF DEM GROSSGLOCKNER, das wäre doch auch eine Möglichkeit, ein majestätisches Angebot, oder besser noch: Sterben *im Angesicht* des Großglockners, *den Berg sehen und sterben* … Aber wo, von wo aus? Auf dem Sandkopf vielleicht, ja, warum nicht, gute Position, seltsamer Berg, Sterben auf dem Sandkopf, 3090 Meter, alpinistisch gering geachtet, vom Glockner aus besehen ein Hügel gewissermaßen, und doch, vom Gipfel des Sandkopfs aus betrachtet, ein Hügel mit Steilabbrüchen, mehr als 1000 Meter senkrecht in die Tiefe, erste Marke … Die Prozession mit der Bahre wird von den Apriacher Hütten aus aufsteigen, über den sogenannten Mönchsberg, weglos, über steile Wiesen, an einigen Pferden in der Ferne vorbei, die dort, oberhalb der Baumgrenze, den Sommer über weiden, aufsteigen über leuchtende Pflanzen, gelber als gelb, blauer als blau, über Bergaster, Türkenbund, langstieligen Enzian, über Arnika und Himmelsherold, an der Entrischen Kapelle, der Entrischen Filialkirche, einem Menhir, einem im rechten Winkel aus dem Steilhang ragenden, moos- und blumenbewachsenen Steinphallus, einem Naturmenhir, und einer kleinen Steinhütte, dem vormaligen Pfarrhaus, dem Druidenunterstand vorbei, und weiter, hinauf, zum oberen Wetterkreuz, zu Altschneeresten, Alpenprimel und wild duftendem Speik, und etwas mühsam über Schieferplatten und Quarzphyllit zum Gipfel, zum Gipfelkreuz; doch viel Platz ist dort nicht, weniger als am Großglocknergipfel schräg gegenüber, aber für den Probanden auf der Bahre, für auserwählte Verwandte oder Verwandtendarsteller, für den Medizinmann oder die Priesterin wird es genügen, die Gemeinde wird unterhalb des Gipfels Platz finden … Ein Schamane wird an die Bahre treten und die Worte sprechen: Sieh, rundum, das Tauernfenster, für dich werde ich es öffnen, ich werde dir eröffnen die Urarchitektur, den Eklektizismus der Erdzeitalter – und wie geblendet wird der Todeskandidat in den Abgrund stürzen und zerschmettert, tief unten, im Kleinen Fleißtal, nicht weit vom alten

Pochwerk, liegenbleiben. Vielleicht wird der Medizinmann aber auch zum Großglockner, dessen Ausstrahlung bis nach Nordafrika reicht, hinaufsehen wie in einen Bergspiegel, und sprechen: Soeben erreicht der oberösterreichische Landeshauptmann von Kärnten, Haider, als erster nichtkärntner Kärntner Landeshauptmann den Gipfel des höchsten Kärntner Berges, und der Kandidat röchelt: Die Bajuwarisierung ... Die Hunnen, die Nordischen ... Es geht wieder los ..., und das blanke Entsetzen wird ihn jäh vom Leben zum Tode befördern; oder aber, den Film einige Höhenmeter zurück, hinab, auf den schmalen Grat zwischen Klein- und Großglockner, der Schamane spricht, wird sprechen: Der erste nichtkärntner Kärntner Landeshauptmann ist soeben, beim Versuch, die Schlüsselstelle unterhalb des Gipfels zu queren und wenngleich von ausgesuchten Heeresbergführern gesichert, in den Tod gestürzt; und der Todeskandidat wird, selig die Augen schließend, mit den kaum hörbaren Worten: Nun bin ich ruhig ... Einen solchen Tod noch zu erleben, habe ich mir immer gewünscht, sein Leben aushauchen ... Schöne Sache, ergreifende Stelle. Vielversprechend, der Chef wird zufrieden sein. Ja, mit den Schlüsselstellen ist nicht zu spaßen. Wieder sehe ich mich, längst oberhalb des Felsturmes, auf die Schlüsselstelle zugehen, und jetzt sehe ich auch, wie ich sie, von der anderen Seite kommend, auf den Pfad zur Schlüsselstelle zusteigen sehe, rote Flecken im Gesicht, die nie Gutes verheißen. Und noch einmal höre ich sie rufen, Männer stoßen mich ab, – aber du bist sexuell auf sie angewiesen, ich weiß, höre ich mich ihr ins Wort fallen; bitte beruhige dich doch, ruhig, ganz ruhig. Komm, ich muß dir etwas zeigen, dort drüben, auf dem Felsen, sieh genau hin, ist es nicht der vermißte Hirt? Nein? Was könnte es dann sein, komm näher heran, deinem ethnologisch geschulten Blick wird es sicher nicht entgehen, siehst du nicht, in der Ferne, was ich sehe? Und plötzlich – Nein, nicht!, höre ich eine entsetzte Stimme, ein Wort wie Trugdt a mor oder Truta mora ruft sie, und dann nichts mehr, nichts, Stille; vollkommene Stille, himmlischer Frieden.

Haben Sie sich gut vorbereitet? Dann werde ich jetzt vorlesen, ich lese vor: *Unfall oder Verbrechen?* – Zu einem mysteriösen Bergunglück, dessen Opfer noch nicht gefunden werden konnte, kam es am Dienstag im Schobergebiet. Ein Akademikerehepaar, ein Thanatologe und eine Archäologin, war auf einer privaten Expedition zur Entrischen Kirche unterwegs gewesen. Nach Angaben des Mannes habe die Frau, an einer schwierigen Stelle in der Nähe des Roten Turms, plötzlich einen Schwindelanfall erlitten, sei durch eine Eisrinne in die Tiefe gestürzt und auf einem Schneefeld liegengeblieben. Aus vorerst ungeklärten Gründen unterließ es der Thanatologe jedoch, unverzüglich ins Tal abzusteigen, um Hilfe zu holen, und blieb statt dessen an der Absturzstelle sitzen. Zufällig beobachtete ein Hirt, auf der Suche nach abgängigen Schafen, von einem gegenüberliegenden Felsen aus durch das Fernrohr den Vorfall und alarmierte die Bergrettung. Der Hirt meinte an der Schlüsselstelle ein Handgemenge zweier Personen gesehen zu haben, das freilich auch eine Rettungsaktion gewesen hätte sein können; auch habe er auf einem Schneefeld unter der Absturzstelle das Wort HILFE, groß in den Schnee getreten, ausgemacht. Tatsächlich betraf die Besatzung eines Hubschraubers unweit der Unglücksstelle den Mann in einem, wie es schien, verwirrten Zustand, und fand auch auf dem Schneefeld unterhalb der Eisrinne Blutspuren und Tritte, in ihrer Anordnung möglicherweise Reste von Buchstaben; die abgestürzte Frau aber blieb verschwunden. Daraufhin durchkämmten Bergrettungsleute mit Suchhunden das Gelände, ohne Ergebnis. Die Exekutive steht vor einem Rätsel – daß die Frau, die sich doch erheblich verletzt haben dürfte, aus eigener Kraft abgestiegen ist oder gar den geplanten Weg alleine fortgesetzt hat, ist sowenig wahrscheinlich wie ein Sturz in eine Gletscherspalte. Aufzuklären wird auch sein, ob Fremdverschulden an dem Zwischenfall wirklich auszuschließen ist: Zwei den Weg kreuzende Bergsteiger wollen das Akademikerpaar vor dem Aufstieg in einer heftigen Auseinandersetzung betroffen haben. – Aber Herr Doktor, sollen Akademiker nicht einen anderen Umgang miteinander pflegen, in der freien Natur zumal? Daß die Menschen auch immer am Berg den Tod suchen, den Totschlag, den Mord, den tödlichen Witz, den Grund dafür möchte ich einmal erfahren! Aber fassen wir zusammen: Sie geben also zu, daß Ihre Frau und Sie vor nicht allzulanger Zeit Lebensversicherungen abgeschlossen haben, der Thanatologe als Nutznießer einer Lebensversicherung, das ist komisch, aber noch ist es nicht soweit … Ferner behaupten Sie, bei dem von Zeugen beobachteten heftigen Streit habe es sich nur um eine geringfügige Meinungsverschiedenheit über die einzuschlagende Route gehandelt … Meist seien Sie in Gedanken vertieft unterwegs gewesen, ein verdächtiges Verhalten auf einer Bergfahrt … An ein vor allfälliger Konkurrenz noch streng geheimzuhaltendes Großprojekt hätten Sie gedacht, ein Projekt, das Senioren betreffe, mehr könnten Sie nicht einmal mir verraten … Ein echter Geheimnisträger also, der mir gegenübersitzt, ich staune. Aber immerhin – ich danke für soviel Offenheit – eine Einzelheit könnten Sie preisgeben: Eine Autobusausflugsfahrt rund um den Chiemsee wollen Sie sich vorgestellt haben, mit Werbeverkaufsveranstaltung der Firma Wernicke Hausgeräte und Heimtextilien KG, samt Mittagessen – Schweinebraten mit Beilagen – und Bordverpflegung, Marzipanbrot und feinster Butterrührkuchen, 300 Gramm, im Preis inbegriffen auch ein Extrageschenk, Spazierstock und Halstuch oder ein Schweizer Offiziersmesser zur Wahl … Ein Thanatologe, und so banale Bilder im Kopf, das ist mehr als merkwürdig! Sie haben doch nicht etwa gelogen, da könnte ich sehr ungemütlich werden … Ich bin nicht nur für meine Verkehrskontrollen berühmt, manche sagen gefürchtet, ich habe dem Gesetz noch in jedem Fall Geltung verschafft; im Dorf hat sich vor Jahren sogar ein Komitee gebildet, ein Personenkomitee zur *Aufklärung der Vorfälle um den Postenkommandanten* … Aber sehen Sie selbst: bin ich auf dem Posten, oder bin ich es nicht? Also Vorsicht, immer die Wahrheit sagen, auch wenn es keine gibt. Was haben Sie mit dem Rentnerautobus eigentlich im Sinn gehabt, einen kleinen Sabotageakt vielleicht, angewandte Sterbeforschung? Oder gar eine Art Katastrophensimulation, eine kollektive Sterbe-Simulation, das Leben als Art von Verbrechen, das nur durch das kollektive Simulakrum des Todes gesühnt werden kann, wie wir Postenkommandanten das nennen? Aber weiter im Protokoll: Unterhalb des Roten Turmes habe also Ihre Frau sich von Ihnen getrennt, um die Schlüsselstelle über ein Schneefeld – eigentlich ein kleiner, nahezu spaltenloser Gletscher – anzusteigen. Auf dem Schneefeld habe Ihre Frau, Sie selbst hätten sie kurz dabei beobachtet, einige riesige Buchstaben in den Schnee getreten, und zwar, nach

Ihren Angaben, ein unanständiges Wort, nämlich das Wort FUT; etwas unakademisch, aber als Ethnologin, bitte sehr. Aus einem gewissen Übermut heraus habe Ihre Frau sich damit in die Landschaft eingeschrieben, Sie beide hätten kurz zuvor die phallische Anmaßung, was immer das sein mag, nicht gehässig, sondern heiter, so Sie, erörtert. Was gibt es da eigentlich zu erörtern? FUT IST DIE GRUNDFORM, hat schon der große Sprachforscher Lexer, er ist mit Jakob Grimm befreundet gewesen, in seinem Kärntischen Wörterbuch festgehalten. Nun, der Hirt auf dem Felsen gegenüber hat aber, und die Suchmannschaften haben es bestätigt, das Wort *Hilfe* auf dem Schneefeld gelesen. Sie, Herr Doktor, haben das so erklärt, daß die Frau, abgestürzt, das Wort Fut in das Wort Hilfe umgewandelt haben werde. Nur, und das hat nicht in der Zeitung gestanden: Der Hirt ist sicher, das Wort Hilfe im Schnee schon *vor* dem Handgemenge an der Schlüsselstelle gelesen zu haben, vor dem Absturz der werten Frau Gemahlin, mehr noch, das zufällig entdeckte Wort Hilfe auf dem Gletscher hat ihn erst auf die Idee gebracht, das Gelände auf der anderen Seite mit dem Fernglas abzusuchen, und das für ihn unaussprechliche Wort hat er mit an Sicherheit grenzender Wahrscheinlichkeit überhaupt nicht gesehen. Ja, nun staunen Sie, jetzt hat es Ihnen die Rede verschlagen, aber Ihre Frau scheint sich während des Aufstiegs schon in großer Bedrängnis, in Gefahr gewähnt zu haben, sie hat Ihr Vorhaben gespürt. Denn an einer Thanatophobie, was bei einer Verbindung mit einem Thanatologen vielleicht naheliegend gewesen wäre, hat sie, wir haben Nachforschungen angestellt, nicht gelitten. Denkbar ist freilich auch, daß Ihre Frau Ihnen nicht nur überlegen gewesen ist, sondern daß Sie sie auch noch unterschätzt haben, was einer doppelten Überlegenheit gleichkäme … Ja, mit den Objekten ist nicht zu spaßen, sie hat Sie ins Unrecht gesetzt, und Sie haben Platz genommen. Ein boshafter Rundfunkredakteur hat sich einmal, auf der Frankfurter Buchmesse, zur Revolutionszeit, angesichts zweier arglos dahinpatrouillierender Uniformierter plötzlich ohne Grund zu Boden geschmissen und laut um Hilfe gerufen, seinen Kopf wie vor niedersausenden Schlägen oder Tritten schützend … Sehen Sie mich nicht so an, so bestürzt, ein Postenkommandant wie ich ist immer mit exquisiten Informationen ausgestattet, wie denn nicht? Doch weiter. Sie behaupten, Ihre Frau sei vor Ihnen an der bezeichneten Stelle gewesen, einige Schritte vor Ihnen, sie habe plötzlich innegehalten, statt die Steilwand hinauf in den Abgrund gestarrt und, wie zu Tode erschrocken, einen Namen gerufen – Sie hätten Trugdt a mor oder Truta mora verstanden –, sodann sei sie, um ihr Gleichgewicht bemüht, mit den Händen in der Luft herumgefahren und, ohne Ihre zur Rettung entgegengestreckte Hand noch ergreifen zu können – nein, wie fürsorglich Sie sind! – in der Tiefe verschwunden. Das haben Sie sich fein ausgedacht, nur: Der Hirt auf dem Felsen will Zeuge eines Handgemenges, eines Kampfes wäre vielleicht zuviel gesagt, geworden sein; ich weiß, Sie wenden ein, daß es aus der Ferne danach ausgesehen haben mag, aber der Hirt will auch beobachtet haben, daß Sie vorher mit ausgestrecktem Arm auf irgendeinen Punkt im Gelände, in der Ferne, im Dunst, gezeigt hätten … Ein Ablenkungsmanöver, gar keine Frage. Komm, ich werde dir etwas zeigen, sieh nur, dort drüben, wo?, dort, sieh doch – eine kleine Unaufmerksamkeit, ein geringfügiger Stoß, schon ist das Unglück passiert. Meinen Sie, ich hätte keine

Frau zu Hause? Ohne Zweifel, Sie wollten das Leben Ihrer Frau dem Tod zurückgeben, wie wir Postenkommandanten sagen. Aber: Wo ist sie jetzt? Gewiß, bei uns machen die Toten sich aus dem Staube, sie haben nichts mehr auszutauschen, die Abtrennung des Todes, Sie wissen, aber ist sie denn tot, die Frau? Es gibt kein Lebenszeichen, es gibt kein Todeszeichen ... So etwas Merkwürdiges ist selbst mir noch nicht untergekommen. Und Sie wissen, welche Bewandtnis es mit der Truta mora hat, nein?, mit der Trud, mit der Trute? Dann wird Ihnen der Sprachforscher im Irrenhaus Samonig – er hat, vor langer Zeit schon, auch an einer Schlüsselstelle einen tödlichen Witz, den Witz vom Hirten auf dem Felsen, erzählt und ist irrsinnig geworden, er ist tatsächlich wahnsinnig, die einzige Wirklichkeit, die er noch gelten läßt, ist Eishockey, müssen Sie wissen –, der Sprachforscher, wir werden ihn im Zuge der Ermittlungen demnächst besuchen, von den Ermittlungen wird übrigens auch abhängen, ob Sie das Irrenhaus Samonig als freier Mann wieder verlassen werden, oder nicht, lieber Doktor, der Sprachforscher also wird gewiß mehr davon zu erzählen wissen, jetzt nur soviel: Die Trud, oder Truta mora, ist eine Art Alb, sie hat mit dem bösen Blick zu tun, ein Vernichtungswunsch, der auch mancherlei Gestalt und Ungestalt annehmen kann, die eines Fasses etwa, einer sogenannten Kotze, eines Kuhwampens, andererseits als Weg in die Schlafstube das Schlüsselloch bevorzugen soll. Ob sich also in jedem Fall der Mensch mit den bösen, zielgerichteten Wünschen in eine Trute verwandelt, der Signifikand mit dem Signifikat gewissermaßen ident ist, so wir Postenkommandanten, ist noch nicht gesichert, manches spricht aber dafür ... Mein Großvater, er war Postenkommandant in Afritz, war einmal mit einer solchen Geschichte befaßt: Ein Bauer war nächtelang von einem Wutzel, einer Erscheinungsform der Trute, gepeinigt worden, einmal aber kannte er sich nicht mehr vor Wut und stach mit einem Messer blindlings auf den Plagegeist ein, und am nächsten Morgen fehlte einer Magd ein Auge … Oder mein Großonkel, auch er Postenkommandant, er freilich im Metnitztale, war einmal in die Teichel zu einem ähnlichen Fall gerufen worden: Dort sei die sogenannte Russin, eine Bäuerin am Fuße eines Hügels, nachts von der Truta mora geplagt worden. Eines späten Abends habe sie noch ihre Freundin, die sogenannte Kuchin, die Bäuerin auf der Kuppe des Hügels, aufsuchen wollen, um ihren Rat einzuholen, denn die Kuchenbäuerin habe, obwohl sie den bösen Blick gehabt, oder gerade deshalb, als kluge Frau gegolten; auf dem Weg hinauf aber sei, den Abhang herunter, der Russin plötzlich ein Kuhwampen entgegengerollt, die Trud; und die untere Bäuerin, außer sich vor Zorn, habe mit ihrem Stock auf das Etwas zu ihren Füßen eingedroschen und eingestochen, bis plötzlich die obere Bäuerin, die Kuchin, tot vor ihr gelegen sei. Mein Großonkel hat sich nicht veranlaßt gesehen, den geschilderten Sachverhalt anzuzweifeln … Aber daß die Truta mora heute noch, und gerade im Hochgebirge umginge, das wäre neu … Vielleicht hat sie Ihnen etwas vorgemacht, Ihre Frau, oder sie hat wirklich die Bannformel gesprochen: Truta mor, bleib davor … Aber warum ist sie dann verschwunden? Sehr seltsam, kein Lebenszeichen, kein Todeszeichen, sehr merkwürdig … Und solange Ihre Frau, in welcher Form immer, nicht gefunden ist, kann ich Ihnen nichts nachweisen, keinen Totschlag, keinen Mordversuch, keinen Mord. Ein Besuch in der Irrenanstalt wird also nicht schaden.

Vollkommene Stille, himmlischer Frieden; kein Lebenszeichen, kein Todeszeichen. Wer hier spricht, und wo, und ob wirklich, du möchtest es gar zu gerne wissen, aber du wirst es nicht erfahren. Diesmal habe ich einen Witz erzählt, mehr noch, einen Witz gestaltet, den Witz vom Verschwinden, vom Verschwinden und Sprechen, vom verschwundenen Sprechen. Der Hirt auf dem Felsen hat genau beobachtet: Ich habe tatsächlich Zeichen in das Schneefeld getreten, *vor* meinem Sturz ins Nichts, während des Aufstiegs noch, vor der Schlüsselstelle. Später bin ich, unter dir nicht unbekannten Umständen, auf dieses Schneefeld, auf einen sterbenden Gletscher eigentlich, zurückgekehrt, und nun bin ich verschollen. Das sollte dir eigentlich gefallen, nein? Verschollen, allem entzogen, dem Leben, dem Tod, nirgendwo, also auch überall, nicht gut, nein? Gefällt nicht? Ja, mit der Truta mora ist nicht zu spaßen. Aber wie verschollen, das wird dich gewiß brennend interessieren; aber so, daß ich bereits auf dem Weg nach Singapur oder Südamerika mich befände, ist es nicht. Im Gegenteil, sogar die Expedition werde ich fortsetzen, ich werde alles sehen, die Klavier-Erstbesteigung des Großglockner und die Großglockner-Klavier-Winter-Erstbesteigung, die Flurumgänge, die Stronachkogel-Umrundung, den Salman-Rushdie-Gedächtnislauf, alles. Und ich werde alles finden: Die Spuren der Glockenbecherleute und die unterschlächtigen Gebetsmühlen, die Entrische Kirche und die Cannes-Rolle. Das Reich der Zeichen, ich werde es alleine durchstreifen, ohne daß mir jemand einen Phallus für einen Keil vormachen wird, und umgekehrt, ohne daß du, wie damals, bei Dol in der Bretagne, damals, ja, lautstark einen Steinphallus für einen granitenen Riesenfinger halten wirst, der zum Himmel emporweise als Herausforderung an das Ewige, oder, wie einmal auf Korsika, einen Phallus für einen Mann mit Lederkappe: Die stilisierten Testikel – deutlich ausgearbeitete Schulterblätter, so du, damals, die deutlich ausgearbeitete Eichel – eine stilisierte Lederkappe; sah ich, ich weiß nicht mehr, wo, in einer Steingravur zwei stilisierte Brüste über einer riesigen Vulva, sahst du hinwieder zwei Augen über einer Art Maul; war es für mich eine Weiblichkeitsdarstellung, war es für dich ein böse starrender Tintenfisch; gut, der Mann mit Lederkappe wird Gründe haben, den böse starrenden Tintenfisch zu fürchten, den alles verschlingenden … Sagte ich, angesichts zweier am Boden sich wälzender Figuren, eine davon mit Brüsten ausgestattet: Die Darstellung eines Geschlechtsverkehrs, eines Geschlechterkampfes, sagtest du: Eine Ringergruppe, zwei ringende männliche Krieger. Meinte ich, Mutter und Sohn zu sehen, die Vorform einer Pietà, eine Frau mit totem Krieger jedenfalls, warst du wiederum sicher: Er besorgt es ihr. Ging ich von der Annahme einer stilisierten Personengruppe aus, mit Kopf, Ober- und Unterkörper, eingearbeitetem Nabel, sahst du die Zeit gekommen, kundig festzustellen: Phallische Idole – wie ein durchschnittlich gebildeter Engländer, der zu einem Admiralsdenkmal oder einem Kirchturm anmerkt: A phallic symbol, you know, bevor er, by the way, vielleicht noch fragt: Never heard of Clement Freud? und die negative Antwort kopfschüttelnd zur Kenntnis nimmt. – Ja, homo erectus, Phallus, alles eines, einerlei, würdest du anmerken, nicht ohne ein sic! nach dem erectus. Und dennoch: Kein Schwanz ist so groß, daß er nicht in der Frau *verschwände*. Auch hast du mich falsch zitiert: Männer stoßen mich ab, aber sie sind sexuell *auf mich* angewiesen, sie dauern mich, meine ich gerufen zu haben. Daß das Begehren der Frau das Begehren des Mannes auslösche, ist unumstritten, aber warum sollte die Frau auf die männliche Mühsal des Begehrens setzen statt auf Verführung? Im keltischen Raum haben sich übrigens viele Geschichten vom *Begehren auslöschen* und vom *Begehren auslöschen gehen* erhalten, sie sollten auch den Thanatologen interessieren. Eine geht so: Zwei Burschen aus der Gegend von Sankt-Martin-Sittich war zu Ohren gekommen, daß zwei Mägde, in deren Kammern sie nachts oft und gerne eingestiegen, nur darauf aus wären, ihr, der Männer Begehren durch ihr eigenes auszulöschen, woraufhin die beiden die nächtlichen Besuche einstellten. Und wirklich: Am Vorabend des Dreinagelfreitags sagte die eine Magd zur anderen: Heute ist Pfannenstielabend, heute wollen wir auslöschen gehen. Um die Liebhaber herbeizuwünschen, stellten sie einen Topf mit Wasser auf den Herd und taten kleine Stücke einer Haselrute in das alsbald siedende Wasser, und schon, wie von einer heimlichen Kraft angezogen, wie vom Begehren getrieben und alle Vorsätze außer acht lassend, fanden sich die Burschen in den Betten der Mentschinnen ein. Nun hub ein Begehren und Widerbegehren an, ein Begehren und Begehrenauslöschen, daß es seine Art hatte und die Anstrengung, aus einer Kammer zumindest, weit in den Tag, in den Dreinagelfreitag hinein und bis in den Nachbarweiler zu hören gewesen sein soll. Der eine der beiden Freunde verfiel am selben Tag noch in eine rätselhafte Mattigkeit und Hinfälligkeit, von der er sich Zeit seines Lebens nicht mehr erholen sollte, so daß er fortan, wenn seiner Liebsten wieder nach Begehrenauslöschen zumute war, seinen Stiefel an seiner Statt auf den Weg zu ihr schickte, was späten Wanderern keinen geringen Schrecken einjagte. Der andere Freund jedoch hatte das Begehrenauslöschen wohlbehalten und vergnügt überstanden: Seine Großmutter hatte ihm geraten, mit dem Leibriemen einen hölzernen Pfannenstiel zwischen den Beinen zu befestigen, und die Magd hatte es in ihrer Raserei, in ihrer Begehrensraserei und Begehrensauslöschungswut, nicht bemerkt. – Eine andere Geschichte, aus der Gegend von Zell: Ein reicher Bauernsohn, der immer hatte haben wollen, daß seine künftige Frau ihn nur recht begehre, denn er war, wie alle Männer, mit Vorzügen nicht gerade reich ausgestattet, hatte in Erfahrung gebracht, daß das weibliche Begehren das männliche auslösche. Ängstlich erzählte er seiner Mutter davon, die ihm den Rat erteilte, sowie die Braut nachts und in eindeutiger Absicht wieder auf dem Hof erscheine, sich mit einer Staude Hanf unter dem Misthaufen zu verstecken und die Augen so lange geschlossen zu halten, bis das Mentsch wieder verschwunden wäre. In einer Mondnacht schließlich, als es nicht wenige Weiber herumtrieb, *umtrieb*, um Begehren auszulöschen, wo immer sich ein Flämmchen davon zeigte, stand plötzlich die furchtsam Erwartete vor dem Schlafstubenfenster des Bauernsohnes und schickte sich an einzusteigen, aber der Sohn riß die Hanfstaude vom Nachttisch, und flugs war er tief im Misthaufen vergraben. Die Frau stellte sich ihrerseits vor den Misthaufen und versuchte, mit allerlei Kunststücken, eines gelungener als das andere, den Tölpel und sein Begehren aus dem Misthaufen hervorzulocken, um es auslöschen zu können – vergebens; der Sohn tat, wie die Mutter ihn geheißen. Das Weib, inzwischen aller Kleidungsstücke ledig, versuchte ein letztes, hielt, so gut es ging, ihr Hinterteil über den Misthaufen, über den darunter Verborgenen, um ihn das schimmernde Tor zum Geheimnis sehen zu lassen, das Kreuz in der Nuß, die Tür ins Nichts, das Weltgeheimnis; allein, der Tropf war nicht zu bewegen, und das Mentsch machte sich mit dem Gedanken: Ein Begehren ist so gut wie das andere, davon. Der Sohn aber hatte den Rat der Mutter wohl doch nicht zur Gänze befolgt, denn am nächsten Morgen war er auf einem Auge blind. – Was ich damit sagen will? Ich sage es nicht, ich sage nichts. Ich muß jetzt weiter, weiter, du weißt, auf der Suche nach Spuren, durch die Hochebene der Sprache, auf den Spuren des Wachtelkönigs, auf der Suche nach dem Wachtelschlagen im Kornfeld. Und du, Burli, kannst nun aus deinem Traum erwachen, aus deinem Freitagstraum, dessen Wahrwerden, so eine Geschichte aus Millstatt, nur durch das Aussprechen, das Erzählen des Traumes vereitelt werden kann, erwache und erzähle den Traum, wem immer; wenn du es nicht tust, werde ich vielleicht eines Tages zurückkehren, in dem Augenblick, wie sich versteht, in dem du das am allerwenigsten wirst brauchen können, und dann wirst du um die Lebensversicherung gestorben sein.

Was jetzt? – Sie müssen wissen, Christine, ich darf Sie doch Christine nennen, Sie müssen wissen, wir waren Zeit unseres Lebens auf geheimnisvolle Weise miteinander verbunden, Christine und ich, Christine und Ingeborg, höre ich die neben mir, die neben mir geht, plötzlich, eine unangenehme Person, – verbunden auf eine Weise, die störende Dritte stets ausschloß; selbst eine Geheimsprache hatten wir entwickelt, wir sagten: Ettendorf, wenn es uns gutging, und: Preitenegg, wenn es uns schlechtging, oder: Eitweg, wenn wir, in der Einschätzung unseres Zustandes oder unserer Umgebung unsicher, zögerten; trat ein Feind auf, raunten wir Preitenegg, kam ein Freund auf uns zu: Ettendorf, und waren jemandes Absichten noch nicht durchschaubar, verständigten wir uns: Eitweg … Als Paula Grogger in Erscheinung trat, oder der Irrenarzt und Erbgesundheitspfleger Scrinzi, verständigten wir uns sogleich auf: Ettendorf; als der Lavantgedichteaufsager, der Lavantgedichteauswendigkönner seine Aufwartung machte, der Klagenfurter Mittelschul-, mehr noch: Handelsakademieprofessor Strutz, der junge Strutz, müssen Sie wissen, sagten wir, so sehr mich sein weinroter ärmelloser Pullover beeindruckte: Preitenegg, um uns später auf Eitweg zu korrigieren, höre ich, gehend, die neben mir, Schritt für Schritt bergan, auf der Suche nach dem Wachtelkönig, auf den Spuren des Keltischen in den Lavant-Gedichten, – als dieser Lavantgedichteaufsager und -auswendigkönner in die Dämmerung der Schamanenstube trat, eine Fliege über dem besagten weinroten Stück, sich tief, wie vor Publikum verbeugte und zu deklamieren beginnen wollte – nennen Sie mir ein Gedicht, ich sage es Ihnen auf –, wandte sich die Lavant ab und murmelte in eine Stubenecke: … *So eine wildfremde Sonne! Die war wohl noch nie in unserem Dorf, sie weiß ja nicht einmal den Hühnersteig zu den Sonnenrosen hinüber …* Und ich rief begeistert, ins Mondgesicht des verdutzten, am Aufsagen behinderten Lavantgedichteauswendigkönners, des jungen Strutz, hinein: Punkti Punkti Strichi Strichi fertig ist das Mondgesichti, und klatschte in die Hände – nein, Christine, ich darf Sie doch Christine nennen, ein kleiner Spaß nur, das tat ich natürlich nicht, ich weiß auch nicht mehr, ob ich diese Begebenheit wirklich erlebte oder ob jemand anderer mir einen Traum erzählt hatte … Aber den Lavantgedichteaufsager, den Mittelschulprofessor Strutz, ihn gibt es wirklich, er ist sogar Direktor des von ihm begründeten Musil-Archivs in Klagenfurt – Musil konnte sich seinen Geburtsort ja nicht aussuchen, sonst wäre er in Villach zur Welt gekommen –, wenngleich er sich naturgemäß zum Direktor des Herbert-Strutz-Archivs – des alten Strutz, *Gnade der Heimat*, jenes Strutz – oder zum Portier der Johann-Friedrich-Perkonig-Gesellschaft besser eignete, so die neben mir, gehend, vielleicht auch spricht sie in Gedanken zu einer neben ihr, oder ich höre in Gedanken eine neben mir, nein, da ist sie schon wieder, sie redet wie ein Buch, wissen Sie, Christine, ich nenne Sie der Einfachheit halber so wie die andere, wissen Sie Christine, sagte ich an einem der heißen Lavanttaler Sommertage zu ihr, der Führer hätte getobt, hätte ich ihm Ihre Gedichte gezeigt, der Führer ist sehr verwöhnt von meinen eigenen Gedichten, nein, falsch, in jenem heißen Lavanttaler Sommer kannten wir einander noch gar nicht, Sie verzeihen, Christine, ich hatte damals andere Dinge im Kopf, emotionale Erfahrung erfüllte mich, der Führer, der Führer, Sie verstehen, der Reichsparteitag, der Schulverein Südmark, das Breslauer Turnfest, die Gautheater Saarpfalz-Eröffnung, das nationalsozialistische Kraftfahr-Korps und die Reichsbräuteschule, verstehen Sie, der bayrische Hilfszug, der Blumenkohleintopf, die gefüllten Kohlrabi ohne Fleisch, die Näh- und Strickarbeit, die weißen Kniestrümpfe, ich wußte nicht aus noch ein vor Arbeit ... Der deutsche Mittagstisch und die Volkswohlfahrt, das Weimarer Dichtertreffen und die Salzburger Jugendkulturwochen, die Weihestunden und die Kameraden, ich nenne nur Ina Seidel und Agnes Miegel, Gertrud Fussenegger und Karl Heinrich Waggerl, dann das eigene Werk, SAAT UND REIFE – ich zitiere: Viele Jahre säen wir/unser Korn in deutsche Erde/einmal aber mähen wir/Halm für Halm daß Brot uns werde ... Oder, mein Kärntner Gelöbnis: Blut und Erbe der Germanen/ist in unserem Geschlecht/nur des Führers heilge Fahnen/schützen unser heilges Recht ... Germanisch, verstehen Sie, damals noch germanisch, nicht keltisch, kein Naturprinzip damals, sondern Führerprinzip, keine Gedächtniskultur, sondern Runenschrift, Julfeier- und Thingstättenkultur, keine Glokkenbecherleute, sondern Kradmelder und Gauturnwarte, auch in Wolfsberg, auch in Windisch-Bleiberg, Windisch-Matrei, Nothung Nothung, damals germanisch, heute wieder keltisch, heute illyrisch, damals nordisch, auch im Süden, im sommerlich heißen Wolfsberg ... In jenen Tagen also, als ich mich mit Christine befreundete, nein, falsch, noch immer nicht, noch immer hatte ich keine Zeit gefunden, die Geburt des Propheten, vorher noch, nahm mich über alle Maßen in Anspruch, des Propheten Fritjof, des Zauberers, so Christine später, vom Namen Capra, Fritjof Capra, werden Sie gewiß gehört haben, WENDEZEIT, dieser Capra, ein Rauschen war in der Luft damals ... Des Führers Name sei mit dir, wohin du gehen wirst, mein Kind, diesen Wunsch gab ich ihm in einem Gedicht mit auf den Weg, der ihn später nach Übersee führen sollte, nach Palo Alto, und auch, ich zitiere: Er ist allein auf sich gestellt/und weiß doch allen Rat/so zeig auch du der ganzen Welt/daß dir sein Sinn geholfen hat ... Aber dann, endlich, war es soweit, in jenem schönen Wolfsberger Sommer, da ich mich mit den Gedichten Rupert Brookes befaßte, – hören Sie mir noch zu, Christine? höre ich sie fragen neben mir, und mich antworten: Ja, Palo Alto, des Führers Name sei mit dir, Geburt des Propheten, Erlöser- und Prophetengebärerinnen im Gespräch –, in jenem Wolfsberger Sommer also begründete ich meine kostbare Freundschaft mit Christine, ich besuchte sie in ihrer Schamanenhöhle, ihrer Schamanenhölle, anders jedoch als andere Schamanen, von denen mir mein Sohn Fritjof erzählt hatte, sprach sie nicht mit der Stimme Gottes, auch nicht, wie ich zuvor, mit der Stimme des Führers, vom Führer hatte sie, obwohl in Wolfsberg, obwohl in der Garnisonsstadt, gar nicht gehört, sondern mit der Stimme der Dinge; Holz, Stein und Gras, wissen Sie, ließ sie in sich zum Laut werden ... Wollen Sie hören? Ich führe es Ihnen vor: Hier, Holz – hören Sie?, Holz ... Jetzt Stein: – Stein ... Oder Glas, der Laut des Glases, nein, Gras, pardon, Gras ... Hören Sie? Gut, nicht ... Ja, eine Marke, Christine, eine Seherin ... Nun, im nächsten heißen

Wolfsberger Sommer, als ich mich sehr mit Morris Berman beschäftigte, hatte ich meine Freundschaft mit Christine bereits befestigt, sie konnte sich ja nicht wehren, ich meine, warum hätte sie, wenngleich sie es manchmal versuchte, sich meiner Freundschaft entziehen sollen, da ich ihr nur Gutes tat, sie im Garten unseres Wolfsberger Herrenhauses empfing, zu den später von mir so genannten Lavant-Nachmittagen, sie auf ihrem Rückweg bis zum sogenannten Judenstein begleitete, einer Stelle im Fluß, die an die Vertreibung jüdischer Händler 1938, halt, was sage ich, 1339, so, erinnert... Nur Gutes, verstehen Sie mich, Christine, ich nenne Sie eben so, Gutes nur... Christines Briefe und Skizzen, die sie mir durch die Jahre und Jahrzehnte schickte, ich behandelte sie so sorgsam und ehrfurchtsvoll wie meine eigene Lyrik, vielleicht noch sorgsamer, man kann nie wissen... Eine Frauenfreundschaft, die durch alle Höhen und Tiefen hindurchging... Diese vielen kostbaren Briefe... Aber warten Sie nur, Christine, irgendwann werde ich meine Arsenale öffnen, meine Schuhschachteln aus dem Schuhgeschäft Renger, Wolfsberg, gefüllt mit Briefen und unveröffentlichten Gedichten von Christine, aufmachen und groß herauskommen mit einem Buch... Ich weiß auch schon den Titel, ZEUGNIS EINER FREUNDSCHAFT, wird es heißen... Wenn nicht bei Tyrolia, bei Carinthia, bei Styria verlegt, im Verlag Das Bergland-Buch, Salzburg, oder im Missionsverlag Sankt Gabriel, Mödling – Sie sehen, ich verfüge längst über Angebote –, dann wird es in einem Schweizer Verlag erscheinen, den Schweizern kann man alles einreden... Ich bin so froh, daß gerade du, also ich, verstehen Sie, Christine, ich bin so froh, daß gerade du am meisten von mir weißt, werde ich, aus einem Brief von ihr an mich, zitieren, bei dir, also bei mir, wird nichts beschädigt oder verringert … Schriftlich, verstehen Sie, habe ich das, schwarz auf weiß, sie, über mich … Da mag Thomas Bernhard noch so viele, oder noch so wenige Gedichte von ihr herausgeben, ich, ich bin die Auserkorene, die auserwählte Freundin, ich und niemand sonst auf der Welt … Deshalb werde ich auch schreiben: Die aufsteigenden Wurzelenergien in den Lavant-Gedichten … Oder: Die ununterbrochene Niederschrift von Gedichten hatte sich auch im Verlust der Fingernägel und der Wimpern bemerkbar gemacht … Die Lichterfahrung ist ein Wesensmerkmal der Erleuchtung, werde ich schreiben, bei den Schamanen markiert sie den Übergang vom Ego zum Selbst … Christine, werde ich fortsetzen, war eine Lampe, die viel zu hoch brannte, und: Auch Blitz- und Kristallerfahrungen sind in ihrem Werk zu finden … Sonst ginge ich hier ja nicht herum, auf der Suche nach Wachtel und Wachtelkönig, im Bereich des Altkristallin, der kristallinen Schiefer; reiß mich los aus dem Kristall, denn mein Herz, die Wachtel, wartet, so Christine … Das Einswerden mit der Schöpfung war der von ihr gesuchte Weg, werde ich ausrufen … Weidenflöte weher Lust, werde ich auspacken, hat sie an mich geschrieben … Böhme, Paracelsus, Novalis, werde ich sagen, und auch: Christine Lavant, Fritjof Capra, so werde ich vorgehen … Die Motive der Lavant-Dichtung sind neben Gott-Suche, Ich-Suche und Menschen-Suche geheimnisvoller Natur, werde ich nachsetzen … Die typischen Doppelwörter werde ich anführen: Mondzehenwuchs … Pfefferschuh … Schlüsselblick … Kupferort, Blattgelenk … werde ich schreiben, und: Heimzahltag … Abendgras, Christine, hören Sie mich, Abendgras, und Findlingsschlaf, so diese unangenehme Person neben mir, auch: Würgholz … Würgholz, höre ich sie sagen, und Südwind, Südwind, Christine, jetzt habe ich Sie die ganze Zeit Christine genannt … Und jetzt höre ich mich. Das haben Sie tatsächlich, Ingeborg, höre ich mich antworten, ich darf Sie doch Ingeborg nennen, nicht Bachmann, Ingeborg, das nicht, das nie, aber Ingeborg doch, höre ich es aus mir sprechen, hören Sie also zu, Ingeborg – nein, warten Sie, sehen Sie auch diese Figur dort, auf dem Felsen, drüben, jenseits, sehen Sie? Es scheint sich um einen Hirten zu handeln … –. Nun, Ingeborg, jetzt hören Sie zu, und ich spreche, ich habe Ihnen auch etwas zu sagen, aufzusagen: *Der Südwind rührt sich im Wald und die Wachtel im Weizen. Eine wildfremde Zahl verstellt meinem Herzen die Schläge* … hören Sie, Ingeborg? – … *Bis der Hofhund mich anbellt und eine der schwarzen Hennen meinem Schatten zu Leib geht* … Unheimlich, nicht? Nein, schweigen Sie, hören Sie weiter zu! Es kommt noch besser: *Ich höre kommen den schweren Mond*, wie gefällt Ihnen dieser Anfang, Ingeborg, *ich höre kommen den schweren Mond, ich höre gehen den leichten Schlaf*, Ingeborg, was sagen Sie jetzt, *ich höre kommen den schweren Mond, ich höre gehen den leichten Schlaf, mein Gedächtnis schleift alle Messer*, Ingeborg, hören Sie, Messer, Gedächtnis, es ist Ihnen doch nicht zuviel, Ingeborg, es ist nur ein Gedicht, nur dessen Anfang, *ich höre kommen den schweren Mond, ich höre gehen den leichten Schlaf, mein Gedächtnis schleift alle Messer am Stein des Gedenkens* … Am Stein des Gedenkens, Ingeborg, ist Ihnen etwas, Heimzahltag, Ingeborg, kann es sich vielleicht um den sogenannten Judenstein handeln, Ingeborg, wo sind Sie, hören Sie mich, können Sie mich hören, Ingeborg, hören Sie mich noch.

Zweite Abteilung:
Im Irrenhaus
Samonig

Willkommen in der Anstalt, im Irrenhaus Samonig, wir müssen leise sein, er ist krankhaft mißtrauisch, der Sprachforscher, Sie erinnern sich, hier, hinter dem Vorhang, der Erzähler des tödlichen Witzes, des Witzes vom Hirten auf dem Felsen. *Oh, es ist Zeit für das Endspiel*, haben Sie gehört, das ist seine klassische Eröffnung. Willkommen also, Sie werden sich rasch eingewöhnen; es muß auch nicht lange dauern, Sie sind ja nur ein sogenannter Zweifelsfall, kein Grenzfall, schon gar kein Störfall. *Wer spricht hier?* Oh, wir haben ihn gestört, still. – Hat hier jemand willkommen gesagt, willkommen im Irrenhaus Samonig? Ich meine Stimmen gehört zu haben... Wenn einer willkommen im Irrenhaus Samonig sagt, bin ich es, und sonst keiner. Bist du es, Ernst? Nein, auch nicht? Wie schade, Ernst, wann nur werden wir uns das Endspiel gemeinsam ansehen, das möchte ich wissen... Verzeihen Sie, ich wurde unterbrochen. Hier, sehen Sie, es hat schon angefangen, das Aufeinandertreffen, die Begegnung Villacher Asphaltgesellschaft gegen Klagenfurter Sparkasse, die Spieler sind schon aufs Eis gefahren, wie drohend sie die Fäuste gegeneinander schütteln, sehen Sie, und die Zuschauer, wie sie rufen und toben, wie wenn sie nur eine Mannschaft erwartet hätten, hören Sie... Hier, die Blauweißen, die Einheimischen, das sind die Sympathischen, und die Weinroten, die Auswärtigen, das sind die anderen, die Unsympathischen ... Die Villacher gegen die Athletiker aus Klagenfurt, Wilson und Strong gegen Sulzer und Schrott, das wird ein Spiel ... Die Hausherren, die Blauweißen – nein, das ist kein unanständiger Witz, blauweiß sind die Clubfarben, sind immer schon die Clubfarben gewesen, da hat es eine Freiheitliche Partei noch gar nicht gegeben, da ist die Freiheitliche Partei noch eine Nationalsozialistische gewesen, mit braunweißen Vereinsfahnen; als die Freiheitliche und vordem Nationalsozialistische Partei noch in den Kinderschuhen, in den weißen Kniestrümpfen, den sogenannten weißen Stutzen gesteckt ist, falls Sie verstehen, was ich meine, und noch früher, da sind die Clubfarben des Villacher Sportvereins schon blauweiße gewesen – die Villacher bevorzugen jedenfalls eine kanadische Spielanlage, Gefühl und Härte, Rasse und Klasse, Wut und Betroffenheit, eine anspielungsreiche Taktik ... Da, der junge Lanzinger, ja, der junge Lanzinger ist es, wie er sich hineinsteigert, großartig, nicht wahr, und der Legionär mit der Nummer 1, er hat lange in Berlin gespielt, unter dem legendären Klaus Wagenbach, obwohl er aus Villach kommt, ein gefürchteter Raufbold übrigens ... Hier, wie er sich hineinsteigert, der Klagenfurter, widerlich, jetzt dreht er wieder ab, der Klagenfurter Athletiker, er dreht ab, der Drecksklagenfurter, daß er nur nicht hinfällt ... Haben Sie gesehen, wie der Villacher seinen Sturmlauf plötzlich abgebremst hat, erste Marke, er muß sehr schnell gefahren sein, aber jetzt, was ist los, was ist passiert, sehen Sie nur, die einen reißen die Arme hoch, die Zuschauer sind aufgesprungen, die anderen schlagen die Hände vors Gesicht, manche liegen auf dem Eis und dreschen mit den Fäusten darauf ein, einer versucht sogar, ins Eis zu beißen, ins gute Villacher Kunsteis! Aha, hier, die Wiederholung zeigt es, die Villacher Asphaltgesellschaft hat einen Treffer erzielt, wer ist es gewesen, ah, Kenneth Strong, naturgemäß, Kenneth Strong hat gescort, wie man in Kanada sagt, nach Zuspiel von Hohenberger, hier, er schlägt einen Haken, der Verteidiger fährt ins Leere, und – was für ein Schuß, wie das Netz sich bauscht, ein kolossaler Treffer …! Und da, jetzt will der Verteidiger über den Angreifer herfallen, mit dem Kopf, mit dem Kinn stößt er auf die Faust von Strong hinab … Ein begnadeter Eishockeyspieler, dieser Strong … It's a madness, how you play, deutsch, ich übersetze, es ist ein Wahnsinn, wie du spielst, haben Schülerinnen in einer Ode an ihn gedichtet, madness, englisch, wissen Sie, Wahnsinn, Umnachtung … Dieser Strong geht übrigens in der Wohnung meiner Kindheit ein und aus, Kernstockstraße Numero neun, erster Stock rechts, ohne freilich zu wissen, daß es sich um meine Kindheitswohnung handelt, auch der Name Kernstock wird ihm nichts sagen, *Kernstock und Heidegger, ein Vergleich*, mit dieser Arbeit wollte ich mich in jungen Jahren an der Salzburger Sommerakademie habilitieren …, für ihn, Strong, ist es nur die Wohnung seiner Gefährtin, einer Bankangestellten, an die diese Wohnung, nach manchen Vormietern, inzwischen vermietet ist … Und doch, seltsam, nicht, ist er Gast, gibt er ein Gastspiel in meiner Biographie, in meiner Autobiographie … Mehr als einmal war ich schon entschlossen, meine Autobiographie zu Papier zu bringen, aber meinen Sie, ein Verlag wäre interessiert? Der Deutsche Taschenbuchverlag zum Beispiel, Rowohlts Rotations Romane – nichts … Jedenfalls stelle ich mir manchmal vor: Ken Strong hört jetzt nachts die Güterzüge mit den schweren Dampflokomotiven hinter dem Haus vorbeidonnern, er spürt, wie ich damals, das Erzittern der Holzfußböden, ER hört jetzt die nächtlichen Verschubfahrten, Pfiffe und Rufe auf dem nahen Hauptbahnhofsgelände, oder, am früheren Abend, vor dem Einschlafen, den Schlager »Ich bin ein Vagabund« von Fred Bertelmann aus der Wohnung unter ihm … Am Nachmittag, stelle ich mir vor, bekommt er vielleicht, wie einst ich, aus dem Volksschullesebuch BEI UNS DAHEIM vorgelesen, die Geschichte Wie der Stockinger Ferdl und die Reiter Fanni ein Raubritter und eine Raubritterin haben sein wollen, oder das Märchen Vom Mann im Mond, obwohl er kaum Deutsch versteht … An manchen Abenden, so denke ich, liegt er, Kenneth Strong, wie früher manchmal ich, schluchzend im Bett, weil ihm der Besuch eines Eishockeyfreundschafts- oder Eishockeymeisterschaftsspiels auf dem Eislaufplatz im nahen Schulhof verboten worden ist, etwa Villacher SV gegen Lokomotive Moskau oder Villach gegen Dynamo Berlin, mit der berühmten Sturmlinie Hiller, Ziesche, Klügel – wie? Ja freilich, Villach ist immer schon eine rote Hochburg gewesen, anders als Klagenfurt, in Klagenfurt sind immer nur die Dressen des Athletik-Clubs rot gewesen –, er muß sich, wach, im Bett meiner Kindheit, im Wohnzimmer, im vom Eislaufplatz nicht weit entfernten Haus, hinter dem Fenster anhören, was ihm entgeht, die Aufschreie und Sprechchöre … Nein, das geht nicht, das kann nicht sein, im Schulhof wird ja lange schon kein Eishockey mehr gespielt, auch Strong selbst spielt ja im Eispalast an der Tiroler Straße, nein – er liegt wohl im Bett vielleicht, in meiner Kindheitswohnung, Kernstockstraße 9, erster Stock rechts, aber im Bett seiner Gefährtin, auf – Augenblick, was ist nun? Ah, sehen Sie nur, die Klagenfurter Athletiker haben ihre stärkste Formation aufs Eis gebracht, in der Abwehr die sogenannte Oder-Neiße-Linie, Tieffental und Von Mohrenschild, und im Angriff der gefürchtete sogenannte Lubliner Sturm, Lerch Globocnik Pohl, Sie müssen wissen, alle fünf haben früher in Lublin gespielt, und später im adriatischen Küstenland, ein kurzes Gastspiel, die polnische Liga hat damals als die härteste der Welt gegolten, Lublin hat immer an zweiter Stelle, hinter Auschwitz, rangiert, auch im Dreß der Klagenfurter hat dieser Block die Innsbrucker vom Eis geschossen, die Lustenauer hingerichtet, die Feldkircher vernichtet ... Was sagen Sie, so nicht? So aber wohl! Diese Geschmacklosigkeit leiste ich mir immer an dieser Stelle ... Bis auf Globocnik, einen Triestiner, lauter Klagenfurter, die in der Fremde ihr Glück gemacht haben ... Aber die Blauweißen haben wirklich früher im Schulhof die Meisterschaft ausgerichtet, ihre Heimspiele ausgetragen, in der höchsten Spielklasse, wie sich versteht ... Allerdings waren die Eisverhältnisse damals andere als heute, wird das Spiel überhaupt stattfinden, wird gespielt, wird nicht gespielt werden können, das war früher eine noch spannendere Frage als die nach Verlauf und Ausgang des Spieles; wird, bei starkem, den Tag über währendem Schneetreiben – auch die Winter sind damals naturgemäß andere gewesen als heute – die Eisfläche rechtzeitig und hinreichend vom Schnee freigemacht worden sein, werden genug Schneeschaufler und Schneeschieber zur Verfügung stehen, wird der Schneefall in den Abendstunden nachlassen, oder wird das dichte Schneetreiben auch das Spiel langsam einschneien, das Spielgeschehen zuschneien, unmöglich machen ... Wird abgebrochen werden müssen, wird, trotz der erschienenen Zuschauer, das Spiel wegen irregulärer Bedingungen abgebrochen oder nicht, das waren damals die

Fragen, Sie sehen, für Spannung war gesorgt … Oder, gegen Ende der Meisterschaft, Ende Februar, im Falle plötzlicher Warmluftzufuhr, jähen Föhneinbruchs, wiederum die Frage: Wird gespielt werden können, wird, falls doch, irgendwann abgebrochen werden müssen, weil, wie einmal gegen die Roten Teufel aus Kitzbühel – ich nenne Jöchl und Bachler – geschehen, das Eis so stumpf ist, daß die Kufen der Schlittschuhe darin steckenbleiben, oder überhaupt Wasser auf dem Eis steht. – Oh, sehen Sie, hier, Gallahad, Kid Gallahad, wie kühn er beim Angriff in der Kurve liegt, hinter dem Tor, erste Güte … Und da, zwei sind aneinandergeraten an der Bande, ja, das ist Eishockey … Festlich erleuchtet der eisglänzende Schulhof … Jetzt ein Querpaß, einmal, nach Abschluß der Meisterschaft, nach einem, nichtsdestotrotz, neuerlichen Wintereinbruch Anfang März, war der Schulhof auch Ort einer grandiosen, zunächst anonymen *Kunstübung*, wie ich es nenne; jemand, freilich bald ausgeforscht, ein Bub, von dem es hieß, er wäre im Kopf nicht ganz richtig, hatte in mühevoller Arbeit – viele Schritte mußten nötig gewesen sein – ein, damals schon gar, *unaussprechliches* Wort in den Neuschnee getreten, drei überdimensionale Buchstaben über den ganzen Schulhof, das Wort FUT … Schriebe ich meine Autobiographie, diese Episode, dieses Kunststück würde gewiß Erwähnung finden, aber es ist ja keiner interessiert, der Deutsche Taschenbuchverlag: Nichts, Rowohlts Rotations Romane: Auch nichts, und der Droschl-Verlag, der Droschl-Verlag, der – Was ist jetzt? Nicht möglich, er hat ihn niedergeschlagen, der Klagenfurter, der weinrote Athletiker den Blauweißen, wer ist es, Walker, nein, Wilson, Wilson ist es, die Wiederholung zeigt es genau, Wilson hat dem Klagenfurter etwas ins Ohr gesagt

– wie er sich hineinsteigert, großartig! –, etwas über dessen Frau, daß sie nämlich – einen Augenblick, ah, hier, ganz deutlich ist es zu hören – daß sie nämlich sich auf ihn, den anderen, den Beihirsch gesetzt und er sie geschleckt hätte, der Nebenbuhler; und da!, der Unsympathische – wie lange es dauert, bis er verstanden hat! – schlägt wie wild geworden auf den Kanadier ein, die Schiedsrichter stürmen herbei und versuchen, den rasenden Athletiker zu bändigen und abzuführen, er wird ausgeschlossen, wie er sich hineingesteigert hat, widerlich! – Das Spiel geht weiter, die anderen jetzt nicht nur im Können, sondern auch zahlenmäßig unterlegen, numerisch geschwächt, Powerplay gegen Penalty killing, wie wir Fachleute sagen … Wen wird Gauleiter Rainer jetzt – nein, warten Sie, Demetz, Peter Demetz heißt der neue starke Mann auf der Klagenfurter Betreuerbank, er soll früher in Nordamerika in der Collegemannschaft eines Bestattungsinstitutes tätig gewesen sein, wen also wird er einsetzen, das wäre interessant zu erfahren, er kann ja nicht unentwegt mit dem Lubliner Block operieren, freilich, er könnte noch andere polnische Legionäre aufbieten, passable Schützen, Kopeinig Alois, Susitti Albert … Aha, er schickt Ransmayr, Gothe, Puccini aufs Eis … Gothe, richtig, nicht was Sie denken, ein Legionär aus Grönland, wenngleich er einmal für den Weimarer Schlittschuhclub gespielt hat … Puccini, ein sogenannter Italo-Kanadier … Ransmayr, ein Nachwuchsstürmer, ein kaum beschriebenes Blatt, zwei Einsätze bisher, aber viel zu umständlich im Aufbau … Das ist nicht möglich! Wilson liegt ja immer noch auf dem Eis, er hat das Gesicht abgewandt, er krümmt sich vor – wovor, wird sich zeigen, ein Klagenfurter hat sich zu ihm hinabgebeugt und spricht zu ihm, er scheint sehr besorgt zu sein um Wilson, der es auf etliche Berufungen ins College-Team des Internationalen Dialektinstituts gebracht hat, ob er helfen könne, scheint er zu sagen, während der Kanadier, hier, sehen Sie nur, sich den Bauch hält vor – vor was, muß offengelassen werden, es wird sich herausstellen; daß er sich schäme für die Unsportlichkeit seines Kameraden, wie wird das wiedergutzumachen sein, scheint er zu sagen, sagt er aber nicht!, der Unsympathische, hier, die Aufnahme beweist es, die Wiederholung, der Unsympathische sagt etwas ganz anderes, er flüstert nämlich dem Sympathischen ins Ohr: Was heißt Fut auf Kisuaheli? Haben Sie gehört, er versucht ein Revanchefoul, der Drecksklagenfurter, er beugt sich über den Blauweißen und flötet: Internationales Dialektinstitut – bitte warten ... Und jetzt, deutlich zu sehen, sehen Sie: Internationales Dialektinstitut – Futh am Apparat. – – Unerhört. er will Wilson. nein, Walker ist es, Walker mit der Nummer 23, er will Walker aus der Deckung locken, zu einer Unvorsichtigkeit verleiten, aber der tut nichts dergleichen, er scheint den Witz zu kennen, die Geschichte vom Masochisten und vom Sadisten: Schlag mich! Nein ...! Und sehen Sie nur, der Weinrote wird immer dreister, widerlich, wie er sich hineinsteigert, wer ist es überhaupt?, egal, die Klagenfurter sind alle gleich, Internationales Schleckinstitut, zischt er, haben Sie gehört, und jetzt gar: Confiserie Preinsack, ein Schlag unter die Gürtellinie, schmutzigstes Eishockey, pfui, und nochmals pfui! Sehen Sie nur, wie Walker sich den Bauch hält, wie er sich krümmt – großartig, wie er sich hineinsteigert! Jetzt kann er nicht mehr –, wie er sich krümmt vor Lachen ...! Haha, wie blöde er dreinschaut, der andere, wie verwirrt, er scheint nicht im Bilde zu sein, bevor er weggezerrt wird, lassen muß von seinem lachenden Opfer, vom lachenden Vagabunden … Was für ein Spiel, welch ein Endspiel! Da, und da, und jetzt, wie die Hartgummischeibe wandert, von hier nach dort, von hüben nach drüben, von hinten nach vorne, von Ost nach West, von Hein zu Heine, von Heine zu Heiner … Da!, plötzlich aufgetaucht ist er, Newton, Bill Newton, plötzlich aufgetaucht vor dem Schreibtisch, dem Drahtkasten, dem Gehäuse – und jetzt hinter dem Gehäuse, dem Drahtkasten, dem Schreibtisch, und um den Schreibtisch herum, und schon wieder den gegnerischen Torhüter verladen, wie in Deutschland gesagt wird, obwohl es sich um ein sogenanntes Steirergoal gehandelt hat … Ja, was sind sie auch in die Stadt an der Drau gekommen, die anderen, Drau, droue, keltisch Wasser, Urquell, wissen Sie, auch Drava, Trave, Travemünde sogar, alles Drau, droue, Wasser, Lebensquell, Wasser ist Leben; Spital-, Lienz-, Marburg an der Drau, Oberdrauburg, Unterdrauburg, aber Klagenfurt an der Drau, das hat man noch nie gehört, wie auch, die Drau macht einen großen Bogen um Klagenfurt, sie weicht großräumig aus, und was ist von einer Stadt ohne Fluß schon zu halten, nichts! Jetzt kommen Sie mir nicht mit dem Lendkanal, kommen Sie mir nicht mit dem Jonke! – Oh, das Tor ist aus der Verankerung gerissen worden, so etwas, wie kann denn ein Tor aus seiner Verankerung gerissen werden, unbegreiflich, da hat sicher wieder ein Klagenfurter seine Hände im Spiel gehabt, seine Abortgriffel, keine Frage, jetzt sagt er auch noch etwas zum Unparteiischen, aber der bedeutet ihm, er möge sich beim Internationalen Dialektinstitut beschweren, ein feiner Witz … Ja, der Ton, die Umgangsformen sind in den letzten Jahren etwas akademischer geworden, früher hätte der Referee gesagt, einer könne sich beim *Salzamt* beschweren, und von den Rängen wäre *Fut-Karli* gerufen worden, aber – Himmel, was ist passiert? Der Schiedsrichter ist umgefallen, zu Boden gegangen, plötzlich, getroffen von – Augenblick – von einem Wasserkübel, ist das die Möglichkeit, der Klagenfurter Vereinsarzt hat von der Betreuerbank aus einen halbvollen Wasserkübel nach dem Reverend geworfen, nach dem Referee, ich weiß schon, ja, das ist Eishockey, Öl ins Feuer gießen, nein, Wasser aufs Eis schütten, das ist Eishockey, falsch, *das hat mit Eishockey nichts mehr zu tun*, so muß es heißen, und hier, wie er sich aufführt, sich hineinsteigert, widerlich!, der Vereinsarzt der Athletiker, ein Hals-Nasen-Ohren-Arzt übrigens ... Ach so, er ist betrunken, stark angetrunken, *er ist ja betrunken*, der Vereinsarzt, ein Trinker, ein Trinker und Wasserkübelwerfer als Vereinsarzt, hier, sehen Sie sich das an, er versucht, aufs Eis zu torkeln, er kann sich ja nicht einmal mehr auf den Beinen halten, sehen Sie sich DAS an, jetzt uriniert er auch noch an die Bande, auf das Eis, er schlägt sein Wasser ab auf dem guten Villacher Kunsteis, er wird es noch ruinieren ... Aber hier, der Eismeister, ein Riese, der größte einheimische Eismeister überhaupt, ein gewisser Poppernitsch, ein Mann, der sich nicht ins Bier spukken läßt, der sich großartig hineinzusteigern weiß, der Eismeister ist zur Stelle ... Was sind das nur für Manieren, er hätte wenigstens hinter das Tor gehen können, der Vereinsarzt, wenn er sein Wasser schon nicht halten kann ... Kennen Sie übrigens –, oder nein, den Witz von der bestandenen Eismeisterprüfung, ich werde ihn nicht erzählen. – Weiter jetzt, ein interessanter Zweikampf, sehen Sie nur, die beiden an der Bande, wie sie einander belauern, sich hineinsteigern, einerseits großartig, andererseits widerlich, dort, vor der Schuhpastareklame, sehen Sie? Vor dem schwarzglänzenden Schaftstiefel auf rotem Grund, FERNOLENDT SCHUHPASTA NIGRIN, wenn ich recht sehe, sehen Sie nur, wie sie sich angrinsen, wie blöde sie grinsen, wie wenn sie das Lachen über das Grinsen des Gegners nur mühsam unterdrückten! Was gibts hier zu grinsen, scheint einer den anderen eben dadurch zu fragen, das Publikum wird schon ungeduldig, hören Sie, aber noch immer grinsen sie, einer dem anderen, dreckig ins Gesicht, und kauen irgend etwas – sehen Sie nur, wie die Kiefer mahlen und malmen, ein Kammerspiel. Wer wirft den ersten Stein, wer kommt aus der Deckung hervor, wer eröffnet? Und dann womit, mit welchem Zug, – daß sie sich auf ihn, mit der Vulva auf sein Gesicht, gesetzt, und er sie –; daß beim Internationalen Dialektinstitut das Telefon läute, eine Frau den Hörer abnehme und sich meldete mit –, das hätten wir schon gehabt an diesem Abend, das wären stumpfe Waffen, einfallslose Spielzüge. Doch nein, sie warten immer noch, wie wenn sie von meiner Besorgnis wüßten, sie grinsen immer noch, immer blödsinniger, daß sie sich nur nicht verkrampfen, und zuletzt die Ebene wechseln, einander in die Hosen fassen oder die Ohren ausreißen, die nonverbale Kommunikation, wie das heute genannt wird! Nein, doch nicht, der Weinrote hat sich ein Herz gefaßt, er versucht einen Angriff aufzubauen, deine Frau war beim Frisör, richtig?, fragt er, ich meine, in den Kontaktanzeigen der auflagenstärksten periodischen Druckschrift davon gelesen zu haben … Eine sehr *körperbetonte* Attacke, zu umständlich allerdings; aber achten Sie auf die Verteidigung des Kanadiers, Walker, nein, Wilson ist es – wie freundlich er grinst! –, hier, er antwortet: Richtig, Salon Ulla, vergangene Woche, die Wiederholung zeigt es deutlich, er tut, wie wenn er die Anspielung nicht verstünde, und gibt freundlich Auskunft. Der andere jetzt dreister, hören Sie, kann es sein, daß ich sie einmal beim Wichsen erwischt habe, setzt er nach, und der grinsende Wilson – er strahlt vor Freundlichkeit –, nein, Walker ist es, er gibt zurück: Gut möglich ... Großartig pariert! Sehen Sie, wie die Wut die Gesichtszüge des Auswärtigen, des Fremden entstellt? Haha, er wird immer unbedachter, immer hastiger in seinen Aktionen, hier – was hat er gesagt?, er artikuliert so undeutlich –, ja, in der Wiederholung ist es zu hören, Frage: Stimmt es, daß deine Frau das Organ vorher mit Schuhcreme einschmiert? Antwort: Aber nur, sie pflegt sich mit Schmoll-Paste, das ist so sicher, wie die Blackies Tinte schwitzen ... Und jetzt, ansatzlos, der plötzliche Konterangriff Wilsons, nein, Wilson ist es, die Frage in die Gegenrichtung, der rauhe Wind weht jetzt von West nach Ost: Für wieviel verkaufst du eigentlich deinen Arsch, du Prolet? Haben Sie gehört? Er scheut den Kalauer nicht, eine klassische Satzfigur aus dem nordamerikanischen Berufsspiel, für wieviel verkaufst du deinen Arsch, du Prolet, und schon ist der Satz gewonnen, schon hat sich der eine auf den anderen gestürzt und schlägt auf ihn ein, haben Sie gesehen? Aber was ist nun schon wieder, das Spiel ist unterbrochen, es ist immer dasselbe, immer an dieser Stelle wird das Spiel unterbrochen, ärgerlich ist das, ich habe meine Zeit auch nicht gestohlen, meine Zeit ist knapp bemessen, ich muß mich schließlich um die Neuaufnahmen, die Neueinlieferungen kümmern, die mit dem Postenkommandanten eingetroffen sind ... Immer das gleiche, immer an dieser Stelle ist das Spiel unterbrochen, und nur weil einer Aufhören! gerufen hat, ja, haben Sie nicht gehört, jemand hat Aufhören! gerufen, das geht freilich zu weit, so geht es nicht, wir sind hier nicht in einem italienischen Opernhaus! Jetzt kann es lange dauern, bis der Rufer unter fünftausend Zuschauern ausgeforscht sein wird, bei aller Tüchtigkeit der Villacher Exekutive, seit Doktor Komposch die Führung der Kriminalabteilung übernommen hat, Führerscheinabnahme, Kopfschuß, Finito! – Und umso länger, da viele Besucher, sehen Sie, die Kamera fährt jetzt die Ränge ab, in Verkleidung erschienen sind, vermummt oder mit Masken, mit sogenannten Faschingslarven ... Villach ist immer schon eine Hochburg des Carnevals, der keltischen Hochkomik gewesen, ich darf erinnern an Fidel den Sechsten, Gaudelius Fidel den Zweiten, an Bischof Eder und seinen Pumuckl ... Sehen Sie nur, hier jemand als Chinese, dort einer als Koch verkleidet, und hier, dieses Bürschchen mit dem Scherzartikel, dem dicken Bleistift hinter dem Ohr, er geht auch als Koch, aber als UWE KOCH, als Autor, haha, nicht schlecht, norddeutscher Gasthumor, müssen Sie wissen ... Auch diese keltischen und vorkeltischen Masken, Motive aus der Megalithkultur, ein böse starrender Tintenfisch oder der Mann mit Lederkappe, hier, sehen Sie, ist das nicht eine schöne runde glänzende Lederkappe, eine solche Lederkappe hätte wohl ein jeder gern ... Und die vielen Pfeifen, die Pfeife scheint ein besonders gebräuchlicher Scherzartikel zu sein ... Die vielen Landeshauptmannmasken mit Pfeife, fast schon einfallslos ... Aber hier, auch mit Pfeife, einer als Günter Grass, er scheint sehr besorgt zu sein wegen dieser Geschichte, warten Sie, was ist es, irgend etwas mit Deutschland ... Oder da, die beiden nebeneinander, jeder als Salman Rushdie, welcher also ist der echte, sehr lustig ... Dort einer als Peter Turrini, ein anderer als Alfred Hrdlicka, dort, mit dem Meißel aus Schaumgummi, ein sehr intellektuelles

Publikum hier im Villacher Eisstadion, wiewohl etwas geschmacklos … Aber das Spiel scheint immer noch unterbrochen zu sein, der Aufhören!-Rufer immer noch nicht festgestellt und der Bestrafung zugeführt, es ist immer das gleiche an dieser Stelle, und jetzt – oh oh oh, sehen Sie, schwere Ausschreitungen auf der Eisfläche, sehen Sie nur, abgebrochen das Spiel, und – was ist jetzt, jetzt auch noch ein Bildausfall, Bild- und Tonausfall, es ist nichts mehr zu hören … Flimmern, heftiges Schneegestöber, Finsternis, Stille … Finsternis, Stille, wie damals, wie auf dem Großelend …

Nein, hören Sie selbst, es ist nichts mehr zu hören... Diese plötzliche Stille, unheimlich, nicht? Und dieses irrsinnige Lachen plötzlich, woher kommt es, hören Sie? Und da, diese gräßlichen Schreie... Was hat Ihnen der Postenkommandant eigentlich über mich erzählt, hinter meinem Rücken, hat er mich ausgerichtet, wie hier in der Gegend gesagt wird? Hat er mich als verrückt bezeichnet, hat er behauptet, ich hätte meinen Kameraden damals in böswilliger Absicht, durch eine bloße Äußerung, mit rein sprachlichen Mitteln gewissermaßen in den Abgrund befördert, ja? Hat er Ihnen gesagt: Dort sitzt er, im privaten Irrenhaus, in geistiger Umnachtung, und ruft plötzlich und grundlos: Hören Sie nur, diese plötzliche Stille, hören Sie nur, dieses irrsinnige Lachen, diese gräßlichen Schreie, hören Sie? Nun, ich höre gar nichts, ich entsinne mich lediglich des Anfangs vom Ende, ich zitiere nur meinen Gefährten von damals, wenngleich, eine gewisse nervliche Zerrüttung, die ich ihm danke, will ich nicht abstreiten. – *Er* ist wahnsinnig gewesen, nicht ich, er hat angefangen. Ich sehe uns noch gehen, ich sehe ihn vor mir gehen, auf dem Detmolder Grat sehe ich uns gehen auf eine Schlüsselstelle zu, unterwegs wohin, warten Sie, unterwegs zu einer Stelle, zur – Entrischen Kirche, zur Heidnischen Kirche, wie sie auch genannt wird. *Entrisch*, höre ich mich sagen, das Adjektiv entrisch, ungewöhnlich, unheimlich, entsetzlich, jener Zustand, wenn ein Schauer den Körper durchzuckt; das Eigenschaftswort entrisch, schreibt Lexer in seinem von Jacob Grimm durchgesehenen Wörterbuch, gehe wohl auf das Adverb *ent*, dort, jenseits, zurück, *der entere*, der von der anderen Seite, oder, als Präposition mit dem Dativ: enterm pache, entern Tauern; wo biste de hame? Enterm Tauern, wo einer zu Hause sei? Hinter dem Tauern, hinter dem, keltisch, Sie wissen, Berg, Übergang, Tor. Lexer bringt entrisch aber auch mit *ante* in Zusammenhang, *ante*, Sehnsucht nach Vergangenem, das Unbehagen, das Befremdende eines neuen Zustandes, auch Heimweh … Und da, ich sehe ihn die Hand heben zum Zeichen des Schweigens, und höre ihn rufen: Still, haben Sie nicht gehört, dieses irrsinnige Lachen, jenseits des Grates, haben Sie gehört? Und jetzt, diese unheimliche Stille, diese plötzliche Stille, hören Sie? Wie wenn jemand –, hören Sie, immer noch … – Kennen Sie übrigens den Witz vom Musikwissenschaftler, der noch gefehlt hat, den Witz von der Habilitationsschrift *Anton Bruckner und August Pepöck*, ein oberösterreichischer Vergleich, oder den Witz vom Streichquartett? frage ich ihn, um ihn abzulenken, auf andere Gedanken zu bringen, vergeblich. Diesen Witz, so er, könne er schon nicht mehr hören, so gut kenne er ihn, obwohl es einen solchen Witz gar nicht gibt. Hören Sie doch, mein Kamerad, vor mir, unerbittlich, ich betreffe mich beim Versuch, mir die Ohren zuzuhalten, die bergsteigerischen Erfordernisse lassen es jedoch nicht zu, hören Sie nur, dieser grauenvolle Lärm, diese gräßlichen Schreie, hören Sie nicht? Jetzt wieder! Ich muß nicht hinzufügen, daß wir uns durch vollkommene Stille bewegten. – Dieses unbeschreibliche Geräusch, wie wenn ein Unglück geschehen wäre, wie wenn ein Automobil sich in ein anderes gebohrt hätte, nein, doch nicht, wie wenn ein Zug entgleist wäre, wie wenn ein Expreßzug, ein Nachtzug im Flachland, in einem Steppengebiet, etwa in Bulgarien, entgleiste … Kennen Sie das Geräusch im Augenblick des Entgleisens, in diesem Sekundenbruchteil, das auslösende Geräusch, das Geräusch vor der Katastrophe, vor dem Katastrophenlärm …? Es ist kein so lautes Geräusch, ein unvorhergesehenes, nicht vorgesehenes Geräusch – hören Sie nur, diese schreckliche Stille, diese Totenstille, es muß etwas Schreckliches passiert sein –, und doch ein unwiderrufliches, endgültiges, ein nie wiedergutzumachendes Geräusch … Diese gräßlichen Schreie nun, hören Sie? Ein absolutes Geräusch, das ist es, ein unaussprechliches Geräusch, ein Geräusch, wie wenn – der Tonarm eines Plattenspielers sich von der Schallplatte hebt, nein, keinesfalls; wie wenn man den Tonarm aus seiner Verankerung risse mit plötzlichem Ruck – auch nicht; wie wenn man jemandem ein Gelenk bräche, nein, Unfug, ich vermag es nicht zu beschreiben, nicht zu schildern, das absolute Geräusch … Ach was, wovon man keine Ahnung hat, darüber soll man –, nein, zum Teufel, wie lautet denn dieser Satz, den seit Jahrzehnten alle im Munde führen, warten Sie, worüber man nicht schweigen –, nein, *worüber man nicht sprechen kann*, darüber soll man schweigen, so geht der Satz, Philosophie, verstehen Sie! – Dann schweigen Sie endlich, Mann, höre ich mich rufen, halten Sie endlich den Mund, umso mehr, als es in Wahrheit ja gar nichts zu hören gibt, außer dieser verkommenen, verzeihen Sie, dieser vollkommenen Stille; wie sollen wir je ans Ziel gelangen, und, schwieriger noch, von dort wieder zurückkehren? Aber schon hat er jenen Satz auf den Kopf gestellt, auf dieser nicht ungefährlichen Gratwanderung, *vom Kopf wieder auf die Beine gestellt*, wie er behauptet, denn tatsächlich laute der Satz: Worüber man nicht schweigen kann, darüber soll man sprechen; und deshalb spreche ich, er. Haben Sie denn nicht gehört: Wie wenn einer die Wandererfantasie spielte, es scheint von drüben zu kommen, vom Hochschober, vom Schober hoch, dort kommt sie her, die Klaviermusik, herangeweht vom Wind, vom Tauernwind, vom Tauern ... Aber mich kann er nicht täuschen, der Wind – wie Sie sich vorstellen können, war es nicht nur still, sondern auch windstill –, es ist nämlich gar nicht die Wandererfantasie, sondern die sogenannte Gasteiner Sonate, die hier gespielt wird; hören Sie nur, wie kräftig er das Pedal einsetzt, es kann sich nur um Alfred Brendel handeln, den berufensten Schubert-Spieler unserer Tage ... Was Glenn Gould als Bach-Spieler ist, ist Brendel als Schubert-Spieler ... Oh, wie schade, der Wind hat gedreht, mitten im zweiten Satz, nur gut, daß Klaviermusik nicht das einzige ist, was es im Hochgebirge zu hören gibt ... Da, hören Sie, schon geht es weiter ... Nun sagen Sie selbst, wer kann das aushalten? Hören Sie, hören Sie nur!, obwohl es gar nichts zu hören gibt ... Oder sollte er ein so feines Gehör gehabt haben? Pah! ER ist irrsinnig gewesen, ich bin es erst geworden, mich hat er in die nervliche Zerrüttung hineingetrieben, hineingeführt ... Wer kann das aushalten? Tage, Wochen, wie lange wir eben schon unterwegs gewesen sein mochten durch die Hochgebirgswüsteneien – nicht, daß uns nicht immer wieder heitere Matten, liebliche, fruchtbare Täler zum Verweilen eingeladen hätten –, ob in die Stille des strahlenden Sommermorgens hinein, ob in die flirrende Mittagshitze, ob in die Ruhe des Abendlichtes, *am Abendhimmel blühet ein*

Frühling auf, hinein: Still, hören Sie denn nicht, oben, vom Bergsee, den Gesang – In tiefem Gram/verzehr/ich mich/mir ist/die Freude hin ... Großartig, Margaret Price, Soprano, kein Zweifel ... Oder: So hören Sie doch, aus dem Abgrund, den Chor, *Herrscher des Himmels, erhöre das Lallen*, hören Sie nicht?, die Sprechchöre in der Tiefe ... Und jetzt ein einzelner, ein Versprengter, ja, er ist es, da ist er wieder, hören Sie nur, sein Rufen: Ich bin es, der Beleidigte, Gekränkte, ruft er, hören Sie? Ich, der Ungeliebte, Ungelobte, der Ungekaufte, Unverkäufliche, der stets nicht richtig falsch Verstandene, der Frauenheld, den keine will, kein Zweifel, er ist es, jetzt singt er sogar, hören Sie nur, wie er singt, wie dunkel: Melancholie/im September ... das ist alles/was mir blieb/von ihr ... Beeindrukkend, oder nicht? Und wie tief! Hören Sie nur, wie er hinaussingt seinen Schmerz jetzt, auch die Combo, wie fein sie begleitet – Nur ein Bild von dir/aus fernen Tagen ... Krumpendorf, müssen Sie wissen, Wörthersee, es wird Herbst in der Allee zum Strandbad, die Blätter fallen, die Schatten werden länger, kühle Abende, feucht, die Hotels schließen, und auch das Bild von ihr, sie mag Sigrun geheißen haben, aus Köln vielleicht, aus Köln-Lilienthal, um genau zu sein, Sigrun Ellmann-Best, ja, warum nicht, das Bild von ihr – Ah, was war das, haben Sie es auch gehört? Nein, höre ich mich sagen, aber dort oben, die schemenhaften Umrisse einer Figur auf einem Felsen, sehen Sie das auch, es scheint sich um einen Hirten zu handeln; ich sehe mich irgendwohin, auf einen Felsvorsprung weisen, um ihn abzubringen von dem, was zu hören, gehört zu haben, was zu übertragen, zu übersetzen er gerade im Begriff ist ... Ich kann nicht mehr, müssen Sie wissen, das ist doch keine wissenschaftliche Expedition, keine sprachliche Erkundungsmission mehr, zu der wir eigentlich aufgebrochen sind, doch aussichtslos, er will nicht hören. Haben Sie gehört, es kommt von oben, von den Gletschern dort, höher noch, vom Großelend, vom Gipfel des Großelendkopfes muß es kommen, eine Ansprache, so etwas habe selbst ich noch nie gehört, hören Sie nur, der künftige Landesverweser, er spricht zu den Gebirgsmassen, anläßlich ihrer einstigen Massenerhebung, der größten dieser Art in Europa, er begrüßt gerade die rundherum versammelten Gruppen, die Köpfe und Spitzen der Schobergruppe, der Goldberggruppe, der Venedigergruppe, der Haffnergruppe, hören Sie nur, er verspricht, jede Gruppe gegen Ansprüche einer anderen zu verteidigen ... Jetzt ist er schon beim Inhalt seiner Ausführungen, welche Mühe, er bedient sich einer oberösterreichischen Kunstsprache, hören Sie, wie er brüllt, nun, in dreieinhalbtausend Metern Seehöhe, wie denn nicht ... In grauer Vorzeit bewohnten Illyrer und Kelten unser Land, ruft er, Die Freiheit ist ein kostbares Gut, Das Licht ist eine feine Sache, hören Sie, Der Preis des Korbes ist zu hoch – wie wenn er sich die Seele aus dem Leibe schreien wollte ... Die Höhe ist höher als die Tiefe, daran ist kein Zweifel, hören Sie? Kein Zweifel aber auch: Die Tiefe ist tiefer als die Höhe, wie er brüllt, hören Sie, wie im Kunstradio! Der Sitz des Papstes ist Rom, Der Sitz des Geschmacks ist der Mund, und, da, jetzt wiederholt er einen Satz, Ich wiederhole, hören Sie, Der Preis des Korbes ist zu hoch, er brüllt, daß es bis ins Oberösterreichische hinein zu hören ist. Die Gottsucher suchen Gott in der Höhe, Die Goldsucher suchen Gold in der Tiefe, bis an den Strand des Steinernen Meeres muß er zu hören sein, wie im Kunstradio, hören Sie – Unsere Bodenschätze sind Gold, Silber und Edelsteine, aber auch Eisenerz und Blei, daß ihm nur nicht die Stimme versagt...! Unser Bischof heißt Egon Kappelari, Unsere Landeshauptstadt heißt Klagenfurt, Heimatkunde ist die Lehre von der Heimat, wie er anbrüllt gegen die Mächte der Finsternis, In den Bergen haben viele schon ihr Leben gelassen, hören Sie, Die Frankfurter Schule ist eine schlechte Schule, Blau ist eine schöne Farbe, Die Farbe der Pfeife ist Braun – Was ist passiert, hören Sie nur, die Ansprache ist abgebrochen, nichts mehr, diese plötzliche Stille, unheimlich, wie wenn –, wie wenn überhaupt niemand gesprochen hätte vom Großelendkopf, Elend hat hier übrigens noch die ursprüngliche Bedeutung, weit weg, fern von zu Hause, in der Fremde... Nein, still, antworten Sie nicht, warten Sie. – Ja, unheimlich, von dort unten kommt es, aus dem Kessel, aus der sogenannten Seiche, hören Sie nur, DAS ECHO DER ZEIT, sein Rufen, Sie hörten/das Echo der Zeit/– hörten/das Echo der Zeit ... Echo der Zeit... Und jetzt, eine Werbedurchsage, Schenken auch Sie das beliebte Würfelspiel DER LACHENDE DIKTATOR, haben Sie gehört? Ich weiß, höre ich ihn sagen, Sie werden mein fortwährendes *hören Sie* und *hören Sie nur* und *haben Sie gehört* schon nicht mehr hören können, aber wie sonst soll ich Sie aufmerksam machen? Sie hören ja offenbar nicht, was ich höre, nicht so gut zumindest, nicht so früh, nicht so deutlich. Jetzt zum Beispiel, hören Sie?, nein, Sie hören schon wieder nicht, hören schon wieder nichts, und doch, unüberhörbar, diese grauenvollen Mißtöne, hören Sie nur, Musik von Mia Zabelka, oder nein, von Sophia Gubaidulina, gräßlich, ich höre sogar, daß es sich bei den Ausführenden nur um das Ensemble *Wien Modern* handeln kann, hören Sie es auch? Nein, mit Ihren überkommenen Hörgewohnheiten werden Sie es freilich nicht hören können … – Nein, tatsächlich nicht, nicht nur nicht können, auch nicht wollen, höre ich mich plötzlich rufen, jetzt hören Sie einmal zu, und *ich* rede, jetzt ich! Ich will Ihnen nur etwas erzählen, kurz nur, keine Angst, und ich – sehe mich einen Witz erzählen, ich höre mich nicht, ich sehe mich nur, ich weiß auch nicht mehr, welchen Witz … *Hörte* ich mich den Witz erzählen, ich wüßte wieder, welchen, und ob es überhaupt ein Witz war … Mir wurde gesagt, ich hätte einen Witz erzählt, vorsätzlich, mir wurde gesagt, ich hätte meinen Kameraden *nicht gleich umzubringen brauchen* mit diesem Witz; aber ich sehe mich nur die Lippen bewegen, an einer Schlüsselstelle, auf einer abgeschrägten Platte stehend, unterhalb einer Scharte, von der Nebelfetzen herunterziehen, nicht weit von irgendeinem viel zu großen Gipfelkreuz, das eher aussieht wie ein Fensterkreuz, an dem sich einer erhängt hat, so überdeutlich ist es, wenn es hinter den Nebelfetzen hervorkommt. Endlich zu Wort gekommen, erzähle ich etwas, und da verläßt mich die Erinnerung … Und hier, im Irrenhaus Samonig, setzt sie wieder ein, ich werde gut behandelt hier, mehr noch, ich werde ununterbrochen belauscht, abgehört, aber mit größter Zuvorkommenheit … Alles, was ich sage, wird ernst genommen, jedem Wort, jedem Satz, auch wenn er zunächst gar nicht verstanden wird, wird Gewicht und Bedeutung beigemessen, wie wenn man mir ein Geheimnis abhorchen wollte, ohne daß ich selbst wüßte, welches … Selbst wenn ich angesichts des Endspiels manchmal mein Schweigen durch Ausrufe oder Kommentare breche – ich bin ein schweigsamer Mensch, wie Sie wohl schon bemerkt haben werden, schweigsam, schwierig und unzugänglich –, selbst angesichts des Endspiels –

Endspiel habe ich gesagt? Verflucht, jetzt habe ich die Spielunterbrechung, die Bildstörung verpaßt; Sie, wer immer Sie sein mögen, mit Ihrer verfluchten Neugier! Da, – nein, schweigen Sie, hier, sehen Sie, das Bild ist zurückgekehrt, das Endspiel, ob es nun endlich – das Endspiel, endlich, ist das nicht komisch? –, ob es nun fortgesetzt werden kann, nein, es ist immer noch unterbrochen, aber wenigstens nicht abgebrochen ... Sehen Sie, das Eis muß gereinigt werden, es muß zu schweren Ausschreitungen gekommen sein, meine Güte, sehen Sie nur, was hier alles herumliegt, unbeschreiblich, Münzen und Dosen und Flaschen, Scherben, gebrauchte Kondome, nein, unbeschreiblich, von Blut und Kot, Eiter und Sperma verschmutzt das gute Villacher Kunsteis, mit Schuhcreme bestrichen stellenweise, die Athletiker aus Klagenfurt scheinen sich benommen zu haben wie zu Hause, wie auf der Klagenfurter Holzmesse ... Sehen Sie, Ohrringe und Armbänder, Büstenhalter und Damenunterhosen müssen von der Spielfläche entfernt werden, unglaublich, Tuben mit Vaseline, Dosen mit Hundefutter, Blindenbrillen, Pflastersteine, Strandkörbe, nein, doch keine Strandkörbe, wie komme ich nur auf Strandkörbe? Aber Bruchbänder, Spruchbänder, Krücken müssen entfernt werden – alle scheinen sich ebenso großartig wie widerlich hineingesteigert zu haben –, sind in der Zwischenzeit entfernt worden, denn das Eis glänzt wie neu. Ja, die Versicherung machts wieder gut, Sie kennen doch diesen heiteren Werbespruch? Hier, die Spieler sind schon wieder aufs Eis gefahren, der junge Lanzinger, ja, der junge Lanzinger ist es, wie er sich hineinsteigert, großartig! Wer, sagen Sie, spielt hier? Die Villacher Asphalt-Gesellschaft? Ja richtig, die Villacher Asphalt-Gesellschaft gegen die Klagenfurter Sparkasse, ich wollte Sie nur auf die Probe stellen, freilich, die einen gegen die anderen, die Sympathischen gegen die Unsympathischen. – Viele spannende Zweikämpfe jetzt, sehen Sie hier, die beiden, wie sie einander angrinsen, sich ins Gesicht grinsen, wie blöde sie grinsen! Wer ist es, Schrott, ein Klagenfurter, und Walker, nein, Newton, *Bill Newton, Bill Newtons Augen begannen heimtückisch zu funkeln*, dieser Newton, hier, wie er grinst, nachgerade höhnisch, ein erstklassiger kanadischer Legionär ... Und jetzt der Angriff, hier, die Wiederholung zeigt es, hören Sie, wie kühn: *Reichsbräuteschule Newton am Apparat*, eröffnet Sulzer, nein Schrott, aber der Kanadier läßt sich nicht überlisten, nicht verstehen ich, gibt er freundlich zurück, großartig, der andere wird schon ungeduldig, wie nervös er wirkt, wie überhastet er vorgeht: Spielt hier das Bläserensemble der Niederösterreichischen Tonkünstler? Und Newton, der Kanadier, die reine Bosheit, er tut immer freundlicher: Ton Kunstler? Was ist Österreich Ton Kunstel Kunstler? – Ja, Tonkünstler, Niederösterreichisches Tonkünstlerorchester, Arschgeige, welches Instrument du dort spielst, will ich wissen, die Flöte, das Becken, das Triangel? Und nun achten Sie auf den Konterangriff, hier, die Antwort, die Frage als Antwort in Großaufnahme: Tri an –? Ah, Triathlon, ich verstehen (dieses Strahlen vor Verstehen, Verstandenhaben, meisterhaft gespielt), Sie spielen

Triathlon, klingt es, im Süden, von West nach Ost, das ist Eishockey, das ist destruktive Spielweise, schon hat er sein Magazin verschossen, der Klagenfurter, schon versucht er – Ach, soll er doch machen, was er will, ich versäume ja alles andere, so schnell wie die Scheibe jetzt den Besitzer wechselt; wie sie alle grinsen, einander ins Gesicht grinsen! – Sie hat ihn in den Mund genommen und – verschluckt, aus Versehen abgebissen und verschluckt, wie sie später behauptet hat, so der eine, ein herrliches Solo, Szenenapplaus, hören Sie, für den Witzbold; und der andere, mit einem Gewaltschuß: Hier, Frolic Hundefutter, das ist das Richtige für dich, prächtige Zuspiele und Anspielungen, schnelle Reaktionen; – Institut Bständig, Bruchbänder, Prothesen, Scherzartikel, wenn ich nicht irre? – nein, wir vertreiben nur Fernolendt Schuhpasta Nigrin, das famose Gleitmittel. Ein offener Schlagabtausch, wie wir, die vom Sport etwas verstehen, sagen: Wollstube Erika prima Handarbeit, so der eine, Um auszustatten, nimm Funderplatten, so der andere; – Ist dort die Confiserie Preinsack? – Nein, hier ist die Tierverwertung Pelzmann, und – Ah, sehen Sie nur, schon wieder ist das Tor aus der Verankerung gerissen, sehen Sie nur den Torwart, wie aufgebracht er ist, kannst du nicht aufpassen, Blödmann, schimpft er, hier, die Wiederholung zeigt es, schau nur, was du angestellt hast, immer so ungestüm … Das ist doch kein Spiel mehr, da, das Netz ist auch zerrissen, das teure Netz, weißt du, was das gekostet hat, aber den Schaden wirst du ersetzen, und meinen Tormannstock hast du auch ruiniert, hier, er hat einen Sprung, der ist zum Wegwerfen, du kaufst mir einen neuen, auch die schöne Firmeninschrift ist beschädigt, Immobilien Fohn, das F ist nicht mehr zu lesen, das wird dich teuer zu stehen kommen, du Koffer, du blöder

Koffer du! Ha, was verzettelt der Torwart sich in diesem Lamento, in dieser Klage um den unwiederbringlichen Tormannstock, vielleicht droht er noch mit seinem großen Bruder, während die anderen, die Auswärtigen, fortwährend die Arme hochreißen, wie wenn sie Grund zum Jubeln hätten, sehen Sie nur, was ist plötzlich los, was ist passiert, da, jetzt wieder: Wie wenn sie etwas gewonnen hätten, das geht nicht mit rechten Dingen zu ... Was wird hier gespielt, wer spielt hier, was sagen Sie, die Innsbrukker, der Innsbrucker Eislaufverein hat das Endspiel für sich entschieden, die Meisterwürde errungen, der Innsbrucker Eislaufverein und nicht die Villacher Asphaltgesellschaft, und die Klagenfurter haben ihnen dazu verholfen, sagen Sie? Ist das die Möglichkeit ... Wie im Vorjahrs-Endspiel ...: *Ich fuhr hoch. Himmel, es ist verspielt, schrie ich immer wieder und wieder* ... Die meisten Treffer erzielt, die wenigsten Gegentreffer hinnehmen müssen, gerühmt und gefürchtet für die härteste Spielanlage, als Raufbolde, das Keltische, Sie wissen, großen Ruhm erworben, und dann eine einzige Partie nicht gewonnen, und alles verloren – das ist nicht gerecht ... Und immer gut gespielt, stets ausgezeichnete Besprechungen! Ich zitiere: Aus dem erstklassigen Ensemble ragten noch hervor: Strong, Wilson und die Nummer 1! Rechts: Rick Wilson jubelt über seinen zweiten Treffer! Modernes Eishockey in Reinkultur, hat es geheißen, zeigten eindrucksvoll, wer der Herr im Hause ist! Kompromißloses Forechecking, Bilderbuchkombinationen! Gelassene und dennoch intensive Spielweise, war zu lesen, bestechend! Exzellentes Stellungsspiel, ein Kabinettstück nach dem anderen, ein erstaunliches work in progress! Geniale Tiraden, die hohe Schule der An-Spielung, glänzend! hat es geheißen. Brillante Soli, Finali, die lange noch im Ohr dröhnen …! Eine einzige schlechte Besprechung, von einem Trottel, wie sich versteht, einem gewissen Thuswaldner, einem Exilgailtaler, in den Salzburger Nachrichten: In der Maske der Narren tun sie wie die Berserker, hat dieser Idiot sich zu schreiben erlaubt, aber in der Stadt Salzburg ist von der Eishockeykunst noch nie viel verstanden worden, die dortigen Clubs, Bluna, eine Getränkebetriebsmannschaft, ein Fallobstverwertungsclub, und Residenz, sind über die Regionalliga ja nie hinausgekommen … Der Innsbrucker Eislaufverein, sagen Sie, ist Meister geworden, durch Mithilfe der Klagenfurter … Die Klagenfurter Athletiker haben sich also wieder als Lakaien, als Steigbügelhalter hergegeben, die Bosheit ists, die Bosheit! Das war nicht anders zu erwarten von dieser – Aber sehen Sie nur, er dreht wieder ab, der Klagenfurter Athletiker, er dreht ab, daß er nur nicht hinfällt, der Drecksklagenfurter, wie er sich hineinsteigert, widerlich. Haben Sie gesehen, wie der Villacher seinen Sturmlauf plötzlich abgebremst hat, erste Marke, er muß sehr schnell gefahren sein … – Was sagen Sie, wieder von vorne, noch einmal das gleiche, wie? Ach *nicht* wieder von vorne, *nicht* noch einmal das gleiche Endspiel, sagen Sie, ich soll erzählen, warum ich hier bin, von mir soll ich erzählen, sagen Sie, erzählen, von mir, ich, über mich?

Also gut.

Also gut. Die Wahrheit ist: Nicht irgendein Witz, den ich erzählt haben soll, hat mich in geistige Umnachtung getrieben – welcher Witz wird mir eigentlich zur Last gelegt, können Sie mir helfen, nein? –, sondern ganz andere Dinge. Kennen Sie übrigens die Geschichte vom Kreuz in der Nuß? Ein Berggeist wird von einigen Goldgräbern überfallen und gefangengenommen. Um wieder freizukommen, erbietet er sich, jede Frage zu beantworten, die im vorgelegt werde. Nachdem die Gesellen von dieser Möglichkeit ausgiebig Gebrauch gemacht haben und die Antworten, auf Fragen nach neuen Fundorten, nach dem Streichen der Erzgänge, aber auch nach Inhalt und Versteck der Geldtruhen der Bergrichter und reichen Gewerken, sie außerordentlich zufriedenstellen, geben sie dem Berggeist, wie versprochen, die Freiheit wieder; der aber ruft zum Abschied: Ihr Toren, nach allem Unnotwendigen habt ihr gefragt, nur nach dem einen, dem einzigen, was ich euch nicht beantwortet hätte, nicht, nämlich: Was das Kreuz in der Nuß zu bedeuten hat … Gut, nicht, ein Witz, der bei den Hethitern in großem Ansehen stand, ich selbst habe ihn aus dem Hethitischen übertragen, hethitische Hochkomik … Wo war ich? Ja, nicht über einem Witz also, und schon gar nicht auf der Stelle, bin ich irrsinnig geworden, sondern nach und nach, über meinem Lebenswerk, und über dem Scheitern daran, über meinem *geplanten* Lebenswerk, der Erstellung eines Verzeichnisses sämtlicher Dreitausender der Hohen Tauern aller Drei- und Dreieinhalb- und Fast-Viertausender der diesbezüglich einzigartigen Massenerhebung in Europa ... Kein geringes, nein, ein gewaltiges Vorhaben, erweitert um die Aufgabenstellung der Erstbeschreibung oder der verbesserten Erstbeschreibung sämtlicher Erstbesteigungen aller von mir erst zu erfassenden Dreitausender – es sind einige hundert –, erweitert ferner darum, jedem Berg seinen Berggeist oder Berggott zuzuweisen, nachzuweisen. Die Lust am Scheitern, ich habe sie nicht erfahren! Besessen, mit Feuer, in jungen Jahren noch, machte ich mich an die Arbeit, unsystematisch zunächst, irgendwie anfangend. – Der Große Geiger, notierte ich, es war an einem Donnerstag, das Hohe Beil, der Hocheiser; die Simonyspitze, der Hohe Seekamp, der Vordere Seekamp, der Quirl, schrieb ich, nachts, im Schein meiner Blendlaterne, in einer Nacht von Donnerstag auf Freitag, die Klockerin, der Totenkopf, das Teufelshorn, dreitausendsechshundertachtzig Meter über dem Meeresspiegel, der Ankogel, vormals, wegen seiner Düsternis, von Goldgräbern und Hirten als UNKOGEL gefürchtet. – Ich notierte: der Hochgall, der Wildgall, der Hohe Zaun, die Schwarze Wand, die Grubach – nein, die Gubachspitze, Verzeihung; die Bratschenköpfe, der Spielmann, der Hocharn, früher Hoher Narr, und nicht, wie fälschlich angenommen, Hoher Aar. – Später Donnerstagabend, und ich schrieb: Der Große Friedrichskopf, zum erstenmal erstiegen, zu Vermessungszwecken, 1872 von einem Hauptmann Jakhel und seinen Gehilfen vom damaligen Militärgeographischen Institut; der Georgskopf, früher, aus guten Gründen, als Schwarzfriedrich bezeichnet, der abweisendste der 52 Dreitausender der sogenannten Schobergruppe, düstere Wandfluchten nach allen Seiten, lotrechte Felsmauern, vom großen Purtscheller 1890 als erstem bezwungen. – Es war so, nein, es mag so gewesen sein, schrieb ich: Die Sonne stand im Zeichen des Löwen, nein, so nicht, es war am 31. Juli, die Sonne stand hoch im Mittag, auch nicht; tief unten im Tal erklangen, aus purer Gewohnheit, ohne besonderen Anlaß, die Mittagsglocken, als ein Bergsteiger dem höchsten Punkt des Schwarzfriedrich zustrebte; dort angekommen, murmelte er: Die Wände, die eisführenden Trennschluchten, die Schlüsselstellen, sie waren nicht so unüberwindlich, wie es von unten, von weitem den Anschein hatte; wie aber nun wieder hinunter, ohne Gehilfen, ohne Vermessungsauftrag? Nach den Mühen des Aufstiegs die noch größeren des Abstiegs, rief der Bergsteiger und warf sich plötzlich lachend, wie irrsinnig geworden, im Schnee herum, soweit der Gipfel dafür Platz einräumte. Nicht schlecht. Aber der Satz: Ich bin zwar am Gipfel, aber der Berg ist verschwunden, wohin mit ihm, fragte ich. Ihn werde ich für die Erstbeschreibung der Wintererstbegehung aufheben, nein, doch nicht, die Ersteigung des Schwarzfriedrich im Winter steht noch aus, aber für die Damenerstbegehung, 1971, die erste Frau auf dem Schwarzfriedrich, das wird sich machen lassen. Vor seiner Bezeichnung als Schwarzfriedrich hieß dieser Berg übrigens Irgi, interessant, nicht wahr, es war einmal, in ferner Zeit, als der Schwarzfriedrich noch Irgi genannt wurde ... Keine Frage, daß dieser Name, nicht nur des Berges, auch des Berg- oder Wettergottes, auf die illyrische Urbesiedlung dieser Gegend zurückgeht, als erster und einziger hatte ich das herausgefunden und noch mehr – Irgi, das bedeutet soviel wie: *nur von unten*, *nur von ferne*, was auf größten Respekt, auf angemessenen Umgang – Um-Gang, verstehen Sie? – mit dem Gebirge schließen läßt. Von einigen Flachmenhiren, möglicherweise, abgesehen, haben sich im heute noch gemiedenen Hochtal, das hinaufführt zu Karseen und zerrissenen Gletscherresten, Opferstätten naturgemäß nicht erhalten, naturgemäß deshalb, weil die oft noch im Frühsommer abgehenden Lawinen oberhalb der Waldgrenze keinen Stein auf dem anderen ließen … Allerdings war es mir, und vor mir noch keinem, gelungen, schräg gegenüber den Georgs- und Friedrichsköpfen, jenseits des Flusses, auf dem bis in große Höhe fruchtbaren Südabhang eines anderen Dreitausenders, des Sandkopfs, dem sogenannten Mönchsberg, sic!, beeilte ich mich anzumerken, einen freistehenden, im rechten Winkel aus der Erde ragenden, mannshohen steinernen – nun? Nun? Richtig! – Phallus, symbolischen Phallus, zu entdecken, und im weiteren Umfeld einige kleinere, die alle im selben Winkel nach Westen, in die Schobergruppe gerichtet waren, ungefähr zu den sieben Klammerköpfen, die, umringt von vielen anderen Dreitausendern, etwa in der Mitte zwischen Schwarzfriedrich und Großglockner liegen – eine Entdeckung, die mir so bedeutend schien, daß ich beschloß, sie vorerst für mich zu behalten. Ich fuhr also fort mit der Erstellung meines Verzeichnisses. – Der Hohe Perschitzkopf, notierte ich, der Östliche Perschitzkopf, der hohe Eichham, der Malham. Der Ochsenbug, der nur über einen verbotenen Weg zu erreichen ist. Ich notierte: Der Rote Mann, die Wun-Spitze, der Große Lenkstein, der *Große Steuermann* – nein, der Große Steuermann schrieb ich natürlich nicht, doch nur unter Aufbietung aller Zurückhaltung, ein kleiner Spaß am Rande des ewigen Eises, den ohnehin niemand bemerkt hätte, aber der Wissenschaftler in mir rief den Witzbold einmal noch zur Ordnung. Die Dreiherrenspitze, schrieb ich, an jenem verdammten Donnerstagabend, der Große Haffner, der Johannisberg, der Ödenwinkelschartenkopf; der Große Muntanitz, hielt ich, bevor er mir wieder entfiel, fest, die Maurerkeesköpfe, vier an der Zahl, die Sonnblicke: der Stubacher, Rauriser, Malteiner Sonnblick. Weiter. Ich schrieb: Das Große Happ, der Hohe Prijakt, die Kristallwand, der Niedere Prijakt. Das Böse Weibl, 1897 von Burckhardt zum erstenmal bezwungen; kaum hatte Burckhardt, der in der Welt schon viel herumgekommen war, so schrieb ich, auf dem Bösen Weibl den höchsten Punkt erreicht, begann er auf einer mitgebrachten Laute zu spielen und sang dazu: I'm sittin on top of the world ... Einst, bei den wilden Bergstämmen der Hohen Tauern, hieß das Böse Weibl *Kramul*, was ich aus dem Fremden mit *bloß nicht* oder *untersteh dich* übertrug. – Der Tischlerkarkopf. Die Hohe Fürlegg. Der Plattige Habach. Die Goldbergspitze. Der Kleinvenediger, der Großvenediger, 3674 Meter über dem Mittelmeer. Nein, mit Venedig haben sie nichts zu schaffen, die Spitzen der nach ihnen benannten Gruppe, die Paten der Familie, denn durch einen wertvollen Hinweis im Osttiroler Boten hatte ich herausgefunden, daß sich der Name Venediger nach und nach aus der Bezeichnung *die beiden Welschen* herauskristallisiert hatte, die Wortwahl ist in diesem Zusammenhang nicht unangebracht, was freilich nicht mit *die beiden Italiener* übersetzt werden darf, sondern im Sinne von *die anderen*, die Fremden, andere, fremde Sprache, fremd, anders, unverständlich, aber auch undeutlich, indifferent, die Undeutlichen, nicht immer klar Umrissenen, nicht immer Sichtbaren, einmal sieht man sie, dann wieder nicht; man meint sie wahrzunehmen, kann sich aber auch getäuscht haben. Ich jubelte über meine Entdeckung. Die bereits vorliegende Erstbeschreibung der Wintererstbesteigung, *ein Erlebnisbericht*, der mit dem großen Satz aufhört: *Dort trennte ich mich von meinem Freund und Gefährten, der auf ungewissem Wege über die Gletscherfelder nach Norden heimwärts ging.*, bestärkte mich in meiner Erkenntnis. Für die Verbesserung der Erstbeschreibung, für ein Winterbild, hatte ich mir bereits die Worte und Satzteile: Firnlicht, stilles Leuchten, bläulicher Schimmer der Eisquader der sogenannten Türkischen Zeltstadt, bläulicher Dunst, unendliche Klarheit, zurechtgelegt, mußte aber bei der Lektüre der Erstbeschreibung zur Kenntnis nehmen, daß eine nur in Grau gehaltene Sicht das Gelände unsicher, ja selbst den Boden schwankend machte, daß aller Glanz von den Bergen gewichen sei, sie fern und undeutlich manchmal aus dem zerreißenden Nebel hervorschauten, die beiden Welschen … Doch weiter, weiter. Die Hexenköpfe, notierte ich, der Goldzechkopf, der Herzog Ernst, die Glödis, nein, der Glödis, oder doch die? Es ist zum Verrücktwerden, die einen sagen die Glödis, die anderen der Glödis, doch er oder sie, geschenkt, zur späteren Klärung beiseite gelegt, Glödis jedenfalls. Der Weinflaschenkopf, das Kitzsteinhorn, der Fuscherkarkopf. Die Ohrenspitzen, Bergruinen über dem Almerboden, aber wen interessiert das. Irgendwann hielt ich inne, sah ich auf vom gewaltigen Gebirgsmassiv unter mir, um mir einen Überblick zu verschaffen und nachzuzählen, wie viele dieser Hunderten Dreitausender ich schon verzeichnet hatte, von den Fleißaufgaben nicht zu reden, und das Ergebnis war mehr als entmutigend, es war niederschmetternd: Kein Zweifel, ich kam nicht weiter. Es ist wie verhext, dachte ich, wie wenn ich gegen den Wind schriebe, gegen den Tauernwind, den scharfen. Mit diesen ungünstigen Witterungsbedingungen nicht genug, hatte sich auch noch ein Fehler in meine Arbeit eingeschlichen, ein Fehler in der Gestalt, der Berggestalt des Herzog Ernst, dem, wie sich herausstellte, auf die erforderliche Mindesthöhe gleich siebenundsechzig Meter fehlten. Auch das noch, zum Irrsinnigwerden! Was nun? Von neuem beginnen? Verfluchter Herzog Ernst, wenn ein Berg schon so heißt, irgendwann heißen sie noch Peter Alexander oder King Elvis! Dennoch versuchte ich fortzusetzen, die Mulle, der Lasörling, das Keeseck, so schrieb ich in jener Nacht von Donnerstag auf Freitag, immer langsamer, mühsamer, auf eine Winddrehung war nicht zu hoffen. Es ist zum Wahnsinnigwerden, dachte ich, ich werde noch einmal irrsinnig über meiner Erhebung, über den Erhebungen, Eisrinnen, Wandfluchten, Abdachungen, kühnen Aufbauten, über Tauern und Tauernfenster … Wie wenn ich die Worte in Granit zu meißeln, wie wenn ich die Schrift aus altkristallinem Gestein zu formen hätte, so langsam, und immer langsamer, kam ich voran. Bei ausgezeichneter Ideenlage gehe ich vor wie ein Bildhauer, wie Hrdlicka, wie der proletarische Schwulstmeißler, sagte ich mir, und einen beleidigenderen Vergleich hätte ich nicht wählen können. Nach und nach, habe ich gesagt, geriet ich in geistige Umnachtung? Nein, es geschah in einer einzigen Nacht, daß ich mein Lebenswerk begann, die Übersicht verlor und – aber hören Sie weiter. – Also gut, rief ich, auf meinen Bildhauervergleich hin, das wird sich schnell und nachhaltig ändern, das werden wir gleich abgestellt haben, es geht auch anders! Die Hohen Tauern, nichts als eine stumpfsinnige Masse, was scheren sie mich eigentlich? Das Teufelshorn etwa, ist es nicht lächerlich? Oder der Großglockner – ein in den Himmel ragender Schwachsinn! Der Hocheiser – ein Angeber! Die Simonyspitze: Zum Lachen!, der Hohe Seekamp: Nicht weniger lachhaft, schrie ich, irgendwann nach Mitternacht. Die Gubachspitze: Nichts!, der Große Friedrichskopf: Ein Haufen Scheiße! Der Große Geiger, eine Arschgeige, der Ankogel: Seht nur, diesen Kasper!, schrieb ich, der Hochgall: Die Galle könnte einem hochkommen, die Bratschenköpfe: Eine Impertinenz, der Hocharn: Eine Perfidie sondergleichen, der Hohe Zaun: In höchstem Maße ausbesserungsbedürftig, die Schwarze Wand: Ja und? Der Goldzechkopf, er tue nur nicht so groß, der Weinflaschenkopf: Eine Flasche; der Hohe Eichharn: Pah!, schrie und tobte ich, die Sicht getrübt vom gleißenden Firnlicht des Papiers, der Große Muntanitz: Ein Quatsch, ein Mumpitz, der Große Haffner: Ein Verbrecher, der Herzog Ernst, ein Höhenbetrüger, der Spielmann: Kriminell; der Große Hornkopf, der Ochsenbug, warum tun sie sich nicht zusammen zum Großen Hornochsenkopf? schrieb und lachte und tobte ich in den heraufdämmernden Freitagmorgen hinein, ich muß nicht hinzufügen, daß der Regen gegen die Fensterscheiben peitschte. Die Hohe Fürlegg: Hat man so etwas schon gehört? Der Lasörling: Ist das nicht der Name eines Pilzes? Das Kitzsteinhorn: Sehen sie nur, wie es in der Kitzlochklamm verschwindet … Und wieder auftaucht … Und wieder hineinfährt, sehen Sie? Haha! Und dieser, wie heißt er, dieser – Plattige Habach, wird er von den Hirten nicht Schmalzberg genannt, wegen der frappanten Ähnlichkeit des Gletschers mit einem Brotaufstrich? Die Wun-Spitze: Der Gipfel der Frechheit, der Tischlerkarkopf – wie ungehobelt! Das Große Happ: Heißt so ein

Berg?, der Hohe Perschitzkopf: Ein Koffer! – Es war an einem verdammten Freitagmorgen, als ich mich zu derartigen Äußerungen verstieg: Das vielbesungene Große Wiesbachhorn: Wiesbachhorn, blödes Horn; blödes Horn – Wiesbachhorn … Oder: Die beiden Venediger: Sind das nicht diese welschen Hunde, diese Sackkratzer, Spaghettifresser, denen man besser nicht über den Weg traut? Der Große Lenkstein, ein Schwachkopf! schrie,

tobte,

schrieb ich;

immer neue Spuren schrie, nein, schrieb ich in den Schnee, sturmumtost; der Malharn: Er kann nicht einmal seinen Namen schreiben, die Ohrenspitzen: Rot vor ihrer eigenen Schande … Der Hochschober: Durch Schiebung groß geworden, die Dreiherrenspitze: Ein aufgeworfenes Nichts! Der Rote Knopf – ein schlechter Witz! Die Hohe Dock – wie platt, wie platt! Das Großelend, ein Schandfleck, die Hochalmspitze, sie beleidige nicht länger mein Auge! Das Hohe Beil: Pfui, und nochmals pfui, rief ich und spuckte in den Schnee … Das Schwerteck, mit ihm werde ich auch noch fertig, schrieb und tobte ich, der Kristallkopf, ich sch… auf ihn, auf seinem höchsten Punkt, auf ihn und auf alle anderen, noch nicht erfaßten Köpfe und Spitzen, Kofel und Kogel, Großen und Hohen; das Teufelshorn, ich verfluche es, samt allen anderen Drei- und Dreieinhalb- und Fast-Viertausendern der Hohen Tauern, schrie ich im Sturm, am Hohen Schreibtisch, lange nach Mitternacht, im Schneegestöber, im Firnlicht des Irrsinns. Doch im Morgengrauen, als ich den Gipfel meiner Raserei überschritten hatte, mußte ich feststellen, daß ich zu weit gegangen und in unwegsames Gelände geraten war, daß ich nicht mehr weiter, aber auch nicht zurückkonnte, und meine Gefühlslage läßt sich mit nichts besser umschreiben als mit dem vergessenen Wort *entrisch*. Nicht nur, weil ich mich heiser geschrieben hatte, schlug ich jetzt andere, leisere Töne an, nein, am Ende dieser verdammten Nacht, im fahlen Licht, in der plötzlichen Windstille sah ich sie plötzlich auftauchen aus dem Nebel jenseits des Schreibtisches und unaufhaltsam auf mich zukommen, die gerade noch erniedrigten und beleidigten *Großen und Hohen*, die bizarren Erhebungen, unerbittlich näherrücken, ohne große Eile, gemessen, von allen Seiten, stumm, drohend und finster, Hunderte, angeführt von Teufelshorn und Kristallkopf, von Stampfleskofel und Hochalmspitze. – Das Teufelshorn, es verschone mich, murmelte ich, der Kristallkopf, ich beuge mein Haupt … Der Stampfleskofel: Ihn habe ich doch gar nicht erwähnt, rief ich und bereute im Augenblick des Sprechens noch meinen neuerlichen schweren Fehler … Die Hochalmspitze, sie schlage mich nicht mit Blindheit, murmelte ich, das Hohe Beil, es fahre nicht auf mich herab … Das Schwerteck: Ich gebe auf … Das Großelend: Ein schönes Bild; das Große Wiesbachhorn: Ich gebe klein bei, so ich, frierend plötzlich … Die Dreiherrenspitze, Salzburg, Süd- und Osttirol beherrscht sie, würdig, gütig, der Hochschober: Ich habe nichts gesagt, murmelte ich, kleinlaut, halblaut, beschwörend … Die Hohe … Der Große … Abbitte, Fürbitte … Die Wetterkerze, schnell … Die beiden Venediger: Ich passe … Der Große Geiger, die Bratschenköpfe: Ich liebe das Streichquartett, so meine zu spät gekommene Versicherung … Der Herzog Ernst: Jeder kann sich einmal irren … Der Großglockner, Hilfe! rief ich hilflos in die Nacht hinaus. Der Weinflaschenkopf – es kommt auf den Inhalt an, der Hocheiser, welche Kälte, flüsterte ich …

Der Große Muntanitz, welche Schätze an Laut- und Bedeutungsverschiebungen mag er bergen? Der Rote Knopf: Einfach, schön, präzise, so ich, am Freitagmorgen, mit immer leiserer Stimme … Der Schwarzfriedrich: Gut Freund, der Hohe Zaun: Unüberwindlich … Das Böse Weibl: Nichts für ungut, der Spielmann: Vergebung!, ich, Halt suchend, zitternd vor Kälte … Aber da, aber dann, das Teufelshorn – *nein, nicht!* – Da, der Totenkopf: Nicht!, die Schwarze Wand: Nein, rief ich mit ersterbender Stimme, und hier verläßt mich die Erinnerung. Am Morgen fand man mich reglos am Fuße des Schreibtisches, unter dem Steilstück; stark unterkühlt, delirant, gab ich noch schwache Lebenszeichen von mir, das ist die Wahrheit.

In jener Nacht, las ich später in der Zeitung, waren durch einen plötzlichen rätselhaften Wettersturz mehr Bergsteiger zu Tode gekommen als in drei Wochen davor; abgestürzt, erfroren, vom Sturm in die Tiefe gefegt … Schwerpunkte der Bergunglücke waren das Großglocknergebiet und das Große Wiesbachhorn. Der Körper eines vom Stüdlgrat am Großglockner in die Tiefe Gestürzten war dermaßen zerschmettert, daß sich ein behufs der Bergung abgestiegener Alpingendarm erst einmal erbrechen mußte, wodurch er beinahe selbst – Nein, diese Einzelheit stand natürlich nicht in der Zeitung, zu Ohren kam sie mir trotzdem. – Wer und was jenen Wetterumschwung herbeigeführt haben mochte, darüber schwieg ich, Tage, Wochen, Jahre, ich weiß nicht mehr genau. Ich kann heute noch nicht darüber sprechen, ich schweige immer noch. Nicht einmal der Postenkommandant hat von diesem Zusammenhang eine Ahnung; und ich werde dieses Geheimnis auch mit ins Grab nehmen, an der Biegung des Flusses, wissen Sie, werde ich mein Herz begraben lassen.

Es ist übrigens ein gutes Irrenhaus, das Irrenhaus Samonig, mit den besten Referenzen. Sie werden sich schnell eingewöhnen. Sie werden sich bald wohl fühlen, besonders die ETO Frühlingssuppe, die wird Ihnen schmecken ... Um aber noch einmal auf meinen unseligen Gefährten zurückzukommen, den ich mit einem Witz in den Tod befördert haben soll: Glauben Sie mir, nicht ich, ER ist wahnsinnig gewesen damals, nervlich zerrüttet von geschäftlichen Mißerfolgen. Wissen Sie, von welchem gescheiterten Vorhaben er mir damals erzählt hat? Von keinem geringeren, als auf dem Gipfel des Großglockner, 3788 m über dem Meeresspiegel, ein Gasthaus zu eröffnen! – Mein Plan war, höre ich ihn erzählen, ich sehe uns rasten am Ufer eines Bergsees hoch über der Baumgrenze, an einer rhododendronbewachsenen Stelle, mein Plan war, mein geschäftliches Lebenswerk hätte sein sollen, auf dem Gipfel des Großglockner, 3788 Meter über dem Meeresspiegel, in luftiger Höhe also, ein Gasthaus zu eröffnen, kein gewöhnliches Wirtshaus, wie Sie sich denken können, nicht irgendeine Kaschemme. Zum Verständnis meiner Idee muß ich erzählen, daß ich, in sehr jungen Jahren, in einem Pariser Restaurant einmal einem Amerikaner – ja, nun staunen Sie, aber ich bin durchaus herumgekommen in der Welt –, in Paris also einem Amerikaner zusah, wie er einen Nachtisch, eine Mehlspeise verzehrte, die in ihren höchsten Regionen, im übertragenen Sinne – Sie verstehen, ich muß nicht extra, wie jener Amerikaner, mit den Augen zwinkern, nein –, starke Vergletscherungen aus Zuckerguß und Schlagobers aufwies, und zu der er genießerisch erklärte: In America we call it the Montblanc ... Den Gedanken, höre ich meinen Gefährten sagen, den Gedanken, irgendwann später, als mir der Amerikaner in Paris wieder einfiel, auf dem Gipfel des Montblanc eine Bude aufzumachen, wo, den Crêperie-Imbißständen am Strand oder auf Jahrmärkten nicht unähnlich, den erschöpften, aber glücklichen Gipfelstürmern jene in Amerika Montblanc genannten Leckereien angeboten würden, verwarf ich alsbald, nein, ich prüfte ihn nie ernsthaft, denn die Franzosen sind ausländerfeindlich gesinnt, nicht unbedingt den Amerikanern, aber anderen gegenüber, und in der Kälte stehen, nur einen schäbigen, rauchenden Ofen neben sich, ich weiß nicht ... Aber mein Gasthaus auf dem Gipfel des Großglockners, was für eine Attraktion wäre das geworden ... Nicht nur, so mein Bergkamerad, nicht nur der Höhe wegen, nein, das Besondere wäre gewesen, daß es ausschließlich mit Glockner-Markenartikeln ausgestattet worden wäre, der Großglockner als eingetragenes Warenzeichen, verstehen Sie, der Glockner im Spiegel der Waren, ein sehr philosophischer Ansatz ... Die Bestuhlung, so er, hätte nur aus sogenannten Glockner-Sesseln bestanden, wie sie in Flattach hergestellt werden, wenngleich es mich größte Überwindung gekostet hätte, mit den Fabrikanten, den Hubers, notorischen Nationalsozialisten und Freiheitlichen, müssen Sie wissen, in eine Geschäftsverbindung einzutreten. Zum Waschen wäre die klassische, leider in Vergessenheit geratene Glockner-Seife ausgelegen, für den Abstieg hätte der p.t. Gast 1 a Glockner-Brillen preisgünstig erwerben können ... Glockner-Speck wäre aufgetragen worden, ausgeschenkt dazu das hervorragende Glockner-Pils der Villacher Brauerei, sowie der kräftige Glockner-Enzian der Edelbrennerei Raunikar, Feldkirchen. Das Glockner-Brot, inzwischen heißt es leider Nationalpark-Brot, hätte ich nun beinahe vergessen. Zum Glockner-Kaffee der Firma Fian, Spittal an der Drau, sie ist inzwischen in Konkurs gegangen, wären die hochfeinen Großglockner-Zigarren gereicht worden; auf das Rauchen von Glockner-Cigaretten hätte der Bergsteiger allerdings verzichten müssen, weil es solche nicht gibt, daher wäre auch der Konsum mitgebrachter Zigaretten nicht gerne gesehen worden, aber wer raucht schon auf dem Gipfel des Großglockners? An Samstagen hätte ein Glockner-Echo zur Unterhaltung aufgespielt, an Sonntagen wäre im Gemeinschaftsraum die Glockner-Messe gefeiert worden, oder sogar aufgeführt, immerhin hatte ich erwogen, diesbezüglich mit einem jungen Klagenfurter Komponisten, einem gewissen Bartolo Musil, Kontakt aufzunehmen; somit hätte selbst das auch in dieser Hinsicht benachteiligte Klagenfurt einen Glockner-Artikel hervorgebracht. Noch nicht wirklich vorhandene Glockner-Artikel hätte ich selbst zwar nicht gleich auf den Markt, doch zumindest auf den Gipfel gebracht: Glockner-Naturbaustoffe, Glockner-Holz – um auszustatten, nimm Glockner-Platten, wie finden Sie das? –, Glockner-Porzellan, die Glockner-Fenster und -Türen nicht zu vergessen, Glockner-Gastronomiebedarf, Glockner-Kondome; auf gewöhnliche Markenwitze wie GLOCKI SPÜLMITTEL oder GLOCKNER TOILETTEN-PAPIER, dreilagig, abgrundtief weich, himmlisch sauber, hätte ich freilich verzichtet, so er. Schließlich der Name des Etablissements. Glocknerblick, höre ich ihn, Glocknerblick hätte ich es nicht gut nennen können, Glocknerhof auch nicht, Glocknerblicke und Glocknerhöfe lagen ja, weit verstreut, unten in den Tälern, in Dörfern und Kleinstädten, und keine Frage, daß man von den wenigsten nur den Großglockner sehen konnte; Berggasthof Großglockner – nein, und Glockners Jausenstation: Niemals. Nach der Zwischenstation »Zur Höhe« wurde ich schließlich fündig, und ich beschloß, ohne allerdings ein Grandhotel errichten zu wollen, mein Projekt »Zum Abgrund« oder nur »Abgrund« zu nennen. Eine grandiose Idee! Aber wie Sie meiner Erzählhaltung schon angemerkt haben werden, bin ich an der Verwirklichung all dessen gescheitert, keineswegs aus Unvermögen, auch nicht an geologischen Gegebenheiten, nicht, weil der Gipfelbereich des Großglockner für ein solches Bauwerk und die erforderliche Bautätigkeit nicht sehr viel Platz bereitgestellt hätte (ich hätte kühn in die Höhe gebaut, das Horn, das dieser Berg bildet, einfach verlängert, über der Gaststube das Extrazimmer, über beiden die Küche, darüber der Gemeinschaftsraum, und weiter und weiter) – nein, Behördenwillkür, Grenzstreitigkeiten, Kompetenzenwirrwarr, sie brachten meine hochfliegenden Pläne zu Fall ... höre ich ihn rufen, den Gefährten. Da es oben, am höchsten Punkt, doch etwas eng ist, wie ich erwähnte, entwarf ich mein Gasthaus, die Gaststube, vielleicht auch das Extrazimmer darüber, *um das Gipfelkreuz herum*, das weltberühmte Glocknergipfelkreuz als Mittelpunkt eines Gasthauses, als Mitte der Gaststube, vielleicht auch des Extrazimmers, warum nicht, solange das Kreuz am Berg gelassen wird? Schlecht? Nein, nur, nun: Wem gehört das Gipfelkreuz, wo liegt der Gipfel des Großglockners, liegt er in

Kärnten oder in Osttirol? Die Wahrheit ist, daß die Landesgrenze, nicht genauer bezeichnet, über dem Gipfel, vielleicht sogar durch das Gipfelkreuz verläuft, wenngleich das Gipfelkreuz beispielsweise in Westermanns großem Weltatlas eindeutig Kärnten zugesprochen wird; auf der Alpenvereinskarte ist es dafür, im Gegenzug, nach Tirol versetzt. Da es aber Bauern und Zimmerleute aus dem Mölltal, aus Kärnten also, gewesen sind, die 1800 im Zuge einer aufwendigen Expedition, auf mitgeführten Leitern als erste auf den *Unbezwingbaren* hinaufstiegen, ist für mich die Frage, zu meiner Zufriedenheit, wie ich nicht verhehlen möchte, beantwortet. Dennoch: Die Kärntner sagen, zu Recht, wie sich gezeigt hat, es ist *unser* höchster Gipfel, die Tiroler, zu Unrecht, halten dagegen: Nein, unserer, *inserer*, wie sie sich ausdrücken. Ich hätte also, was Bewilligungen meines Projektes anlangte, in jedem Falle mit beiden Seiten zu tun gehabt. Nicht nur, daß oft nicht klar war, wer zuständig sein sollte, die Bezirkshauptmannschaft Lienz oder die Bezirkshauptmannschaft Spittal an der Drau, die Gemeinde Kals am Großglockner oder die Gemeinde Heiligenblut, oder, in punkto Bergrettung, Aufklärung von Bergunfällen, das Postenkommando Kals oder das Postenkommando Heiligenblut, nicht nur das, nein, beide Länder haben überdies verschiedene Gesetze, Verordnungen, Landesverfassungen (Artikel eins der tirolischen, zum Beispiel, ermahnt zur Gottesfurcht, was in Kärnten, einem Land der Selbstmörder und der ledigen Kinder, ein aussichtsloses Unterfangen wäre; Sie machen sich keine Vorstellung davon, was da zusammengetupft, zusammengeschottert, zusammengetschumpert wird, grandios, *tschumpern*, coire, *tschumpra*, auch *tritschumpra*, Vulva, habe ich herausgefunden … Nein nein, Kärnten ist nicht nur die nationalsozialistisch-freiheitliche Kloake, wie es im Augenblick den Anschein haben mag ...) –: Kurzum, was auf der einen Seite untersagt, wäre auf der anderen gestattet gewesen, und umgekehrt; ich hätte also, bei meinem Unterfangen, um das Gipfelkreuz herum ein Wirtshaus zu bauen, fortwährend, auf ständig wechselnden Seiten, gegen Gesetze und Verordnungen verstoßen müssen, ein wahrer Kreuzweg, Kreuzweg, gut, nicht, wäre mir bevorgestanden, also wollte ich den Gipfelbereich dorthin verlegt haben, wohin er ohnehin gehört, nach Kärnten nämlich. Aber sämtliche Eingaben an den Ombudsmann der Kleinen Zeitung, an den Touristenclub, an die Deutsche Krebshilfe, alle Vorstellungen beim Volksanwalt, beim Kriegsopferverband, beim Schriftführer der Absolventenvereinigung des Abendgymnasiums für Berufstätige, sie fruchteten nichts, auch mein Bekannter, der Postenkommandant, konnte mir nicht helfen. Schlimmer noch, sehr bald wirkte ich auf die Herrschaften so, wie ein weinroter ärmelloser Pullover auf mich wirkt, Sie verstehen, bald schon war ich als Querulant verschrien, ein Querulant – ich!, so er.

Er: Was allerdings keiner wissen konnte: Ich hatte noch etwas in petto, einen Talon im Ärmel, neue Pfeile im Köcher, etwas in der Hinterhand, denn der innovative Fremdenverkehr hatte mich gepackt wie ein Fieber, der neueste Alpinismus mit seinen immer tolleren Disziplinen ließ mich nicht mehr los. Mit der Fahrraderstbesteigung des Großglockners war mir irgendein Schwachkopf zuvorgekommen, ich war also genötigt, kühn zu planen, hoch zu pokern. Näher besehen, im Schein der Abendsonne über Heiligenblut, hatte mir jener Trottel allerdings nicht viel voraus, denn zu einer Glockner-Erstbefahrung hatte es nicht gereicht, und sich ein zusammenklappbares Fahrrad auf den Rücken zu schnallen – nun. Aber meine *Klaviererstbesteigung* des Großglockners, die Ersteigung des Glockners mit einem Konzertflügel, ohne Tricks, mit einem Blüthner am besten – Sie haben richtig gehört –, von mir entworfen und organisiert, so etwas, war ich mir sicher, sollte die Welt noch nicht gesehen haben! Eine Sensation! Auch die Rechte an einer echten Erstbeschreibung würde mir keiner streitig machen können (und in einer Zeit, da alle Erstbeschreibungen, auch Zweit- und Drittbeschreibungen in sämtlichen Bereichen, leider auch in Kultur und Geschichte, schon vergeben sind – immer ist einem einer zuvorgekommen, nichts ist mehr frei, kein Thema, keine Geschichte, alles besetzt, bis auf Abfallschicksale, Globocnik, höherer SS- und Polizeiführer, oder Heller, Verwirklicher, nichts, das nicht schon geschrieben worden wäre, und je schlechter, umso besser –), in einer solchen Zeit, dachte ich, würde die Erstbeschreibung dieser Klaviererstbesteigungen, auf allen möglichen Routen, auch den allerschwierigsten, über den Stüdlgrat, über Teufels- und Glocknerhorn, ein packendes Bergbuch ergeben, einen Expeditionsroman vielleicht, und ich hätte ausgesorgt. – Er: Ich machte mich also auf die Suche nach geeigneten Alpinisten, zugkräftigen Bergkünstlern. Mein erster diesbezüglicher Weg führte nach Südtirol, in den Vintschgau, nach, wie? Jawohl, Sie können mir gut folgen, nach Naturns. Dann die Enttäuschung: Messner ließ sich verleugnen, kein Zweifel. Der Meister sei gerade unterwegs zu irgendeinem Pol, wurde mir vom Fenster des Turmzimmers herab zugerufen, doch als ich mich wieder zum Gehen wandte, zurück ins Dorf hinunter, mußte ich beobachten, wie der Schloßherr seinen Trutzbau heimlich und in höchster Eile über die Nordwand verließ. Nach diesem Mißerfolg reiste ich ins Ötztal zu einem gewissen Gstr., ich darf den vollen Namen nicht nennen, der mir als Extremschifahrer – eine Klavier*winter*erstbesteigung, auch gut, dachte ich – und Literaturtreibender etwas ungenau beschrieben worden war, das heißt, ich wäre ins Ötztal gereist, hätte ich nicht beizeiten, über mein Informantensystem, herausbekommen, daß jener Gstr. unter dem Decknamen Drago Jancar – Drago Jancar, slowenischer Dramatiker aus Laibach – ein mir bereits bekanntes, mir wie kein anderes verhaßtes Stück zusammengeschmiert hatte, ein Stück Scheiße, eine sogenannte *Beckett-Verbesserung*, Beckett-Weiterschrift unter dem Titel »Vis-à-vis Godovsky« – Sie verstehen diesen Ausbruch unerbittlichen Humors –, eine angebliche *Aktualisierung*, eine Ironisierung, eine Persiflage, wie behauptet wurde (Beckett ist ja viel zu ernst!), doch selbst vom Humoristischen her dermaßen inferior, daß das Stück nicht einmal von der Villacher Faschingsgilde zur Aufführung angenommen wurde, es wurde dann im Klagenfurter und im Wolfsberger Fasching aufgeführt, auch dort nur teilweise, nur *die lustigsten Sachen*, die Geheimpolizeiwitze, und zur Gänze nur in Wien, im Theater im Konzerthaus, wahrhaftig eine Schüleraufführung ... Das vorwiegend junge, begeisterte Publikum – einer daraus; Becketts schwachsinnige Sätze ... Alles passé –, das junge, vorwiegend nasal artikulierende Publikum wird nette Anregungen für die Ausrichtung des Maturaballs mit nach Hause genommen haben; ja, ich habe genau hingehört, in punkto Humor verstehe ich keinen Spaß ... Nun, ich hörte mich um in Laibach, in Slowenien, ich setzte einen erstklassigen Mann an auf jenen Dramatiker Drago Jancar, auf dessen Spur, und wie ich vermutete, es gibt gar keinen Drago Jancar, brillanter Dramatiker, verdienter Künstler des Volkes, aus Ljubljana oder Krsko, woher immer. Vollends entlarvt hatte ich die slowenische Nichtexistenz jenes Kerls anhand eines Satzes aus der Wiener Aufführung: I bin vom Scheitl bis zum Schwanzl, übersetzt, er sei vom Scheitel bis zum Glied, Diminutiv, vielleicht aber auch: bis zum Pürzel, – da guade oide Kafka Franzl, der gute alte Franz Kafka. Sagen Sie selbst: Das soll slowenisch sein? Und darüber hinaus: Wäre nicht, in Ansehung solcher Vertraulichkeiten, das Standrecht in der Literatur einzuführen? Aber ich schweife ab. Jener Gstr. war mir auch als einer geschildert worden, der nie in der Lage sein würde, sich zu Tode zu trinken, nicht einmal in jungen Jahren, und darauf noch stolz wäre, und solche Mitarbeiter kann ich nicht brauchen, höre ich meinen Gefährten. – Mein Gefährte: Zufällig wurde ich auf einen gewissen Bubendorfer aufmerksam gemacht, auf eine bergsteigerische Weltverblüffung, wie ich mich überzeugen konnte: Das war der Bergartist, den ich mir vorgestellt hatte! Wir schlossen einen Vorvertrag ab für eine Klavier- und eine Faß-Erstbesteigung; Bubi, wie ich ihn bald liebevoll nannte, sollte den bergsteigerischen, ich den beschreibenden Part übernehmen, und die Inszenierung. Dann aber Schwierigkeiten über Schwierigkeiten … Erste Schwierigkeit: Ein Blüthner-Konzertflügel war nicht aufzutreiben, auch kein Bechstein, Bubendorfer mußte mit einem ihm nicht so vertrauten Bösendorfer arbeiten. Zweite Schwierigkeit: Bei der Hauptprobe, über die sogenannte Normalroute, hatten wir am Hohenwartkees schon Probleme mit der Tastatur, mit der Feinabstimmung war etwas nicht in Ordnung, Bubendorfer murmelte auch etwas von, seiner Meinung nach, zu geringem

Öldruck, und schimpfte über eine verstopfte Einspritzpumpe. An der vorletzten Schlüsselstelle schließlich ging das Bugrad kaputt, der Vorderfuß knickte ein, brach weg, wie es in der Fachsprache heißt, und Bubendorfer verlor die Herrschaft über das Klavier; zwar konnte Bubi sich retten, der Flügel aber zerschellte in der Tiefe, nicht nur das, er fing auch noch Feuer und brannte völlig aus. Dritte Schwierigkeit: Die Firma Bösendorfer war nicht bereit, für die Generalprobe einen Ersatzflügel zur Verfügung zu stellen, und kündigte auch noch den Sponsorvertrag! Zum Wahnsinnigwerden, wie soll man so arbeiten für den heimischen Fremdenverkehr, den innovativen Tourismus? – Die Faß-Erstbegehung des Großen Wiesbachhornes aber, die Erstbesteigung mit Faß, sie gelang beim dritten Versuch. Zweimal vermochte der Berg, oder der Geist in ihm, dem Ansturm standzuhalten und das Faß, nicht allzu früh, nein, unterhalb des Gipfels, auf dem Kaindlgrat, der Himmelsleiter, kurz vor dem Ziel wieder in den Abgrund poltern zu lassen; kein Fäßchen übrigens, wie erst es eine Marketenderin umgeschnallt hat, sondern ein solides, schweres altes Mostfaß, mit Spundloch und rostigen Reifen, und zart bemoost. Doch als die Sensation perfekt war: Meinen Sie, sie wäre gewürdigt worden? Mitnichten, sie wurde zwar wahrgenommen, aber nicht verstanden. Mit einem Faß auf das Wiesbachhorn hinaufzusteigen, bekamen wir zu hören, das sei wohl keine Kunst, sondern eine Lächerlichkeit; ohne Faß, nur mit Seil und Pickel, mit Steigeisen, das wäre interessant gewesen! bekamen wir von den Einheimischen, den Fuschern und Bruckern und Zellern, zu hören. Ein Faß auf das Wiesbachhorn zu rollen, und wieder hinab, das sei so, wie wenn ein Kind ruft: Kannst du das auch, freihändig auf beiden Beinen stehen?

Kurzum, die Fuscher und Brucker machten keine Anstalten, diese Attraktion in ihr Nationalparkprogramm aufzunehmen, oder sie, das wäre das mindeste gewesen, in den Annalen festzuhalten; gut, mochten sie weiterhin Töpferkurse anbieten, Brotbacken und Seidenmalerei, das Betrachten eines aus Holz nachgeschnitzten kleinen Großglockners oder die Goldegger Gespräche! Bubendorfer und ich gingen verstimmt, im Unfrieden, auseinander – ja zuletzt hätte *ich* noch an allem Schuld gehabt, nur weil er es wahrscheinlich doch an Schwung, an Überzeugungskraft hatte fehlen lassen, wie sonst wäre ihm das Faß zweimal entglitten! Bubendorfer trank noch weniger als immer schon, es ging mit ihm bergab; ich aber tat mich mit sogenannten Kreativen zusammen, nein, nicht mit der Werbeagentur Knapp, Villach, sondern mit der Agentur Zlöbl, Tristach bei Lienz, um – in einer klaren Nacht im Gebirge, wo sonst, war es mir eingefallen – das SISYPHOS-PROGRAMM zu entwickeln und anzubieten. Eine große Sache! Es hätte, höre ich ihn begeistert aufzählen, es hätte beinhaltet: Erstbesteigungen mit dem Rücken zur Wand, Übungserstbesteigungen auf niedrigen, später, die Königsdisziplinen, Wand-Rücken-Erstbesteigungen auf hohen Dreitausendern, Freikörper-Erstbesteigungen etwa des Großvenedigers, Motorraderstbefahrungen des Großglockners, später Speedwayrennen den Glockner hinauf, über das sogenannte Eisleitl, das nicht von ungefähr so heißt, erster internationaler Glocknerlauf, irgendwann vielleicht: Salman-Rushdie-Gedächtnislauf, und, ein Blick in die Zukunft, Zukunftsmusik, und eben deshalb so kühn: Die Tauernrallye – wer auch nur einen Dreitausendergipfel nicht überquert, wird disqualifiziert (Problem: Aufstellung von Streckenposten und Preisrichtern, hatte ich notiert), ein Rennen, das sich über Jahre hinziehen würde … Ein Wahnsinn, nicht? Schließlich die Erstumrundung des Fuscherkarkopfes, mit dem Hintergedanken, später, neue Märkte erobernd, und weil der Fuscherkarkopf, von zwei Seiten zumindest, aussieht wie eine Pyramide, eine Naturpyramide darstellt, eine Wintererstbesteigung etwa der Cheopspyramide zu veranstalten; sowie, nach der Erstumrundung, für Liebhaber des Schreitens, des Gehens im Eis, für jene, die Spalten gegenüber noch ein Schaudern, oder eine gewisse Spannung aufzubringen imstande sind, Fuscherkarkopfprozessionen, Fronleichnamsprozessionen, warum nicht. Ferner die Instrumenten-Erstbesteigung des Großglockners durch eine Seilschaft eines erstklassigen Orchesters, etwa der 12 Cellisten der Berliner Philharmoniker, samt Instrumenten, mit einer Matinee nach dem Sieg über den Gipfel, dortselbst. Sogar das Programm wäre schon festgestanden: Funck, Scarlatti, Boris Blachers Rumba philharmonica, auch eine Uraufführung hätte es gegeben: Cellodrom, von Klaus Wüsthoff, einem Mitglied der Seilschaft, so er, neben mir.

Neben mir, er: *Wäre*, *hätte*! Ich *hätte* diese verwegenen Ideen verwirklicht, *wären* mir nicht schon wieder andere, diesmal in Japan und Nordamerika, zuvorgekommen. Laut Berichten von Reisenden, erzählte mir der Postenkommandant, habe in Japan einer, ein gewisser Rogner, ein ausgewanderter Hiesiger übrigens, das Dorf Heiligenblut originalgetreu nachgebaut, samt Großglockner dahinter, nicht ganz so hoch zwar, so daß er den Fujiyama jedenfalls nicht überragt; sonst wäre der Großglockner II der höchste Berg Japans, und das wäre selbst den Gelbgesichtern nicht recht gewesen. Offenbar kommt heutzutage der Berg nicht mehr zum Propheten, sondern der Prophet nimmt den Berg und stellt ihn anderswo wieder auf, dessen Ebenbild zumindest ... Und warum sollten die Japaner in *unserem* Heiligenblut eine Sommerfrische verbringen, wo sie doch *ihr eigenes* vor der Haustüre hatten; selbst die Matinee mit den 12 Cellisten der Berliner Philharmoniker auf dem Gipfel unseres Großglockners konnten sie ohne Schmerz entbehren, spielten doch die Wiener Philharmoniker, ein nicht eben schlechterer Klangkörper, inzwischen häufiger in Japan als in Wien. – Wie lächerlich kam ich mir plötzlich vor mit meinen Erstbesteigungsattraktionen, die ERSTÜBERSTELLUNG, die anorganische Verpflanzung, die Überstellung eines Berges, eines Dorfes, einer Landschaft, das hätte mir einfallen müssen! – Und in der Neuen Welt, so hörte ich, in Oklahoma und in Florida, würden sogar Hallenerstbesteigungen des Großglockners angeboten, Hallenwintererstbesteigungen, alles, und nicht nur des Großglockners, auch des Montblanc, des Mount Everest, des K 3 ... Fragen Sie mich nicht, wie das möglich sein soll, es ist möglich, wurde mir versichert. Mehr noch: Diese Hallenhochalpinistik wäre ein geringeres Wunder, denn dort, in Übersee, könne man, auf Bestellung und gegen Bezahlung, sogar Erdbeben erleben, überleben, das Überleben erleben, künstliche Erdbeben, nein, wirkliche eigentlich, Gefahr, Kälte, Todesnähe, Grauen würden wirklich empfunden, nicht scheinbar wirklich, sondern wirklich wirklich, oder sagen wir: fast wirklich wirklich. – Er: Der Postenkommandant hatte mir allerdings auch erzählt, daß in den großen Städten der Neuen Welt, in New York oder Boston, die Wolkenkratzer, hoch über den Straßenschluchten, in Gipfelnähe oft mit bunten Leuchtschriften ausgestattet wären, die die Nacht erhellten; wie die Hotels in Bad Gastein müsse ich mir das vorstellen. Wie hoch diese sogenannten Wolkenkratzer denn wären, begehrte ich zu erfahren, und die Antwort: Manche sogar vierhundert Meter, ließ mich gleichermaßen ein verächtliches Pah! ausstoßen, wie mich in einer anderen, plötzlich aufgetauchten Idee, meiner radikalsten, letzten, endgültigen, siegesgewiß bestärkt fühlen: Die Skyline, *die Skyline der Hohen Tauern*, die das nächtliche New York oder Boston als Gewöhnlichkeit, als *Niedrigkeit* in die Schranken weisen würde ... Sie müssen sich, so mein Kamerad, Sie müssen sich vorstellen: jeder Dreitausender trägt am Gipfel oder in Gipfelnähe als Leuchtschrift seinen Namen, der in der Nacht erstrahlt, in vielerlei Farben und Schriftformen, dachte ich, in den Farben der in den Hohen Tauern vorhandenen Edel- und Halbedelsteine vor allem; die englische Königskrone, ja, das haben Sie nicht gewußt, ist mit Smaragden aus dem Venedigergebiet besetzt ... So wie jedes Hotel in Bad Gastein nachts auf sich hinweist, von oben smaragdgrün oder granatrot auf sich selbst hinabweist, wird jeder Berg seinen Namen in den Nachthimmel schreiben, ein Licht, das bis ans Mittelmeer, wenn nicht nach Nordafrika erstrahlen wird. Wie auf dem Dach des allerersten Gasteiner Hauses der Name GRAND HOTEL DE L'EUROPE erstrahlt, wird auf dem Gipfel des Großen Wiesbachhornes, oder um den Gipfel herum, in großen Leuchtbuchstaben der Name GROSSES WIESBACHHORN zu sehen sein; leuchtet vom Hotel Weißmayr der weiße Schriftzug WEISSMAYR, wird am Hochschober der quarzig-milchige Schriftzug HOCHSCHOBER aufleuchten, dachte ich, die roten Blockbuchstaben HOTEL SÖNTGEN werden dem granatroten Wort GLÖDIS entsprechen, die grüne Leuchtschrift BELLEVUE dem smaragdgrünen

Schriftzug GROSSVENEDIGER, grün wird er leuchten in die Nacht hinaus … Hunderte Leuchtschriften … Eine Ausnahme allerdings werde ich machen, nahm ich mir vor, ein Berg wird kein Schriftzeichen, sondern ein Bildsymbol tragen, so, wie etwa das Etablissement Moulin Rouge eine Mühle; nein, nicht der Weinflaschenkopf eine Flasche oder der Große Geiger eine Geige, sondern der Totenkopf einen Totenkopf mit gekreuzten Knochen, nicht gerade fremdenverkehrswirksam, sei's drum. Eine Ausnahme, sonst aber: Die nachts in vielen Farben und Formen, Berg- und Schriftformen aufleuchtenden Hohen Tauern, das strahlende Reich des Gesteins … Er: Hätte es werden können, hätte, richtig, Sie kennen mittlerweile den Lauf der Dinge, den Gang der Geschichte, die nur Blödsinn hervorbringt, denn kaum hatte ich einem zweiten meine Idee nur angedeutet, wurde ich vom Geheimdienst des Alpenvereins schon bespitzelt, von Mitarbeitern des Büros für alpine Sicherheit – ich habe auch einen Verdacht, von wem –; der Alpenverein hat offenbar nichts anderes zu tun, als die heimische Fremdenverkehrswirtschaft zugrunde zu richten … Natürlich hatte auch der Postenkommandant seine Hand im Spiel, nicht der Ihnen bekannte, ein anderer, geheimer, noch nicht enttarnter, einer von der anderen Seite, so mein Gefährte bitter; aufstehen sehe ich uns und weitergehen. – So unbekannt ist mir jener geheime Postenkommandant übrigens nicht mehr, doch seine Stunde wird kommen, vielleicht bald schon, mehr darf ich Ihnen nicht verraten.

Jetzt erzählen SIE. Erzählen Sie, was Sie hierherverschlagen hat. Was sagen Sie, Ihre Frau ist verschwunden, auf der gemeinsamen Suche nach einer Kultstätte, nach der Heidnischen Kirche? Wie verschwunden, durchgegangen mit einem Kerl, so? Nein, einfach verschwunden? Aber aber, Herr Doktor, wie kann denn die eigene Frau verschwinden? Wie, Sie haben sie in den Abgrund gestoßen, ah, Sie haben sie NICHT in den Abgrund gestoßen, so, Sie müssen deutlicher sprechen; aber sie hat alles so dargestellt, sie hat so getan, wie wenn Sie sie in den Abgrund gestoßen hätten, Sie sind ihr in die Falle gegangen, ich verstehe … Sie wollten ihr wahrscheinlich die Trugdt a mor zeigen, das Ding ohne Erscheinung, dessen Anblick keiner erträgt, den Vernichtungswunsch, interessant, interessant … Einer Frau die Truta mora zeigen zu wollen, das ist allerdings ein ebenso törichter wie gefährlicher Ansatz … Sagen Sie, die Geschichte mit Ihrer Frau, und deren Verschwinden, ist das diese Geschichte, die mir der Postenkommandant angedeutet hat, von der hier im Haus seit Tagen oder Wochen geredet wird, *Fut* und möglicherweise *Hilfe* in den Schnee getreten – unter Sprachforschern: FUT IST DIE GRUNDFORM –, diese Geschichte, ja? Ich sehe schon klarer … Und jetzt sind Sie untröstlich über den Verlust, oder über die Ungewißheit, haben eine Lebensversicherung abgeschlossen – nur keine

Banalität auslassen! –, aber der –, der Unfalltod, das Bergunglück ist nicht nachzuweisen, das Gegenteil, das Davonkommen aber genausowenig … Sie sind unruhig, haben seltsame Geschichten erzählt auf dem Postenkommando, sich in Widersprüche verwickelt, der Postenkommandant versteht sich darauf, und jetzt sind Sie hier, zur Beobachtung, das ist der übliche Verlauf, das gängige Verfahren. – Ach, nicht zur Beobachtung, sondern als Gast, pardon, Herr Doktor, Sie haben mir Ihren Namen noch nicht gesagt, oder ich habe ihn schon wieder vergessen, Schmidt hätte ich behalten, Herr Doktor Soundso, Thanatologe, als Gast, wie im Klagenfurter Stadttheater, in den PHYSIKERN, sehr wohl, Herr Gast … Ich habe mich, frisch eingeliefert, nicht anders betragen, keiner, niemand. Aber wenn Sie wirklich wissen möchten, was Ihre Frau in diesem Augenblick macht, und wo, falls sie überhaupt noch etwas macht, ich brauche nur in meinen Bergspiegel zu sehen, in meine Laterne. Warten Sie hier, bleiben Sie vor dem Vorhang, ich werde Ihnen beschreiben, was ich sehe; warten Sie hier. – Sie waren also auf der Suche nach der sagenhaften Cannes-Rolle, bevor es zu jenem Zwischenfall kam, Ihre Frau war Archäologin, einen Augenblick, das werden wir gleich haben … Aha, hier … Hier, das könnte sie sein, nicht weit vom Georgskopf, interessant, aber jetzt – Oh, nein, wir dürfen jetzt nicht stören, sie gibt sich gerade hin, kein Zweifel, in einer Heuhütte, einem – Hirten … Welche Inbrunst, sie werden noch das Wild aufstören, so etwas, unbeschreiblich, unbeschreiblich …

– Was haben Sie dazwischengerufen? Was ich da redete? Ich solle endlich beschreiben, wie sie aussieht, die Frau?

Wie sieht sie aus, wie sieht sie aus, die Frau, wie wird eine Frau wohl aussehen? Stören Sie nicht mit solchen

Zwischenrufen, der Spiegel verweigert sonst das Bild, das ist ein Bergspiegel, kein Fernsehapparat; außerdem habe ich mich geirrt, sie treibt es gar nicht in einer Heuhütte, und nicht mit einem Hirten, sondern – in einem Zimmer beim Schloßwirt, mit einem Handlungsreisenden … Sie wälzen sich auf dem Boden, wahrscheinlich haben sie es nicht mehr geschafft bis zum Bett … Unglaublich, was für Stöße, hinreißend … Hinreißend, wie er sie begehrt, und sie sein Begehren auslöscht …! Da, jetzt hat sie gar seinen Kopf zwischen ihre Schenkel geklemmt; die Hände in seine Haare gekrallt, dirigiert sie ihn, den Kopf, den roten … Männer scheinen sie abzustoßen, und doch scheint sie auf sie angewiesen zu sein, was das Schweinische betrifft, sie tut zumindest so, es stellt sich so dar … Wie sie sich in der Wolle haben, welcher Lärm, gleich werden die Hotelgäste zusammenlaufen … Ein solches Begehren-Auslöschen hat im Oberen Mölltal wohl lange nicht stattgefunden … Bravo, und wieder: Bravo … Oh, verzeihen Sie meine unaufmerksame Berichterstattung, da Sie vorhin danach fragten: Die Frau ist eine Rothaarige, und unten war sie – einen Augenblick noch, ja, hier ist es, unten war sie beim Frisör, und die Brüste – die ich Ihnen ja nicht zu beschreiben brauche, soviel aber: Sie haben eine gute Wahl getroffen –, die Höfe der Brüste sind hennarot eingefärbt … Ha! Jetzt haben sie es zu weit getrieben, schon steht der Schloßwirt vor der Türe, die Zipfelhaube auf dem Kopf, eine Kerze in der Hand … und klopft, und ruft: Pfui! und nochmals pfui … Was sagen Sie, das ist unmöglich Ihre Frau? Keine Rothaarige, und im Schweinischen keineswegs auf Männer angewiesen, auf Frauen auch nicht? Gut, sehen wir weiter, in meinem Bergspiegel entgeht mir nichts, was in der Ferne sich abspielt … Hier wäre vielleicht etwas, eine Berghütte in einsamer Gegend, ein kleines Anwesen eigentlich … In der Küche, auf einem gestampften Lehmboden, am offenen Feuer, steht eine Frau. Jetzt nimmt sie einen Kübel und tritt vor das Haus, in den strahlenden Morgen, nein, in den Abend, den hellen, friedsamen … Sie geht zur Quelle, um Wasser zu holen, sie spricht vor sich hin, halblaut, sie scheint zu schimpfen, oder eine Bannformel zu sprechen, warten Sie … Still! … Ja, kein Zweifel … *Trattnig wabn blede … Trattnig treapn … Trattnig wabn teppate* … Das ist Kärntisch, Kärntnerisch, müssen Sie wissen, sinngemäß übersetzt, *blödes Trattnig-Weib*, sie schimpft auf eine Frau Trattnig, irgendeine dumme Trattnig … Oh, ins Haus zurückgehend, streckt sie gar den Daumen der Linken zwischen Zeige- und Mittelfinger hindurch, eine Beschwörungsgeste, um die Trattnig im Weibe zu bannen … *Die Trattnig*, wissen Sie, das ist so eine Kärntner Geschichte, die Trattnig ist eine Frau, und doch wieder nicht, weil sie ihr eigenes Gegenteil in sich – ach, es würde zu weit führen, Ihnen das –, wie? Ihre Frau beherrscht das Kärntische nicht? Das ist aber schade, so eine interessante Sprache, *se*, *senere*, *senen*, *se*, dritte Person Plural, *sie*, *ihre*, *ihnen*, *sie* … Halt, hier, wieder eine Frauenperson, einsam wandernd, fröhlich singend, auf seltsam bleichem Gestein, es scheint sich um Kalk zu handeln, das Tote Gebirge höchstwahrscheinlich … Da! Jetzt hat sie, an einer Wegkreuzung, einen Tischlergesellen getroffen, sie gehen gemeinsam weiter, der Geselle rezitiert in einem fort Lautgedichte. – Was ist denn, ist Ihnen etwas, Sie scheinen ja völlig zerstört zu sein plötzlich … Was sagen Sie, Verrat? Ah, perfido? Ihre Frau, sie hintergeht Sie im Kalk, im Gestein ohne Aura? Sie hintergeht mich im Kalk, merkwürdiger Satz … Nun, fassen Sie sich, es kann gar nicht Ihre Frau sein, mein Bergspiegel erfaßt nicht den Kalk, genauer, der Kalk strahlt nicht, strahlt nichts aus; damit mein Bergspiegel Bilder liefert, muß Granit vorhanden sein, Gneis, Gold und Silber, Quarz, Kalium 40, Radon ... Ein kleiner Spaß, verzeihen Sie, ein private joke, ich hatte selbst, in früheren, jungen Jahren, unter einem solchen Dreiecksverhältnis zu leiden, meine Gefährtin, einmal bestieg sie mit mir die Hohen Tauern, meine Verbündeten (ich komme ja von dort), dann wieder ging sie, ohne mich, in das Tote Gebirge ... Und wollte nie aufhören, mir vom anderen zu erzählen, zu behaupten, beide wären genauso schön, sie könne sich nicht entscheiden ... Der Kalk schön, lachhaft! *Kalk Gips Knochen Erosion*, Kalk Feldflasche Durst, kein Wasser, kein Wasserfall, kein Nichts! Nichts nichts nichts – verzeihen Sie, ich bin schon wieder ruhig. Hier, jetzt aber, ich habe Sie lange warten lassen, aber das muß sie sein; nein, bleiben Sie, das ist sie wirklich, wenn ich es Ihnen sage! Sie wandert gerade mit einer zweiten, älteren, einen Grat entlang, wo, vermag ich noch nicht auszumachen. Die andere redet auf sie ein, sie nennt Ihre Frau fortwährend Christine, ich darf Sie doch Christine nennen, und erzählt von einer längst verstorbenen Dichterin Lavant, deren größte, einzige, einzigartige Freundin sie, die andere, zeitlebens gewesen wäre ... Jetzt redet sie gerade von Schamanen und Wesensmerkmalen der Erleuchtung ... Irgend etwas muß faul gewesen sein an dieser Freundschaft, es scheint sich um eine falsche Freundin zu handeln, von der Ihre Frau sich gehend erzählen läßt, es ist doch Ihre Frau? Nun also, sehen Sie. – Daß sie auspakken würde, sagt die andere, die falsche Freundin jetzt, auspacken alle Briefe und aus den Briefen: Weidenflöte weher

Lust, habe die Lavant an sie geschrieben ... Von Wachtel und Wachtelkönig scheint die Rede gewesen zu sein, von Blitz- und Kristallerfahrungen ... Ihre Frau dürfte das Gewäsch nicht mehr lange ertragen, *Gott-Suche, Ich-Suche, Menschen-Suche geheimnisvoller Natur*, so die falsche Freundin ... Ah, wie spannend. Gleich muß etwas passieren, ich sehe es kommen, Sie haben übrigens eine interessante Frau ... Die typischen Doppelwörter werde sie anführen: Pfefferschuh, Schlüsselblick, klappert sie, die Mühle, plappert sie munter dahin, die Freundin, die falsche, Blattgelenk, Heimzahltag, werde sie schreiben; Findlingsschlaf ... Würgholz ... Südwind, ob sie, Christine, Ihre Frau, ob sie noch zuhöre ... Südwind ... Südwind ... Jetzt setzt Ihre Frau zu einer Antwort an, sie nennt die andere übrigens Ingeborg, wenngleich nicht Bachmann, wie sie betont ... Jetzt halten sie kurz inne, um eine Figur zu betrachten auf einem fernen Felsen ... – Diese Figur, dort, drüben, jenseits, sehen Sie? sagt Ihre Frau zur anderen, es scheint sich um einen Hirten zu handeln ... Das bedeutet nichts Gutes, seltsame Sätze kommen jetzt aus dem Mund Ihrer Frau heraus ... Der Südwind rührt sich im Wald und die Wachtel im Weizen, eine wildfremde Zahl verstellt meinem Herzen die Schläge ... Sie spricht die Sätze wie eine Drohung aus, Ihre Frau ... Sie spielt die Zeilen aus, eine nach der anderen, und die andere: Wie wenn sie zurückwiche, ein unhörbares Nein! auf den Lippen ... Ich höre kommen den schweren Mond, ich höre gehen den leichten Schlaf, wie sie spielt, Ihre Frau, mit den Verszeilen und dem Entsetzen der falschen Freundin, hinreißend, ich höre kommen den schweren Mond, ich höre gehen den leichten Schlaf, mein Gedächtnis schleift alle Messer am Stein des Gedenkens ... Hören Sie mich noch, nein nicht *Sie* vor dem Vorhang *mich*, Ihre Frau fragt, wie auf der Lauer, die andere, und – oh, was ist jetzt, die andere, die falsche Freundin ist plötzlich verschwunden, aus dem Bild gefallen, fort. Das beste aber: Ihre Frau geht weiter, unbeirrt, wie wenn sie nur zu sich selbst gesprochen hätte ... Sie wandert, wie wenn sie heimwärts ginge, nein, nicht nach Norden, nach Westen geht sie ... Und jetzt schon ein neues Bild, Ihre Frau ist auf einmal umringt von Versprengten, versprengten Zeitzeugen, sie sind plötzlich hervorgekommen hinter den Felsen, interessiert Sie das noch? Nein, sie tun ihr nichts, es sind versprengte Zeitzeugen aus den achtziger oder neunziger Jahren des 15. oder 16. Jahrhunderts, Gewerken, Goldgräber, sie reden auf Ihre Frau ein, warten Sie, es handelt sich um –, ihre Namen sind Helmreich Schwersand, Gilg Podassnig, Primus Schnee, Seibold Tabernigk, sowie die Brüder Mörtel und Hansel im Eck, sie scheinen sehr aufgeregt, wie wenn sie lange schon zu keinem Fremden gesprochen hätten; daß sie sich hierher, in die Höhe, zurückgezogen, um den Unruhen, die der Goldbergbau überall hervorgebracht, auch den Scharmützeln zwischen Goldsuchern und Gottsuchern, zu entgehen ... Podassnig und Schnee erzählen gerade, daß bayrische Goldsucherbanden, Fugger und Franken, eingefallen seien, angeführt von einem Bambergischen Pfleger, um ihnen die Zechen um den Pilatussee, die Aengsten-Gruben und die Hirtenfußstollen erst streitig zu machen, dann ganz wegzunehmen ... Daß es zu Händeln gekommen, dabei hätten die Bayrischen zwei Sackzieher und einen Truhenläufer erschlagen, und einen Bergsäumer, einen Fuhrmann, der, bei grobem Wetter, Sackzieherzeug aus Döllach geliefert, so zugerichtet, daß –, daß er – Ach, es ist schwer zu übersetzen, daß an seinem

Aufkommen gezweifelt werden müsse, hat er wohl gesagt, der Gilg Podassnig ... Und der Seibold Tabernigk erzählt, daß er über Hof, und Krass, das Weite gesucht, da die Gottsucher, denen das Gold teufels werkh sei, es schlimmer getrieben als die Bayrischen und Fuggerischen, daß die gottes knecht, angeführt von einem Hutterischen, einem wörgel lonitzer sämtliche Zechen, die sie überfallen, mutwillig unter Wasser gesetzt und zum Einsturz gebracht, also vernichtet hätten; so die öchslin zech, den waschgang, die Gruben unser frauen liechtmeß und die perkhwerkh im stran hinter den vleißpenkh, daß sie in der großen fleiß die Wasserräder der pochwerkh kaputtgemacht und dann beim pucher in der stuben glass und Fenster eingehaut, die der sebastian oxs, klamperer, gerade gebessert, und in den puecher stuben Feuer gelegt, daß schließlich der Anführer der Gottsucherischen beim Zirmsee so lange gebrüllt und gepredigt, und die Knechte solchen Lärm gemacht, bis die lanen abgeschrökht, Lawinen abgegangen seien und die Riesen für den Sackzug vernichtet; wohl hätten auch die Knappen sich mit Knitteln und Spießen bewaffnet und einen gewissen Reintaler zu ihrem Hauptmann gemacht, doch zu spät, die Gottsucherischen seien singend und betend mit Fackeln über den Rauriser Tauern weitergegangen. Wie, Sie glauben mir nicht, was der Tabernigk jetzt erzählt hat, Sie mißtrauen meiner Übertragung? Ihre Frau hört aber umso interessierter zu, sie versteht sich gut mit den Zeitzeugen aus dem Spätmittelalter, wahrscheinlich sind Sie bloß neidig ... Ja, der Neid, und die Eifersucht ... Murmeln Sie da nicht herum vor dem Vorhang, sagen Sie mir, ob ich in meiner Berichterstattung fortfahren soll, oder nicht; Reporter ist – Tono Hönigmann, haha ... Wie? Nun gut, ein letzter Versuch;

schweigen Sie, die Brüder Mörtel und Hansel im Eck sind jetzt am Wort, sie schildern gerade die Grausamkeit eines Pflegers zu Falkenstein, und seines Gegenschreibers, die einen Bauern ins Verlies werfen und hinrichten lassen hätten … *den armen Tribuser*, der über Nacht zu unerklärlichem Reichtum gelangt, obwohl er nie nach Gold gegraben, was den Putzen und den Kirchbergischen, den reichsten Gewerken des Tales, verdächtig vorgekommen, so daß sie den Pfleger zu Falkenstein unterrichtet, der den Bauern festsetzen und nach der Quelle seines Reichtums befragen habe lassen. Der Tribuser aber sei stumm wie ein Stein geblieben und als Verbrecher zum Tod verurteilt worden. Allerdings habe der Freimann versprochen, ihn am Leben zu lassen, wenn er ihm doch noch die Herkunft des Geldes entdecke. Daß der Pfleger ihm nicht glauben würde, habe der Tribuser eingewandt, da ihm selbst ja der Hergang ganz und gar verwunderlich erscheine; doch der Freimann und der Gegenschreiber hätten so lange in den Bauern gedrungen, bis er schweren Herzens seine Geschichte preisgegeben. Er habe erzählt, daß er, da ihm die Kuh verendet und der Hagel die Ernte zerschlagen, vor Not kaum noch ein und aus gewußt und, samt Frau und Kind, weniger zu essen gehabt als ein Sackzieher; und daß ihm, immer an einem Freitag, dreimal dasselbe geträumt: Daß ihm nämlich im Traum eine Stimme geraten habe, er möge, wenn seine Not ein Ende haben solle, in einer Nacht von Freitag auf Samstag zur Brücke über die Möll gehen und dort zuwarten, was sich begebe. Daß er sich also, was hätte er noch zu verlieren gehabt, an einem Freitagabend, ohne seiner Frau etwas zu sagen, aus dem Haus gestohlen, in einer stürmischen Frühlingsnacht, und zur bezeichneten Stelle gewandert sei, auf der Brücke hin und her gegangen, und schließlich, da außer einem Waldkauz und dem wilden Wasser unter ihm nichts zu hören und zu sehen gewesen, sich bekümmert an den Brückenzaun gelehnt, immer mehr gewiß, daß die Traumstimme ihn zum Narren gehabt. Wie lange er so dagestanden, wisse er nicht, auf einmal aber – Sind Sie noch da? Ist die Geschichte spannend genug, die Mörtel im Eck erzählt, sein Bruder Hansel wird übrigens jetzt fortsetzen –, auf einmal aber, er steht also auf der Brücke, der Bauer Tribuser, er steht dort und weiß nicht, wie lange schon, da ist ihm, wie wenn plötzlich ein anderer, ein Fremder neben ihm wäre, mir scheint, da ist jemand, wird er wohl denken … Plötzlich ist da noch einer, so scheint es, lautlos aufgetaucht aus der Dunkelheit, und wenn ich nun vollends spinnte, denkt der Tribuser –: Es muß einer die Brücke betreten haben … Und wirklich ist einer neben ihm, schweigsam, nein, nicht der Grüne, keiner mit einem Pferdefuß, Namen wie Bruder Eichmann, Vetter Waldheim, sie fallen nicht; nein, dem heruntergekommenen Äußeren nach ein Landsknecht, und beide blicken sie in den Fluß, ins Wildwasser unter ihnen – nicht schlecht, oder? –, keiner will vom anderen Notiz genommen haben, es wird doch noch einer zufällig des Weges gekommen sein können … Bis irgendwann der, der ein Landsknecht sein könnte (was ihn zu dieser Zeit durch die Nacht und über die Brücke führt, geschenkt), den anderen anspricht: Was er hier, so traurig, suche: Den Freitod? Und der Bauer, da ohnehin alles verspielt, er verstellt sich nicht und antwortet: Den Freitod nicht, wohl aber einen Schatz, im Traum ihm versprochen. – Was für ein Traum das denn gewesen wäre, habe der Landsknecht, so der Bauer zum Pfleger, erzählt der Hansel im Eck, erfahren wollen, ein Freitagstraum vielleicht, dreimal wiedergekommen, ein Traum, der wahr würde, so einer? Daß er es so aufgefaßt, habe der Tribuser erwidert, woraufhin der andere unwillig, ja heftig den Kopf gebeutelt: Ihm hätte, im vergangenen Herbst, es ging schon in den Winter hinein, auch dreimal, an Freitagen, dasselbe geträumt: Daß er einen gewissen Tribuser, einen Bauern, aufsuchen solle, dort werde er, eingemauert im Herd, oder darunter vergraben, einen Topf Gold und Silber finden; bis dato aber wäre es ihm nicht einmal gelungen, einen Menschen mit diesem Namen, und schon gar keinen Bauern, ausfindig zu machen – SO sei es um die Freitagsträume, und kehrten sie dreimal wieder, und darum, daß sie wahr würden, bestellt! Ein Traum sei wie der andere, darüber hinaus alles Aberglaube, Tribuser Herd Topf Geld, zum Lachen, nichts sonst! – Jetzt aber der Bauer, der Tribuser, was macht er, er wird doch nicht –, große Spannung jetzt, im Herd also, denkt er, schneller, ein Blitz des Erkennens durchfährt ihn: Im Herd also, und –, nein, Erleichterung, er gibt sich NICHT zu erkennen, blöd wird er sein, er bringt sein Wissen elegant über die Distanz, spielt den Gewinn sicher nach Hause ... Da! Sehen Sie, er macht sogar noch einen drauf –: Dann wäre von Freitagsträumen ja wirklich nichts zu halten, sagt er zum anderen, er kenne auch keinen Tribuser hier in der Gegend, er habe einen solchen Namen überhaupt noch nie gehört, Tribuser, merkwürdiger Name (wenn er den Bogen nur nicht überspannt!), doch tröstlich sei es immerhin zu hören (schön gemacht!), tröstlich immerhin, daß auch andere von Freitagsträumen genarrt würden, versetzt er, um sich auf den Heimweg zu machen, versetzt, Gott befohlen, Kamerad, den anderen, Arglosen, Ahnungslosen, und verschwindet in der Dunkelheit ... In der nächsten Nacht schon habe er den Herd teilweise abgetragen und wirklich den Topf mit Gold und Silber gefunden, habe der Tribuser, so der Zeitzeuge Hansel im Eck, dem Pfleger die Geschichte zu Ende erzählt. – Eine solche Geschichte solle er glauben, habe der ob seines Jähzorns gefürchtete Burgvogt gerufen, ob er ihn für einen Esel halte? Eine solche Lügengeschichte habe noch keiner ihm aufzutischen gewagt, und schon habe der Rasende ein Schwert in der Hand gehabt und dem armen Tribuser den Kopf abgehauen ... Ihre Frau scheint sehr bewegt von der gerade gehörten Geschichte, aber jetzt, die Gewerken fahren mit den Händen durch die Luft, wie wenn sie einen Weg beschreiben wollten, jetzt scheint Ihre Frau sich nach der Stelle, nach der Kultstätte zu erkundigen, aha, hier, sie erhält die etwas rätselhafte Auskunft, sie möge, immer auf das Gestein achtend, einem mächtigen Erzgang folgen, der nach Stunde drei streiche, aber von vielen Querklüften, die nach Stunde elf strichen, unterbrochen werde; an diesen sogenannten Neunern, die nur taubes Gestein enthielten, dürfe sie sich nicht kehren ... Ihre Frau scheint gut verstanden zu haben, sie geht weiter, auch die Gewerken sind plötzlich verschwunden, wie hilfreiche Zwerge in einer Sage ... Da wir gerade in der Gegend sind, kennen Sie die Geschichte vom Zwerg, der auf einer Bergwiese erscheint und die Mäher ersucht, sie möchten das Dengeln ihrer Sensen einstellen, weil er zu Hause eine schwerkranke Frau habe? Oder den Witz von den törichten Töchtern, die es nicht lassen konnten, den Blitz auszulachen, nein? Dann – Was sagen Sie, was haben Sie da eben gesagt, *wiederholen Sie das, Sie dreckiges Schwein*! Ob mein Bergspiegel vielleicht die Form und die Fähigkeiten eines Rasierspiegels besäße, oder gar nur eines Scherbens davon? Sie! Wie, in Villach habe es einmal einen betrügerischen Schneider gegeben, der vor der Kundschaft immer hinter einem Vorhang verschwunden sei, um dort mit einer Fahrradklingel Telefonbedienungsgeräusche zu erzeugen? Ich verstehe, junger Freund, oh, ich verstehe. Waren Sie dem Postenkommandanten gegenüber auch so frech? Es gibt also überhaupt keinen Bergspiegel, das wollen Sie doch sagen, nicht nur, daß *ich* keinen besäße, es gibt so etwas überhaupt nicht, ja? Sowenig wie es eine Heidnische Kirche gibt, wie es eine Cannes-Rolle gibt, ein Tauernfenster, den Himmlischen Frieden, die Totalen Ferien, ja? Wie, das andere gibt es schon, nur den Bergspiegel nicht? Die Kultstätten haben Sie ja selbst aufsuchen wollen? Ach was, das kann ich gar nicht glauben ... Nein, erzählen Sie mir nichts, erzählen Sie bloß keine Geschichten, lieber Bettnachbar, lieber – Ferdinand, ich darf Sie doch Ferdinand nennen, oder würde Ferdl, Brunz-Ferdl eher konvenieren? Wie haben Sie das genannt, Sterbesimulation, Thanatos-Programm, Sterben wie in Lainz, die fidelen Mordschwestern tanzen das letzte Stündlein ein? Und wie war das noch, wie war das gleich, wer hängt am Kreuz an der Wand, der Pepi, richtig ... Der Pepi, köstlich, ich könnte auflachen wie Sidney Greenstreet im MALTESER FALKEN. Das überrascht Sie, nicht wahr, aber was meinen Sie, sehe ich denn in meinem Rasierspiegel nur das Innere der Berge, bloß Gespräche an Wegkreuzungen, irgendwelche Hirten auf irgendwelchen Felsen? – Aber gut, erzählen Sie, ich warte; erzählen Sie von der Kultstätte, die Sie aufsuchen wollten, erzählen Sie ruhig, Sie Angeber, es geht nichts über das Erzählen.

Nein, *ich* erzähle jetzt, ich bin auch noch da, ich bin genauso in die Geschichte verstrickt, ich jetzt, jetzt darf ich; wer ich, werden Sie erfahren. Ich, ja? Hören Sie mich, bin ich dran? Also: Es war früher Abend, als wir den Ort, von dem die Rede ist, erreichten, mein Gefährte und ich. Der freundliche Bruder Wang, der über den Eingang wachte, führte uns in den Vorhof, um uns unsere Schlafkammern zuzuweisen; nein, zu früh noch, um, was war es, um – zu gehen und den Ältesten, den Großmenhir von unserer Ankunft zu unterrichten … Wie lange wir schon unterwegs gewesen, wie oft wir in die Irre gegangen sein mochten, weiß ich nicht, aber eine Mühle, ein Kohlenmeiler, Hütten, aus denen Rauch aufstieg im Abendlicht, Bilder, plötzlich aufgetaucht, hatten uns mehr als einmal den Weg, den Weg zurück, finden lassen, *ins Grüne, ins Grüne*! Nach den Mühen des Gebirges die Freuden im Grünen, *im Grünen, im Grünen*! Und eine Stimme, eine Sopranstimme, *fern aus dem tiefen dunklen Tal*, eine bald helle, bald dunkle keltische Sopranstimme – hören Sie nur, Margaret Price, die größte Liedsängerin, die Wales hervorgebracht hat, hören Sie nur, hatte mein Gefährte oft ausgerufen –, herangeweht manchmal von irgendwo, heraufgeweht, *von u/un/ten, von u/un/ten* – kühne Intervalle, rätselhafte Nonen –, auch sie hatte uns den Weg gewiesen *hi/nü/ü/ber, hi/nü/ü/ber* … Inzwischen war Bruder Wang mit dem Großmenhir selbst zurückgekehrt, der uns, was wir als große Auszeichnung bewerteten, herzlich empfing; am nächsten Tag, bedeutete uns der Älteste, würden wir – größte Vorsicht jetzt! – den inneren Bereich, den Hain mit den Votiven und Idolen, ja sogar die Unterwelt, die Felskammern aufsuchen können, vorausgesetzt –

Vorausgesetzt was? Mann, was erzählen Sie da? Der freundliche Bruder Wang am Eingang, ach was! Öffnet er vielleicht auf das Paßwort: Rapunzel Rapunzel, auf tibetisch natürlich, die Pforte? Und einen Großmenhir lassen Sie auftreten, heranrauschen in den Vorhof als Ältesten, oder würdevoll schreiten, oder herbeizittern, gestützt vom Bruder Pförtner … Der Großmenhir, hat die Welt schon so etwas gehört! Welcher Großmenhir denn, der Großmenhir von Sankt Kathrein? Der Maharadscha von Stinkadore, wie ich annehme? Der Großmenhir von Kärnten und Krain, wenn ich nicht irre, der Menhir von Lurn und Görz? Lassen Sie sich etwas anderes einfallen, aber fahren Sie fort.

Es war Mitternacht, als wir die uns beschriebene Stätte erreichten. Hell leuchtete der Mond, doch von der geheimnisumwitterten Anlage war nichts zu sehen, kein steinernes Heer verwehrte oder wies uns den Weg. Wo also den Tag erwarten, und wie? Wohl war in der Ferne ein schwaches Licht aufgetaucht, es mochte eine Köhlerhütte oder eine Mühle erleuchten, aber – Nein, nicht Mitternacht, Morgen, oder Vormittag, es war früher Morgen, als wir, *wie die Kranken zum Heilquell, auf den Gipfel des Gebirgs* kamen, früh am Morgen war es … Nicht, daß neben uns Vögel aus dem Busche geflogen wären, im Zwielicht taumelnd und begierig nach dem Tag, nicht, daß die regere Luft nun schon die Gebete der Täler, die Stimmen der

Herde und die Töne der Morgenglocken heraufgetragen hätte, und das hohe Licht, das … heit're, den gewohnten Pfad daherkam, das nicht, so aber wäre es zu beschreiben, das Gehen, das Zugehen auf den Ort, von dem die Rede ist, aber ein anderer war uns unübertrefflich zuvorgekommen …

Früher Morgen also, oder früher Vormittag, als wir in den Vorhof der Kirche, die keine ist, die die Heidnische genannt wird, traten, in die Helle, nein, in den Schatten. In diesem äußeren Bereich bot sich, zu unserer Überraschung, ein buntes Bild: Auf mit Zeltbahnen überdachten Verkaufstischen boten Händler Votive und Idole feil, bei den Händlern schien es sich um Inder zu handeln, genauer noch um jene Inder, die wir vor dem Dom in Maria Saal schon einmal beobachtet hatten, Inder, oder Pakistani, was macht es. Unter den ausgelobten Kultgegenständen fiel uns eine in allen Farben erhältliche Kleinplastik auf, ein Hund oder ein kriechender Mensch, und bei genauerem Hinsehen, kein Zweifel schien uns möglich, handelte es sich um den STRASSENWASCHENDEN JUDEN von Hrdlicka, *aus Plastilin*, in einer nicht limitierten Auflage. Als wir uns nach der Bewandtnis dieser Idole erkundigten, erklärte ein Händler, daß es wegen die Krieg und Faschismo wäre, worauf ein anderer verbesserte, daß es GEGEN, nicht WEGEN, wegen nicht gut, gegen das Krieg und faschistisch sei, so, gegen. – Ob es nicht auch einen Hund aus Plastilin zu erstehen gebe, oder eine Katze, wollte mein Gefährte wissen, aber die Antwort lautete: Kein Hund, nur Straßen waschen der Jude, ist besser als Hund, ist von einem akademischen Bild- Bild-, Sie wissen, ja? Ist gegen Krieg, gegen Faschist. Wir machten rasch, daß wir fortkamen, weiter, in den inneren Bereich. Am

Übergang zum Innenhof passierten wir, obwohl es Sommer war, zwei Eisplastiken, die dort standen wie im kältesten Winter, den LANGLÄUFER, von dem wir schon gehört hatten, Fundort Lienz, gegen Ende des zweiten nachchristlichen Jahrtausends, und das TOR DER GEWALT, von einem unbekannten Künstler; Künstler nun ja, zwei oder drei Eisquader, ein Tor eben, ein Durchgang, ein Zwischenraum, eine Öffnung, ein Loch, ein Nichts, symbolisch überhöht... Prompt – und prompt! – unterlief meinem Begleiter ein Mißgeschick, unachtsam, streifte er das Tor der Gewalt, und schon war es eingestürzt, in sich zusammengefallen; wir brachten das Kunstwerk notdürftig wieder in Ordnung, so, daß der Vorsteher, der uns schon erwartete, um uns zum Schrein mit den Votiven zu führen, den Zwischenfall nicht bemerkte.

Zum Schrein?

Nein, warten Sie, nicht zum Schrein, zum Hain, so muß es heißen, zum Hain uns zu führen. Jetzt fällt mir auf, daß der Vorsteher seinen Namen nicht genannt hatte, und auch, daß ich ihn nicht weiter betrachtet hatte, deshalb kann ich ihn auch nicht beschreiben, der Vorsteher, das muß genügen. Diese gewissermaßen klassischen keltischen Eisenvotive, erklärte, in welcher Sprache, ist mir entfallen, der Vorsteher, und zeigte auf eine Steinplatte mit kleinen stilisierten Rindern und vergleichsweise riesigen Händen, diese Gegenstände stammen aus Noricum, oder Noreia, oder auch von den Tauriskern, etwa eintausendzweihundert vor Christus. Dieser steinerne Fruchtkorb wiederum, wahrscheinlich zweitausend nach Christus, soll den Dank für die Einführung der Industrienorm in den Obst- und Gemüsebau darstellen. Jetzt einige Opfergaben, die in gewisser Weise persönliche Geschichten, konkrete Schicksale erzählen; Sie sehen jenes Volant aus der Erde ragen, dort, drüben? Es soll den Dank für einen geglückten Führerscheinentzug zum Ausdruck bringen; die Krücken und der Rollstuhl daneben symbolisieren mißglückte, abgebrochene Führerscheinentziehungen, auch die Särge in der Nähe … Diese beiden Vibratoren, sehen Sie?, sie sind etwas groß, sie sollen Gnade erflehen für einen oberösterreichischen Arzt, der in Thailand im Gefängnis sitzt, weil er zwei zwölfjährige Mädchen zu Tode penetriert hat … Und sehen Sie die Büste, dieses glatte, glänzende, saubere Gesicht, das aussieht wie das Hinterteil eines Kindes, ein Idol, strenggenommen, diese Plastik ist ein Portrait eines berühmten sogenannten Sexualtherapeuten, eines Wissenschaftlers, wie er von sich selbst sagt, eines Professors, eines wirklichen Geschlechtsrates – natürlich ist er kein wirklicher Wissenschaftler, kein echter Professor, ich darf seinen Namen nicht nennen, doch selbst wenn, könnte ich den Namen nicht aussprechen, ohne in Gelächter darüber auszubrechen, ich müßte so sehr lachen, daß Sie, selbst wenn ich mich bemühte, den Namen nie erführen – dieses Votiv, ergänzt durch einen Zopf, ein Haaropfer, und unterschrieben: Zur schuldigen Danksagung, stammt von einer unbekannten gefühlskalten Frau, als Dank für den ersten, nach Jahren der mündlichen und schriftlichen Beratung erreichten *Höhepunkt* … Die Gartenzwerge mit den schiefen Gesichtern daneben – wie wenn zwei Gesichtshälften ohne große Sorgfalt und etwas verschoben zusammengeflickt worden wären – stellen ein regionales Motiv – oder Votiv?, beides ist richtig, aber Motiv in diesem Zusammenhang ist besser, dar: Dank für die Bestellung eines gewissen Wörgl zum neuen Landesverweser, von der sogenannten Wörgl-Bewegung, der Landesverweser heißt zwar nicht Wörgl, sein Vorname beginnt mit einem anderen Konsonanten, aber in die Wörgl-Bewegung werden nur Leute mit einem Sprachfehler aufgenommen … Genug der konkreten Geschichten. Weiter zur Abstraktion, zur Klarheit, zum Licht, weiter zum Mittelpunkt, zum Innersten des Inneren … Diese beiden gleichen abstrakten Kultgegenstände – geben Sie zu, auch Sie vermöchten nicht zu sagen, was sie sind –, sie erflehen, der eine: Das Ende der Pest in Zeiten der Cholera, und das Ende der Cholera in Zeiten der Pest der andere … Eine genaue Datierung ist im übrigen nicht leicht, aber frühes drittes nachchristliches Jahrtausend, wie bei den Glockenbechervotiven, zu denen wir jetzt kommen, gilt als erwiesen. Oh, hier noch etwas Interessantes, das steinerne Buch, wie es genannt wird, ein Votiv für das Überleben eines eigentlich tödlichen Witzes, die Geschichte dahinter ist mir allerdings unbekannt. Jetzt aber die Glockenbecher, die bloße Anordnung schon ist vollkommen rätselhaft, sehen Sie? Und spüren Sie die Ausstrahlung dieser Stelle, dieses unheimlichen Ortes, die Aura gewissermaßen, bemerken Sie dieses Gefühl, wie aufgeladen, elektrisch geladen zu sein, durchgerüttelt zu werden, dieses feine euphorische Zittern, dieses Gefühl von großem Hunger und großem Durst zugleich? Es wird angenommen, daß tief unten im Berg, unter dieser Stätte, Wasseradern einander kreuzen, auch von einem unterirdischen Gletscher war schon die Rede … Die Glockenbechervotive nun sind Stammesvotive, wenn ich so sagen darf, sie haben immer mit kollektiven Schicksalen zu tun und hängen ausnahmslos, das wurde herausgefunden, mit Industrie, Industrieanlagen zusammen, setzte der Mesner, nein, der Vorsteher, fort. Die Glockenbecher auf der einen Seite stellen Bitten um oder Danksagungen für Errichtungen, Inbetriebnahmen, Wiederinbetriebnahmen dar, die Votive auf der anderen Seite, immer einander gegenüber, das Gegenteil, nämlich Beschwörungen von Nichtinbetriebnahme, Stillegung, Schließung; als Dankesgaben sind sie also nicht zu verstehen ... Hier zum Beispiel ein Glockenbecher zum Dank für die Errichtung einer Sondermülldeponie, gegenüber, auf der anderen Seite, ein Glockenbechervotiv als Bitte für die Nichtinbetriebnahme einer Sondermülldeponie. Dort, daneben, auf der WIRKLICHEN Seite, ein Votiv für die Inbetriebnahme einer Wiederaufbereitungsanlage, gegenüber ein Votiv für die Nichtinbetriebnahme einer Wiederaufbereitungsanlage; dieser Glockenbecher: Dank für die Errichtung eines Atommeilers, jener Glockenbecher: Bitte um die Errichtung eines Kohlenmeilers ... Das Votiv auf dieser Seite feiert die Wiederinbetriebnahme eines Zellstoffwerkes, nachdem auf der anderen Seite, voreilig, wie sich herausgestellt hat, ein Dankesvotiv für die Stillegung einer Zellstoffabrik aufgestellt worden ist. Die Glockenbecher diesseits stehen für die Schaffung von sogenannten Arbeitsplätzen, Dank, aber auch Bitte um mehr – *Maria hat geholfen, Maria wird weiter helfen*, so ist es zu verstehen –, die Glockenbecher jenseits stehen für die Abschaffung von Arbeitsplätzen, für die ersatzlose Streichung von –, von vielem, fast allem, woran wir uns nie hätten gewöhnen dürfen, sie stehen auf verlorenem Posten, aber sie stehen hier ... Zur Linken wieder ein Dankesopfer für die Neuansiedlung einer Automobilproduktion, aus der Steiermark, wenn ich nicht irre, zur Rechten ein Bittopfer für die Errichtung einer Fahrradspeichenfabrik, und ein weiteres für die Einstellung der Automobilmachung. Aber dort schon wieder ein Dankesvotiv für neue Transitwege, weitere Autobahnen, dritte und vierte Tunnelröhren, überhaupt für Zuwachsraten, Neuzulassungen, für Ausdehnung Grenzenlosigkeit Wachstum Wucherung ... Diesem Glockenbecher fehlt übrigens eine Entsprechung auf der anderen Seite, sehen Sie? Gegenüber nichts, merkwürdig, nicht wahr ... Das Allermerkwürdigste aber: Wenn Sie von diesem Idol, vom Wachstumsidol, wie wir es nennen, in die Richtung blicken, wo der Widerspruch, das Gegenteil sich befinden sollte, aber nicht befindet, wenn Sie also durch diese Lücke der Anordnung, sehen Sie?, hinausschauen auf jenen einsam aufragenden, auffälligen Felsen, dessen tatsächliche Entfernung schwer zu bestimmen ist, so sehen Sie manchmal, im Dunst, eine Silhouette, eine Figur auf dem Felsen, einen Hirten, der dort unbeweglich steht ... Wie? Nein, nicht aus Stein, er ist ja nicht immer dort, ein wirklicher Hirt, es gibt sogar ein Lied über ihn, von ihm, eine Ich-Erzählung, im Lied wird er übrigens von einer Frau dargestellt, erläuterte der Vorsteher, das ist geheimnisvoll, nicht? Niemand vermochte bisher dieses Rätsel zu lösen, auch nicht der bedeutende schottische Forscher Finlay, Ian Hamilton Finlay, der Name wird Ihnen nichts sagen, jener Privatgelehrte, der die Zeichen auf den Tafeln unter den Glockenbechern gedeutet hat; gewiß werden Sie sich schon gefragt oder die Frage vorbereitet auf der Zunge liegen haben: Woher die Bestimmtheit, mit der ich Ihnen das Bisherige, mit der Ausnahme, von der wir sprechen, erklärt habe. Nun wissen Sie es und brauchen nicht mehr zu fragen, denn fragten Sie nach der Ausnahme, nach dem Geheimnis, ich könnte Ihnen nur antworten: Es kann auch darin bestehen, daß es keines ist. Keines gibt? sagen Sie, schlagen Sie als Wortwahl vor? Auch gut. Jedenfalls, wer kann, anhand dieser kargen, zurückweisenden Spuren, schon nachvollziehen, wie diese Glockenbecherleute im dritten nachchristlichen Jahrtausend empfunden, wahrgenommen, gedacht haben mögen … Werden, empfunden haben werden?, Sie verbessern mich schon wieder? Beides gilt, beides ist falsch, entgegne ich Ihnen, rief der Vorsteher zu unserem Befremden, denn weder mein Gefährte, noch ich, hatten den Mund auch nur aufgetan, nicht einmal, um zu atmen, nicht wir, mein Gefährte und ich, erfahren in diesen Dingen, nicht im Gebirge, nicht in einer Region, wo ein offener Mund als Zeichen der Beschränktheit gilt. – Hier noch zwei schriftliche Votive, sagte der Vorsteher, bloße Schriftzeichen; das auf der einen Seite lautet übersetzt: *Lebensader Plöckentunnel*, es wurde gestiftet vom Meinungsforschungsinstitut Traar, Kötschach-Mauthen, und auf der anderen Seite: *Industrie Verkehr Verbrechen …* – Dieser präparierte Adler dort, fragte mein Gefährte, gehört er auch zur Anordnung? – Adler? Welcher Adler, wo? Dort, tatsächlich, nein, der gehört nicht hierher, einen Augenblick, der Vorsteher entfernte sich, dem muß ich auf der Stelle nachgehen … Ah ja, natürlich, ich dachte es mir, rief er plötzlich verärgert, ein Segelflieger aus Stuttgart, ein Votiv, hier steht es geschrieben, zum Dank für das Überleben in einem Kampf auf Leben und Tod, zwischen Adler und Segelflieger … Und er will auch noch wiederkommen, wie bisher, hören Sie sich das an, um seinem geliebten Sport in dieser großartigen Bergwelt zu frönen, der Arsch … Daß diese Idioten aus dem Reich es nicht lassen können, ihr privates Gerümpel hier abzustellen, die Heidnische Kirche ist keine Rumpelkammer … Und schon hatte unser Begleiter den ausgestopften Adler, samt Inschrift, mit einem gewaltigen Tritt aus dem Hain in den Abgrund dahinter befördert.

Das hat er wirklich getan? Nun, auszuschließen ist es nicht. Wäre ich Lehrer geworden, würde ich diesen Erlebnisaufsatz mit einem Zwei-bis-drei bedenken … Aber weiter nun, die Cannes-Rolle, die sagenhafte, geheimnisumwitterte, Sie haben sie wirklich gesehen? Und es sind sogar mehrere Rollen, die sich zu einer großen, eben der Cannes-Rolle, zusammenfügen? Was Sie nicht sagen, interessant … Und die Rollenform hat sich nicht erhalten? Ach was, das ist sogar mir neu … Aber erzählen Sie, ja, gleichgültig wer, erzählen Sie schon, erzählen Sie weiter.

Ich höre!

Ich jetzt. – Es war früh am Morgen, als wir in die Felskammern hinabstiegen, mein Gefährte und ich, angeführt vom Kustos –

Es war früh am Morgen, als wir in die Felskammern hinabstiegen!, was erzählen Sie da, ist die Tageszeit nicht gleichgültig, wenn Sie in die Unterwelt hinabsteigen? Das Geheimnis dieser verdammten Cannes-Rolle, lüften Sie es endlich, oder verläßt Sie der Mut? Was sagen Sie, die Augen müssen sich erst ans Zwielicht gewöhnen? Zwielichtig erscheint mir diese Angelegenheit allerdings ... Los also, was ist?

– Als sich unsere Augen ans Zwielicht gewöhnt hatten, standen wir vor einem Felsrelief, vor manchmal schon verblichenen Felsmalereien, Darstellungen auf den ersten Blick rätselhafter Szenen ... – Plötzlich sehen die Augen dann aber etwas, was sie noch nie zuvor gesehen haben, rief plötzlich der Kustos, und lachte zufrieden, wie wenn er uns in die Falle gelockt hätte. Seine Stimme kam mir merkwürdig bekannt vor, wenngleich in einem diffusen, unangenehmen Zusammenhang, als hätte ich mit ihm, oder einem anderen, mit dem ich ihn verwechseln mochte, schon einmal eine Auseinandersetzung gehabt, die mir im Augenblick aber nicht einfallen wollte. Ist es möglich, daß wir uns schon einmal begegnet sind, fragte ich. – Ausgeschlossen ist es nicht, gab der Kustos, ausweichend, wie mir schien, zur Antwort, die Entscheidung liegt aber bei Ihnen … Ob ihm die Namen Schmidt, oder Kurnitzky, etwas sagten, wollte ich, aus einer plötzlichen, aus dem Dunkel einer möglichen Erinnerung aufgetauchten Eingebung heraus wissen; nein, daß diese Namen ihm nichts sagten, er sich allerdings nicht für moderne Literatur interessiere, antwortete unwirsch der Kustos, um sogleich in seiner Erklärung der Zeichen fortzufahren, sie eigentlich erst zu beginnen. – Die mythologischen Szenen waren ursprünglich rund um ein Kultbecken angebracht, um einen Brunnen, IN EINEM BRUNNEN … DER KALTE … LIEGT EIN GROSSER FELS, so die Schrift, soweit sie entziffert ist … Die Freilegung dieser Darstellungen ist übrigens nur langsam, unter großen Anstrengungen vonstatten gegangen, es ist ja alles verschüttet gewesen, teilweise auch zerstört, beschädigt wenigstens; andere wieder sind so gut wie unversehrt erhalten … Dieses Bild hier könnte gewissermaßen als Titelbild, vielleicht auch als Schlußstein aufzufassen sein: Ein Mann mit einer Filmrolle unter dem Arm, möglicherweise ein Filmvorführer, der Werbefilme in ein Lichtspieltheater bringt; auch das Relief daneben, eine Art Bildschirm, auf dem eine Filmrolle erscheint – sehen Sie? –, spricht für diese Annahme, erklärte der Kustos. Jetzt die Darstellung zweier Männer mit Benzinkanistern, die einander auf einer Landstraße begegnen; die Textstellen darunter ergeben freilich keinen Sinn: WAGEN POLO – SCHNELLTE EIN PFAHL … In dieser Szene dürfte eine Frau eine Videokassette zurückspulen, so der Kustos; mein Gefährte und ich, wir konnten nicht umhin, dem Kustos in Gedanken recht zu geben: Eine Frau schien eine Videokassette zurückzuspulen, das Gerät war auf dem Bild deutlich zu erkennen, mehr noch, das Gesicht der Frau schien größte Heiterkeit und Gelöstheit auszustrahlen, als wäre sie im Augenblick höchster Freude, froher Erwartung vom Entsetzlichen betroffen worden. Eine weitere Bildfolge – wirklich schien ein Bild auf das andere zu folgen, alle schienen zusammenzugehören – begann mit der Darstellung einer Kamera, groß, und in der folgenden Sequenz schien ein asiatischer Kaufmann, ich weiß auch nicht, wie ich auf Kaufmann komme, eine schlitzäugige Figur jedenfalls, ein Fremder, aber kein Fremder, wie wir ihn verstehen, aus seinem Badezimmer zu treten, verschwitzt, verklebt die Haare, nackt, häßlich, und erschreckt innezuhalten, zurückzuspringen, die Tür vor sich wieder zuzuschlagen. Dann schienen zwei blödsinnig lachende Kinder, auch sie Asiaten, mit einem Gegenstand, einer Waffe mit Zielfernrohr, einer Kamera wieder, die asiatisch-kleinfamiliäre Lage unter Kontrolle gebracht zu haben, denn auf der nächsten Darstellung schien der asiatische Kaufmann seinen Abgang aus dem Badezimmer noch einmal zu versuchen, erfrischt diesmal, die Haare fein gekämmt, ein Badetuch tadellos um die Lenden geschlungen, schön noch immer nicht, bemüht aber, so hatte es den Anschein … Und schon wieder eine düstere, disharmonische Szene: Die gelbe Kaufmannsfamilie, der Mann, die Frau, schienen während des Essens, beim Abendmahl, beim Frühstück, in eine wüste Auseinandersetzung verstrickt zu sein, wie wenn sie einander zerfleischen wollten, die Gelbgesichter; auf dem folgenden Zwischenbild schienen abermals die Kinderfratzen die Kamera als Waffe einzusetzen, denn in weiteren Szenen schienen die asiatischen Kaufmannseltern abermals beim Essen zu sein, doch mit welcher Zuvorkommenheit, mit welcher Höflichkeit und Zuneigung im Umgang, mit welchem Herzenstakt! Darf ich dir, liebe Frau, von dieser köstlichen Speise noch etwas reichen, schien der Mann gerade zu sagen, und: Darf ich, lieber Mann, von diesem Trunk dir noch einschenken, die Frau. Unter dem Einfluß der Kamera, vielleicht auch unter der Fuchtel der Kinder schienen die Eltern fortwährend ihr Benehmen zu ändern … Haben Sie gesehen, eine etwas rätselhafte Szenenfolge, nicht leicht zu entschlüsseln, sagte der Kustos; es dürfte sich um Abbildungen einer asiatischen Steinmetzfamilie handeln, einer koreanischen mutmaßlich … Die beiden Kinder, die sich diesen Gegenstand vor das Gesicht halten, könnten für die Ankündigung des Entsetzlichen, oder auch der Erlösung, stehen, denn der Mann, sein Name könnte Kumarbi sein, und später Mann und Frau, sie scheinen sich des Kommenden als würdig erweisen zu wollen, ein letztes Abendmahl möglicherweise … Nach einer anderen Deutung könnte der Gegenstand in der Hand der Kinder ein Bergspiegel sein, ein Wunderapparat, vermöge dessen sie die kleinsten und geheimsten schmutzigen Dinge, Sehnsüchte und Wünsche, Träume und Hoffnungen zu sehen in der Lage sind, die ein Mensch eben so mit sich herumträgt, wie verschwitzt und ungewaschen aus dem Badezimmer zu treten, oder seiner Frau einmal, beim Frühstück, die pralle Wahrheit aufzutischen, nichts als die Wahrheit, in nicht zu geringen Portionen … DIE WORTE DIE ICH … PANA … SON … WENN NACHTS – DER STEIN DEN STEIN … NICHT SIEHT … IN DEN BODEN HINEINREIBEN WIE … ES SOLL SEIN, deklamierte der Kustos die Schrift unter den Darstellungen, soweit sie erhalten war. – Hier nun, unter dem Satzrest: PERSIL MITTEL, scheint eine Mutter wie gewohnt den Sohn zu wecken, auf daß er zur Arbeit gehe, doch dürfte es sich um ein Mißverständnis handeln, vielleicht ist gerade Sonntag, denn –. Tatsächlich war, im Relief, eine Frau abgebildet, zu einem jungen Mann in einem Bett hinabgebeugt; die angeblich wekkende Hand war aber nicht nur nicht im Bilde, sie mochte überdies unter der Bettdecke verschwunden sein, verdächtige Angelegenheit; wer sagt, daß eine Frau am Bett eines jungen Mannes die Mutter des Sohnes sein muß, und falls doch: Oh lala, welche Entdeckung … Da es mir, aus guten Gründen, gerade einfällt, Professor: Kennen Sie den Witz vom Omo-Sexuellen, nein? Wie? Ach ja, mehr Respekt in der Schilderung der unheimlichen Stätte, geweihter heidnischer Boden, ich verstehe. Hier, die nächste Szene des einstigen Kultbeckens, des Brunnens, wird Sie versöhnen: Die Darstellung eines wilden Stammestanzes, kein Zweifel, eines Regen- oder Kriegstanzes, eines Fruchtbarkeitsrituals; allerdings trugen die halbnackten Wilden nicht nur Nasen- und Ohrenschmuck, sondern auch Turnschuhe, und im Hintergrund, schimpfen Sie nicht gleich wieder, es war wirklich so, waren, in unserer Schrift, die Worte *Adidas Zimbabwe* zu lesen. Sie haben davon gehört? Dann ist ja alles gut. – Wo sind wir gerade, fragte der Kustos, da war es ihm schon wieder eingefallen. Hier zwei Episoden aus der Jungsteinzeit: Unkraut schlängelt sich an einer Plakatwand hoch, auf der für Unkrautvertilgungsmittel geworben wird, und: Ein Mann verwechselt den Mikrowellenherd mit dem Fernsehapparat und büßt dadurch sein Augenlicht ein, einer weitergehenden Deutung zufolge gar sein Leben … Wir kamen an einigen Texttafeln vorüber, sie seien, so der Kustos, noch nicht vollständig entziffert und nicht zur Gänze erhalten, aber lesen Sie:

AUS DEM BRUNNEN, DER KALTE ... KAM HERVOR ... EINER FRAU GLEICH ... ZER – WIE RÖHRICHT ... KAM AUS ... DER KLÜFTE ... AUF DEM FELSEN, ER WIRD ERBLICKEN ... AUF DEM BERG IRGI, DER HIRT ... EINER FRAU GLEICH, NAHM ... FÜNFMAL ... VON UNTEN, VON ... EINE FEURIGE RUTE AM HIMMEL ... IN DEN TOD ... DER GROSSE REGEN ... STEIN NICHT DEN STEIN ... AM ENDE ... WIRD ERKENNEN. – Es klingt wie eine Weissagung, finden Sie nicht auch? Es könnte aber auch einfach hingeschrieben sein, einfach so, Bruchstücke einer schweinischen Geschichte in Keilschrift vielleicht, wer weiß ... Achten Sie nun – Vorsicht, nicht stolpern – achten Sie nun auf diese acht Steinplatten, die idealisierte Wiedergabe einer Siegelrolle, genauer der Seitenflächen, wir Postenkommandanten nennen es den Hattischen Kreis, wir – Kustoden, meine ich natürlich ... Verflucht, das hätte ich jetzt nicht sagen dürfen, nicht das mit dem Kreis, mit dem Postenkommandanten, jetzt habe ich mich tatsächlich versprochen. Der Kustos schien sehr verärgert. Was starren Sie mich denn so an, rief er plötzlich, ja, ich gebe es zu, da es mir nun einmal entfahren ist, ich bekleide den Rang eines Postenkommandanten, ich bekleide den Rang im Wortsinn, denn ich bin *Geheimer* Postenkommandant, ich gehöre zum geheimen Postenkommando, niemand darf davon erfahren, geheime Kommandosache, verstehen Sie? Das ist doch zu dumm, daß ausgerechnet mir – Aber Sie werden von Ihrem Wissen doch keinen Gebrauch machen, Sie möchten doch wohlbehalten von Ihrem Abenteuer zurückkehren, Sie haben ja den Rückweg noch vor sich, er wird ohnehin nicht leicht sein; ich könnte Sie mühelos verschwinden lassen, jetzt, auf der Stelle, aber ich will Recht vor Gnade ergehen lassen, es war ja mein Fehler, trotzdem, ich habe kein gutes Gefühl dabei … Am Rande des Gebirges, unten, in einem Hospiz; einer privaten Irrenanstalt, Samonig ist, glaube ich, der Name, sitzt ein wahnsinnig gewordener Sprachforscher, ein gefährlicher Mensch – er leidet nicht nur an einem soliden Verfolgungswahn, sondern auch an einer Manie, am Gedankenfluß –, er hätte mich fast enttarnt, er ist besessen davon, mir nachzuweisen, daß ich für die andere Seite arbeite, wenn er, über Umwege, Mittelstationen, durch eine Unbedachtheit Ihrerseits, von meinem Versprecher erführe, ich wäre geliefert, wie wir – Kustoden sagen … Ich müßte mich aufmachen, viele Tagesmärsche lang, hinunter, um ihn umzubringen, was mich vor gewisse Probleme stellte. Über die Anstaltsmauern in den Garten zu gelangen wäre zwar leicht, und ihn, einmal hineingekommen, hinter dem Vorhang, hinter dem er seiner Besessenheit frönt, auf einem Bildschirm, für dessen Existenz noch keine Beweise erbracht sind, das Endspiel, irgendein idiotisches Eishockey-Endspiel zu verfolgen, ihn von hinten zu erwischen auch – Wie, womit? Mit einem Messer, womit denn sonst? Aber wie in die Anstalt gelangen? Vergitterte Fenster, und ohne Regelmäßigkeit, aber doch, geht eine Wache vom uniformierten Postenkommando um das Haus herum … Aber das ist nicht Ihr Problem, warum erzähle ich Ihnen das überhaupt? Ach ja, richtig, auf daß es dazu nicht komme! Kein Wort also, zu niemandem, ich warne Sie! Ich bin nicht der einzige geheime Postenkommandant hier in der Gegend, Sie wüßten nie, an wen Sie mich vermeintlich verraten. – Beim Hattischen Kreis waren wir, sagen Sie? Wir Kustoden also nennen es – nun, Sie wissen ja, wie. Die Originalrolle wurde bisher nicht aufgefunden, vorausgesetzt, daß die Siegelseitenflächen hier nicht doch die Originale sind, wer weiß, waren die Menschen damals größer? Originale sind es genaugenommen in jedem Fall, Sie sehen ja, wie steingeworden die Bilder, die Szenen, wie in den Stein hineingerieben ... Sie sehen, Löcher einer Steckdose, in Großaufnahme gewissermaßen, und hier, die Jagd auf das letzte Huhn in einem Supermarkt, sehen Sie? Dann hier: Menschen auf einem Autofriedhof, verloren dem Anschein nach, und da, Menschen in einem Aufzug, er scheint steckengeblieben zu sein, sehen Sie? Hier gar: Doktor Jörg Haider entblößt sich auf dem Marktplatz ... Wissen Sie, woran ich erkenne, daß es sich nur um den Kärntner Landeshauptmann handeln kann? An den blauen Schals der Zuschauer, an ihren weißen Stutzen auch, sehen Sie? Sie sehen, freilich sehen Sie ... Und hier: Die Krankenschwester Waltraud Wagner wird als Hexe verbrannt; das erkenne ich wiederum an der nächsten Seitenfläche, dem Bildnis des Sensationsreporters Jeanee, wie er während des Zusehens einem rumänischen Kleinkind sein gewaltiges Glied in den Mund steckt, meine Güte, was für ein Schläger ... Und mit der folgenden Darstellung schließt sich der Hattische Kreis: Männer in einem Pissoir, haben Sie gesehen? Der Kustos schien noch immer nicht recht bei der Sache zu sein, denn wir hatten, außer acht Steinplatten, acht leeren Flächen, nichts gesehen, und als mein Gefährte den Führer von diesem merkwürdigen Umstand, der Kustos sähe, wir sähen nicht, ob es am Zwielicht, das wir nicht gewöhnt wären, liegen könne, unterrichtete, antwortete er nur: Nichts haben Sie gesehen? Auch gut, man muß ja nicht alles gesehen haben, wirklich alles sieht nur der Blinde. – Jetzt aber werden Sie gleich wieder sehen, gleich etwas zu sehen bekommen, die Friese werde ich Ihnen zeigen, mit ihren vielen Episoden, das untere und das obere Fries, eigentlich Wiedergaben aufgerollter Verzierungen, Zeugnisse – daß es Ihnen nur nicht zuviel wird! –, untergegangene Zeugnisse einer –, einer, was wollte ich sagen? Noch einmal: Verschollene, nein, verschollen geglaubte Reste, Spuren einer –, oder Scherben einer himmlischen, Schatten versunkener –, Bildzeugnisse einer unglaublich anmutenden Gedächtniskultur, der Totalen Ferien, der Vollkommenen Stille, Stille, ja, hören Sie nur, diese schreckliche Stille, hier unten, tief im Berg, unheimlich, nicht, wie wenn es gerade geschehen wäre... Vielleicht aber – und festgehalten auch, festgeschrieben, im Brunnen, der Kalte, die Augenblicke danach, nach dem Erbrechen der Siegel, nein, nach dem Entrollen der Rolle, die Rolle von Cannes, entrollt... Der Mesner schläft, die Glocken läuten von selbst, Anton Bruckner sitzt mißmutig in der Sakristei und ißt mit seinem Taschenfeitl eine Speckjause, Bruckners Achte, denkt er, so etwas sollte mir einmal gelingen, vor dem vergitterten Sakristeifenster steht ein Kirschbaum, nein, steht ein Kirschbaum in voller Blüte, obwohl es regnet an diesem Nachmittag... – Und auch der Pirol nicht singt, schrie mein Gefährte plötzlich unbeherrscht, daß der Kustos erschrocken zusammenfuhr und verstört uns anblickte; – wenn Sie sich nicht auf der Stelle zusammennehmen und in der Führung augenblicklich fortfahren: Wir reißen Sie in Stücke und werfen Sie in den Brunnen, der Kalte, der Stein den Stein, Sie haben verstanden, verehrter Bergfreund, verstehen, ja? Besseren Sprachen, deutlicheren, und schnell zeigen den Rest uns, mit diesen Worten ließ er den Kustos, den er jäh an den Rockaufschlägen gepackt hatte, wieder los, mein Gefährte, wie war ich beeindruckt von seinem entschlossenen Auftreten! Das wirst du büßen, zischte unser Begleiter so leise und so schnell, daß wir nicht sicher sein konnten, es wirklich gehört zu haben, denn schon ging er uns wieder, gefaßt und unbeteiligt, wie zu Beginn, voran. – Auf der linksseitigen Felswand also der obere Fries, auf der rechten der untere, erläuterte er, und auf jeder Seite, nacheinander, einzelne Episoden. Hier, aus dem oberen Fries, eine asiatische Libationsszene, von Takahashi, ein Trunkopfer für die Berggötter, ein Becher Whisky wird libiert, zu Musik von Schubert, dem Ave Maria ... Unter einem auffällig geformten Felsen war ein Mann zu sehen, der einen Becher hochhielt; daneben einige Zeichen, die durchaus Noten hätten sein können. – Gegenüber, aus dem unteren Fries, sehen Sie die Darstellung eines Initiationsrituals: Ein Mädchen bekommt seinen ersten Büstenhalter. Im blaßvioletten Dämmerlicht, delikate Farbgebung, die sich staunenswert erhalten hatte, schien ein Mann, der Vater wahrscheinlich, dem Mädchen bei der Anprobe tüchtig zur Hand zu gehen. In den nachfolgenden Szenen schienen die Augenblicke des Schreckens festgehalten: Ein Hund, vertikal eine Hausmauer hinauflaufend, war zu sehen, ein Spiegelei, das noch verzweifelt versucht, sich an der glatten Oberfläche einer Pfanne festzuhalten, ein Auto auf der Flucht eine Staumauer hinauf, ein anderes, das in ein Schlafzimmer eindringt, schließlich ein Hund, von seinem Herrn – wofür, wogegen? – am Fußboden festgeklebt ... Was sagen Sie nun, rief der Kustos, man scheint damals schon Pattex gekannt zu haben, only a Pattex sticks like Pattex, dieses Pattex, vielleicht haben es die Hethiter nach Europa gebracht ... – Sehen Sie diese einsame Figur in der blühenden Wiese? Hier könnte es sich um eine Darstellung des *unbekannten Hochzeitsgastes* handeln, Sie kennen diese aus dem Gailtal überlieferte Parabel, nein? Noch nie gehört? Wie ein argloser, etwas einfältiger Wanderer mit den Worten: Bein, sei mein Gast! einen Knochen am Wege beiseite schiebt, und es, zum Entsetzen des Burschen, vom Wegrand zurückruft: Ich werde schon kommen … Wie jener Wanderer im Winter darauf, der Vorfall ist längst vergessen, Hochzeit hält und unter den Gästen plötzlich ein Unbekannter erscheint, der behauptet, geladen zu sein – nicht bekannt, diese Geschichte? Wie der Fremde den Bräutigam nach dem Mahl vor das Haus bittet und lächelnd erklärt: Ich bin jetzt Deiner Einladung gefolgt, folge Du nun der meinen …! *Sie waren erst wenige Schritte gegangen, da hatte die Landschaft mit einemmal ein verändertes Aussehen; lag gerade noch tiefer Schnee, so war jetzt Frühling auf Feldern und Wiesen* – nie gehört? Und wie der Bräutigam schleunigst zur Hochzeitsgesellschaft zurückkehren will, ihm aber plötzlich alles fremd und anders vorkommt, die Häuser, die Tracht und die Sprache der Leute, davon auch nicht? Den Satz: *Er betrat sein Haus, doch fremde Menschen kamen ihm daraus entgegen*, Sie kennen ihn nicht? Nun, wie auch immer, die Geschichte endet so: Der Bräutigam nennt seinen Namen und erkundigt sich nach seiner Hochzeitstafel, die er vor kurzem verlassen habe, doch er stößt nur auf Erstaunen und Unverständnis. Da entsinnt sich ein alter Mann einer Sage, daß nämlich vor langer, langer Zeit der Besitzer dieses Hauses an seinem Hochzeitstag verschwunden und nie mehr zurückgekehrt wäre. *Als man sodann im Kirchenbuch nachsah, fand man, daß dies vor zweihundert Jahren geschehen war*, lautet der Schlußsatz dieses seltsamen Gleichnisses … Heidnische Auferstehungskomik, finden Sie nicht? Aber weiter jetzt, schnell, wir haben uns verspätet, sagte der Kustos, indem er mit großem Schwung eine aufgemalte oder eintätowierte Armbanduhr auf seinem Handgelenk erscheinen ließ. – Diese Teile der Friese sind leider zerstört, erklärte unser Begleiter im immer mühsameren Weitergehen, oder zumindest so sehr beschädigt, daß außer zusammenhanglosen Einzelheiten nichts mehr zu erkennen ist; eine leere Nußschale etwa, oder die schemenhaften Umrisse einer Figur, eines Hirten möglicherweise, aber wo er steht, ob auf einem Felsen, am Rande des Abgrunds – Sie sehen, es ist nicht mehr zu sehen … Kommen Sie nur, kommen Sie, folgen Sie mir, gleich sind wir bei den drei LÖWEN, wie wir Post –, ach, Teufel, wenn schon, jawohl, wie wir Postenkommandanten das nennen – ich habe Sie gewarnt, Sie wissen, was blüht, falls Sie –, nein, Sie wissen es nicht, aber Sie würden es erfahren, ein letzter Blitz der Erkenntnis –, bei den drei Löwen, wie wir, Sie wissen wer, die Darstellungen benennen, dem Bronzenen, dem Silbernen und dem Goldenen Löwen; obwohl es keine Tierskulpturen sind, noch Friese oder Reliefe, auf denen Löwen vorkommen. Ohne zu wissen, weswegen, nennen wir sie so, das muß genügen. Hier sind wir schon, sehen Sie? – Der erste Schlußstein, die Darstellung eines großen Autoreifens, der vom Berg ins Dorf gerollt und vor einem Kind gerade noch zum Stillstand gekommen ist. Wirklich waren ein Berg zu sehen, ein Dorf, ein praller Reifen und ein kleines Kind; *als in die Berge ein Fremdling kam*, deklamierte der Kustos aus den Textstellen. – Jetzt, gegenüber, der zweite Schlußstein, der sogenannte Silberne Löwe: Die Darstellung einer nackten Frau, über die ein Motorrad gleitet … Kein Zweifel, ein Motorrad auf einem liegenden Akt, es schien gerade das Becken erreicht zu haben, ein klassisches levantinisches Becken übrigens, wie mein Gefährte anmerkte, ehe ich ihn, aus Gründen, die nicht hierher gehören, zum Schweigen ermahnen konnte. – Aber was hat ein Motorrad auf einem Frauenkörper zu suchen, das ist das Rätselhafte ... *und der zehnte Monat trat ein*, so, aus der Schrift, der geheime Postenkommandant. – Das letzte Steinbild jetzt, genaugenommen sind es mehrere, der Goldene Löwe, was freilich keine Wertung, keinen Höhepunkt, kein Gefälle ausdrücken soll, eine Darstellung ist so gut wie die andere. Hier, sehen Sie? Der Künstler Adolf Hitler versucht sich als Creativer, er entwirft sein erstes Werbeplakat, Kommunikation, wissen Sie, ein Produkt kommunizieren, in diesem Fall soll eine Schuhpaste kommuniziert werden, FERNOLENDT SCHUHPASTA NIGRIN; die creative Anstrengung scheint erfolgreich zu sein, der teuflisch zufriedene Gesichtsausdruck, er ist deutlich zu erkennen, oder nicht? Und daneben ist das Plakat selbst zu sehen, hier, ein schwarzglänzender Schaftstiefel vor rot-goldenem Hintergrund; verwenden auch Sie Fernolendt Schuhpasta Nigrin, Fernolendt Schuhpasta Nigrin darf in keinem Haushalt fehlen ... Gut, nicht? – UND SEIT EBEN JENER ZEIT: Mit diesen Worten bricht die Schrift ab, die Prophezeiung, die Geschichtsschreibung, das Geschichtenerzählen, die Cannes-Rolle ... Ungeklärt ist, ob diese Gesamtbezeichnung, dieses Rollenbild, von einer Filmrolle oder einer Schriftrolle herrührt ... Als wir wohlbehalten die Unterwelt durchmessen hatten und zum Ausgang zurückgekehrt waren, zum Eingang eigentlich, aber doch auch zum Ausstieg, zum Ausgangspunkt, sprach der Kustos: Sie werden mich jetzt entschuldigen, ich muß zurück auf meinen Posten, in die Sakristei, ins Lehrmittelzimmer, Sie wissen schon. Ich muß mich vorbereiten, vorbereiten auf einen langen Marsch ins Tal, diesmal werde ich ihn erledigen ... Was stehen Sie hier noch herum und stellen die Lauscher auf, das geht Sie gar nichts an, gehen Sie! Sie wissen ja, was Sie zu unterlassen haben, das bloße Vorhaben würde Strafe nach sich ziehen! Mit diesen Worten war der merkwürdige Sachverständige, der angebliche geheime Postenkommandant, verschwunden, und mein Gefährte und ich machten uns auf einen schwierigen und gefahrvollen Heimweg.

Das haben Sie fein hingekriegt, beeindruckende Schilderung des unheimlichen Ortes, und sehr aufschlußreich, sehr aufschlußreich für mich. Er muß sich also vorbereiten, der Herr Kustos, der geheime Postenkommandant, vorbereiten auf einen langen Weg ins Tal, dorthin, wo das Gebirge aufhört; dann wird er ja bald hier sein … Mag er kommen! Irgendwo haben Sie das Bild einer leeren Nuß, einer Nußschale, gesehen? Ausgezeichnet, das bringt mich auf eine Idee … Und Ihr Gefährte ist also auf dem Rückmarsch durch einen fahrlässig erzählten Witz, von dem keiner wissen konnte, daß er tödlich sein würde, ums Leben gekommen, so ist es doch gewesen? Der Fluch des Postenkommandanten … Ich habe immer schon gespürt, daß er für die andere Seite arbeitet, daß er dem geheimen Postenkommando angehört. Mag er kommen, der Hund, ich bin bereit; ich erwarte ihn, lange schon warte ich darauf, daß er durch den Vorhang tritt, in der Absicht, mich, völlig gefangengenommen vom Endspiel auf meinem Bildschirm, von hinten erledigen zu können – vielleicht gar mit einem Messer, wie wenn ich einen so lächerlichen Mordgegenstand wie ein Messer fürchtete; nicht ich. Mag er erscheinen, ich warte; in die Anstalt einzudringen wird keine unüberwindbare Schwierigkeit sein, der wachende Gendarm ist längst abgezogen, auch Sie sind ja, unter welchen Umständen immer, hereingekommen. Wer weiß, läßt er sich auch einliefern, er mag es halten, wie er will, der Kustos; lange genug ist er Mesner in einer Dorfkirche, weniger noch, in einer Filialkirche gewesen, nein, nicht in der Heidnischen oder Entrischen Kirche, sondern in einer ganz ordinären katholischen Kirche … Mit meinem Endspiel – die Villacher Asphaltgesellschaft steht übrigens wieder im Finale, haben Sie das gewußt, wie? So, Sie interessieren sich nicht für Literatur –, mit dem Endspiel vertreibe ich mir nur die Zeit, das Warten, freilich soll es ihn auch in Sicherheit wiegen, daß ich, vor meinem Bergspiegel, einem Endspiel beiwohne, das es gar nicht zu sehen gibt, nicht wirklich, wissen Sie? Er hat Ihnen doch so etwas erzählt, meine ich gehört zu haben … Ich warte, ich warte immer noch, eigentlich sollte er längst hier sein, wo bleibt er, es ist ihm doch nichts zugestoßen? Das wäre schlimm … Jahre des Irrsinns, der Persönlichkeitsspaltung, der Manie, der fließenden Krankheitsbilder wären umsonst gewesen … Hier, sehen Sie, es hat schon begonnen, der junge Lanzinger führt die Scheibe, der junge Lanzinger, ja … Nein, nur ruhig, er wird kommen, ich weiß es, mit seinem Messer, er ist nahe, jetzt spüre ich es, er streicht bereits um die Anstaltsmauer. Er wird hinter den Vorhang treten, doch ehe er mit seinem lächerlichen Messer auch nur ausgeholt hat, werde ich ihm etwas von solcher Wirkung offenbart haben, daß er –

Ruhe, gehen Sie. Verschwinden Sie vor dem Vorhang, falls Sie noch da sind, oder je hier gewesen sind. Still jetzt, ich höre ihn kommen. Ich werde ihm eröffnen, was das Kreuz in der Nuß zu bedeuten hat, er wird es nicht überleben. Still jetzt. Da ist er. Still.

Inhalt

Werner Kofler

Kalte Herberge

Bruchstück

Deuticke 2004. 88 Seiten

Werner Kofler versteht es, Handlungselemente und Gedankengeflechte zu einem eigenen, dichten Universum zu montieren. In elliptischen Bahnen rotieren Ereignisse, Wahrnehmungen und Interpretationen um das Epizentrum – das Subjekt, den Schriftsteller –, überschneiden sich, verheddern sich zuweilen ineinander, arrangieren sich zu immer neuen Konstellationen.

Nüchterne Bestandsaufnahmen, mit bösem Blick protokolliert, wechseln mit persönlichen Momenten, Erinnerungsfetzen, Passagen über Krankheit, den Tod des Vaters und den Tod des Katers, nächtlichen Monologen, Selbstvorwürfen und Selbstüberlistungen.

Ein Thema ergibt das nächste, und so entsteht eine Winterreise im »regionalen und globalen Namensgestöber«, unterbrochen von Wutanfällen hin zu einem makabren, dem Autor zugewachsenen Finale.

»Moralische Maximen sind nicht Koflers Sache. *Kalte Herberge* bezieht sich auf private Beklemmung, auf das Leben in einem Wiener Abbruchhaus, auf den persönlichen Schrecken einer Lungenoperation, auf Todes- und Familiengeschichten und schließlich auf die eigene, selbstbewußt hochfahrende Position als Schreibender. Auf die monoton serielle Sprachmusik von Thomas Bernhard antwortet Werner Kofler mit einer virtuos polyphonen Prosa.«

Franz Haas, *Neue Zürcher Zeitung*

»Werner Koflers 88 Seiten starker Text bringt auf den Punkt, ohne daß er je auf den Punkt käme, wofür andere hunderte von Seiten brauchen. Er treibt die ewige Frage nach dem authentischen Leben inmitten all der Surrogate in einer perfekt komponierten, rhythmischen Prosa auf die Spitze. Seine Texte sind das Salz in der Suppe der Literatur. Beliebt macht er sich selten, versalzt er doch fast allen die Suppe.«

Bernhard Fetz, *Die Presse*

Werner Kofler

Guggile

Vom Bravsein und vom Schweinigeln

Eine Materialsammlung aus der Provinz

Deuticke 2004. 144 Seiten

Mitte der siebziger Jahre erschien ein Buch, das mittlerweile ein Klassiker der österreichischen Gegenwartsliteratur ist: Werner Koflers *Guggile. Vom Bravsein und vom Schweinigeln. Eine Materialsammlung aus der Provinz.*
Und es ist auch allerhand Material, das er über eine Jugend in den fünfziger Jahren sammelt und zum Gesamtbild verknüpft: Dokumente, Aussprüche, Erziehungsmaximen, Zeitungsphrasen, alles, was das Herz begehrt. Seinerzeit nannte man das Buch eine totale Autobiographie, auch deshalb, weil es die Autobiographie nicht nur des Autors, sondern vieler anderer ist.

»Das Buch gibt nicht vor, mehr als fragmentarisch zu sein, und setzt sich bei der Lektüre doch zum Roman einer Entwicklung zusammen, die Interesse und Mitgefühl erweckt: weil da einer den eigenen präzisen Beobachtungen und der eigenen Sensibilität vertraut und dem Leser keine voreiligen Schlußfolgerungen aufschwatzen will.«

Elke Kummer, *Die Zeit*

»Im Gestus äußerster Fremdheit über das eigene Leben schreiben: das rührt im Leser all jene verlorenen Erinnerungen an, die er durch die falsche Intimität im Umgang mit seiner Vergangenheit schon vergessen hatte.«

Eberhard Hübne, *Frankfurter Allgemeine Zeitung*

Werner Kofler, geboren 1947 in Villach, lebt seit 1968 in Wien. Seine Arbeiten wurden mehrfach ausgezeichnet, unter anderem mit dem Elias-Canetti-Stipendium 1987, dem Österreichischen Würdigungspreis für Literatur 1990 und dem Arno-Schmidt-Preis 1996/97. Zahlreiche Veröffentlichungen, darunter: *Konkurrenz. Szenen aus dem Salzkammergut* (1996), *Aus der Wildnis* (1998), *Manker* (1999), *Ida H.* (2000), *Tanzcafé Treblinka* (2001) und *Kalte Herberge* (2004). Über Werner Kofler: Klaus Amann, *Werner Kofler* (2000).